Doug Bock Clark

LA VOIE DES ANCÊTRES

La Voie des Ancêtres

Traduit de l'anglais (États-Unis)
par David Fauquemberg

Doug Bock Clark

OUVRAGE TRADUIT
AVEC LE CONCOURS DU CENTRE NATIONAL DU LIVRE

FEUILLETON
Non-Fiction

Éditions
du sous-
sol

Titre original
The Last Whalers

Le livre a été publié pour la première fois en 2019 par Little, Brown and Company, New York

Conception graphique : gr20 Paris

ISBN : 978-2-36468-442-3

RÉALISATION : NORD COMPO À VILLENEUVE-D'ASCQ
IMPRESSION : IMPRIMERIE NORMANDIE ROTO S.A.S.
DÉPÔT LÉGAL : AVRIL 2021. N° 144915 (2100126)
IMPRIMÉ EN FRANCE

À tous les Lamalériens
d'hier et d'aujourd'hui,
tout particulièrement
ceux qui apparaissent dans ce livre,
et à BKB, qu'il repose en paix.

Tenang-tenang mendayung,	Ramez calmement, ramez tranquillement,
Didalam ombak selepas pantai.	Tandis que les vagues déferlent sur le rivage.
Tenang-tenang merenung,	Rêvez calmement, rêvez tranquillement,
Ditengah taufan hidup yang ramai,	Au milieu du typhon de la vie,
Ditengah taufan hidup yang ramai.	Au milieu du typhon de la vie.

Cantique entonné à l'occasion du *Misa Arwah*,
la messe des âmes égarées

Car c'est l'art qui crée ce grand LÉVIATHAN qu'on appelle RÉPUBLIQUE ou ÉTAT (CIVITAS *en latin), lequel n'est qu'un homme artificiel, quoique d'une stature et d'une force plus grandes que celles de l'homme naturel.*

Thomas Hobbes, *Léviathan*, 1651

Les Lamalériens

Famille Hariona

Yohanes “Jon” Demon Hariona : jeune homme rêvant de devenir harponneur, responsable du canot à moteur *VJO* ;

Fransiska “Ika” Bribin Hariona : sa petite sœur ;

Yosef Boko Hariona : son grand-père ;

“Grand-mère” Fransiska Bribin Hariona : sa grand-mère ;

Lusia Sipa Hariona : sa mère ;

Maria “Mari” Hariona : sa petite sœur.

Famille Seran Blikololong

Ignatius Seran Blikololong : harponneur et constructeur de pirogues renommé, soucieux de transmettre son savoir à ses fils ;

Teresea Palang Hariona : son épouse ;

Yosef Tubé Blikololong : son fils aîné ;

Willibrodus “Ondu” Boeang Demon Blikololong III : son fils cadet ;

Benyamin “Ben” Kleka Blikololong : son benjamin ;

Maria “Ela” Hermina Elisabeth Began Blikololong : sa benjamine.

Clan Mikulangu Bediona

Fransiskus “Frans” Boli Bediona : chef de la lignée Mikulangu du clan Bediona, chamane et capitaine du *Kéna Pukã* ;

Maria Kleka Blikololong : son épouse, petite sœur d’Ignatius Seran Blikololong ;

Bernadette “Bena” Bediona : son dernier enfant ;

Andreus “Anso” Soge Bediona : son plus jeune parent, partenaire de pêche de Jon Hariona.

Famille Wujon

Siprianus “Sipri” Raja Wujon : chef du clan Wujon, l’un des Seigneurs de la Terre ;

Marsianus Dua Wujon : son fils, Seigneur de la Terre, lui aussi.

Autres Lamalériens

Yosef “Ote” Klake Bataona : ami de Jon Hariona, harponneur occasionnel à bord du *Kéna Pukã* et du canot à moteur *VJO* ;

Fransiskus Gonsalés “Salés” Usé Bataona : patron de Jon Hariona, propriétaire du canot à moteur *VJO*, homme d’affaires et ancien maire de Lamalera ;

Aloysius Enga “Alo” Kĕrofa : petit ami d’Ika Hariona.

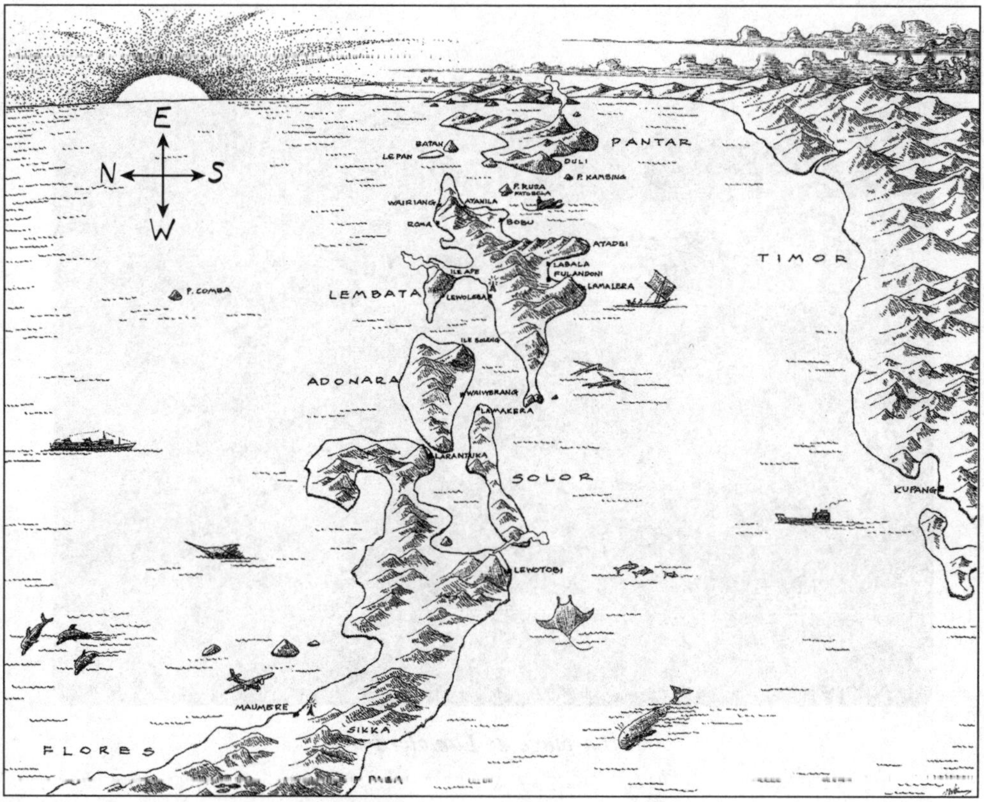

Les îles Solor

La plage de Lamalera

AVANT-PROPOS DE L'AUTEUR

Ce qui suit est une histoire vraie. J'ai été témoin d'une grande partie des événements décrits ici. Les scènes auxquelles je n'ai pas assisté ont été reconstituées à partir d'entretiens avec ceux qui en ont été les acteurs et, là où elles existaient, d'archives historiques. Quand les témoignages divergeaient au sujet de détails mineurs, surtout lorsqu'il s'agissait d'événements aussi chaotiques qu'une chasse au cachalot, j'ai privilégié le point de vue de la personne dont le récit forme l'ossature du passage. Lorsque les faits étaient l'objet de divergences majeures, je l'ai clairement précisé dans le texte. Les sources dans lesquelles j'ai puisé sont indiquées à la fin de cet ouvrage. Mon évocation des pensées, des sentiments et des expériences spirituelles des Lamalériens, notamment pour ce qui touche à leur communion avec les Ancêtres, s'appuie sur leurs propres témoignages. Les dialogues entre guillemets représentent le plus souvent des paroles que j'ai moi-même entendues et, dans certains cas, des paroles reconstituées a posteriori par les acteurs des événements cités. Tous les autres propos sont reformulés. Comme la chasse au grand cachalot, ce livre est l'œuvre de tout un village.

Prologue

LA LEÇON DE L'APPRENTI

27 juin 2014

Baleo ! Baleo ![1] – “La chasse est lancée !” Ce cri résonna soudain d'un bout à l'autre du village. Une minute plus tôt, une pirogue à moteur était entrée à pleine vitesse dans la baie et ses occupants avaient hurlé le signal aux hommes présents sur la plage, qui s'étaient à leur tour chargés de le répercuter. À présent, tous les hommes, les femmes et les enfants qui avaient entendu ce cri d'alarme ajoutaient leur voix à ce relais sonore, jusqu'à ce que les mille cinq cents âmes du village[2], éparpillées dans les maisons délabrées et la jungle alentour, proclament en chœur que de grands cachalots venaient d'être repérés.

Quand cette clameur parvint aux oreilles de Yohanes “Jon” Demon Hariona, dans la cahute décrépite qu'il partageait avec ses grands-parents et ses sœurs au sommet des falaises dominant Lamalera, celui-ci empoigna une casquette de base-ball aux bords effilochés, une cruche d'eau en plastique cabossée et un vieux flacon de pilules rempli de miettes de tabac et de feuilles de papier à cigarette découpées dans des palmes séchées. Puis il dévala en courant les marches taillées dans la roche de cette île d'Indonésie, écartant au passage les enfants qui l'encourageaient bruyamment.

En bas sur la plage, les hommes de la tribu étaient déjà en train de pousser leurs *téna*, ces baleinières en bois traditionnelles, traversant le sable jusqu'aux rouleaux qui battaient le rivage. Les capitaines haranguaient leurs hommes d'équipage. Jon cala son épaule sous l'un des barrots du *Boli Sapang*, le *téna* qui appartenait à son clan – les Hariona –, unissant ses efforts à ceux d'une douzaine de compagnons pour le mettre à l'eau. Dès que la mer l'eut libéré du poids de la pirogue, il bondit à bord.

Par le passé, il avait toujours manié l'une des huit fines pagaies au centre du *téna*, mais constatant que le *befaje* gauche, l'une des deux rames dotées d'une énorme pale circulaire disposées au niveau de la proue, n'était pas encore pris, il se précipita pour s'en emparer le premier. Fiancé depuis peu, il se figurait, du haut de ses vingt-deux ans, qu'il était désormais un homme mûr. Tandis que le reste de l'équipage poussait sur les pagaies pour franchir la barre, il tirait puissamment sur son *befaje*, soucieux d'impressionner ses aînés. Mais il avait une autre raison de s'approprier la grande rame : celle-ci était située juste au pied de la plateforme du *lamafa* – le harponneur –, si bien que les deux hommes maniant les *befaje* étaient parfois appelés à sa rescousse. Depuis tout petit, Jon rêvait de devenir *lamafa*. À Lamalera, il n'était pas d'honneur plus grand pour un homme.

Près de trois heures durant, les quatorze *téna* de la flotte lamalérienne traquèrent les jets de trois jeunes cachalots mâles sur les eaux de la mer de Savu, s'en rapprochant plusieurs fois avant d'être salués par les nageoires caudales des animaux en train de sonder, hors d'atteinte. Finalement, Ondu Blikololong, le *lamafa* du *téna* où se trouvait Jon, hurla : *Nuro menaluf !* – littéralement "cuillère affamée", expression locale signifiant : "Pagayez aussi vite que vous plongeriez votre cuillère dans une écuelle de riz si vous mourriez de faim !" Autrement dit : "Pagayez pour nourrir vos familles !"

Dix pagaies taillées à la main se mirent à fendre l'eau avec une simultanéité toute professionnelle. Un cachalot de neuf mètres refit surface devant l'étrave, flancs ruisselants d'écume. Le Léviathan était à peu près aussi long que le *téna*[3] mais pesait au bas mot vingt tonnes de plus.

"Pagayez pour nourrir vos familles !" cria Ondu de sa voix rauque, juché en équilibre à l'avant du bateau.

Le cétacé expira dans un grondement nasal. De fines gouttelettes douchèrent les chasseurs, chaudes et muqueuses, différentes des embruns frais soulevés par le vent, comme si la baleine avait éternué sur eux. Tout le monde, à bord de ce *téna*, savait que l'animal était en train de remplir ses poumons colossaux avant de sonder à nouveau, pour une plongée qui pouvait durer une demi-heure. Il n'y avait pas de temps à perdre.

Tel un équilibriste, Ondu tenait son harpon en bambou de cinq mètres de long à l'horizontale pour s'adapter au balancement et aux embardées imprévisibles du *téna*. Il le dressa soudain à la verticale, sa pointe en fer dirigée vers le bas. "Pagayez pour nourrir vos familles !" hurla-t-il de plus belle.

Calant ses pieds contre la coque, Jon tira sur son aviron jusqu'à ce que sa poitrine explose et qu'une migraine lui broie les tempes. Comme le manieur du *befaje* tournait le dos à la mer, alors que les autres pagayeurs regardaient droit devant, il était obligé de jeter des coups d'œil par-dessus son épaule pour suivre les mouvements du cétacé.

Ondu se posta tout au bord du *hâmmâlollo*, la plateforme de bambou d'un mètre cinquante de longueur qui dépassait de la proue. Ramassé sur lui-même, il hissa le harpon au-dessus de sa tête, les muscles de ses bras tressaillant sous l'effort. La plateforme se rapprochait peu à peu de la bête, jusqu'à ce que l'ombre de l'homme vienne assombrir la lumière du soleil qui faisait scintiller le dos lisse du cachalot sous son vernis de mer, et alors que la proue touchait presque l'animal en fuite, le harponneur semblait ne jamais devoir se lancer. Puis il bondit dans le vide avec la grâce d'un kamikaze, serrant à deux mains la tige de bambou, et il enfonça l'arme dans la chair de sa proie avec tout le poids de son corps. Le manche du harpon trembla, ploya puis se redressa – mais Ondu poursuivit sa course, rebondissant contre le flanc du cachalot et tombant dans la mer, bras et jambes désarticulés. Le bambou frissonnant resta planté dans l'animal.

La queue du cachalot se mit à frapper l'océan dans un bruit de tonnerre. Une vague submergea l'avant du *Boli Sapang*. La corde du harpon filait si vite le long du bastingage qu'elle se mit à fumer, et l'un des pagayeurs l'aspergea d'eau de mer pour l'empêcher de prendre feu. Cette ligne reliait le fer du harpon à la poupe du *téna*. Quand elle fut entièrement déroulée, un choc violent secoua l'embarcation et Jon manqua de lâcher sa rame. L'aussière se fit plus fine, ses brins sous tension crachaient des gouttes d'eau et ses vibrations produisaient comme un bourdonnement. Le *téna* jaillit vers l'avant, labourant la houle dans le sillage du cétacé, tel un traîneau à cheval.

Jon s'empressa de ranger son aviron pour aller aider le second harponneur, son oncle par alliance Fransiskus Boko Hariona, à mettre en place les deux cordes de sécurité chargées de contrôler les soubresauts de la ligne du harpon. Dans les profondeurs de l'océan, le cachalot changea brusquement de direction, plaquant la ligne contre la corde de gauche et la faisant ployer dans de sinistres craquements. L'équipage poussa des cris, tandis que la pirogue pivotait sur elle-même. Le cachalot s'évertuait à plonger plus profond, en quête d'un courant puissant qui lui permettrait de s'échapper.

Alors, Boko se mit à brailler et empoigna deux extrémités de corde qui se tortillaient comme des serpents sur lesquels on aurait marché – la corde de sécurité de gauche, pourtant épaisse comme trois doigts, s'était brisée net. Boko se hâta de renouer ensemble les deux bouts, afin de canaliser à nouveau les violents soubresauts de la ligne du harpon.

Dans la confusion, la corde de sécurité de droite s'était à son tour défaite. Enjambant la ligne du harpon, Jon tendit la main vers elle. Une douleur atroce lui transperça le mollet droit. La ligne du harpon, brisant le nœud de fortune de Boko, était venue s'écraser contre le bastingage sur bâbord, plaquant la jambe de Jon contre la coque, de telle sorte qu'il se retrouva penché par-dessus bord comme s'il vomissait dans la mer. Il se tordit sur le côté pour avoir une meilleure prise sur la corde, mais celle-ci était aussi rigide qu'une barre d'acier, tendue à bloc par les trente tonnes qui tiraient à l'autre extrémité.

Jon resta silencieux tandis que la ligne cisaillait son mollet, arrachant des lambeaux de peau. Il espérait pouvoir se tirer de ce mauvais pas avant que ses aînés ne le remarquent. Sa détresse étirait les secondes. Il perdit toute notion du temps. S'il avait toujours considéré avec une dérision d'adolescent les vieillards qui traversaient le village en boitant sur une seule jambe, Jon se rendit soudain compte qu'il risquait de rejoindre leurs rangs. Un couteau à dépecer gisait au fond du bateau, à portée de main. Il aurait pu trancher la corde et sauver sa jambe. Mais si le cachalot s'échappait, son clan se retrouverait peut-être privé de viande pendant des mois, et ses aînés lui reprocheraient d'avoir accordé plus de valeur à sa propre vie qu'au sort de la tribu. Non, il n'avait plus qu'à espérer que l'animal brise la corde.

Le *Boli Sapang* tremblait à présent de toutes ses membrures. Le bastingage, sur bâbord, était penché au-dessus de l'eau. L'océan était calme, pour autant l'embarcation roulait comme sous l'assaut d'une houle d'un mètre cinquante, gîtant de plus en plus violemment sur bâbord à chaque nouveau coup de boutoir. L'équipage s'était massé de l'autre côté du *téna* pour faire contrepoids, mais les onze hommes étaient ballottés comme s'ils avaient choisi le mauvais côté d'une balançoire à bascule. Seul Jon était resté sur bâbord, impuissant, et contemplait d'en bas ses compagnons. Quand le *téna* se retrouva pratiquement à la verticale, l'équipage sauta à l'eau. Jon se retrouva seul à bord et tira sur la corde en hurlant. La pirogue chavira.

L'obscurité. Un tourbillon de bulles. Harpons, cordes, couteaux, cigarettes en palmes séchées, pierres à aiguiser, chapeaux de bambou, tee-shirts élimés et tongs – toutes sortes d'objets sombrèrent avec Jon. Au-dessus de lui, des silhouettes d'hommes battaient la surface au milieu des débris flottants, s'éloignant de la coque retournée du *téna* entraînée vers le fond. Jon avait beau nager de toutes ses forces vers la lumière, il continuait de descendre. La douleur était si violente qu'il avait l'impression que sa cheville allait être arrachée. Il regarda vers le bas, dans la pénombre : lovée telle une esperluette autour de son pied, la ligne du harpon l'attachait à la bête qui sondait vers l'abysse. Il tenta de tirer dessus mais la corde était tendue à se rompre, sans le moindre semblant de jeu.

D'abord, il n'éprouva aucune peur, assuré que son cœur était exempt de tout péché et que les Ancêtres, les esprits des anciens baleiniers vénérés par la tribu, le délivreraient donc à coup sûr. Mais bientôt, il se rappela que les membres du clan Hariona, dont il faisait partie, avaient offensé les Ancêtres et que les esprits exigeaient un sacrifice en échange de leur pardon. Il sentait les fantômes se presser autour de lui, échappés de leurs sépultures au fond de l'océan. Il leur adressa des prières, et à Jésus aussi, pour que la corde se détende, que le cachalot remonte à la surface.

Il était orphelin, après tout, et c'était sur ses épaules que reposait la responsabilité de subvenir aux besoins de ses grands-parents infirmes, de ses petites sœurs et, bientôt, de sa fiancée. Qui donc ramènerait la viande de cachalot à la maison, sinon lui ? Des bulles tourbillonnaient autour de lui. De l'air – *son* air, comprit-il, qui s'échappait de ses poumons. La seule manière de donner du mou à la corde pour dégager son pied, c'était de prendre de vitesse le cétacé. Tandis que son cerveau commençait à pétiller, en manque d'oxygène, il se renversa brusquement et nagea vers les profondeurs.

PREMIÈRE PARTIE

1994-2014

Le bas de Lamalera, vu des falaises en haut de la ville, lors de la saison sèche

1

L'ODYSSÉE DES LAMALÉRIENS[1]

10 mars – avril 1994

Frans – Ignatius – Yosef Boko – Fransiska

Il y a cinq siècles environ, aux confins occidentaux de l'océan Pacifique, un tsunami raya de la carte un village peuplé d'un petit groupe de chasseurs-cueilleurs que nous connaissons aujourd'hui sous le nom de Lamalériens. Après une éprouvante odyssée, les survivants construisirent un nouveau village sur la côte de Lembata, une île si reculée qu'aujourd'hui encore les Indonésiens surnomment ce recoin perdu de leur nation "la Terre oubliée". Les rives de la baie de Lamalera sont trop rocailleuses et arides pour faire pousser quoi que ce soit, mais les nouveaux arrivants ne tardèrent pas à découvrir qu'un seul des cachalots qui se réunissaient en bancs au large de cette île[2] fournissait assez de viande pour nourrir tout le monde pendant des semaines. Pour survivre à cet environnement hostile et à cette périlleuse tâche, les Lamalériens ont développé une culture unique que les anthropologues considèrent comme l'une des plus généreuses et coopératives au monde – une nécessité, lorsqu'il s'agit de coordonner les efforts de plusieurs dizaines d'hommes pour venir à bout d'énormes cachalots, puis de partager équitablement le butin.

Aujourd'hui, les Lamalériens font partie des rares sociétés de chasseurs-cueilleurs encore existantes[3], dont le nombre ne cesse de diminuer, et sont la dernière à vivre de la chasse à la baleine. S'ils harponnent à peu près tout ce qui nage, des dauphins aux orques, leur proie de prédilection demeure le cachalot, cette baleine à dents qui est aujourd'hui le plus grand carnivore de la planète. Les trois cents chasseurs de la tribu[4] en capturent en moyenne une vingtaine chaque année, de quoi nourrir l'ensemble des mille cinq cents membres de leur tribu avec la viande séchée des cétacés pendant la saison maigre de la mousson, quand les grains violents rendent la navigation difficile. Certes, plusieurs communautés Inuit continuent également de chasser la baleine. Mais ces marins de l'Arctique consomment de plus en plus de produits alimentaires d'importation préemballés et ont recours à des méthodes de pêche mécanisées, ce qui fait des Lamalériens le dernier peuple dont la subsistance dépend véritablement de la chasse à la baleine[5]. L'Indonésie ne fait pas partie des pays signataires de la Convention internationale pour la réglementation de la chasse à la baleine, mais de toute manière, cet accord autorise la chasse de subsistance au profit des communautés autochtones, comme c'est le cas chez les Lamalériens. En outre, plusieurs centaines de milliers de cachalots peuplent encore les océans de la planète, ce qui signifie que la tribu n'a qu'un impact limité sur la population mondiale de cette espèce[6].

Depuis des siècles, la chasse au cachalot constitue le fondement de l'alimentation et de la culture des Lamalériens. Là où les tribus voisines ont délaissé leurs activités traditionnelles pour d'autres plus modernes, les Lamalériens ont préservé leur mode de vie si particulier en limitant les influences extérieures, en vouant un culte à leurs aïeux et en continuant d'honorer la Voie des Ancêtres, expression désignant tout un ensemble de pratiques relatives au domaine religieux et à la chasse à la baleine, transmises de génération en génération. Même si des modes de pensée étrangers – le catholicisme importé par les missionnaires, notamment – se sont enracinés au sein de la tribu, les anciennes croyances demeurent solides et les baleiniers fidèles à leurs pratiques chamaniques.

Mais au cours des deux dernières décennies les Lamalériens, comme tant d'autres peuples autochtones, ont subi la pression de plus en plus marquée de la libre circulation des informations, des biens et des technologies, qui a transformé jusqu'aux contrées les plus reculées de la Terre. Aujourd'hui, la tribu se voit menacée par la désaffection de ses jeunes, qui abandonnent la chasse à la baleine au profit d'une vie moderne, par les chalutiers industriels qui se rendent coupables de surpêche dans leurs eaux, par les hommes d'affaires et les militants étrangers qui s'efforcent de transformer leur mode de vie traditionnel, mais aussi par des conflits internes portant sur la meilleure manière de résoudre les casse-tête de la modernité. Si les Lamalériens ne trouvent pas un moyen de faire face à ces problèmes qui menacent chaque jour un peu plus de les submerger, leur culture est vouée à disparaître.

Ils ne sont pas seuls dans cette lutte. Depuis que les Européens ont entrepris de coloniser les autres continents au XVIe siècle, une vague d'extinction culturelle sans cesse plus rapide a sonné le glas de la moitié des cultures traditionnelles de notre planète, plusieurs milliers d'entre elles ayant disparu au cours du seul XXe siècle et des milliers d'autres étant promises à une fin semblable au cours des prochaines décennies. En 2009, un rapport de l'ONU soulignait qu'une grande partie des 370 millions d'individus appartenant à des peuples autochtones[7] était confrontée aux menaces qui pèsent aussi sur les Lamalériens car, bien que ceux-ci soient quasiment les derniers à dépendre pour leur survie de la chasse à la baleine, il existe encore de par le monde de nombreux groupes de chasseurs-cueilleurs, de pasteurs ou d'agriculteurs traditionnels.

Ainsi, l'expérience des Lamalériens n'est pas simplement représentative des dangers auxquels sont confrontés les derniers peuples autochtones, elle symbolise, plus largement, l'extinction culturelle qu'est en train de subir l'humanité. Avant l'invention de l'agriculture, tous les êtres humains étaient des cueilleurs. Retracer l'histoire des transformations qui nous ont menés de notre identité originelle jusqu'à celle d'aujourd'hui, c'est saisir la manière dont la nature même de notre espèce a changé – pour le meilleur et pour le pire. À l'heure où le nombre de manières d'être humain diminue à vue d'œil, chacun, qu'il appartienne à une société industrialisée ou traditionnelle[8], doit se poser les questions suivantes : que perd-on quand nos modes de vie originels s'éteignent ? Qui sommes-nous désormais ? Qui allons-nous devenir ?

Il n'y a pas si longtemps, en 1994, la plupart des menaces que le monde extérieur faisait peser sur les Lamalériens semblaient encore fort lointaines. Tous les matins, les chasseurs entonnaient leurs prières aux Ancêtres en hissant leurs voiles en palmes tressées. Au début du mois de mars, les grains de la mousson hivernale, saison au cours de laquelle la chasse au cachalot était pour l'essentiel interrompue, cédaient la place aux nuages gris qui encombrent généralement le ciel à l'approche de la saison sèche, où la chasse reprend.

Le 10 mars de cette année-là, les hommes de la tribu étaient en train de paver la piste en terre du village, qui s'était liquéfiée durant les trois mois de pluie de l'hiver, quand l'un d'eux vit le corps d'un cachalot s'élever puis retomber violemment dans les eaux de la mer de Savu. *Baleo ! Baleo ! Baleo !* Les Lamalériens lâchèrent leurs pelles et sprintèrent jusqu'à la plage. Mais avec tous ces hommes envoyés réparer la route jusqu'aux hauteurs de l'île, hors de portée de voix, ils étaient tout juste assez nombreux pour mettre à l'eau six des vingt et un *téna*.

Ignatius Blikololong, le père d'Ondu Blikololong et l'un des harponneurs les plus réputés de la tribu en dépit de son petit gabarit et de ses quarante-quatre ans, prit hâtivement congé de Teresea Hariona, son épouse. Celle-ci allait donner naissance à leur nouvel enfant d'un moment à l'autre, mais un *lamafa* n'avait pas seulement la responsabilité de nourrir sa famille : la proie qu'il harponnerait serait ensuite répartie entre tous les membres de son clan. Ignatius se sentait obligé de remplir ce devoir, d'autant que la tribu avait quasiment épuisé ses réserves de nourriture pendant la mousson et attendait impatiemment la reprise de la chasse. Parmi les autres couples qui se quittaient sans grande cérémonie, leurs adieux furent particulièrement émouvants car ils avaient vécu ensemble une histoire d'amour épique, marquée par la malédiction d'anciennes querelles de familles, et ils étaient restés depuis très démonstratifs, eu égard aux normes locales. Ignatius eut tout juste le temps de saluer d'un hochement de tête son fils de sept ans, Ben, avant de prendre possession du *hâmmâlollo* de la pirogue *Téti Heri*.

Yosef Boko Hariona embrassa son petit-fils Jon, deux ans à peine, qui poussait souvent des hurlements lors de ce genre d'adieux, depuis que son père les avait abandonnés, sa mère et lui. Yosef Boko venait d'avoir soixante ans mais il chassait toujours le cachalot car aucun autre homme n'était là pour subvenir aux besoins de son épouse, de sa fille restée sans mari et de son petit-fils. Il alla rejoindre Ignatius et empoigna l'aviron faisant office de gouvernail, à l'arrière, car s'il n'avait plus la force de pagayer aussi vigoureusement que les plus jeunes, c'était un barreur hors pair.

Fransiskus "Frans" Boli Bediona, chamane trapu de trente-six ans, barbe et tignasse hirsutes, salua avec impatience son épouse, petite sœur d'Ignatius, et leurs trois enfants, ne s'arrêtant qu'un instant pour embrasser la petite dernière, un bébé encore, Bernadette, qu'il appelait Bena. Il brûlait d'une ferveur quasi religieuse de se lancer aux trousses des cétacés. La chasse au cachalot le reliait tout autant aux Ancêtres que les sacrifices d'animaux et autres rituels auxquels il participait activement. Il était le second harponneur du *Kelulus*.

Pourchassant les jets blancs des cachalots qui se détachaient sur le fond sombre des vagues et du ciel d'orage, les six équipages improvisés se mirent à chanter. À cette époque, c'était encore l'Ère des Chants, avant que les moteurs hors-bord ne viennent réduire les chasseurs au silence. Tous les rameurs se joignaient au chœur :

Kidé ajaka tani-tena	Nombre de veuves et d'orphelins pleurent
Lié doré angina	Priant pour que le vent nous soit favorable
Hari hélu bo kanato.	Et que le poisson vienne à nous.

Il y avait autant de chants que de types de proies[9], des chants pour fêter une chasse fructueuse et des chants pour pleurer un retour bredouille à la maison. À terre, des chants spécifiques accompagnaient le travail des bûcherons, la construction des bateaux, les femmes quand elles pilonnaient le riz pour le réduire en farine, tressaient les sarongs ou berçaient les nourrissons pour qu'ils s'endorment, les histoires des Ancêtres que l'on se racontait et tous les autres aspects de la vie quotidienne.

Les Lamalériens chantaient d'une voix nasale et haut perchée, entrecoupant souvent leurs couplets de notes et d'étranges ululations prolongées.

Ces chants étaient plus que de la musique : c'étaient des prières. Les Lamalériens pratiquent une forme d'animisme mêlée de catholicisme et d'une bonne dose de culte des ancêtres. D'après eux, toute chose, de leurs proies au soleil, possède un esprit propre – qu'il faut donc honorer. Les Ancêtres ont beau être morts, leurs fantômes continuent d'accompagner leurs descendants. Ainsi, les chants des Lamalériens visent à exercer une influence sur le monde spirituel et sur le monde physique, implorant les vents de se lever, leurs aïeux de veiller sur eux, les cachalots de se présenter. Car ces baleines qu'ils pourchassent ne sont pas simplement des animaux, mais des cadeaux envoyés par les Ancêtres pour leur permettre de pourvoir à leurs besoins, et les récompenser de continuer à respecter leur Voie. Le maintien d'une relation forte avec les esprits est la clé d'une vie réussie.

Alors que la flottille de *téna* fondait sur ses proies, Ignatius avança tel un équilibriste jusqu'au rebord du *hâmmâlollo*. Depuis son poste de barre, Yosef Boko scandait un rythme et ses hommes pagayaient en cadence avec une impeccable coordination. Tous les équipages convergèrent, telle une meute de loups, pour prendre au piège le banc constitué de femelles et de juvéniles. Pour vaincre le *kotekĕlema*, la "baleine à tête grasse", ce don des Ancêtres, la tribu tout entière allait devoir unir ses forces.

Le bateau d'Ignatius était désormais assez proche d'un des cétacés en fuite pour que le harponneur puisse déchiffrer l'histoire des victoires passées de cet animal, gravée dans son épiderme gris – des ellipses dessinant comme des fragments de O sur le museau du cachalot, imprimées par les tentacules des calamars géants qu'il dévorait à mille cinq cents mètres sous la surface. Ignatius bondit sur le dos de sa proie avec la détermination d'un chasseur confirmé, enfonçant son harpon avec une extrême précision dans la chair molle, soixante centimètres environ sous la bosse dorsale, avant de regagner son *téna* à la nage.

Un lamafa *bondit pour harponner sa proie*

La stratégie des Lamalériens consistait à planter dans la bête autant de fers que possible, et les autres *téna* ne tardèrent pas à ajouter les leurs. Contraint de tracter le poids cumulé de plusieurs embarcations, le cachalot allait s'épuiser et les chasseurs en profiteraient pour l'assaillir de tous côtés. Un seul *téna* ne faisait vraiment pas le poids contre un tel monstre. Mais à plusieurs, on pouvait en venir à bout.

Au début, la bataille se déroula suffisamment près du rivage pour que les épouses des baleiniers assistent au spectacle, comme si les promontoires rocheux de l'île étaient des gradins et l'océan le stade. Fransiska Hariona, l'épouse de Yosef Boko, était en temps normal une personne agitée, mais les déflagrations écumeuses soulevées par la fureur des cachalots la préoccupaient moins que Jon, son bébé, qu'elle devait garder à l'œil. La chasse au cachalot était toujours risquée, et il n'était pas rare qu'il y ait des blessés, voire des morts, mais c'était une activité si routinière que cela estompait la sensation de danger. En outre, les femmes de Lamalera étaient accaparées par les tâches qui leur incombaient : écosser le riz, mettre à sécher les quartiers de viande de cachalot, faire du troc avec les tribus des hauteurs, tisser des sarongs avec le coton sauvage de la jungle puis les teindre à l'aide de colorants obtenus en pilant des racines.

Deux *téna* terrassèrent bientôt une femelle de trente tonnes et un juvénile de trois mètres de long qui n'avait pas encore de dents, sans doute le petit d'une des mères en fuite, puis les tractèrent à la rame jusqu'au rivage, leurs équipages chantant avec gratitude pour honorer ces dons des Ancêtres. Mais pendant ce temps, le *Téti Heri*, le *Kelulus* et deux autres *téna* se faisaient entraîner au large, hors de vue des côtes, par deux autres cachalots.

Les épouses se remirent au travail sans perdre de vue l'océan. Mais en fin d'après-midi, au lieu des voiles attendues, ce furent des nuages de tempête qui pointèrent à l'horizon. Bien que la Voie des Ancêtres interdise l'usage de moteurs pour la chasse, la tribu possédait deux fines pirogues équipées de moteurs hors-bord, qui furent envoyées à la recherche des chasseurs disparus. Mais une pluie torrentielle força les secours à rebrousser chemin.

À la nuit tombée, le déluge cessa et la tribu alluma des feux sur la plage pour servir de signaux. Une nouvelle averse les éteignit aussitôt. Fransiska et les autres épouses tentèrent bien d'accrocher des lampes à gaz sous les auvents des abris à bateaux, seulement le rideau de pluie occultait leur éclat. Le mauvais temps rendait les femmes nerveuses, mais les chasses duraient habituellement plusieurs heures et, une ou deux fois l'an, certaines se prolongeaient jusqu'au lendemain. Il n'y avait donc pas encore de quoi s'inquiéter outre mesure.

Sauf pour Teresea Hariona, épouse d'Ignatius et proche parente de Yosef Boko, qui, accroupie dans sa hutte en bambou, serrait délicatement son ventre entre ses mains. Son plus jeune fils, Ben, dormait juste à côté sur sa paillasse – un assemblage de vieux sacs de riz rembourrés de feuilles de maïs. L'enfant avait tenté de veiller jusqu'au retour de son père en réconfortant sa mère à cran, avant de succomber à la fatigue. De temps à autre, Teresea se levait et marchait jusqu'à la porte pour jeter un coup d'œil vers les flots démontés à travers le déluge, en se demandant qui d'Ignatius ou du bébé, attendu d'un instant à l'autre, arriverait le premier.

Tandis que les deux cachalots emmenaient Ignatius, Frans et Yosef Boko en direction de l'est, traînant chacun deux *téna* derrière eux, les chasseurs s'étaient reposés pendant cinq heures, convaincus que la perte de sang, combinée au frein exercé par les embarcations, finirait par épuiser leurs proies. Mais alors que le volcan Labalekang, ce pic surplombant à 1 621 mètres d'altitude le village de Lamalera, n'était plus qu'un dé à coudre poussiéreux dans le lointain, les cétacés ne montraient toujours pas le moindre signe de faiblesse. Lorsqu'une tempête obscurcit l'horizon en fin d'après-midi, les Lamalériens comprirent qu'ils allaient devoir venir à bout de ces cachalots au plus vite, sous peine de se retrouver pris dans la tourmente.

Frans et son *lamafa* parvinrent à harponner de nouveau leur bête mais elle riposta en assenant de sa queue un formidable uppercut sous la proue du *Kelulus*. L'équipage se réfugia à l'arrière du bateau, tandis que le cachalot rouait de coups l'avant. Les hommes ramèrent frénétiquement en arrière, libérant juste assez de corde pour rester attachés à l'animal. Une fois en sécurité, ils bouchèrent avec leurs sarongs les deux fissures qui zigzaguaient à travers la coque, mais la mer continuait de s'y engouffrer en bouillonnant.

Le cachalot aiguillonné par Ignatius, depuis le *Téti Heri*, et par le *lamafa* d'un autre *téna*, le *Kéna Pukã*, finit par briser les cordes des harpons et sonda. N'ayant plus qu'une seule chance de rentrer à Lamalera avec une prise, les deux *téna* se déroutèrent afin de prendre en chasse le cétacé qui venait tout juste d'estropier le *Kelulus*. La bête était encore retenue par les cordes des harpons qui l'attachaient au *Kelulus* et au *Kebako Pukã*, vaisseau amiral de la flotte.

Fichant un nouveau harpon dans le corps du cachalot, Ignatius aperçut à travers l'écume de la bataille ce monstre grotesque, dont la tête et l'abdomen étaient striés de blanc, comme s'il était en partie albinos, et dont la mâchoire inférieure avait été brisée en deux au cours d'un précédent combat. En réponse à ce énième coup de lance, le cétacé se mit à décrire un mouvement connu en anglais sous le nom de *lobtailing* – il bascula de telle sorte que sa queue sortait de l'eau et que son museau pointait vers le fond, puis entreprit de marteler rageusement les vagues de sa nageoire caudale. Ignatius ordonna la retraite, en lâchant du mou sur la corde.

Pour compenser la fuite du *Téti Heri*, le *Kebako Pukã* déploya un dixième harpon, mais la riposte de la bête ne se fit pas attendre : elle fonça droit sur les bordages à l'avant de l'embarcation. La moitié des hommes d'équipage se dévêtirent pour combler la voie d'eau avec leurs tee-shirts, tandis que les autres écopaient et ramaient en arrière.

Durement éprouvée, la flotte laissa son adversaire emporter plusieurs dizaines de mètres de corde. Tout en pagayant bord contre bord, les équipages palabraient. Certains affirmaient avoir vu un petit téter le cachalot femelle au moment du premier assaut – le bébé que l'autre *téna* avait tué. Ils imaginaient donc les forces de la mère décuplées par son désir de vengeance. Ignatius, lui, craignait qu'il ne s'agisse en réalité d'un monstre diabolique – bien que mesurant à peine quatorze mètres, elle avait d'ores et déjà infligé à leur flotte plus de dégâts que des mâles de six mètres plus longs.

Le soleil n'était plus à l'ouest qu'une braise incandescente au ras de l'eau, et bientôt des nuages de plus en plus sombres occultèrent ses derniers rayons. En voyant le cachalot les entraîner vers la tempête en formation, Ignatius comprit soudain que ce n'étaient pas eux qui l'avaient pris au piège, non : c'était le cachalot qui les avait piégés. Agitant la lame de soixante centimètres de son couteau à découper, il harangua ses compagnons du haut de la plateforme du *hâmmâlollo* : "Il est temps de trancher les cordes de nos harpons et de rentrer chez nous !"

Mais les baleiniers protestèrent : "Ne la laisse pas partir ! Nous la prendrons demain !" Si bien qu'ils poursuivirent la chasse.

La nuit souilla le soir. Les hommes remirent en place les bordages délogés à coups de pierres à aiguiser, fixèrent les planches brisées avec des cordes et colmatèrent les fissures avec de la moelle d'arbre séchée. Les étoiles s'éteignirent et une obscurité plus sombre encore prit possession des cieux. Des éclairs zébrèrent la voûte. Le tonnerre grondait. Des gouttes de pluie commencèrent à mitrailler les Lamalériens. Les vagues bousculaient les *téna*. Les hommes, épuisés à force d'écoper avec leurs coques de noix de coco, devaient à présent se relayer. Ignatius œuvrait stoïquement, sans se reposer comme la plupart des autres, tâchant de rester sourd à son désir de retrouver sa femme, à l'inquiétude de savoir si leur enfant était né et à sa culpabilité de ne pas être à leurs côtés.

Vers minuit, le grain se calma. Essorant son épaisse tignasse et sa barbe emmêlée, Frans se versa un peu d'eau dans la bouche ; la flotte des baleiniers s'était jetée si précipitamment dans la bataille que les marins avaient à peine emporté de quoi boire et manger. Même si ses enfants et son épouse lui manquaient, Frans était toujours aussi excité par cette chasse : il était persuadé que les Ancêtres étaient en train de tester la force de caractère de leurs descendants, et il avait bien l'intention de se montrer à la hauteur. De plus, les réserves de viande de cachalot séchée déclinaient dangereusement dans la plupart des entrepôts des clans.

Les hommes se couchèrent pour la nuit sur les cordes lovées et la voile ferlée. Yosef Boko rangea le grand aviron qui servait de barre, impuissant à contrecarrer la force colossale de la bête, mais il demeura éveillé pour suivre ses mouvements, télégraphiés au long de la corde du harpon. Son boulot consistait à ramener les hommes sains et saufs à la maison, et s'il lui était impossible d'infléchir leur course en direction du rivage, il ne s'en sentait pas moins obligé de veiller sur eux. D'un autre côté, une prémonition le faisait frémir : ce cachalot allait les vaincre. Quand Ignatius avait proposé de trancher la corde, Yosef l'avait silencieusement encouragé à le faire. S'il finissait perdu en mer, qui prendrait soin de son épouse et de ses petits-enfants, en particulier du jeune Jon ?

Quand l'aube déploya enfin ses doigts de nacre, le cachalot à la mâchoire cassée les remorquait toujours à travers l'océan, hors de vue de la terre. Il ne montrait aucun signe d'épuisement.

Ignatius rassembla les *téna* et fit cette déclaration : "Nous avons dû offenser les Ancêtres hier pour que cette baleine se montre aussi féroce. Nous devons tous nous nettoyer la bouche pour que Dieu nous confie cette baleine et que le village puisse manger." Les chasseurs se mirent à prier.

Peu après, les forces du cachalot commencèrent enfin à décliner. Il ne fendait plus l'eau comme un dauphin, mais nageait laborieusement juste sous la surface. Au lieu d'un grand jet d'eau, l'animal recrachait une bruine diffuse, comme s'il était en hyperventilation. Le devinant affaibli, Ignatius ne choisit pas un harpon parmi les armes qu'il avait à sa disposition : il noua à la place une gaffe rouillée à l'extrémité d'une tige de bambou et ordonna à ses hommes de ramer doucement en direction du cétacé. Il enfonça le crochet de la gaffe dans l'évent du cachalot et tira d'un coup sec. La tête colossale pivota. Un œil démesuré était en train de le juger.

Le cachalot projeta un geyser qui délogea la gaffe. Puis il assena au *Téti Heri* un coup de tête d'une telle violence que le calfatage de la coque sauta et les eaux de la mer de Savu se mirent à ruisseler à l'intérieur.

Une idée terrifiante traversa l'esprit d'Ignatius : et si cette baleine avait fait le mort pour attirer la flotte ? Pas une goutte de sang ne colorait son jet, ce qui signifiait que la douzaine de coups de harpon qu'elle avait reçus n'avaient pas réussi à percer ses organes vitaux. Ses blessures étaient superficielles.

Le cachalot frappait de sa queue le *Téti Heri*, qui gîtait dangereusement, forçant l'équipage à s'éloigner. Puis la bête arracha le *hâmmâlollo* du *Kéna Pukã*, et, en tentant de prendre la relève de ses compagnons en déroute, le *Kelulus*, déjà éclopé, eut la proue éventrée.

Pourtant, de nombreux chasseurs, dont Frans, étaient bien décidés à poursuivre la bataille jusqu'au bout et à ramener ce cachalot, qui permettrait de nourrir la tribu pendant les deux mois qui les séparaient encore de la saison de chasse proprement dite. Les *lamafa* des quatre bateaux se rassemblèrent en cohorte à l'avant du *Kebako Pukã*, l'unique pirogue intacte, brandissant des lances constituées d'un *duri*, ce couteau à dépecer long comme l'avant-bras, noué à un manche de harpon. Le *téna* aborda le cachalot par le travers, en prenant garde de rester hors de portée de sa queue. Malgré les flots de sang qui se déversaient de sa bosse tailladée, le jet de la bête demeurait toujours aussi pur.

Ignatius affûtait son *duri* sur une pierre quand la coque rebondit sous ses pieds, manquant de le catapulter dans les airs : la queue du monstre venait de briser la proue du *téna* en deux morceaux, lesquels ne tenaient plus que par la quille, telle une coquille de palourde.

Les hommes s'échappèrent de l'épave pour nager jusqu'au *Téti Heri*, ultime embarcation en état de naviguer. Le cachalot se remit en position de *lobtailing*, la queue en l'air, comme pour défier les Lamalériens de revenir à la charge. Ignatius, Yosef Boko et bon nombre de leurs compagnons étaient désormais persuadés que leur adversaire n'était pas un cachalot comme les autres, mais un esprit diabolique. Les chasseurs tombèrent enfin d'accord sur le fait qu'il fallait trancher les liens qui les attachaient à cette baleine maléfique.

Mais les lignes des harpons n'étaient pas des cordes manufacturées aisément remplaçables : il s'agissait des *leo* du *téna*[10], les Cordes-Esprits dont les âmes étaient entremêlées à celles des Maisons des Esprits des différents clans du village[11], ces lieux où se concentraient leurs pouvoirs. Et ces *leo* avaient été tressés avec des fibres de coton sauvage mélangées à de l'écorce d'hibiscus et du *gebang*, une variété de palmier : cela représentait, concrètement, des semaines de travail pour la communauté. On ne pouvait pas les sacrifier à la légère. Il fut donc décidé qu'un homme nagerait au milieu des ailerons de requins qui tranchaient comme des rasoirs la surface sanglante de la mer, pour aller couper ces lignes au plus près des têtes de harpon et en sauver ainsi la plus grande longueur possible.

Frans se porta volontaire. Se tirant d'une main le long d'une ligne de harpon, son *duri* calé dans l'autre, il ne craignait pas les requins-marteaux, les requins pointe blanche et les requins-tigres qui rôdaient en dessous de lui, par-delà le voile rouge. Certains fonçaient sur lui pour le renifler comme des chiens, mais il donnait des coups de pied dans l'extrémité hypersensible de leurs museaux, gorgée de terminaisons nerveuses. Les Lamalériens croient qu'un requin ne fera jamais de mal à un homme au cœur pur, et Frans se savait vertueux. Lorsqu'il chassait, il lui arrivait souvent de remonter à main nue des requins à bord de son *téna* et de leur trancher le ventre d'un coup de couteau. (Un anthropologue ayant partagé un temps la vie de la tribu dans les années 1980 décrit des hommes s'avançant dans les rouleaux de la baie de Lamalera, empoignant des requins-tigres par la queue pour les traîner jusqu'au rivage, avant de les achever à coups de gourdin[12].) Frans n'était plus très loin du cachalot, qui nageait lentement, et les requins abandonnèrent la partie, craignant les coups du cétacé. Frans, lui, s'aventura à quelques dizaines de centimètres à peine de sa queue, puis entreprit de cisailler les quatre lignes de harpon qui avaient résisté – six autres, au moins, s'étaient déjà brisées. Les hommes d'équipages remontèrent les lignes, et Frans se fit ramener à bord en s'accrochant à la dernière.

Le cachalot s'éloigna, pris en filature par une nuée d'ailerons. Puis il cracha un jet puissant et souleva sa queue – dans un geste de menace ou d'adieu – avant de sonder. Il ne refit plus surface.

Les Lamalériens entreprirent aussitôt de réparer ce qui pouvait l'être avec des moyens de fortune. L'équipage du *Kéna Pukã* enroula des cordes autour de la proue du bateau, serrant suffisamment les bordages pour empêcher l'eau de rentrer. L'embarcation était apte à supporter un équipage réduit à l'essentiel. Mais le *Kebako Pukã* et le *Kelulus*, bien qu'ayant subi des dégâts similaires, flottaient tout juste assez pour soutenir Frans et une poignée d'irréductibles écopant sans relâche. Les équipages des deux pirogues s'entassèrent donc à bord du *Kéna Pukã*, à l'exception d'un homme qui rejoignit le *Téti Heri*. Puis les baleiniers attachèrent entre eux ces derniers maillons de la flotte, en file indienne, le *Téti Heri* ouvrant la marche, suivi du *Kéna Pukã*, ces deux pirogues prenant en remorque le *Kebako Pukã* et le *Kelulus*, qui menaçaient de sombrer. À aucun moment les hommes n'avaient envisagé d'abandonner les *téna* endommagés car les Lamalériens croient que les pirogues de chasse sont douées d'un esprit, comme les hommes. Frans avait le sentiment que le *Kelulus* et le *Kebako Pukã*, à bord desquels il avait souvent servi et traversé bien des épreuves, avaient toujours veillé sur lui “comme une poule protégeant son poussin”, et qu'il avait donc le devoir d'en faire de même avec eux.

Des nuages masquaient le soleil et la terre avait disparu derrière l'horizon, si bien que les Lamalériens n'avaient aucun moyen de s'orienter. Soucieux de préserver leurs forces déjà bien entamées, puisqu'ils n'avaient pas mangé et n'avaient bu que de l'eau de pluie depuis vingt-quatre heures, ils décidèrent de s'en remettre à la loterie du vent. L'équipage du *Téti Heri* dressa le mât double constitué de deux tiges de bambou de six mètres, le long desquelles ils déroulèrent une voile qui ressemblait à une gigantesque feuille de papyrus. Celle-ci se composait de plusieurs dizaines de carrés de vingt-cinq centimètres sur vingt tissés avec des bandes de palmes séchées et assemblés sur un quadrillage de cordes. Ce type de voile, dont des flottes entières s'étaient servies jadis pour traverser le Pacifique, était devenu rare en dehors de Lamalera. Les baleiniers firent pivoter la voile autour du mât jusqu'à ce qu'elle se trouve face au zéphyr, et le *téna* se mit à déraper sur la houle.

Au milieu de l'après-midi, des monts hérissés de palmiers se détachèrent à l'horizon vers le sud-est, tel un bloc de nuages. C'était l'île de Semau. Les Lamalériens savaient maintenant où ils se trouvaient, mais il n'y avait pas matière à s'en réjouir : Semau était située à plus de cent soixante kilomètres de chez eux.

À l'approche de la nuit, un nouveau typhon fondit sur eux. Il était désormais clair que les embarcations les plus endommagées ralentissaient leur progression, si bien que les hommes du *Téti Heri* enjoignirent à Ignatius de demander aux autres équipages de prendre de l'avance. Ignatius dut martyriser sa gorge râpeuse et desséchée pour se faire entendre dans le grondement des rafales. “Pouvons-nous partir devant ? Le vent est fort. Nous dirons aux gens du village ce qui s'est passé et où vous vous trouvez.”

Frans était furieux. Il était inconcevable que les marins du *Téti Heri* puissent même envisager de les abandonner : c'était contraire à l'esprit des Lamalériens. La directive la plus cruciale de la Voie des Ancêtres stipulait que l'unité de la tribu comptait par-dessus tout, ce qu'exprimait bien ce proverbe que tous les pères apprenaient à leurs fils : *Talé tou, kemui tou, onã tou, mata tou* – Une famille, un cœur, une action, un but[13].

“Nous vivons et nous mourons ensemble ! répondirent les marins des *téna* estropiés. Vous ne pouvez pas partir sans nous !”

Les vagues se faisaient plus raides, leurs crêtes blanchissaient déjà. L'équipage du *Téti Heri* chargea Ignatius d'insister.

Ce dernier avait le cœur torturé par des sentiments contraires : jamais il n'aurait abandonné les membres de sa tribu, mais n'augmenteraient-ils pas leurs chances de survie si le *Téti Heri* filait chercher des secours ? Si la solidarité avec ses compagnons les menait tous à la mort, à quoi bon ? Ses enfants, et notamment son nouveau-né, perdraient alors un père. Et, en fin de compte, il ne s'agissait pas vraiment d'une requête. Même s'il avait voulu rester avec le reste de la flotte, il ne pouvait pas aller contre les désirs de ses équipiers.

"Pouvons-nous rentrer avant pour que le village sache que nous ne sommes pas tous morts et envoie des secours ?" cria Ignatius.

De nouveau, sa demande fut rejetée. Mais cette fois, tandis qu'il s'adressait à ses frères, l'équipage dénoua la remorque. Débarrassé de son fardeau, le *Téti Heri* décolla, poussé par les turbulences qui précédaient la tempête. Les autres *téna* se réduisirent bientôt à trois voiles minuscules dodelinant à l'horizon. Puis les cieux toujours plus bas se refermèrent devant eux comme un rideau.

Ignatius ne put contenir ses larmes. Il avait l'impression qu'on l'avait forcé à trahir les Ancêtres et les hommes de sa tribu. Et il savait que les esprits faisaient toujours payer ce genre de manquement aux individus qui en étaient responsables comme au reste de la tribu.

Aux dernières lueurs du jour, le coup de vent menaça de faire basculer le *Téti Heri* en utilisant sa voile comme un levier. Ignatius dut se faire aider de deux équipiers pour déloger le mât, là où, en temps normal, un seul homme aurait suffi. Des gouttes de pluie se mirent à les canarder comme une décharge de chevrotine. La tempête redoubla l'obscurité de la nuit et les fit tourbillonner au hasard, projetant des paquets de mer par-dessus les flotteurs latéraux. Affalés contre les barrots au centre de la pirogue, les rameurs écopaient du mieux possible. À bout de forces, certains rampaient se mettre à l'abri sous la voile. À cinq reprises, Ignatius réunit l'équipage et dirigea une prière collective jusqu'à ce que l'eau, s'accumulant, force les hommes à reprendre l'écope.

Nous sommes tous des frères, songeait Ignatius. *Il aurait mieux valu que nous mourions ensemble. Seigneur, ramène-nous au moins jusqu'au rivage pour que nos familles puissent trouver nos corps et nous organisent de vraies funérailles, ainsi nous pourrons rejoindre les Ancêtres.*

Ce vendredi soir-là, tandis que la tempête tabassait l'océan, le huitième enfant d'Ignatius et de Teresea poussa son premier cri. Il s'agissait d'une fille, mais on la baptisa quand même Ignatius Seran Blikololong Jr, car toute la famille pensait que son père était mort. Lui donner son nom était un moyen de rapatrier son âme égarée.

Le samedi matin, les lueurs de l'aube vacillèrent derrière les nuages chargés de pluie comme la flamme d'une lampe à huile de baleine qui s'allume en crachotant sous son abat-jour de bambou tressé. Grand-mère Fransiska, qui avait dormi sur la plage pour entretenir les feux-signaux, se réveilla avec du sable plein les cheveux. Elle refusait de manger depuis la veille, quand la disparition de Yosef Boko était clairement devenue préoccupante, ignorant son petit-fils Jon qui pleurait et lui donnait de petits coups pour attirer son attention. Un peu plus loin, Maria Kleka Blikololong, épouse de Frans et sœur d'Ignatius, scrutait elle aussi la mer en laissant des proches s'occuper de ses jeunes enfants.

Une quarantaine d'épouses drapées dans un espoir déjà endeuillé regardèrent le reste de la flotte, dix-sept bateaux en tout, peut-être, se disperser aux quatre vents à la recherche de leurs maris absents, emportant des noix de coco fraîchement cueillies, de l'eau et du riz enveloppé dans des feuilles de bananiers. Les lignées mâles d'une grande partie des vingt et un clans qui formaient la tribu avaient à présent basculé derrière l'horizon.

Pendant cette première nuit, l'angoisse suscitée par l'absence des baleiniers était restée sous contrôle. Mais un deuxième jour sans apercevoir les bateaux avait de quoi semer le trouble. La mer de Savu n'est pas si vaste – par une matinée dégagée, on peut apercevoir les pics de l'île du Timor en face des falaises de Lamalera. À supposer que les *téna* eussent été entraînés jusqu'aux eaux de l'océan Indien, loin vers le sud, leurs équipages étaient tout à fait capables de regagner des parages où les marins partis à leur recherche auraient repéré leurs voiles.

Au soir du troisième jour, tout le monde comprit que les chances de voir les chasseurs égarés rentrer sains et saufs s'amenuisaient dangereusement. Deux coups de vent brutaux avaient dévasté la mer, et même si les équipages à la dérive avaient survécu à la tourmente et aux cachalots, ils n'avaient de toute manière pas emporté de vivres. Les morts de baleiniers étaient tristement fréquentes : au début de chaque saison de chasse, le prêtre catholique du village égrenait à voix haute les noms des dizaines d'hommes perdus en mer au cours du siècle écoulé.

Les anciens se réunirent à l'ombre du banyan dressé sur la place du village pour débusquer et corriger le crime pour lequel, à n'en pas douter, les Ancêtres étaient en train de les punir. On chargea un messager de courir jusqu'à la capitale de l'île, un marathon de près de cinquante kilomètres par-delà les montagnes, pour que les autorités diffusent un communiqué à la radio afin d'alerter les navires croisant dans la zone. À l'heure où le soleil plongeait derrière le volcan Labalekang, la tribu se rassembla pour assister à une messe donnée par le curé.

Peu après, comme par la volonté de Dieu, quelqu'un repéra le losange d'une voile posée sur l'horizon. Un canot à moteur fut dépêché pour aller porter des provisions au *téna*. Un homme muni de jumelles annonça à la foule qui commençait à se former que le *Téti Heri* avait été pris en remorque. Le bruit courut bientôt qu'il y avait un cadavre à bord. Après tout, les baleiniers avaient passé près de trois jours en mer sans eau. Grand-mère Fransiska éclata en sanglots, sachant que Yosef Boko faisait partie de l'équipage de cette pirogue. Maria se demanda où étaient passés les autres *téna*, et son mari.

L'astre du jour avait presque fini de se consumer quand les hommes halèrent le *Téti Heri* sur le rivage et en exhumèrent des squelettes brûlés par le soleil, mais vivants. La peau de leur poitrine et de leurs cuisses était toute pelée car ils avaient dû enlever leurs tee-shirts et leurs pantalons pour boucher les trous dans la coque. Leurs lèvres étaient boursouflées, gercées et pleines de cloques. Ils avaient les yeux brillants, injectés de sang. Soutenus chacun par deux hommes, les revenants pouvaient à peine marcher.

Les gens de la tribu eurent toutes les peines du monde à convaincre Yosef Boko de lâcher son aviron pour le faire descendre du bateau : il n'avait presque pas dormi au long de cette odyssée, estimant que puisqu'il tenait la barre il était de son devoir de veiller sur ses hommes. Grand-mère Fransiska était presque aussi exténuée que lui à force de jeûner. Les deux époux émaciés s'enlacèrent, le corps agité de sanglots, eux qui mettaient habituellement un point d'honneur à ne rien laisser paraître de leurs sentiments. Lusia Hariona, fille de Yosef Boko et mère de Jon, prit son père par le bras pour l'aider à gravir la falaise, le petit Jon les suivant, en pleurs, de son pas titubant. Arrivé chez eux, Yosef Boko rinça la croûte de sel déposée sur sa peau en se douchant avec un seau, dévora une assiette de riz nature puis sombra dans un sommeil qui allait durer près de vingt-quatre heures.

Alors que les autres marins étaient pris en charge par leurs familles respectives, Ignatius errait seul sur la plage, engourdi par la peur. Où était donc son épouse ? Y avait-il eu un problème au cours de l'accouchement ? Une femme de sa famille s'approcha et lui donna une tape sur l'épaule. "Où est mon mari ? Où est mon mari ?" répétait-elle, la voix entrecoupée de sanglots.

La gorge desséchée d'Ignatius l'empêchait de parler car il avait été incapable d'avaler l'eau et les bananes écrasées offertes par l'équipage du canot à moteur. En outre, comment expliquer à cette femme qu'ils avaient abandonné son mari ?

Mais alors, sa fille aînée émergea de la foule et le prit dans ses bras. "Tu as une fille ! annonça-t-elle. On allait lui donner ton nom. Mais te voilà rentré !"

Ignatius s'excusa d'une voix rauque de ne pas avoir été présent pour la naissance, mais son aînée partit d'un grand rire. "L'important, c'est que tu sois revenu !"

En prenant pour la première fois son nouveau-né dans ses bras, sous le toit de sa hutte, Ignatius berça cette promesse si pure encore qu'elle n'avait toujours pas de nom et faillit pleurer en se demandant comment l'appeler, à présent que sa fille n'était plus obligée d'endosser son prénom d'homme. Pendant ce temps, son fils Ben s'accrochait à sa jambe comme s'il ne devait jamais la lâcher.

Une fois que toutes les familles rassurées furent rentrées chez elles, les épouses affligées, restées seules, n'eurent plus qu'à allumer un grand feu avec leurs espoirs, au sommet du promontoire. Maria jeta du bois mort dans les flammes comme s'il s'agissait d'une offrande, comme si cette lumière désespérée avait le pouvoir d'invoquer son époux disparu. Elle était reconnaissante que son frère Ignatius lui ait été rendu, mais le fait que tant d'hommes aient été sauvés et pas son mari Frans redoublait sa peine. Elle se considérait désormais comme veuve – un statut que les femmes de Lamalera redoutaient, à cause du deuil lui-même et parce que leur foi catholique leur interdisait de se remarier. Si Frans ne revenait pas, Maria et ses trois enfants n'auraient plus qu'à vivre de la charité.

Toutes les trois ou quatre minutes, un bruit de corne fantomatique résonnait dans l'obscurité. Après que le capitaine du *Téti Heri* eut reconnu avoir abandonné le reste de la flotte, on avait envoyé les canots à moteur au large avec à leur bord des souffleurs de conque. Entre deux appels, Maria et les autres épouses guettaient d'une oreille anxieuse une réponse des *téna* égarés. Vers minuit, les canots à moteur regagnèrent seuls la côte. Les gémissements des femmes réveillèrent le village.

Pourtant, pendant des jours, Maria resta sur la plage à guetter des voiles qui ne vinrent jamais. Finalement, quand tout espoir fut perdu, les clans du village envoyèrent des plongeurs chercher des coquilles de nautiles, ces os incurvés en spirale, la forme de l'éternité, qu'ils enterrèrent à la place des corps.

Ce vendredi après-midi où le *Téti Heri* les avait abandonnés, Frans avait eu l'impression que les traîtres mettaient un temps infini à s'éloigner. Le *téna* plongeait au fond d'un creux entre deux vagues, au loin, comme s'il disparaissait enfin, mais le sommet de sa voile réapparaissait toujours, hissé par la houle.

Tout en regardant son beau-frère s'en aller en le laissant là, Frans songeait à ses trois enfants et surtout à Bena, âgée de neuf mois à peine, avec son doux gazouillis. Les Ancêtres lui avaient à peine laissé le temps de la connaître. Il s'efforçait de ne pas ressasser les épreuves qui attendaient ses enfants, faute d'un père pour les protéger. Il espérait qu'Ignatius s'en chargerait, car tous les autres hommes du clan Mikulangu

Bediona, qui auraient pu s'occuper d'eux à sa place, étaient agrippés comme lui aux épaves des trois *téna*. S'ils ne rentraient pas sains et saufs, le clan se retrouverait décimé.

Au bout d'un moment, la voile du *Téti Heri* finit par ne plus remonter.

Frans et ses hommes étaient dans un état désespéré. Ils avaient depuis longtemps mangé les quelques bananes qu'il y avait à bord et vidé leur jarre d'eau. Frans avait dû colmater une brèche dans la coque du *Kelulus* avec son tee-shirt, si bien que ses épaules calcinées flamboyaient et le piquaient atrocement. Trente-quatre hommes s'étaient entassés sur le *Kéna Pukã*, qui n'en accueillait pas plus de quatorze en temps normal, et le *téna* voguait si bas sur l'eau que les vagues n'arrêtaient pas de passer par-dessus le bastingage.

Pourtant, Frans ne serait jamais parti avec le *Téti Heri*. Le *Kéna Pukã* était le *téna* de la branche du clan Bediona à laquelle il appartenait, les Mikulangu, tandis que l'autre branche disposait du *Kelulus*. Frans ne les aurait pas davantage abandonnés qu'il n'aurait laissé un cousin blessé sur un champ de bataille. Chaque clan possède son *téna*, considéré comme un être vivant dont l'âme est liée à la Maison des Esprits de la lignée, le temple familial. C'est à cause de cet investissement spirituel des hommes dans leurs *téna* que la tribu continue de fabriquer les pirogues selon les méthodes ancestrales, de telle sorte qu'elles font partie des tout derniers bateaux de la planète dont la coque est ligaturée autour de tasseaux, alors qu'on en trouvait jadis partout sur les mers d'Asie du Sud-Est et même d'Europe. Vis, clous et outils modernes sont proscrits dans leur construction et leurs matériaux sont issus de la jungle, car ils reproduisent toutes les caractéristiques du *téna* originel à bord duquel les Ancêtres ont navigué jusqu'à Lamalera, le *Kebako Pukã*. Les baleiniers auraient pu alléger leurs embarcations, qui s'enfonçaient de plus en plus dans les flots, en jetant par-dessus bord une partie du gréement. Mais pour eux, la voile était le sarong d'un bateau, qui sans elle se retrouvait nu.

La tempête les drossa vers l'est, jusqu'à ce qu'ils aperçoivent au loin la pointe tordue du Labalekang. Le haut volcan qui dominait leur île n'était qu'une minuscule fourmilière à l'horizon, mais il apportait un semblant d'espoir. Les hommes se remirent à pagayer, faiblement, donnant quelques coups puis se reposant. Une avalanche de nuages noirs s'abattait dans leur dos. La nuit ne tarda pas à engloutir le Labalekang. Puis le coup de vent leur tomba dessus. Malgré l'assaut des vagues qui obligeaient les hommes à écoper furieusement, Frans appréciait d'échapper enfin à la torture du soleil. La pluie aussi était une bénédiction : tordant ses épaisses boucles de Mélanésien, il fit ruisseler l'eau dans sa bouche, tandis que certains de ses compagnons se servaient de la voile comme d'un entonnoir, précipitant la pluie dans leurs gorges desséchées.

L'aube pointa, claire comme les ailes d'un merlebleu et dénuée de brume. Mais le Labalekang avait disparu. Après avoir été ballotté en tous sens par la tempête de la nuit, l'équipage avait perdu toute notion de l'endroit où il se trouvait. Personne n'avait eu la force d'empoigner sa pagaie, si bien que les hommes étaient à la merci du vent. Plusieurs fois dans la nuit, ils avaient prié ensemble pour leur salut.

Le soleil se reflétait à présent sur la mer, les irradiant d'en haut et du dessous. Frans avait trop mal à la gorge pour parler. Ses lèvres étaient si sèches qu'elles s'étaient fendillées. Les paroles de ses compagnons n'étaient plus que des marmonnements à peine intelligibles. Il estimait désormais à 25 % ses chances de survie. Lorsqu'il pensait aux siens, des larmes lui piquaient les yeux mais il se forçait à ne pas pleurer : il avait besoin de toute l'humidité possible.

En fin d'après-midi, peu avant qu'Ignatius et l'équipage du *Téti Heri* n'arrivent à bon port, les baleiniers repérèrent vers l'est les cônes de scories de deux volcans – mais loin de réconforter Frans, ce spectacle l'anéantit : c'étaient les deux îles de Florès, situées à l'ouest de Lembata. Le deuxième coup de vent les avait déportés à cent vingt kilomètres de chez eux, bien au-delà des eaux où les bateaux lamalériens étaient susceptibles de les chercher. Ils tentèrent de mettre le cap au nord puis à l'est, mais le vent était contre eux, les éloignant sans cesse de la mer de Savu, vers les étendues solitaires de l'océan Indien. Certains hommes s'attachèrent à la coque, afin que leurs cadavres soient rapatriés à Lamalera si l'on retrouvait la pirogue. Frans n'y était pas encore prêt, mais il se dit que le lendemain il les imiterait. Il fit une prière, conscient que son salut ne dépendait plus de lui.

Cette nuit-là, une pluie miséricordieuse s'abattit sur eux – qui, pour une fois, ne s'accompagna d'aucun grain. Les hommes tétèrent leurs tee-shirts, leurs barbes et la voile du bateau. Une fois réhydratés, certains se mirent à mâcher leurs vêtements. Un chasseur particulièrement maigre dévora la moelle d'arbre séchée dont les marins se servaient pour colmater les fuites entre les bordages. Hormis quelques vermicelles d'algues récoltés à la surface de l'eau, ils n'avaient rien mangé depuis la veille. Trop nombreux pour pouvoir s'allonger au fond de la coque, ils étaient affalés contre les barrots ou vautrés sur le *hâmmâlollo*, pesant contre les cordes enroulées autour d'eux pour les empêcher de basculer dans l'eau.

En proie à la fièvre, Frans hallucinait. Des images de Dieu lui venaient, du paradis et de l'enfer aussi, de sa famille. À une heure indéterminée de la nuit, la couverture nuageuse se déchira soudain, dévoilant un ciel serti d'étoiles. La Croix du Sud était plantée dans l'horizon. Frans connaissait cette constellation sous un autre nom, le "Pointeur", car, depuis la mer de Savu, elle pointait toujours en direction de Lamalera, si bien que pendant un moment le chemin qui menait à la maison leur fut révélé. S'ils parvenaient à suivre ce cap, Frans survivrait peut-être et pourrait de nouveau poser Bena en équilibre sur sa tête, ses deux bras tendus vers le ciel pour l'empêcher de tomber, et il s'émerveillerait de la voir si légère et fragile, et pourtant si pleine de vitalité, hurlant de rire et tirant sur ses cheveux depuis son perchoir. Mais alors, les nuages se refermèrent et le privèrent de tout moyen de connaître la direction dans laquelle se trouvaient sa femme et ses enfants.

Le lendemain matin, le *Kéna Pukã* et le *Kelulus* étaient toujours en état de naviguer, mais le *Kebako Pukã* commençait à se remplir d'eau car nul n'avait plus la force d'écoper. Il allait falloir abandonner l'*ur-téna*, le "*téna* des *téna*". Même Fransiskus "Sisu" Bataona, capitaine du *Kebako Pukã* et chef de la branche Ola Langu du clan Bataona auquel appartenait le *téna*, tomba d'accord sur ce point. Il annonça qu'il coulerait avec sa pirogue, avant que les autres ne le persuadent que cela n'était pas nécessaire.

Sisu grimpa sur le *hâmmâlollo*, qui dépassait encore de l'eau. Il avait la gorge tellement desséchée et était si exténué qu'il se sentait comme une feuille à la fin de la saison sèche, ratatinée, prête à tomber. Il s'adressa à l'esprit du *téna* : "Nous n'avons plus de force. Il vaut mieux que tu partes devant et que tu ailles nous attendre à terre." Il invoquait là le *Molo Ge Tede Kame re Mara*, un rituel d'adieux parfois utilisé pour prendre congé des défunts.

Derrière lui, les autres Lamalériens sanglotaient. Ils se savaient tous responsables à parts égales à l'heure d'abandonner le *téna* sacré. Les Ancêtres, déçus, ne manqueraient pas d'exercer leur vengeance.

Quand Sisu monta finalement à bord du *Kéna Pukã*, les courants avaient déjà pris possession du *Kebako Pukã*. Celui-ci pivota, son *hâmmâlollo* frôlant les plateformes de ses deux compagnons comme dans un dernier au revoir. Les vagues engloutissaient déjà sa proue. Bientôt, l'océan avala la pirogue. Les Lamalériens laissèrent échapper une plainte sourde.

Ils hissèrent la voile du *Kéna Pukã*. Frans et les autres hommes de la tribu ne tardèrent pas à délirer, croyant distinguer le rivage de Lamalera à quelques kilomètres à peine, des feux allumés sur la grève, brillant comme dans le noir – en plein jour. Rassemblant le peu de force qu'il leur restait, ils se remirent à pagayer, mais tout au long de la journée leur île resta hors de portée.

Quand le soir se solidifia, cette vision s'évanouit et les Lamalériens se figèrent tels des cadavres sur leurs pirogues. Frans pensait que certains de ses compagnons étaient déjà morts. Pourtant, il ne s'était toujours pas attaché aux barrots. Il se sentait capable de tenir encore un peu. Si l'aube se levait sans lui redonner espoir, il se ligoterait au *téna* et s'en remettrait à la volonté de Dieu. Il rêva de sa femme berçant leur nouveau-né.

Peu avant minuit, Frans fut arraché à ses songes par la voix râpeuse d'un des membres de l'équipage. L'homme désignait un point dans le noir. Alors, Frans distingua une rangée de fenêtres éclairées par des halogènes, flottant au-dessus de la mer de Savu. Elles encadraient des hommes et des femmes à la peau claire, élégamment vêtus. Un large faisceau de lumière balaya les flots alentour avant de l'éblouir en se posant sur le *téna*. Frans comprit tout à coup pourquoi les Ancêtres avaient enflammé l'imagination des baleiniers en leur faisant miroiter le fantasme de leur île : c'était en fait pour les encourager à s'accrocher à la vie quelques heures encore.

Un navire dont la coque d'acier portait le nom *Spice Islander*, quatre fois long comme le *téna*, s'approchait d'eux au ralenti. Frans avait déjà croisé des bateaux modernes lors de ses chasses, mais rarement d'aussi près. En voyant un bras métallique faire descendre un hors-bord et le poser sur la mer, il crut à un mirage. Le hors-bord fonça sur eux, prit le *téna* en remorque et traîna les baleiniers jusqu'au *Spice Islander*. À l'idée de manger et de boire, les marins dénouèrent les cordes qui les attachaient à la coque du *Kéna Pukã* et ferlèrent la voile.

Les Lamalériens gravirent l'échelle métallique qu'on avait descendue pour eux au niveau de la proue, sous les yeux d'une quarantaine d'étrangers massés le long du bastingage, pointant sur eux d'étranges boîtiers métalliques qui lançaient d'aveuglants éclairs blancs. Faibles comme des enfants, les chasseurs s'appuyaient sur les marins indonésiens de l'équipage. Les hommes et les femmes à la peau blanche leur serrèrent la main et leur tendirent des bouteilles d'eau en plastique qu'ils eurent de la peine à ouvrir, jusqu'à ce que quelqu'un leur montre comment dévisser le bouchon. Les touristes leur firent prendre la pose et brandirent à nouveau leurs boîtiers métalliques. Frans était trop épuisé et reconnaissant pour s'en offusquer.

Puis le capitaine du navire, un certain Sebastianus Rosari, les conduisit au mess. Là, on leur servit du café mélangé à du lait concentré sucré, ainsi qu'un gâteau blanc friable découpé en tranches, que Frans jugea fade – Sebastianus leur apprit qu'on appelait cela du pain. Il venait de Larantuka, la plus grande ville de l'archipel des Solor, et avait eu l'occasion d'y rencontrer des Lamalériens venus s'approvisionner là-bas. Son accent de l'est indonésien et sa familiarité avec leur culture les mirent à l'aise. Il leur expliqua que le *Spice Islander* rentrait d'une croisière dans l'archipel de Komodo, connu pour ses fameux "dragons", et se dirigeait vers le Timor, où les touristes devaient prendre l'avion du retour, lorsqu'un communiqué à la radio l'avait alerté sur la disparition de leurs bateaux. Le radar de bord avait alors localisé deux vaisseaux non identifiés qui dérivaient à l'écart des routes maritimes habituelles, et le capitaine avait fait un détour afin d'en avoir le cœur net.

À la fin du repas, Sebastianus s'excusa : il allait falloir saborder les deux *téna* survivants. Frans et ses compagnons le supplièrent de sauver les pirogues, lui expliquant que les bateaux possédaient une âme, comme les hommes. Le capitaine promit d'essayer. À l'aide de la grue de bord, l'équipage hissa le *Kéna Pukã* sur le pont, où sa coque éventrée fut exposée à la vue de tous. Quand on tenta de faire de même avec le *Kelulus*, la pirogue estropiée commença à se disloquer.

Les Lamalériens prièrent Sebastianus de remorquer le *téna* jusqu'à l'île la plus proche, où ils pourraient laisser l'épave puis revenir la réparer. Mais le capitaine leur expliqua que cela entraînerait un détour de plus de cent vingt kilomètres, et qu'il devait déposer les passagers à Kupang dès le lendemain, à temps pour leur vol. "La loi de la mer, c'est de sauver les hommes, pas les navires."

Jusqu'alors, un Lamalérien était resté sur le *Kelulus* pour écoper, mangeant et dormant à bord, mais on le rappela. Il apporta le *leo*, la Corde-Esprit de la pirogue, mais laissa derrière lui la voile et les harpons du *téna*, à destination des Ancêtres qui allaient ramer à son bord sur les flots de l'au-delà.

Les projecteurs du *Spice Islander* illuminèrent le *Kelulus*. Faute de marin pour écoper, ce dernier commençait à sombrer.

"Pars devant et attends-nous sur le rivage ! cria le propriétaire du *Kelulus* en direction de la pirogue. Nous te rejoindrons bientôt !"

On dénoua la corde qui reliait encore le *Kelulus* au *Spice Islander*.

L'un des baleiniers se lamenta : "Mieux vaut partir avec mon *téna* !" Il aurait enjambé le bastingage si ses compagnons ne l'en avaient empêché.

Une grande partie des Lamalériens pleuraient incontrôlablement. D'autres se couvraient les yeux, incapables de regarder couler le deuxième bateau perdu au cours de cette chasse. Frans s'efforça d'assister à ces adieux sans ciller, mais il souffrait autant que s'il avait vu se noyer un membre de sa famille.

Chaque *téna* a une paire d'yeux peinte de part et d'autre de sa proue. Le *Spice Islander* démarra, le bouillonnement de ses moteurs fit pivoter le *Kelulus* et ce dernier se retrouva face aux Lamalériens. Tandis que les deux navires s'éloignaient l'un de l'autre, le regard du *Kelulus* ne se détourna pas un instant. Frans en était convaincu : l'esprit de la pirogue lui adressait, à lui en particulier, ses adieux. Alors, finalement, il pleura. Des années plus tard, le simple fait de raconter cette histoire aux jeunes Lamalériens lui faisait encore perdre tous ses moyens.

Les touristes immortalisèrent le spectacle.

Cette nuit-là, les naufragés dormirent sur un nid de couvertures et de coussins entassés à même le pont panoramique du paquebot. Des touristes leur avaient donné des vêtements. Frans portait en guise de pyjama une chemise de soirée à manches longues, dont les manchettes lui tombaient sur les mains et dont les pans lui arrivaient sous les genoux. La plupart des Lamalériens se sentaient tout aussi ridicules, tant les Occidentaux semblaient gigantesques et obèses à côté de ces baleiniers malingres et petits de taille.

Frans ne put résister au sommeil, mais il n'arrêtait pas de rouvrir les yeux, réveillé par des pensées inquiètes. Que serait-il donc arrivé si le *Spice Islander* ne les avait pas retrouvés ? Et comment les Ancêtres allaient-ils les juger pour la perte de ces deux *téna* ?

La découverte du bateau de croisière à la lumière du jour, le lendemain matin, émerveilla Frans autant qu'elle le déconcerta. Il n'avait encore jamais vu un navire fendre ainsi les flots sans rouler. La climatisation le stupéfiait. Il était fasciné par la chute d'eau miniature qui coulait du plafond de la salle de bains pour le laver. Le fait que les touristes fassent leur besoin assis sur une chaise l'amusait – les Lamalériens ont recours à de simples trous creusés dans le sol. À la vue des lits doubles et des plafonniers dans les cabines réservées aux touristes, il ne put s'empêcher de les comparer à sa paillasse bourrée de feuilles de maïs et à sa minuscule maison de brique sans électricité.

Sebastianus avait transmis par radio la nouvelle de leur arrivée, et une foule de représentants du gouvernement, de journalistes et de Lamalériens expatriés avaient envahi le quai du port de Kupang. Derrière eux, le soleil faisait miroiter des milliers de toits en tôle, d'antennes de télévision et de radio.

Frans ne s'était jamais rendu au Timor, ses voyages ne l'ayant guère mené plus loin que les îles rurales voisines de Lembata où il allait pêcher. Sa première réaction fut de chercher un endroit où se cacher, mais il n'eut d'autre choix que de se confronter à ce nouveau monde si impressionnant. Une semaine durant, tandis que les Lamalériens attendaient le ferry qui devait les ramener à Lembata, il erra dans les ruelles poussiéreuses de Kupang. Comparée au reste de l'Indonésie, la capitale de la province était un trou paumé, un endroit où les habitants portaient encore les sarongs traditionnels tissés à la main pour se rendre à l'église le dimanche, certains se déplaçant même à cheval, mais aux yeux de Frans, cela suffisait à révéler l'avenir qui se profilait : des immeubles en béton de plusieurs étages ; des écrans de télé déblatérant au sujet du président indonésien ; des tubes d'Ace of Base passant à la radio ; quelques motos qui déboulaient sur les routes nouvellement bitumées ; plus de cent mille personnes qui avaient oublié leurs Ancêtres.

Le *Kéna Pukã* fut chargé dans l'immense soute en acier du ferry et les Lamalériens l'escortèrent jusqu'à chez eux. Avant de pouvoir poser à nouveau le pied dans leur village, Frans et les autres chasseurs durent patienter plusieurs jours dans un bourg des environs, le temps que la tribu déterre les coquilles de nautiles enterrées à leur place et organise un rituel chamanique destiné à inverser leurs funérailles. Plus tard, Frans participa à une autre cérémonie censée rappeler les âmes des *téna* engloutis pour qu'elles regagnent les Maisons des Esprits de leurs clans respectifs.

Mais même après que la flotte eut été reconstruite, Frans continua de s'inquiéter du fait que tout ne soit plus comme avant. La trahison de l'unité prescrite par les Ancêtres dont l'équipage du *Téti Heri* s'était rendu coupable resterait à jamais irrésolue – c'était une offense sans précédent et aucun rituel n'avait été prévu pour la réparer. Plusieurs décennies plus tard, Ignatius, Frans et Yosef Boko avaient toujours du mal à évoquer l'événement. Chaque fois que Frans contemplait l'horizon, vers l'ouest, il repensait au monde étranger qui se trouvait au-delà et se demandait quand celui-ci arriverait à Lembata.

Le sanctuaire des ossements de baleines à l'extrémité est de Lamalera, honorant les cachalots qui nourrissent la tribu

2

JOUER DANS LE CIMETIÈRE DES CACHALOTS

10 février 1992 – août 2013

Jon

La prophétie de Frans se confirma : le monde extérieur gagna peu à peu du terrain à Lamalera. Tout au long des années 1990, sa progression fut assez lente pour donner l'impression que les Lamalériens pouvaient encore échapper aux influences venues d'ailleurs, mais dès le début des années 2000 il devint évident qu'ils ne pourraient résister longtemps à la mondialisation. Moteurs hors-bord, électricité, téléphones portables, Hollywood et la volonté du gouvernement indonésien d'étendre son contrôle sur cette île retirée menaçaient désormais la Voie des Ancêtres. En 2013, la pérennité du mode de vie si particulier des chasseurs de baleines était devenue incertaine. Les jeunes de la tribu vivaient à cheval sur deux mondes. L'avenir de Lamalera dépendait donc de la décision qu'ils prendraient : continuer à suivre la Voie des Ancêtres ou lui tourner le dos.

Quand Jon – ce même Jon qui devait par la suite avoir la jambe meurtrie par la corde d'un harpon – se réveilla au mitan de cette nuit du mois d'août, son cœur bouillonnait du désir de devenir *lamafa*. Le téléphone portable glissé au fond de sa poche et les airs de pop indonésienne qui tournaient en boucle sous son crâne n'y changeaient rien. Il gagna la plage sous un ciel encore tout saupoudré d'étoiles et cala son harpon à l'avant du sampan. Puis il aida son mentor Yohanes Narek Hariona, un membre de son clan de dix ans son aîné, à pousser cette embarcation qui pouvait accueillir deux hommes, remplie de filets maillants, dans les vagues illuminées par la lune. Long de trois mètres à peine, le bateau était à ce point encombré de matériel que les deux marins furent obligés de s'asseoir sur les filets entassés tandis qu'ils franchissaient la barre à la force des bras. Une fois dégagés des falaises dominant la baie de Lamalera, ils hissèrent une voile découpée dans la bannière de campagne d'un candidat au Congrès indonésien, et le sourire moustachu du politicien s'étira peu à peu quand le vent descendu des pentes du volcan Labalekang s'engouffra dans la voile et les poussa vers le large.

Les rouages des corps célestes poursuivaient leur ronde. Des constellations immémoriales, de celles que les habitants des grandes villes ont fini par oublier. Quand l'aube recouvrit les cieux d'une laque de nacre, ils remontaient déjà le premier filet de la journée.

À vingt et un ans, malgré son profond désir de s'imposer comme *lamafa*, Jon n'avait pas harponné grand-chose. Pour qu'un homme acquière ce statut, il fallait que le capitaine d'un bateau l'appelle et lui confie la responsabilité de lancer les harpons du bord. Chaque fois qu'un *téna* prenait la mer, Jon espérait que son capitaine le choisisse, lui. Mais il avait fini par comprendre qu'il attendait en vain : qui donc lui ferait cet honneur alors qu'il n'avait harponné aucun animal ? Mais d'un autre côté, comment piquer la moindre proie si on ne lui offrait jamais sa chance ? Ce paradoxe faisait naître en lui une grande frustration.

En attendant le début de la saison de la chasse au cachalot, il était allé travailler dans le bâtiment à Lewoleba, la capitale de l'île de Lembata, qui, bien que située à moins de vingt-cinq kilomètres, aurait tout aussi bien pu se trouver sur une autre planète. Le recoin peu peuplé où les Lamalériens avaient élu domicile, sur la côte méridionale de Lembata, réunissait pour l'essentiel des tribus qui s'en tenaient encore aux voies ancestrales. Mais derrière les montagnes hautes de mille trois cents mètres et recouvertes de jungle qui dominaient l'île, elles aussi peuplées de tribus fidèles aux traditions, la côte nord de Lembata abritait à peu près trente mille citoyens indonésiens entrés dans la modernité. Avec cette Mecque d'écrans télé et de motos située à moins d'une demi-journée de voyage à l'arrière d'un camion-benne, les jeunes de la tribu avaient du mal à ne pas être attirés. Depuis peu, l'impatience poussait Jon à envisager de retourner poser des briques à Lewoleba, voire d'aller chercher du boulot dans les usines de Jakarta, la capitale indonésienne, métropole de près de 30 millions d'habitants toujours à l'affût des dernières innovations. Mais tout en larguant doucement les filets monofilament, il gardait un œil sur le harpon de chasse posé à l'avant du sampan.

À huit heures du matin, l'éclat de l'aube ressemblait à un rayon de projecteur digne d'un interrogatoire, calcinant toutes les ombres. Une heure plus tard, le bulbe chauffé à blanc du soleil faisait miroiter la surface d'aluminium de l'océan. Des poissons volants se prirent par bancs entiers dans leurs mailles tout au long de la matinée, et Jon et Narek les remontaient rapidement pour éviter que les dauphins ne déchirent les fils en plastique de leurs dents acérées pour pirater tout ce poisson. Lorsqu'ils tiraient sur les prises pour les faire passer à travers les mailles, des écailles étincelantes semblables à une neige arc-en-ciel venaient se coller à leur peau. En début d'après-midi, ils avaient trois seaux remplis d'environ deux cent cinquante exocets.

Ils étaient en train de dérouler la trogne moustachue du candidat au Congrès pour rentrer à la voile quand Narek poussa un cri à l'arrière du sampan :

"*Bōu !*

— Où ça ? Où ça ? répondit Jon, en scrutant la houle.

— Devant !"

Narek, en bon *lamafa* qu'il était, avait su dès l'instant où ses yeux expérimentés avaient vu le bout d'une aile mordorée scalper le sommet d'une vague qu'il s'agissait d'un diable de mer à nageoires courtes, nom couramment donné à la raie mobula kuhlii. Jon, lui, avait déjà du mal à repérer l'animal. Narek ordonna au jeune homme de libérer la proue. Jon répondit que s'ils prenaient le temps d'échanger leurs places ils risquaient de perdre la raie. Ce qu'il voulait, évidemment, c'était lancer lui-même ce harpon.

"Tu la vois, maintenant ? demanda Narek.

— Oui.

— Très bien, je prends les rames."

Jon fit tourner le fer du harpon pour l'enfoncer davantage dans le manche en bambou, pendant que Narek se rapprochait de l'ombre qui glissait juste sous la surface. Jon cala son pied avant sur la pointe du sampan et son pied arrière contre un barrot, tel un sprinter prenant position dans les starting-blocks, puis il souleva son arme.

Le *bōu* décrivit un arc de cercle devant eux. C'était une raie adulte qui devait peser quarante-cinq kilos et déployait royalement son mètre cinquante d'envergure. Jon se tendit et fit rouler le sampan. La raie revenait à présent vers lui, ses ailes ondulant dans l'eau, loin des battements saccadés d'un oiseau.

Jon bondit du sampan vers sa proie, projetant son harpon comme un javelot. Plus légère et plus longue que le projectile de baliste réservé aux cachalots, l'arme fila comme une flèche dans les airs. La raie accéléra et se retourna soudain pour plonger vers le fond, dévoilant le diamant blanc de son ventre.

Dès que le harpon eut quitté la main de Jon, tout devint prédéterminé. Les lois de la physique et du destin firent tourner l'équation des vitesses respectives de l'arme et de la raie, et la réponse, bien qu'encore inconnue, était déjà fixée. Dans son enfance, lors d'un rassemblement, Jon avait entendu les anciens de Lamalera expliquer que les hommes étaient comme des harpons lancés par les Ancêtres ou par Dieu : tous filaient vers une cible qui leur resterait inconnue jusqu'à ce qu'ils l'atteignent. Toute sa vie, Jon s'était projeté vers un seul but : devenir *lamafa*. Mais atteindrait-il cette cible ? Rien n'était moins sûr.

Petit, Jon avait joué parmi les os de cachalots jonchant la plage du village. Il escaladait les squelettes de cétacés comme s'il s'agissait de cages à écureuils dans un jardin d'enfants. Il empilait comme des parpaings les vertèbres géantes, plantait des côtes démesurées dans le sable volcanique noir pour marquer l'emplacement des buts lors des matchs de football.

À quatre ans, il lui était arrivé, certains après-midi, d'emprunter la machette de son grand-père pour aller dans la jungle couper une tige de bambou, dont il taillait ensuite en pointe l'une des extrémités. Puis il emportait ce harpon de fortune sur la plage, où l'attendaient les crânes titanesques. Débarrassés de leurs mâchoires, ces derniers n'étaient plus qu'un front, énormes boucliers d'os qui ne protégeaient plus rien. Jon dressait sa lance, s'imaginant debout sur un *hâmmâlollo*. Il frappait sa cible encore et encore, jusqu'à ce que la pointe de son arme se fende et alors il s'effondrait, en nage, sur le sable, son petit ventre se gonflant à chaque inspiration. Le crâne, même pas marqué par ses coups, fixait les vagues derrière l'enfant, qui essayaient de le rappeler à elles.

À l'âge de cinq ans, Jon avait compris qu'aucun *lamafa*, aussi fort fût-il, n'était capable de traverser avec le fer en acier de son harpon le casque de spermaceti d'un cachalot. Au lieu de s'en prendre aux crânes échoués, ses copains et lui sculptaient désormais leurs proies dans le sable, au pied des *téna* déposés en cale sèche, en s'assurant qu'elles soient absolument parfaites d'un point de vue anatomique, de la nageoire caudale jusqu'à l'évent. En cachette des adultes, ils volaient de vrais harpons entreposés avec les armes de chasse, tâchaient de se tenir debout sur les planches instables d'un *hâmmâlollo* puis frappaient le cachalot étalé sur le sable, juste derrière la nageoire dorsale. Le plus drôle, c'étaient les fois où les hommes avaient défriché un jardin et où le tronc d'un bananier se retrouvait à flotter dans la baie de Lamalera. Le courant l'entraînait jusque sous le promontoire, vers l'est, où il dansait à la surface. Alors, les gamins se jetaient du haut des remparts de pierre et transperçaient le tronc jusqu'à ce qu'il s'effiloche comme un oignon géant, couche après couche, avant de couler.

En 1998, Jon avait six ans et chaque après-midi il guettait le retour de la flotte qui ramenait son grand-père, ses oncles et ses cousins – mais pas son père, qu'il n'avait jamais connu. Tandis que le soleil basculait derrière le sommet du Labalekang, au-dessus du village, Jon suivait du regard les voiles en palmes tressées, minuscules diamants noirs qui se transformaient peu à peu en toiles gonflées par le vent, étincelantes dans l'éclat de miel de la fin d'après-midi. Quand les *téna* étaient assez proches pour qu'il entende les chants des rameurs, Jon plissait les yeux pour tenter d'apercevoir les trophées qu'ils rapportaient : une aile tombant par-dessus le rebord d'un grand panier trahissait la présence d'une raie manta ; un aileron dépassant des barrots, celle d'un requin. Le mieux, c'était lorsqu'un cachalot était attaché au flanc du *téna*, qui paraissait soudain petit à côté du monstre et gîtait, déséquilibré par son formidable poids.

Les enfants s'amusaient alors avec le cadavre jusqu'à la tombée de la nuit. Jon adorait jouer au Roi de la Baleine, une sorte de mêlée où tous les coups étaient permis, jusqu'à ce qu'il ne reste plus qu'un seul gamin debout au-dessus de l'évent. Plus petit que ses adversaires, il jouissait d'un sens de l'équilibre et d'une rapidité qui lui permettaient de rester perché sur la peau caoutchouteuse, rendue glissante par l'eau de mer. Un autre jeu presque aussi drôle consistait à prendre de l'élan sur le crâne du cétacé pour plonger la tête la première sur son dos en pente avant de se laisser glisser le long de ses flancs lisses.

Jeunes Lamalériens jouant sur un cachalot mort

Si c'étaient les Hariona, le clan de Jon, qui avaient tué le cachalot, l'enfant faisait semblant de dormir sur sa paillasse de bambou jusqu'à ce que sa grand-mère se mette à ronfler. Puis il filait en douce à la plage, où son grand-père Yosef Boko, celui-là même qui avait tenu la barre du *Téti Heri* lors de la désastreuse poursuite de la baleine diabolique, était accroupi devant un feu avec les hommes de son clan, à boire du *tuak*, le vin de palme local. Son grand-père finissait par le repérer, tapi dans l'ombre, et s'écriait : "Un petit gecko se cacherait-il dans le noir ?" Alors Jon venait poser sa tête sur les genoux de son aïeul et écoutait les hommes refaire la chasse tels des commentateurs sportifs, analysant chaque lancer de harpon du *lamafa* et jusqu'au moindre coup de queue du cachalot. Les hommes ne tardaient pas à s'assoupir dans le sable, mais ils se réveillaient toutes les deux ou trois heures pour traîner la baleine un peu plus haut sur la plage avec l'aide de la marée, et vérifiaient les lignes de pêche qu'ils avaient posées pour prendre les requins en maraude.

Jon ouvrait les yeux au petit jour, tiré du sommeil par le raclement des couteaux qu'on aiguisait sur les rochers, les

Lamalériens préparant leurs *duri* avant de s'attaquer au lard du cachalot, épais de trente centimètres. Yosef Boko confiait à son petit-fils une tâche simple : peler l'enveloppe caoutchouteuse des entrailles ou ramper dans la poche fétide de l'estomac pour dénicher des pépites d'ambre gris parmi les milliers de becs de calamars et, parfois, les os de requin qu'elle contenait.

Mais Jon filait bientôt regarder l'équipe d'une centaine d'hommes qui faisait du tir à la corde avec le corps du cachalot, dont la partie supérieure avait été débitée jusqu'aux côtes, afin de le faire basculer de façon à ce que la viande du dessous se retrouve exposée. Ou bien il courait rejoindre les femmes occupées à faire bouillir dans des chaudrons les entrailles grosses comme des pythons, et goûtait le bouillon jaune et âcre où flottaient d'épais morceaux. Souvent, un enfant plus âgé empoignait un énorme pénis tranché[1] et poursuivait ses copains en le faisant tournoyer comme une batte de base-ball. Jon et ses amis se hissaient, nus, dans l'immense poitrine creuse du cétacé et pataugeaient dans le sang qui leur arrivait aux chevilles pour explorer cette grotte fantastique dont ils ressortaient en pouffant de rire, dégoulinant de substances sanglantes. Exaspéré, Yosef rappelait à son petit-fils qu'il était censé aider ses aînés, mais le vieil homme le frappait rarement, contrairement à la plupart des Lamalériens quand leurs fils se montraient désobéissants. Certains patriarches gardaient d'ailleurs à cet effet une queue de raie pastenague enroulée autour du poignet, châtiment rendu plus douloureux encore par les toxines contenues dans les piquants de la queue.

Une fois que les tonnes de viande avaient été réparties entre les dizaines de chasseurs, Jon et son grand-père empilaient les énormes steaks violacés qui leur revenaient sur des carapaces de tortues marines. Puis ils les posaient comme des plateaux en équilibre sur leur tête, le sang s'égouttant par les trous dans la carapace, aux endroits où les coups de lance mortels avaient porté, et ils remontaient péniblement la pente qui menait à leur hutte au sommet des falaises. Là, ils découpaient la viande en fines bandes, qu'ils suspendaient à des râteliers en bambou pour que le soleil des tropiques et l'air aride les tannent comme du cuir. Cette viande séchée leur permettrait de tenir pendant les semaines ou les mois qui allaient s'écouler avant qu'ils ne tuent un autre cachalot, ou qu'ils puissent l'échanger contre les légumes récoltés par les tribus voisines installées dans les montagnes, qui cultivaient la terre au lieu de chasser les baleines. Pendant ce temps, la grand-mère de Jon, Fransiska, fourrait des bouts de viscères dans des coques de noix de coco, achevant de remplir ces récipients naturels avec du sang de cachalot, des algues récoltées dans les cuvettes de marée et des feuilles de citrons verts ramassées dans les vergers du village. Puis elle faisait rôtir ces noix de coco jusqu'à ce que la mixture prenne l'aspect d'un goulasch. Alors Jon avalait bruyamment ce bouillon salé et amer qui lui brûlait le palais.

Après qu'une baleine a été partagée, chaque Lamalérien découpe la portion qui lui revient en bande de quinze centimètres et la sèche au soleil

Deux ans avant l'an 2000 – et quatre après la rencontre de Frans avec le paquebot de croisière –, Jon et les siens menaient encore pour l'essentiel le même mode de vie que leurs ancêtres, chassant pour se nourrir, tissant leurs voiles avec des palmes et se livrant à une économie de troc avec les tribus des montagnes qui, comme les Lamalériens, n'avaient presque jamais recours à la monnaie indonésienne. Même lorsque la crise financière en Asie du Sud-Est ravagea les économies de la région[2] cette année-là, faisant chuter la roupie indonésienne de plus de 80 % en l'espace de six mois, les Lamalériens le remarquèrent à peine. Comment cet événement aurait-il pu les affecter ? Après tout, cela ne changeait rien au prix du *faré kotekĕlema*, ces bandes de viande de cachalot séchée longues de quinze centimètres qui constituaient l'unité monétaire de base de cette économie de troc, et qu'ils échangeaient contre une douzaine de bananes ou un kilo de riz non décortiqué auprès des tribus d'agriculteurs qui peuplaient les flancs du volcan.

Le fait de se trouver aux confins orientaux de l'archipel indonésien, à plus de trois mille kilomètres du continent asiatique et à près de mille kilomètres au nord-ouest de l'Australie, isolait Lamalera des troubles qui agitaient le monde. Les montagnes aux forêts impénétrables de l'île formaient comme un rempart autour du village, et les périlleux courants qui tourbillonnaient dans les détroits voisins tenaient depuis des siècles les navigateurs à distance. Dévoués à la Voie des Ancêtres, les gens de la tribu préféraient vivre dans leur univers autosuffisant que chercher à s'intégrer au monde extérieur.

Aux yeux de Yosef Boko, comme de la majorité des anciens, Lamalera ne semblait jamais devoir changer. Chaque vague était identique à la précédente : toutes venaient frapper ce même rivage qu'elles avaient peu à peu érodé au gré des millénaires. Demain, c'était hier. Mais, surtout depuis le séjour de Frans à Kupang et le retour des hommes de la tribu partis travailler à l'étranger pendant des années, les Lamalériens les plus perspicaces pressentaient l'avènement des grands bouleversements qui étaient en train de décimer les autres sociétés autochtones aux quatre coins du globe. De fait, la naissance de Jon découlait elle-même d'un de ces premiers changements.

Quand Jon entra à l'école élémentaire[3] de Lamalera le 20 juillet 1998, l'une des premières choses qu'il apprit, outre le serment d'allégeance à l'État indonésien, fut que son père n'avait jamais épousé sa mère. Les autres écoliers se moquaient même du fait que ses deux petites sœurs avaient un autre père, que sa mère n'avait pas non plus épousé, une situation quasiment inédite dans la société lamalérienne. Jon dut supporter les railleries de ses camarades, qui affirmaient qu'il n'était pas un vrai Lamalérien mais un *kefela*, un homme des montagnes, comme son père, qui appartenait à une tribu des hauteurs. Narquois, ses camarades lui disaient qu'il allait devoir rester à terre et s'occuper des cochons avec les femmes, puisqu'il n'était pas un marin-né. Il ne deviendrait jamais *lamafa*, cela allait de soi, car la loi tribale réservait ce statut aux fils de harponneurs, même si l'on faisait parfois une exception pour les chasseurs prodigieusement doués.

Jon s'efforçait d'expliquer calmement qu'il avait bel et bien un père et que celui-ci aurait voulu s'occuper de lui, mais que son grand-père s'y opposait car il le détestait. Il affirmait ne pas être un enfant illégitime puisque sa mère et lui savaient qui était son père. Mais les quolibets le poussaient toujours à bout, et cela finissait par des genoux écorchés et des mèches de cheveux tirées.

La mère de Jon, Lusia Sipa Hariona, n'avait jamais caché à Jon que son père était le pilote de la grande chaloupe qui effectuait deux fois par semaine la traversée depuis Wulandoni, un village de marchands situé à onze kilomètres de là, plus haut sur la côte, jusqu'à Lewoleba, prenant toute une journée pour contourner les volcans Labalekang et Mingar et gagner l'autre côté de l'île. Ces deux-là étaient tombés amoureux alors que la mère de Jon se rendait au marché de Lewoleba pour y acheter les rares produits que les Lamalériens ne pouvaient fabriquer eux-mêmes avec les ressources de la jungle et de l'océan, comme le savon ou les gamelles en fer. La cargaison de noix de bancoulier ou de cajou, de viande de cachalot séchée et de chèvres vivantes que transportait la chaloupe obligeait presque toujours les passagers à se tasser les uns contre les autres, et la mère de Jon avait pris l'habitude de se blottir à l'arrière du bateau, près du futur père de l'enfant.

Lusia était déjà enceinte de Jon quand le géniteur escalada les pierres empilées de l'escalier qui menait à la dernière maison dominant les falaises, pour demander à Yosef Boko la main de sa fille. Qu'un *kefela* ait l'audace de demander une Lamalérienne en mariage était en soi un signe que les temps changeaient : les jeunes de Lembata s'affranchissaient de plus en plus des frontières culturelles qui séparaient depuis toujours les différentes tribus pour choisir librement leur époux ou épouse. Pendant des siècles, les mariages lamalériens s'étaient organisés en vertu d'un système triangulaire très complexe entre les différents clans, conformément à la loi des Ancêtres. En vertu de ce système, les vingt et un clans de la tribu étaient divisés en trois groupes, chacun acceptant exclusivement des promises issues d'un seul des deux autres – c'est-à-dire B pour A, C pour B et A pour C. Yosef Boko refusa donc la demande du père de Jon. Il l'estimait irrecevable dans le cadre de la Voie des Ancêtres. Mieux valait que sa fille ne se marie jamais, plutôt que de se lier à ce *kefela*, ce pilote de chaloupe...

Jon naquit le 10 février 1992 et tomba presque aussitôt gravement malade. Le père de Jon ne cessait de grimper cet escalier branlant pour supplier le grand-père de le laisser voir son fils souffrant, qu'il entendait parfois pleurer derrière la porte, mais à chaque fois Yosef Boko l'envoyait promener. Un mois durant, le père de Jon se présenta assidûment à la porte de la maison. Puis ses visites se firent plus espacées. Au bout d'un moment, il cessa de venir. Le bruit courut qu'il avait déménagé à Larantuka, la seule véritable ville de la région, à trois îles de là, pour commencer une nouvelle vie. Tout au long de son enfance, Jon avait entendu sa mère lui répéter : "Souviens-toi, tu n'es pas un Lamalérien. Tu es un homme de Botoh [le village de son père, dans la montagne]. Si ton père et ta mère se marient, alors nous pourrons aller nous installer à Larantuka." Jeune écolier, quand il accompagnait sa mère à Lewoleba, Jon se serrait avec elle dans la cabine téléphonique du bureau de poste et scrutait son visage tandis qu'elle parlait à son père.

À l'école, Jon se faisait surtout remarquer par son incapacité à rester en place et à obéir aux professeurs. La plupart du temps, de toute manière, il n'aurait pas pu faire ses devoirs, faute de papier ou de crayons, articles que sa famille n'avait pas les moyens d'acheter. Son tempérament belliqueux lui valait bien des allers-retours, le matin, jusqu'à un puits situé à un kilomètre de l'école, d'où il devait rapporter de l'eau pour remplir le réservoir en béton situé derrière les salles de classe. Il avait horreur de jouer les porteurs. *Est-ce que je vais à l'école pour apprendre à soulever des trucs ?* pestait-il. Il avait la réputation de se bagarrer avec ses camarades et de répondre aux adultes, attitude totalement tabou dans la hiérarchie sociale de Lamalera, fondée sur l'âge. Tour à tour, il s'accrochait aux jupons de sa mère et se disputait avec elle. Il se comportait de manière tout aussi déroutante avec ses grands-parents : tantôt il quémandait gentiment des faveurs, tantôt il piquait des colères.

À l'image de sa jeunesse de plus en plus chaotique, le monde lui-même semblait s'effondrer. Le 21 mai 1998, le général Suharto, ce dictateur qui régnait sur l'Indonésie depuis trente et un ans, annonça qu'il se retirait. Les manifestations violentes qui avaient éclaté dans les principales villes d'Indonésie, déclenchées par la crise financière asiatique et faisant de Jakarta une coquille calcinée jonchée de centaines de cadavres, avaient eu raison de lui.

Sous le gouvernement militaire de Suharto, la participation des Lamalériens à la vie politique du pays était restée très limitée. Mais un an après son éviction, ils se retrouvèrent à bricoler des isoloirs avec de simples couvertures tendues sur les troncs de jeunes arbres fraîchement abattus, installés sur la place où, depuis des siècles, ils avaient débattu entre eux des questions relatives à la vie du village. Armés d'un clou, Yosef Boko, Fransiska et Lusia percèrent chacun un trou dans les bulletins de vote en papier, participant ainsi aux premières élections véritablement démocratiques depuis quatre décennies. Leur candidat préféré fut élu président de l'Indonésie, et l'une de ses premières décisions consista à décentraliser le pouvoir, opérant un vaste remaniement des frontières et des hiérarchies à l'échelle du pays, dans lequel Lembata formait désormais un district administratif à part entière. Lewoleba devint la capitale de l'île, et Petrus Keraf, natif de Lamalera qui avait élu domicile là-bas, fut élu gouverneur.

En 2000 – année de la centième mission de la navette spatiale américaine et de l'élection de George Walter Bush comme quarante-troisième président des États-Unis –, l'un des premiers grands travaux publics ordonnés par l'administration de Petrus fut la construction d'une route digne de ce nom jusqu'à Lamalera, projet que les gens du village appelaient de leurs vœux depuis des décennies. À l'époque, une route pavée datant de l'ère coloniale partait de Lewoleba vers l'intérieur de l'île, mais elle se désagrégeait sur les hauteurs du Labalekang et les rares véhicules qui continuaient devaient emprunter une piste en terre cauchemardesque. Pour se rendre à Lewoleba, la plupart des Lamalériens en étaient réduits à faire du cabotage à la voile autour de l'île ou à franchir à pied les montagnes. Mais le 6 mai

2000, un tractopelle entra bruyamment dans Lamalera après avoir creusé une piste à travers la jungle. Afin de préserver ses chenilles rongées par la rouille, l'engin avait progressé sur un tapis de pneus de moto usagés et coupés en deux, qu'une haie d'ouvriers déplaçait au fur et à mesure en allant récupérer les pneus écrabouillés pour les remettre devant la pelleteuse, qui les piétinait de plus belle. L'ultime tâche de ce lourd engin consista à tailler un chemin dans la face des falaises reliant le bas de Lamalera, construit aux abords de la plage, à la partie haute du village, ce plateau où vivaient la plupart des membres de la tribu[4].

Quand le béhémoth d'acier fit demi-tour pour rentrer à Lewoleba, le monde avait finalement opéré sa percée décisive jusqu'à Lamalera. C'était une route rudimentaire, non bitumée. À peine carrossable pendant la saison sèche, elle se transformait en bourbier dès l'arrivée de la mousson. Mais on pouvait désormais l'emprunter en bus jusqu'à Lewoleba ; de là, prendre un bateau jusqu'à Larantuka et, de Larantuka, poursuivre son chemin jusqu'aux capitales régionales que sont Maumere et Kupang, d'où l'on pouvait embarquer pour une traversée de plus de mille six cents kilomètres par la mer jusqu'à Jakarta, dont l'aéroport desservait le reste du monde. Peu après l'achèvement de la route, un *auto* – terme local désignant un camion-benne reconverti en autocar –, qui mettait une demi-journée de moins que la liaison maritime Lamalera-Lewoleba pour rejoindre la capitale de l'île, vola le marché aux chaloupes, et l'ultime trace du père de Jon à Lamalera s'évapora. En l'espace d'un an, Jon vit un tas d'objets extraordinaires – haches en acier industrielles, moteurs hors-bord, un groupe électrogène qui alimentait tout le village – débarquer à Lamalera à l'arrière de ce camion. Mais le fait le plus marquant fut qu'à l'approche de 2001, alors qu'il était âgé de neuf ans, sa mère Lusia prit à son tour cette route vers le monde extérieur, laissant ses enfants derrière elle.

Plus tard, Jon raconterait alternativement deux versions de cette histoire : que sa mère l'avait prévenu de son départ, en pleurs ; ou bien qu'au bout de plusieurs semaines ses grands-parents avaient dû lui annoncer que sa mère n'était pas en train de faire du troc ici ou là, mais qu'elle était partie pour de bon. Quoi qu'il en soit, la mère de Jon en avait terminé avec ce rôle de femme de mauvaise vie qu'on lui faisait porter à Lamalera, où elle n'était jamais parvenue à se débarrasser des stigmates de ses erreurs de jeunesse avec le père de Jon puis avec celui de ses filles. Elle avait décidé d'aller s'installer à Kupang, la capitale de la province – cette ville où le *Spice Islander* avait déposé Frans et les autres chasseurs de cachalots après avoir repéré leurs *téna* en perdition –, pour vivre chez son frère, qui y travaillait comme charpentier.

Si la plupart des Lamalériens passaient encore leur vie entière sur la minuscule bande côtière que la tribu s'était appropriée, une minorité non négligeable d'entre eux était déjà partie chercher fortune ailleurs. À partir des années 1920, lorsque des missionnaires étaient venus évangéliser la tribu, quelques Lamalériens avaient commencé à émigrer vers d'autres îles d'Indonésie pour entrer au séminaire ou servir l'Église, formant des micro-communautés partout où ils atterrissaient. Dans les années 1970, s'appuyant sur ce réseau d'expatriés, une poignée de villageois entreprirent de partir s'installer ailleurs pour des raisons autres que religieuses. Bon nombre d'entre eux avaient franchi le pas après s'être fâchés avec leurs familles, à l'image du frère de Lusia défiant l'autorité toute-puissante de Yosef Boko, ou avoir enfreint les normes de cette société, comme Lusia, mais certains avaient tout simplement cédé aux sirènes d'une vie meilleure, à l'heure où la croissance de la population se heurtait aux limites de ce que le territoire de Lamalera était capable d'accueillir. À la fin des années 1990, le moindre centimètre carré de terrain avait été construit et il ne restait plus le moindre lopin de terre où bâtir de nouvelles maisons. Au fil des décennies, alors qu'un nombre sans cesse croissant de Lamalériens prenaient le chemin de l'exil et que les charmes du monde extérieur brillaient d'un éclat grandissant, ce flux s'intensifia, jusqu'à exploser au début des années 2000.

Lusia était censée trouver du travail et envoyer de l'argent pour payer les frais de scolarité de ses enfants, l'une des rares dépenses qui n'entraient pas dans l'économie de troc des Lamalériens et que les familles de la tribu avaient souvent du mal à financer. Mais les premières nouvelles que Jon reçut de sa mère arrivèrent plus de deux ans après son départ, sous la forme d'une lettre. Sa petite sœur Fransiska "Ika" Hariona la lut à voix haute devant la famille réunie – leurs grands-parents étaient analphabètes –, qui apprit ainsi que l'oncle de Jon était mort en tombant du toit d'une maison, sur un chantier. La lettre contenait une autre révélation : peu de temps après son arrivée à Kupang, Lusia s'était inscrite à une formation pour devenir infirmière, avec l'idée de mettre à profit son traitement afin de payer les études des enfants, lorsqu'un riziculteur de vingt ans son aîné l'avait saluée un jour qu'elle marchait le long de sa rizière. Ils avaient passé tout l'après-midi à parler, et, quand le soir tomba, il l'avait demandée en mariage. Jon et ses sœurs avaient déjà un demi-frère et une demi-sœur.

Après avoir informé les siens de la mort de son frère, Lusia ne leur donna plus aucune nouvelle pendant quatre ans. Elle ne revint à Lamalera que deux fois au cours des quinze années qui suivirent. Jon ne se rendit jamais à Kupang, et ne rencontra jamais ses nouveaux frères et sœurs. Ce que signifiait cette lettre, c'était que sa famille se réduisait désormais à ses grands-parents et ses deux petites sœurs, Ika et Maria "Mari" Hariona. Du haut de ses neuf ans, Jon comprit qu'il allait devoir être l'homme de la maison. Officiellement, il resta inscrit à l'école jusqu'à la fin de la primaire, mais ne fit même plus semblant de suivre les cours. Yosef Boko, qui n'était lui-même pas allé au bout de l'école élémentaire, encourageait l'absentéisme de son petit-fils, qui s'efforçait, à la place, de rapporter à manger aux siens. Jon pêchait à la ligne depuis les promontoires, arrachait des pouces-pieds géants des récifs, à marée basse, traquait les oiseaux de la jungle à l'aide d'un lance-pierre de fortune bricolé avec des dizaines d'élastiques, et se livrait à la chasse sous-marine, son activité préférée. Son rêve de devenir *lamafa* dépassait désormais la simple volonté de prouver qu'il était un Lamalérien : les harponneurs avaient droit à une part de viande supplémentaire, qu'ils pouvaient partager avec leur famille.

Libéré à la condition qu'il rapporte aux siens de quoi manger, Jon était devenu, pour reprendre la description qu'un vieux Lamalérien donnerait plus tard de lui, "aussi sauvage qu'un chien dont le maître est mort". Après une chasse victorieuse, son vieil ami Narek achetait parfois un tube de bambou rempli de *tuak*, et ces deux-là s'enivraient jusqu'à en vomir. Jon en venait souvent aux mains avec ceux de ses anciens camarades de classe qui avaient le malheur de le traiter d'illettré. Au bout d'un moment, les aînés de son clan renoncèrent à se faire obéir de lui, ils disaient : “Il lui faudrait un père pour le contrôler.” À l’âge de dix ans, il fit sa première communion et, son âme désormais sauve s’il venait à mourir, prit la mer.

S’il était né cinq ans plus tôt, Jon aurait fait son apprentissage à bord du *téna* de son clan, le *Boli Sapang* : écoper, lover les lignes des harpons, apprendre le maniement des nombreuses drisses et écoutes de la voile en palmes tressées, avant de mériter, au bout d’un moment, qu’on lui donne sa propre pagaie. Mais au lieu de cela, il embarqua sur le *Felana*, l’un de ces nouveaux bateaux que les Lamalériens avaient commencé à fabriquer dans les années 1990 : deux fois plus courts que les *téna*, ils étaient propulsés par un moteur hors-bord de quinze chevaux. Ces embarcations modernes avaient été baptisées du nom de la première marque d’engins connue de la tribu, de fabrication américaine : les moteurs Johnson ou *jonson*, selon l’adaptation locale. Ces bateaux étaient populaires auprès des jeunes Lamalériens, car ils permettaient aux chasseurs de poursuivre des dauphins et des espadons, jusqu’alors trop agiles et rapides pour eux. Malgré la méfiance que ces barques motorisées inspiraient à bon nombre d’aînés qui donnèrent pour règle de ne chasser le *kotekĕlema* qu’à bord des *téna*, l’efficacité des *jonson* n’eut aucun mal à convertir les plus progressistes. Au début des années 2000, un système de prêts mis en place par le gouvernement et les dons des Lamalériens en exil permirent à un nombre sans cesse croissant de clans de se procurer des moteurs hors-bord et, bientôt, *téna* et *jonson* se partagèrent chaque matin les eaux de la baie. Le deuxième oncle de Jon, Gregorious Dengekae Kĕrofa, l’un des premiers pêcheurs à avoir adopté ces nouveaux bateaux, recruta Jon à son bord.

Lors de son premier jour de chasse, un coup de vent leva une forte houle. Il ne se révéla pas être un marin-né. Ce jour-là, et souvent encore au cours des semaines suivantes, il succomba au mal de mer, humiliation suprême pour un Lamalérien. Afin de le guérir, Gregorious lui faisait boire de l’eau de mer après chaque vomissement. Les quolibets sur son identité de *kefela* redoublèrent. Des mois durant, il n’eut pas le droit de toucher aux cordes ni aux harpons et se contenta d’écoper et de rouler des cigarettes pour les aînés du bord, jusqu’à en avoir les doigts jaunis par le tabac. C’est à ce moment-là aussi qu’il se mit à fumer. Mais il finit par monter en grade et on lui confia le soin de préparer les harpons, en combinant de diverses manières les sept fers, les six manches de bambou et la demi-douzaine de cordes à sa disposition en fonction du type de proie, avant de tendre l'arme choisie au *lamafa*. Bientôt, il maîtrisa des dizaines de nœuds marins. Il apprit à lire si finement l'aspect de l'océan qu'il était capable de repérer une raie au sillage qu'elle créait en nageant sous la surface, lequel allait souvent à l'encontre de l'orientation naturelle des vagues. Il ne vomissait plus.

Le fait d'avoir débuté sa formation sur un *jonson* plutôt qu'un *téna* ressemblait de plus en plus à un coup de chance. En 2004, alors que Jon avait douze ans, un vingt et unième *jonson* vint rejoindre la flotte de Lamalera. À peine quelques années plus tôt, celle-ci n'en comptait qu'une demi-douzaine, mais le nombre de *jonson* dépassait à présent celui des *téna*, désormais limité à quatorze – les clans avaient en effet du mal à réunir un équipage complet, bon nombre de leurs jeunes préférant les canots motorisés. Les vieux de la vieille s'éloignaient toujours à la rame au petit matin, mais leurs *téna* en étaient encore à tenter d'échapper aux courants côtiers que le *Felana* déposait sur la plage sa première raie manta. Les jeunes de la tribu étaient tombés amoureux de ces moteurs qui permettaient de couvrir des distances plus grandes, plus vite, sans s'épuiser à pagayer, mais leurs aînés commençaient à s'inquiéter : ces engins menaçaient de faire disparaître les savoirs traditionnels, comme les chants des baleiniers et la navigation à la voile, désormais obsolètes. Ce qui les tracassait également, c'était que les hors-bord sapaient l'unité des équipages et plus généralement celle de la tribu, car les chasseurs n'étaient plus obligés de coordonner leurs efforts pour pagayer et manier les voiles : ils se la coulaient douce pendant qu'un seul d'entre eux manœuvrait le moteur.

Certains anciens affirmaient même qu'à long terme les *jonson* entraîneraient une diminution des quantités de viande rapportées par la tribu, dans la mesure où ces canots à moteur étaient incapables de traîner jusqu'au rivage les énormes orques et autres cachalots que les *téna*, eux, attrapaient et qui nourrissaient tout le monde pendant des mois. De ce point de vue, ils n'avaient d'ailleurs pas tort : des anthropologues ont en effet calculé qu'à l'époque[5] les Lamalériens qui continuaient de chasser de manière communautaire à bord des *téna* rapportaient au bout du compte davantage de calories que ceux qui partaient pêcher avec les sampans ou les *jonson*, même s'il leur fallait attendre plus longtemps entre deux proies harponnées. Mais ce qui motivait les jeunes, c'étaient les bénéfices à court terme, et même leurs aînés étaient forcés de constater que les *jonson* avaient plus de chances d'attraper tous les jours des proies de petite taille. Plus important encore, étant donné que les *téna* appartenaient à l'ensemble du clan : les animaux pêchés par les équipages de ces pirogues traditionnelles devaient être partagés entre tous. Les *jonson*, en revanche, étaient pour la plupart gérés par de petits groupes privés, si bien que leurs membres d'équipage se voyaient attribuer plus de viande, un autre avantage pour les chasseurs de la nouvelle génération.

À l'approche de l'an 2000, plusieurs jeunes de la tribu inventèrent une technique révolutionnaire qui permit de faire intervenir les *jonson* dans la chasse au cachalot dont, jusqu'alors, ils avaient été écartés, leurs moteurs étant jugés trop onéreux et leurs coques trop fines pour les soumettre à une épreuve aussi risquée que la confrontation avec ces monstres colossaux. En attachant une corde entre *jonson* et *téna*, pour tracter les pirogues traditionnelles avant de détacher la remorque à quelques dizaines de mètres des cachalots, ces innovateurs prétendaient rendre la chasse plus efficace sans en transformer fondamentalement la nature ni offenser les Ancêtres – car, en fin de compte, les *téna* poursuivaient leurs baleines à la force des bras, comme depuis la nuit des temps. En 2001, année capitale dans l'histoire des Lamalériens, un groupe d'anciens particulièrement conservateurs tenta d'interdire cette pratique lors du “Conseil sur la Plage”, la réunion annuelle lors de laquelle les chasseurs définissaient les règles à suivre. Mais le Conseil ratifia finalement cette technique de remorquage, anciens modérés et jeunes progressistes ayant crié plus fort que les conservateurs. À la fin des années 2000, les *jonson* avaient pris le dessus : la plupart des Lamalériens commençaient leur journée en sortant pêcher avec ces canots à moteur, puis se précipitaient vers le rivage pour prendre les *téna* en remorque dès que des cachalots avaient été repérés. Seule une poignée de clans mettait encore les *téna* à l'eau au petit jour.

Dans le même temps, le village subissait sa propre métamorphose. Dans les années 1980, les dernières huttes en bambou coiffées de chaumes furent remplacées par des structures en brique au toit de tôle, même si bon nombre d'habitants gardaient encore dans leur jardin les traditionnels assemblages d'os de cachalots disposés avec art. En 2005, le gouvernement indonésien installa un générateur diesel sur les pentes du Labalekang, fournissant de l'électricité au village de six heures du soir à six heures du matin. Les lampes à huile de cachalot de la tribu commencèrent à rouiller. En 2007, l'année des quinze ans de Jon, un lycée technique ouvrit ses portes à Lamalera, première institution de ce type sur la côte sud de Lembata, où l'on enseignait les techniques de conservation du poisson et de la culture du manioc, ainsi que la chimie et l'histoire indonésienne. Mais pas un seul instant Jon n'envisagea de retourner sur les bancs de l'école : aucun diplôme ne ferait de lui un *lamafa*. Il avait quitté le *Felana* pour un autre *jonson* baptisé *VJO*, dont le propriétaire lui montra comment manier le moteur hors-bord Yamaha Enduro et le chargea de s'occuper du bateau lorsqu'il s'absentait pour de longs voyages d'affaires. Les jours où le *VGO* ne prenait pas la mer, Jon était un pilote très demandé au sein de la flotte. Parfois, après que le *lamafa* avait planté le premier harpon, Jon avait l'opportunité de "doubler", c'est-à-dire d'ajouter un second épieu afin d'assurer le coup. Quand on mettait à l'eau le *Boli Sapang*, Jon avait désormais le privilège de manier sa propre pagaie.

L'enfant jadis malingre avait acquis la musculature souple et harmonieuse d'un gymnaste. Mais il restait petit, même pour un Lamalérien, dépassant à peine le mètre cinquante et rendant plusieurs centimètres à la plupart des hommes de la tribu. Il ne pesait guère plus de quarante-cinq kilos. Il avait eu de la barbe très jeune, un collier noir broussailleux assorti à l'hirsute tignasse d'ours posée sur son crâne. Les traits de son visage étaient tous très marqués – lèvres éternellement boudeuses, un large nez aux narines de bœuf et de grands yeux efféminés surmontés de longs cils dignes d'une publicité pour une marque de mascara –, comme s'ils étaient taillés pour afficher au vu de tous ses émotions exacerbées, qu'il était généralement trop sensible et impulsif pour dissimuler. Jon se considérait comme un pur Lamalérien.

Un événement en particulier était venu cimenter en lui ce sentiment : un échange avec son *kefela* de père. Deux ans plus tôt, alors que Jon avait treize ans, une antenne-relais de téléphonie mobile avait été installée à quinze kilomètres du village. Les Lamalériens pouvaient désormais attraper un semblant de signal en escaladant la colline qui menait au terrain de football, en dehors du village. La poignée de téléphones portables que comptait alors Lamalera étaient utilisés de manière communautaire et, du matin au soir, un enfant restait posté avec l'un de ces combinés au bord du terrain poussiéreux. Un jour que Jon tentait de marquer un but, les spectateurs lui annoncèrent qu'il y avait un appel pour lui. Il pensa que ce devait être sa mère, mais il s'agissait de son père. Choqué, Jon bâillonna si fermement le tumulte qui agitait son cœur qu'il demanda d'une voix détachée : "Qu'est-ce que vous voulez, monsieur ?"

Le père de Jon, comme la plupart des adultes lorsqu'ils s'adressent avec bienveillance à un adolescent qu'ils connaissent mal, lui posa les questions banales d'usage : quel était son passe-temps favori, son équipe de foot préférée, etc. Au bout d'un moment, comprenant que Jon n'allait lui offrir en guise de réponses que des monosyllabes, son père lui expliqua d'une voix désespérée qu'il avait voulu épouser Lusia mais que Yosef Boko avait refusé. "Tu n'es pas un Lamalérien, Jon, dit-il. Tu es un homme des montagnes."

Après avoir attendu toute sa vie de parler à son père, Jon ne ressentit plus qu'une terrible colère à son égard : voilà que son géniteur lui servait sans s'en rendre compte ce même quolibet auquel il cherchait à échapper depuis sa plus tendre enfance. Jon raccrocha brusquement. Son père continua de lui téléphoner plusieurs fois par semaine, mais il refusait de prendre ses appels, qui peu à peu cessèrent. Enfin débarrassé de ce lancinant désir de père, Jon avait l'impression d'avoir laissé derrière lui, une bonne fois pour toutes, son passé de *kefela*.

Depuis le début du nouveau millénaire, les hommes étaient de moins en moins nombreux chaque année à se rassembler sur la plage, à l'heure où l'aube faisait rosir le ciel, pour mettre à l'eau les pirogues traditionnelles. En l'an 2000, une vingtaine de *téna* hissaient encore leur voile chaque matin, mais à l'issue de cette décennie, seuls quelques-uns continuaient à sortir, perdus dans le vacarme des moteurs de *jonson*. En 2009, les chants des *materos*, les pagayeurs des *téna*, conjurant les Ancêtres de faire venir le vent ou les proies, se turent définitivement. Le rugissement mécanique des hors-bord résonnait partout dans la baie. Lorsque les *téna* déployaient leurs voiles pour partir à la chasse au cachalot, leur tressage de palmes était noirci de moisissures.

Quand les pirogues traditionnelles ne furent plus utilisées que très épisodiquement, Yosef Boko cessa de descendre à la plage à l'heure où les étoiles s'éteignaient, comme il l'avait fait pendant au moins un demi-siècle. Nul ne connaissait son âge avec exactitude, mais une chose était certaine : Yosef était né avant la Seconde Guerre mondiale. La cataracte brouillait sa vision, sa barbe s'était dégarnie jusqu'à se réduire à des touffes de poils clairsemées sous son menton, et les muscles jadis si puissants de ses bras s'étaient ratatinés en des lambeaux de chair lâche qui pendaient de ses os. Il avait continué de travailler bien plus longtemps que la plupart des hommes, s'efforçant d'alléger un peu le fardeau qui pesait sur son petit-fils, cette obligation de nourrir seul toute la famille. Mais à dix-sept ans – même s'il racontait à tout le monde qu'il en avait deux de plus[6] – Jon estimait être un chasseur suffisamment aguerri pour prendre la relève et encourageait Yosef Boko à partir à la retraite. Et puis, Jon craignait que les mauvaises langues ne disent qu'il obligeait son grand-père à travailler parce qu'il n'était pas capable de nourrir lui-même les siens.

La sœur de Jon, Ika, de deux ans sa cadette, l'aidait à prendre soin de la famille. Quelques années plus tôt, Grand-mère Fransiska s'était brisé le fémur en portant de la viande à travers la jungle pour aller l'échanger avec les tribus de la montagne. Ika avait quitté le collège en sixième pour accomplir les tâches de l'aïeule : s'occuper de la maison, faire la cuisine et troquer le poisson que son frère pêchait contre du riz et du maïs. Mari était restée à l'école, sur l'insistance d'Ika, qui ne voulait pas que sa petite sœur passe sa vie à préparer des repas, penchée sur un feu de bois.

Mais à l'orée de ses vingt ans Jon, qui se consacrait entièrement à la pêche pour assumer ses responsabilités et rêvait encore de devenir *lamafa*, était de plus en plus fasciné par la vie en dehors de la tribu. La télévision était apparue à Lamalera vers 1983, quand le gouvernement avait fait don au maire d'un poste capricieux alimenté par un groupe électrogène portatif. Mais il avait fallu attendre le début des années 2010 pour que de nombreux foyers possèdent des téléviseurs, le plus souvent offerts par des proches partis vivre ailleurs. Après qu'un ami eut installé une parabole, Jon prit l'habitude de passer ses nuits à regarder des émissions sur Jakarta et l'Amérique, et de dormir toute la journée. Sa réputation de travailleur infatigable ne tarda pas à en pâtir. Il commença à trouver un peu arriérées certaines traditions héritées des Ancêtres, comme celle qui consistait à arroser son canot d'eau bénite avant de le mettre à l'eau, même s'il demeurait résolument attaché à certaines autres – par exemple, garder le bout séché de l'aile d'une raie manta et le clouer à son sampan pour se porter chance.

Un autre aspect du monde extérieur l'attirait comme un charme : l'argent. L'économie de troc prédominait encore dans le sud de Lembata, mais les Lamalériens convoitaient désormais les médicaments, les téléviseurs et le matériel moderne, notamment les filets maillants qu'on ne pouvait obtenir qu'avec des roupies indonésiennes, ces billets fins comme des mouchoirs en papier et ces pièces faites d'un alliage d'aluminium bon marché qu'on pouvait tordre avec les doigts. Au fil des ans, les hommes étaient de plus en plus nombreux à quitter la tribu lorsque la mousson saisonnière clouait à terre les *téna*, ils partaient travailler dans des villes lointaines pour gagner l'argent liquide qu'ils ne pouvaient se procurer à Lamalera. Le voisin de Jon dirigeait une équipe de maçons à Loang, un village situé de l'autre côté des montagnes, et Jon accepta de l'aider à construire une école primaire là-bas, durant la saison des pluies de 2012. Dans un premier temps, Jon fut amèrement déçu : Loang était un trou perdu guère plus modernisé que Lamalera. Plus jeune membre de l'équipe, Jon était chargé d'accomplir les "tâches d'épouse" au service des autres hommes : il devait se lever avant tout le monde pour faire bouillir l'eau du café, puis préparer le dîner après de longues journées à poser des briques. Il gagnait à peine l'équivalent d'une centaine de dollars par mois, dont il consacrait l'essentiel à l'achat de produits de base comme le savon et les cigarettes, de telle sorte qu'il n'économisait presque rien.

Mais bientôt, son désir d'explorer le vaste monde fut récompensé : Loang n'était qu'à un court trajet, à l'arrière d'un pick-up, de la capitale de l'île, Lewoleba. Là-bas, Jon rencontra des gens venus des grandes îles lointaines d'Indonésie, en même temps que ces technologies nouvelles, des ordinateurs aux smartphones, dont il avait juste entendu parler. Et à son grand soulagement, il se rendit compte que les mises en garde des anciens de son clan sur les violents affrontements qui opposaient soi-disant les tribus catholiques de l'île à leurs voisines musulmanes n'étaient visiblement guère plus que des manœuvres d'intimidation visant à le faire rester au village. Il consacra une grande partie de son salaire à l'achat d'un téléphone à touches Nokia de cinquième main. Cet appareil lui offrit l'occasion de flirter avec les filles de Loang, qui s'arrêtaient devant l'école primaire en cours de construction pour charger leurs téléphones car seuls les bâtiments publics disposaient de l'électricité dans cette petite ville qui, pour le reste, en était privée. Jon leur montrait comment envoyer des textos, passer de la musique et utiliser une version simplifiée, sans photos, de Facebook. À peu près à la même époque, l'opérateur téléphonique indonésien Telkomsel installa une antenne-relais rouge et blanc au sommet des falaises qui dominaient Lamalera.

Jon passa six mois à Loang. Maintenant qu'il avait vu Lewoleba, il rêvait de rejoindre la petite communauté de Lamalériens installée dans le décor futuriste de Jakarta. Mais il s'inquiétait de savoir qui allait pourvoir aux besoins de ses grands-parents et de ses sœurs, craignant en outre de décevoir les Ancêtres et de se faire avoir par les citadins de la grande ville, à la fourberie bien connue. Surtout, son vieux rêve de devenir *lamafa* le travaillait encore.

La plupart des peuples autochtones de la planète, qui rassemblent en tout plus de 300 millions d'êtres humains, sont confrontés tôt ou tard au même impossible dilemme : adopter le mode de vie des pays industrialisés ou rester fidèles à leurs traditions au risque de se retrouver désavantagés dans le monde contemporain. La mondialisation a apporté d'indéniables progrès à certaines portions de l'humanité en termes de santé, d'éducation et de niveau de vie. Mais en rejoignant la modernité, les peuples autochtones troquent souvent un mode de vie conçu en harmonie avec leur écosystème contre un autre qui le détruit, des mythologies sur mesure contre des légendes impersonnelles venues de Hollywood, de Bollywood ou de Nollywood, et une identité tribale étroitement unie contre une identité nationale indifférenciée, dont le but consiste généralement à dissoudre leurs liens tribaux pour qu'ils puissent se fondre dans le reste de la population.

Ce choix cornélien représente une lutte de tous les instants pour Jon et les autres Lamalériens. Travailler comme chasseur de baleines ou comme ouvrier du bâtiment. Participer à une économie fondée sur le troc ou l'argent. Croire aux récits des Ancêtres ou aux histoires qu'on raconte à la télé. La somme de leurs décisions individuelles et de celles des autres peuples autochtones déterminera, au bout du compte, si l'humanité peut conserver sa myriade d'identités ou si, inéluctablement, ces manières particulières d'être un homme ou une femme finiront par s'éteindre. Nous deviendrons alors une masse homogénéisée, où toutes les cultures se retrouveront diluées dans une monoculture industrielle.

Avant que la saison de la chasse ne débute, au mois de mai 2013, Jon décida de rentrer à Lamalera. Le monde moderne l'aimantait mais, pour le moment, l'attraction exercée par la Voie des Ancêtres demeurait plus puissante. Lors des sorties de chasse, debout sur les barrots du *jonson* ou du *téna* à bord duquel il naviguait, Jon scrutait l'horizon à la recherche d'un jet de cachalot ou de l'éclaboussure d'une raie manta faisant un plat après son saut. Dans ces moments-là, le jeune homme s'efforçait d'incarner le proverbe lamalérien : *Le plus important chez un* lamafa *n'est pas la force de son bras : c'est la force de son équilibre physique et spirituel.* Même quand le vent et la houle se levaient et que le *lamafa* en titre préférait s'asseoir, Jon s'adaptait aux cabrements de la mer sans jamais dévoiler les plantes claires de ses pieds noircis par le soleil, espérant ainsi pousser l'équipage à l'imaginer sur le *hâmmâlollo*.

Par chance, l'un des aspects de la modernisation en cours avait rendu accessible le rêve du jeune chasseur : le poste de *lamafa* était désormais attribué au mérite, non plus transmis de père en fils, excepté dans une poignée de familles – comme celle d'Ignatius Blikololong –, après qu'un trop grand nombre d'héritiers censés monter sur le *hâmmâlollo* avaient déserté l'île pour aller étudier ailleurs. Jon s'était promis que cette année-là il deviendrait un *lamafa*. C'était là un souhait que le monde moderne ne pouvait exaucer.

Jouer dans le cimetière des cachalots

Après avoir sauté du sampan et jeté son harpon vers le diable de mer, Jon suivit la course du missile tandis qu'il retombait dans l'eau, mais quand il frappa la surface il était persuadé d'avoir raté son coup. Un torrent d'écume l'aveugla. Battant des pieds pour refaire surface, il vit la ligne du harpon filer au-dessus du bastingage en rognant le bois, dans une pluie d'échardes.

Narek, qui se débattait avec les boucles de la corde, lui cria : “Remonte !”

Jon venait de harponner sa première proie.

Il se hissa à bord, empoigna la corde ondulante et cala ses pieds contre la coque, faisant levier de tout son corps. Pourtant, le nylon continua de cisailler la corne de ses paumes. Sur un *jonson* ou un *téna*, ce n'étaient pas deux hommes mais cinq ou six qui s'unissaient pour maîtriser une proie de cette taille. Mais la corde sifflante finit enfin par ralentir sa course. Elle se mit à bondir vers la droite, vers la gauche, vers le haut, vers le bas, au lieu de filer tout droit. Puis elle se détendit – non pas le relâchement brutal d'une corde qui se brise ou d'un harpon qui se décroche, mais le renoncement d'une raie faisant demi-tour vers le bateau pour atténuer sa douleur. Main gauche calée sur la droite, Jon et Narek remontèrent la ligne, la laissant de nouveau filer chaque fois que le *bōu* plongeait afin de ne pas courir le risque que le fer du harpon se décroche ou que la ligne casse, avant de la reprendre sans à-coups dès que le poisson revenait vers le sampan. Le soleil tapait fort. La voile claquait dans une brise de plus en plus soutenue, le candidat au Congrès leur souriant dans sa moustache. La corde avait rongé les paumes de Jon au point d'en faire de la charpie. Ses doigts, ses avant-bras et ses épaules commençaient à tétaniser, et ses pieds, arc-boutés contre les bordés de la coque, l'avaient d'abord fait souffrir avant de perdre toute sensibilité. Mais il savait que la raie avait encore plus mal que lui : des rubans de sang remontaient à la surface depuis un moment, formant une nappe sombre.

Ce sont les Ancêtres qui t'envoient, pria Jon. *Offre-toi à moi.* Il demanda aux ancêtres d'empêcher les requins de lui voler sa raie.

Bientôt, l'animal se trouva assez près pour que Jon puisse distinguer les arabesques de sang qui se déployaient autour de la tête du harpon enfoncée dans le ventre pâle. Il remontait vers la surface en cercles larges, tire-bouchonnés, comme la vrille fatale d'un avion, mais à l'envers. Les chasseurs n'avaient même plus besoin de lutter contre lui, mais Narek vissa quand même un fer de harpon dans une tige de bambou pendant que Jon reprenait le mou de la corde. Les ailes de la raie frôlèrent bientôt la coque et Jon aperçut les rémoras qu'elle avait pris en stop, calés sous son ventre. Narek prit position juste derrière la proue, pour que son ombre n'obscurcisse pas l'eau, puis abattit le harpon à deux mains. Les ailes giflèrent la coque. Quand la raie eut cessé de se débattre, Narek enfonça une gaffe dans sa gueule-ventouse haletante et hissa sa tête hors de l'eau. Comme ils ne voulaient pas gâter davantage la viande en perçant de nouveau le corps, Jon lui taillada le crâne de son *duri*, ménageant une ouverture dans laquelle il enfonça trois doigts jusqu'aux jointures. L'intérieur du crâne était creux et visqueux. Il secoua la glaire suintante du cerveau jusqu'à ce qu'elle s'éparpille en petits fragments. La matière grise se figea sous ses ongles comme de la graisse froide.

Tout au long de la bataille, l'adrénaline l'avait mis en mode pilotage automatique, mais à présent que le sampan roulait en plein cagnard, dans les soupirs du vent, il réalisa qu'il venait d'arracher son premier trophée de chasseur. Il se prit à imaginer, triomphalement, la manière dont il allait répartir les steaks de raie entre les gens de sa famille et de son clan.

Alors que les deux hommes s'apprêtaient à remonter leur prise à bord du sampan, un *jonson* fonça vers eux. L'équipage avait assisté de loin au combat et venait voir si, par chance, d'autres *bōu* ne traînaient pas en banc dans les parages. Le grand-père de Jon les accompagnait – il lui arrivait encore de sortir en mer les jours où il se sentait assez en forme pour accomplir de menues tâches, comme écoper. Yosef Boko cria :

“Ça y est, tu l'as tuée, Narek ? Il y en a d'autres ?

— C'est Jon qui l'a eue ! répondit Narek.

— J'y crois pas !” hurla Yosef Boko, plissant ses yeux voilés par la cataracte pour tenter de discerner l'objet du crime.

Avant que Jon ait pu répondre, le pilote du *jonson* redémarra son moteur et se dirigea vers les éclaboussures d'un banc de dauphins, un peu plus loin.

Jon et Narek achevèrent de hisser la raie sur leur montagne de filets, à la vue de tous lorsqu'ils entreraient à la voile dans la baie de Lamalera. Sous son poids, le sampan était beaucoup plus bas sur l'eau. Jon attrapa le récipient en plastique qui contenait encore les restes de son petit déjeuner de *fata biti*, sorte de pop-corn que sa grand-mère broyait entre deux pierres, et s'en servit pour récolter la cervelle de l'animal. Tout le monde à Lamalera connaissait le penchant de Jon pour la cervelle de raie, et ceux de ses amis qui raffolaient moins de ce mets délicat lui rapportaient cette matière grise chaque fois qu'ils prenaient une raie. Tandis qu'ils voguaient vers la côte, Jon aspergea la viande avec de l'eau de mer pour l'empêcher de trop chauffer. Le volcan Labalekang se dressait devant eux tel un cachalot gigantesque, pétrifié à mi-courbe alors qu'il s'apprêtait à sonder, ses flancs arrondis grimpant sur plus de mille cinq cents mètres jusqu'au sommet pointu du mont, couronné d'un cône dont la forme évoquait celle d'une bosse dorsale. Cinq autres stratovolcans plus lointains ponctuaient l'horizon, bornes dans le dédale des plus de treize mille îles qui composent l'Indonésie[7]. Mais ces montagnes faisaient figure de simples termitières dans l'immensité sans limites de la mer de Savu.

Bientôt, Jon distingua les troncs d'arbres perchés en équilibre sur les crêtes vertigineuses du Labalekang, creusées de ravines et de gorges. Un manteau de forêt ancienne enveloppait la moitié supérieure du volcan, mais le bas de celui-ci était un patchwork de plantations d'anacardiers, de carrés de manioc et de champs de maïs. C'était le mois d'août, au mitan de la saison sèche, et les feuilles qui, à peine un mois plus tôt, étincelaient encore d'un vert iridescent s'étaient desséchées jusqu'à prendre une teinte d'amadou. Cette côte était un cauchemar pour les navigateurs : une succession de promontoires de lave noueux, contre lesquels les vagues venaient se déchiqueter. Depuis le large, l'emplacement de Lamalera semblait inévitable, dominant l'unique plage à des kilomètres à la ronde. Les maisons du village étaient entassées sur des terrasses retenues par des murs de pierre sèche et suspendues aux pentes abruptes du volcan, formant des paliers connectés entre eux par des escaliers de contes de fées taillés dans les falaises. La peinture des façades, qu'elle eût d'abord été verte, bleue ou violette, avait été uniformément blanchie par le soleil. Dans l'éclat abrasif de l'après-midi, l'endroit semblait dénué de vie, hormis les geckos qui s'agitaient sur les murs de béton fissurés. Malgré la patine de rouille qui dévorait la plupart des toits de tôle, le soleil miroitait si fort sur le métal que le village tout entier paraissait nimbé d'un halo.

Alors qu'il glissait au-dessus d'un jardin de corail parsemé d'os de cachalot déposés sur le fond, Jon sentit l'odeur écœurante des steaks de dauphin et de raie mis à sécher sur les râteliers de bambou, et des centaines de poissons volants en train de cuire sur les toits surchauffés. Narek et lui jouèrent de la pagaie pour freiner le sampan à l'approche de la barre, guettant une accalmie, puis ils surfèrent une petite vague qui les déposa sur la plage de sable noir, jonchée de gigantesques côtes et autres vertèbres. Des crânes de cachalots et de marsouins étaient posés tels des totems sur les rochers, de part et d'autre de la plage. Trois hommes traversèrent en courant le sable surchauffé qui leur brûlait les pieds et les aidèrent à tirer le sampan alourdi jusqu'aux abris à bateaux.

La baie de Lamalera n'étant qu'un petit renfoncement de la côte, offrant peu de protection contre la houle, les Lamalériens ne laissent pas leurs embarcations au mouillage mais les entreposent sous des abris alignés au fond de la plage. Sous le toit de palme, il faisait aussi frais qu'à l'ombre d'une forêt côtière, et les cinq hommes s'adossèrent aux troncs d'arbres bruts qui servaient de piliers pour se rouler des cigarettes.

L'un d'eux jeta un coup d'œil au diable de mer et demanda à Narek : "Tu l'as eue au harpon ou avec les filets ?

— C'est Jon qui l'a tuée", répondit Narek.

L'homme se tourna vers Jon. "Impossible !

— Tu crois que je suis un *kefela* ? répliqua Jon. Que je suis incapable de harponner une raie ? Je suis un Lamalérien, et c'est moi qui l'ai eue."

Pendant ce temps, les enfants avaient pris d'assaut les seaux remplis de poissons volants. Ils faisaient sauter leurs yeux hors des orbites de la pointe de l'ongle, fourrant les globes dans leur bouche avant d'écrabouiller ce délice entre langue et palais, savourant les giclées sucrées-salées du fluide. Ils ne recrachaient ensuite que les cristallins mâchouillés mais impossibles à digérer, comme s'il s'agissait de vieux chewing-gums. Jon chassa théâtralement les gosses d'une voix ronchonne, alors qu'en vérité il était ravi, se rappelant combien il avait jadis raffolé de ces morceaux de choix. Il glissa même en douce quelques poissons entiers aux enfants qu'il savait issus des familles les plus pauvres.

Narek répartit le poisson, pendant que Jon s'occupait de la raie. N'ayant encore jamais eu l'occasion d'en découper une, il demanda à Vinsent "Senti" Sulaona, chef du clan du même nom, de lui montrer comment s'y prendre. Il était important que la répartition des prises soit conforme à la Voie des Ancêtres. D'abord, la plus grande portion fut mise de côté pour Jon, pour avoir harponné la raie. Puis trois portions furent tranchées, deux fois plus petites : une pour Narek, une pour le propriétaire du sampan et une pour Senti, en contrepartie de cette leçon de découpage. Chaque homme donnerait à son tour plusieurs portions de sa viande à sa famille ou aux membres les plus nécessiteux de son clan – les veuves, notamment. (S'il s'était agi d'une proie plus conséquente, par exemple un cachalot, Jon aurait reçu une troisième portion en qualité de *lamafa*, ration destinée à sa famille et dont il n'aurait pu manger le moindre morceau, sous peine de s'exposer à une malédiction qui l'aurait affaibli.) Évidemment, il avait fait venir Senti pour une autre raison : Jon se disait que ce chef aurait peut-être un jour besoin d'un nouveau *lamafa* à bord du *jonson* ou du *téna* placé sous son commandement, et qu'il allait pouvoir constater par lui-même combien le harpon avait pénétré profondément et à quel point la plaie était idéalement centrée dans la poitrine de l'animal. L'accumulation de ce genre de trophées pouvait offrir à un homme la chance d'être appelé sur le *hâmmâlollo*.

Senti était en train de débiter les ailes de la raie en bandes régulières quand Jon entendit un rire rauque – celui d'Ika, sa petite sœur. "Jon ! Toi, t'as attrapé ça !" Elle l'avait vu rentrer à la voile dans la baie depuis leur maison au sommet des falaises. Jon adorait le rire d'Ika, aussi enroué que si elle avait passé ses dix-huit ans à fumer clope sur clope, elle qui n'avait jamais touché une cigarette. C'était un rire qui s'emparait de tout son corps, même pour la joie la plus futile. Là, sa sœur riait à se tenir les côtes devant cette raie de belle taille, comme si d'invisibles doigts étaient en train de la chatouiller. Jon s'efforça de garder un air détaché en présence de Senti, mais il ne put s'empêcher de sourire quand Ika s'exclama : "Comment je vais faire pour porter tout ça ? Elle est tellement grosse !"

Jon et Ika allèrent rincer leur viande dans les vagues pour la débarrasser des saletés de la plage, puis entassèrent les blocs dans une bassine en plastique. Ika enroula une serviette au sommet de son crâne puis s'accroupit, et Jon cala le récipient sur ce coussin improvisé. La charge était si lourde qu'il dut aider sa sœur à se relever. Jon rapporta en outre les deux seaux remplis de centaines de poissons volants. Tandis qu'ils gravissaient l'escalier taillé dans la roche de la falaise, Ika, de sa voix de contralto enfumée, chanta un hymne célébrant ces bénédictions inattendues. Elle passait pour être l'une des meilleures solistes du chœur de Lamalera.

La maison de Jon et Ika était la toute dernière avant que les pentes du volcan ne deviennent trop raides pour pouvoir y resquiller le moindre lopin constructible. Au-delà, le chaos de la jungle prévalait. La maison était perchée sur une terrasse à quatre niveaux, empilement de pierres d'une douzaine de mètres, si haut que les branches de l'antique tamarinier qui prenait racines à la base du monticule raclaient le toit de l'édifice.

La maison de Jon et Ika

Même pour Lamalera, la maison de Jon était un logement miteux aux murs en carton rongés de moisissures et à la peinture jaune écaillée. On avait posé des pierres sur son toit pour empêcher les tôles de s'envoler par grand vent, et la rouille avait dévoré le métal et transformé les bords en dentelle. Les trois pièces de la maison occupaient à peine plus de vingt mètres carrés. Mais la vue qu'elle offrait n'avait pas de prix : les palmiers ébouriffés, la plage, la baie, l'étendue infinie de la mer de Savu, les couchers de soleil droit devant. La cour pierreuse était remplie de vieux flotteurs de filets de pêche reconvertis en pots accueillant des fleurs épineuses, et de râteliers en bambou couverts de chair mise à sécher.

Alors que Jon posait ses seaux, Grand-mère Fransiska apparut dans l'encadrement de la porte, sous la gueule de requin desséchée ficelée au linteau, toutes dents dehors. Les mains de l'aïeule tremblaient lorsqu'elle lui tendit un mug de café. Sa peau était ratatinée autour des os, ses cheveux d'un blanc sale, ses articulations percluses d'arthrite et son dos voûté comme un point d'interrogation. Elle sourit, dévoilant ses trois dernières dents.

Jon savoura la décharge de sucre du lait concentré agrémentant la boisson – un petit extra que sa grand-mère avait certainement ajouté pour fêter l'événement.

Yosef Boko émergea de la maison, les yeux comme des billes craquelées, mains tendues devant lui comme une momie. Le *jonson* à bord duquel il s'était embarqué ce jour-là, avec son moteur hors-bord, était rentré à terre bien avant le sampan. Sans vraiment se tourner vers ses petits-enfants, il demanda :

“Tu l'as prise au harpon ou avec un filet ?

— Au harpon, répondit Jon.

— C'est bien, apprécia Yosef Boko. Quand t'as dit ça, en mer, j'étais pas sûr d'avoir bien entendu.

— Toi aussi, tu crois que je suis un *kefela* ?

— J'te traite pas de menteur. C'est juste que ma vue ne porte plus très loin, et puis t'aimes bien raconter des histoires. Mais je suis fier de toi.”

À l'avenir, déclara Yosef Boko, Jon pourrait devenir *lamafa*. Jon sirota son café, pénétré de gratitude. Il chassa les mouches de sa viande. Il y avait là de quoi tenir au moins deux semaines, et les siens ne seraient pas obligés de survivre uniquement de riz et de maïs broyé. Il y aurait même un peu de rab, qu'Ika irait vendre à l'extérieur de la tribu pour gagner quelques sous destinés à payer les frais de scolarité de Mari, qu'ils espéraient pouvoir envoyer au lycée de Lewoleba l'année suivante.

À cet instant, le capital de la famille était bien maigre : à peu près une semaine de viande de poisson volant fraîche, deux de viande de poisson volant séchée ; dix kilos de viande de diable de mer, dont Ika transformerait la moitié en quatre sacs de maïs troqués auprès des montagnards ; des réserves d'urgence de viande séchée de cachalot et de riz mélangés à des cendres pour éloigner les charançons ; quelques poules attachées avec du fil de pêche à la table de la cuisine pour les empêcher, elles et leurs poussins, de s'aventurer dans la jungle et de se faire dévorer par les chats sauvages ; deux cochons adultes et leurs petits vautrés dans la bauge à l'arrière de la maison ; une douzaine d'appâts et d'hameçons ; deux couteaux forgés au village ; un treizième de toutes les prises rapportées par le *téna* du clan en récompense des coups de pagaie de Jon ; l'équivalent de quelques dollars en roupies indonésiennes qu'ils gardaient toujours sur eux ; et cette maison décrépite.

En plus de quoi, Jon possédait personnellement deux imitations de jean Levi's toutes déchirées, trop longues pour lui jusqu'à ce qu'il en découpe le bas ; une poignée de sarongs industriels ; son précieux maillot du Real Madrid contrefait ; un téléphone portable, dont les touches manquantes avaient été remplacées par des carrés de caoutchouc collés sur le clavier, et qui, souvent, n'avait pas assez de crédit pour passer un appel ; un poster de Justin Bieber avec le prénom d'Ika tatoué au stylo sur le cou de l'idole des jeunes ; des publicités avec des mannequins sud-coréennes délicatement arrachées dans des magazines ; un vieux flacon de pilules qui contenait des miettes de tabac et un peu de lontar – du papier à cigarettes –, quelques briquets quasiment à court de gaz et une paire de sandales rafistolées avec du fil de pêche, même s'il marchait le plus souvent pieds nus.

Mais ce jour-là, Jon se sentait riche.

Il donna un coup de pied dans la bassine de viande de raie pour chasser les mouches, puis ouvrit la boîte de son petit déjeuner, remplie de pop-corn le matin même, et montra la bouillie qu'elle contenait à présent. Ika poussa un gloussement, Grand-mère Fransiska frappa doucement dans ses mains pour ne pas aggraver son arthrite et Yosef Boko plissa les yeux, perplexe, jusqu'à ce qu'il distingue l'odeur violente du contenu. Alors il rit à son tour.

Jon avait son propre rituel pour préparer la cervelle de raie. D'abord, il allait chercher la baguette de bambou réservée à cet usage, qu'il rangeait toujours derrière la maison, se penchait prudemment par-dessus le rebord de la terrasse pour donner un petit coup dans la cime du *tobi* – le tamarinier – et décrocher une petite cosse de ses branches. Ensuite, il faisait bouillir la cosse dans un wok, sur le feu de bois de la cabane aux murs incrustés de suie qui servait de cuisine, jusqu'à ce que cette enveloppe duveteuse recrache les petites graines laquées qu'elle contenait, pareilles à des galets. Une fois que les graines avaient teinté l'eau en marron, il y versait la cervelle. Cette chair grise, sillonnée de veines bleues et violettes, ne tardait pas à blanchir dans la chaleur du wok, avant de prendre la couleur rougeâtre du tamarin. En refroidissant, elle relâchait son huile et rendait l'eau graisseuse. Toutes les trente secondes, Jon remuait la cervelle avec une cuillère. Quand elle ne retombait plus comme de la gelée mais restait au contraire bien ferme, il ajoutait de petites gousses cireuses de piments oiseaux – mais seulement trois, car ceux-ci coûtaient cher et Jon les avait achetés à Lewoleba. Une fois l'eau réduite à une petite flaque sifflotant sous les boulettes de cervelle, Jon ajoutait de minuscules échalotes dénichées dans la pierraille des collines, derrière chez lui. Puis il plongeait sa cuillère dans l'un des lobes et l'enfournait tout d'un bloc dans sa bouche, savourant son goût de poisson citronné, violemment épicé.

Mais cet après-midi-là, le Labalekang occultait déjà le soleil, et comme il allait plus vite qu'Ika pour débiter en filets les poissons volants, Jon demanda à sa sœur de préparer la cervelle. Ika leur présenta bientôt quatre assiettes remplies de la matière grise fumante et de sa graisse, versées sur une montagne de riz mélangé à du maïs pilé. La famille se rassembla sur un banc en bois près de la plateforme en bambou couverte d'entrailles de poissons. Jon rendit grâce à Dieu et aux Ancêtres, puis bénit sa famille et le repas. Il se sentait comme un vrai Lamalérien. Son attrait pour le vaste monde, par-delà l'horizon, ne tarderait pas à refaire surface. Mais dans un tel moment, il n'existait pas à ses yeux de meilleure manière de vivre.

Les Lamalériens pratiquent une ancienne religion dans laquelle ils vénèrent les Ancêtres et Lera Wulan, le Dieu du Soleil et de la Lune. Ici Marsianus Dua Wujon (au premier plan) et son père, Sipri Raja Wujon (à l'arrière-plan), les Seigneurs de la Terre, invoquent les cachalots lors du rituel d'Ige Gerek

3

L'ANGUILLE DÉVOREUSE D'ENFANTS ET LA MALÉDICTION DE LA CHÈVRE NOIRE

Temps immémoriaux – 1er mai 2014
Sipri – Frans

Voici ce que racontent les histoires des Ancêtres : avant que le passé ne se fossilise en histoire, avant que le temps ne se retrouve pris dans le carcan d'un calendrier, au moment exact où commence la mémoire, un typhon s'est abattu sur Lembata et le volcan Labalekang. Quand la tempête a fini par se lever, un Homme-Esprit se tenait nu à califourchon sur le pic : Sipri Raja Rimo. Depuis ce point d'observation, il surveillait la jungle indocile, les plages où jamais empreinte de pas ne s'était imprimée – et une Femme-Esprit, Jawa Lepang Ina, qui venait tout juste de sortir en rampant d'une grotte, attirée par la douce musique de la pluie gouttant des branches des pins. Ils eurent sept enfants et donnèrent ainsi naissance au clan Wujon, les Seigneurs de la Terre.

Après bien des années, un nouvel animal fit son apparition dans leur royaume. Les Wujon l'espionnèrent depuis la forêt. L'animal leur ressemblait, mais n'avait pas le pouvoir de voler ni de communiquer avec les esprits. Et contrairement aux Wujon, qui tissaient leurs vêtements avec l'écorce des arbres et mangeaient des asticots crus, ces nouveaux arrivants portaient des vêtements tissés avec les fibres du coton sauvage, ils possédaient des hameçons et des harpons en bois de sappan, arrachaient des récoltes à la terre rougie par le fer. C'était l'Homme, le clan des Tapoonā.

Un jour que les Wujon suivaient comme leurs ombres un groupe de bûcherons, les chiens des hommes se mirent à aboyer, bondirent dans le sous-bois et débusquèrent les espions. En voyant les Seigneurs de la Terre, les humains comprirent aussitôt qu'ils étaient en présence des esprits de la montagne. Ils rendirent hommage aux Wujon et promirent de leur enseigner leurs arts en échange du droit de rester. Des années s'écoulèrent. Plus les Wujon passaient de temps avec les Tapoonā, plus ils devenaient humains, teintant leurs sarongs avec des concoctions de racines et de l'encre de calamar, coupant leurs dreadlocks, plantant le manioc et pêchant le long des récifs coralliens – mais ni les Wujon ni les Tapoonā n'osaient aller défier les baleines qui brisaient la surface de la mer toute proche.

Un jour, un bateau avec des yeux sculptés dans sa proue et une voile en palmes tressées remontée sur son mât vogua jusqu'à leur plage. La douzaine d'hommes qui étaient à son bord troquèrent leurs pagaies contre des machettes et bondirent sur le sable. C'étaient les Lamalériens. Malgré leur air farouche, il s'agissait de réfugiés qui avaient fui jusqu'aux confins de l'archipel indonésien en quête d'un lieu où s'installer, après la tragédie qui les avait frappés.

Les Lamalériens ne pouvaient le savoir alors, mais ils venaient de débarquer sur ce qui allait devenir leur terre d'adoption, au moment exact où l'Europe lançait sa conquête coloniale de l'Asie, point de départ de la mondialisation à venir qui allait faire se déplacer une quantité inédite de gens, d'idées et de biens d'un bout à l'autre de la planète, et transformer à tout jamais l'humanité. Les Lamalériens ne disposaient pas d'un calendrier, à l'époque, mais leur arrivée dut avoir lieu peu après janvier 1522[1], date à laquelle l'explorateur portugais Fernand de Magellan, lancé dans la première circumnavigation de la Terre, passa en vue des terres d'origine de la tribu, l'île de Lepan Batan, à l'est de Lembata, et nota au passage qu'elle était habitée. Quelques années plus tard, l'endroit serait abandonné.

Durant des siècles, les Lamalériens avaient mené une vie prospère à Lepan Batan, chassant raies manta et cachalots avec des harpons aux têtes taillées dans le cœur des troncs de sappan, la partie la plus dure. Mais un après-midi, alors qu'elle ramassait des coquillages, une vieille mégère sans enfant[2] trouva une anguille et la rapporta chez elle. Elle éleva l’anguille jusqu’à ce que celle-ci atteigne des proportions dignes d’un python. Alors, l’animal disparut. La vieille fit le tour du village en pleurs, appelant l’anguille par son nom comme s’il s’était agi d’un chien égaré. Le lendemain, quand les hommes rentrèrent de la pêche et les femmes de leurs potagers, un enfant manquait à l’appel. Un autre disparut le jour d’après. Les enfants survivants évoquèrent une bête monstrueuse rampant prestement dans l’ombre dès que les adultes s’éloignaient.

Quand les Lamalériens débusquèrent l’anguille dans un arbre creux en pleine jungle, celle-ci leur adressa un sifflement menaçant depuis l’intérieur du tronc. Mais les hommes firent chauffer une pique en fer sur un feu jusqu’à ce que le métal rougeoie. La vieille mégère les supplia d’épargner son anguille, les prévenant qu’une malédiction s’abattrait sur eux s’ils la tuaient, car l’anguille était la bien-aimée de la mer. Mais les hommes enfoncèrent l’arme dans un trou de l’arbre.

Une âcre fumée verte jaillit du tronc. Un grondement ébranla la jungle. Les Lamalériens se précipitèrent au village, au moment exact où un tsunami le frappait. Le mur d’eau salée les engloutit, brisa leurs pirogues et leurs huttes de bambou, les noya presque tous. Quand l’océan se retira, leur chef, Tana Kĕrofa, décréta qu’il allait leur falloir trouver un nouveau lieu où s’installer. Les survivants étaient si peu nombreux et leurs possessions si maigres que tous et toutes tenaient dans le seul *téna* rescapé, le *Kebako Pukã*. Au moment de déployer leur voile, ils ne laissèrent qu’une seule chose derrière eux : la vieille mégère[3].

C’est ainsi que débuta l’odyssée des Lamalériens, qui au cours des années suivantes allait les conduire à traverser le détroit d’Alor puis à descendre la côte est de Lembata. En chemin, ils endurèrent des coups de vent[4], la colère de puissants esprits jaloux de leurs territoires et des conflits avec les tribus locales. Les navigateurs ne s’installèrent pas tout de suite sur le site de l’actuelle Lamalera, mais s’établirent d’abord dans les collines dominant une baie paradisiaque, toute proche. Là, ils enseignèrent aux autochtones l’art de la poterie, en échange de leurs techniques de fabrication des têtes de harpon en fer forgé.

Toutefois, l'idylle entre les deux tribus vola en éclats[5] le jour où l'un des fils de Tana Kĕrofa coucha avec la fille du chef local, qui n'était pas encore mariée. Tana Kĕrofa fut alors renversé par un Lamalérien répondant au nom de Korohama, qui se mit en quête d'une nouvelle terre d'accueil afin d'éviter une guerre avec le chef offensé. Lors de leurs chasses au cachalot, Korohama avait remarqué que les vents et les courants entraînaient souvent le *téna* vers une baie peu profonde qu'encadraient d'abruptes falaises. À l'époque, cette plage de sable noir n'était pas habitée car les Wujon et les Tapoonā vivaient plus haut, sur les crêtes du volcan[6], comme la plupart des habitants de l'île, pour se protéger des raids de navires étrangers en quête d'esclaves et des chasseurs de têtes – une coutume pratiquée par l'écrasante majorité des tribus, y compris les Lamalériens.

Quand Korohama grimpa au sommet des falaises, les Wujon se présentèrent devant lui. Korohama comprit aussitôt qu'ils étaient les esprits du lieu. Il leur demanda si les Lamalériens pouvaient s'installer là, moyennant un tribut. Dans un premier temps, Gési Raja, qui avait succédé à son père Sipri Raja, refusa. Mais chaque matin, Korohama revint le voir, augmentant peu à peu son offre : il promit d'abord cinq bracelets de cuivre, puis ajouta une chaîne en or et, finalement, une défense d'éléphant longue d'un *dpa*[7], unité de mesure lamalérienne allant du centre de la poitrine de celui qui parle au bout de ses doigts, bras tendu. Mais ce n'est que lorsque Korohama accepta d'offrir aux Wujon les yeux, une partie de la chair de la tête et le crâne de tous les cachalots tués que Gési finit par déclarer : “Faites venir vos femmes et vos enfants ! Vous vivrez ici comme si nous étions vos grands frères.”

L'expression “grand frère”[8] avait un sens très particulier dans cette culture marquée par des hiérarchies familiales strictes, où les jeunes frères et sœurs devaient obéissance à leurs aînés : les Lamalériens s'engageaient donc à faire de même avec les Wujon. Sous les branches du banyan qui se dresse aujourd'hui encore au centre de la partie haute de

Lamalera, en présence des Nuba Nara, ces pierres sacrées où résidait le pouvoir des Wujon, ces derniers firent prêter serment aux Lamalériens.

Ceux-ci s'installèrent alors dans l'actuelle partie haute de Lamalera, fabriquèrent une flotte de *téna* et plantèrent dans le sol les troncs d'arbres qui allaient servir de piliers à leurs abris à bateaux. Au fond de ces abris, ils empilèrent les crânes de leurs ancêtres, les enduisirent d'huile de coco et les nourrirent avec du sang de poulet. Ils bâtirent des maisons de bois au toit de chaume incurvé comme des cornes de buffle, et plantèrent des cactus autour du village en guise de remparts naturels. Au fil des années, les Wujon entassèrent leurs crânes de cachalots au centre de la plage, qui fut rebaptisée Ikã Kotã, le "lieu des têtes de poissons".

Korohama finit par subir l'érosion des ans. Sentant qu'il rejoindrait bientôt les Ancêtres, il fit venir ses trois fils. Il chargea l'aîné de préserver les rituels sacrés et le temple du village – le clan Blikololong découlerait de lui. Au cadet, il remit un *kris* – un poignard – magique et lui ordonna de protéger la tribu – ses descendants formeraient le clan Bataona et ses ramifications, dont le clan Bediona. Au benjamin, il confia la tâche d'administrer le village – cet enfant créa le clan Lefõ Tukang. Ensemble, ces trois clans seraient bientôt surnommés "Lika Telo", les "Trois Grands", en référence aux trois pierres qui soutiennent la gamelle de riz au-dessus du feu. Les Lika Telo forment aujourd'hui encore l'aristocratie de Lamalera et continuent d'exercer une influence plus marquée sur les affaires du village.

Les Wujon ne perdirent jamais la place privilégiée qu'ils occupaient dans la société lamalérienne, mais leur prestige s'effrita peu à peu. À force de passer du temps parmi les Lamalériens, ces êtres surnaturels qu'étaient les Seigneurs de la Terre vivaient désormais pratiquement comme eux. Ils faisaient partie de la tribu, se mariaient avec ses membres, partageaient leur vie quotidienne, et finirent même par armer leur propre *téna* pour chasser le cachalot – tout en prenant soin de rappeler qu'ils n'évoluaient pas dans le même monde. Au gré des siècles, ils perdirent nombre de leurs pouvoirs, comme celui de voler, mais continuèrent toutefois de se livrer à des cérémonies chamaniques pour faire s'abattre des malédictions sur leurs ennemis ou invoquer les Ancêtres. Le plus important de ces rituels était Ige Gerek, l'Appel aux Baleines, qu'ils réalisaient chaque année pour faire venir les proies des Lamalériens, le dernier jour d'avril, alors que la mousson touchait à sa fin et que la Saison de la Faim cédait la place à Léfa, la Saison de la Mer ouverte – celle de la chasse.

Mais avant que les Seigneurs de la Terre ne se livrent au rituel d'Ige Gerek, les représentants des Lika Telo devaient escalader les falaises pour leur rendre hommage, comme Korohama avait honoré Gési Raja.

Le 28 avril 2014, les Lamalériens étaient à cran : les hommes murmuraient sur la plage et les femmes se rendaient visite dans leurs cuisines pour répandre la nouvelle que le rituel d'Ige Gerek n'aurait pas lieu cette année. Les Wujon se sentaient offensés car les Lika Telo n'avaient pas fait leur pèlerinage annuel pour leur apporter les offrandes de rigueur, notamment ce don crucial entre tous : un poulet sacrificiel. Par le passé, il était déjà arrivé que l'Appel aux Baleines passe à la trappe, généralement parce que les Wujon reprochaient aux Lamalériens de ne pas les avoir honorés comme des "grands frères". Les Wujon étaient fiers et s'offusquaient du moindre affront, que ce soit tel individu surpris en train de transgresser la Voie des Ancêtres ou tel clan qui avait refusé de payer le tribut qu'il leur devait, par exemple les yeux des cachalots que ses chasseurs venaient de tuer, partie du corps que les chamanes aimaient laisser sécher jusqu'à ce que les globes implosent comme des calebasses pourries avant de les mettre à bouillir pour en faire une soupe. Par le passé, les affronts de ce genre s'étaient souvent soldés par une famine – ou pire encore.

Deux ans plus tôt, la saison de la chasse était venue rappeler ce qui arrivait lorsqu'on contrariait les Wujon. Siprianus "Sipri" Raja Wujon, le chef du clan, descendait vers la plage pour diriger la cérémonie d'Ige Gerek à la fin du mois d'avril 2012, quand une bande de jeunes gens éméchés assis sous un tamarinier avaient agité sous son nez leur jerrican de *tuak* en criant : *Baleo ! Baleo !* Si la plupart de leurs aînés vénéraient les Seigneurs de la Terre, les représentants de la nouvelle génération se montraient plus sceptiques.

Cette saison-là, les Lamalériens avaient passé leur temps à poursuivre en vain les jets des cachalots jusqu'à ce qu'au bout de plusieurs mois un *lamafa* nommé Gregorious Klake Sulaona harponne enfin un gigantesque mâle dominant de vingt et un mètres de long[9]. Mais au lieu de capituler tel un don venu des Ancêtres, le vieux cétacé s'était retourné contre eux, se frayant un passage au cœur de la flotte avec tant de violence que bon nombre de pirogues allaient devoir rester à sec pendant plusieurs semaines pour réparation. Guettant une ouverture pour planter un second harpon, Gregorious était courageusement resté debout à l'avant du *téna*, tandis que ses compagnons se blottissaient sous les barrots. Mais il n'avait pas vu la queue du monstre le faucher par-derrière et le projeter dans la mer. L'équipage d'un autre *téna* l'avait remonté à son bord et ramené précipitamment à terre, pendant que les autres marins restaient au large, bien décidés à se venger du cachalot.

Gregorious, lui, ne goûterait pas à sa viande. Il lutta contre la mort deux jours durant, vomissant et pissant du sang. Lui qui avait toujours vécu conformément à la tradition mourut conformément à la tradition : il refusa de se rendre à l'hôpital, s'en remettant à un cataplasme de curcuma et de feuilles de bancoulier, et à l'eau bénite dont les chamanes l'aspergeaient.

D'ailleurs, la médecine moderne n'aurait rien pu faire contre le mal dont il souffrait. Une bonne partie des Lamalériens étaient en effet convaincus que Gregorious payait pour les péchés de la tribu tout entière, laquelle avait provoqué le courroux des Seigneurs de la Terre. (Certains Lamalériens murmuraient en outre que ce châtiment des Ancêtres n'était qu'un juste retour des choses : la rumeur courait que Gregorious avait longtemps battu sa femme, raison pour laquelle le cachalot l'avait battu, lui.) Pendant le reste de l'année 2012, les Lamalériens ne tuèrent pas le moindre cachalot, et même si le gigantesque mâle dominant avait permis à la tribu de tenir pendant plusieurs mois, il ne pouvait suffire à remplacer les vingt prises d'une année normale, si bien que nombre de famille, eurent bientôt épuisé leurs réserves de viande séchée et furent contraintes d'envoyer les hommes par-delà les montagnes, en quête d'un travail qui permettrait de subvenir aux besoins de leurs proches.

En 2014, les colporteurs de rumeurs reprochaient à un homme en particulier la colère des Seigneurs de la Terre : Gregorious "Kupa" Bataona, chef du clan Bataona, qui ne croyait pas aux Ancêtres et s'était enfui sur une île voisine pour échapper à ce qu'il estimait être une humiliante obligation. Il était déjà arrivé que de jeunes Lamalériens fassent remarquer publiquement que, lorsque les Wujon lançaient leurs anathèmes, les cachalots finissaient quand même par venir. Mais qu'un homme d'un rang si élevé se révèle impie constituait une crise sans précédent.

Kupa avait passé presque toute sa vie à l'étranger, travaillant comme tailleur et gérant d'une plantation de cocotiers, et n'était revenu veiller sur la Maison des Esprits de son clan qu'à la mort de son frère aîné. Or, pendant ces longues années d'exil, ses croyances s'étaient modernisées. Lorsqu'un visiteur venait à l'occasion s'asseoir sur sa véranda, Kupa se plaignait du fait que la tribu fonctionnait encore selon une économie de troc et jugeait nécessaire que le gouvernement construise une chambre froide afin que les pêcheurs de Lamalera puissent congeler leurs prises et les vendre à l'exportation contre des espèces sonnantes et trébuchantes. Le reste du temps, il restait assis seul, poussant du pied la pédale de sa vieille machine à coudre et laissant s'envoler des lambeaux de tissu après lesquels les enfants couraient d'un bout à l'autre de la place, envoyés par leurs mères pour glaner ces chutes. Le gong que ses aïeux utilisaient naguère pour rassembler la tribu était suspendu à un crochet, près de lui, rouillé et craquelé.

Les deux autres chefs de clan des Lika Telo avaient honte d'aller se présenter sans lui devant les Wujon. Mais ils savaient qui envoyer : Frans.

Depuis que ce dernier avait survécu à l'odyssée qui les avait menés, ses compagnons et lui, jusqu'à Kupang, il avait gravi les échelons jusqu'à devenir capitaine du *Kéna Pukã* et chef par intérim du clan Mikulangu Bediona. Même s'il ne descendait pas d'une lignée aristocratique, Frans avait été promu après que les membres de son clan eurent décrété que l'héritier de sang n'était pas apte à occuper ce poste. Frans était en outre un chamane respecté dont les prières de guérison étaient si réputées que des Lamalériens expatriés téléphonaient de Jakarta pour lui demander de bénir à distance leurs os fracturés. En outre, il était devenu un *ata mola* – un charpentier de marine – et un forgeron renommé. Ses fers de harpon étaient considérés comme les meilleurs de la tribu.

Frans allait sur ses soixante ans et sa crinière et sa barbe jadis hirsutes s'étaient peu à peu clairsemées jusqu'à se réduire à quelques mèches blanches au-dessus des oreilles. Mais il avait toujours des bras de forgeron, avec toute une topographie de triceps et de deltoïdes. Son avant-bras droit était aussi tordu qu'un boomerang : des années plus tôt, alors qu'il nageait à côté d'un cachalot à l'agonie, tailladant la chair de l'animal à coups de *duri*, un sursaut de sa queue le lui avait brisé en mille morceaux. Rentré à terre, Frans avait refusé d'aller à l'hôpital de Lewoleba. Craignant que les médecins ne préfèrent l'amputer, il s'en était remis à l'un de ses propres remèdes à base d'eau bénite. Deux jours plus tard, il poussait de nouveau les *téna* sur la plage et maniait la pagaie. L'os s'était ressoudé de travers, et son pouce droit resterait à jamais raide et insensible. Mais cette difformité n'était pas sans présenter un certain intérêt : quand il voulait intimider un membre de son clan un peu trop buté à son goût, il n'avait qu'à enrouler son bras tordu autour des épaules de l'homme tout en lui murmurant à l'oreille.

Les Lika Telo désignèrent donc Frans pour être leur émissaire auprès du chef des Wujon, Sipri, en se basant sur la réputation de conservatisme et de sérieux du chamane du clan Bediona : celui-ci se tenait à l'écart des fêtes lamalériennes, qu'il jugeait frivoles et trop alcoolisées ; son plat préféré était le concombre au sel ; et rien ne le ravissait tant que d'être qualifié de "humble". (En privé, cependant, Frans pouvait se montrer drôle et malicieux, ironisant au sujet des membres de sa tribu, et il aimait fredonner de vieux chants de baleiniers en berçant ses petites-nièces et son petit-neveu à l'heure du coucher.) Mais si l'on avait choisi d'envoyer Frans, c'était également pour une autre raison, que résume à merveille le vieux dicton lamalérien : *Leka puo iri efel*, qu'on peut grossièrement traduire par "Les Wujon et les Bediona se partagent le cœur, le foie et la langue de leurs prises". Selon une histoire héritée des Ancêtres, les Bediona avaient un jour dégainé leurs épées pour protéger les Wujon d'une tentative d'assassinat de la part d'un clan ennemi, les Lefõ Leìn, qui leur avait tendu une embuscade. Depuis ce jour, les Wujon et les Mikulangu Bediona ne font plus qu'un et partagent même d'occasionnels festins d'organes de cétacés. Quant aux Lefõ Leìn... Une nuit, les Wujon sacrifièrent une chèvre noire et demandèrent aux Ancêtres de jeter un sort à leurs ennemis. Maladies et accidents sapèrent alors les membres du clan honni, jusqu'à son extinction[10].

Frans

Ainsi donc, ce 30 avril au petit matin, Frans grimpa à l'arrière d'une moto pilotée par un autre ancien de Lamalera, et les deux hommes partirent pour Lewoleba, où résidait Sipri. Ils se lancèrent dans une longue ascension sur la route boueuse et grêlée de nids-de-poule qui serpentait sur les flancs du Labalekang, privée depuis belle lurette de l'essentiel de son bitume. Ils traversèrent d'abord des hameaux de montagne, avec leurs modestes maisons de brique et de bambou entourées de bosquets de bananiers dont les feuilles atteignaient des proportions préhistoriques, et d'anacardiers aux branches lourdes de noix de cajou pas encore mûres, semblables à des clochettes vertes. Des femmes balayaient leurs cours de terre ferreuse avec de petits balais faits d'herbes séchées et noueuses, tels des moines Zen traçant des motifs dans le sable. Des hommes aux pieds nus menaient des chèvres au pâturage, leurs machettes frappant leurs cuisses à chaque pas. Des fillettes portaient des fagots de petit bois en équilibre sur leur tête, noués avec de fines lianes, saluant les voyageurs sans même tourner la tête de peur de faire basculer leur fardeau. Des chiens galeux aboyaient et les pourchassaient. Les deux Lamalériens longèrent un cimetière où des bols et des cuillères étaient posés sur les dalles de béton comme si l'on avait mis la table pour les Ancêtres.

C'étaient les tribus des montagnes, qui, depuis des siècles, échangeaient leur maïs contre la viande de cachalot séchée des Lamalériens. Car si la mer de Savu fournissait d'amples rations de protéines aux gens de Lamalera, il était quasiment impossible de faire pousser des légumes sur cette côte aride, alors que les vallées fertiles des hauteurs produisaient d'abondantes récoltes mais offraient peu de sources de protéines. Les *kefela* étaient issus de lignées mélanésiennes, bien différentes des racines asiatiques des Lamalériens, et avaient été repoussés vers l'intérieur des terres par les chasseurs de cachalots et d'autres nouveaux venus aux origines austronésiennes que leurs migrations avaient menés jusqu'ici. Ces deux groupes possédaient donc des cultures et des dialectes très distincts. Pourtant, grâce à l'interdépendance sur laquelle reposait l'économie de troc de la région, ils étaient parvenus à surmonter leurs différences. Les Lamalériens étaient en outre liés à leurs partenaires commerciaux par le biais de la religion, car si certaines autres tribus côtières étaient musulmanes, celles des montagnes s'étaient elles aussi converties au christianisme.

Tandis que la moto gravissait péniblement le Labalekang, l'air se rafraîchit et les branches des arbres qui encadraient la route se rejoignirent pour former un tunnel. Des serpents écrasés étincelaient comme des rubans froissés. Sous le rebord du cratère, les deux voyageurs traversèrent lentement une cathédrale de bancouliers dont les troncs ressemblaient aux piliers démesurés d'un temple, leur voûte de feuillage si dense que la lumière qui filtrait à travers se teintait de vert et qu'aucun sous-bois ne poussait.

Comme ils slalomaient sur l'autre versant du volcan, dans la descente vers Lewoleba, les bourgs se firent plus étendus et de plus en plus rapprochés. Des tiges de riz de montagne si vertes qu'elles paraissaient fluorescentes pointaient à travers les cendres que la traditionnelle culture sur brûlis déposait sur le sol des clairières. Des rangées de tecks, plantés pour fournir du bois de construction, avaient remplacé la forêt primaire, leurs feuilles larges comme des assiettes claquant dans le vent. Les Lamalériens serraient le bas-côté chaque fois qu'un camion-benne arrivait au ralenti, se cachant le visage sous leurs tee-shirts pour se protéger du nuage de sable soulevé par l'engin. À l'approche de Lewoleba, ils croisèrent des terrassiers venus du Timor qui posaient une nouvelle couche d'asphalte, et la route devint soudain aussi lisse que la piste d'un circuit. Enfin, ils filèrent parmi des hordes de motos devant des maisons en béton et un magasin aux allures de garage qui vendait des téléviseurs et des réfrigérateurs emballés dans du film plastique – Lewoleba.

À vol d'oiseau, moins de vingt-cinq kilomètres séparaient les deux lieux, mais c'était comme entrer dans un autre monde. N'importe quel visiteur en provenance de Jakarta ou de Bali aurait ricané devant les chèvres qui erraient dans les rues et la population d'environ vingt-cinq mille habitants. Mais pour Frans et les autres Lamalériens, c'était la grande ville. Perdu dans ce labyrinthe, Frans avait maintenant du mal à se rappeler l'itinéraire à suivre pour se rendre chez Sipri.

Même s'il était venu des dizaines de fois à Lewoleba, Frans se perdait encore dans ce quadrillage de maisons en brique et de rues bordées de palmiers – Bena, sa fille préférée, ne manquait pas de se moquer de lui à ce sujet quand il venait la chercher au port de la ville, deux fois par an, de retour de sa lointaine université. La confusion de Frans tenait au fait que le système d'orientation des Lamalériens est organisé autour des Maisons des Esprits du clan Blikololong[11], qui constituent le noyau spirituel de la tribu. Ainsi, les indications dont se servent les Lamalériens peuvent être littéralement traduites par des formules telles que : "À l'est de la Maison des Esprits de Teti Nama Papã", instructions qui perdent de leur utilité à mesure que l'on s'éloigne de la source des Ancêtres. Surtout, les Lamalériens ont un rapport si intime à la géographie de leur baie que même les noms des principaux éléments du paysage intègrent cette relation – Labalekang, par exemple, signifie : "Le volcan derrière nous" – et ils utilisent des verbes spéciaux pour décrire leurs déplacements par rapport à ces points de repère. Mais en dehors de la côte sud de Lembata, ces termes ne servent bien sûr plus à rien. Frans était capable de ramener le *Kéna Pukã* à bon port dans la pire purée de pois, mais, sorti de Lamalera, il perdait vite son sens de l'orientation.

L'ancien qui pilotait la moto finit par interroger les passants et, peu après, les deux hommes se garèrent devant une maison en brique à l'enduit récent et couronnée d'un toit de métal étincelant, tout au fond d'une allée de terre. Une pancarte en os de cachalot peinte à la main annonçait : HUILE DE BALEINE EN VENTE ICI, au prix d'environ deux dollars la bouteille. Un homme qui semblait trop vieux pour être encore vivant sortit les accueillir. Déjà frêle au départ, Sipri avait été creusé par l'âge, sa peau serrant de si près son crâne qu'on voyait clairement le sang cogner à ses tempes. Le Seigneur de la Terre vivait loin de son territoire car, pendant des décennies, il avait officié comme percepteur des impôts à Lewoleba, gagnant de l'argent pour son clan pendant que son frère aîné dirigeait les troupes au village, même si Sipri n'avait jamais manqué de rentrer à Lamalera pour assister aux cérémonies importantes, au premier rang desquelles l'Appel aux Baleines. À la mort de son frère, quelques années plus tôt, Sipri avait hérité de son statut de chef et de la responsabilité de diriger le rituel d'Ige

Gerek. Mais il avait continué de vivre à la ville afin de ne pas s'éloigner des soins médicaux dont avait besoin son épouse, clouée au lit à la suite d'une attaque.

Deux jours auparavant, Sipri s'était rendu à Lamalera pour recevoir les Lika Telo sous le toit de chaume de la Maison des Esprits du clan Wujon – dernier édifice à l'ancienne de Lamalera, les chamanes étant persuadés que les Ancêtres ne daigneraient pas se présenter dans l'une de ces maisons modernes aux murs de brique –, mais il en était reparti fort mécontent car les trois chefs n'étaient pas venus au rendez-vous. Cela faisait des années qu'il ruminait l'abandon de la Voie des Ancêtres de la part des Lamalériens, et cette récente offense était venue confirmer cet état de fait. Surtout, il se sentait obligé de ne pas laisser cette défection impunie, car si les Seigneurs de la Terre étaient officiellement catholiques, comme tous les membres de leur tribu, ils étaient aussi les gardiens de la religion ancienne et clandestine qui avait jadis été celle des Lamalériens.

Avant que le christianisme n'atteigne les côtes de Lembata, les habitants de l'île, à l'instar des autres insulaires de l'archipel des îles Solor, vénéraient les Ancêtres et Lera Wulan, la divinité Soleil-Lune. Ils communiquaient avec eux par l'intermédiaire des Nuba Nara, les pierres sacrées représentant chacune un clan, disposées en cercle autour du banyan de la place centrale de Lamalera. Lera Wulan était un dieu aux deux visages qui avait divisé les hommes en deux factions[12] – les "Demon" et les "Paji", symbolisées par ses deux faces –, plongées dans une guerre éternelle, afin de recevoir toujours des offrandes de sang. (Les Lamalériens faisaient partie des Demon, comme en témoignait le deuxième nom de Yohanes Demon Hariona, alias "Jon". Pour l'essentiel, les tribus Demon vivaient dans les montagnes et cultivaient la terre, tandis que les groupes Paji occupaient la frange côtière et pêchaient, les Lamalériens faisant figure d'exception.) Les sécheresses étaient le signe que Wulan avait soif et déclenchaient souvent des combats entre Demon et Paji, chaque camp cherchant à faire couler le sang sur sa Nuba Nara[13] pour attirer la pluie.

Même si la première visite de missionnaires jésuites à Lamalera remontait à la fin du XIXe siècle, ce n'est qu'avec l'arrivée du missionnaire allemand Bernardus Bode en 1920 que le christianisme – et, par extension, le monde extérieur – s'était frayé un chemin jusqu'au village. Nullement intimidé par l'empilement totémique d'os de cachalots et les pratiques cannibales occasionnelles de la tribu, Bode avait appris la langue lamalérienne et prêché l'Évangile. (Dans ses lettres, il raconte avoir appris un jour que les guerriers lamalériens avaient tué douze hommes Paji[14], leur avaient coupé pieds et mains, qu'ils avaient mis à sécher au soleil avant de les réduire en poudre sous une pierre, mélangeant ensuite ladite poudre à du vin de palme qu'ils avaient bu à l'heure de se lancer dans la bataille suivante, pour donner de la vigueur à leurs propres membres.)

Au début, trente sorciers – ainsi que Bode les appelait – lui opposèrent une résistance farouche. Mais peu de temps après le début de sa mission, dans une lettre envoyée au pays, Bode écrit que "de manière étrange, presque tous [les sorciers] ont péri en très peu de temps". En l'espace de trois ans, Bode étendit son ministère aux villages des environs et quadrupla le nombre de chrétiens baptisés sur l'île, les faisant passer de trois cents à mille deux cents. Cette influence grandissante lui permit de bannir les sacrifices humains, même si les sacrifices d'animaux se poursuivaient derrière son dos, et d'offrir des funérailles chrétiennes aux crânes précieusement conservés sous les abris à bateaux. Il fit en outre brûler la montagne de crânes de cachalots d'Ikã Kotã et érigea sur leurs cendres une chapelle dédiée à saint Pierre, le pêcheur d'âmes, qui allait devenir le saint patron de Lamalera. Lorsqu'il annonça son intention de déterrer les Nuba Nara et de faire de ces pierres sacrées les fondations d'une église, il reçut des menaces de mort. Mais lors de la chasse du lendemain, tous les *téna* du village rapportèrent une prise. Les Lamalériens y virent un signe des grands pouvoirs de ce Dieu catholique, ce qui sauva peut-être Bode. Les Wujon escamotèrent leur Nuba Nara pour la cacher au cœur de la jungle, mais les autres clans acceptèrent que leurs pierres soient intégrées au nouveau lieu de culte. La chasse fut particulièrement bonne au cours de la saison suivante, cimentant la foi de la tribu. Quand Bode convoqua tous les hommes au pied de l'autel pour qu'ils jurent de renoncer à leur culte païen, aucun ne refusa, pas même les

Wujon. Au moment même où les tribus Demon de Lembata se convertissaient au christianisme – y compris les Lamalériens et leurs partenaires commerciaux des hauteurs –, la plupart des tribus de pêcheurs Paji de la côte se ralliaient à l'islam, si bien que leurs conflits anciens allaient perdurer sous les étendards de ces nouvelles religions – jusqu'à aujourd'hui.

En 1925, Bode écrivait qu'il ne restait qu'un seul païen à Lamalera. Mais il ignorait que chaque année, au dernier jour d'avril, les Wujon quittaient le village comme des ombres au milieu de la nuit, emportant des offrandes jusqu'à la Nuba Nara et aux Maisons des Esprits immémoriales cachées sur les hauteurs du Labalekang. Sous la façade catholique, les Wujon s'assuraient que les croyances anciennes demeurent bien vivaces au sein de la tribu.

Au fil des décennies, alors que les Lamalériens adoptaient des noms chrétiens, les deux religions fusionnèrent de telle sorte qu'aux yeux des Lamalériens leurs traditions chrétienne et animiste ne faisaient plus qu'une. Bode avait facilité la conversion des Lamalériens au catholicisme en affirmant que Lera Wulan n'était autre que Dieu lui-même, les Ancêtres, ses saints, se contentant en quelque sorte de superposer le christianisme à la religion autochtone – de là au syncrétisme des Lamalériens, il n'y avait qu'un pas. De nos jours, une statue de Bode se dresse sur le *hâmmâlollo* d'un *téna* en béton, devant l'église. Les membres de la tribu se considèrent comme de fervents catholiques et bon nombre de Lamalériens ne se rappellent même plus qu'il a pu exister un jour une version non christianisée de Lera Wulan. Seule une poignée d'habitants – essentiellement les Wujon – est capable de faire une distinction entre les deux religions, bien que Sipri lui-même les ait un jour décrites comme les deux parties d'un même tout, se considérant sincèrement chrétien, y compris lorsqu'il sacrifie des animaux en qualité de Seigneur de la Terre. Plusieurs rituels païens ont été ouvertement incorporés au culte catholique, notamment le Misa Arwah, la messe des âmes égarées, qui suit Ige Gerek.

Ige Gerek demeure par conséquent l'une des dernières passerelles reliant les Lamalériens aux cultes anciens qui fondaient, jadis, leur identité. C'est pourquoi, dans l'esprit de Sipri, l'avenir de la tribu allait dépendre de la survie de ce rituel ou de son abandon.

Pour Sipri, le meilleur moment de l'année[15] avait toujours été celui de la communion avec Lera Wulan et les Ancêtres, à l'occasion d'Ige Gerek. En 2013, un an avant que les Lika Telo ne lui fassent faux bond, Sipri avait escaladé les pentes du Labalekang dans l'obscurité d'avant l'aube, appuyé sur la Lance du Dragon, cet objet rouillé hérité des Ancêtres qui garantissait aux Seigneurs de la Terre la victoire dans toutes les batailles, et qui faisait à présent office de simple bâton de marche. Ses genoux flanchaient tous les deux ou trois pas. Seule l'impatience de retrouver les Ancêtres lui donnait l'énergie de gravir ce versant abrupt. Son fils, ses petits-fils et ses neveux l'avaient tous suivi, portant le Gong de l'Appel, l'Épée des Ancêtres et les autres objets précieux du clan, ainsi que des offrandes : des tubes de bambou remplis de *tuak* et un poulet ligoté qui n'arrêtait pas de glousser. Sipri avait revêtu l'habit de l'ancien temps – tuniques noires et chapeau de bambou conique –, mais, malgré sa désapprobation, les jeunes du clan Wujon portaient des tee-shirts et des shorts découpés dans des jeans. Certains allaient même torse nu.

Lorsqu'ils traversèrent les vergers d'anacardiers des tribus des montagnes, il était encore si tôt que le ciel restait tout incrusté d'étoiles. Puis la jungle les écrasa de sa formidable masse. Des banyans colossaux se déployaient telles des forêts à part entière, branches colonisées par les fougères et autres plantes épiphytes. Des racines de rotang s'entortillaient autour de leurs pieds. Le feuillage était si dense qu'il semblait encore faire nuit sous cette canopée, alors que l'aube illuminait déjà la cime des arbres.

En fin de matinée, ils atteignirent enfin Itok Kefélong Fata, la première Maison des Esprits dédiée aux Ancêtres, immense bloc de roche taillé comme un museau de cachalot, évent compris, juste à côté du précipice où Sipri Raja Rimo, l'esprit dont tous descendaient, était pour la première fois apparu. Dans cette clairière sacrée, les Wujon se coiffèrent, en guise de mitres, de couronnes de branches tressées. Alors, Sipri écrasa un œuf de poule sur le rocher et étala le jaune en grandes boucles parsemées d'éclats de coquille. Puis il posa le poulet sur le bloc. Le métal claqua contre la roche tandis que sa lame transperçait poumons et vertèbres. Empoignant le cadavre par les ergots, il le brandit devant lui, tête en bas, laissant le sang s'écouler jusqu'à ce que la narine concave du bec déborde. Il peignit alors à la main, mêlant le rouge au jaune.

Les petits-fils de Sipri firent griller le cadavre sur un feu de coques de noix de coco, puis les Wujon désossèrent l'amas calciné et mangèrent de petits morceaux en léchant leurs doigts brûlés, brisant les os pour aspirer la moelle. Mais la plus grande partie de la carcasse fut disposée sur le rocher ensanglanté pour servir de repas aux Ancêtres, et l'on déposa dans cet amas sanguinolent des cigarettes roulées avec des feuilles de palme séchée. Quand l'odeur de chair rôtie embauma la forêt, Sipri sut que les esprits allaient se rassembler, attirés par ces fumets.

Empoignant la Lance du Dragon de ses mains écarlates, Sipri souleva l'arme en criant : "Depuis le pic de cette montagne où notre père est apparu, depuis la grotte de cette montagne où notre mère est apparue, depuis la Maison des Esprits d'Itok Kefélong Fata, depuis les Maisons des Esprits de chaque lieu, nous invitons les Ancêtres à nous rejoindre par centaines et par milliers, pour apporter de la nourriture aux veuves et aux enfants des Deux Villages car ils ont faim et soif, et pleurent jour et nuit pour réclamer votre venue !"

Sipri ne voyait pas les Ancêtres, mais il sentait leur présence comme il aurait senti la chaleur émanant d'une peau tout près de la sienne. Il les remercia d'avoir répondu à l'appel. La veille, lors du Tobo Nama Fata, le Conseil sur la Plage[16], les autres membres de la tribu lui avaient confié leurs soucis – la peur d'une diminution du nombre de raies manta capturées, mais aussi la colère devant ces étrangers qui pêchaient à la dynamite sur les récifs de leur baie – et lui-même se déchargea de ce fardeau devant les Ancêtres. Il s'excusa en outre pour les manquements de la tribu vis-à-vis de la tradition, à présent que les moteurs hors-bord avaient remplacé les voiles et que les jeunes chasseurs ne participaient plus aux cérémonies en l'honneur de leurs aïeux. Il regretta tout haut que certains jeunes de la tribu aient laissé entendre qu'il ne devait pas s'asseoir devant les Tobo Nama Fata mais au milieu de la foule, pour que le rituel soit plus démocratique. Il ne les avait pas écoutés.

Malgré ses frustrations, cette communion avec les Ancêtres était le moment de l'année où Sipri se sentait le plus pur. Il avait le sentiment d'appartenir à une tribu immémoriale. Un jeune Wujon fit sonner le Gong de l'Appel et les Seigneurs de la Terre redescendirent le sentier en file indienne, leurs ancêtres, du plus ancien au plus récent, leur emboîtant le pas. Sipri eut alors l'impression de n'être que le chaînon actuel d'une chaîne infinie, qui s'étirait depuis l'aube de l'humanité jusqu'à l'instant présent.

Le *bong*, *bong*, *bong* de l'instrument métallique résonna dans ce recoin de montagne, intimidant les oiseaux tapageurs de la jungle au point de les faire taire, et l'un des jeunes Wujon entonna sans interruption une incantation magique suppliant les esprits de poursuivre la marche[17]. Sipri prenait soin de ne jamais regarder derrière lui, mais il entendait les Ancêtres papoter dans son dos, sifflant comme une brise. En temps normal, les pentes du Labalekang étaient animées par les hommes *kefela* labourant leurs lopins, mais tout le monde savait que les esprits étaient de sortie ce jour-là, si bien que les sentiers restaient déserts. La jungle fumait comme une étuve. Des papillons voletaient autour d'eux, fragments d'arc-en-ciel soufflés par le vent.

Trois kilomètres plus bas, Sipri s'arrêta devant la Maison des Esprits suivante, Pau Lera[18], autre cachalot pétrifié, et enfila une corde tissée avec des herbes de la jungle à travers un trou en forme de narine, comme s'il passait une longe dans l'anneau nasal d'un bœuf, avant de tirer l'animal vers la mer. Plus bas dans la pente, les Wujon firent un détour par Enaj Senoa, la pierre Nuba Nara que le grand-père de Sipri avait cachée après que les missionnaires chrétiens avaient tenté de la détruire et, d'une formule magique, séparèrent les mauvais esprits des bons esprits. Le dernier arrêt de Sipri fut pour la plus importante de toutes les Maisons des Esprits : Fato Kotekĕlema, la Pierre Baleine, une épine rocheuse jaillissant de l'argile rouge tel un cachalot mâle nageant au milieu d'un océan de terre.

Sipri escalada la roche et troqua la Lance du Dragon contre une branche feuillue arrachée à un arbre voisin. Les bons Ancêtres et les Wujon se mirent au garde-à-vous. Les seuls spectres manquant à l'appel étaient les Sept Baleines-Esprits. À travers des percées dans les palmiers environnants, Sipri apercevait l'horizon mouvant de la mer. Il fit glisser la branche vers l'est. "Venez de l'est !" Il fit glisser la branche dans l'autre sens. "Venez de l'ouest ! N'agitez pas les eaux de l'océan ! Nagez près de la terre ! Soyez calmes afin que le *lamafa* puisse vous prendre avec une demi-corde et un seul harpon ! Venez pour que les veuves et les orphelins de Lamalera ne meurent pas de faim !" Il répéta trois fois ces injonctions et les ponctua en caquetant comme une poule d'abord, puis en grognant comme un buffle d'Asie et enfin en bêlant comme une chèvre. C'était cette partie du rituel qui lui donnait son nom : en lamalérien, *ige* signifie "faire signe" et *gerek* "appeler en faisant des bruits d'animaux", de la même manière que les Lamalériens aboient sur leurs chiens pour les faire venir.

Les Sept Baleines-Esprits se joignirent à la procession. Quelques kilomètres plus bas, Sipri conduisit la foule au pied des falaises, sur la plage, vers les rouleaux puis la paix de la baie, où tous se fondirent dans la mer de Savu comme de l'eau dans de l'eau, et le chef se retrouva seul dans ses tuniques noires détrempées. À l'ombre des abris à bateaux, les vieux baleiniers observaient la scène avec leurs petits-fils, qu'ils avaient réquisitionnés d'office pour leur montrer ce rituel.

Ige Gerek redonnait toujours la foi à Sipri. C'était une démonstration du rôle crucial que les Ancêtres et lui-même jouaient dans la survie de la tribu. Flottant dans la baie, comme soulevé par le sentiment de bien-être que lui procurait cette communion avec les esprits, il rayonnait, convaincu que l'apparition des baleines, cette année-là, persuaderait les membres de sa tribu d'abandonner la fausseté de leurs manières modernes. Il savait qu'il allait bientôt disparaître mais se sentait réconforté par l'idée qu'une fois devenu un Ancêtre il répondrait chaque année à l'appel de ses descendants et referait ce pèlerinage du pic du volcan jusqu'à l'océan, de même que les étoiles revenaient aux mêmes positions ce jour-là, année après année. La chasse, il en était sûr, ne cesserait jamais.

Évidemment, Sipri voyait bien que le monde extérieur empiétait inexorablement sur le mode de vie traditionnel de Lembata. Pendant les années qu'il avait passées à Lewoleba, il avait vu l'endroit se transformer, du petit village de huttes à toit de chaume des débuts à la grande ville aux maisons de brique, dotée d'un port, d'immeubles administratifs en béton, abritant des dizaines de milliers d'habitants. Désormais, l'île était hérissée d'antennes de télévision et de téléphonie mobile. Et Sipri avait entendu dire qu'un port serait bientôt construit à Wulandoni, ce village voisin de Lamalera où se tenait le marché hebdomadaire. Une fois que ce port fonctionnerait, tout le sud de Lembata se retrouverait exposé à l'influence du monde extérieur.

Sipri détenait d'ailleurs la preuve que les pouvoirs des Ancêtres étaient en train de décliner. Il se souvenait en effet que lorsqu'il était enfant des milliers de sauterelles stridulaient en chœur autour des Wujon pendant la cérémonie d'Ige Gerek et les suivaient tel un orage biblique jusqu'à la plage – signe que les Ancêtres étaient satisfaits. Or, les sauterelles n'apparaissaient plus maintenant. Pourtant, Sipri avait longtemps cru que même si des aspects accessoires du monde risquaient bel et bien de changer l'alliance des Lamalériens avec leurs Ancêtres, elle, perdurerait.

Les Wujon accomplissant le rituel d'Ige Gerek en 2015. Sipri est debout, les mains jointes, pendant que son fils Marsianus tient le gong, sous le regard de ses petits-fils

Ce n'est qu'au soir du 28 avril 2014, après avoir attendu toute la journée que les Lika Telo daignent lui rendre visite dans la Maison des Esprits du clan Wujon, que Sipri dut se rendre à l'évidence : les Lamalériens allaient peut-être bel et bien finir par oublier qui ils étaient. Si les descendants de Korohama pouvaient s'égarer de la sorte, alors toutes les trahisons étaient possibles. À l'inverse des disputes qui avaient éclaté par le passé entre la tribu et les Wujon, Sipri avait la sensation que cette rupture-là pourrait se révéler permanente. L'enseignement des Ancêtres avait toujours été que l'unité de la tribu prévalait : *Talé tou, kemui tou, onã tou, mata tou.* Mais les chefs des trois grands clans ne formaient plus une seule et unique famille avec lui, et leurs actions s'écartaient des siennes. Ige Gerek n'aurait pas lieu. Les Ancêtres se vengeraient. Aucune baleine ne se livrerait aux harpons des Lamalériens. La menace d'une année de famine pesait sur le village. Sipri pleurait sur le sort de son peuple, mais celui-ci n'avait que ce qu'il méritait. Peut-être qu'un châtiment vraiment sévère était la seule manière de les sauver, en leur rappelant la puissance des Ancêtres.

Quand Frans se présenta enfin chez lui, le Seigneur de la Terre méditait sombrement cette question : les Lamalériens et leur culture allaient-ils pouvoir survivre au sein du monde moderne ?

Cette interrogation sur la survie des Lamalériens, Sipri se la posait à l'issue de près de quatorze mille années d'une extinction culturelle de plus en plus rapide. Au XIIe siècle avant J.-C., alors que l'humanité tout entière étaient encore constituée de groupes de chasseurs-cueilleurs, il existait de par le monde environ cent mille langues[19] représentant autant de cultures[20], ce qui permet de se représenter le nombre originel de ces dernières – et d'estimer combien d'entre elles ont disparu depuis. À l'époque, la diversité linguistique en vigueur sur notre planète ressemblait sans doute beaucoup à celle des nations contemporaines que sont l'Indonésie et sa voisine, la Papouasie-Nouvelle-Guinée, qui comptent plus de mille cinq cents langues différentes, et dont les îles montagneuses abritent parfois des idiomes aussi hétérogènes que l'anglais et le mandarin dans des vallées distantes d'à peine quinze kilomètres[21]. Contraints de former de petites tribus très espacées les unes des autres afin de pouvoir glaner suffisamment de nourriture dans la forêt ou l'océan, ces groupes isolés ont développé au fil des siècles leurs propres langues et modes de vie.

Au fur et à mesure que l'agriculture se développait ici et là sur tous les continents[22], les hommes commencèrent à se sédentariser et à se réunir en groupes plus larges afin de mieux cultiver la terre. Ces populations agricoles de plus en plus nombreuses se disputaient les meilleurs territoires avec les chasseurs-cueilleurs. Ils disposaient de nombreux avantages dans ces conflits, notamment celui d'être plus nombreux et de posséder des surplus de nourriture permettant de nourrir des soldats à plein temps et des individus spécialisés dans tel ou tel métier, capables de développer de nouvelles technologies. Au gré des millénaires, les sociétés agricoles, d'abord limitées à de petits villages, ne cessèrent de s'étendre jusqu'à devenir des villes-États, des royaumes, des empires. Lesquels eurent besoin d'imposer une culture unique afin de fusionner entre eux les peuples de plus en plus hétérogènes qui les constituaient, et les modes de vie non conformes étaient parfois anéantis par décret officiel. Même les minorités qui échappaient à ces persécutions finissaient généralement par s'intégrer à la société dominante, abandonnant leurs traditions pour profiter des avantages liés au fait d'appartenir à la majorité. À mesure que les sociétés de chasseurs-cueilleurs rejoignaient les grandes civilisations ou étaient annihilées par celles-ci, le nombre de langues et de cultures ne cessait de décroître[23].

Reste qu'à l'orée de l'épopée coloniale européenne, il y a cinq cents ans, il existait encore environ quinze mille langues distinctes à l'échelle mondiale, soit plus de deux fois plus qu'aujourd'hui, et les chasseurs-cueilleurs occupaient encore un tiers de la planète[24]. Des innovations dans les domaines de la technologie maritime et de l'armement permirent cependant aux nations européennes de conquérir rapidement la planète, intensifiant par là même ce processus d'extinction linguistique et culturelle. Les colons américains décimèrent les populations amérindiennes ; les pionniers australiens menèrent une politique génocidaire à l'encontre des Aborigènes ; au Congo, les Belges massacrèrent et tuèrent à la tâche près de 10 millions de leurs sujets africains. Des civilisations entières furent éradiquées lorsque se répandirent des maladies européennes telles que la variole, le système immunitaire des peuples autochtones n'étant pas armé pour les affronter. Pour ne citer que les Amériques, on estime que les Européens furent responsables de la mort de 95 % de la population en l'espace de quelques générations. Les colons imposèrent leurs langues, leurs cultures et leurs religions aux peuples vaincus, portant un coup fatal aux modes de vie autochtones. Dans les années 1920, l'empire britannique régnait sur plus de 20 % de la population mondiale et contrôlait près d'un quart de la planète, formant le plus vaste empire de l'Histoire, tandis que les Français contrôlaient un dixième du globe.

L'isolement de Lembata et l'absence de ressources alléchantes sur l'île épargnèrent aux Lamalériens les pires brutalités de la colonisation. Après qu'un fort bâti par les Portugais pour veiller sur le commerce du bois de santal eut été abandonné au milieu du XVIIe siècle, car trop difficile à approvisionner, la présence des Européens se fit épisodique dans l'archipel des îles Solor[25]. Les marins de passage qui descendaient à terre en quête d'eau douce se faisaient attaquer par des hommes aux vêtements d'écorce qui leur lançaient des flèches dont les pointes étaient taillées dans des os de chèvre. Les Occidentaux finirent par éviter ces îles, craignant les pratiques cannibales de leurs habitants[26]. Vers 1850, quand la Hollande racheta les îles Solor aux Portugais, un administrateur batave écrivit que les seules choses que l'on savait au sujet des Lamalériens étaient qu'ils chassaient la baleine, étaient des païens et n'avaient prêté allégeance ni aux Hollandais ni aux Portugais. À la fin du XIXe siècle, un fonctionnaire hollandais notait que l'intérieur de Lembata n'avait pas encore été exploré par les Européens[27].

Mais les Hollandais consolidèrent peu à peu leur contrôle sur l'ouest de l'Indonésie et finirent par s'intéresser à sa partie orientale. En 1910, une compagnie de soldats hollandais débarqua à Lembata pour recenser la population et confisquer les fusils rudimentaires que les insulaires avaient obtenus par le troc. Peu de temps après, le père Bode arriva. Pourtant, quand les Hollandais renoncèrent à leurs colonies des Indes orientales après la Seconde Guerre mondiale, les Lamalériens le remarquèrent à peine car les colons ne s'étaient quasiment pas intéressés à cette tribu, se contentant de réquisitionner de temps à autre du cacao et des noix de coco.

Mais au moment même où les empires coloniaux s'effondraient, l'industrialisation prit possession de la planète. Les chasseurs-cueilleurs s'installaient dans les grandes villes, attirés par le meilleur niveau de vie qu'elles offraient. Téléphones, radios, téléviseurs et, par la suite, Internet diffusèrent films hollywoodiens et rock britannique jusqu'en des lieux jadis hors d'atteinte. Voitures, trains et avions enjambaient des distances jadis protectrices. Des pays comme l'Australie et la Russie exilaient de force les jeunes autochtones dans des pensions, leur interdisaient de parler leurs langues et niaient l'existence de leurs tribus afin d'imposer une identité nationale unique. Les peuples d'Amazonie et d'autres régions du monde, qui revendiquent leur souveraineté sur des territoires abritant des ressources naturelles lucratives, telles que les forêts primaires et le pétrole, continuent d'être massacrés par ceux qui veulent s'accaparer ces richesses. Il y a cinq siècles à peine, des groupes de chasseurs-cueilleurs occupaient l'intégralité du territoire australien[28], quasiment toute l'Amérique du Nord et une grande partie de l'Amérique du Sud, de l'Afrique et de l'Asie – mais à l'orée des années 2000, ils avaient quasiment tous été annihilés.

En 2016, il ne restait plus que sept mille cents langues environ[29], soit à peu près 7 % de la diversité linguistique maximale qu'a connue notre planète. Et le rythme de leur disparition allait s'accélérant. Parmi ces langues survivantes, près de mille cinq cents étaient parlées par moins d'un millier de locuteurs, pour la plupart âgés. Surtout, elles ne disposaient pas d'une masse critique de jeunes les parlant couramment, condition nécessaire de leur survie à long terme. Une étude universitaire suggère qu'à l'horizon 2100 quelque 90 % des langues qui existent encore dans le monde seront éteintes – ce qui n'en laissera que sept cents – et que la population mondiale communiquera alors essentiellement en anglais, en mandarin et en espagnol[30]. Ce qui veut dire qu'à l'heure actuelle deux langues et les cultures qui les accompagnent – ces agrégats millénaires d'histoire, de philosophie, de mode de vie, de religion et de traditions qui expriment l'identité des peuples concernés – meurent en moyenne chaque mois[31]. Bien sûr, des langues et des cultures sont toujours apparues et ont toujours disparu avec le temps, mais ce que l'humanité traverse à présent n'est guère plus naturel que l'extinction massive d'espèces végétales et animales que le monde est en train de subir. Même s'il est vrai que des extinctions culturelles à plus petite échelle ont pu avoir lieu par le passé, l'ampleur et le rythme du mouvement actuel sont sans précédent.

Quand Frans et l'autre représentant des Lamalériens arrivèrent chez Sipri pour présenter leurs excuses concernant la débâcle d'Ige Gerek, le Seigneur de la Terre les accueillit d'un geste hospitalier traditionnel de l'est de l'Indonésie : il leur offrit un plat de *sirih pinang*, mélange de noix de bétel, de piments et de corail séché et broyé qui, lorsqu'on le mâche, provoque un léger étourdissement. Les trois hommes prirent place sur des chaises longues dans une salle qui ne contenait pas grand-chose hormis une bible gorgée d'humidité et un téléviseur cubique perché sur un meuble de rangement. Dans les tiroirs en bois fermés à clé étaient cachés les précieux objets hérités des Ancêtres : quatre écailles crocodiliennes blanchies et rendues cassantes par les ans, qui d'après Sipri étaient les dernières écailles de dragon au monde ; un fragment de défense d'éléphant poli et ovoïde, semblable à un œuf d'ivoire ; et quatre cailloux gros comme des noix, un gris, un rouge et deux blancs, banals aux yeux des autres mais qui pour Sipri contenait le pouvoir de ses Ancêtres, comme les Nuba Nara de l'ancien temps. Alors que la plupart des Lamalériens ne célébraient leurs aïeux qu’à l’occasion des fêtes sacrées, et pour certains jamais, Sipri offrait régulièrement à ces talismans des jaunes d’œuf et du *tuak* servis dans des bols en coque de noix de coco.

Frans ouvrit cette rencontre diplomatique en demandant non pas pourquoi Sipri n’avait pas mené à bien le rituel d’Ige Gerek, mais pourquoi la cérémonie n’avait pu se tenir. Dans la société lamalérienne, où la courtoisie est de la plus haute importance, il est essentiel de ne jamais désigner de fautifs, afin que personne ne perde la face. Cela est si crucial qu’en lamalérien et en bahasa indonesia, langue officielle de l’Indonésie, on utilise la voix passive dès que des sujets sensibles sont abordés afin de court-circuiter tout risque de mise en accusation directe de l’interlocuteur.

Sipri se plaignit que les Lika Telo ne soient pas venus lui rendre hommage comme l’exigeait la coutume.

Frans présenta ses excuses pour la transgression dont les trois clans s’étaient rendus coupables, puis demanda à Sipri de diriger malgré tout la cérémonie, ou du moins de donner sa bénédiction pour que quelqu’un, parmi ses proches plus jeunes, puisse s’en charger.

“Le rituel reviendra, déclara Sipri. Mais il faut que les choses soient claires : cette année, il n’y a aucune affinité entre les Wujon et la tribu.”

À Lamalera, les conversations obéissent à un protocole très strict, et les quatre hommes continuèrent de discourir chacun à leur tour pendant plus d’une heure. Sipri montrait des signes d’agitation de plus en plus marqués, ses doigts osseux essuyant même des larmes au coin de ses yeux cerclés de rouge. Des gouttes d’eau salée ruisselaient souvent sur l’arête de son nez imposant, symptômes d’une maladie non diagnostiquée – mais cet après-midi-là, nul n’aurait su dire si ces larmes étaient dues à ses pupilles irritées ou à sa tristesse.

“La Voie des Ancêtres est en train de se perdre”, les mit-il en garde. Il dressa la longue liste des affronts que les Lamalériens avaient faits à son clan, comme cette route tracée au bulldozer à travers la jungle qui frôlait une pierre sacrée, ou le fait de ne pas lui avoir apporté, comme le voulait la tradition, les yeux des cachalots tués. Sipri brandit la menace d'une famine pour les Lamalériens s'il n'intercédait pas en leur faveur pour faire venir les baleines.

Mais l'origine profonde de la colère de Sipri, c'était que l'importance accordée aux Wujon allait s'amenuisant ces derniers temps. Autrefois, ils avaient toujours été reconnus comme des chefs spirituels mais, en 2014, certains Lamalériens murmuraient qu'ils n'étaient que des charlatans. Les avantages dont ils avaient jadis bénéficié s'étaient changés en handicaps : par le passé, leurs maisons au sommet des falaises leur avaient permis d'échapper aux attaques venues de la mer ; mais à présent cet éloignement les tenait à l'écart de la vie du village ; leur conservatisme farouche leur avait longtemps valu le respect des Lamalériens, mais depuis quelques décennies cette attitude les avait empêchés d'adopter des innovations dont profitaient déjà les autres clans. Leur seul avantage matériel était la portion supplémentaire de viande de cachalot qu'ils recevaient, taillée dans la tête, privilège dont certains clans les privaient désormais en douce. Le traitement réservé aux Seigneurs de la Terre se révélait de moins en moins seigneurial.

Dans la culture lamalérienne, les émotions sont censées être étroitement contrôlées. Mais la frustration est si souvent ravalée que lorsqu'elle finit par sortir, c'est une véritable éruption. La rage de Sipri allait s'intensifiant, jusqu'à ce qu'il prononce la menace suprême : si les Lamalériens ne s'engageaient pas à suivre de nouveau la Voie des Ancêtres d'ici l'année suivante, les Wujon mettraient à exécution la Malédiction de la Chèvre noire. (Celle-là même, bien sûr, qui avait entraîné la disparition du clan Lefõ Leìn.) Au lieu de réaliser la cérémonie d'Ige Gerek, Sipri emmènerait une chèvre noire dans la jungle, à l'heure où le jour faiblit pour se fondre dans la nuit. Il creuserait une fosse et poserait au bord l'animal bêlant. Alors, il planterait un poignard dans ses poumons et le jetterait au fond de cette tombe anonyme, où il s'asphyxierait sans avoir eu le temps de se vider de son sang. La chèvre agirait comme une poupée vaudou, et les Ancêtres feraient pleuvoir les maladies sur les Lamalériens et les avaries sur leur flotte. Chez les Wujon, dans la hiérarchie chamanique des animaux sacrificiels – qui incluait poulets, buffles d'Asie et moutons –, la chèvre noire était l'un des recours magiques les plus puissants. C'était le bouton nucléaire de la sorcellerie locale. Sipri prononça cette tirade dans une langue fantasmagorique, émaillée de vieilles tournures lamalériennes que la jeune génération n'avait plus entendues depuis des années, ce qui donnait à son discours des airs de prophétie.

Puis il expliqua ce que les Lamalériens devaient faire pour s'épargner : abandonner leurs moteurs hors-bord et revenir à la seule navigation à la voile et à la rame ; mieux respecter les rituels en l'honneur des Ancêtres ; et traiter les Wujon avec la déférence due aux grands frères, comme Korohama en avait fait la promesse.

Frans endura cette explosion dans un silence chagriné, puis jura de revenir bientôt voir le Seigneur de la Terre avec les Lika Telo. Mais il craignait que Kupa ne refuse de présenter ses excuses. Surtout, il savait que les Lamalériens n'abandonneraient jamais leurs moteurs hors-bord et ne se prosterneraient plus jamais devant les Wujon – le monde avait trop changé.

En rentrant à Lamalera, Frans annonça à tout le monde, hormis les anciens les plus dignes de confiance, que la mission s'était bien passée – enfin, c'est la réponse qu'il donna aux villageois qui daignèrent lui poser la question. Bon nombre de jeunes chasseurs de baleines ne prêtaient plus la moindre attention aux cérémonies des Wujon. Frans comprenait Sipri. Personnellement, il était un défenseur acharné de la Voie des Ancêtres, à tel point qu'il avait continué de faire naviguer le *Kĕna Pukă* longtemps après que la plupart des clans avaient opté pour les *jonson*, jusqu'au jour où les membres de son clan avaient exigé le recours à un moteur hors-bord, faute de quoi ils offriraient leurs services à d'autres bateaux. Mais Frans reconnaissait également que les Lamalériens étaient obligés de s'adapter aux changements actuels sous peine de disparaître, et que, même s'il préférait les vieilles traditions de la tribu, il ne pouvait que se plier aux souhaits de la majorité des membres de son clan. Il croyait fermement que la tribu pouvait encore sauvegarder sa culture tout en rejoignant le monde moderne, à condition que cela se fasse de manière prudente et réfléchie – autrement, il n'aurait jamais laissé Bena, sa fille chérie, partir à l'université, malgré ses promesses de revenir ensuite chez eux.

Pendant des années, il s'était efforcé de mener la tribu sur une voie intermédiaire où passé et avenir fusionnaient intelligemment. En 2001, quand le Conseil sur la Plage avait débattu d'un éventuel bannissement des *jonson*, Frans avait joué un rôle majeur dans les négociations qui avaient abouti au compromis réservant aux *téna* la chasse au cachalot, tout en légalisant la poursuite des autres proies avec les canots à moteur. Ce qui, dans l'esprit de Frans, demeurait inviolable, c'était que les Lamalériens devaient continuer à affronter les baleines comme les Ancêtres l'avaient toujours fait : même si les *jonson* tractaient les *téna* jusqu'à proximité de leurs proies, il fallait que les embarcations traditionnelles s'en détachent pour parcourir seules, à coups de pagaies, la dernière portion du chemin. Au bout du compte, il craignait que, le jour où la tribu serait privée de son influence modératrice, les partisans des deux camps – progressistes et conservateurs – ne ruinent définitivement l'unité de leur peuple à force de querelles, et que la tribu n'y survive pas.

Le 30 avril, en fin d'après-midi, Jon, Ika, Frans et les autres Lamalériens descendirent à la plage pour le Misa Arwah. La lumière argentée de la fin du jour se reflétait sur l'océan, par-delà l'ombre du volcan, éclairant délicatement l'assemblée. Tous avaient enfilé leurs habits d'église, les hommes des chemises boutonnées par-dessus leurs traditionnels sarongs à carreaux, les femmes des chemisiers qui descendaient bien bas sur leurs sarongs ornés de baleines stylisées, de raies manta et de *téna*. Ils se déplaçaient avec la raideur de qui n'a pas l'habitude de porter des vêtements chers et a peur de les abîmer. Malgré la solennité de l'événement, bon nombre d'entre eux allaient pieds nus et traversaient par petits bonds, comme s'ils jouaient à la marelle, le sable d'où émanait encore une intense chaleur, recroquevillant leurs orteils pour protéger les zones sensibles qui les séparaient.

Les femmes lamalériennes fabriquent les sarongs traditionnels avec des matières issues de la forêt. Les motifs spéciaux tissés sur les sarongs racontent autant d'histoires : ci-dessus, un motif de raies manta et de boîtes de sirih pinang *symbolisant une chasse fructueuse*

L'assemblée se massa devant l'élégante chapelle bleue, au centre de la plage. Des fougères plantées dans des flotteurs coupés en deux entouraient un autel recouvert de draps blancs et surmonté de cierges dont les flammes étaient à peine visibles dans la lumière du jour. Un enfant de chœur tapota un micro du bout du doigt et des parasites crachotèrent, couvrant un instant le bruissement des vagues. Le père Romo ouvrit la cérémonie par une courte prière.

Puis Ika Hariona joignit sa voix à la chorale du village. Leurs hymnes transformèrent la crique en une cathédrale naturelle, la voix d'Ika ressortant du chœur telle une colombe au milieu d'une volée de pigeons. Ce qui distinguait sa voix de contralto enfumée, ce n'était pas seulement sa puissance digne d'une diva, mais son agréable rudesse sous-jacente, comme si elle venait juste de se remettre d'une mauvaise toux. Elle gardait le menton bien haut, les épaules dégagées, les mains jointes devant elle, le corps raide à l'exception des muscles contractés sous la peau de son cou fin comme une tige. Pour une fois, l'inquiétude d'adulte qui déployait habituellement une ombre sur son visage s'était envolée, son expression si souvent agitée semblait comme purifiée par la joie et elle faisait ses dix-neuf ans, pas un de plus.

Tenang-tenang mendayung,	Ramez calmement, ramez tranquillement,
Didalam ombak selepas pantai.	Tandis que les vagues déferlent sur le rivage.
Tenang-tenang merenung,	Rêvez calmement, rêvez tranquillement,
Ditengah taufan hidup yang ramai,	Au milieu du typhon de la vie,
Ditengah taufan hidup yang ramai.	Au milieu du typhon de la vie.
Bila terbawa arus didalam doa.	Si vous êtes emportés par les courants : Priez.
Laut terenang.	Vous pouvez traverser cet océan à la nage.
Sabda penguat doa.	Laissez-vous prendre par le Verbe.
Resapkanlah didasar hatimu	Laissez-le pénétrer jusqu'aux profondeurs de votre cœur
Sedalam laut medan hidupmu.	Et votre vie sera aussi profonde et vaste que l'océan.

Le père Romo, dont l'aube immaculée était rehaussée d'une étole violette, lut la liste des chasseurs de baleines disparus en mer, trente-neuf au total depuis que la paroisse avait commencé à recenser ces morts en octobre 1916. Puis il s'enfonça plus profondément encore dans le passé, n'identifiant les défunts anonymes que comme l'arrière-grand-père de tel ou tel membre de la tribu, etc. Parvenu à l'ère des Ancêtres, il cessa d'énumérer les marins pour évoquer des équipages entiers ayant succombé à des tempêtes ou à de féroces cachalots. L'appel s'éternisa et à la fin, tous les Lamalériens passés et présents semblaient réunis sur cette plage.

Le soleil bascula et le soir envahit les lieux. Pendant que le père Romo donnait un prêche où il évoquait Dieu, le paradis et l'enfer, des aigles de mer gagnaient à tire-d'aile leurs perchoirs en haut des montagnes, telles des âmes tourmentées retournant à leur tombe. Les cierges de l'autel semblaient briller plus fort sur le fond obscurci du ciel. Des chauves-souris, invisibles dans la pénombre, tourbillonnaient dans les airs comme des fantômes affolés. La mer et le ciel fusionnèrent dans les ténèbres universelles. Puis les Lamalériens firent la queue pour manger le corps et boire le sang du Seigneur.

Une fois que les villageois eurent avalé leurs hosties et leur vin, le père Romo alluma trois cierges fixés sur un *téna* miniature doté d'une petite voile et chargé d'une abondance d'orchidées roses et de fleurs blanches de frangipanier. Le prêtre fendit la foule pour porter l'embarcation jusqu'à la mer. Les débris de coquillages s'entrechoquaient bruyamment dans les remous des rouleaux, tandis que les fidèles assemblés attendaient en silence, front courbé. Le père Romo déposa dans le flux du ressac le minuscule bateau, qui flotta sur l'écume vers le bas de la plage, heurta la bosse d'une vague en train de se former et fut happé par le courant qui filait vers le large. Mille cinq cents paires d'yeux suivirent les bougies voguant sur les flots. La plage crépita comme un stroboscope tandis que les Lamalériens expatriés, revenus tout spécialement pour cette cérémonie, photographiaient la scène avec leurs portables.

Puis des constellations de cierges s'embrasèrent sur le rivage. Les pères de famille en faisaient couler la cire sur le pont de leurs *téna* lilliputiens et cimentaient ainsi les chandelles. Pataugeant dans le ressac, les enfants poussèrent ces bateaux vers le large. Certaines familles moins traditionnelles utilisaient des blocs de polystyrène d'emballage en guise de vaisseaux. Bientôt, aspirés par le même courant, les *téna* miniatures formèrent une armada éclairée par des torches grandes comme des allumettes. La coutume veut que seules les familles ayant perdu des proches en mer lancent une embarcation, mais en raison de la structure extrêmement soudée de la tribu, cela représentait la moitié d'entre elles. Le reste des habitants allumaient leurs cierges au fond de trous creusés dans le sable pour les protéger de la brise qui soufflait du large. Certains tapissaient ces tranchées d'orchidées, de pétales de frangipanier ou de poignées de paillettes qui miroitaient à la lueur des flammes.

Mise à l'eau des minuscules téna *miniatures*

Quand tous les *téna* eurent été mis à l'eau, le père Romo fit réciter un Notre Père à ses ouailles. Puis, dans le silence qui suivit, chaque Lamalérien put exprimer intérieurement son souhait. Mille cinq cents bougies, représentant chacune un univers personnel et les rêves qui l'habitaient, se mirent à danser dans le vent qui soufflait de la mer de Savu.

Jon fit le souhait de devenir *lamafa* et de pourvoir comme il se devait aux besoins de sa famille. Mais juste derrière ces prières, il y avait toujours, tapi dans l'ombre, le fantasme de déménager à Jakarta, d'inviter de jolies filles à sortir avec lui dans les galeries commerciales et de devenir assez riche pour se payer une moto de course.

Le Misa Arwah

Ika émit le vœu d'aller au collège puis au lycée, et peut-être ensuite à l'université, même si elle s'efforçait de railler ses propres désirs en se rappelant son âge déjà avancé, pour s'épargner toute déception.

Frans pria les Ancêtres d'assurer la prospérité de son clan, de faire en sorte que son *téna* prenne de nombreuses baleines, que la rupture avec les Wujon cicatrise et que lui-même puisse assister à la prochaine cérémonie du Misa Arwah. Pour les chasseurs de cachalots, ce n'était jamais une certitude. Non loin de là, son beau-frère Ignatius était en train de préparer un petit bateau avec Maria, épouse de Frans et petite sœur d'Ignatius. Si le *Spice Islander* ne l'avait pas retrouvé en train de dériver, deux décennies plus tôt, c'est pour lui qu'ils auraient mis ce cierge à l'eau. Mais cela faisait longtemps que Frans avait accepté les excuses d'Ignatius pour l'avoir abandonné, fidèle en cela à la maxime *Talé tou, kemui tou, onã tou, mata tou* – l'unité de la tribu compte par-dessus tout.

La famille d'Ignatius lança dans les vagues un couvercle en polystyrène dans lequel étaient fichées quatre chandelles, une pour le père et trois pour ses fils. Même si cette cérémonie n'honorait officiellement que les baleiniers disparus, ces quatre-là portaient encore le deuil de Teresea, leur épouse et mère, emportée par le paludisme un peu moins d'un an auparavant. Pour Ignatius, cette perte avait été si douloureuse qu'il avait parfois envie de la rejoindre. Il se considérait encore comme un excellent *lamafa* bien qu'allant maintenant sur ses quatre-vingts ans, mais il avait décidé de préparer ses enfants en vue du jour où il ne serait plus parmi eux. Dernièrement, il avait confié le *hâmmâlollo* de son *téna* à son fils aîné, Yosef. Yosef et Ondu, le cadet, étaient devenus *lamafa* depuis belle lurette, mais le petit dernier, Ben, pas encore. Ignatius espérait boucler la boucle dans l'année à venir.

De son côté, Ben priait pour que son projet secret d'aller s'installer sur l'île touristique de Bali se réalise – et pour que son père, au lieu d'avoir le cœur brisé par son départ, comprenne que s'il restait à Lamalera il deviendrait fou, tant il mourait d'envie de mener une vie moderne.

Quand tous les cierges eurent été allumés, les Lamalériens chantèrent : “Alléluia ! Alléluia !” Le courant emportait dans son tourbillon la flotte incandescente vers les ténèbres. Bientôt, les embarcations furent au loin et personne n'aurait su dire pour qui brillait telle ou telle flamme. Ces bateaux étaient-ils des explorateurs ou des réfugiés ? Quels messages emportaient-ils vers le monde du dehors ? Certaines de ces chandelles n'atteignirent même pas la sortie de la baie. Toutes les minutes, environ, l'un des *téna* miniatures se mettait à gîter, déséquilibré par les coulures de cire, avant de chavirer. D'autres vaisseaux prenaient l'eau et coulaient dans un sifflement et un ultime filet de fumée. Mais certaines flammes continuèrent de brûler jusqu'à ce qu'elles aient disparu par-delà les falaises. Au bout du compte, impossible de savoir quelles prières avaient sombré au fond de la baie, lesquelles avaient chaviré au cours de leur longue traversée et lesquelles étaient parvenues à atteindre les Ancêtres ou le monde extérieur, par-delà l'horizon.

Jon Hariona

4

PURIFICATION DES MOTS MALFAISANTS

27 juin 2014 – fin juillet 2014

Jon

À la fin du mois de juin, malgré les menaces proférées par Sipri selon lesquelles les Ancêtres allaient affamer la tribu, les Lamalériens avaient déjà pris huit cachalots – une moisson légèrement supérieure à la moyenne à l'issue des deux premiers mois de la saison de chasse. Il se murmurait que les anciens du village avaient persuadé l'un des proches de Sipri de diriger à sa place une cérémonie d'Ige Gerek simplifiée. Par la suite, Sipri affirmerait que, malgré le manque de respect témoigné par les Lamalériens, il avait autorisé les baleines à venir afin que les gens de la tribu ne meurent pas de faim avant d'avoir pu changer de comportement.

Mais le 27 juin, les Ancêtres s'étaient finalement vengés, même si ces représailles n'avaient pas frappé l'ensemble de la tribu – leur choix s'était porté sur Jon Hariona. Du moins, ce fut ce que les gens imaginèrent ensuite, après que Jon eut répondu à l'appel du *baleo* et se fut attribué d'office le *befaje*, la grande pagale située à l'avant du *Boli Sapang*. Comment auraient-ils pu interpréter autrement ce qui lui était arrivé ? La corde de sécurité qui se brise et Jon qui se retrouve pris dans la ligne du harpon, le *téna* qui chavire et Jon entraîné vers le fond par un *kotekĕlema*, incarnation par excellence des Ancêtres…

Au moment où Jon se noyait, ce jour-là, l'un de ses souvenirs les plus chers lui revint : les sorties de pêche sous-marine avec ses copains d'enfance. Parfois, quand la lune était grosse, ils allaient s'accroupir sur les promontoires de lave pétrifiée flanquant Lamalera et aiguisaient des tiges de métal sur cette pierre qui avait jadis été feu. La lune parait d'argent les grandes flaques abandonnées par la marée et les transformait en gamelles de mercure, elle dessinait des boas s'étirant comme des guirlandes sur la crête des vagues en furie, métamorphosait leurs déflagrations écumeuses en cataractes de diamants. Profitant d'une accalmie entre deux séries de rouleaux, les garçons plongeaient dans l'obscurité liquide sous les vagues.

Le ventre gonflé d'air, les jeunes chasseurs allaient par deux le long des falaises marines percées de grottes et des jardins de corail de la baie de Lamalera. Le plongeur de tête éclairait les fissures avec une lampe torche étanche. Jon le suivait, armé d'un fusil-harpon en bois taillé à la main dont le projectile, simple tige d'acier affûtée, était propulsé par un élastique géant découpé dans une vieille chambre à air de moto. Ils guettaient les calamars qui aspiraient leurs tentacules au fond de leur carapace, tels des chrysanthèmes défleurissant, ou les couleurs furtives d'une pieuvre camouflée. Jon glissait l'extrémité de son fusil à quelques centimètres des poissons endormis dans le hamac du courant. Sa flèche transperçait leurs rêves. Une fois que le nuage de sang s'était dispersé et que les écailles du poisson s'étaient déposées sur le fond, il enfilait une cordelette, dont l'autre extrémité était nouée autour de ses hanches, à travers sa prise trouée. La chasse se poursuivait, et sa ceinture étincelait bientôt tel un collier de pierres précieuses aquatiques : des poissons-perroquets comme taillés dans un bloc de béryl aigue-marine, des chirurgiens bleu électrique qui ressemblaient à des pierres à ricochets en lapis-lazuli, des poissons-anges pareils à des éclats de saphir enveloppés de fil d'or.

Lors de ces chasses sous-marines, Jon pouvait rester immergé pendant plus de deux minutes. Mais à présent, pris dans la corde du harpon que le cachalot entraînait vers le fond, il s'efforçait d'économiser l'oxygène en relâchant son corps au maximum. Une sensation de brûlure s'enflamma au creux de son ventre. Elle flamba vers le haut comme un haut-le-cœur, consumant ses pensées une à une jusqu'à ce que même son inquiétude pour ses grands-parents et ses sœurs s'évanouisse, et que seule reste cette directive : *N'ouvre pas la bouche*. Il se promit de ne pas mourir. Et n'ayant d'autre recours que sa foi, il pria.

Alors, il commença à remonter. La corde tirée par le cachalot s'était soudain détendue en boucles lâches. L'entrave autour de sa cheville se desserra. Il passa les doigts sous la corde et la dégagea aussi facilement qu'une chaussette. Quelque part dans le noir, là-dessous, le cachalot s'était retrouvé à court d'air avant lui, et regagnait la surface. Tandis qu'il remontait péniblement, Jon se rendit compte qu'il n'avait pas été entraîné aussi profondément qu'il l'avait craint. La pression de la panique, couplée à la douleur, l'avait privé d'air et de raison.

Lorsqu'il perça la peau de l'océan, son premier souffle lui remplit le crâne de sensations, et son ouïe redémarra comme si les haut-parleurs du monde avaient soudain été poussés à un niveau assourdissant. Des cris suraigus. Des pagaies battant l'eau. Le grondement des moteurs hors-bord. Puis le cachalot refit surface dans un fracas terrible, comme un coup de tonnerre. Jon voulut battre des pieds pour rallier la coque retournée du *Boli Sapang*, mais l'anesthésie provoquée par la bouffée d'adrénaline commençait à se dissiper. La douleur se referma comme un piège à ours sur sa jambe droite. Il avait du mal à se maintenir à la surface.

Le vrombissement d'un moteur s'estompa, tandis que l'on mettait l'engin au point mort. Une petite bouée en polyuréthane accrochée à une corde retomba près de lui en soulevant une gerbe d'eau. Jon s'y agrippa et les marins du *jonson Ala Jati* le tirèrent jusqu'à eux.

Une voix impatiente lui lança : "Monte, Jon !

— J'peux pas", répondit-il.

Plus moyen désormais de cacher son erreur. Les hommes poussèrent des cris en découvrant l'état de sa jambe. Une nuée de mains le hissa par-dessus la proue du *jonson*. Des larmes dégoulinaient de son menton, dont il espérait qu'elles se confondaient avec le ruissellement de l'eau de mer. Les hommes du *Ala Jati* se penchèrent sur lui, examinant sa jambe pour voir si elle était brisée.

"Lolo..." souffla une voix. C'était son surnom d'enfance, parce que sa mère était souvent trop préoccupée pour lui faire des câlins, si bien qu'il était connu pour traverser le village d'un pas chancelant en criant "Lolo !", le sobriquet de l'épouse de Frans, qui le prenait toujours dans ses bras. "Ça fait mal ?"

Il aurait menti s'il avait pu, mais la douleur était trop aiguë.

"Tu peux être patient ?

— Non", s'étrangla-t-il.

Humiliation sur humiliation : on était aux petits soins pour lui, on l'appelait par son surnom d'enfance, et voilà qu'il allait priver ses compagnons du dénouement de cette chasse.

Même avec le moteur bloqué sur pleins gaz, le voyage du retour lui parut durer des heures à rebondir sur les moutons. À chaque cahot, sa jambe s'embrasait et son angoisse aussi. Une fois assuré que leur compagnon n'était pas en danger de mort dans l'immédiat, l'équipage du *Ala Jati* se tourna pour suivre la chasse qui battait son plein derrière eux. Jon cacha ses pleurs du mieux qu'il put. Des questions le taraudaient : pourrait-il chasser à nouveau ? Qui nourrirait ses grands-parents et Ika ? Sa fiancée voudrait-elle encore l'épouser ?

Un attroupement de femmes, d'enfants et de vieillards – tous ceux qui ne pouvaient pas ou plus chasser – les attendait sur la plage. Du haut des falaises, ils avaient vu le *jonson* solitaire foncer vers le rivage, comprenant aussitôt que quelque chose clochait. Des gémissements accueillirent l'*Ala Jati* au moment où il franchissait la barre, les spectateurs tendant le cou pour mieux voir.

La coque du *jonson* racla les rochers, et l'un des hommes à bord cria : "Une corde a blessé Jon !"

Jon s'efforça de contenir ses grognements lorsqu'on le déchargea du bateau à la force des bras et qu'on le porta sur la plage sous le regard de la tribu. Oncles et tantes, neveux et nièces, cousins plus ou moins éloignés : il avait des liens de sang avec quasiment tout le monde, et tous le caressaient du bout des doigts au passage, pleins de compassion. Mais ces gens étaient également soulagés qu'il ne s'agisse pas de leur fils, de leur frère, de leur père, ou de tout autre personne censée pourvoir aux besoins de leur clan.

Dans la foule, Jon remarqua un vieil homme que, depuis tout petit, il avait ignoré pratiquement tous les jours : Sebastianus Batafor, ce grand-père émacié que ses sourcils et ses poils de nez hirsutes, ses joues affaissées, faute de dents pour les étayer, faisaient paraître plus vieux que ses soixante-dix ans. La manche droite du vieux, vide, s'agitait comme un drapeau blanc de reddition.

Le mercredi 3 août 1983, date dont Sebastianus se souvient aujourd'hui encore sans l'once d'une hésitation, cet homme avait sauté du *hâmmâlollo* de son *téna* pour planter sa lance dans une raie manta plus grande que lui. Alors qu'il regagnait la pirogue à la nage, une douleur fulgurante prit son bras au collet, et il se retrouva brusquement entraîné sous l'eau – la raie avait fait demi-tour, enroulant la corde autour de son biceps. Il tenta de se dégager, mais l'animal fuyait dans une direction et les hommes de son clan tiraient dans l'autre. La ligne lui scia le bras jusqu'à l'os, pris dans ce jeu de tir à la corde.

À cause de la tension extrême de la ligne, Sebastianus se retrouva coincé sous les vagues. Il apercevait les contours tremblants de ses compagnons à la surface. S'ils laissaient l'animal partir avec la ligne, il mourrait à coup sûr. Il donna des coups de pied sur la tête de la raie manta. Le collet se desserra et il parvint à en dégager son membre ensanglanté. Puis il se servit de son bras indemne pour remonter le long de la corde. Alors, il se hissa par-dessus le bastingage de la pirogue, attrapa un autre harpon et acheva la bête d'une seule main.

De retour au village, son épouse et sa mère soignèrent le bras à vif pendant toute une semaine avec un cataplasme de racines et de feuilles récoltées dans la jungle, mais sa peau couleur café blanchit peu à peu avant que la gangrène ne vienne la noircir. Lorsqu'on l'évacua par bateau vers l'hôpital de Lewoleba, il fallut à ce marin des efforts surhumains pour ne pas se déshonorer en vomissant à bord. Le lendemain midi, le médecin, comme pour décliner toute responsabilité, annonça que même si l'on amputait le bras Sebastianus n'avait qu'une chance sur dix de survivre. Sebastianus dit à ses proches qu'il s'en remettait à Dieu. Le médecin termina ce que la raie manta avait commencé, creusant les chairs pour dégager l'humérus de l'omoplate et tranchant au scalpel les tissus nécrosés.

À bord de la chaloupe qui le ramenait chez lui, deux semaines plus tard, Sebastianus scruta instinctivement l'océan en quête d'une proie, mais jamais plus il ne pêcherait. Dans les décennies qui suivirent, son rôle se limita à courir jusqu'à la plage chaque fois qu'un *téna* revenait ou appareillait, pour donner un coup de main – la seule qui lui restait. Alors que les Lamalériens allaient souvent torse nu, Sebastianus, lui, portait toujours un tee-shirt.

Jon n'avait pas connu le Sebastianus *lamafa*, seulement le vieil homme à qui il fallait deux fois plus d'allers-retours que les autres pour porter les seaux de bouillie à ses cochons, et qui vendait les petits gâteaux de sa femme devant l'école primaire. Il avait souvent ri dans sa barbe en voyant l'ancien harponneur enrouler ses jambes autour de sa petite-fille, encore bébé, pour l'empêcher de se tortiller pendant que, de sa main valide, il enfournait des cuillerées de riz gluant dans sa petite bouche.

Si Jon avait demandé à Sebastianus ce qu'il pensait de sa condition d'amputé, le vieux lui aurait répondu que ce qu'un bras avait perdu en pouvoir de donner la mort, l'autre l'avait gagné en opportunité d'aimer. Certes, il regrettait de n'avoir jamais pu reprendre la mer. Et passer d'homme respecté à celui dont tout le monde avait pitié était un douloureux plongeon. Mais Sebastianus se réjouissait du fait qu'en grandissant sa petite-fille se rappellerait que c'était la main faible de son aïeul qui l'avait bercée pendant sa prime enfance, l'avait remise d'aplomb alors qu'elle apprenait à marcher et lui avait montré les raies manta qui sautaient au large, silhouettes sombres se détachant dans la lumière du crépuscule. “Les voies du Seigneur sont impénétrables”, répétait-il souvent, et pour lui ces mots ne sonnaient pas comme une banalité, mais comme une sagesse durement acquise. Que Sebastianus ait pu prophétiser son avenir remplissait Jon d'effroi.

Les hommes qui le portaient étaient déjà à bout de souffle lorsqu'ils arrivèrent au pied de l'escalier qui escaladait la falaise, si bien qu'on le déposa sur une paillasse de bambou dans une maison toute proche, où l'on découpa d'un même geste son pantalon et son slip. Les curieux s'étaient entassés dans la minuscule pièce, mais Jon était trop épuisé pour se plaindre d'être ainsi exposé aux regards. On finit par le recouvrir d'un sarong – et il s'en réjouit en entendant la voix rauque de sa sœur : “Qu'est-ce qui s'est passé, Jon ?”

Yosef Boko la suivait de près, postillonnant tandis qu'il bafouillait de chagrin, soutenant Grand-mère Fransiska qui gémissait à son bras. Les proches de Jon se penchèrent sur lui, leurs larmes venant frapper son front comme les premières gouttes d'un orage qui couve, et il pleura avec eux, certain que son rêve de devenir *lamafa* était ruiné à tout jamais. Plus grave encore, il avait laissé tomber sa famille. Une fois que leurs réserves de viande de cachalot séchée seraient épuisées, ils en seraient réduits à quémander au retour des pêcheurs. Et Jon se demandait ce que sa fiancée, qui était partie travailler comme femme de ménage sur une autre île, allait penser de lui s'il se retrouvait infirme. Le vieux quolibet – *kefela* – résonnait sous son crâne. Il était le seul espoir de sa famille. Qu'allaient-ils devenir, maintenant ?

Un groupe de femme se fraya un chemin à travers la foule, apportant une cuvette en bois fumante. Elles remontèrent le sarong et enduisirent la jambe de Jon d'une pâte épaisse, mélange de curcuma, de noix et de feuilles de bancoulier. Cette bouillie visqueuse lui ébouillanta le mollet, intensifiant sa douleur, et sa peau vira au jaune. *Il faut souffrir si tu veux guérir*, se dit-il. Puis les femmes bandèrent sa jambe devenue jaunâtre avec un bout de tissu.

Le père Romo attendait à l'écart depuis un moment. Il bénit Jon et fit glisser un chapelet en plastique autour de sa tête, insistant pour que Jon s'en serve, ayant remarqué que le jeune homme était souvent absent des messes. Puis Jon dévora un bol de porridge de riz mélangé à du thé à la place de l'eau, et son appétit l'étonna.

Son répit fut de courte durée. L'infirmière du village fit son entrée, jolie fille pas encore mariée avec laquelle il avait parfois échangé des regards charmeurs. Jon se retourna et tira sur le sarong pour dévoiler ses fesses nues, et l'infirmière lui administra une piqûre d'antibiotiques. Il sentit l'aiguille pénétrer sa chair, mais ce qui lui fit le plus mal, c'était que cette femme attirante soit ainsi témoin de sa faiblesse.

Elle lui demanda si sa jambe lui faisait mal.

“Oui, beaucoup, répondit-il. Elle est cassée ?”

Non, elle ne l'était pas, expliqua l'infirmière, mais il y avait peut-être une blessure interne. Elle viendrait vérifier plus tard, mais en attendant il fallait que Jon fasse très attention.

“Faut pas trop montrer que vous vous inquiétez pour moi, dit malicieusement Jon. Les gens pourraient se faire des idées.”

Une fois qu'elle fut partie, Jon goba plusieurs cachets de paracétamol et sombra dans le sommeil. Peu après minuit, il se réveilla, la jambe parcourue de spasmes douloureux, tandis que des airs de pop indonésienne hurlaient dans la maison d'en face, où son ami Ben Blikololong vivait avec son père, Ignatius, sa concubine, son fils et sa fille. Bien des vendredis soir, Jon s'était joint à Ben et à d'autres jeunes hommes pour boire du *tuak* en se balançant au son de cette même musique, péniblement crachée par des baffles défoncés. C'était un rituel que Ben avait baptisé "disco". (Aucune fille n'y participait jamais, la société lamalérienne ne l'aurait pas permis.) À présent, alors qu'il écrasait des moustiques porteurs de palu et tentait de supporter la douleur qui marquait au fer rouge la chair de son mollet, Jon eut peur de ne plus jamais pouvoir se joindre à leur cercle insouciant. Une autre inquiétude, qui l'avait étreint tout de suite à bord du *jonson* – sa fiancée voudrait-elle encore l'épouser ? –, revint le tourmenter dans l'obscurité étouffante de la pièce.

Jon tira sur sa tête un sarong violet orné de fleurs roses, et s'y emmitoufla pour se protéger de cette nuit sans lune, comme s'il allait ressortir transformé de cette chrysalide. C'était sa fiancée, Honi, qui le lui avait offert. Les hommes s'étaient moqués de lui, à cause de son motif floral – les Lamalériens portaient des sarongs à carreaux –, mais Jon avait demandé à Ika d'aller le lui chercher, ce soir-là. Avec le temps, la poussière avait assombri la couleur rose du tissu jusqu'à lui donner une teinte ocre, et il s'était effiloché. Le parfum de Honi avait depuis longtemps disparu sous l'odeur de sueur et la saleté quotidienne de la vie au village, mais parfois, lorsqu'il humait le tissu en fermant les yeux, il avait l'impression de pouvoir la sentir.

Jon avait rencontré Verokia "Honi" Jaga à la fin de l'année précédente, alors qu'il était en train de construire l'école primaire de Loang, village proche de Lewoleba. Là-bas, il avait flirté sans relâche, grisé par toutes ces nouvelles jeunes femmes – d'autant qu'elles sont relativement rares à Lamalera. Les parents ont coutume de garder leurs fils à la maison pour qu'ils participent à la chasse à la baleine, mais d'envoyer leurs filles à l'école de l'autre côté du volcan, après quoi celles-ci préfèrent souvent chercher un travail de bureau plutôt que découper le poisson, ramasser le bois pour le feu et porter l'eau entre le puits et la maison. Par conséquent, le ratio entre hommes et femmes est de plus en plus déséquilibré au sein de la tribu, et les jeunes hommes doivent se disputer un groupe très restreint de partenaires sentimentales, dont un certain nombre leur sont interdites car elles appartiennent à leur famille proche.

La seule idylle qu'avait connue Jon à Lamalera l'avait laissé avec un tatouage grossier du sourire narquois de son ex-copine, après que Ben Blikololong lui avait piqué la peau de l'épaule par une nuit d'ivresse, avec un mélange d'huile de coco et de carbone récupéré dans une batterie. Plus tard, quand Jon et la fille s'étaient séparés, Ben avait ajouté des cornes pour transformer en diable cette erreur indélébile, même si le prénom de la fille était resté inscrit sous son portrait. (Jon avait eu droit à plusieurs autres tatouages alcoolisés de la part de Ben, notamment une pieuvre qui se résumait à un cercle d'où rayonnaient des lignes ondulées.)

Jon n'avait guère eu de succès à Loang, mais peu de temps après avoir achevé la construction de l'école, alors qu'il travaillait sur un nouveau chantier à Lewoleba, une fille de Loang lui avait demandé par texto s'il voulait bien qu'elle le présente à son amie Honi. Jon et Honi avaient commencé à échanger des textos. Ils avaient le même âge, vingt et un ans. Honi était de passage dans son village, près de Loang, en provenance d'un monastère sur une autre île, où elle étudiait pour devenir nonne. Leur premier rendez-vous eut lieu sur le port de Lewoleba, lieu apprécié des jeunes couples qui venaient admirer un volcan voisin se découpant sur le soleil couchant, et ils avaient bu à la paille dans la même noix de coco verte ouverte d'un coup de machette.

Honi avait peur de ne pas plaire à Jon à cause de sa petite taille et de ses cheveux bouclés, car les Indonésiens les préfèrent lisses. Mais elle apprécia son humour, le fait qu'il aime discuter et qu'il lui fasse des compliments sur son physique. De son côté, Jon avait craqué pour la peau délicate de Honi, ce genre de teint clair passant à Lembata pour une marque de beauté, et il avait en outre l'impression qu'elle était sérieuse et bosseuse. La chose la plus importante à ses yeux, chez sa future compagne, était qu'elle travaille dur et accepte les conditions de vie modestes de Lamalera.

Tout au long du mois de décembre, leurs appels et leurs échanges de textos s'étaient intensifiés. Un beau jour, Jon reçut un appel de la mère de Honi, laquelle exigeait de savoir s'il était le petit ami de sa fille. Honi n'avait plus l'intention de retourner au monastère, lui apprit-elle.

Par un dimanche matin de la fin du mois de décembre, sans prévenir le patron du chantier qu'il s'en allait, Jon grimpa donc à l'arrière d'une moto pour se rendre au village de Honi, où celle-ci l'attendait au bord de la route. C'était seulement la deuxième fois qu'ils se voyaient en chair et en os.

"Ne sois pas effrayée, lui dit-il. Où est ta maison ?"

Honi se montra surprise qu'il n'ait pas peur de rencontrer sa mère. Comme tous les habitants de Lembata, Jon savait que le fait d'être présenté à la mère officialiserait leur relation, ce qui équivalait plus ou moins à des fiançailles.

"Je suis venu, répondit Jon. Ce qui doit arriver arrivera."

Honi le conduisit le long de la grand-rue jusqu'à une petite maison de bambou au toit d'herbes sèches. La mère de Honi l'accueillit, car son père était mort depuis longtemps. Après les présentations d'usage, la mère lui demanda : "Tu n'as pas peur de me rencontrer ?

— Il le faut bien, si je veux me fiancer avec Honi", dit-il.

Jon et la mère, fort loquace, se retrouvèrent à papoter jusqu'au soir. Comme il était trop tard pour rentrer à Lewoleba, Jon dormit à même le sol de terre battue. Le lendemain matin, il repartit passer Noël à Lamalera, mais peu de temps après, il reçut un appel de Honi. En rentrant de Lewoleba, son petit frère avait découvert que Jon avait dormi chez eux et, y voyant une atteinte à son honneur, avait tabassé Honi. Elle craignait qu'il ne se venge encore plus violemment une fois qu'il aurait bu, et confia à Jon : "Je cherche déjà mon carré de terre dans le cimetière." Jon lui expliqua comment se rendre en *auto* à Lamalera.

La demi-semaine qu'ils passèrent à Lamalera devait être leur seul véritable moment ensemble avant l'accident de Jon. Honi s'était immédiatement bien entendue avec Ika, et les grands-parents de Jon l'adoraient. Jon et elle assistèrent ensemble au sermon de Noël et pressèrent leurs fronts contre les poings des aînés de Jon en signe de respect, comme si Honi faisait déjà partie de la famille. Ils marchaient côte à côte, si proches que “leurs sarongs s'embrassaient”, selon l'expression lamalérienne.

Mais deux jours après Noël, Jon dut retourner plus tôt que prévu sur son chantier car ses patrons étaient furieux qu'il soit parti sans les prévenir. Honi rentra chez sa mère et informa bientôt Jon que sans son traitement d'apprentie nonne les cultures vivrières de sa mère ne suffisaient plus à celle-ci pour subvenir à leurs besoins et payer les études du petit frère. Honi était donc obligée de contribuer aux revenus de la famille jusqu'à ce que son frère ait terminé le lycée et puisse trouver un emploi. Des recruteurs écumaient les îles de l'Est indonésien en quête de jeunes filles susceptibles de travailler comme domestiques dans les grandes villes, et Honi ne tarda pas à signer un contrat de trois ans pour servir dans une villa de trois étages, à l'ouest de l'Indonésie.

La dernière fois que Jon avait revu Honi, c'était au mois de mai, lorsqu'il l'avait accompagnée jusqu'à une île voisine pour prendre le ferry qui devait l'emmener à l'autre bout de l'archipel. Ils étaient tristes de se quitter, mais les fiançailles prolongées n'avaient rien d'exceptionnel à Lembata, surtout lorsqu'un des membres du couple acceptait un job loin de l'île. Ils se téléphonaient avec toute la passion de jeunes amoureux. Les vieux pêcheurs remarquèrent que Jon buvait moins et qu'il allait pêcher seul au filet les jours où le *jonson* ne sortait pas. Le fait d'avoir trouvé une femme, comméraient-ils, l'avait fait mûrir.

Quand Jon annonça à Honi le désastre qui venait de lui tomber dessus, elle pleura et promit de l'épouser quand même. Mais elle ne pouvait pas rentrer plus tôt que prévu, lui dit-elle, car les études de son frère dépendaient d'elle et on ne la paierait qu'à la fin de l'année, une stratégie souvent adoptée par les employeurs pour empêcher leurs domestiques de se sauver. Jon ne put s'empêcher de douter de sa bonne foi – sans doute parce qu'il s'interrogeait lui-même sur sa propre valeur, s'il ne pouvait plus chasser.

Six jours après la catastrophe, au début du mois de juillet, alors qu'un coucher de soleil spectaculaire enflammait l'air pâle du soir, Frans gravit l'escalier de pierre qui menait à la maison de Jon, où celui-ci avait été entre-temps ramené sur un brancard. Jon et ses proches, comme bon nombre de Lamalériens, croyaient davantage en Frans qu'en l'infirmière envoyée par l'État : quand Grand-mère Fransiska s'était brisé la hanche, c'était le chamane qu'ils avaient appelé. Pourtant, ils avaient hésité à le faire venir, cette fois, car ils lui devaient déjà du poisson. Mais en voyant l'état de son frère empirer, Ika avait finalement supplié Frans de les aider.

Dans la cabane exiguë perchée au sommet de la falaise, le chamane se balançait d'un côté puis de l'autre sur une chaise longue en plastique, dans l'espace étroit entre le mur et le lit du blessé. Il n'avait pas fait la moindre remarque sur la dette de la famille car jamais il n'aurait refusé d'aider une personne dans le besoin. Le groupe électrogène du village ne s'était pas encore mis en route. Le mercure du soir emplissait la fenêtre sans vitre, tel un panneau d'argent. La plainte des ailes des moustiques faisait vibrer le crépuscule. Frans prit le temps de palper la jambe droite de Jon tout en posant les questions basiques d'un médecin – "Qu'est-ce que tu sens, là ? Ça fait mal ?" – mais il était évident qu'il y avait quelque chose de grave. La cheville de Jon avait tellement gonflé qu'elle était désormais presqu'aussi large que son mollet. Son tendon d'Achille s'était contracté, tirant son talon vers le haut, si bien qu'il était difficile de voir où la jambe s'arrêtait et où commençait le pied. Une ecchymose noire comme un front orageux assombrissait le membre, du genou jusqu'aux orteils. Chaque fois que Frans pressait un point, un grognement sifflait entre les lèvres serrées de Jon.

Frans ordonna à Ika de lui apporter un seau d'eau. Lorsqu'elle revint, il trempa son crucifix dedans et marmonna une prière, transsubstantiant l'eau du puits en un liquide sacré. Puis il y plongea le bandage teinté de curcuma de Jon. Jon serra les dents pendant que Frans pansait à nouveau sa jambe.

Debout au chevet de Jon, Frans leva le bras qu'il s'était jadis brisé, montrant son défunt pouce, désormais inerte, et ce qui ressemblait à un deuxième coude. “Tu vois ce bras ? dit-il. Il a été frappé par la queue d’une baleine.” À l’époque, expliqua Frans, des étrangers de passage avaient voulu l’emmener à l’hôpital, “mais le bout du chemin, à l’hôpital, c’est toujours l’amputation”. Il donna à Jon l’instruction de ne pas défaire le bandage, de ne laisser aucune personne de l’autre sexe le toucher, et d’éviter de manger du porc et de la viande de chien. Surtout, lui rappela Frans, il fallait suivre la Voie des Ancêtres ou bien il ne guérirait pas : un esprit sain, c’était la garantie d’un corps sain. Il promit de revenir dans quelques jours le bénir à nouveau.

Frans avait confiance dans les soins qu’il prodiguait, mais bon nombre de Lamalériens se demandaient si les Ancêtres allaient écouter sa prière et guérir Jon. Les chasseurs de baleines murmuraient que si Jon se retrouvait estropié, ce n’était pas dû à son inattention, ni à des cordes fragilisées par des années à tremper dans l’eau salée, ni même à un simple coup du sort. Non, la tribu avait fâché les esprits en ne rendant pas hommage aux Wujon. Une autre rumeur détaillait les raisons pour lesquelles les Ancêtres avaient choisi de punir un Hariona plutôt qu’un homme des autres clans : les fantômes désapprouvaient le fait que ce clan ait récemment rénové son abri à bateaux sans en respecter le plan immémorial.

Voici ce que racontent les histoires des Ancêtres : les membres du clan Hariona débarquèrent à Lamalera plusieurs générations après Korohama[1], ayant fui leur village à la suite d’un conflit avec leurs voisins. Mais à leur arrivée, la plage était déjà remplie d’abris à bateaux, et les Hariona n’avaient aucun endroit où ranger leur *téna*.

Les Nudek, l’un des clans lamalériens originels, eurent pitié d’eux. Les Nudek disent avoir loué aux Hariona l’un de leurs trois abris à condition que les nouveaux arrivants jurent de vivre et de se comporter comme leurs petits frères. Selon la version des Hariona, ceux-ci auraient rétribué les Nudek sous la forme d’une impressionnante défense d’éléphant, et leur auraient promis une part de tous les cachalots qu’ils pêcheraient en échange de la pleine propriété de l’abri à bateaux – mais sans avoir jamais juré de les servir. Au fil des siècles, les termes de l'accord sont devenus de plus en plus nébuleux. Toujours est-il qu'en ce mois de mai Krispin Kia Hariona, le chef du clan Hariona, était persuadé, lui, que ses Ancêtres avaient bel et bien acheté l'abri. Il réunit ses hommes afin d'élargir l'édifice pour glisser le nouveau *jonson* du clan à côté du *Boli Sapang*.

Les abris à bateaux de Lamalera sont des structures ouvertes et aérées, dépourvues de murs, avec un toit de palme aux piliers taillés dans des troncs d'arbres argentés par les ans, et ils sont tellement serrés les uns contre les autres d'un bout à l'autre de la plage qu'on peut s'en servir comme d'une allée ombragée, dont la protection ne s'interrompt qu'aux endroits où elle coupe les chemins qui mènent au village. Suivant les instructions de Krispin, Jon et les hommes du clan Hariona écartèrent d'un mètre cinquante les piliers de l'abri – qui se retrouvèrent pile en travers du chemin qui avait délimité jusqu'ici la frontière ouest de l'édifice. Ce sentier était connu sous le nom de Chemin du Sang car, lorsque les Ancêtres tuaient jadis un homme d'une tribu ennemie, ils traînaient son cadavre le long de cette trace, avant de l'exposer sur la place du village.

Mais ce jour-là, un homme qui en temps normal travaillait aux côtés des Hariona était absent : Laurencius "Jogo" Nudek, chef de son propre clan. Jogo faisait de facto partie des Hariona car les statuts respectifs de ces deux clans s'étaient inversés au fil des siècles. Les Nudek étaient depuis toujours les charpentiers de marine de la tribu, savoir transmis de père en fils, et leur relative prospérité leur avait permis d'envoyer leurs enfants à l'école dès les années 1980, avant les autres clans, si bien que leurs futurs harponneurs étaient devenus des gratte-papier. À présent, les deux *téna* des Nudek ont été mis à la casse, Jogo et l'unique autre chasseur de baleines du clan naviguent à bord du *Boli Sapang*. Par contraste, le clan Hariona, qui n'a toujours pas les moyens d'envoyer ses enfants dans des écoles lointaines, compte encore vingt-cinq familles à Lamalera, qui manœuvrent leur propre *téna*.

Jogo était connu pour être le gentil boute-en-train du village. Les jours de fête, il buvait du *tuak* jusqu'à ce que son gros nez rond rougeoie et racontait des blagues douteuses. Mais en apprenant ce qu'était en train de faire Krispin, la colère l'envahit. Il interpréta ce geste comme une volonté d'affirmer une bonne fois pour toutes que les Hariona ne louaient pas cet abri à bateaux aux Nudek, mais qu'ils en étaient les propriétaires. Quelques jours plus tard, Jon, Krispin et quelques autres étaient en train de fixer des palmes sur l'extension du toit quand Jogo se pointa. Septuagénaire, Krispin avait un physique de Bouddha, mais il refusa de reculer devant Jogo qui, dans sa quarantaine, avait la musculature d'un héros de film d'action. Les deux chefs se livrèrent un combat à qui crierait le plus fort. Après quoi, Jogo changea de *téna* et cessa d'accepter la viande de cachalot séchée que les Hariona continuaient de lui offrir, et le bruit courait qu'avec sa mère, veuve au caractère volcanique connue pour jeter des sorts, ils étaient en train de manigancer quelque sorcellerie pour se venger.

Vers la fin juin, l'un des anciens du clan Hariona ressentit soudain une terrible douleur au côté droit, du genou jusqu'à l'épaule. À soixante ans passés, il approchait déjà de l'âge où la plupart des Lamalériens mouraient, si bien que les causes du mal auraient fort bien pu être naturelles. Mais les gens ne purent s'empêcher de remarquer que c'était son flanc droit qui le faisait souffrir, tout comme les Hariona avaient agrandi vers la droite leur abri[2].

Puis la jambe droite de Jon se retrouva broyée, ce qui acheva de convaincre une partie des Lamalériens que ce n'étaient pas les vivants mais bien les défunts qui avaient jeté l'anathème sur les Hariona. Au premier rang desquels le *lamafa* Yakobus "Boso" Belida Oleona qui, près d'un siècle plus tôt, avait sauté de son *hâmmâlollo* pour harponner un cachalot et n'avait jamais refait surface. Mais dès qu'un coup de vent barattait la mer, Boso s'échappait de cet inconfortable tourbillon et retournait dans son ancienne maison, en remontant le chemin qui longeait par l'ouest l'abri à bateaux des Hariona – enfin, jusqu'à ce que ces derniers lui fassent l'affront d'en modifier la configuration. Alors que la jambe de Jon continuait d'enfler, tout le monde s'accordait à dire qu'il ne guérirait pas tant que l'abri ne retrouverait pas sa forme d'origine. Et les Lika Telo, craignant de plus en plus que les Ancêtres ne soient fâchés à cause des dissensions entre leurs descendants, firent pression sur Krispin pour qu'il résolve le problème avant que tout le monde ne soit puni.

Dans un premier temps, Krispin accusa la mère de Jogo d'avoir jeté un sort à Jon. Mais au bout d'un moment, ses hommes rétablirent la structure originelle de l'abri. Pourtant, alors que l'état de Jon restait toujours préoccupant près de deux semaines après son accident, le chef ordonna à son clan de se réunir à la Maison des Esprits du clan Hariona.

L'or de l'après-midi virait au gris pâle et la plupart des Lamalériens étaient en train de nourrir leurs porcs quand les Hariona, vêtus de leurs plus beaux sarongs, se mirent en route vers leur Maison des Esprits. En chemin, certains s'arrêtèrent pour consulter une feuille de papier clouée au tronc du banyan, sur la place du village, où l'on pouvait lire, écrits à la main, les résultats des élections présidentielles indonésiennes.

Ce matin-là, 87 % des Lamalériens avaient voté pour Joko "Jokowi" Widodo – le tout nouveau président de l'Indonésie – en perçant à l'aide d'un clou un trou devant son nom sur les bulletins. Les chasseurs de baleines l'avaient choisi parce qu'ils admiraient la manière dont ce simple charpentier s'était hissé si haut à la force du poignet. En plus de quoi, même s'il était musulman, condition nécessaire pour réussir en politique dans la nation musulmane la plus peuplée de la planète[3], il était considéré comme bienveillant à l'égard de la minorité chrétienne du pays, assiégée de toutes parts. Et puis, rares étaient les Lamalériens à avoir médité les promesses de campagne de Jokowi, qui jurait de relancer la croissance économique en berne du pays en investissant massivement dans les ports, les routes et les autres infrastructures d'Indonésie orientale afin de rendre plus accessibles les forêts, les ressources minérales et les pêcheries inexploitées de la région, pour compenser toutes celles que le noyau surpeuplé du pays[4] avait déjà épuisées. Autrement dit, aucun habitant de Lamalera n'avait conscience qu'en enfonçant un clou devant le nom de Jokowi il encourageait un processus qui, bientôt, bouleverserait leurs vies.

Un groupe d'hommes du clan Hariona portèrent Jon jusqu'au pied des falaises, où se trouvait la Maison des Esprits. Rien ne distinguait cet édifice des maisons de brique voisines avec leurs toits de tôle rouillés, mais aux yeux des Hariona il s'agissait d'une demeure sacrée où leurs Ancêtres séjournaient chaque fois qu'ils venaient de la mer pour leur rendre visite.

On installa Jon sur une chaise au centre de la pièce principale et, malgré la foule entassée dans cet espace exigu, chacun se tenait le plus loin possible de lui, comme s'il s'était agi d'un malade contagieux. À la tombée du jour, le clan tout entier était rassemblé. Krispin barricada la porte d'entrée avec une traverse en bois. Une ampoule halogène nue éclairait faiblement les lieux, guère plus brillante que les bougies dont les flammèches tremblotaient dans un coin de la pièce.

Pour étouffer les murmures, les anciens du clan sifflèrent : “La cérémonie ! La cérémonie !”

Du dehors parvenait le bruissement des rouleaux, qui s'infiltrait par les fissures des vitres. Tout le monde était assis en silence, le front courbé.

Puis un coup de poing ébranla la porte. Jon, assis face à l'entrée, releva la tête.

Krispin extirpa sa masse d'une chaise en plastique malingre, gagna la porte à grands pas et colla son oreille au panneau de bois. La voix haut perchée d'un vieillard lui parvint – mais tout le monde savait qu'en réalité, c'était l'âme de Jon qui parlait. La voix demanda, dans un lamalérien soutenu, à entrer dans la Maison des Esprits. Krispin demanda à l'esprit ce qu'il voulait. L'âme de Jon le supplia une nouvelle fois de la laisser entrer. De nouveau, Krispin la questionna. Cet échange se répéta une troisième fois avant que Krispin ne soulève la traverse en bois.

Un vieux chamane décharné se glissa dans la pièce, charriant une odeur d'iode, sa barbe blanche hirsute dégoulinant d'eau de mer. Il s'était aventuré à la nage jusqu'à la mer de Savu pour aller récupérer l'âme de Jon au creux des vagues, où les Ancêtres l'avaient emprisonnée après que le cachalot l'avait emportée. Puis il avait présenté des excuses au *Boli Sapang*, le *téna* du clan, pour les affronts du clan Hariona, et l'avait purifié avec de l'eau bénite. À présent, le vieil homme faisait pleuvoir de l'eau salée sur Jon en se penchant sur lui. Dans un murmure psalmodié, il demanda pardon aux Ancêtres invisibles et tira par trois fois sur une mèche de cheveux du blessé. Ensuite, il plongea son pouce dans un bol d'eau de coco et traça une croix sur le front de Jon. Le symbole luisait dans la lumière pâle. Il coula comme un ruisselet de larmes sur le visage de Jon.

L'étrange tension qui régnait jusqu'alors se dissipa – l'âme de Jon avait regagné son corps. Le sorcier décrivit un cercle dans la pièce, dessinant du pouce la croix sur le front de tous les Hariona.

Ce rituel était connu sous le nom de Purification des Mots malfaisants. Les Lamalériens croient en effet littéralement au pouvoir des mots. Cette foi est si centrale que lorsqu'ils chassent la baleine les Lamalériens ont recours à un vocabulaire totalement différent[5], pour ne pas attirer la malchance : par exemple, s'ils venaient à prononcer le mot "couteau" en mer, les propriétés coupantes de ce terme pourraient entraîner une rupture de la ligne ; si bien qu'à la place ils disent "cuillère". De telle sorte que lorsqu'on avait remonté Jon sur la plage après son accident et que les femmes de sa famille s'étaient mises à gémir qu'il était condamné, le jeune l'était devenu pour de bon. Et quand les Nudek avaient maudit son clan, l'infortune lui était tombée dessus. Mais le rite qui venait d'être exécuté avait effacé ces sortilèges et – plus important encore – il avait rétabli l'unité de la tribu.

Soudain, Jogo entra dans la salle en tenant par le bras sa mère boiteuse. Plus tôt dans la journée, Krispin était allé le voir chez lui avec un jerrican de vin de palme, et les deux hommes l'avaient vidé pendant que le chef des Hariona faisait amende honorable. Maintenant, Jogo adressait des clins d'œil à toute l'assemblée, bombant le torse comme un homme qui avait passé l'après-midi à boire et à qui l'on venait de donner raison. Il était en outre soulagé car Jon appartenait à sa famille, puisque la grand-mère de celui-ci avait été une Nudek avant de se marier, si bien que la souffrance de Jon lui avait brisé le cœur. Après les Nudek vinrent les femmes du clan Hariona, qui apportaient des plateaux remplis de viande de cachalot bouillie jusqu'à ce qu'elle vire du violet au noir ; d'estomac de raie manta cuit à la vapeur, qui avait le goût d'un pneu enduit de vaseline ; d'une purée de riz rouge et de grains de maïs broyés ; et un bol rempli d'une soupe qui devait sa teinte verte aux feuilles de moringa qu'on y avait jetées. L'une des cousines de Jon offrit aux hommes un jerrican de *tuak*.

Les voisins s'entassèrent dans la maison, et la solennité de la cérémonie céda la place à une ambiance de fête. Ben Blikololong, l'ami de Jon qui vivait dans la maison d'en face, entra d'un pas titubant dans son uniforme en polyester vert d'assesseur, les yeux rougis, ses cheveux bouclés collés à son front par la sueur. Encore ivre du *tuak* que le conseil municipal lui avait offert en guise de salaire pour avoir veillé au bon déroulement du scrutin, il s'écria : "Jon est le meilleur !" Ben et les autres jeunes hommes se retrouvèrent bientôt à débattre du probable vainqueur de la demi-finale de la Coupe du monde de football entre les Pays-Bas et l'Argentine, qu'ils regarderaient ce soir-là grâce à l'une des paraboles récemment installées dans le village. Un fervent supporter avait même taillé au rasoir le numéro de l'attaquant argentin Lionel Messi dans ses cheveux coupés ras, geste qui impressionna Jon même s'il avait valu à son auteur une claque et un savon de la part d'Ignatius.

Le seul qui ne semblait pas s'amuser, c'était Jon. Il restait assis, sa jambe droite tendue devant lui, rigide, comme s'il essayait de faire un croche-patte à quelqu'un. Les autres ne lui prêtèrent attention que lorsqu'ils s'interrompirent pour plonger leurs pouces encore tachés de l'encre électorale dans son gobelet de *tuak* et tracer une croix sur son front.

À huit heures du soir, les Nudek, les Hariona et leurs amis respectifs formaient deux groupes aux deux extrémités de la pièce. Mais c'était un petit village et chacun était obligé de voir tout le monde chaque jour jusqu'à la fin de sa vie, si bien que la courtoisie restait de mise – sauf pour la mère de Jogo, laquelle jubilait en répétant que "la mer avait apporté la preuve" et décrivait la blessure de Jon comme "un souvenir qui l'empêcherait d'oublier". À l'heure de rentrer chez lui, Jogo repartit avec cinquante bandes de viande de cachalot séchée et quarante tranches de peau de cachalot : le loyer de l'abri à bateaux, qu'il avait jusque-là refusé.

Plus tard, Jon alla s'asseoir avec Ika et ses grands-parents dans la cour devant leur maison baignée de l'éclat platine de la lune gravide, observant la plage en bas pour voir si des tortues de mer venaient pondre leurs œufs, qu'ils se feraient une joie de déterrer. Parfois, le fait de devoir jouer le rôle de père à l'égard de ses grands-parents et de sa sœur lui restait en travers de la gorge. Mais en admirant la feuille d'or de l'océan, ce soir-là, Jon n'éprouvait rien d'autre que le puissant désir de pourvoir à leurs besoins. Il essaya de plier sa jambe. Il avait l'impression qu'elle bougeait légèrement mieux. Déjà, il retrouvait un peu l'espoir de devenir *lamafa*.

Quatre nuits plus tard, vers trois heures du matin, l'alarme du téléphone portable de Jon le réveilla en gazouillant. Enfin, sa santé allait lui permettre de négocier le sentier à flanc de falaise qui le maintenait jusque-là prisonnier dans sa propre maison. Pendant des semaines, il avait observé d'en haut ce qui se passait dans le village comme s'il scrutait un terrarium, mais il était resté isolé, car lorsqu'il criait pour attirer l'attention de ses amis sur la route, en contrebas, ceux-ci étaient généralement trop occupés pour grimper jusqu'à ses hauteurs. Comme il ne pouvait pas encore mettre beaucoup de poids sur sa jambe droite, il lui fallut près d'un quart d'heure pour parcourir quatre cents mètres en se laissant glisser sur les fesses dans l'escalier, puis, une fois arrivé en bas des marches, il parcourut quelques dizaines de mètres à cloche-pied avant de s'arrêter pour reposer sa jambe gauche.

Quand Jon entra en clopinant dans la cour d'un instituteur qui avait mis à profit son salaire de fonctionnaire pour acheter une parabole, tout le monde s'écria : "Jon !" Mais il fut contraint de s'asseoir sur le sol en brique de la cour car pas un des trente-cinq hommes présents n'eut la présence d'esprit de lui céder sa chaise. Tous étaient trop concentrés sur la finale de la Coupe du monde. Des footballeurs fantomatiques, matérialisés par un projecteur, ondulaient sur le drap tendu sur un sommier. Les spectateurs étaient pour l'essentiel de jeunes hommes, mais quelques anciens qui avaient vécu ailleurs s'étaient joints à eux, notamment Kupa, le membre des Lika Telo qui avait refusé de rendre visite à Sipri. Au bout d'un moment, Jon se mit à crier et à lancer des vannes. Peu importe qui gagnerait : tout ce qui l'intéressait, lui, c'était d'encourager les deux équipes avec ses compagnons – et le milliard et quelque de personnes qui étaient en train de regarder ce match aux quatre coins de la planète, comme le montraient des prises de vue de foules hypnotisées par des écrans démesurés à Berlin, Buenos Aires,

New York et Hong Kong. Au total, 3,2 milliards de personnes, soit quasiment la moitié de l'humanité, avaient regardé au moins un match de cette Coupe du monde. Le fait d'assister à cette finale donnait l'impression à Jon, ne serait-ce qu'un bref instant, d'appartenir au monde moderne.

À la mi-temps, des motos stylées fendirent l'écran, fonçant sur des routes illuminées, la nuit, dans de grandes métropoles. Des bouches laquées de rouge à lèvres écarlate suçaient un pilon de chez Kentucky Fried Chicken dans un ralenti pornographique. Des mannequins mi-indonésiennes mi-blanches démontraient les vertus d'une crème pour la peau capable d'éclaircir le teint le plus basané. Contrairement au match, ces publicités donnaient l'impression à Jon que la vie à Lamalera était laide, pauvre et arriérée, et qu'il était coupé de la modernité. Peut-être, songeait-il, pourrait-il posséder tout cela s'il vivait à Jakarta.

La deuxième mi-temps s'acheva sur un score nul et vierge : 0-0. Pendant la première prolongation, les Lamalériens bondirent en hurlant à chaque passe, leurs cigarettes projetant des feux d'artifice de braises, mais aucune des deux équipes ne parvint à marquer. À moins de deux minutes de la fin de la deuxième prolongation, une passe lobée survola la défense argentine et un attaquant allemand marqua finalement d'une reprise de volée.

Silence. Dans la jungle qui encerclait la cour, un orchestre d'insectes et d'amphibiens s'accorda avant le concert.

Puis les supporters de l'Allemagne hurlèrent à la face de ceux de l'Argentine : “Allemagne ! Allemagne ! Allemagne !” Il y eut un début de bousculade. Un fan de l'Argentine tira sur la prise du projecteur, et l'appareil s'écrasa à grand fracas sur les dalles. La cour se retrouva plongée dans l'obscurité.

Furieux, le propriétaire de la maison hurla à tout le monde de déguerpir. Des chauves-souris allaient et venaient comme des boomerangs dans le ciel salpêtre d'avant l'aube. Des motos rouillées démarrèrent en ronchonnant, ramenant les jeunes chez eux, lesquels croisèrent leurs pères et leurs grands-pères qui descendaient à pied vers la plage. Il s'agissait des chasseurs de baleines purs et durs qui venaient encore s'asseoir chaque matin devant leur *téna*, dans l'espoir très hypothétique qu'il y aurait assez de monde pour former un équipage complet de pagayeurs et mettre à l'eau l'une des pirogues ancestrales, plutôt qu'un *jonson*. Les anciens regardèrent l'océan se défaire de sa peau de ténèbres, dévoilant l'onde de la houle, tandis que la jeunesse allait se coucher.

Aux alentours de la mi-juillet, Jon commença à sautiller sur une jambe depuis la plage jusqu'à la partie la plus élevée du village. Il se vit même temporairement affubler du surnom "Pocong", inspiré d'un légendaire zombie indonésien enveloppé de bandelettes comme une momie, qui se déplace par petits bonds car ses jambes sont étroitement ligotées. Son rétablissement, quoique réel, était d'une lenteur exaspérante. Il s'était inventé une routine de kinésithérapie amateur, passant quatre heures par jour à étirer et remuscler sa jambe droite. Au fur et à mesure que l'inflammation se réduisait, les tendons de ses orteils émergèrent de la masse difforme de son pied, mais impossible de déloger la douleur au creux de son mollet. Déjà, en temps normal, Jon n'était pas le plus patient des hommes. Là, il devenait dingue à force de ne pas bouger. Son impatience de reprendre la mer était aggravée par l'épuisement imminent des réserves de viande de cachalot et de poisson volant séchée qu'il avait mises de côté en cas d'urgence.

Lorsque le cri du *baleo* résonna le 15 juillet, près de trois semaines après son accident, Jon se leva pour répondre à l'appel. Il espérait qu'on lui confierait une pagaie – après tout, ses bras étaient vigoureux –, mais l'équipage du *Boli Sapang* était au complet et aucun autre *téna* ne l'invita à son bord. Alors, il regarda, désespéré, la flotte rapporter un gros cachalot mâle. Le lendemain matin, peu après que les baleiniers eurent commencé à découper leur prise de la veille, des évents furent de nouveau repérés, et cette fois la fortune de la flotte s'avéra meilleure encore. Les chasseurs revinrent à la nuit tombée avec trois jeunes cachalots mâles, dont l'un avait été harponné par le *Boli Sapang*. Dès que le soleil se leva, la plage fut envahie par tous les Lamalériens ou presque, qui aiguisèrent leurs couteaux à découper sur les rochers les mieux adaptés, car même si Jon et pas mal d'autres n'avaient pas participé au harponnage de ces animaux, la Voie des Ancêtres leur garantissait une partie du butin grâce à un strict rituel de division et de répartition de la viande.

Le vieux charpentier de marine qui avait fabriqué le *Boli Sapang* incisa d'abord des traits dans la peau grise du cachalot que le *téna* avait pris, traçant littéralement un schéma des différentes portions qui allait guider Jon et les autres Hariona dans leur travail. Puis des chasseurs plus mobiles que Jon jetèrent des poignées de sable sur la peau lisse de la bête pour que leurs pieds ne glissent pas, et grimpèrent sur le corps. Les lames de soixante centimètres de leurs *duri* étaient conçues pour traverser la couche de lard du cachalot, épaisse de trente bons centimètres, et ils découpèrent prestement des bandes dedans, à un peu moins d'un mètre d'intervalle, de l'évent jusqu'à la nageoire caudale. Un trou fut percé en haut de chaque bande, où l'on glissa une corde, ce qui permit à Jon et à ses compagnons d'éplucher facilement toute une longueur de lard en tirant dessus. Répétant ce processus, les Hariona dépecèrent tout le cadavre, n'en laissant que le noyau. Au bout du compte, seules les nageoires gardèrent leur peau, serrées contre la chair à vif telles des mains gantées s'efforçant de cacher une poitrine nue. Jusqu'à cet instant, le cachalot avait été étrangement inodore, mais à présent que le soleil réchauffait la viande écorchée une puanteur de mort prit possession de la plage. En l'espace de deux heures, les hommes emmenèrent par petits bouts les tonnes de chair exposées à l'air libre, telles des fourmis déconstruisant une miche de pain, et empilèrent ces steaks en pyramides parfaites devant les abris à bateaux de leurs clans respectifs.

Une fois la partie supérieure du cachalot débitée en filets, il fallut retourner la carcasse, et tous les hommes valides à proximité empoignèrent les cordes nouées autour de la bête comme s'ils se préparaient à un grand concours de force. *Jo-hé !* hurla Krispin, le chef des Hariona, “Ho ! Hisse !” Il parut d'abord peu plausible que la centaine d'hommes rassemblés puissent accomplir quoi que ce soit. Mais au bout d'un moment le bord opposé du cétacé commença à s'élever. *Jo-hé ! Jo-hé !* Les Lamalériens redoublèrent d'efforts pour le soulever, centimètre par centimètre, pendant que d'autres glissaient des cales sous la carcasse pour l'empêcher de tomber. Finalement, le cadavre se retrouva en équilibre instable, presque à angle droit, tandis que les hommes de la tribu se penchaient en arrière, quasiment à l'horizontale, seulement retenus par la tension de la corde. Alors le cachalot bascula, et l'impact fit vibrer la plage comme un petit tremblement de terre.

Les Lamalériens préparent le cachalot avant le débitage

Après avoir fileté la partie supérieure du cachalot,
les Lamalériens retournent le corps pour atteindre la viande du bas

Quand la seconde moitié du cachalot dégonflé et désossé eut finalement rejoint les pyramides de steaks, les hommes du clan Hariona vinrent s'asseoir en cercle autour de leur monticule de viande. Le *lamafa* entreprit de porter à chacun d'eux, tour à tour, des briques de chair sanglante, afin que tous aient des portions égales. Il s'agissait là du rite fondateur de la société lamalérienne : la répartition des *umã*[6], terme désignant les parts dévolues à chacune des personnes impliquées dans la chasse. Chaque *téna* (et chaque *jonson*) est organisé comme une entreprise, au sein de laquelle tous les membres d'équipage reçoivent une part, ou *umã*. Mais on en assigne également une partie à certains membres du clan ne participant pas à la chasse, par exemple les veuves, pour faire en sorte que tout le monde mange à sa faim. Dans certains cas, il arrive qu'un individu ait droit à plusieurs *umã*. Le *lamafa*, par exemple, touche une deuxième portion en reconnaissance de son périlleux travail, et une troisième, le *kélik*, qu'il doit distribuer à son tour – un rappel venu des Ancêtres du fait que son rôle est avant tout de nourrir la tribu, pas lui-même. (Si un *lamafa* venait à manger son *kélik*, les Ancêtres feraient gonfler sa tête jusqu'à ce qu'il ne puisse plus la soutenir et soit obligé de la traîner au sol.) Tel ou tel individu peut en outre se voir attribuer plusieurs *umã* parce qu'il remplit diverses fonctions. Ainsi, Frans possède deux parts du *Kéna Pukã*, une en tant que forgeron chargé de fabriquer ses harpons et une autre en tant que capitaine du bateau. Étant donné que le *Boli Sapang* est divisé en quarante *umã*, Jon aurait reçu un quarantième environ de la douzaine de tonnes de viande rapportée si son clan avait tué seul ce cachalot. Mais puisqu'un autre *téna* lui avait prêté main-forte, la prise fut équitablement répartie entre les deux clans, si bien que la part de Jon se retrouva divisée par deux. D'autres types de proies, comme l'espadon ou la tortue luth, sont également répartis selon des variantes de ce même système. Ce qui signifie que l'*umã* est le droit le plus crucial d'un Lamalérien, qui marque son identité.

Les Dons des Ancêtres avaient été si abondants ce jour-là que la plupart des Lamalériens en avaient reçu leur part. Mais la Voie des Ancêtres pourvoyait également aux besoins des rares clans qui n'avaient pas harponné le moindre cachalot.

Alors que l'après-midi basculait dans le soir, Ika et tous les habitants qui avaient reçu des parts apportèrent des steaks à leurs proches, leurs voisins et leurs amis issus de ces clans malchanceux – dons désignés par toute une variété de termes, mais qu'on appelait le plus souvent *bĕfãnã*[7]. Chacun de ces actes de générosité, pris individuellement, obéissait à un motif particulier – rendre son *bĕfãnã* à celui ou celle qui vous en avait apporté un par le passé, honorer des liens familiaux, ou faire la charité –, mais, ensemble, ils incarnaient cette règle édictée par les Ancêtres : chaque Lamalérien se doit de partager avec toute la tribu sa bonne fortune personnelle. À l'issue de cette soirée, 90 % de la tribu avaient sans doute reçu de la viande de cachalot[8].

Les *bĕfãnã* expliquent en grande partie pourquoi les anthropologues considèrent la société lamalérienne comme l'une des plus généreuses au monde, bien davantage que les Américains ou les Européens. En 1999, des chercheurs ont demandé aux Lamalériens de participer à une expérience baptisée "Jeu de l'ultimatum"[9], destinée à mesurer l'altruisme des participants en mettant en jeu une certaine somme d'argent pour analyser la manière dont chaque joueur partage cette cagnotte avec son adversaire. Dans douze pays répartis sur quatre continents, les anthropologues ont fait participer des personnes issues de quinze sociétés traditionnelles différentes, allant du groupe de chasseurs-cueilleurs africains aux agriculteurs itinérants d'Amazonie, ainsi que des citoyens de sociétés dites "modernes". En comparant les résultats, les chercheurs ont pu constater combien les normes culturelles en matière de générosité variaient d'un peuple à l'autre. Les participants des pays industrialisés faisaient ainsi preuve d'égoïsme, gardant pour eux l'essentiel de l'argent. Deux tiers des participants lamalériens, au contraire, l'avaient divisé équitablement – ceux du dernier tiers, quant à eux, en avaient donné bien plus qu'ils n'en avaient gardé. Ce qui avait, de fait, transformé cette expérience conçue pour mettre au jour l'égoïsme naturel de l'homme en un bel exemple d'altruisme. De tous les peuples concernés, les Lamalériens étaient le plus généreux, et les anthropologues attribuaient cette qualité au fait qu'ils exerçaient régulièrement cette générosité en divisant leurs cachalots.

Un tel altruisme est nécessaire à la survie de la tribu, dans la mesure où, comme l'ont montré les anthropologues, la pratique du *bĕfãnã* est née de l'obligation de compenser les hauts et les bas inhérents à la chasse à la baleine. En moyenne, les Lamalériens prennent vingt cachalots chaque année. Comme la tribu comprend vingt et un clans, cela correspond à peu près à un cachalot par clan et par année. Les chercheurs ont calculé qu'un cachalot fournit en moyenne six mille huit cents kilogrammes de viande[10], ce qui permet de satisfaire les besoins en protéines d'une centaine de personnes pendant un an. Cela signifie donc que la tribu tue habituellement juste assez de cachalots pour nourrir ses mille cinq cents membres, et garder un peu de surplus pour pouvoir le troquer. Cependant, un clan peut très bien rapporter deux cachalots une année et aucun la suivante, tandis qu'un autre n'en prend aucun la première année et deux celle d'après. Si les clans ne partageaient pas, les malchanceux mourraient donc de faim tandis que les plus fortunés se gaveraient, jusqu'à ce que ces derniers traversent une période de vaches maigres et périssent à leur tour.

Le système du *bĕfãnã* a donc une utilité pratique en ce qu'il permet de redistribuer les surplus de viande à ceux qui en ont besoin, sous la forme de dons à d'autres clans qui, tôt ou tard, seront amenés à les rendre. Toutes les sociétés de chasseurs-cueilleurs reposent d'une manière ou d'une autre sur ce genre de cycle vertueux, car la coopération et le partage sont essentiels à leur survie – et c'est en grande partie pour cette raison que ces sociétés sont plus égalitaires et généreuses que leurs cousines industrielles. S'appuyant sur ces éléments, certains anthropologues ont ainsi pu argumenter que les êtres humains modernes se trouvent en fait dans une situation plus précaire que leurs aïeux. Mais pour Jon et les autres Lamalériens, ces mesures de bon sens ne sont rien d'autre que la Voie des Ancêtres.

Jon avait beau faire partie d'une des sociétés les plus généreuses qui soient, il n'était pas à l'abri des conflits interpersonnels qui affectent le reste de l'humanité. Une sorte de sixième sens avait éveillé les soupçons de Honi : Jon ne la trompait-il pas ? Jon, lui, était agacé par les appels et autres textos incessants de sa fiancée, exigeant qu'il se tienne à l'écart des femmes de la tribu, y compris ces cousines avec lesquelles il s'entendait si bien. Souvent, leurs disputes faisaient rage jusqu'à ce qu'ils soient brusquement interrompus lorsqu'un des deux avait épuisé son *pulsa* – le crédit de son portable. Et puis le lendemain, terrifiés à l'idée d'avoir pu endommager de manière irréparable leur relation, ils se réconciliaient par le biais d'une série d'appels ou de textos affolés.

Honi avait raison de s'inquiéter, même si ses peurs étaient exagérées. Jon ne lui était pas infidèle, mais il avait effectivement mené quelques expériences sur une version rudimentaire de Facebook. Avec son Blackberry si ancien que plusieurs de ses touches avaient été remplacées par des carrés de caoutchouc dépourvus d'inscriptions, Jon avait envoyé des "demandes d'ami" à toutes les filles dont le profil indiquait qu'elles habitaient sur l'île de Lembata. Trente-quatre lui avaient répondu. Jon s'était donc mis à échanger des messages avec elles. À ses amis, il avait expliqué que c'était juste un moyen de passer le temps. Après tout, ses chances de rencontrer en personne l'une ou l'autre de ces filles étaient extrêmement faibles. Mais un jour, Honi eut vent de ses bêtises par une amie et appela Jon, en prenant l'accent d'une citadine afin de se faire passer pour une fille désireuse de le rencontrer. Jon échoua à ce test de fidélité. Bientôt, un message de la petite sœur de Honi fit vibrer son portable : "N'embête plus jamais ma grande sœur." Quelques instants plus tard, un second texto lui parvint : "Elle a un nouveau copain qui est plus beau, plus riche et plus fidèle."

Malheureusement, Jon ne put répondre car il était à cours de *pulsa*. Il supplia ses amis de l'aider à racheter du crédit, mais quand il eut réuni la somme nécessaire, Honi ne répondit pas à ses appels. Lorsqu'ils se parlèrent enfin, quelques jours plus tard, Honi lui demanda s'il voulait être en couple avec elle. Jon répondit que si c'était ce qu'elle désirait, alors lui aussi. Mais elle exigea qu'il exprime ses sentiments en premier et, comme il ne le faisait pas, elle raccrocha.

Jon confia à ses amis qu'il venait d'avoir le cœur brisé pour la première fois. "Certaines personnes deviennent folles, dit-il, mais pas moi. Maintenant, on ne pourra plus me faire mal." Il allait rester calme, déclara-t-il, car il était un adulte. Mais la vérité, c'est que son cœur le faisait souffrir encore plus que sa jambe.

Quelques jours plus tard, Honi téléphona à Jon, en pleurs. "Si tu veux aller avec l'autre type, tu peux, lui dit-il. Je ne t'interdis pas de te remettre avec moi." Ce fut la dernière pique qu'il lui lança. Bientôt, ils étaient de nouveau fiancés.

Peu de temps après, Frans fit sa visite hebdomadaire chez Jon. Alors que l'après-midi s'enlisait dans le soir, le chamane frotta sa jambe avec de l'eau bénite et déclara que ses pouvoirs l'avaient presque guérie. Jon ne tarderait pas à chasser de nouveau.

Ignatius Blikololong dirigeant son téna, *le* Demo Sapang

5

C'EST COMME ÇA, MON FILS, QU'ON TUE LES CACHALOTS[1]

16 juillet 2014

Ignatius – Ben

Les fils Blikololong avaient grandi les yeux rivés au dos de leur père. Presque tous les jours, Ignatius se tenait debout à l'avant du *hâmmâlollo*, orteils dépassant dans le vide, talons sur les tiges de bambou, tandis que ses garçons restaient accroupis au pied de la plateforme, guettant fiévreusement son signal.

Ignatius avait un dos magnifique. Il portait rarement un tee-shirt, et ses muscles – impressionnants et naturellement harmonieux, leur force animale s'étant forgée au fil d'une vie de dur labeur – convergeaient puis se séparaient, avant de fusionner à nouveau. Le soleil avait tanné sa peau, lui donnant un teint noir tirant sur le violet. Même quand la mer se cabrait, il encaissait les déferlantes d'une imperceptible flexion des genoux, mains jointes dans le dos, aussi à l'aise qu'un gentleman qui arpenterait sa propriété. Parfois, il basculait son poids d'une jambe sur l'autre et la voûte d'un pied apparaissait fugacement, blanche, nue, vulnérable. Des heures durant il scrutait les vagues, proches et lointaines, attentif au moindre détail. Mais ses fils – Yosef, Ondu et Ben – attendaient derrière lui qu'il leur fasse signe.

Outre le fait qu'il était l'un des plus fameux harponneurs de sa génération, Ignatius était reconnu comme le plus grand *ata mola* – charpentier de marine – de son temps : en 2014, environ un tiers des *téna* de la flotte étaient nés de ses mains. Il pouvait passer des jours entiers à tailler à l'herminette les bordages d'un *téna*, de telle sorte qu'une fois ceux-ci assemblés

– un, deux, trois, comme les pièces d'un puzzle – les chasseurs du village venaient tapoter la coque avec les jointures de leurs doigts et laissaient échapper des murmures approbateurs : "Pas besoin de cœur d'arbre", ce qui signifiait qu'il ne serait pas nécessaire de les calfater avec de la fibre de bois et de la sève de palmier.

Ignatius était connu pour travailler sans relâche. Même dans ses moments de repos, il taillait des hameçons au couteau dans des branches de sappan ou tressait un panier avec des feuilles de palmier lontar, ajustant si bien trame et chaîne que son épouse pouvait s'en servir pour rapporter de l'eau du puits situé à un kilomètre de là sans en perdre une seule goutte. Quand quelqu'un construisait une maison ou fabriquait un *téna*, il venait aider dès qu'il avait un moment de libre, demandant pour tout salaire quelques verres de *tuak*. Il prenait le temps de disséquer les carcasses de cachalots avec les jeunes chasseurs, pour leur montrer où perforer les poumons gros comme des soufflets de forge ou transpercer le cœur aussi massif qu'un rocher, pratique qui lui avait valu, pour sa plus grande fierté, le surnom de "Professeur Harpon".

Son humour bienveillant, sa sagesse et sa parfaite connaissance de la Voie des Ancêtres faisaient de lui un juge recherché à l'heure de régler de manière informelle les différends qui se faisaient jour entre les hommes du village. Les femmes de la tribu, jeunes et vieilles, flirtaient gentiment avec lui. La seule chose intimidante chez cet homme, c'était la manière dont sa joyeuse intensité adressait comme un reproche aux tire-au-flanc et dont la perfection naturelle de ses gestes condamnait implicitement la moindre erreur. Dans tout le village, il y avait seulement deux personnes avec lesquelles il semblait ne pas pouvoir s'entendre : son fils aîné, Yosef, et parfois son petit dernier, Ben.

Toutefois, personne n'aurait pu dire qu'Ignatius éduquait mal ses fils. Il mettait le même perfectionnisme à les élever que lorsqu'il construisait un *téna*. Il leur enseignait la Voie des Ancêtres comme il l'avait lui-même apprise : avec exactitude et sévérité. Enfant, lorsque Ignatius faisait une erreur en taillant les planches d'un *téna*, son père lui collait une gifle. Cet amour rude était la norme à l'époque, et, encore aujourd'hui, il n'a rien d'exceptionnel à Lamalera. Mais la terreur que lui inspiraient ces corrections n'avait jamais atténué l'amour qu'il portait à son père. Il l'avait toujours vénéré à la manière de l'Ancien Testament : avec un mélange d'émerveillement, d'effroi et de stupéfaction. Il n'y avait donc sans doute rien d'étonnant à ce qu'il attende de ses propres fils la même déférence quasi militaire, lui qui se montrait si enjoué avec tous les autres. Ignatius tenait à ce que ses garçons excellent dans tous les arts dont pouvait s'enorgueillir un Lamalérien : harponnage, navigation à la voile, construction des bateaux, maniement des cordes et découpe des cachalots. (La seule chose qu'il regrettait dans l'éducation de ses fils, c'était de n'avoir pas pris la peine de leur cacher son goût prononcé pour le *tuak*, si bien qu'ils avaient vu dans son ivresse occasionnelle non pas la preuve qu'il ne fallait pas boire mais une permission.) De son point de vue, en exigeant d'eux la perfection, il les préparait du mieux qu'il pouvait aux épreuves que leur réservait le monde.

Un dimanche matin d'avril 2014, après la messe, les trois fils d'Ignatius se retrouvèrent devant la maison de leur père. De jeunes pousses de palmiers s'extirpaient de noix de coco pourries gisant à l'endroit même où elles étaient tombées des mois plus tôt. Des queues de raies pastenagues étaient suspendues depuis si longtemps à leur tige de bambou qu'elles s'étaient durcies jusqu'à devenir des sortes de fers à cheval impossibles à déplier. Des côtes de cachalots larges comme des rondins étaient éparpillées sur la terre battue de la cour, et les vertèbres entreposées là s'étaient effondrées telle une avalanche de piliers. Teresea, l'épouse d'Ignatius, avait jadis organisé tous ces trophées en piles bien ordonnées, grattant les lambeaux de chair restés accrochés jusqu'à ce que les os brillent comme les dents d'un enfant. Mais depuis sa mort, l'année précédente, des lambeaux de chair noircis, si pourris que même les geckos ne daignaient pas s'y attaquer, pendaient des os fraîchement remontés.

Yosef, le fils aîné, annonça à son père que ses frères et lui étaient prêts à prendre le commandement du *Demo Sapang*, le *téna* du clan, dont la famille était responsable. Yosef ajouta qu'ils voulaient tous les trois laisser leur père se reposer après une vie de labeur.

Mais Ignatius n'avait aucune envie de s'occuper des tâches subalternes. “Je vais quand même pas m'occuper des petits-enfants et tisser des voiles !” râla-t-il, avant d'affirmer qu'il était toujours apte au travail physique. Son corps restait aussi ferme que celui d'un haltérophile, et il ne se privait d'ailleurs pas de l'exhiber en ne portant qu'un simple sarong noué autour de la taille. Mais son visage presque septuagénaire était plissé de rides et il était devenu chauve, à l'exception des rares touffes de cheveux blancs qui peluchaient encore au-dessus de ses oreilles.

“Tu es vieux”, lui dit Yosef.

Ignatius dévisagea ses fils de ses yeux cerclés de rouge, en tirant sur sa Marlboro Light. Ses joues, n'ayant plus que trois chicots noircis pour les soutenir, se creusaient encore davantage lorsqu'il aspirait la fumée. Ses fils – qui fumaient tous les trois – étaient sur son dos ces derniers temps pour qu'il arrête le tabac à cause de sa toux chronique, mais il ignorait leurs suppliques. Toutefois, dans les périodes où il avait les moyens de s'offrir mieux que des cigarettes roulées dans des carrés de palme, il préférait désormais les Marlboro Light et leur menthol engourdissant aux Marlboro Rouge, qui aggravaient sa toux. “Je suis toujours fort, plaida-t-il. Si aucun de vous ne répond au *baleo*, alors je prendrai moi-même le harpon.” Puis il souffla sa fumée sur ses enfants.

Cette déclaration d'Ignatius n'était pas une promesse en l'air. Il commandait toujours le *Demo Sapang*, même s'il avait pour l'essentiel cédé à Yosef sa place sur le *hâmmâlollo*, se chargeant lui-même de barrer le *téna* avec sa large pagaie. Mais trois ans plus tôt, un jour que ses fils ne s'étaient pas présentés assez vite sur la plage, il avait dû mettre à l'eau le *Demo Sapang* sans eux. Constatant que le *téna* était parti, les fils avaient interrogé les épouses qui scrutaient l'horizon : “Qui l'a mis à l'eau ? Qui est le harponneur ?

— Votre père”, avaient répondu les femmes.

Tout le monde avait ri. Nul ne connaissait l'âge exact d'Ignatius, mais on estimait qu'il avait vu le jour vers la fin de la Seconde Guerre mondiale – il allait donc probablement sur ses soixante-dix ans.

Au retour du *téna*, Yosef demanda qui avait harponné le cachalot que l'on remorquait dans la baie. "Ton père", lui répondirent une nouvelle fois les épouses.

En ce dimanche d'avril 2014, la fin de la discussion entre Ignatius et ses fils prit la tournure habituelle. Yosef jura qu'ils voulaient juste faire honneur à leur père, mais Ignatius répondit qu'il n'était pas encore prêt à prendre sa retraite. En outre, il ne lui semblait pas approprié de se retirer avant que Ben ait tué son premier cachalot et accède au rang de *lamafa*. Depuis des temps immémoriaux, les ancêtres d'Ignatius avaient toujours été harponneurs. Et désormais, les gens disaient souvent que les Seran Blikololong formaient l'une des dernières véritables lignées de *lamafa*, ce qui, aux yeux d'Ignatius, rendait encore plus important le maintien de cette tradition. De temps à autre, il râlait entre ses dents contre l'abrogation par la tribu, dans les années 1990, de la loi qui définissait comme héréditaire le statut de *lamafa*, abrogation qu'il rendait responsable de l'effondrement des hiérarchies anciennes, dans la mesure où des hommes que les Ancêtres n'avaient jamais destinés à exercer une quelconque autorité détenaient désormais des positions de pouvoir.

S'il cessait de sortir en mer, qui allait éduquer Ben ? demandait Ignatius. Yosef proposa d'assurer la formation de son petit frère, lui qui avait près de vingt ans de plus que lui. Mais Ignatius empoigna son herminette pour signaler que le chapitre était clos, et ordonna à ses fils de l'aider à tailler des planches destinées à un nouveau sampan.

Tandis que les trois garçons lui emboîtaient le pas en direction des abris à bateaux, Ignatius ajouta un argument qui les laissa sans voix : "Et puis votre mère n'est plus. Si je meurs en mer, je la rejoindrai."

Ignatius s'était engagé tard sur le chemin qui allait faire de lui l'un des plus grands harponneurs de sa génération. Son père, Willibrodus Demon, auquel le fils cadet d'Ignatius devait son nom, avait lui-même été harponneur, et, adolescent, Ignatius s'était longtemps tenu debout derrière lui au pied du *hâmmâlollo*, enfonçant le bon fer de harpon dans la bonne tige de bambou, puis lançant un second harpon quand son père avait touché la cible avec le premier. Il était gaucher de naissance, mais comme ce sinistre côté était censé, selon la croyance, faire le travail du Diable, son père le giflait dès qu'il oubliait de soulever le harpon avec sa main droite. (Au bout du compte, cette rééducation à la dure ne fut qu'en partie fructueuse, car après la mort de son père, même s'il harponnait les proies de grande taille tels que les cachalots avec sa main droite, Ignatius se servait de la gauche pour viser les proies plus légères et alertes, notamment les dauphins.) Willibrodus parlait peu pendant qu'ils chassaient, mais le soir, lorsqu'ils se servaient en riz dans le grand plat commun fait de palmes tressées, le vieil homme sermonnait son fils sur les erreurs commises pendant la journée.

Les années passèrent. Ignatius se maria. Sa femme donna naissance à Yosef ; à Willibrodus Demon II, qui succomba très jeune au paludisme ; puis à Willibrodus Boeang "Ondu" Demon III ; à cinq filles et, finalement, à Ben. D'autres clans lui proposèrent de le prendre comme harponneur à bord de leurs *téna*, mais il tenait absolument à prendre la suite de son père sur le *Demo Sapang*. Son père prenant de l'âge, il le remplaça de plus en plus souvent. Enfin, alors qu'Ignatius avait environ trente ans, son père alla rejoindre les Ancêtres. Avant de rendre l'âme, le vieux fit promettre à Ignatius qu'il veillerait sur le *Demo Sapang* jusqu'à ce que ses fils soient capables de s'en charger à leur tour.

Bien des années plus tard, quand le *Demo Sapang* finit par succomber aux assauts cumulés des cachalots et du temps, Ignatius désassembla le *téna*, sauvant tous les bordages qui pouvaient l'être. Puis il abattit des banyans gigantesques dans la forêt vierge qui s'étendait à l'est du village, et les fit flotter jusqu'à la plage. Il fabriqua le nouveau *Demo Sapang* à l'identique, reproduisant l'ancien jusqu'à la plus petite – et invisible – cheville. Il incorpora même quelques bordés de l'ancien *Demo Sapang* à la coque du nouveau, afin d'y transférer l'esprit qui avait habité successivement tous les avatars du *téna* des Blikololong depuis le tout premier. Il tailla dans sa proue la tête d'un lion d'Asie, le symbole du clan, car il n'y avait pas encore de peinture à Lamalera.

C'est comme ça, mon fils, qu'on tue les cachalots

Le premier cachalot qu'Ignatius tua à bord du *Demo Sapang* livra deux pépites d'ambre gris grosses comme des noix de coco, ce que la tribu interpréta comme le signe que sa carrière serait bénie. Bientôt, les gens dirent de lui qu'il ne manquait jamais sa cible – pas même les dauphins à long bec, la proie la plus agile et difficile à harponner qui soit. La nuit, il rêvait qu'il chassait la baleine. À l'église, tout en écoutant le sermon, il se repassait en pensée ses coups de harpon. Au cours de sa carrière, Ignatius allait ramener vingt-deux cachalots en tant que premier harponneur, compte qu'il prit l'habitude de tenir sur le mur en bois de sa maison – et il aiderait ses collègues *lamafa* à en tuer des dizaines d'autres. Yosef et Ondu passèrent toute leur jeunesse au pied de la plateforme du harponneur, comme Ignatius lui-même l'avait fait avec son père. Ben était né tard, près d'une décennie après Ondu, mais il ne tarda pas à faire son apprentissage au large. Un jour, avait promis Ignatius à ses fils, ils prendraient sa place.

"C'est comme ça, mon fils, qu'on tue les cachalots", expliqua Ignatius à Ben, quand celui-ci avait treize ans. Ignatius tenait dans sa main le *kāfé kotekělema*, le grand fer de harpon, trente centimètres de métal noir recouvert d'une patine de rouille. Le tranchant du harpon avait été aiguisé tant de fois qu'il ressemblait désormais à un rasoir argenté au fil irrégulier, et les coups de marteau qui l'avaient façonné à partir de fers à béton fondus, avaient imprimé dans le métal un motif d'écailles entrelacées. Cette arme n'avait rien de la perfection industrielle d'un pistolet, qui tue de loin, froidement – au contraire, chacune de ses ébréchures contait l'histoire d'une guerre qu'Ignatius et Ben connaissaient intimement.

Ignatius tendit le harpon à Ben. Il pesait plus lourd qu'il n'en avait l'air.

"Tu sens ?"

Ben comprit que son père parlait du parfait équilibre de l'arme, de sa force, de son esprit. Ignatius lui avait déjà expliqué que l'âme de la tête de harpon était liée à celles de ses Ancêtres et de la Maison des Esprits et, à travers elles, à la sienne.

Ignatius montra à Ben comment visser le fer du harpon dans une sorte de collier de serrage en bambou, à l'intérieur de la tige du *lekã kenāda puã gāda*, le grand manche de harpon, qui avait été finement poli et huilé non pas par des milliers de mains avant que celles de Ben ne s'y posent, mais par une seule et même paire de mains qui l'avait serré des milliers de fois. Long de près de cinq mètres, le harpon manqua de faire basculer Ben. Même lorsqu'il eut retrouvé l'équilibre, le jeune adolescent ne put empêcher l'arme de se balancer dans tous les sens, comme si elle possédait une vie propre. Dès qu'il essayait de maîtriser le côté droit, le gauche lui échappait.

Alors Ignatius lui donna un conseil qu'il n'oublierait jamais : "Le plus important chez un *lamafa* n'est pas la force de son bras, c'est la force de son esprit et de son cœur."

Cela parlait tout particulièrement à Ben, qui avait toujours été plus fluet que les autres enfants. Mais il n'avait réalisé que récemment que tout le monde dans sa famille était de petite taille, y compris son père. Les Seran Blikololong avaient des corps maigres et nerveux de coureurs, plutôt que la carrure de gladiateur d'une bonne partie des *lamafa*.

"Les mouvements du harpon reflètent les mouvements à l'intérieur de toi, expliqua Ignatius. Bouge avec le harpon, pas contre lui. Ton équilibre intérieur et extérieur est plus important que la force brute."

L'essentiel de son apprentissage formel de l'art du harponnage eut lieu cet après-midi-là. Ignatius passa en revue avec lui les sept fers de harpon, les neuf cordes et les dix manches, avant de lui expliquer méthodiquement quelle combinaison on utilisait dans telle ou telle situation et pour telle ou telle proie – les harpons taillés comme la flèche d'un baliste pour les grandes proies telle la raie manta, et de longs harpons fins comme des javelots pour les dauphins. Après cette leçon exhaustive, il arriva parfois, lorsqu'ils croisaient un type de proie rare – dugong, baleine à bec de Cuvier ou fausse orque –, qu'Ignatius explique son anatomie tout en la découpant sur la plage. Et le soir, il évoquait les mythes lamalériens et racontait les histoires édifiantes d'anciennes chasses pendant que ses fils enfournaient leur poisson frais et leur riz rouge en se servant de coquilles de noix de coco, car les couverts occidentaux n'avaient pas encore atteint les rives de Lamalera.

Mais pour l'essentiel, Ben restait debout derrière son père à observer la manière dont il se tenait en équilibre sur le *hâmmâlollo* avec la grâce d'un tigre. Il étudiait les signes de la main adressés aux *materos* pour les guider dans leur poursuite. Il notait le moment où son père bondissait sur la proie et la manière dont le chasseur chevronné propulsait son harpon. Parfois, alors qu'ils mangeaient la viande de la prise du jour, son père explicitait ses gestes en quelques mots, détaillant pourquoi il avait visé devant la nageoire latérale plutôt que derrière, ou comment il avait su que la raie manta allait refaire surface sur la gauche plutôt que sur la droite. Mais pendant toutes ses années d'apprentissage, les seuls moments où Ben participa vraiment à l'action furent ceux où on le chargeait de "doubler", c'est-à-dire d'ajouter un deuxième harpon une fois que son père avait enfoncé le premier, et encore, seulement lorsqu'il s'agissait de proies mineures comme les dauphins ou les raies manta.

Lorsqu'arriva le début de la saison de chasse de 2014, Ben avait déjà participé au harponnage de tous les types de requins et de petites raies, mais il ne pouvait pas encore se prévaloir du titre de *lamafa* : il devait d'abord prendre le commandement d'un *jonson* ou d'un *téna* et harponner une proie depuis sa plateforme. Il avait vingt-sept ans. Ses frères étaient devenus *lamafa* avant leurs vingt ans. Ignatius avait promis à Ben que, bientôt, il aurait sa chance. *Le plus important chez un* lamafa *n'est pas la force de son bras, c'est la force de son esprit et de son cœur*, se répétait le fils. Ce qu'il aimait le plus dans ce dicton, c'était la reconnaissance implicite du fait que son père et lui avaient reçu en partage un esprit qui transcendait leurs corps de poids coq. Mais au bout d'un moment, il finit par se demander si les leçons d'Ignatius, plutôt que de simplement lui apprendre à l'imiter, ne visaient pas en fait à le faire devenir *lui*. Alors, il tâcha de regarder l'océan par-dessus l'épaule de son père.

Dans l'éducation de ses fils, Ignatius se retrouva confronté à un dilemme que son père n'avait pas connu : fallait-il ou non les envoyer dans les écoles que le gouvernement était en train d'ouvrir dans l'île ? Concernant Yosef, la décision fut facile à prendre car, au mitan des années 1970, Lamalera ne possédait qu'une seule école primaire. Un fils aîné étant censé suivre les traces de son père, Yosef quitta les salles de classe pour prendre la mer avant l'entrée au collège.

Une décennie plus tard, les avantages qu'il y avait à faire des études scolaires étaient de plus en plus manifestes, car les premiers parents qui avaient envoyé leurs enfants en dehors de l'île, pour qu'ils étudient puis trouvent du travail, commençaient à recevoir des enveloppes remplies de billets quand le facteur venait de l'autre côté du volcan, guidant son âne chargé de courrier. Ignatius n'avait pas hésité à se séparer de ses cinq filles pour qu'elles aillent étudier ailleurs, avec instruction de devenir infirmières et d'envoyer de l'argent à la maison. Mais il était davantage partagé concernant le désir exprimé par son fils Ondu de partir au collège : il estimait que celui-ci avait le droit de choisir mais, au fond de son cœur, il pensait qu'Ondu devait devenir *lamafa*.

À contrecœur, il avait finalement envoyé Ondu dans une pension au Timor, principale île de la province. Mais Ondu avait démontré à Ignatius qu'il "méritait le nom de son grand-père" en tentant de parcourir en stop les centaines de kilomètres qui le séparait de Lembata, après s'être senti humilié le jour où les gens de l'école l'avaient forcé à manger à la cantine du cœur de palmier, qui passe à Lamalera pour une nourriture réservée aux cochons. Cet événement renforça la conviction d'Ignatius que la mer de Savu rappellerait toujours ses fils. C'était en outre un signe annonciateur de la facilité avec laquelle Ondu allait par la suite se fondre dans la Voie des Ancêtres, devenant un *lamafa* et un chef respecté accomplissant sans broncher tous les souhaits de son père, à tel point que même s'il était le plus attentionné de ses fils, Ondu était celui dont Ignatius s'occupait le moins.

Quand, à seize ans, Ben demanda à son père s'il pouvait lui payer le lycée à Lewoleba avec l'argent envoyé par ses sœurs et celui que Teresea gagnait quelquefois en vendant de la viande de cachalot séchée à la capitale de l'île, Ignatius se dit que son fils ne serait pas parti longtemps. Il précisa à Ben qu'il lui faudrait tout de même embarquer à bord du *Demo Sapang* à chaque période de vacances scolaires, afin qu'il n'oublie pas le métier de pêcheur. "Et puis ne me reviens pas gras, ajouta

Ignatius. Et ne me fais pas honte en oubliant comment faire tes nœuds, c’est compris ?”

Un matin, Ben fourra tous ses biens dans un vieux sac à dos, pressa son front contre les jointures des mains de son père et de sa mère, et monta dans l’*auto* qui partait de l’autre côté du volcan. Lorsqu’il revint pour les vacances, trois mois plus tard, il était l’incarnation de toutes les craintes d’Ignatius. Il s’était fait une coupe mulet, portait une tenue de punk et une boucle d’oreille. Une tête de démon – tatouée par un professionnel, contrairement à celle de Jon – embrasait son épaule. Ignatius se mordit la langue, confiant dans le fait que les Ancêtres finiraient par ramener son fils à la maison. La fois suivante, quand Ben revint, il rapporta avec lui des enceintes d’un mètre de haut, sur lesquelles il passa des airs d’indorock jusqu’à les faire imploser, après quoi il continua malgré tout à les mettre à contribution jusqu’au petit matin, comme s’il passait en boucle un chanteur à la voix enrouée.

Puis un après-midi, un peu moins de trois ans après qu’il était parti étudier à Lewoleba, Ben prit l’*auto* pour revenir au village en compagnie d’Anastasia “Ita” Amuntoda, une fille de la tribu Kedang, installée à l’autre bout de l’île. Ita était enceinte jusqu’au cou. Craignant la réaction de ses parents, Ben alla d’abord se planquer pour la nuit chez son frère Ondu, sur les hauteurs de Lamalera. Mais ce refuge fut de courte durée, car dès le lendemain Ondu annonça à leur père ce qui s’était passé. Quand Ben vint présenter Ita à son père, le vieil homme se détourna. Ignatius resta sans voix. Ce désastre le rendait fou, mais il ne savait qui blâmer.

Cet événement signa la fin des études de Ben. Ignatius refusait de payer un centime de plus, et le proviseur chassa Ben à grands cris de son bureau quand celui-ci vint lui demander de le réintégrer, en lui offrant l’argent qu’il avait lui-même gagné. Ben conduisit des camions à Lewoleba pendant quelques années, et demeura à l’écart d’Ignatius et d’Ita, restée à Lamalera. Il se lamentait sur son sort et ses espoirs perdus d’entrer à l’académie de police après le lycée.

Mais le désespoir de Ben n’était rien, comparé à celui d’Ita. Jusqu’alors, elle avait reçu l’éducation typique de la classe moyenne indonésienne, regardant les dessins animés

Disney doublés en indonésien qui passaient à la télé, piquant des bonbons dans la mercerie de ses parents et prévoyant d'aller étudier à l'université, loin de Lembata. Et voilà que l'adolescente de seize ans tombée enceinte était obligée de vivre chez Ignatius, car sa propre famille refusait qu'elle revienne tant qu'elle ne serait pas mariée tout en exigeant une dot exorbitante pour punir Ben. Le père de son enfant étant parti à l'autre bout de l'île, Ita ne connaissait personne dans cette tribu. Au lieu d'être une lycéenne insouciante, elle devait désormais faire la cuisine et le ménage pour Ignatius, Teresea et, bientôt, son bébé. Teresea et les autres femmes la traitaient avec gentillesse et s'efforçaient de lui apprendre les coutumes lamalériennes, mais, habituée qu'elle était à tourner un robinet et à allumer un réchaud à gaz, les tâches consistant à aller chercher l'eau au puits et à ramasser du bois pour le feu l'épuisaient. Elle faisait tout pour éviter la corvée sanglante du découpage des cachalots, elle dont l'expérience en ce domaine se limitait à vider un poulet. En outre, la langue nasale que l'on parlait dans le coin lui semblait impossible à apprendre. Elle rêvait de retrouver son ancienne vie à Lewoleba, et peut-être même d'aller un jour à l'université ; de laisser en tout cas les chasseurs de baleines derrière elle, comme un mauvais rêve.

Chaque fois que Ben rentrait au village pour ses congés, Ignatius faisait pression sur lui pour qu'il reprenne son apprentissage à bord du *Demo Sapang*. Ben résista longtemps mais, finalement, le travail se fit plus rare à Lewoleba et il n'eut d'autre choix que de revenir vivre à Lamalera. Mais même réinstallé pour de bon dans sa chambre d'enfant, Ben semblait étrangement réticent à reprendre sa formation de harponneur.

Ignatius s'interrogeait : pourquoi son fils ne voulait-il pas devenir *lamafa* ? Dans sa jeunesse, c'était le rêve ultime de tout baleinier. Pourquoi cela aurait-il changé pour la simple raison que des bulldozers avaient taillé une route à travers la jungle et que des avions semblables à de minuscules harpons tiraient des cordes blanches dans le ciel, au-dessus de l'océan ? Ignatius savait que les Ancêtres étaient fiers de lui et de ses fils, mais il ignorait si Ben ressentait lui aussi la satisfaction des aïeux.

Le 16 juillet 2014, à midi, Ben vit un *jonson* revenir pleins gaz dans la baie de Lamalera, ricochant à une telle vitesse que chaque fois qu'il tapait une vague, sa proue s'envolait au-dessus de l'eau avant de retomber lourdement dans une gerbe d'embruns. Un tel retour anticipé signifiait qu'un chasseur avait été blessé ou qu'on avait repéré des cachalots. Quand l'homme dressé au niveau de la proue brandit un manche de harpon et qu'une bourrasque déplia le tee-shirt blanc noué à son extrémité, les Lamalériens furent fixés.

Baleo ! rugit Ben, imité par plusieurs dizaines d'autres hommes.

Tous hurlèrent jusqu'à ce que le cri soit répercuté depuis les maisons, au sommet de la pente. Les pêcheurs descendus sur la plage rangèrent les filets qu'ils étaient en train de ramender, éteignirent les feux sur lesquels luisait le métal en fusion de têtes de harpon à demi forgées et poussèrent les sampans en cours de construction dans un coin des abris à bateaux, puis se précipitèrent jusqu'à leurs *téna* respectifs.

Dans le village, les gamins braillaient en courant dans les rues et les vieilles dames laissaient tomber leur canne pour hurler, mains en porte-voix autour de leur bouche. Le *baleo* n'était pas un cri unifié, poussé à l'unisson par les mille cinq cents âmes du village. C'était plutôt un chœur ondoyant qui débutait sur la plage puis se répandait dans le reste du village, chaque personne qui en entendait le chant le répercutant l'espace de quelques secondes avant de tendre l'oreille pour s'assurer que le message avait été reçu plus loin. L'écho du *baleo* remontait en haut des falaises, s'étoffait en canon jusqu'à atteindre les hauts de Lamalera, puis éclatait en une myriade de voix solitaires qui résonnaient dans les vergers, avant de se conclure sous la forme d'un refrain étouffé au hameau de Lamamanu, à un kilomètre et demi de distance. À peu près au même instant, des cris venus de l'est confirmaient que la nouvelle avait atteint les villages excentrés, et l'on envoyait des enfants porter le message aux hommes partis abattre des arbres dans la jungle ou se livrer à la pêche sous-marine dans quelque crique lointaine.

Tandis que les baleiniers sprintaient à travers la plage, soulevant à chaque pas de petits nuages de sable et sautant par-dessus les côtes de cachalot, Ben resta immobile. Même Jon boitillait de *téna* en *téna*, tentant de convaincre leurs capitaines perplexes de lui confier une pagaie. Ben se trouvait face à un dilemme. Normalement, c'était son tour de piloter le *Kanibal*, le *jonson* familial. Mais Ignatius était parti de l'autre côté des montagnes, ce jour-là, pour une mission auprès des parents d'Ita à laquelle Ben s'efforçait de ne pas penser. En l'absence de son père, une angoissante possibilité venait de se faire jour : le *hâmmâlollo* pouvait-il lui échoir ? Ondu s'était rendu à un mariage. Yosef avait acheté un jerrican de *tuak* ce matin-là et s'était retiré dans l'une de ses planques. Si Ben voulait devenir *lamafa*, c'était le moment de prendre le commandement du *Demo Sapang*. Une telle opportunité ne se représenterait peut-être pas de sitôt.

Finalement, au lieu de courir au *Demo Sapang*, Ben se précipita vers l'abri situé derrière la maison de son père, où les barils d'essence étaient entreposés. Tandis qu'un beau vacarme agitait la plage, il attendit paisiblement que l'essence s'écoule par une section de tuyau d'arrosage dans deux jerricans. Il préférait de loin piloter le *Kanibal* que pagayer sur le *Demo Sapang*, la puissance du moteur hors-bord au creux de sa main le faisait vibrer – même le nom du bateau, inspiré non pas des récits de ses Ancêtres mais d'un vieux film d'horreur indonésien, était une victoire sur son père.

Quand les deux jerricans de vingt litres furent remplis, Ben les cala sur ses épaules. Lorsqu'il posa les pieds sur le sable de la plage, le deuxième oncle de Ben, Stefanus Sengaji Keraf, reconnaissable à cent mètres de distance à sa barbe fournie et à son bras droit tordu, brisé par un cachalot et qui s'était ressoudé sans plâtre, se tenait debout sur le *hâmmâlollo* du *Demo Sapang* voguant déjà à travers la baie.

Ben pilotant le Kanibal

Les membres de son clan avaient fait rouler le *Kanibal* sur des rondins de bois jusqu’au bord de l’eau, où ils attendaient. Plusieurs hommes poussèrent le canot pour l’aider à franchir la barre, pendant que Ben préparait le moteur Yamaha Enduro. Il démarra l’engin et vint se ranger contre le *Demo Sapang*, qu’il prit en remorque. Puis le *jonson* traîna le *téna* vers le large, son hors-bord travaillant dur, infatigable.

Ben finit par repérer Yosef, deux *téna* derrière eux, accroupi sur le *hâmmâlollo* du *Boli Sapang*. À cause de la blessure de Jon, il manquait encore un homme au clan Hariona, dont l’équipage était à peine assez nombreux pour faire marcher un *téna*. Ils avaient dû inviter son frère retardataire comme guest-star, au poste de *lamafa*, en conclut Ben. Il sentit une pointe de culpabilité au creux de son ventre : pour la première fois depuis des années, aucun Seran Blikololong n'était là pour commander le *Demo Sapang*. Mais il lui semblait préférable de ne pas en être devenu le *lamafa*, ce jour-là : cela n'aurait fait qu'aggraver la trahison qu'il s'apprêtait à commettre à l'égard de son père.

À peine dix ans plus tôt, lorsqu'il devait se rendre à Lewoleba, Ignatius se levait avant l'aube pour franchir à pied les montagnes. Au moment de traverser dans le noir les champs de manioc dominant le village, il prenait grand soin de ne pas piétiner les jeunes plants si c'était la saison des pluies, mais, pendant la saison sèche, ses empreintes dessinaient une parfaite ligne droite sur les cendres des brûlis annuels pratiqués par les agriculteurs. Le soleil levant le surprenait en train de chasser de la main les abeilles, dans les plantations d'anacardiers des tribus des hauteurs. À midi, il arpentait d'un bon pas la jungle enchevêtrée qui poussait sur les bords du volcan. Puis, tout l'après-midi, il descendait laborieusement le long d'un escalier de racines, ne luttant pas contre la gravité mais se laissant au contraire entraîner presque au pas de course vers le bas. Le sentier était encombré de familles qui rentraient du marché avec des sacs à dos en rotin bourrés de marchandises, de femmes des environs portant sur leur tête des fagots de bois tenus par de fines lianes, et de paysans guidant des chevaux chargés de vieux sacs de riz remplis de baies de café fraîchement cueillies. À la fin de cette longue journée, juste après le coucher du soleil, à l'issue d'une marche éprouvante de près de cinquante kilomètres, Ignatius arrivait les jambes lourdes à Lewoleba.

Mais ce matin-là, avant que ses fils ne répondent à l'appel du *baleo*, il avait pris l'*auto* pour franchir le volcan. Le camion-benne reconverti en autocar croulait sous les sacs de nylon gavés de viande de cachalot séchée et de noix de cajou, et les passagers se faufilaient où ils pouvaient. Les remugles iodés du cachalot séché, l'odeur écœurante des fruits et les relents fermentés de sueur se mêlaient en une insupportable puanteur. Une véritable tempête de sable s'engouffrait par les fenêtres dénuées de vitres. Les enceintes défoncées du camion crachaient des airs de *dangdut*, genre de musique populaire très prisé des Indonésiens, que le chauffeur passait à plein volume malgré la piètre qualité du son.

De temps à autre, Ignatius apercevait la mer de Savu en contrebas, si lisse qu'elle semblait être passée sous un rabot. Dans le temps, il n'aurait manqué pour rien au monde un jour aussi parfait pour la chasse. Mais ces derniers temps, il toussait constamment, au point qu'il avait du mal à dormir – même si ce n'était pas la seule raison qui troublait son repos. Il n'arrêtait pas de rêver de sa femme Teresea, de jour comme de nuit : cela faisait presque un an qu'il avait trouvé son corps gisant sur le sol de leur chambre, comme un vêtement qu'elle aurait enlevé.

Quelle épouse ! Les tribus des hauteurs craignaient ses talents d'impitoyable marchandeuse. Elle avait travaillé aussi dur que lui pour leur famille, sans jamais se plaindre. Elle avait été une mère bienveillante mais ferme pour leurs huit enfants. Pendant plus d'un demi-siècle, elle avait été sa compagne. Ses commentaires sur les dernières nouvelles du village et ses plaisanteries lui manquaient, la manière qu'elle avait de planquer ses cigarettes et de nier ensuite, jusqu'à ce qu'il soit presque contraint de la supplier. Dernièrement, il lui était souvent arrivé d'imaginer qu'elle était encore vivante. Certains après-midi, lorsqu'il escaladait les marches menant de la plage à leur maison, il la croisait à nouveau – pas vraiment elle, bien sûr, mais Teresea était là, qui descendait l'escalier de pierre, celui-là même où ils s'étaient jadis croisés les après-midi où ils se faisaient la cour, leur rencontre étant le fruit d'un timing précis qui se faisait passer pour le hasard, Teresea chantant de sa voix rauque mais douce comme si elle adressait un solo à Dieu, et c'était comme s'il se demandait à nouveau comment il allait faire pour demander la main de cette femme à ses parents.

Sauf qu'il ne s'agissait pas de l'élue de son cœur mais d'Ika, la sœur de Jon Hariona, qui le saluait au passage d'un "Bonjour, Grand-père !" et poursuivait sa route d'un pas déterminé, le seau de lessive posé en équilibre sur sa tête ne bougeant pas d'un pouce, malgré la danse chaloupée de ses hanches.

La ressemblance entre Ika et Teresea était troublante : toutes deux avaient une silhouette courte et arrondie et de longs cheveux noirs frisés, même si Ignatius préférait la peau claire de Teresea et ses rondeurs au teint sombre et à la maigreur d'Ika. Les deux femmes partageaient aussi un même passe-temps : la chorale de l'église. Et Teresea avait grandi dans la maison voisine de celle où Ika vivait maintenant, si bien que lorsque la jeune femme descendait l'escalier, Ignatius avait l'impression de croiser Teresea, surgie du passé.

L'histoire d'amour d'Ignatius et de Teresea avait commencé par des regards échangés qui avaient ensuite donné lieu à de brèves conversations au milieu de l'escalier, mais, rapidement, Ignatius avait pris l'habitude de livrer des portions de poisson supplémentaires aux parents de la jeune fille, et Teresea de faire le détour par la maison de son prétendant pour aider la vieille mère d'Ignatius à découper les prises du fils. Ils demandèrent à leurs parents la permission de se rendre à l'*oa* – les danses traditionnelles qui se tenaient tous les samedis soir sous le banyan de la place.

Chaque semaine, l'arbre immémorial était changé en chandelier par les lampes à huile de baleine – remplacées plus tard par des lampes à gaz – suspendues à ses branches noueuses. Sous les flammes virevoltantes, les filles de Lamalera se tenaient par la main pour former un grand cercle, puis elles tournaient dans le sens des aiguilles d'une montre. Depuis l'obscurité alentour, les garçons regardaient voler les sarongs des filles. Puis celles-ci lâchaient les mains de leurs voisines et se tournaient pour attraper les avant-bras des hommes. Ignatius entrait toujours dans la ronde en face de Teresea, de telle sorte que leurs doigts se fermaient comme des bracelets autour des poignets de l'autre.

Ils fournissaient eux-mêmes la musique, d'étranges chants ondoyants qui créaient le rythme de la danse et ressemblaient à des berceuses qui n'auraient pas aidé un bébé à s'endormir mais lui auraient au contraire fait peur afin qu'il se réveille. Comme les quadrilles du sud des États-Unis, l'*oa* se caractérisait par une structure simple et répétitive[2] – trois pas en avant, trois pas en arrière, puis un glissement de côté, chaque mouvement étant annoncé à voix haute par les participants.

Des heures durant, Ignatius et Teresea chantaient les histoires d'une ère depuis longtemps révolue mais qui décrivaient encore le présent, et ils dansaient avec une telle intensité qu'ils en creusaient des sillons dans la terre, tournant tel un rouage dans la grande horloge du temps. Les lampes à huile de cachalot créaient une atmosphère propice et embellissaient les danseurs avec leur lueur de chandelle et la légère odeur de miel qui s'en dégageait. Seules leurs mains se touchaient, mais Ignatius, dont le cœur s'emballait, trouvait cela follement érotique. Il frottait parfois la paume de la main de Teresea du bout du doigt, un geste de séduction typique des Lamalériens, si discret que personne ne pouvait le censurer.

Mais ce jour-là, à bord de l'*auto* qui le conduisait par-delà le Labalekang, il ne lui restait plus de Teresea qu'une photo en noir et blanc dont l'image s'effaçait déjà, sur laquelle son épouse posait comme quelqu'un qui n'a jamais vu un appareil photo, raide et l'air coupable, si bien que le portrait avait capturé ses traits physiques à défaut de son âme taquine et facétieuse. Le banyan, quant à lui, ne s'illuminait plus tous les samedis soir, et l'*oa* n'était ressuscité que lors des jours de fête.

Il ne faisait aucun doute que ces réminiscences étaient liées à l'approche du mariage de Ben, prévu deux semaines plus tard. L'objectif du voyage d'Ignatius était de déterminer une bonne fois pour toutes le montant de la dot d'Ita. Les négociations avec les parents de la jeune femme s'étaient éternisées pendant six ans, depuis que Ben avait fui leur lycée de Lewoleba en ramenant Ita avec lui, et elles s'étaient poursuivies après que le jeune couple avait donné naissance à une fille puis à un fils. Ignatius avait déjà effectué quatre fois le voyage, et Ondu avait servi d'émissaire à huit autres reprises.

Ignatius espérait que cette visite serait couronnée de succès, mais il craignait qu'elle ne se déroule de la même manière que les précédentes : les Amuntoda l'accueilleraient chaleureusement et descendraient le volet métallique de leur mercerie pour protéger leur petit congrès contre toute intrusion. Puis ils lui proposeraient des Marlboro et un paquet de café Tugu Buaya, mais Ignatius fumerait ses cigarettes de brisures de tabac roulées à la main dans des feuilles de palmier lontar et leur demanderait un café préparé à base de grains locaux moulus, histoire de leur montrer qu'il n'avait pas honte de venir d'un petit village. Ensuite, ils lui feraient faire le tour de la boutique, et Ignatius serait obligé de les complimenter sur la manière dont tous les articles étaient présentés derrière des vitrines, enveloppés dans du plastique, même s'il aurait le sentiment que le seul but de tout cela était de souligner le fait qu'au marché de troc de Lamalera les légumes étaient simplement empilés à même le sol. Pendant tout ce temps, Ignatius s'efforcerait de ne pas comparer avec gêne son sarong rapiécé et ses tongs rafistolées au fil de pêche avec le pantalon sur mesure et les chaussures en cuir verni du père d'Ita.

Une fois les politesses d'usage épuisées, le père d'Ita lui demanderait s'il avait apporté le *gading*, la défense d'éléphant, alors que tout ce qu'il avait sur lui, c'étaient une tabatière faite d'une tige de bambou évidée et un couteau glissé sous son sarong. Le problème étant qu'Ignatius, comme presque tous les Lamalériens, n'avait pas les moyens d'acheter un *gading*. Quand les Amuntoda lui avaient demandé la taille de la défense d'éléphant qu'il avait payée en échange de sa propre épouse, le vieux avait répondu qu'elle mesurait un *gudi*, unité de mesure spéciale utilisée pour les *gading*, qui correspond à la distance entre le centre de la poitrine d'un homme et le bout de ses doigts, bras tendu. Mais cela avait eu lieu il y avait plus de quarante ans, à l'époque où toutes les familles gardaient précieusement quelques défenses, importées au fil des siècles le long des anciennes routes commerciales reliant Lembata à l'ouest de l'Indonésie, dont les jungles regorgeaient d'éléphants. Les lois indonésiennes avaient fini par interdire le commerce de l'ivoire, et les commerçants chinois avaient racheté toutes les défenses reçues en héritage, faisant grimper le prix du *gading* à près de trois mille dollars – soit plus que ce que la plupart des villageois gagnaient en dix ans.

Ignatius avait beau marchander avec les parents d'Ita en parlant *gading* et *gudi*, tout le monde savait que ces termes n'étaient plus que métaphoriques, désormais. Au bout de quelques échanges, il leur proposerait le prix standard : environ cent dollars en liquide, auxquels s'ajouteraient quelques cochons et chèvres. Mais les parents d'Ita, sans jamais se départir de leur courtoisie, laisseraient entendre que leur fille ne valait certainement pas moins d'un *gading* en bonne et due forme.

Ignatius avait du mal à maîtriser son agacement. Certes, le comportement de Ben n'avait pas été honorable, et les Amuntoda méritaient bien une forme de compensation. Mais, Ignatius en était sûr, c'était par pure méchanceté qu'ils punissaient ainsi leur fille et son fils. Pire, ils mettaient en péril les âmes de Ben et d'Ita en les obligeant à vivre dans le péché.

Même si une date avait été fixée, il n'y avait aucune garantie que la cérémonie aurait lieu. Peu de temps après qu'Ita était venue s'installer chez Ignatius, les familles Amuntoda et Seran Blikololong s'étaient mises d'accord sur une dot bien moins élevée que le *gading* d'abord exigé. Ignatius avait même payé d'avance la location d'un *auto* pour transporter quarante-cinq membres de sa famille depuis l'autre versant du volcan, afin qu'ils assistent au mariage. Mais les Amuntoda avaient tout annulé sans prévenir quelques jours à peine avant les noces, prétextant la mort soudaine d'un proche, même si la véritable raison, soupçonnait Ignatius, était qu'ils voulaient plus d'argent. Ben et Ita avaient subi une véritable humiliation lorsqu'un prêtre avait interrompu le cours obligatoire de préparation au mariage assuré par la paroisse, en annonçant à tous les couples fiancés qui y participaient que la famille d'Ita avait demandé leur renvoi.

Alors que l'*auto* franchissait la crête du Labalekang, Ignatius roula une feuille de palmier jaunie autour d'un trait de brins de tabac, espérant que cette fois, ce serait différent. Dernièrement, Ita avait plusieurs fois laissé entendre qu'une nouvelle offre serait certainement acceptée. Son nom et celui de Ben étaient inscrits sur le registre de l'église à la date du 31 juillet. Avant de mourir, il voulait voir Ben devenir *lamafa*, mais regarder son plus jeune fils remonter l'allée de l'église lui procurerait une joie tout aussi grande.

Ben avait fait plafonner le moteur du *Kanibal* pendant deux heures non-stop pour remorquer le *Demo Sapang* jusqu'au cœur de la mer de Savu, pilotant debout son canot pour mieux apercevoir les jets lointains des cachalots. À l'approche du troupeau, Ben compta le nombre de souffles rejetés par les cétacés : douze, treize, quatorze… Quand il fut suffisamment près pour distinguer les gouttelettes qui formaient ces geysers, les queues de six cachalots se dressèrent vers le ciel avant que les bêtes sondent sans une éclaboussure ou presque.

Les cachalots avaient expiré à quinze reprises, ce qui signifiait, d'après le savoir hérité des Ancêtres, qu'ils allaient rester immergés pendant quinze minutes. L'océan était une succession infinie de vagues fractales, indiscernables dans leur similitude, mais puisque les cachalots rejettent leur air selon un angle à 45 degrés par rapport à la direction de leur course, Ben savait qu'il lui suffisait de suivre l'azimut du dernier souffle – sud-ouest – comme l'aiguille d'une boussole. Estimant le rapport entre leur vitesse et la quantité d'air qu'ils avaient emmagasinée, Ben ralentit le *Kanibal* pour que le canot avance tout juste un peu plus vite que le cachalot invisible[3]. Ses calculs le menèrent jusqu'à un carré d'océan impossible, pour un observateur extérieur, à discerner des autres, où il mit le moteur au point mort pendant que le reste de la flotte se déployait tel un nœud coulant sur les eaux de la mer de Savu.

Les hommes attendirent. Les vagues tapotaient en cadence la coque du canot. Les vents stratosphériques plumaient les cirrus et poussaient leurs touffes effilochées vers l'ouest. Chaque seconde, telle une vague, répétait la forme et le rythme de la précédente. Le temps se tendit jusqu'au point de rupture.

Attendre que les cachalots refassent surface au cours d'une chasse exige une attitude particulièrement zen. Impossible pour le traqueur d'être attentif à cent pour cent à chaque seconde, sous peine de s'épuiser avant même que la proie n'apparaisse. Les Lamalériens ont pour ça un truc qui consiste à se laisser aller à une sorte de rêverie de pleine conscience, un quasi-sommeil où le corps se repose tandis que l'inconscient analyse le moindre oiseau frôlant l'océan, la danse des moindres vaguelettes, l'ombre la plus infime flottant comme une tache d'huile dans le courant, juste sous la surface.

Mais Ben était trop préoccupé pour prêter toute son attention à la chasse en cours. C'était le début de l'après-midi : à cette heure, son père et les Amuntoda avaient certainement décidé de son sort. Ce n'était pas la perspective de se marier qui le troublait. La honte de vivre dans le péché l'avait d'abord travaillé (même s'il savourait la réputation sulfureuse que cela lui conférait aux yeux des autres jeunes hommes), mais cette gêne s'était dissipée depuis longtemps. Et même s'il n'avait toujours pas digéré la malveillance et le racisme de ses futurs beaux-parents qui, il en était persuadé, le détestaient tout autant parce qu'il n'appartenait pas à leur tribu, les Kedang, que pour avoir mis leur fille enceinte si jeune et en dehors des liens du mariage, ce n'était pas cela qui l'agitait. Non, ce à quoi Ben n'arrêtait pas de penser, ces derniers temps, c'était l'offre que lui avait faite un vieil ami avec lequel il avait conduit un *bemo* – un minibus – à l'époque du lycée, à savoir le rejoindre à Bali, Mecque du tourisme, et travailler ensemble sur une nouvelle ligne de *bemo*.

La période la plus libre de la vie de Ben avait été celle où il conduisait cette camionnette sans portières dans les rues de Lewoleba, zigzaguant dans la circulation pour s'arrêter devant toute personne qui hélait au bord de la route, toujours à l'affût des flics car il n'avait pas le permis de conduire. Il avait pris ce boulot pour payer une partie des frais de scolarité du lycée, mais il s'était bientôt retrouvé à sécher les cours pour faire des heures supplémentaires, car la cabine de ce véhicule était devenue la partie la plus palpitante de sa vie.

Tous les *bemo* conduits par des chauffeurs adolescents étaient reconnaissables au “Fils de Dieu” élégamment peint à la bombe en arabesques argentées ou à la décalcomanie de la Vierge Marie qu'arborait la carrosserie, juste à côté de celle d'une stripteaseuse. Ben collait sur son tableau de bord des photos de Britney Spears et de Jennifer Lopez découpées dans des magazines, car même s'il ne savait pas vraiment qui étaient ces femmes, l'intérêt de ces clichés était ailleurs. Il montait tellement le son des enceintes géantes calées sous les sièges arrière que les basses faisaient tomber la poussière des toits au passage de la camionnette. Il aimait à imaginer que son *bemo* n'était rien de moins qu'une discothèque ambulante dont il était le DJ, mixant les tubes occidentaux et les airs de *dangdut*, cette musique folklorique indonésienne rehaussée de trilles et de synthés bollywoodiens. Dès qu'une jolie fille grimpait à bord, il sélectionnait une chanson d'amour, et c'était comme s'il s'adressait directement à elle. Il s'était fait tatouer “DJ” en lettres gothiques de quinze centimètres dans le dos. Il n'avait jamais parlé de ce petit boulot à Ignatius.

Durant cette période, Ben avait entendu mille histoires au sujet de Bali. Les touristes étaient si nombreux à Kuta Beach, lui avait-on raconté, que fouler le sable de cette plage, c'était comme faire le tour du monde. Discothèques, bière et drogues abondaient. Les DJ aussi. Certains Indonésiens sortaient même avec des étrangères. Elles partageaient leur herbe avec vous. Vous n'étiez pas obligé de vous marier d'abord pour faire l'amour avec elles. Quand Ben rencontrait des étrangers à Lewoleba, il leur demandait de lui parler des femmes de leurs pays.

La première semaine à la ville, Ben avait été intimidé par l'agitation et tous ces visages inconnus – il n'y en avait pas un seul là-bas, dans son village –, mais au bout de quelque temps il avait décidé de ne plus jamais retourner chez lui, à Lamalera. Grâce à la plomberie moderne, il n'avait pas besoin de marcher un kilomètre jusqu'au puits et retour pour rapporter des jerricans d'eau. Et l'électricité 24 h/24 lui permettait de regarder les matchs de football européen jusque tard dans la nuit. À Lewoleba, personne ne faisait plus bouillir le riz au feu de bois. Un instinct de propriétaire dont il n'avait jamais fait l'expérience à Lamalera, où la plupart des biens sont mis en commun, s'était réveillé en lui : il mourait d'envie d'avoir sa propre télé, son propre sound system et sa propre moto. Il avait appris à être cool, mettant sa casquette de base-ball à l'envers et prêtant allégeance à Manchester United plutôt qu'au club de Chelsea.

Au début, les cours lui avaient plu, il excellait en sciences sociales et en allemand. Mais bientôt, son attention se dispersa. Il habitait chez des membres de sa famille, près d'une caserne de police, et il commença à traîner avec les agents, attiré par leur dégaine virile, leurs histoires dignes d'un film d'action. Ils lui apprirent à boxer et à boire. Ben les couvrait quand leurs épouses l'interrogeaient sur leurs maîtresses. Très vite, il décida de devenir policier après le lycée – mais ça non plus, il n'en avait jamais parlé à Ignatius. Les policiers étaient assez riches pour acheter des motos Honda. Des films sur leurs exploits passaient à la télé. Il n'y avait pas de policiers à Lamalera.

Mais le meilleur aspect de Lewoleba, c'étaient les filles. Elles n'étaient pas obligées de porter des tenues aussi pudiques qu'à

Lamalera. Et il y en avait tant ! Au village, les garçons étaient plus nombreux car les parents qui en avaient les moyens envoyaient leurs filles étudier par-delà les montagnes. D’insatiables fantasmes le tourmentaient.

Ita était assise à la même table que lui au Lycée n° 1 de Lamalera. Ben était un artiste-né – à Lamalera, il avait l’habitude de tatouer des cachalots, des harpons et des pin-up dévergondées sur la peau de ses copains, avec généralement plus de succès que le désastre alcoolisé à jamais visible sur le bras de Jon. Il avait montré à Ita plusieurs pages de cahier arrachées couvertes de panoramas de la baie de Lamalera, d’esquisses de ses sœurs et de sa mère et d’un portrait d’elle qui, omettant son strabisme, mettait au contraire l’accent sur son joli nez en trompette et ses boucles noires.

Depuis que Ben avait été contraint de rentrer dans sa tribu, il avait accepté tous les petits boulots qui lui permettaient de retourner à Lewoleba pendant quelques semaines pour travailler sur des chantiers ou conduire des *bemo*. Mais ce jour-là, en attendant que les cachalots remontent à la surface, il remâchait sa peur d’annoncer à Ignatius qu’il comptait quitter le village. Il savait exactement quelle serait la réaction de son père : chagrin et colère. Mais le pire, ce serait l’incompréhension : Ignatius ne pouvait concevoir qu’un homme ne veuille pas devenir *lamafa*, ni que son plus jeune fils ne désire pas passer toute sa jeunesse à s’occuper de son père. (À Lamalera, c’est au dernier enfant, non à l’aîné, qu’il appartient de veiller sur les parents.) Sa trahison n’en paraîtrait que plus cruelle, dans la mesure où le vieux ne saisirait pas le besoin qui en était la cause. Si seulement son père avait pu le comprendre, il serait forcément tombé d’accord sur le fait que Ben devait partir vivre à Bali.

Quelle que soit l’issue des négociations du jour, Ben avait un plan. Si son père avait réussi à arranger le mariage, Ben lui annoncerait qu’il partait à Bali pour pouvoir nourrir sa femme et ses enfants. Et si son père avait échoué, il dirait qu’il partait pour gagner de quoi payer le *gading*.

Les cris lancés par ses compagnons ramenèrent brusquement Ben aux nécessités de la chasse. Des cataractes d’eau salée se déversaient d’un cachalot qui venait de crever la surface. Ben remit le moteur en prise, passa les vitesses sans ménagement, et la corde reliant le *Kanibal* au *téna* se tendit. Il fonça vers le cachalot, suivit une course parallèle à la sienne et, quand il l'eut rattrapé et que la proue du *téna* se trouva à la hauteur de sa nageoire caudale, il fit pivoter brusquement le *Kanibal* vers la gauche. Ce violent changement de direction catapulta le *Demo Sapang* vers l'avant, tandis que l'équipage dénouait la remorque. Les pagaies des *materos* hachèrent l'océan, propulsant la pirogue en tête de la flotte des *téna*, et son oncle Stefanus dressa son harpon.

À présent, Ben n'était plus impliqué dans la traque.

À l'appel du *baleo*, Yosef avait soulevé son jerrican de *tuak* et englouti le reste de son contenu au goût mûr et fermenté. Mais une fois au large, quand les cachalots réapparurent, il ne montra aucun signe d'ivresse, bien équilibré qu'il était sur le *hâmmâlollo* du *Boli Sapang*, d'où il vociférait ses ordres à l'équipage. Il ne cacha pas son mécontentement lorsque le *Demo Sapang* les prit de vitesse, car cela voulait dire qu'il n'aurait pas sa chance de harponner la femelle de treize mètres de long que les deux pirogues poursuivaient. D'un autre côté, il était fier que les Blikololong se montrent plus forts que les Hariona. Mais alors Stefanus, le harponneur qui l'avait remplacé à bord du *téna* de son clan, manqua un coup pourtant facile, son harpon ricochant sur le cétacé sans même le blesser, et l'animal sonda. Yosef ravala ses insultes pour les lui lancer au visage une fois qu'ils seraient rentrés à terre, car Stefanus venait certainement de priver les deux clans d'une opportunité de rapporter un cachalot. Le temps que les deux *téna* regagnent le gros de la flotte, les autres cachalots s'étaient eux aussi enfuis, à l'exception d'un seul, qui avait réussi à faire chavirer le premier *téna* qui l'avait harponné, mais pas à neutraliser les trois suivants. Pour éviter d'avoir à diviser le trophée en un trop grand nombre de parts, les capitaines des pirogues victorieuses faisaient signe aux autres de rester à l'écart.

Yosef commençait à sentir la brûlure du soleil, regrettant de ne pas avoir pu passer les trois dernières heures à l'ombre d'un palmier, à vider un autre jerrican de *tuak*. Malgré la réputation qu'il s'était taillée en tant que *lamafa* – la plupart des

Lamalériens s’accordaient à dire qu’il était meilleur harponneur que son père et certains le tenaient même pour le meilleur de sa génération –, il était tout aussi connu pour ses prouesses d’ivrogne. Chaque fois qu’il mettait la main sur du vin de palme, au lieu de convier ses amis, Yosef allait se planquer dans un coin pour le savourer seul. Il avait la réputation de chercher la bagarre quand il était soûl, raison pour laquelle peu de gens l’invitaient à leurs fêtes. Il présentait ce qui ressemblait fort aux premiers signes d’une maladie du foie : constipation et douleurs aiguës au creux du ventre après chaque beuverie. Pourtant, il était toujours capable de rapporter des dauphins transpercés de part en part d’un seul coup de harpon.

Il allait systématiquement découper ces trophées devant la maison d’Ignatius, bien en vue du vieux. Depuis tout petit, Yosef entendait les gens répéter que son père était la perfection incarnée. Certains affirmaient même qu’Ignatius était un meilleur buveur que son fils : au lieu de le rendre belliqueux, l’alcool avait toutes les chances de le conduire jusqu’à la plage pour y tailler les bordés d’un sampan. Cette compétition entre les deux hommes, et une vie entière de rancœurs plus profondes, dégénérait parfois en disputes qui réveillaient tout le village au milieu de la nuit, l’écho de leurs jurons se répercutant sur les falaises.

Yosef avait été conçu hors des liens du mariage, et quand les parents de Teresea avaient découvert la chose, ils avaient séquestré leur fille chez eux pour le reste de sa grossesse et découragé les émissaires d’Ignatius en exigeant une dot extravagante. Ils espéraient que Teresea épouserait un prétendant plus aisé, lié à leur famille. Même après la naissance de Yosef, en novembre 1968, ils n’avaient pas permis à Ignatius de voir son fils.

Ignatius était tellement dégoûté que, sans même en dire un mot à Teresea, il s’était exilé sur la lointaine île de Florès, où il avait travaillé dans une usine d’huile de coco – il devait gratter la chair blanche pour la séparer des coques fibreuses, puis exprimer le jus avec une presse. Teresea finit par découvrir où il s’était enfui et lui écrivit ces mots : *Je t’aimerai jusqu’à ma mort. Il n’y a pas d’autre homme pour moi sur cette terre.* Ignatius commença à lui faire parvenir des lettres, clandestinement, ainsi qu'une partie de son salaire, en adressant ses courriers à des amies complices de Teresea. En retour, elle lui envoya de nouvelles déclarations d'amour et du *fata biti*, du pop-corn écrasé, cette friandise qui manque tant aux Lamalériens lorsqu'ils sont loin de leur village. Tous les mois, Ignatius mettait de côté autant que possible pour payer le *gading* qu'exigeaient les parents de sa fiancée.

Au bout de cinq ans, Ignatius leur écrivit pour les informer qu'il avait enfin réuni l'argent de la dot. Il ne reçut aucune réponse. Mais une lettre d'un proche appartenant au clan Blikololong lui apprit que son oncle avait eu le crâne broyé par un cachalot et qu'il allait falloir reconstruire le *Demo Sapang*. Ignatius décida donc que, quoi qu'il arrive désormais du côté de Teresea, il était temps de rentrer. Lorsqu'il s'exécuta, fort de l'argent demandé et du soutien du prêtre de Lamalera, Ignatius finit par obtenir l'accord des parents de Teresea. Le 21 décembre 1973, ces deux-là se marièrent.

Mais Yosef connaissait à peine Ignatius, encore moins en tant que père. Durant toute sa petite enfance, à défaut, Yosef avait noué des liens forts avec ses grands-parents. Même après que Teresea était allée s'installer dans la maison d'Ignatius, Yosef avait souvent dormi chez les parents de sa mère. Mais au bout d'un moment, Yosef fut obligé d'embarquer à bord du *Demo Sapang* et, là, comme les pères ont tendance à le faire, Ignatius se montra plus dur avec son aîné qu'avec le reste de l'équipage. Yosef avait l'impression que son père le critiquait injustement, lui qui se montrait étonnamment indulgent avec tous les autres. Pendant la construction du nouveau *Demo Sapang*, Yosef s'enfuyait en courant chaque fois que son père soulignait combien son travail s'éloignait du modèle parfait conçu par les Ancêtres. Et même quand, à dix-sept ans, Yosef devint le plus jeune *lamafa* de sa génération, il n'eut pas le sentiment que son père était fier de lui. Quel que soit le nombre de cachalots qu'il tuait et le nombre de sampans qu'il construisait sous les ordres d'Ignatius, celui-ci ne semblait jamais satisfait.

La plupart du temps Yosef restait poli, quoique réservé, avec son père. Mais lorsqu'il était ivre, il se changeait en loup-garou. Jeune homme, il était allé jusqu'à briser les manches de harpon du *Demo Sapang* et jeter des pierres sur Ignatius en hurlant : "Tu n'es pas mon vrai père !" Mais même adulte, il lui arrivait souvent de boire et de s'en prendre à Ignatius. Ce dernier mettait les crises de Yosef sur le compte de l'influence des parents de Teresea, qui lui avaient soufflé à l'oreille qu'il était l'enfant de leur prétendant préféré. Après ces disputes, Ignatius pleurait sans se cacher et son épouse et ses autres garçons le réconfortaient, lui jurant qu'ils savaient, eux, que Yosef était bien son fils. Un jour, il renia purement et simplement Yosef, mais finit par revenir sur sa décision. Dans la foulée de chaque altercation, ils s'évitaient pendant des semaines, ce qui n'était pas simple dans la mesure où ils vivaient à deux maisons l'un de l'autre, mais la situation finissait toujours par s'apaiser suffisamment pour qu'ils retournent chasser ensemble, jusqu'à ce que, inévitablement, la même dispute se répète, suivie de la même réconciliation muette. Les décennies se succédaient, et les deux hommes restaient prisonniers de ce cercle vicieux de récriminations et d'amour.

Les différends avec son père n'étaient pas le seul souci de Yosef. Son mauvais caractère l'empêcha de trouver une épouse jusque tard dans sa vie. Une fois qu'il l'eut rencontrée, deux des enfants qu'elle lui donna moururent de maladie avant leurs six ans. Leurs fantômes le hantaient. En outre, il voyait bien que son père allait bientôt disparaître, ce qui ferait de lui le chef de la famille, mais il craignait, malgré tous ses talents de *lamafa*, de ne pas être capable de pourvoir aux besoins de ses proches dans un monde en pleine mutation, où sa maîtrise du harponnage comptait de moins en moins.

Un renâclement semblable à l'éternuement d'un énorme nez arracha Yosef à sa rêverie, et il bondit sur le rebord de la plateforme du harponneur. Un bébé cachalot, perdu, venait de refaire surface à cent mètres de là. Un don des Ancêtres. Les *téna* se coupaient la route dans la mêlée, à qui frapperait le premier.

"Pagayez pour nourrir vos familles !" hurla Yosef à ses *materos*, faisant le geste dans le vide pour les encourager.

Un autre *téna*, le *Kelulus*, version reconstruite de la pirogue détruite en 1994 lors de la poursuite du cachalot diabolique, était sur le point de couper la route au bébé en fuite. Yosef "Beda"

Ola Bataona, jeune prodige du harponnage, se tenait accroupi sur son *hâmmâlollo*. Les *materos* des deux *téna* s'échinaient aussi furieusement que s'il s'était agi d'une régate d'aviron. Le cachalot avait de la peine à distancer le *Boli Sapang*, et la pression qui pesait sur lui était trop forte pour qu'il puisse inspirer suffisamment d'air pour sonder. Yosef brandit le *kāfé kotekĕlema* et attendit de voir si ses *materos* allaient pouvoir combler les quelques mètres qui les séparaient de la bête, ou si le cachalot allait s'échapper. Il avait l'esprit dégagé, vide de tout souci et de toute peur – même le *tuak* ne pourrait jamais le libérer à ce point. Toutes ses inquiétudes se résumaient à une seule directive : planter le harpon de soixante centimètres sous la nageoire dorsale. Ce savoir lui venait de son père, qui le tenait lui-même de son propre père, lequel l'avait aussi appris du sien – la vérité telle qu'elle était censée être : immuable. C'était sur le *hâmmâlollo*, où il est dit que le *lamafa* doit se tenir seul, que Yosef se sentait le plus proche d'Ignatius.

Le cachalot commença à obliquer vers le harpon de Yosef – puis il vira brusquement sur la gauche, coupant la trajectoire du *Kelulus*. Beda bondit et planta son harpon comme un drapeau dans le flanc du cachalot. En temps normal, Yosef aurait été furieux d'avoir ainsi perdu sa proie. Mais quand un bébé se fait prendre, sa mère lui vient souvent en aide. C'est avec cet espoir que le *Boli Sapang* et le reste de la flotte suivirent le *Kelulus*, tandis qu'il se faisait traîner en direction de l'ouest. Comme tous s'y attendaient, une ombre enfla soudain dans les profondeurs de la mer, telle une météorite s'abattant vers le ciel, puis jaillit hors de l'eau. Le bébé s'arrêta et se tourna pour frotter son museau contre celui de sa mère. Celle-ci referma ses mâchoires sur la ligne du harpon, mais ses dents avaient beau mesurer quinze bons centimètres, elles étaient faites pour broyer, pas pour trancher. Tandis que la flotte encerclait la mère et l'enfant, les deux cétacés se tournèrent vers l'intérieur, front contre front, leurs queues braquées vers les *téna*, tentant d'adopter la formation dite en "marguerite", qui tenait son nom de sa ressemblance avec ladite fleur. Mais si un troupeau complet de cachalots, composé d'au moins six individus, est capable de former une telle muraille de queues à 360 degrés, la mère et son petit n'étaient que deux pétales faciles à cueillir.

D’un geste, Yosef ordonna aux hommes du *Boli Sapang* d’aborder les cétacés par le côté, de manière à rester hors de portée de leurs queues, qui sont articulées de haut en bas et ont un rayon d’action horizontal très limité. Il n’eut même pas besoin de sauter, mais planta simplement le *kāfé kotekĕlema* dans le corps de la mère. Une fois ce premier épieu enfoncé, la chasse prit un caractère inéluctable, d’autant que la mère échoua à se débarrasser de la pointe ou à briser la corde lors de sa première plongée. Le *lamafa* du *Praso Sapang* ajouta un deuxième harpon, divisant par deux les chances déjà minces qu’avait la mère de s’échapper. Forts de ces deux harpons solidement arrimés, les Lamalériens laissèrent la mère s’épuiser à traîner les *téna* à travers les vagues sur plus d’un kilomètre et demi. Quand l’animal tenta de briser les pirogues à grands coups de queue, les hommes d’équipage se recroquevillèrent comme des tortues sous les barrots des *téna* jusqu’à ce qu’elle soit trop fatiguée pour continuer.

Une heure plus tard, quand l’intense faisceau de torche projeté par le soleil de l’après-midi s’atténua en un éclat de cierge, la femelle traînait encore le *Boli Sapang* et le *Praso Sapang* en décrivant des cercles. Yosef héla Stefanus, son oncle, qui attendait, un peu en retrait, sur le *Demo Sapang*, et lui demanda d’ajouter un nouveau harpon. Lorsque Stefanus frappa, la femelle cachalot bascula violemment sur le côté en enroulant les cordes autour d’elle telle une bobine géante, catapultant le *Praso Sapang* avec une telle force qu’il vint briser l’arrière du *Boli Sapang*. Les deux *téna* désormais endommagés, Yosef fixa un *duri* à l’extrémité d’un manche de harpon et se mit à poignarder la femelle, visant un point situé à un mètre devant sa nageoire latérale. Aucun Lamalérien, aussi fort soit-il, n’étant capable de porter un coup fatal à travers la couche de graisse de trente bons centimètres d’un cachalot, sans même parler de transpercer la chair plus dense encore qui se trouve dessous, les chasseurs ont coutume de tuer leur proie en assenant un millier de petites piqûres au même endroit, pour tâcher de forer un trou jusqu’aux organes vitaux. Yosef frappa donc sans relâche, comme mû par une inépuisable rage.

La flotte lamalérienne combat la femelle cachalot

Yosef n'avait pas encore tué de cachalot à bord du *Demo Sapang*, cette année-là, et, s'il échouait, ce serait sa première saison vierge sur le *téna* de son père depuis qu'il était devenu *lamafa*, près de trente ans auparavant. Les membres de la tribu murmuraient déjà qu'il était sur le déclin – Yosef allait sur sa cinquantaine. L'espérance de vie moyenne des hommes indonésiens est de soixante-sept ans[4], dix de moins que les Américains, ce qui signifie que leur décrépitude débute bien avant.

À partir de quel moment un harpon blesse vraiment un cachalot, c'est là l'énigme lamalérienne par excellence. Il arrive que l'animal se débatte dès le premier coup, mais à en croire nombre d'anciens, il s'agit davantage d'une réaction de surprise que d'une véritable douleur, de la même manière qu'un homme peut sursauter lorsqu'il s'enfonce une écharde dans le doigt. Mais alors, est-ce le septième, le seizième ou le cinquante et unième coup qui commence vraiment à faire mal au cachalot ? Ce n'est pas un coup unique qui peut venir à bout d'une baleine, affirment les anciens, mais une accumulation de petites blessures.

Yosef avait vaincu tous les monstres de l'océan, mais il ne pouvait remporter le combat contre le temps. Sa tablette de chocolat commençait à s'affaisser en une petite bedaine. Nuit après nuit, les araignées de la cataracte épaississaient leurs toiles sur ses rétines. Ces derniers temps, son harpon avait une fâcheuse tendance à ricocher sur les cibles. Il savait bien qu'il n'aurait pas dû boire autant de *tuak*, mais l'alcool estompait ses disputes avec son épouse, la perte de deux de ses enfants, l'indocilité de ceux qui avaient survécu, la nécessité pour financer les études de ces derniers d'emprunter de l'argent à des proches exilés, la santé déclinante de son père et l'obsolescence annoncée des *lamafa*. Le fait que son père lui ait transmis cet art était certes un acte d'amour, mais aussi une condamnation. Yosef avait l'intention d'obliger son fils à terminer l'école primaire puis à continuer sa scolarité au collège, mais comment le convaincre que le chemin menant au statut de *lamafa* deviendrait sans doute bientôt une impasse, alors que la société lamalérienne affirmait le contraire ?

Yosef continua de poignarder la bête jusqu'à ce que, finalement, sa lame vienne à bout du bunker de chair et perfore l'intestin de la mère. Quand le cachalot expira, une pluie de sang s'abattit sur lui et des débris de chair s'entremêlèrent à ses cheveux. Qui n'aurait pas voulu devenir insensible à la souffrance de ces mille blessures ? Se vider de son sang n'était peut-être pas si mal, une fois la première douleur passée. C'était peut-être comme se noyer lentement dans une marée de *tuak*. Un fondu vaporeux, nirvana où le temps perdait toute proportion, et où une agonie de plusieurs heures, de plusieurs années, semblait durer quelques minutes.

Le cachalot tressaillit une dernière fois et vomit des serpentins de chair de six mètres de long : des tentacules de calamars géants. Enfin sa queue cessa de s'agiter, son évent recracha un liquide algueux, et l'on n'entendit plus que les gifles des vagues contre le bordage du *téna* et le grésillement du tabac quand Yosef s'alluma une cigarette. Puis celui-ci empoigna une corde, inspira profondément et plongea dans un sang si épais qu'il dut trouver son chemin à tâtons le long de la gigantesque carcasse. Il s'enfonça d'un battement de jambes et, tout à coup, se retrouva sous la nappe rouge. L'eau était plus froide, d'un bleu-vert transparent. Des enjolivures cramoisies virevoltaient autour de sa peau. Sous lui, des ténèbres insondables. Des fragments de cachalot coulaient vers ces profondeurs et les charognards de la mer fondaient dessus tels des vautours. L'immense œil injecté de sang du cachalot était ouvert, contemplant l'abysse. Yosef enroula la corde deux fois autour de la fine mâchoire et la referma d'une traction, pour que l'eau ne fasse pas couler la carcasse en s'engouffrant dans l'estomac. Puis il regagna la surface, traînant la corde vers l'éclat du couchant.

Lorsqu'il creva la surface, les premières étoiles se réveillaient. Il savait que les chefs de clan donneraient des jerricans de *tuak* aux hommes chargés de garder jusqu'à l'aube les baleines échouées sur la plage, et c'était ce qui le motivait tandis qu'il s'extirpait du nuage de sang pour nager dans une eau plus pure où il fit la planche, laissant la mer de Savu lui nettoyer le corps.

Quatre heures auparavant, l'*auto* qui ramenait Ignatius au village avait péniblement escaladé pierre après pierre la face nord du Labalekang, en plein soleil. Le véhicule était plein à craquer de passagers et de cartons remplis de marchandises achetées à la ville. Les sabots d'une chèvre ligotée sur le toit cliquetaient comme les semelles d'un danseur de claquettes. Des tourbillons de poussière s'engouffraient dans l'habitacle, retombant doucement comme une douche de farine tamisée. La chaleur était oppressante.

Adossé à l'oreiller d'un sac de riz non décortiqué, Ignatius piquait du nez depuis le départ. Les parents d'Ita avaient tenté de lui extorquer de l'argent, en plus du prix qu'ils demandaient pour eux-mêmes depuis le début, mille dollars supplémentaires pour l'un de leurs proches, qui les avait aidés à élever Ita. Ignatius avait refusé, mais pas avec la colère qu'il s'attendait à ressentir. Au contraire, il s'était presque excusé. Assis en face des deux parents ligués contre lui, il avait eu mal au cœur en pensant à sa défunte épouse. Mais il avait bien l'intention d'écrire à l'évêque de Larantuka qui, il en était convaincu, verrait clair dans le petit jeu rapace des Amuntoda, et donnerait l'ordre de célébrer les noces.

L'*auto* franchit enfin l'épaule du Labalekang. Le pendule du soleil avait déjà basculé loin au nord-ouest, et l'habitacle se rafraîchit en s'engageant sur le versant sud-est plongé dans l'ombre du volcan. Tandis que le véhicule dévalait comme une luge le sable fin de la piste, projetant dans son sillage une traîne de poussière, Ignatius pensait à ses enfants.

Ben était persuadé qu'Ignatius lui en voulait d'avoir eu des enfants avant de se marier, mais passée la première bouffée de colère, Ignatius n’avait pas réussi à rester fâché contre son fils pour une faute que lui-même avait commise dans le temps. Et Ignatius ne comprenait toujours pas comment les parents d’Ita pouvaient la laisser ainsi vivre dans le péché. Ils ne se souciaient visiblement pas des sentiments de leur fille, sinon comment auraient-ils pu se servir d’elle comme d’une monnaie d’échange depuis six ans, tout ça pour soutirer à Ignatius quelques roupies de plus ? Comment des parents pouvaient-ils traiter leur enfant de la sorte ? Tout ce qu’il avait fait dans sa vie, il l’avait fait pour sa famille passée, présente et future, ses Ancêtres, ses enfants et ses petits-enfants. Ses fils n’étaient pas devenus exactement ceux qu’il s’était imaginés, mais, enfin, jamais un sampan ni un *téna* n’avait comblé ses attentes de perfectionniste. Pourtant, il avait toujours – *toujours* – aimé toutes ses créations, jusqu’à la dernière. Et ses fils étaient sans nul doute les plus abouties de toutes. Ondu et Yosef étaient tous deux devenus *lamafa* et *ata mola*. Et Ben allait marcher dans leurs pas. Ses fils ! Ses fils ! Si son épouse était au paradis, eh bien, au moins, il allait bientôt revoir ses fils.

À cet instant précis, il était loin de savoir que la quille du *Demo Sapang* avait été brisée par le *Praso Sapang*, que son *téna* avait une voie d’eau, que tout l’équipage était en train d’écoper furieusement alors que la pirogue se traînait vers la côte. Il ne savait pas que ses fils et lui ne pourraient pas prendre la mer quand le *baleo* résonnerait, le lendemain, car leur *téna* serait alors en réparation, qu’ils manqueraient une chasse glorieuse où tous les clans sauf le leur prendraient un cachalot. Surtout, il ignorait que son plus jeune fils avait l’intention de quitter Lamalera.

Ben, comme tout bon Lamalérien, savait tout des cachalots et de leur loyauté familiale. Quand le bébé s’était fait harponner, il avait prédit à raison que la mère ne l’abandonnerait pas. Mais ce qui l’avait frappé, c’était de voir la queue du petit viser en vain Yosef alors que son grand frère achevait la mère, avant que le jeune cachalot ne succombe à son tour.

Même si les Lamalériens ont intégré l’idée qu’ils devaient chasser les baleines pour survivre, ils ne les tuent pas sans états d’âme. Ils les reconnaissent comme des animaux doués d’une conscience, d'émotions et de sentiments. Et en les considérant comme des réincarnations de leurs Ancêtres, ils ont anticipé ce que la science est tout juste en train de comprendre : que l'intellect des cachalots[5] n'est pas si éloigné de celui des humains. Les cachalots ont le plus gros cerveau qu'ait jamais possédé aucune créature au cours de l'histoire naturelle. Leur matière grise contient même un type de neurones extrêmement rares, dits "en fuseau", qu'on trouve aussi chez les humains. Or, ces cellules nerveuses d'un genre particulier gouvernent la communication, la compassion et la capacité à sentir la souffrance de l'autre. Les cachalots vivent en groupes ou "pods" isolés qui mettent chacun en œuvre des méthodes très différentes pour chasser le calamar et élever leurs petits, au point que les chercheurs estiment qu'ils possèdent des "cultures" distinctes, tout comme les êtres humains. Par ailleurs, chaque cachalot fait usage d'un assortiment personnalisé de "clics" pour s'identifier lui-même – et donc exprimer son "nom", peut-être même sa "baleinité". Ce qui pousse certains philosophes provocateurs à remettre en cause la nature unique de la personne humaine, car, si un cachalot possède une culture, une langue et une conscience de soi, où peut donc bien se trouver la ligne de démarcation entre l'être humain et cet autre mammifère ? Le chagrin éprouvé par un bébé cachalot en voyant mourir sa mère est-il moins réel que celui d'un petit d'homme perdant la sienne ?

Ce soir-là, tandis que les *téna* traînaient leurs prises dans l'obscurité pour les ramener au village, Ben n'arrivait pas à oublier le courage suicidaire du bébé. Avait-il regretté, en sentant une lance transpercer encore et encore ses organes internes, de ne pas avoir tenté de se sauver ? Ben se demanda s'il arrivait parfois qu'une femelle cachalot regrette d'avoir volé au secours d'un de ses petits, surtout si ce geste condamnait au bout du compte ses autres bébés. Après tout, il avait souvent vu des mères se battre pour protéger l'un d'eux, laissant les autres se débrouiller seuls, décision qui aboutissait presque à chaque fois au massacre de toute la famille.

Peut-être aurait-il mieux valu qu'une mère abandonne ses petits ou un bébé ses parents. Certaines fois, la seule récompense de cette fidélité était qu'un même harpon transperçait vos deux cœurs. Chair de ma chair, sang de mon sang. Le plus important chez un *lamafa* n’est pas la force de son corps, avait dit Ignatius, mais celle de son esprit. Ces paroles avaient beau être inspirantes, elles n’en dissimulaient pas moins une condamnation implicite : *Si tu n’y arrives pas, ce n’est pas la faute de ton corps mais de ton esprit – de ton âme.*

Ben savait que les constellations surplombant la mer de Savu, les nuits comme celle-ci, lui manqueraient : tant d’étoiles scintillaient là-haut que l’éclat qu’elles diffusaient était plus fort que celui de la Lune, et la Voie lactée s’enroulait comme une hélice tridimensionnelle d’un horizon à l’autre. On apercevait le Pointeur, nom que les Lamalériens donnent à la Croix du Sud, dont l’étoile la plus au nord brûlait d’un orange sulfureux tandis que les trois étoiles alignées dessous palpitaient d’un éclat bleu glacial, guidant la flotte vers le village. La brise s’était réchauffée. Le plancton dessinait des traces vert-jaune fluorescentes aux endroits où les vagues venaient frapper la coque du *Kanibal*.

Sa fille et son nouveau-né lui manqueraient plus encore que les étoiles. Une fois établi à Bali, il les ferait venir. Lampes à huile de cachalot et torches étaient en train de se masser là-bas sur la plage, constellations terrestres guidant les *téna* à bon port. Mais Lamalera ne serait bientôt plus le port d’attache de Ben.

Ika tenant dans ses mains la bible familiale

6

LE RIRE

Juillet 2014 – 26 septembre 2014
Ika

Par une nuit de la fin juillet, Ika était assise dans le noir sur les marches de sa maison et chantait l'air de pop chrétienne indonésienne qui passait sur son portable, quand ce rare moment de répit fut interrompu par le couinement d'un porc. Au pied des terrasses sur lesquelles avait été bâtie la maison, l'un des cochons de sa famille s'était libéré en brisant la corde passée dans ses oreilles percées – technique traditionnelle des Lamalériens pour attacher ces animaux –, déchiquetant tout le cartilage au passage. Les porcs sont un peu les comptes d'épargne des Lamalériens, chaque famille en élevant plusieurs pendant des années jusqu'à pouvoir les vendre ou les tuer à l'occasion d'un mariage ou de funérailles, cérémonies qui exigent des offrandes porcines. Perdre cet évadé aurait donc été une catastrophe.

Ika descendit les marches en courant, barra la route à l'animal avant qu'il ait pu atteindre la jungle et le rabattit vers sa bauge avec un bâton, tout en appelant à l'aide. Jon était déjà au lit lorsqu'il entendit le couinement et mit un certain temps à descendre l'escalier à cause de sa blessure tenace. Les hommes du voisinage étaient tous absents ou ivres, mais une demi-douzaine de femmes se précipitèrent pour renforcer le blocus.

Ika s'avança en pataugeant dans la bouillie puante de la bauge, avec une corde armée d'un nœud coulant. Les porcs lamalériens n'ont rien à voir avec les dociles jambons sur pattes des fermes américaines. À en juger d'après leurs corps profilés et musculeux et leurs groins canins flanqués de défenses acérées, les cochons de Lembata descendent probablement de sangliers. Cette bête en particulier, qu'on engraissait depuis des années pour la manger le jour du mariage de Jon, pesait près de cent kilos – plus de deux fois le poids d'Ika. Éclairée par le faisceau faiblard d'une torche bon marché tenue par une voisine, Ika tentait d'attraper au lasso l'un des sabots de l'évadé, mais s'éloignait craintivement dès que celui-ci se mettait à grogner.

Jon finit par rejoindre les femmes en boitant et cria : “Attends qu'il lève son sabot, et alors tu passes la corde autour !”

Au bout de plusieurs essais, Ika finit par réussir son coup mais, lorsqu'elle tira sur la corde, le nœud coulant resta coincé et le cochon se libéra d'un coup de patte, l'aspergeant de boue et de merde. L'assemblée se figea, s'attendant à voir Ika pousser des jurons ou fondre en larmes. Au lieu de quoi elle leva le visage au ciel et laissa échapper un de ces grands rires rauques dont elle avait le secret, qui roula encore et encore, jusqu'à ce que Jon pousse un grognement. Ika se retourna, regagna le bord de la bauge à grand renfort d'éclaboussures et lui tendit la corde. Il la gifla, pas de toutes ses forces mais assez fort pour que le coup résonne sourdement.

Ika ne pleura ni ne pipa mot. Elle se contenta de laisser tomber la corde et de disparaître dans l'ombre derrière le tronc du tamarinier.

Jon fusilla du regard les autres femmes jusqu'à ce qu'elles s'écartent, ramassa la corde et refit le nœud coulant. Il accula le porc dans un coin, sautant à cloche-pied sur les pierres comme au passage d'un gué, pour ne pas s'enfoncer dans la boue. Quand le cochon fit basculer son poids d'une patte sur l'autre, Jon prit au lasso le sabot qui s'était levé, sans effort apparent, et referma le nœud d'un coup sec avant que l'animal ait pu le reposer. Puis il passa la corde autour d'un rocher. Et regagna la maison sans un mot.

Les femmes demandèrent à Ika si elle voulait venir se laver chez l'une ou l'autre, mais la jeune femme les repoussa d'un geste – elle allait devoir rentrer à la maison tôt ou tard, de toute façon. Elle attendit que Jon soit rentré depuis assez longtemps pour s'être endormi. Alors elle sortit de l'ombre, tout encroûtée de saleté, et gravit l'escalier.

Quelques semaines plus tard, ce samedi de la mi-août où une guerre allait éclater de manière imprévisible entre les tribus du sud de Lembata, Ika se réveilla alors que le ciel était encore constellé d'étoiles. C'était jour de marché, le meilleur moment de la semaine. Son cœur palpitait d'excitation. Serait-ce ce jour-là que sa vie allait changer ? se demanda-t-elle. Le jeune homme qu'il lui fallait allait-il la remarquer ?

Sans faire de bruit, pour ne pas réveiller sa famille, elle se leva et enfila son tee-shirt *Hello Kitty* préféré. Puis elle empila des fagots de viande de cachalot et de poisson volant séchée dans un panier en rotin, enroula un torchon sur le sommet de son crâne et posa son fardeau dessus. Comme toutes les Lamalériennes, Ika portait rarement quoi que ce soit – qu'il s'agisse d'un plateau de riz, d'un couteau de boucher ou d'un faisceau de bois – dans ses mains. Elle préférait caler ces objets en équilibre sur sa tête. Ne pouvant baisser le menton pour voir où elle posait les pieds, la jeune fille descendit les escaliers à petits pas dans l'obscurité, avant de se joindre à une procession de jeunes femmes qui échangeaient des murmures enjoués et portaient, elles aussi, des paniers sur leurs têtes.

Tandis que les aînées, momifiées dans leurs sarongs, s'entassaient à l'arrière d'un *auto*, Ika et les autres jeunes femmes se dirigèrent à pied vers le village de Wulandoni, suivant la lueur de l'aurore à l'aide d'une lampe de poche. Le soleil naissant les trouva charriant leurs fardeaux le long de plages désertes et à travers des villages en ruine envahis par la végétation, qui avaient jadis abrité des tribus anéanties depuis par des conflits ou parties en exil dans les grandes villes d'Indonésie. Alors que des volées d'oiseaux saluaient l'aube en chœur de leurs bavardages harmoniques, les jeunes femmes papotaient au sujet des marchandises qu'elles allaient négocier, des hommes avec qui elles allaient flirter et des aventures diverses et variées qu'offrait le marché de Wulandoni.

Ika aimait ces moments partagés avec les filles de sa génération, qu'elle n'avait pas beaucoup fréquentées depuis qu'elle avait quitté l'école primaire après que sa grand-mère se fut cassé le fémur à la suite d'une mauvaise chute. Quand ses grands-parents lui avaient annoncé qu'elle allait devoir quitter l'école juste avant l'entrée au collège, Ika avait d'abord protesté. “Mais si ce n'est pas toi, alors qui cuisinera ? lui avaient-ils répondu. Qui ira troquer notre poisson ?” Au début, Ika s'imaginait encore parfois franchir la montagne pour aller au lycée. Mais elle avait fini par se dire que c'était la volonté de Dieu. Tous les matins, alors qu'elle faisait bouillir le riz dans leur maison au sommet des falaises, elle s'efforçait de ne pas prêter attention aux enfants en uniforme qui gambadaient sur le chemin de l'école. Parfois, l'après-midi, elle se faufilait jusqu'à la plage pour traîner avec eux, mais elle remontait dès que ses grands-parents l'appelaient depuis là-haut. Au bout du compte, elle avait moins été exclue qu'oubliée par ses camarades. Elle avait tenté d'y remédier en participant à un groupe de danse traditionnelle, à la chorale de l'église et aux rassemblements de jeunes catholiques. En rentrant chez elle, elle pratiquait inlassablement tel déhanché ou tel chant tout en s'activant dans la petite cabane qui servait de cuisine. Le problème, c'est qu'elle était souvent obligée de rater ces rendez-vous pour préparer les repas ou faire le ménage.

L'un des meilleurs moments de sa vie avait été le petit camp de l'année précédente, organisé au bord d'une plage des environs par l'association des jeunes catholiques de Lembata. Chez elle, elle aurait dû aller chercher l'eau au puits. Au lieu de quoi, pendant ces quelques jours, elle avait joué au volley avec les autres filles et fait griller les poissons pêchés par les garçons sur des braises de noix de coco. Le soir, tous chantaient en chœur autour du feu de camp. Le chant était son passe-temps préféré, l'unique activité qui lui permettait de rendre grâce à Dieu en oubliant un temps ses propres soucis. Après les chants collectifs, le père Romo lui demandait de se produire en solo. Elle grimpait en tremblant sur la caisse de bois, mais dès qu'elle ouvrait la bouche sa voix de contralto enfumée l'enchantait. Le plaisir qui était le sien lorsqu'elle se retrouvait au centre de l'attention était un peu troublant. Pendant le reste de la soirée, elle était obligée d'esquiver les compliments des gens. Ces derniers temps, elle avait semé quelques allusions au fait qu'elle aurait bien aimé assister de nouveau à cette retraite annuelle, qui aurait lieu bientôt, mais ses grands-parents lui rappelaient à chaque fois les tâches qui lui incombaient et se demandaient tout haut s'il était bien convenable d'aller dormir sans surveillance à proximité de jeunes hommes.

Le travail asservissait ses jours. Ika se levait avant l'aube pour préparer le petit déjeuner, puis allait couper du bois dans les collines avant de parcourir le kilomètre et demi qui séparait la maison du puits – avant que le soleil ne s'élève au-dessus du volcan, dans la mesure du possible. Quand il n'y avait plus moyen d'échapper à la brûlure de ses rayons, Ika se retirait dans l'ombre du tamarinier pour écosser le riz et trier les grains, jusqu'à ce que ses grands-parents réclament leur déjeuner. Et quand Jon rentrait de la pêche ou de la chasse au cachalot, elle l'aidait à découper, saler et suspendre ses prises, ce qui les occupait généralement jusqu'au soir. Alors, elle devait nourrir les cochons, aller chercher l'eau du soir et préparer le dîner. Ce n'est qu'une fois allongée sur sa paillasse de bambou, dans l'odeur de renfermé et le bruit des ronflements de sa grand-mère, qu'elle avait le temps de prier.

Jésus et les Ancêtres lui apportaient un peu de réconfort. Ses confessions libéraient l'exaspération que lui inspirait cette situation. Elle s'efforçait de se sacrifier comme Jésus avant elle. Elle reportait sur Mari les ambitions qu'elle avait pu nourrir, rognant sur le budget de la maisonnée pour pouvoir envoyer sa petite sœur, qui avait désormais seize ans, au lycée de Lewoleba, et promettant même de l'aider financièrement le temps qu'elle achève ses études à l'université. (Jon y était également favorable, même s'il râlait souvent au sujet du coût que cela allait représenter.) Le seul problème, c'est que Mari ne semblait pas apprécier le cadeau qui lui était fait. Elle s'intéressait davantage aux garçons et à la mode qu'à ses résultats scolaires. Chaque fois qu'Ika recevait les bulletins décevants de sa sœur, elle avait envie de lui passer un savon et de lui rappeler combien les études pourraient lui ouvrir de portes, mais elle n'avait pas le courage de la réprimander et s'en remettait à de vagues commentaires plaintifs que sa sœur ignorait.

Ah, ce que l'école lui manquait ! À l'époque où elle y allait encore, Ika avait eu l'impression, non sans suffisance, que son cerveau n'était pas fait comme celui des femmes plus âgées, qui ne pensaient qu'au troc, au tissage et à l'éducation des enfants, jamais à la science ni au monde extérieur. Mais ces derniers temps, Ika avait remarqué que sa curiosité allait s'amenuisant quand ses amies parlaient d'algèbre ou de la Seconde Guerre mondiale, et elle se rendait compte avec horreur qu'elle était en train de devenir comme ses aînées. Il lui arrivait encore, au détour de ses rêveries, de s'imaginer retourner à l'école. Un petit collège-lycée technique spécialisé dans les métiers de la pêche avait récemment été inauguré à Lamalera, première institution de ce genre dans le sud de Lembata, qui accueillait moins d'une centaine d'élèves. Les anciens de la tribu se moquaient un peu de cet établissement qui, d'après eux, n'enseignait bien ni les maths ni le métier de marin, mais il constituait tout de même un espoir pour Ika – même si elle était bien forcée de reconnaître qu'il aurait été ridicule pour une fille de dix-neuf ans de se retrouver en dernière année de primaire, sans même parler d'une jeune femme de vingt-deux ou vingt-trois ans sur les bancs d'un collège.

Ika mourait d'envie de faire des études, désemparée qu'elle était à l'idée de manquer toutes ces choses que le monde avait à offrir. Ces dernières années, plusieurs de ses cousines avaient obtenu leur diplôme de fin d'études secondaires au lycée de Lewoleba et dégotté de petits postes de fonctionnaires. En leur rendant visite, Ika avait été frappée de voir que grâce à l'électricité, aux réfrigérateurs et aux cuiseurs à riz elles n'étaient plus obligées de passer leurs journées à ramasser du bois, à cuire la viande et à alimenter le feu de la cuisine. Le poids que toutes avaient pris l'avait rendue jalouse – cela avait toujours été un objectif pour Ika, elle qui était éternellement maigre et qui, lors des périodes de pénurie, semblait même sur le point de mourir de faim. Là-bas, se fondre dans la vie moderne n'était pas plus compliqué que de se mettre du rouge à lèvres. Si seulement Ika avait pu trouver un moyen de franchir une bonne fois pour toutes ces montagnes...

Dès que la frustration menaçait d'exploser, Ika s'efforçait de rire. C'était une personne naturellement gaie – une *tukang tertawa*, un "artisan du rire", selon ses propres mots. Elle riait si souvent que cela contribuait à sa voix éraillée. Son rire était aussi unique que son chant : une sorte de gloussement rêche, haut perché mais avec des résonances graves. Cela commençait généralement par un frisson, comme si quelqu'un la chatouillait, puis le rire s'emparait de tout son corps jusqu'à la forcer à se plier en deux, souffle coupé, et elle finissait par lever les bras au ciel comme quelqu'un qui se rend. Ce déferlement d'hilarité semblait dire : *Ne sommes-nous pas tous ridicules ?*

Ika riait quand Jon dépensait en cigarettes et en bidons de *tuak* l'argent qu'il aurait mieux valu mettre de côté pour les frais scolaires de Mari. Elle riait chaque fois que ses grands-parents franchissaient un nouveau cap dans l'infirmité et l'indignité. Elle riait de son désir persistant d'aller au camp des jeunes catholiques. Mais ces derniers temps, le rire lui venait de plus en plus difficilement. Et quand il finissait par percer, il était moins enjoué que furieux et moqueur. Ce n'était plus le rire qu'elle avait laissé échapper le jour où leur cochon l'avait aspergée d'immondices, ce rire qui balayait d'un geste l'infortune et s'abandonnait à l'absurdité de l'existence. Non, c'était plutôt son rire des jours suivants, après la gifle de Jon, un gloussement qui sonnait faux et tentait de dissimuler son sentiment d'humiliation et de mépris. Mais le marché – l'un des rares moments véritablement agréables de sa routine quotidienne – avait le pouvoir de changer tout cela.

Après avoir marché plus de dix kilomètres, les jeunes Lamaleriennes arrivèrent en vue du village de Wulandoni. Le sentier déboucha sur une piste de terre et elles rejoignirent une foule de femmes des hauteurs qui portaient de vieux sacs de ciment remplis de manioc. Des *auto* chargés de passagers klaxonnaient les piétons. Des hommes les doublaient dans le vacarme de leurs motos. (Dans les zones rurales de Lembata, les anciens considéraient qu'il n'était pas convenable pour les femmes de monter sur ces engins car il fallait écarter les jambes pour s'asseoir sur la selle.) Au milieu de l'agitation, Ika riait fort à grand renfort de gesticulations, tout en ajustant sans cesse la position de son corps, tel un gyroscope, pour stabiliser le panier posé sur sa tête, spectacle destiné à attirer les regards des garçons.

Ika était si absorbée dans son manège qu'elle n'avait pas remarqué la douzaine d'hommes en train de garnir à la truelle un pilier en béton armé, de ceux qui servaient à matérialiser les limites des villes en Indonésie. Elle n'avait pas non plus prêté attention à la foule en colère qui commençait à se masser autour d'eux. Sinon, elle aurait tout de suite vu que les maçons n'étaient pas de ce village mais qu'ils appartenaient à la tribu voisine des Luki, les seuls musulmans et Paji de ce recoin sud-ouest de l'île. Les hommes qui étaient en train de se rassembler en jouant nerveusement avec leurs machettes étaient des Nualela, cette tribu de Wulandoni qui vivait au bord de la plage et cultivait ses terres dans les hauteurs et qui, comme celle de Lamalera, se composait de Demon chrétiens. Et Ika se serait alors rappelé que ces deux tribus étaient ennemies depuis toujours.

Mais même si Ika avait repéré l'affrontement qui menaçait, le marché de Wulandoni était une institution si immuable et si ancienne qu'il semblait impossible que ce genre de conflit vienne l'entacher. Cela faisait en effet près de deux siècles, depuis qu'une expédition de chasse au cachalot des Lamalériens avait mal tourné, aux alentours de 1830, que les femmes du sud de Lembata se retrouvaient toutes les semaines à l'ombre de cette palmeraie pour y troquer leurs marchandises[1].

Voici ce que racontent les récits des Ancêtres : un jour, Dato Lama Nudek avait harponné un gigantesque cachalot mâle en bondissant de la plateforme de son *téna*. Pendant un jour et une nuit, le cétacé avait traîné le clan Nudek avant de finalement briser la corde du harpon. Mais Dato refusa d'abandonner. Alors son clan patrouilla les îles situées à l'est de Lembata, jusqu'à ce que l'équipage repère des hommes en vêtements d'écorce qui découpaient un cachalot échoué sur une plage. Les Lamalériens réclamèrent leur prise, mais ces profiteurs répliquèrent que n'importe quelle baleine aurait pu s'échouer là et défièrent les Lamalériens de désigner leur champion en vue d'un duel[2]. Au bout du compte, le combattant de Lamalera fut tué, un coup de machette lui ayant sectionné une artère de la cuisse. Mais Dato parvint tout de même à récupérer le cachalot en arrachant sa tête de harpon de la plaie sanglante de la bête, avant de la brandir en guise de preuve. Les hommes vêtus d'écorce se dispersèrent et les Lamalériens passèrent toute une semaine à découper le cachalot, conservant son huile dans des tiges de bambou et campant sur la plage le temps que la viande soit bien sèche, puis ils regagnèrent leur village à la voile. Mais le temps d'atteindre la péninsule d'Ata Dei, à quelques encablures de chez eux, Dato et ses hommes se retrouvèrent à cours d'eau. Ils accostèrent donc au fond de la baie de Labala, près de l'actuel village de Wulandoni, pour se réapprovisionner. Ils envoyèrent des émissaires dans les montagnes pour dire aux tribus des hauteurs de leur apporter du riz, du maïs et du manioc, en échange d'une partie de la viande de cachalot séchée et de l'huile qu'ils rapportaient.

Si les Lamalériens jouissent d'un accès facile aux poissons, aux cachalots et autres ressources marines, il est difficile de faire pousser des légumes dans le sol aride et rocailleux de leur côte. À l'inverse, les tribus des montagnes reçoivent assez de pluie pour produire des fruits et des légumes en abondance, mais elles manquent de ressources en viande régulières, car elles n'élèvent que de rares animaux et les forêts de la région abritent fort peu de proies dignes d'être chassées. Au fil des siècles, les tribus côtières et montagnardes de Lembata ont développé des échanges commerciaux fondés sur le troc de leurs surplus de nourriture, une telle symbiose étant nécessaire à leur survie mutuelle. La mise en place de ce réseau a donné naissance à des alliances qui enjambent la division traditionnelle entre Demon et Paji, chrétiens et musulmans, unifiant des tribus qui seraient sinon en conflit.

Cette économie de troc entre les Nudek et les tribus des hauteurs se passait si bien que tous étaient tombés d'accord pour qu'un marché se tienne deux fois par semaine dans cette palmeraie. Ce rendez-vous était peu à peu devenu le pilier économique de la région, et un endroit privilégié où les jeunes pouvaient se faire la cour et les aînés trancher les questions de politique intertribale. Même à l'époque des chasseurs de têtes, avant que les autorités coloniales n'interdisent cette pratique, le marché de Wulandoni était généralement considéré comme un terrain neutre, car ni les tribus de la côte ni celles des hauteurs ne pouvaient se permettre de le faire disparaître.

Quand le gouvernement hollandais imposa le calendrier grégorien au début du XXe siècle, il fut officiellement décrété que ce rendez-vous se tiendrait tous les samedis matin. Le marché avait donc lieu de manière ininterrompue depuis près de deux siècles – jusqu'à cette fameuse matinée du 16 août 2014.

Ce jour-là, après avoir dépassé les maçons Luki brandissant leurs pieds-de-biche et les fermiers de Wulandoni armés de leurs machettes, Ika alla rejoindre un groupe de Lamalériennes qui échangeaient les derniers ragots, accroupies à l'ombre d'un bosquet de palmiers. Plusieurs *auto* transportant les femmes des hauteurs n'étant pas encore arrivés, les échanges n'avaient pas commencé.

Une amie d'Ika lui tendit une poignée de piments sirih d'un vert étincelant et de *pinang* parcheminés (le nom local des noix de bétel), et une écuelle en bois pleine d'une chaux à base de coraux brûlés. Ika enfonça son doigt dans les cendres, puis le lécha. Elle mordit ensuite un piment et une noix de bétel et mâchouilla cette mixture comme une chique de tabac. Bientôt, elle fut obligée de s'interrompre régulièrement dans sa conversation pour cracher ce qui ressemblait à du vomi ensanglanté, car les différents ingrédients avaient réagi entre eux, prenant une teinte écarlate. Chaque fois qu'elle riait, Ika dévoilait des dents qui paraissaient avoir mâché de la viande crue. Ce stimulant léger est aussi prisé des femmes de la région que les cigarettes le sont des hommes, et Ika avait déjà les dents striées de rouge à cause de cette pratique – la dentition de ses aînées avait viré au pourpre ou au noir, de manière indélébile.

Alors qu'Ika papotait avec ses amies, des groupes d'hommes – certains jeunes, d'autres vieux – passaient devant ces jeunes filles à marier en leur adressant des regards insistants. Les yeux d'Ika scannaient subrepticement ces visages inconnus. À Lamalera, elle connaissait le nom et l'histoire personnelle de tous les hommes – tous, trouvait-elle, laissaient à désirer. Au marché, il y avait au moins la possibilité d'une histoire d'amour qui en vaille la peine. Depuis quelque temps, Ika se représentait son avenir comme celui des vieilles femmes accroupies dans la poussière à côté d'elle, aussi flétries que la viande de cachalot séchée dans leurs paniers, et même si elle s'efforçait de penser avant tout au bien-être de ses proches, elle commençait à se demander s'il n'existait pas un moyen d'échapper à ce destin. Quand un homme plus âgé s'arrêtait pour discuter avec elles, Ika et ses camarades se moquaient de lui : "Tu es trop vieux !" ou : "On va le dire à ta femme !" Mais lorsqu'un jeune homme plein d'assurance leur demandait de l'aider à choisir les meilleures mangues pour sa grand-mère, il arrivait qu'une fille se laisse convaincre d'aller se promener avec lui.

Nombre de célibataires lamalériens avaient repéré les jambes et les bras musculeux d'Ika, sa voix d'ange quand elle chantait et son rire indomptable. Des années durant, elle n'avait cessé de répéter à ses amies que les petits copains n'apportaient que des soucis. Elle évitait même les fêtes où les jeunes se courtisaient. Et lors de la dernière saison de chasse, après que plusieurs jeunes hommes avaient demandé sa main à Yosef Boko, elle avait expliqué à son grand-père qu'elle n'était pas prête à se marier : un époux l'empêcherait de veiller sur l'aïeul. (En privé, cependant, Ika trouvait surtout des défauts à tous ces prétendants – celui-ci avait la réputation d'être colérique ; tel autre, bien que riche, était paresseux.) Mais à présent, le mariage lui apparaissait de plus en plus comme un moyen de donner un cours différent à sa vie. Si l'homme dont elle tomberait amoureuse vivait en dehors de la tribu, était suffisamment riche pour posséder une moto et assez intelligent pour avoir un travail moderne à Lewoleba, il n'y aurait rien de mal à cela, n'est-ce pas ? Ika s'était même mise à donner son numéro de portable à des garçons d'autres villages rencontrés au marché et à échanger des textos avec eux, même si elle prenait garde à ce que les choses n'aillent pas trop loin et à ce que son grand-père n'en sache rien, car celui-ci serait entré dans une rage folle en la voyant suivre l'exemple de sa mère.

Mais ce matin-là, pas un jeune homme ne parvint à persuader Ika de se balader avec lui. Quand les derniers *auto* débarquèrent enfin dans des nuages de poussière et que les superviseurs du gouvernement aux costumes en polyester mal taillés firent hurler leurs sifflets, Ika accompagna jusqu'au marché la centaine de femmes de la côte avec leurs paniers de poisson séché. Sur le terrain de terre battue, un nombre équivalent de femmes des montagnes les attendaient, les vieilles *kefela* vêtues de sarongs tissés à la main dont les motifs symbolisaient leurs tribus respectives, tandis que les plus jeunes portaient des pyjamas ornés de personnages de Disney, qui avaient l'avantage d'être plus légers. Ika longea les piles de légumes, s'arrêtant parfois pour palper un manioc hérissé de racines, soupeser un épi de maïs dans sa paume comme s'il s'agissait d'un lingot d'or ou humer un tas de piments sirih à l'odeur de méthanol. Hormis la poignée de kiosques qui vendaient une petite sélection de denrées non périssables, il n'existait aucune boutique digne de ce nom sur la côte sud de Lembata : le marché était donc la seule opportunité pour les familles de faire le plein d'aliments frais.

Au bout d'un moment, le regard d'Ika fut attiré par une pyramide de douze petites tomates vertes, avec lesquelles elle prévoyait déjà d'aromatiser un ragoût de dauphin, sur la bâche d'une femme au visage poudré, avec assez d'or dans les narines et les oreilles pour financer une dot, et un foulard islamique – elle appartenait à la tribu Luki. Partout ailleurs, la Demon catholique et la Paji musulmane se seraient certainement considérées comme deux ennemies, mais leurs tribus respectives avaient trouvé un terrain d'entente sur ce marché depuis près de deux cents ans, si bien qu'Ika n'hésita pas une seconde à lui tendre son panier, dans lequel la femme choisit un petit fagot de viande de cachalot séchée, après quoi Ika ramassa ses tomates. Elle s'approcha ensuite d'un groupe de femmes *kefela*, échangeant rapidement sa viande contre leurs produits. Tout marchandage était exclu, car le taux de change demeurait le même depuis deux siècles : quinze centimètres de viande séchée contre une douzaine de bananes ou de tout autre fruit ou légume. Le secret, pour faire de bonnes affaires, consistait à troquer de plus petits bouts de viande contre de plus gros épis de maïs.

Ce qui avait changé, en revanche, c'étaient les taxes imposées par le gouvernement indonésien. Quand Ika était entrée dans la palmeraie, un superviseur lui avait demandé mille roupies indonésiennes, l'équivalent de dix centimes d'euro. Il ne s'agissait pas d'une somme astronomique, mais pour des gens qui n'avaient quasiment aucun moyen de se procurer de l'argent liquide, c'était une charge importante, surtout lorsqu'on l'additionnait aux impôts annuels. Le but du gouvernement était de forcer le sud de Lembata et son économie de troc, ainsi que d'autres régions similaires aux quatre coins de l'Indonésie, à s'intégrer à l'économie nationale et à une citoyenneté unifiée. Le défi, pour les autorités qui prétendent respecter la diversité culturelle du peuple indonésien, c'est que les communautés qui vivent de la chasse au cachalot et les autres tribus restées fidèles aux traditions ancestrales paient très peu d'impôts et, souvent, ne se considèrent pas comme indonésiens avant tout. La solution privilégiée par le gouvernement a consisté à créer des taxes payables uniquement en liquide, obligeant les peuples autochtones à travailler dans le bâtiment, les plantations ou comme domestiques afin de gagner de l'argent, ce qui a eu pour effet de renforcer leurs liens avec la nation tout en affaiblissant les liens tribaux. L'État a rendu l'école obligatoire pour les enfants, qui y apprennent le bahasa indonesia et l'histoire du pays en lieu et place des savoirs traditionnels. Les animistes ont été contraints d'adopter l'étiquette[3] d'une des cinq grandes religions mondiales, en se présentant comme des catholiques ou des musulmans, par exemple. Les tribus qui ont résisté, à l'inverse des Lamalériens, n'ont pas droit aux prestations sociales allouées par l'État. Bien sûr, le gouvernement indonésien n'est pas le premier à adopter de telles stratégies d'intégration forcée. Celles-ci ont été mises en place partout dans le monde depuis des millénaires, des Romains aux Américains, dans le but de faire fusionner en une seule et même nation des communautés disparates et éloignées les unes des autres.

Cette incursion de l'économie moderne dans le système de troc en vigueur à Lembata était particulièrement manifeste à l'extrémité sud du marché, où un certain nombre de vendeurs itinérants avaient garé les pick-up avec lesquels ils avaient franchi les montagnes depuis Lewoleba, ce matin-là. Ika ne s'intéressa pas à eux car ils n'acceptaient que les paiements en roupies pour les biens entassés à l'arrière de leurs véhicules : savons, allumettes, paquets de café, hameçons, sarongs industriels, crème éclaircissante pour la peau et quelques articles hors de prix tels que des poêles et des casseroles. Ces articles n'étaient pas seulement cantonnés à un emplacement à part dans ce marché – Ika opérait également une distinction dans son esprit, utilisant des mots étrangers et le système décimal occidental pour compter les couteaux en acier, par exemple, là où elle avait recours au *munga*, cette unité de mesure regroupant six objets qui sert de fondation aux mathématiques lamalériennes et à l'économie de troc locale, pour les marchandises autochtones.

Marché de Wulandoni. Les femmes musulmanes coiffées de foulards sont assises aux deux premiers rangs. Derrière elles, les femmes chrétiennes sont accroupies, les cheveux découverts

Vers neuf heures du matin, plus d'une heure après l'arrivée d'Ika, un *baleo* résonna dans tout le marché, déclenché par un appel téléphonique. Les rares Lamalériens présents s'entassèrent à trois par moto et filèrent vers le village. (À Lamalera, bien qu'en convalescence, Jon n'était pas encore assez en forme pour manier la pagaie à bord d'un *téna*. On l'avait donc chargé de piloter le *jonson* qui remorquait le *Boli Sapang*. Mais au moins, il repartait enfin à la chasse.)

En milieu de matinée, Ika avait rempli son panier de manioc, de courtaudes *pisang susu* (littéralement "bananes à lait"), de bananes *bugis* droites comme des flûtes et un peu plus longues, et de ses tomates aussi petites que des boules de Noël. Elle avait même réussi à vendre un peu de viande de dauphin séchée à un marchand de Lewoleba au prix d'environ un dollar la bande, argent qu'elle prévoyait de mettre de côté pour les études de Mari. En quittant le marché, elle ne remarqua toujours pas les jeunes Luki qui se hâtaient de terminer leur pilier en béton, tandis que les rangs des hommes de Wulandoni massés autour d'eux, en colère, ne cessaient de grossir. Mais elle s'arrêta tout de même pour contempler un chantier d'une ampleur sans précédent sur la côte sud de Lembata : une digue en cours de construction et une rangée de piliers en béton qui s'élevaient hors de la mer, une armée de bulldozers et de pelleteuses garés sur le rivage. Le gouvernement était en train de construire un port. Il restait encore un an de travaux, mais lorsqu'il serait terminé le port ouvrirait cette région isolée au développement économique. Les commerçants pourraient s'épargner les frais de transport par camion de leurs marchandises à travers l'île, et une liaison par ferry serait assurée avec la capitale de la province. Ika fantasmait déjà son départ sur l'un de ces immenses navires rouillés, par-delà l'horizon – pour de bon ou le temps d'un voyage, elle déciderait le moment venu.

Mais il ne servait à rien de perdre trop de temps à rêver : il fallait qu'elle rentre à la maison préparer le déjeuner. Les *auto* étaient garés un peu plus loin sur la piste, sous des arbres d'où coulait une sève que les vieux récoltaient pour en faire de la colle, et Ika tendit à un chauffeur un peu de l'argent que lui avait rapporté la viande de dauphin. Elle avait décidé de se ménager au lieu de parcourir à pied les onze kilomètres du retour, car elle voulait rentrer reposée à la maison. À Lamalera, les tâches n'avaient jamais de fin.

Après le départ d'Ika, plusieurs des maçons Luki continuèrent à façonner à la truelle leur pilier de béton, tandis que leurs camarades formaient un périmètre défensif. Plus la construction de cette borne municipale avançait, plus la fureur des hommes de Wulandoni grossissait. Les Luki vivaient à Pantai Harapan[4], village situé un peu plus à l'est, mais la construction de ce pilier était une manière pour eux de revendiquer la propriété du futur port et de Wulandoni en général, ultime escalade d'un conflit territorial fort ancien entre les deux villages.

L'hostilité entre Nualela et Luki ne datait pas d'hier[5] : jadis, les chasseurs de têtes de ces deux tribus avaient rivalisé de cruauté les uns envers les autres, comme c'était généralement le cas entre Demon et Paji. Mais même au temps de ces guerres incessantes, leur économie de troc avait toujours été préservée, car les Luki sont pour l'essentiel des pêcheurs, et les Nualela des fermiers avant tout, si bien que chaque tribu avait besoin de l'autre pour survivre. Cette zone protégée qu'était le marché de Wulandoni avait même permis d'apaiser les tensions quand, à la fin des années 1970, le gouvernement indonésien avait décidé de faire déménager les deux tribus, dont les fiefs traditionnels étaient assez éloignés l'un de l'autre, pour les réunir sur la même portion de côte, après qu'un tsunami avait ravagé le village d'origine des Luki et que les Nualela avaient été contraints de redescendre de leur vieille forteresse au sommet des montagnes pour s'installer au bord d'une plage plus accessible, dans le cadre d'un programme d'aide sociale, maintenant que l'armée indonésienne garantissait la paix.

Les deux tribus avaient cohabité plus ou moins paisiblement pendant des décennies. Mais les tensions avaient commencé à monter le jour où les Luki avaient décidé de vendre une partie de leur poisson à Lewoleba et d'utiliser cet argent pour acheter à leurs frères musulmans, là-bas, tout ce dont ils avaient besoin, au lieu de se fournir auprès de leurs voisins chrétiens chez eux, à Wulandoni. Cette scission était en partie motivée par la situation géopolitique mondiale, dans la mesure où les jeunes Luki partis étudier hors de l'île avaient connaissance des conflits entre chrétiens et musulmans qui faisaient rage au Moyen-Orient et dans d'autres régions de l'archipel indonésien, et partageaient ces nouvelles avec leurs proches restés au village. (Les tribus chrétiennes, évidemment, étaient tout aussi influencées par l'actualité internationale, et les Lamalériens évoquaient souvent en plaisantant "l'État islamique des Luki".) Au fil des années, les deux tribus finirent par se considérer moins comme des membres de la même ethnie Lamaholot, qui englobait toutes les communautés de la région et incluait aussi bien les Demon que les Paji, que comme deux camps opposés d'une guerre planétaire. Jadis soucieux de respecter leurs partenaires commerciaux, ils commencèrent donc à leur chercher querelle au sujet des sources et des terres agricoles.

Puis, au mitan de l'année 2014, après que le nouveau président Jokowi avait, conformément à sa promesse de campagne, favorisé le développement des confins orientaux de l'Indonésie, la construction du port avait débuté et la plage de Wulandoni, qui n'était jusque-là qu'une banale étendue de sable, incarnait tout à coup l'avenir de la côte sud de Lembata. Les Luki ressortirent donc de leurs cartons une vieille revendication : selon eux, le gouvernement leur avait attribué toutes les terres situées autour de Wulandoni – même s'ils étaient dans l'incapacité de produire le moindre document officiel. Les Nualela contre-attaquèrent en fournissant toute une série de preuves écrites, remontant aux cartes de l'époque coloniale, qui montraient que la plage leur appartenait, car même s'ils avaient historiquement vécu dans les collines environnantes, ils avaient toujours contrôlé un territoire s'étendant jusqu'au rivage. La dispute dégénéra peu à peu des concours de cris aux comparutions devant les tribunaux avec des légions d'avocats, jusqu'à ce jour fatidique où les hommes de la tribu Luki décidèrent d'ériger leur fameux pilier.

Alors que le marché touchait à sa fin, un administrateur haut placé de Wulandoni, appartenant à la tribu Nualela, ordonna aux Luki de cesser. En guise de réponse, ceux-ci le tabassèrent à coups de poing et de truelles, puis se retirèrent dans leur village. Le maire de Wulandoni évacua précipitamment le blessé par-delà le volcan, jusqu'à l'hôpital de Lewoleba. Les policiers de la capitale écartèrent d'un revers de main les plaintes du maire et décrétèrent qu'ils ne pouvaient intervenir dans ce coin reculé, d'autant qu'on célébrait le lendemain la Fête de l'Indépendance de l'Indonésie – les choses se calmeraient d'elles-mêmes.

Mais le lendemain matin, alors que des centaines de personnes assistaient à la cérémonie de lever du drapeau organisée devant l'église de Wulandoni, un jeune Luki venu de Pantai Harapan traversa, torse nu, l'esplanade au pas de course. Les gens trouvèrent d'abord très amusant ce garçon visiblement dérangé, jusqu'à ce qu'ils se rendent compte qu'il agitait une machette. Puis une cavalerie de motos déboula en vociférant sur la route derrière lui, toutes pilotées par des Luki pareillement armés. La foule s'enfuit en hurlant. Une cinquantaine de lycéens lamalériens, venus tout spécialement pour la célébration, se barricadèrent dans l'église. Tandis que le gang de Luki caillassait les fenêtres du presbytère, ceux qui se trouvaient à l'intérieur téléphonèrent à leurs familles pour les informer qu'ils étaient sur le point de se faire assassiner.

Lors de l'assaut initial, les Luki ne firent toutefois pas usage de leurs manchettes et se contentèrent de chasser les Nualela du village. Puis ils vandalisèrent le bureau du maire, cherchant manifestement les titres fonciers des Nualela. Ne les ayant pas trouvés, ils incendièrent la maison du vice-maire, où certains papiers étaient parfois entreposés – même si les documents en question avaient en fait été transférés à Lewoleba plusieurs semaines auparavant. Plus tard, le bruit courut que les assassins de la tribu Luki avait poursuivi le maire à travers le village, armé d'arcs et de flèches, tandis que l'édile prenait la fuite sur sa moto.

La plupart des hommes de Lamalera étaient en train de découper les cachalots tués la veille quand ils entendirent retentir le gong jadis utilisé pour appeler les Ancêtres à venir défendre leurs murailles de cactus. Ils se rassemblèrent devant la Maison des Esprits du clan Bataona, où le père Romo s'adressa à eux en ces termes : “Ne faites pas usage de la violence, mais montrez à ces Luki que les gens de Wulandoni ne sont pas seuls et que tous les villages chrétiens sont derrière eux !” Une troupe d'une cinquantaine d'hommes partit à pied, tandis que de nombreux autres, y compris Jon, Frans, Ignatius et Ben, finissaient de découper les cachalots avant que leur viande ne se gâte, puisqu'à ce moment-là des appels téléphoniques les avaient informés que les agresseurs Luki étaient rentrés chez eux. Des quatre coins de la région, des centaines d'hommes chrétiens armés de lances, de machettes, d'arcs et de flèches avaient pris la route de Wulandoni.

Quand les Lamalériens arrivèrent sur place, *duri* à la main, encore éclaboussés de sang de cachalot et d'éclats de viscères, ils tombèrent sur une patrouille en uniforme. Quelqu'un avait appelé la police de Lewoleba, qui avait dépêché en urgence un pick-up chargé d'agents à travers les montagnes. Mais cette poignée de policiers n'était pas de taille à contenir la foule de

Lamalériens[6], de Nualela et d'hommes appartenant à d'autres tribus chrétiennes qui était en train de se masser le long du ruisseau asséché séparant Wulandoni de Pantai Harapan. Les hommes de la tribu Luki ne tardèrent pas à faire de même sur l'autre rive. Qui attaqua le premier ? Là-dessus, chaque camp a sa version. Toujours est-il qu'en fin d'après-midi on assista à un déchaînement de flèches et de coups de machettes. Selon plusieurs témoins, la police prit ses jambes à son cou. Au bout du compte, le corps d'un chrétien fut abandonné près du pont, ses lèvres tranchées en deux laissant apparaître ses dents défoncées et son ventre dégueulant ses entrailles. Plusieurs autres hommes, issus des deux camps, étaient gravement blessés.

La situation ne se calma que lorsque des soldats arborant le brassard rouge et noir des forces spéciales indonésiennes débarquèrent à Wulandoni le lendemain matin, deux jours après l'incident à l'entrée du marché. Le gouvernement indonésien est extrêmement sensible aux conflits à connotation religieuse, conscient du risque d'embrasement qui les accompagne dans une nation aussi diverse, où les affrontements sont fréquents entre la majorité musulmane et ces minorités non négligeables que sont les catholiques, les protestants, les hindouistes et les bouddhistes. L'unité des forces spéciales resta plusieurs jours sur place, avant de confier le maintien de l'ordre à des effectifs de police renforcés pour l'occasion. Même s'il n'y eut pas d'autre affrontement d'envergure, des histoires circulaient au sujet de jeunes chrétiens et musulmans se pourchassant dans les collines, arc à la main. Plusieurs Luki furent emprisonnés pour le meurtre du jeune chrétien, tandis qu'une poignée de Nualela étaient interpellés pour avoir incendié des bateaux de pêche appartenant aux Luki plusieurs jours après l'émeute. La nuit, les Lamalériens montaient la garde avec arcs et flèches sur la piste de Wulandoni. Le marché resta fermé.

Au bout de plusieurs semaines, des émissaires pour la paix envoyés par la tribu Luki présentèrent leurs excuses au maire de Wulandoni, attribuant l'attaque à une poignée de jeunes rendus fous par le *tuak*. Mais les Nualela avaient le sentiment que cette agression avait été soigneusement orchestrée, comme en témoignaient le groupe lancé à la poursuite du maire et la tentative de brûler les titres fonciers. De plus, la famille du défunt n'avait pas l'intention de pardonner à ses assassins. L'offre de paix fut donc rejetée. Quand les Luki demandèrent que le marché de Wulandoni soit rouvert, les Nualela refusèrent à nouveau. Il ne s'agissait plus seulement d'une volonté de se protéger : par cette décision, les tribus chrétiennes punissaient les Luki en leur imposant, de fait, un blocus commercial, dans la mesure où les musulmans n'avaient personne d'autre avec qui troquer leurs produits le long de la côte. Des familles Luki quittèrent Pantai Harapan pour aller s'installer chez des proches à Lewoleba et chercher du travail dans la capitale. Au lieu de rouvrir le marché de Wulandoni, les villageois chrétiens tombèrent d'accord pour se retrouver entre eux tous les vendredis sur le terrain de football de Lamalera.

Ainsi donc, le 26 septembre au petit jour, six semaines après l'incident, Ika passa devant un but de football en tiges de bambou, un panier de poissons volants en équilibre sur sa tête, et traversa le terrain de terre battue pour rejoindre quelques dizaines de Lamalériennes accroupies à l'ombre d'un arbre. Pendant ce temps, le seul vendeur musulman qui se présenterait ce jour-là, un commerçant de Lewoleba, disposait des tongs sur une bâche bleue. Les *kefela* n'étaient pas encore arrivés. Les Lamalériennes se mirent à papoter en crachant leur *sirih pinang*. Une dame âgée se plaignit que le serment immémorial prononcé par Dato avait été trahi, et toutes les aînées s'accordaient à penser que le conflit de Wulandoni était le fruit d'une ingérence du monde extérieur dans la Voie des Ancêtres. Certes, les tensions ne dataient pas d'hier, elles avaient existé avant l'argent, les taxes et les conflits fonciers, mais l'économie de troc avait instauré une forme d'égalité : dans ce système, personne n'abusait de l'autre, il s'agissait d'un simple échange d'excédents qui profitait à tout le monde. À présent, la vie ressemblait à une compétition dont nul ne sortait gagnant. Heureusement que le marché de Wulandoni avait résisté à tout ça. Sa fermeture, les femmes en étaient persuadées, n'augurait rien de bon.

Mais Ika, elle, se réjouissait en secret : ce nouveau marché lui épargnait des kilomètres de marche. Et elle avait beau vénérer la Voie des Ancêtres, il devenait de plus en plus clair à ses yeux que ces règles favorisaient les hommes et les aînés, à son détriment. Si les influences extérieures pouvaient lui apporter certaines des libertés dont jouissaient les citadines, comme elle avait pu le voir dans les séries télévisées indonésiennes, elle n'était pas contre. Depuis les hauteurs du village, elle contempla les eaux limpides de la baie, où le vent soufflait si faiblement que les sampans éparpillés n'avaient même pas pris la peine de hisser leurs voiles. Elle aperçut Wulandoni et sa digue en cours de construction, là-bas, nimbés d'une brume bleutée. Ce jour-là, elle se sentait fort pessimiste sur ses chances de partir un jour de Lamalera. Ses grands-parents lui avaient interdit de participer au camp annuel de l'association des jeunes catholiques. Mais une autre possibilité lui apparaissait désormais : si elle ne pouvait pas quitter la tribu, peut-être le monde moderne finirait-il par venir jusqu'à elle. L'heure du changement approchait, seulement Ika craignait qu'il n'arrive trop tard pour qu'elle puisse en profiter. Le mieux qu'elle pouvait faire en attendant, c'était rire.

Outre les cachalots, les Lamalériens chassent d'autres animaux marins comme les raies manta, les orques, les requins et les dauphins. Ici, un lamafa *harponnant un dauphin*

7

LA VOIE DU LAMAFA

Septembre – novembre 2014
Jon

Ce soir-là, au début du mois d'octobre, Jon pilotait le *jonson VJO* en direction d'un coucher de soleil cataclysmique. De sa main gauche, il tenait la barre du moteur hors-bord de quinze chevaux, la droite posée en visière au-dessus des yeux pour scruter l'horizon. Il avait manqué la saison de chasse à cause de sa blessure, et maintenant qu'il avait enfin récupéré, il mourait d'envie d'effacer les souvenirs de sa faiblesse et de prouver une bonne fois pour toutes à la tribu qu'il n'avait rien d'un *kefela*. La meilleure manière d'y parvenir, c'était de harponner une proie, n'importe laquelle. Il scruta les eaux cramoisies avec intensité, comme s'il avait le pouvoir de faire bondir une raie manta. Il rêvait de franchir le pas prochainement et de devenir *lamafa*. Son plein rétablissement, estimait-il, prouvait que sa blessure avait été un châtiment pour les transgressions de son clan, pas les siennes. Les Ancêtres lui devaient bien ça, après lui avoir fait endosser le rôle d'agneau sacrificiel.

Pendant ce temps, trois hommes étaient en train de discuter, assis sur le monticule de filets verts qui encombrait le fond du canot : Andreus "Anso" Soge Bediona, le meilleur ami de Jon, un pêcheur enjoué d'une trentaine d'années, aux cheveux hirsutes ; Marsel, le grand frère taciturne d'Anso, à la chevelure argentée ; et Bernardus "Boli" Tapoonã, fils d'un harponneur de légende, la peau d'un noir profond, musculature de superhéros. Ceux-là ne prenaient pas la peine d'observer la mer car, même si une proie apparaissait, ils n'auraient plus vraiment le temps de l'attraper avant la tombée de la nuit.

Et puis, on entrait dans Léfa Bogel – la “Saison paresseuse”. Les cachalots avaient terminé leur migration jusqu’au large de Lembata, et la chaleur atteignait pour de bon son pic annuel, un quasi-brasier qui distordait l’air en une foule de mirages et conférait à chaque heure du jour une somnolente pesanteur. La jungle jadis luxuriante s’était flétrie dans l’automne tropical, les feuilles des arbres tombaient en tourbillonnant jusqu’au sol et rampaient les unes sur les autres dans la brise du soir, bruissant comme une migration d’insectes. Le puits s’était asséché et les femmes devaient descendre jusqu’au pied des falaises pour remplir laborieusement leurs seaux dans une source saumâtre qui bouillonnait à marée basse. Un voile de poussière épaississait l’air en permanence, envahissant les narines et les bouches – impossible de rester propre. Au village, même les gens les plus gentils et amicaux commençaient à se disputer. C’était depuis toujours le moment de l’année où les hommes passaient leurs journées torse nu, allongés à l’ombre des abris à bateaux, à écluser leurs bidons de *tuak* tiède et pétillant, en savourant les rares risées qui montaient des rouleaux, plutôt que de prendre la mer sous cet insoutenable cagnard.

Mais l’introduction des moteurs hors-bord avait tout changé. Depuis 2009, sous l’impulsion de Fransiskus Gonsalés “Salés” Usé Bataona, Lamalérien expatrié qui s’était mis en tête de moderniser l’économie de la tribu, les hommes utilisaient les canots à moteur pour un nouveau type de chasse, sans cesse plus répandu, qui leur permettait d’échapper pour de bon à la chaleur accablante du jour : les filets dérivants, technique de pêche industrielle qui était en train de transformer le mode de vie des Lamalériens et de saper la Voie des Ancêtres.

C’était pour poser ce genre de filets que Jon faisait glisser le *jonson* en direction de l’ouest sous un ciel violacé de plus en plus sombre, tandis que le Labalekang rapetissait comme si le poids des nuages amoncelés autour de son sommet l’enfonçait sous la mer. Pendant quelques minutes, après que l’océan eut englouti le soleil, les pics des six volcans jalonnant l’horizon se parèrent d’une lumière dorée. Puis l’obscurité de la nuit épaissit peu à peu le grain de l’air. Les étoiles s’allumèrent. L’estomac de Jon se retournait à chaque sursaut de la houle – cet après-midi-là, il avait vidé un jerrican de *tuak* avec les autres, tout en ravaudant les filets – et il vomit trois fois par-dessus le bastingage, sous les gloussements moqueurs de ses compagnons : *"Kefela !"* Mais pas un n'avait fait le geste de piloter à sa place. Jon avait la responsabilité du *VJO* depuis que Salés le lui avait confié dans son adolescence, pendant que le businessman vaquait à ses affaires loin du village.

Une fois qu'il eut localisé le courant profond qui s'écoulait vers l'est, Jon fit basculer le moteur hors de l'eau. Les lumières de cinq autres *jonson* en train de poser leurs filets égayaient la nuit. Jon alluma la lampe fixée par-dessus sa casquette. Puis, empoignant une vieille canette de soda, il aspergea les filets et les trois hommes assis dessus d'une eau bénie par Frans. Le filet dérivant était enroulé telle une corde colossale au fond du *VJO*. Pendant quarante-cinq minutes, les quatre baleiniers le débobinèrent dans une sorte de danse traînante, jusqu'à ce que son alignement de flotteurs en polyuréthane s'étire sur près d'un kilomètre et demi, ponctué d'une balise clignotante écarlate.

Leur tâche terminée, Jon et ses camarades mâchèrent de la viande de cachalot séchée et tentèrent d'allumer des cigarettes, les douloureuses rafales d'automne soufflant sans cesse les flammes de leurs briquets. Ils échangèrent les blagues habituelles – mentant sur leurs prétendues amourettes avec telle ou telle jolie fille – mais bientôt, leurs marmonnements cessèrent. Malgré la houle de soixante centimètres qui les faisait rouler comme des rondins dans la coque du *jonson*, ils sombrèrent dans un profond sommeil. Des étoiles filantes crépitaient à travers les cieux. L'obscurité de l'océan fusionna avec le ciel, tout comme la bioluminescence du plancton et l'éclat des étoiles, si bien que le *VJO* paraissait dériver sur un flot interstellaire. Quand le froid se fit plus vif, Jon serra fort contre lui le sarong de Honi, comme s'il se blottissait dans les bras de sa fiancée.

Depuis que Jon et Honi s'étaient remis ensemble, après leur rupture due aux flirts de Jon sur Facebook, les deux tourtereaux vivaient une vraie lune de miel. Au début, Jon avait jalousé en secret le départ de Honi pour la grande ville, mais depuis qu'elle lui avait expliqué la réalité concrète de sa vie là-bas, il la plaignait plutôt. Au lieu d'être recrutée dans cette métropole glamour qu'était Jakarta, Honi s'était retrouvée dans une cité industrielle tentaculaire et polluée d'un million d'habitants, sur une île excentrée. Du lever au coucher, elle faisait le ménage dans la villa de trois étages de son employeur, cuisinait pour toute la famille. Quand son jour de congé arrivait enfin, une fois toutes les deux semaines, elle était généralement trop épuisée et apeurée par la foule qui engorgeait les rues pour s'aventurer dehors. Alors elle appelait Jon, et ils passaient des heures à imaginer leur vie commune lorsqu'elle serait de retour au village, dans près de deux ans. Même quand ils avaient épuisé tous les sujets de conversation, Jon glissait le portable dans la poche de poitrine gauche de sa chemise et restait connecté, écoutant les susurrations du balai de Honi sur les dalles du carrelage. C'était comme si les bruits qu'elle faisait émanaient directement de son cœur à lui.

Au milieu de la nuit, Jon fut réveillé par un clapotis. "Dauphins", murmura une voix – ils étaient venus faire une razzia des petits poissons pris dans leur filet. Mais loin de s'offusquer de ce larcin, les pêcheurs étaient au contraire excités car ils espéraient qu'un dauphin s'empêtre dans les mailles, même si ce "poisson intelligent", comme on l'appelait parfois, était généralement assez malin pour éviter ce genre de piège. Bientôt, les hommes se rendormirent.

Ce filet dérivant tapi dans le courant sous la surface marquait depuis peu un bouleversement majeur des moyens de subsistance des Lamalériens et menaçait la suprématie des *lamafa*. Ce changement brutal, Jon avait sans le vouloir participé à son avènement. La pêche au filet dérivant n'avait en soi rien de nouveau. Cette méthode avait été introduite à Lamalera en 1973, quand la FAO, l'organisation des Nations unies pour l'alimentation et l'agriculture, avait rémunéré un pêcheur norvégien pour qu'il vienne s'installer au village pendant deux ans, avec pour objectif de moderniser les techniques de pêche locales, ce qui aurait pour conséquence d'améliorer leur rendement et donc la nutrition des tribus des montagnes, qui dépendaient elles aussi de ces sources de protéines. La tribu s'était fait une joie d'adopter les filets à petites mailles qu'on leur offrait, et elle continue aujourd'hui encore de s'en servir pour pêcher dans les jardins de corail proches du rivage. (Les Lamalériens jugèrent en revanche certaines techniques modernes proposées[1] trop éloignées de la Voie des Ancêtres, comme l'emploi d'une embarcation à moteur équipée d'un canon capable de lancer des harpons à tête explosive.)

Mais à partir de 2003, les marins de la tribu adoptèrent une technique de pêche au filet tout à fait nouvelle quand Salés, le businessman expatrié, rentra au village. Le patron de Jon était le descendant d'un des Lika Telo, les trois grands clans de Lamalera. Mais son père, qui avait sillonné l'archipel indonésien en tant qu'assistant du prêtre catholique du village, l'avait encouragé à renoncer à cet héritage aristocratique pour entrer au séminaire puis faire des études de droit à l'université de Jakarta. Au bout de quelques années, cependant, la mer avait fini par lui manquer. Démissionnant de son poste de directeur d'une usine d'embouteillage d'eau, Salés s'était embarqué comme mousse à bord d'un navire de pêche japonais de cinquante tonnes, où il avait appris l'usage des palangres et des filets dérivants – le parfait arsenal du pêcheur industriel. Il rentra au village à l'orée de ses trente ans, convaincu qu'il allait faire entrer son peuple dans la modernité, l'aider et laisser derrière lui un héritage – chose impossible à Jakarta, où il était noyé dans la foule anonyme, même s'il avait bien profité de ce que cette grande ville avait à offrir. À Lamalera, il fit construire le *VJO* et remplit son *jonson* d'immenses filets dérivants dont les mailles de treize centimètres[2] étaient conçues pour capturer des thons et des espadons de plus de cent kilos, plutôt que les minuscules poissons volants que les pêcheurs de la tribu ciblaient jusqu'alors avec leurs filets maillants de cinq centimètres de maillage.

Salés, qui n'était pas encore marié à l'époque, et dont tous les jeunes hommes de sa famille avaient suivi l'exemple en allant poursuivre leurs études de l'autre côté des montagnes, avait besoin d'un matelot et ne tarda pas à recruter un jeune adolescent qui n'avait pas de père exigeant son temps et son affection : Jon. Ce dernier, qui avait onze ans à l'époque, embarquait encore parfois comme apprenti à bord du *jonson* de son oncle, qui pratiquait la pêche au harpon traditionnelle et dont l'équipage de vieux loups de mer n'avait que mépris pour les filets dérivants. Mais, frappé par l'efficacité de ces nouveaux outils, Jon passait désormais plus de temps à bord du bateau de Salés que sur celui de son oncle. Au lieu de gaspiller des heures et des litres de carburant à chercher une proie difficile à repérer, en espérant que le *lamafa* ne manquerait pas sa cible, Salés et lui déployaient leurs filets, dormaient quelques heures, puis trouvaient au réveil des raies manta, des espadons, des thons et des dauphins pris au piège dans leur toile. Salés ne tarda pas à laisser Jon poser les filets et manœuvrer son hors-bord seul, car de nouveaux engagements l'empêchaient de prendre la mer : d'abord, négocier des emprunts au nom des membres de sa tribu pour qu'ils puissent acheter des moteurs, alors que la flotte des *jonson* ne cessait de s'agrandir ; ouvrir le premier dépôt de carburant du village pour alimenter ces engins ; prêter de l'argent à d'autres baleiniers qui, convaincus de l'efficacité des filets dérivants par la réussite de ses sorties en compagnie de Jon, voulaient s'en procurer à leur tour. En l'espace de quelques années, Salés développa une foule de projets un peu partout dans l'île, et acheta notamment une flotte d'*auto*, qu'il louait à des chauffeurs. Il lui arrivait souvent de disparaître par-delà le volcan pendant plusieurs semaines, sans donner de raison. Les membres de la tribu étaient si impressionnés qu'il fut même élu maire le temps d'un bref mandat – la population se rendit vite compte qu'il n'était pas fait pour ce poste, et Salés retourna à ses combines de businessman.

Débordé, Salés finit par demander au grand-père de Jon, Yosef Boko, sa bénédiction pour laisser Jon commander et entretenir le *VJO* en son absence. Plus tard, Salés plaisanterait en disant qu'il avait choisi Jon parce qu'il était "petit mais fort, comme un piment", mais en réalité, c'était son désir de s'imposer dans une société où les gens s'inclinaient depuis toujours devant l'ordre hiérarchique traditionnel qui l'avait impressionné. Jon fut abasourdi par cette proposition : jeune adolescent, il allait commander son propre *jonson* pendant la saison des filets dérivants, tout en continuant de chasser au harpon à bord d'autres canots à moteur le reste de l'année. Bien sûr, le parrainage de Salés s'accompagnait de lourdes responsabilités. Jon consacrait l'essentiel de son temps à entretenir le *VJO* et, toutes les deux ou trois semaines, il "shampouinait" même le moteur, démontant ses pièces pour les nettoyer une à une. Lorsqu'il laissait le *jonson* au mouillage dans la baie pour la nuit, il dormait sur le *hâmmâlollo* pour être sûr que d'autres tribus ne viendraient pas le voler. Salés avait plus ou moins fait de lui son représentant au village et exigeait sans cesse les dernières nouvelles de la tribu. Enfin, Jon devait donner les trois quarts de ses prises aux sœurs de Salés, des vieilles filles restées vivre à Lamalera. En échange, Jon gardait le quart restant. En outre, quand sa famille avait vraiment besoin de quelque chose – des médicaments contre le paludisme pour ses grands-parents, par exemple, ou un peu d'argent pour payer les frais de scolarité de Mari –, Salés mettait souvent la main au portefeuille. Mais le plus grand avantage de s'être ainsi vu confier les clés du *VJO*, c'était qu'au fil des ans Jon était devenu l'un des meilleurs pilotes de *jonson* et l'un des plus grands experts de la pêche au filet dérivant de Lamalera, compétences qui se révélaient de plus en plus déterminantes à l'heure où la tribu opérait une transition entre ses modes de vie et de pêche ancestraux vers d'autres plus modernes.

En 2010, sept ans à peine après leur introduction par Salés, presque tous les baleiniers du village possédaient au moins une de ces sections de quarante-cinq mètres qui, nouées les unes aux autres, formaient les filets dérivants d'un kilomètre de long qu'on utilisait à Lamalera. L'avènement de cette nouvelle technique avait à son tour conforté la suprématie des *jonson*, car tous les clans avaient acheté des moteurs pour propulser assez vite leurs canots depuis la côte et optimiser l'usage de ces filets. En 2014, la pratique s'était à ce point généralisée que le Tobo Nama Fata – le Conseil sur la Plage qui précédait l'ouverture de la saison de chasse au cachalot – avait décidé de l'interdire pendant Léfa, la Saison de la Mer ouverte, de peur que les Lamalériens ne continuent de sortir en mer la nuit alors qu'ils étaient censés harponner de jour les Dons des Ancêtres. Le retour des filets dérivants ne serait autorisé qu'une fois terminée la migration des cétacés, au mois de septembre. Cette année-là, Salés avait officiellement enregistré le *VJO* et son équipage, incluant Jon, afin d'obtenir l'une des aides octroyées par le gouvernement indonésien aux petites entreprises, qui lui permettrait d'acheter des filets et un nouveau moteur, démarche que les autres équipages se hâtèrent d'imiter. De la même manière que les *téna* avaient été rendus obsolètes par l'efficacité des *jonson*, les filets dérivants étaient en train de supplanter la chasse au harpon.

Peu après cinq heures du matin, alors qu'un soleil balbutiant commençait à éclipser les étoiles à l'est et que la partie occidentale du ciel demeurait plongée dans la nuit, Jon et ses compagnons se réveillèrent et entreprirent de remonter leur filet. Les premières sections ne livrèrent qu'une poignée de bonites du Pacifique longues d'une soixantaine de centimètres, mais les flotteurs en polyuréthane de la portion suivante avaient été entraînés sous les flots, signe de prises plus conséquentes. Ramenant le filet à la surface, les hommes y découvrirent un espadon de plus de deux mètres. La voile de sa nageoire dorsale, d'un noir soyeux, était déchirée, les globes jaunes de ses énormes yeux étaient injectés de sang et un bout de filet arraché s'était enroulé comme un drapeau autour de la lance qui lui servait de museau – cette créature majestueuse avait rendu son dernier soupir. Les quatre marins durent unir leurs efforts pour hisser par-dessus le bastingage cette carcasse de plus de cent kilos. Ils replièrent la queue sur elle-même pour la faire tenir dans la coque. L'animal était à ce point emmêlé dans le filet qu'il fallut le découper pour l'en dégager, mais pas un ne se souciait des après-midi de ramendage à venir : cette prise était une aubaine. Pendant l'heure qui suivit, en remontant le reste du filet, ils récoltèrent un espadon d'un mètre vingt, une douzaine de bonites et un thon à nageoires jaunes de près de cinquante kilos. Ce généreux butin démontrait une nouvelle fois l'efficacité de cette technique de pêche : en l'espace d'une dizaine d'heures d'un travail peu fatigant, Jon et ses camarades avaient remonté plus de quatre cent cinquante kilos de viande.

À peine venaient-ils de ranger le filet que le grondement rageur d'un gros moteur se fit entendre. Une goélette arrivant de l'ouest, deux fois longue comme le *VJO*, fendait lourdement les eaux turquoise, sa proue tranchante comme le fil d'une hache pointée droit sur eux. Elle n'arborait aucun pavillon, mais à son allure générale Jon sut qu'elle venait de Sulawesi, une île située à quelque mille cent kilomètres au nord. N'ayant aucune chance de la distancer à la course, Jon fit pivoter le *VJO* pour lui faire face. Les membres de l'équipage cherchèrent des yeux leurs *duri*. Les actes de piraterie n'étaient pas rares dans la région, et les eaux de la mer de Savu étaient désertes à des kilomètres à la ronde. Quand ce mystérieux navire se trouva plus près d'eux, Jon compta quatre hommes sur le pont avant, tous brûlés de soleil et blanchis de sel, avec l'apparence crasseuse de qui a passé plusieurs jours au large. Deux énormes requins gisaient à leurs pieds, et le pont blanc était badigeonné de sang.

Jon les interpella en lamaholot, la langue commune de cette région, mais les inconnus lui répondirent en indonésien, la langue nationale comprise de tous les citoyens. C'étaient des Bajo Laut, des "nomades de la mer", appartenant à une ethnie dont les flottilles avaient jadis écumé les confins orientaux de l'Indonésie et les côtes des Philippines, ne posant quasiment jamais le pied sur la terre ferme. (Des chercheurs ont découvert que les Bajo Laut se sont tellement adaptés à cette vie au large qu'ils ont une meilleure vue sous-marine que les humains basés à terre, ainsi qu'une plus grande capacité à retenir leur souffle lorsqu'ils chassent sous l'eau[3], ce qu'ils font plusieurs heures par jour.) Mais à l'instar des Lamalériens, les Bajo Laut ont vu leur mode de vie traditionnel bouleversé par l'avènement de la modernité, et la plupart d'entre eux vivent désormais dans des cabanes sur pilotis construites sur des îlots coralliens, où ils retournent après chacune des campagnes de pêche commerciale qui ont remplacé leurs errances de chasseurs-cueilleurs de la mer.

Hurlant pour se faire entendre, les quatre Bajo demandèrent à Jon s'il avait pêché des thons – ils pourchassaient les bancs sur des centaines de kilomètres au sud de chez eux, conservant leurs prises dans la glace pour les exporter vers le Japon ou les États-Unis, où on en ferait des sushis. Jon et les autres brandirent leurs trophées à bout de bras. Les Bajo Laut ne voulaient pas de la grosse bonite, mais le thon à nageoires jaunes les intéressait. En échange, ils offraient le requin mako et le requin-tigre gisant sur le pont avant de leur goélette. On leur avait retiré leurs mâchoires hérissées, ce qui les faisait ressembler à deux vieillards édentés, et on avait tranché ailerons et nageoires que les Bajo Laut comptaient vendre à prix d'or sur le marché noir chinois, mais pour le reste leur viande était intacte, et elle ne leur était d'aucune utilité car personne ne l'achèterait. Les ventes de thon, en revanche, représentent quelque quatre cents milliards de dollars par an, ce qui en fait la pêche commerciale la plus lucrative au monde[4]. Pour les Bajo Laut, échanger deux cents et quelques kilos de requin contre un cinquième de ce poids en thon était vraiment une bonne affaire. Il en allait de même du point de vue des Lamalériens, qui ne se souciaient que des quantités de viande qu'il y avait à manger et n'avaient même pas conscience qu'on pouvait vendre un thon à nageoires jaunes contre des espèces sonnantes et trébuchantes. Les deux parties étant tombées d'accord, les nomades de la mer firent basculer les deux requins des hauteurs de leur pont avant sur celui du *jonson*, où les carcasses vinrent s'écraser comme des enclumes, faisant violemment rouler le canot. Puis les Lamalériens firent passer le thon à nageoires jaunes entre les deux bateaux, avec autant de précautions que s'il s'était agi d'un nourrisson. Alors les Bajo Laut repartirent vers la Papouasie, à la poursuite des bancs de thon de moins en moins fournis.

Ils n'étaient pas les seuls à écumer la mer de Savu, qui fait partie d'un des écosystèmes marins les plus riches au monde, le Triangle de Corail, surnommé "l'Amazonie des océans". Malheureusement, les extrémités nord et ouest de ce triangle, qui correspondent à des régions industrialisées d'Indonésie et des Philippines, ont été réduites pour l'essentiel à l'état de déserts marins, si bien que seul l'est de cette zone, où se trouve Lembata, demeure relativement intact. Mais au fur et à mesure que les ressources marines les plus proches s'appauvrissaient[5], des pêcheurs venus des quatre coins de l'Asie se sont mis à piller l'une des dernières pêcheries solides de la planète – elle abrite notamment les stocks de thons les plus considérables qui restent encore sur Terre[6] –, zone qui se trouve inclure les territoires de chasse traditionnels des Lamalériens.

Le saccage avait débuté cinq ans plus tôt, quand de petits navires venus d'une île située à près de cinq cents kilomètres de Lembata s'étaient mis à faire exploser les récifs coralliens des Lamalériens avec des obus d'artillerie datant de la Seconde Guerre mondiale et des explosifs artisanaux à base d'engrais chimiques, récoltant ensuite des carcasses de poissons par centaines et laissant derrière eux des jardins de corail en ruine, et ce après avoir déjà détruit au passage les atolls intercalés entre leur île d'origine et Lembata[7]. Quand les Lamalériens tentèrent de s'interposer, les intrus lancèrent des bombes sur eux, et, sur cette île isolée, impossible d'appeler des gardes-côtes susceptibles d'intervenir. Vinrent ensuite d'autres opportunistes originaires d'Indonésie, comme les Bajo Laut, puis des chalutiers rouillés de Taïwan et d'Asie du Sud-Est, arborant de faux pavillons indonésiens et déployant en toute illégalité des palangres mesurant jusqu'à cinquante kilomètres de longueur, équipées pour certaines de douze mille hameçons, avec pour objectif d'extraire de la mer de Savu des tonnes de poisson chaque nuit. Et ça, c'était avant que le gouvernement Jokowi ne décide d'envoyer jusque-là la flotte de pêche indonésienne, construisant des infrastructures et offrant des incitations financières afin de relancer comme il l'avait promis l'économie nationale en exploitant les ressources naturelles de la partie orientale de l'archipel.

Les rendements de la pêche ayant toujours été fluctuants à Lamalera, les pêcheurs du cru s'abstinrent au début de tenir ces intrus pour responsables de la diminution de leurs prises. D'ailleurs, l'idée même qu'une pêcherie puisse connaître un déclin est étrangère aux Lamalériens, car si cachalots et raies manta sont des dons des Ancêtres, la seule manière d'en épuiser les stocks est d'abuser de la bonne volonté des esprits. Pourtant, l'évidence s'imposait d'elle-même. Jusque-là, les requins s'étaient précipités en meutes entières sur les cachalots blessés, permettant aux chasseurs d'accroître leur butin – cela n'arrivait plus, désormais. Quant aux raies manta géantes, qui constituaient depuis toujours le deuxième type de proie le plus important pour la tribu, fournissant jusqu'à deux tonnes de viande par individu, elles se faisaient rares. De même, la population des raies de taille plus modeste, comme le *bōu* et le *mōku*, avait plongé – de près de 87 %, selon certaines estimations[8].

En 2014, même si les Lamalériens n'avaient pas encore déterminé ce qui provoquait au juste cette diminution de leurs prises, il leur fallait remplacer ces quantités de viande perdues, ce qui les conduisait à chasser des espèces traditionnellement moins prisées, comme les dauphins, et à recourir à des techniques plus modernes, notamment les filets dérivants, renforçant à leur tour la pression exercée sur les pêcheries de la mer de Savu. Même si les Lamalériens avaient eu une meilleure compréhension de ce qui était en train d'arriver à leur écosystème, ils n'auraient pas pu faire grand-chose. À part couper les lignes des palangriers étrangers à la faveur de la nuit, ce que les Lamalériens faisaient non pas pour protéger l'environnement mais pour voler les hameçons et les bouées fixés à ces kilomètres de nylon, ils n'avaient aucun moyen véritable de chasser ces pirates.

Dans un tel contexte, Jon se sentit doublement conforté en débarquant son butin de bonites, de requins et d'espadon sur la plage de Lamalera : non seulement les Ancêtres lui avaient été favorables, en ces temps où les pêcheurs de la tribu étaient à la peine, mais cette réussite prouvait toute l'efficacité des filets dérivants. Une fois sur le sable, Jon et ses hommes d'équipage divisèrent le poisson en six tas distincts. Cinq d'entre eux furent répartis conformément à la Voie des Ancêtres : un pour chacun des quatre marins et un pour Salés. Mais il y avait en outre une pile de cinq livres d'espadon et de bonite, non autorisés par les Ancêtres. Ce poisson-là, Jon le vendit à un marchand *kefela* qui attendait sur la plage contre l'équivalent d'un dollar, de quoi payer l'essence de la prochaine sortie avec les filets dérivants et empocher en sus un petit bénéfice. Le poissonnier revendrait ensuite le poisson dans son village des hauteurs, avec une légère marge. Cette transaction était profitable à Jon : il n'avait pas beaucoup d'autres moyens de se procurer de l'argent, et cette viande aurait sinon été mangée. Néanmoins, si l'espadon avait été vendu entier aux enchères au Japon ou aux États-Unis, il aurait sans doute rapporté plusieurs milliers de dollars, et le thon à nageoires jaunes troqué ce matin-là avec les Bajo Laut aurait atteint des sommes encore plus élevées, car la viande de haute qualité destinée aux sushis valait parfois plusieurs milliers de dollars la livre[9].

La plupart des Lamalériens ignoraient tout cela. Mais pas Salés. À peu près au même moment, il multipliait les voyages à Jakarta et à Kupang, où il rencontrait des sociétés d'export des produits de la mer et des représentants de l'État afin de négocier des prêts à faible taux d'intérêt et des aides gouvernementales pour financer la construction à Lembata d'une usine de transformation du poisson conforme aux normes internationales. Il demandait même des fonds pour fabriquer un bateau-citerne capable de transporter le gros des prises jusqu'à Jakarta, d'où elles seraient ensuite dispatchées aux quatre coins de la planète. L'année suivante, quand le port de Wulandoni serait achevé, Salés prévoyait de faire un malheur en reliant Lamalera au monde extérieur.

Tous les matins, en rentrant au village à bord du *VJO* après avoir relevé ses filets, Jon scrutait, une main en visière, la savane bleue en quête de souffles, d'éclaboussures et d'ailerons dorsaux. Mais il s'interdisait d'attendre trop impatiemment de se servir du harpon déjà assemblé qui l'attendait à l'avant, sur le râtelier. À Lamalera, on entend souvent *"Preme ki"*, "Espère, mais pas trop", dicton exprimant la croyance que les cachalots ne viendront jamais si les gens sont trop en demande. D'un autre côté, il était impossible de ne pas espérer – s'efforcer de ne pas le faire était en soi une manière d'espérer.

Le sort ne lui ayant pas offert l'opportunité qu'il appelait de ses vœux, Jon décida de recruter un *lamafa* à bord du *VJO* afin de pouvoir chasser pendant la journée en qualité de *bereung alep*, de second harponneur – comme apprenti, dans son cas – avant de sortir poser ses filets dérivants la nuit. L'homme qu'il voulait s'appelait Yosef "Ote" Klake Bataona, l'un des jeunes *lamafa* les plus prometteurs que les enfants du village imitaient déjà dans leurs jeux. Ote dominait les autres Lamalériens du haut de son mètre quatre-vingt-trois. Il avait un corps d'Action Joe et les tibias striés de cicatrices larges et sèches comme des coquillages. Ses mouvements semblaient propulsés par des ressorts, et il s'amusait souvent à attraper sans effort les mouches en plein vol. Sur le *hâmmâlollo*, il maniait d'un seul poing le grand harpon à cachalot que les autres *lamafa* devaient soulever à deux mains. Au repos, son visage vérolé d'acné adoptait le plus souvent une expression étrangement dure.

Malgré son apparence effrayante, Ote se faisait constamment charrier par les hommes car, à trente ans passés, il n'avait toujours pas d'épouse. "Un sacré harponneur en mer, mais à terre, il est pas capable de planter quoi que ce soit !" hurlait sur son passage un pêcheur ivre de *tuak*. "J'parie que son harpon est trop petit pour percer la moindre proie !" renchérissait un second. (Les Lamalériens possèdent de nombreux termes techniques pour décrire les harpons, leur utilisation et la chasse en général, tout comme les Eskimos avec la neige – si bien que leur langue est sans doute la plus riche du monde en blagues autour du pénis.) Quand on le poussait à bout, Ote répliquait qu'il était marié avec ses harpons. Il ne voulait pas d'une épouse, disait-il. Il ne priait que pour une seule chose : que Dieu lui accorde la réussite dans la chasse. En outre, Ote consacrait toute son énergie et ses soins paternels à sa mère vieillissante, sa sœur restée célibataire, ses neveux et ses nièces, dont les parents avaient quitté l'île depuis des années. Son neveu préféré, âgé de quatre ans, avait même oublié l'existence de son père biologique et disait à tout le monde qu'il était le fils d'Ote.

Ote debout sur le hâmmâlollo *du* VJO

Mais Jon savait que, malgré l'amitié qui le liait à Ote, il n'allait pas être facile de le convaincre de travailler à bord du *VJO*. Depuis le début de l'année, de nombreux autres bateaux l'avaient courtisé dans l'espoir de s'attacher ses services. Maintenant que le *hâmmâlollo* ne se transmettait plus de père en fils, convaincre un *lamafa* de rejoindre tel ou tel bateau, c'était un peu comme séduire un footballeur professionnel en fin de contrat. La Voie des Ancêtres, bien sûr, détaillait la part due à chacun des membres de l'équipage, de telle sorte qu'on ne pouvait attirer un harponneur en lui promettant de plus grandes quantités de viande. Par conséquent, les capitaines appâtaient les meilleurs *lamafa* en faisant valoir le fonctionnement parfait de leur embarcation et de son équipage, gage de prises plus nombreuses à long terme, ainsi que d'alliances avantageuses aussi bien sur le plan personnel qu'au niveau du clan.

La branche du clan Bataona à laquelle appartenait Ote s'était peu à peu amenuisée, au point qu'elle ne pouvait plus affréter seule ne serait-ce qu'un *jonson*, sans parler d'un *téna*. Au fil de deux décennies à travailler sur les bateaux des autres, Ote avait gravi tous les échelons à la force du poignet, de simple matelot à harponneur indépendant, remplaçant les harponneurs absents dans l'ensemble de la flotte. À la fin de l'année précédente, Frans avait proposé à Ote de prendre la tête du *Kéna Pukã*, après que le vieux *lamafa* de ce *téna* était tombé malade, et Ote avait prouvé sa valeur en harponnant un cachalot. Quelques mois plus tard, le vieux *lamafa* en question avait officiellement annoncé sa retraite en rendant un soir visite à Ote pour lui demander au nom du clan Bediona si le jeune homme accepterait de le remplacer sur le *hâmmâlollo*. Pendant toute cette conversation, Ote avait gardé près de lui une photo de son défunt père car il tenait à ce que celui-ci soit présent pour ce grand moment, le plus glorieux de son existence. Un accord fut quasiment trouvé, mais le lendemain un autre clan envoya un émissaire pour proposer à Ote de devenir leur *lamafa*, en mettant en avant la jeunesse de l'équipage. Les rendez-vous s'enchaînèrent alors avec frénésie. Frans promit à Ote qu'il aurait tout le temps de s'améliorer sous son commandement, et que l'équipage des Bediona ne le punirait pas s'il commettait des erreurs, le temps d'apprendre à diriger un *téna*. Finalement, Ote avait choisi Frans et le *Kéna Pukã*, non seulement parce que les *materos* de l'autre clan avaient la réputation de se plaindre sans fin dès qu'un *lamafa* manquait sa cible, mais aussi parce qu'il respectait Frans, connu pour faire régner la discipline à bord de son bateau.

La première saison d'Ote à la tête d'un *téna* avait été couronnée de succès : il avait tué un autre cachalot, plusieurs requins-baleines et de nombreuses raies de toutes espèces. Mais au mois d'octobre, alors que le *Kéna Pukã* ne prenait plus la mer qu'occasionnellement, Jon parvint à convaincre Salés de proposer à Ote le *leka* du *VJO*, c'est-à-dire la propriété de ses harpons et le statut officiel de *lamafa* du *jonson*, statut que même un chef de clan ou un capitaine ne peuvent lui reprendre contre son gré. Techniquement, Ote ne possédait pas encore le *leka* du *Kéna Pukã*, car le *lamafa* émérite le conserverait encore pendant plusieurs années, sorte de période probatoire, le temps que le clan décide si Ote méritait de se voir confier ce titre à vie. Ce qui rendait l'offre de Salés impossible à refuser, car le sommet de la carrière d'un chasseur consiste à devenir l'un des trente et quelques *leka lamafa* de la tribu, un pour chaque *téna* ou *jonson* de la flotte, chacun étant responsable de la réussite de la saison et du bien-être spirituel de son bateau et de son équipage.

Jusqu'alors, Ote avait emprunté les harpons des *lamafa* qu'il remplaçait, mais afin de fabriquer les siens pour le *VJO*, il escalada le Labalekang jusqu'aux crêtes vertigineuses où des forêts de bambous se balançaient dans la brume. Là, il coupa seize manches de tailles et de diamètres différents, correspondant à tous les types de proies et d'utilisations. Puis il rapporta ces tiges jusqu'à la plage, les redressa de force avec de lourds galets, les mit à sécher au soleil, durcit au feu leurs jointures et, finalement, en renforça les deux extrémités à l'aide de lanières en rotin. Quelques jours plus tard, Jon et Salés organisèrent une cérémonie pour baptiser Ote et ses bambous avec de l'eau bénite. Puis Ote disposa son harpon sur le râtelier du *VJO*, unissant ainsi son esprit à celui du bateau. Jon était aux anges : non seulement il avait réussi à s'attacher les services d'un des harponneurs les plus prometteurs de la tribu mais il avait trouvé le moyen d'apprendre du meilleur.

Un lundi de la mi-octobre, le premier jour où le *VJO* devait prendre la mer avec son nouveau *lamafa*, Ote courait sur la plage derrière son neveu préféré, Luto, tandis que le gamin de quatre ans, coupe mulet et queue-de-rat, pourchassait sa sœur qui criait, agitant sous ses yeux ses mains gluantes de morve. Quand le gosse s'arrêta pour puiser dans ses narines de nouvelles munitions, Ote l'attrapa sous son bras puis dessina du pouce une croix sur le front de Luto, s'efforçant de ne pas rire en ordonnant à son jeune fardeau de ne plus embêter sa sœur. Pendant ce temps, Jon et le reste de l'équipage, qui poussaient le *VJO* dans les eaux peu profondes précédant les rouleaux, lui criaient de se dépêcher. Le temps qu'Ote regagne en courant le *jonson*, Luto s'était déjà réarmé et poursuivait sa sœur de plus belle, à grand renfort de gloussements.

Le *VJO* glissa sur les eaux de la baie, lisses comme un miroir sur lequel se reflétait le visage de Jon. Quand le canot à moteur pénétra au cœur des territoires de chasse de la tribu, chaque membre de l'équipage se mit à guetter un quadrant différent de l'horizon. Debout sur le *hâmmâlollo*, doigts en cercle autour des yeux, Ote pivotait sur lui-même tel un périscope. Plutôt que de se tenir juste derrière le *lamafa*, comme le font généralement les seconds harponneurs, Jon s'était assis à l'arrière pour piloter le moteur hors-bord, car il était celui qui connaissait le mieux cet engin et les petites manies de ce vieux bateau déglingué, légèrement de guingois, dont les planches brutes commençaient à se déformer, tachées de rouille là où les clous saignaient.

Des poissons-volants se catapultaient eux-mêmes hors de l'océan devant l'étrave du *VJO*, leurs ailes étincelant comme des tuiles de mica, leur vol plané épousant la forme des vagues, si bien qu'ils restaient toujours quelques centimètres au-dessus des pics et des vallées ondulants de la houle, jusqu'au moment où ils se plantaient de nouveau telles des aiguilles dans leur élément. Mais pendant près d'une heure, l'équipage s'éloigna du rivage sans que la mer de Savu révèle la moindre proie digne d'intérêt. Parfois, des jours entiers peuvent s'écouler sans que les Lamalériens en repèrent. La vie marine s'agglomère autour de zones où le plancton prolifère, de bancs de petits poissons et de remontées d'eau riches en nutriments qui sont souvent invisibles depuis la surface, de sorte que même l'écosystème océanique le plus riche de la planète peut parfois sembler aussi désolé qu'un désert. Pour les Lamalériens, la chasse se résume donc la plupart du temps à des heures et des heures d'attente, jusqu'à ce qu'ils aperçoivent au loin une gerbe d'eau ou l'éclat du soleil reflété par un aileron, grâce à leur étrange faculté de repérer d'infimes détails dans le décor uniforme mais sans cesse changeant de la mer.

Tout à coup, Ote cria : *"Bōu !"* – un diable de mer jaune – et arracha brusquement un harpon de son râtelier. Jon infléchit le cap vers la droite, suivant la direction qu'indiquait le doigt tendu d'Ote. Le bouillon d'écume à l'endroit où le *lamafa* était entré dans l'eau empêcha les autres de voir s'il avait atteint sa cible, mais la ligne se mit aussitôt à siffler sur le rebord du *hâmmâlollo*. Ote se hissa d'une traction sur la plateforme pendant que les deux frères Anso et Marsel appliquaient une pression modérée sur la corde, afin qu'elle résiste juste assez aux efforts de la raie pour lui infliger une douleur, mais pas assez pour risquer de faire sauter la lanière en rotin du harpon. L'ombre des profondeurs ne tarda pas à faire demi-tour et se précisa en une silhouette dont la taille dépassait celle d'Ote. Tandis que l'animal décrivait des huit dans l'eau, Anso grappillait une longueur de corde chaque fois qu'il s'approchait du bateau, raccourcissant peu à peu son circuit. Pendant ce temps, Jon assembla un nouveau harpon. En tant que *bereung alep*, il lui appartenait de "doubler" – de planter un deuxième épieu. Ote vissa lui aussi une autre tête de harpon dans un manche, mais laissa Jon grimper sur le *hâmmâlollo*.

L'eau était si claire que, du haut de la plateforme, Jon eut l'impression que la raie ondulait dans les airs. Un panache de sang s'échappait du fer fiché dans son dos. Cette situation était un jeu d'enfant : la raie immobilisée par la corde à proximité du *jonson*, une mer d'huile et tout le temps du monde pour préparer la frappe. Jon avait confiance en lui – il avait déjà atteint des cibles plus difficiles par le passé, notamment la raie manta qu'il avait prise avec Narek –, mais s'il tardait trop ses amis risquaient de se moquer de lui. Il sauta dans le vide. Quand il refit surface, une ligne de harpon fouaillait l'eau – mais pas celle accrochée à son arme. Contre toute attente, il avait raté son coup. À bord du *jonson*, Anso et Marsel tentaient de maîtriser la bête mais faillirent être projetés par-dessus bord par sa force prodigieuse. Cet échec était d'autant plus humiliant pour Jon que, ce faisant, il avait créé toutes les conditions pour que le premier harpon se détache de l'animal en fuite. *"Lolong !"* hurla Ote, terme technique indiquant que Jon avait visé trop loin devant la raie.

La langue des Lamalériens comporte un mot spécifique pour chaque situation[10], de celle où le *lamafa* manque sa cible parce qu'il a glissé sur les planches humides du *hâmmâlollo* (*segalit*) à celle où il se retrouve déséquilibré par une vague traîtresse au moment de lancer son arme (*sleder*). *Pleba* désigne le fait de frapper si violemment une cible que la tête du harpon ressort de l'autre côté, et *lobut* le fait que le harpon tout entier – manche compris – traverse la proie. Et puis il y a *todeh*, sans doute le terme le plus moqueur de la langue lamalérienne, décrivant une situation où le harpon ne pénètre même pas la chair : on l'utilise pour souligner l'incapacité d'un *lamafa* à transpercer la peau d'un cachalot, mais aussi pour railler celle d'un homme marié à concevoir des enfants – ce qui en faisait l'un des quolibets préférés des Lamalériens à l'encontre d'Ote. Ces termes techniques permettaient à Jon[11] et à Ote de comprimer en quelques syllabes des paragraphes entiers d'informations au sujet de la chasse. Surtout, ils constituent de véritables microcosmes linguistiques englobant tout un mode de vie, et seront parmi les premiers vocables à disparaître si la culture des Lamalériens vient à décliner.

Il fallut dix minutes de manœuvres subtiles à Anso et Marsel pour ramener la raie à portée de harpon. Dressé sur le *hâmmâlollo*, Ote plongea la pointe de son arme dans l'eau mais la maintint immobile tandis que la raie s'approchait du *jonson*. Les yeux de l'animal, juché sur leurs tiges, pivotèrent pour contempler ses bourreaux, tout là-haut, ignorant le harpon. Ote attendit que la raie passe quelques centimètres à peine sous la pointe de l'épieu, puis l'embrocha avec nonchalance. Les leçons des *lamafa* tiennent en général davantage de la démonstration pratique que du cours magistral, et dans ce cas précis Ote venait de montrer à Jon comment ne pas se laisser tromper par la réfraction de l'eau, en positionnant la raie et le harpon dans le même plan lumineux, tout en lui rappelant qu'il n'était pas toujours nécessaire de sauter du bateau. Un *lamafa* était comme la flèche de l'arc que représentait le *jonson* : quand il manquait son coup, il fallait du temps pour réarmer.

La raie fit un saut périlleux et tentait de s'enfuir à nouveau quand Jon, s'élançant du *VJO*, l'empala en plein vol. Ce coup victorieux était aussi impressionnant que son raté avait été embarrassant. La raie disparut dans un nuage de sang brassé par ses ailes frénétiques. Avec trois harpons plantés dans ses chairs, la raie ne pouvait plus leur échapper. Les hommes la ramenèrent contre le flanc du *VJO*. Là, Jon posa la lame de son *duri* entre les cornes de la bête, pesa de tout son poids dessus et entreprit de cisailler le crâne. D'abord, les ailes se mirent à tambouriner le bordage du *VJO*, aspergeant Jon d'une écume sanguinolente. Mais quand le grincement suraigu de la lame contre l'os s'acheva par un léger craquement, évoquant une noix de coco qui se brise, ces coups de boutoir cessèrent. Les hommes retinrent leur souffle. Des vaguelettes giflaient la coque.

John achève le diable de mer jaune avec son duri

Comme la raie était trop grande pour pouvoir être hissée à bord, ils lui percèrent les ailes avec des crochets et les nouèrent au bateau, qui faisait du surplace, le temps de découper la chair à la base des ouïes pour déloger la tête d'un seul bloc, après quoi ils scièrent les ailes pour les décrocher du corps. Finalement, ils empilèrent les quatre parties de la raie au fond du canot, tel un puzzle défait. La carcasse chatoya un moment, comme par un enchantement sous-marin, mais le soleil ne tarda pas à dessécher sa peau soyeuse jusqu'à lui donner l'aspect rugueux du bitume, et ses yeux globuleux se voilèrent comme des ampoules grillées.

À un kilomètre de là, un autre *jonson* poursuivait en direction de l'est une proie qu'ils ne pouvaient pas voir, même s'ils distinguaient le harponneur et son arme qui se découpaient sur le fond lilas des montagnes de la péninsule d'Ata Dei. Ote bénit l'équipage avec l'eau bénite de Frans, les hommes psalmodièrent un Notre Père pour remercier la raie de s'être sacrifiée, Jon tira sur la corde du moteur pour le démarrer et ils foncèrent se joindre à cette chasse.

Au cours des mois qui suivirent, Jon s'entraîna à répéter les techniques qu'il avait vu Ote utiliser sur les dauphins et les diables de mer, lorsqu'il lui servait de second harponneur. Comme Ote, il faisait glisser ses mains le long du manche pour allonger ou raccourcir le harpon en fonction de la distance à laquelle se trouvait la cible, ou bien il calait l'une de ses paumes sous l'extrémité du manche pour gagner en longueur de frappe. Il apprit à hyperventiler jusqu'à se mettre en transe avant de frapper les grosses proies, notamment les raies manta, pour être sûr de transpercer leur peau épaisse – mais aussi à se glisser dans un état zen lorsqu'il s'attaquait aux dauphins, si nerveux, qui exigeaient davantage de précision que de puissance. Mais ce n'étaient pas seulement des compétences physiques que Jon devait maîtriser pour prétendre au statut de *lamafa* : la Voie du *Lamafa* insistait moins sur les techniques de chasse qu'elle n'exigeait un parfait équilibre spirituel entre le harponneur et le monde, car, dès lors que le *lamafa* honorait les Ancêtres et défendait l'unité de la tribu, les poissons s'offriraient à lui de leur plein gré.

Pourtant, Jon trouvait parfois déroutante la Voie du *Lamafa*. En l'absence de manuel officiel, les règles n'étaient transmises que par la tradition orale, et il avait l'impression que les Ancêtres avaient omis de fournir ne serait-ce que de vagues conseils concernant les situations actuelles, propres au monde moderne. Devait-il s'abstenir d'utiliser un téléphone portable, comme le suggéraient une partie des anciens, alors qu'il voyait certains *lamafa* pourtant accomplis s'en servir gaiement ? Fallait-il vraiment ne laisser personne lui toucher les pieds, sous peine de mettre en péril son équilibre spirituel ? En privé, il décrétait que l'interdiction pour un *lamafa* de faire l'amour durant Léfa n'était sans doute que pure superstition (même si, Honi se trouvant à des centaines de kilomètres, il n'avait personne avec qui le vérifier). Il lui semblait en outre que la Voie du *Lamafa* exigeait parfois de lui des prouesses surhumaines : comment pouvait-on s'empêcher de nourrir occasionnellement des rancœurs à l'encontre des membres de son clan ? Contrairement à Ben, il n'avait pas de père pour le guider. Et si Ote excellait dans ses actions, ce n'était ni un grand bavard ni un philosophe. Au bout du compte, Jon décida d'assembler sa propre Voie du *Lamafa* à partir des nombreuses traditions existantes.

Tout au long du mois de novembre, le harponnage de Jon ne cessa de s'améliorer, mais lorsque les vents humides de décembre froissèrent la mer de Savu, il comprit qu'il ne deviendrait pas *lamafa* cette année-là. À des milliers de kilomètres au nord, sur le toit de l'Asie, le désert de Gobi était en train de se refroidir, exhalant des vents d'ouest qui allaient ensuite obliquer vers le sud, se charger d'humidité au-dessus du Pacifique et pousser les nuages de mousson jusqu'à Lamalera d'ici Noël. Les clans entreprirent d'installer les systèmes de cordes qui allaient soulever du sol *téna* et *jonson* pour les hisser sous les toits des abris à bateaux et les mettre hors de portée des marées de tempête qui atteindraient bientôt le mur de soutènement tout en haut de la plage. Contemplant les branches desséchées d'un kusum, Jon se dit qu'il fallait être patient. Dans quatre mois, cet arbre s'ornerait de bourgeons rouges et duveteux qui libéreraient de petites feuilles d'un vert chatoyant, la mer se calmerait et la tribu repartirait à la chasse. Alors, se jura-t-il, il serait fait *lamafa*.

DEUXIÈME PARTIE

2015

Officiellement, les Lamalériens sont de religion catholique. Ici, Bena Bediona, la fille de Frans, dans l'église du village après sa répétition avec le chœur. Au mur, derrière elle, une peinture représente le Christ convertissant la tribu sur la plage de Lamalera

8

NOUVEL AN

avril – 2 mai 2015
Frans – Sipri

Pour les Lamalériens, le temps s'apparente à une spirale[1], il est cyclique plutôt que linéaire. La roue des saisons tourne sur elle-même. Les cachalots migrent. Les êtres vivants vous quittent mais deviennent des Ancêtres à leur tour. Chaque fois que les bourgeons des kusums donnent naissance à de nouvelles feuilles, la vérité des Voies anciennes est rétablie. Léfa revient toujours.

Pendant la saison des pluies, le village avait pris des allures sépulcrales. Des chiens boueux pataugeaient le long d'allées désertes et des vagues tempétueuses rongeaient la plage abandonnée. Épouses et enfants restaient blottis dans les maisons humides, sous trois couches de sarongs. Nombre d'hommes ayant rallié des chantiers de construction de l'autre côté des montagnes, seule une poignée de sampans pêchait près de la côte, tous prêts à rentrer précipitamment dès qu'un typhon montrait le bout de ses nuages. Mais on arrivait toujours à improviser un équipage de *téna* quand des cachalots passaient au large de l'île et que la mer était suffisamment paisible. Les mois les plus humides, de janvier à mars, étaient baptisés la Saison de la Faim. Cette année-là, des pluies surabondantes avaient fait pourrir les plants de manioc de certaines tribus des hauteurs avant la récolte, et, à Lamalera, la succession de jours pluvieux rendait difficile le séchage de la viande au soleil et laissait la voie libre aux vers. Pour se nourrir, la tribu avait dû puiser dans le *mata gapo*, ces énormes paniers en rotin remplis de maïs et de riz qui restaient suspendus toute l'année au-dessus de l'âtre des maisons, la fumée tuant les charançons qui parvenaient à s'y glisser. Mais les gens maigrirent malgré tout, et la grippe proliféra.

Avril arriva enfin et l'hiver de l'hémisphère sud refroidit les déserts d'Australie, chassant les vents chauds vers le nord, à travers l'Indonésie. La mer se calma et les baleiniers rentrèrent au village. À présent, la plage fourmillait d'hommes forgeant des têtes de harpon et d'équipages calfatant leurs bateaux avec de la fibre de bois séchée en vue d'une nouvelle saison de chasse au cachalot.

Comme à son habitude, Frans fit en sorte que le *Kéna Pukã* soit prêt à partir à la chasse avant le reste de la flotte. Mais un jour qu'Ote harponnait un dauphin, le *leo* du *téna*, sa Corde-Esprit, se brisa. Il allait falloir en tresser un nouveau avec les matériaux de la forêt – toute une histoire, étant donné l'importance rituelle de ce processus et le temps conséquent que cela allait prendre. Au début des années 2000, les lignes en nylon avaient remplacé les cordes fabriquées avec des fibres naturelles, hormis les *leo*, car elles étaient plus faciles à remplacer – pas forcément plus solides, cependant. Frans ordonna à ses hommes d'effilocher des pans d'écorce de palmier gebang et d'hibiscus, tandis que les femmes de son clan filaient d'interminables longueurs de coton sauvage. Ces matériaux furent alors tressés ensemble, pour former un seul et même *leo* long et résistant, par les anciens de la tribu, qui se firent une joie d'entonner des chants de travail qu'ils n'avaient plus souvent l'occasion de partager, les jeunes hommes du clan répétant les bribes qu'ils attrapaient au vol : "Donnez-nous de la force ! Donnez-nous du *tuak* !" Deux jours durant, centimètre après centimètre, le *leo* prit de l'ampleur jusqu'à atteindre sa longueur finale de plus de quatre-vingt-dix mètres. Puis on l'enduisit d'une laque tirée de la sève de colibri végétal, qui durcissait et noircissait lorsqu'on la trempait dans l'eau de mer, formant une enveloppe protectrice autour de la corde.

En temps normal, Frans aurait surveillé de près ce travail aussi crucial que complexe – les brins de la corde devaient être tournés un certain nombre de fois afin d'obtenir l'approbation des Ancêtres – mais il était parti à quatre îles de là pour assister à l'ordination de sa fille aînée. La profession perpétuelle des vœux solennels, comme on l'appelait, était un accomplissement si important que Frans avait prévu d'organiser une grande fête afin que toute la tribu puisse le célébrer. En voyant sa fille enfiler la cornette de religieuse, Frans se sentit immensément fier, mais il éprouva aussi la tristesse d'un père confiant sa fille à un époux. Sa benjamine, Bena, qui devait rentrer à la maison l'année suivante, lui manqua soudain terriblement, car tous ses enfants vivaient désormais loin de la tribu : sa fille aînée au couvent, Bena étudiant à l'université et son unique fils, qui n'avait jamais montré de réelles aptitudes pour le métier de marin, enseignait l'éducation physique en primaire sur une île lointaine.

Quand Frans rentra à Lamalera, la veille du Tobo Nama Fata, le Conseil sur la Plage, ce rassemblement au cours duquel les chasseurs au grand complet définissent les règles de la saison de chasse à venir, il fut accueilli par une bonne partie de sa famille venue l'aider à porter jusqu'à chez lui les cartons fermés avec du scotch qu'il rapportait, remplis de trésors – épices, huile de cuisine... Puis ils s'assirent tous ensemble sur sa véranda pour boire du café tiré du thermos émaillé tout ébréché qu'il avait acheté d'occasion et que tous admirèrent. Visiblement agité, Frans fit de grands discours sur les forêts d'antennes de téléphonie et les cavaleries entières de motos qu'il avait vues sur les îles voisines, s'inquiétant tout haut qu'elles puissent un jour prochain atteindre Lamalera. D'autres anciens renchérirent en se plaignant des *jonson*, et le débat dériva vers la question de savoir s'il fallait les interdire, comme l'avait exigé Sipri. Un homme demanda à Frans si Sipri participerait au Tobo Nama Fata, cette année-là, référence détournée à la Malédiction de la Chèvre noire au sujet de laquelle nul n'osait poser des questions. En guise de réponse, Frans se contenta de se fendre d'un sourire mystérieux, que les baleiniers interprétèrent ainsi : tout allait pour le mieux, mais ils n'avaient pas le droit de savoir ce qui s'était passé. Les chamanes s'arrangeaient toujours pour que leurs affaires demeurent des énigmes, même pour les anciens de Lamalera.

Seuls Frans et quelques autres chefs de clan savaient que les Wujon – les Seigneurs de la Terre – étaient revenus sur leur menace de jeter un sort à la tribu après qu'un autre émissaire était allé présenter des excuses pour la transgression dont les Lika Telo s'étaient rendus coupables l'année précédente. Ce qui avait surtout amadoué les Wujon, c'était le fait que le chef du clan Bataona, Kupa, dont l'absence avait fait capoter la cérémonie, avait discrètement été invité à retourner là où il habitait auparavant, sur une autre île, pour qu'un proche plus respectueux puisse prendre sa place.

Plus important encore : Sipri, qui avait proféré cette menace, était en train d'être poussé dehors par son fils de cinquante-deux ans, Marsianus Dua Wujon, lequel plaidait pour qu'on lui retire le titre de Seigneur de la Terre. Aux yeux de Marsianus, les imprécations excessives de son père et son allusion à la Malédiction de la Chèvre noire avaient fourni la preuve qu'à soixante-dix ans passés, soutenait le fils devant ses proches, Sipri était en train de sombrer dans la sénilité. Marsianus jouait également sur le ressentiment des autres Wujon né de l'installation d'une antenne de téléphonie mobile au sommet de leurs falaises, trois ans plus tôt. Ce terrain appartenant aux Wujon, l'opérateur avait versé à Sipri la somme astronomique de cinq mille dollars en échange d'un permis de construire. Marsianus et ceux de son clan espéraient que l'argent serait partagé, mais Sipri avait tout gardé. Il en avait besoin pour payer les médicaments de son épouse, victime d'une attaque, avait-il argumenté, ainsi que pour divers projets qui profiteraient à tous, comme la restauration de la Maison des Esprits. Bon nombre de gens ne le lui avaient pas pardonné. Le problème n'était pas seulement qu'il se soit approprié l'argent – c'était aussi l'hypocrisie dont il faisait preuve en jouissant du confort moderne de Lewoleba tout en forçant les membres de sa tribu à conserver leur mode de vie archaïque. Tirant parti de toutes ces frustrations, Marsianus avait obtenu le soutien de son clan pour diriger lui-même la cérémonie d'Ige Gerek et le Tobo Nama Fata, devenant de fait le chef des Wujon.

Pour Frans et les Lika Telo, il était plus facile de négocier avec Marsianus. Là où son père s'était toujours accroché aux règles anciennes sans aucun compromis, Marsianus, bien que conservateur et favorable à un retour à la navigation à la voile et à la pagaie, était moins enclin à discuter les choix de la tribu.

“Moi, je dois vivre à Lamalera et dépendre des cachalots pour manger, avait-il déclaré un jour. Pas mon père.”

Mais alors que Frans savourait ce désamorçage de la Malédiction de la Chèvre noire, à l’autre bout de l’île, une crainte tourmentait Sipri, comme si les Ancêtres eux-mêmes lui murmuraient leurs mises en garde à l’oreille. Il avait cédé à son fils les devoirs incombant au Seigneur de la Terre, mais Marsianus était-il vraiment prêt à diriger le Conseil sur la Plage et à accomplir l’Appel aux Baleines ? Sipri avait d’abord chassé ces inquiétudes, mais comme la nuit s’épaississait il se dit qu’il était le seul à avoir le cœur suffisamment en phase avec les Ancêtres pour conduire convenablement ces cérémonies. Les Lamalériens et Marsianus ne s’attendaient pas à le voir, mais il devait se confronter à eux. Le lendemain matin, Sipri fit venir son neveu pour qu’il le conduise en moto de l’autre côté du volcan.

Cet après-midi-là, ignorant que son père était sur le point d’arriver, Marsianus, qui s’apprêtait à présider le Tobo Nama Fata, s’assit royalement sur la dernière marche du perron de la chapelle récemment reconstruite au centre de la plage, à l’endroit où les crânes de cachalots étaient jadis empilés tel un totem, et où se dressait à présent l’une de ces échardes d’os, longue de cinq mètres, enfoncée dans le sable comme un monolithe. Les yeux rougis d’avoir passé sa vie à fixer le miroitement du soleil sur la mer, Marsianus regardait les siens arriver et s’asseoir devant lui. Les trois chefs des Lika Telo s’agenouillèrent au pied des marches, tandis qu’une centaine de baleiniers ôtaient leurs sandales avant de s’accroupir en rangs sur la plage. Un garçon unijambiste, trop jeune encore pour être embarrassé par sa difformité, jouait au loup en sautillant gaiement parmi ses copains, avant qu’un ancien ne leur crie de cesser de déranger les préparatifs de la cérémonie.

Ote s’était joint à cette foule. Il suivait du regard deux adolescentes qui passaient en roulant des fesses quand un autre chasseur le remarqua et se moqua de lui : “Ton neveu a besoin d’une mère.” En guise de réponse, Ote ramassa dans le sable une pince de crabe et la lança sur lui, en grimaçant – ses mains, qu’il avait écorchées en attrapant une corde de harpon entraînée par une orque, étaient enveloppées de chiffons. Ignatius fit taire Ben et plusieurs autres jeunes en train de papoter – Marsianus s'était levé et lissait le col de son polo bleu de contrefaçon. Jon, qui avait la grippe, était resté chez lui.

Marsianus ouvrit le conseil par ces mots : "Je suis le Seigneur de la Terre." Puis il souhaita la bienvenue aux membres de la tribu en soulignant que c'était en tant que représentant de leurs aïeux qu'il allait écouter leurs doléances.

L'un des Lika Telo répondit : "Nous sommes les pêcheurs. Nous demandons à ce qu'Ige Gerek ait lieu demain. S'il vous plaît, transmettez nos souhaits et nos espoirs aux Ancêtres car nous avons besoin que les baleines viennent."

Marsianus et les Lika Telo échangèrent alors, selon la coutume, des paniers en rotin remplis d'épis de maïs séchés, de cigarettes roulées dans des feuilles de palmier et de *sirih pinang*. Puis, l'un après l'autre, les baleiniers entreprirent d'exposer leurs problèmes devant le Conseil. La plupart des plaintes portèrent d'abord sur des sorties de chasse particulières, différents capitaines racontant avec moult détails la manière dont tel diable de mer ou tel requin-baleine leur avait été volé par un équipage rival, Marsianus et les anciens se chargeant d'arbitrer les concours de cris qui s'ensuivaient. Une fois toute cette comédie achevée, l'assemblée réaffirma la règle immémoriale selon laquelle seuls les *téna* avaient le droit d'affronter le *kotekĕlema*, le grand cachalot. On aborda alors les sujets les plus litigieux. Certains hommes sollicitèrent la permission de poser leurs filets dérivants pendant Léfa, mais le Conseil confirma l'interdiction de cette pratique jusqu'à la fin du mois de septembre. Le débat le plus intense porta sur la question de savoir s'il fallait décaler d'un jour le rituel d'Ige Gerek, étant donné qu'il entrait en conflit avec une cérémonie catholique programmée le même jour. Certains anciens s'y opposèrent farouchement, arguant que cette date avait été fixée par les Ancêtres. Mais il fut finalement décidé qu'Ige Gerek serait déplacé au lendemain du Misa Arwah, cette messe au cours de laquelle une flotte de pirogues miniatures porteuses de bougies était lancée vers le large.

Finalement, l'assemblée remit sur le tapis l'usage des *jonson*. Ce qui était en jeu, c'était ce que ça signifiait d'être lamalérien et les moyens adoptés pour assurer la survie de la tribu. Jeffery "Jepo" Bataona, qui avait remplacé le chef absentéiste en tant que nouveau membre des Lika Telo, proposa que la tribu se mette en quête d'un sponsor gouvernemental ou philanthrope qui leur verserait un salaire décent pour naviguer à la voile plutôt qu'au moteur, afin que leur savoir traditionnel ne se perde pas. Une partie des anciens accueillit cette idée avec enthousiasme, mais d'autres objectèrent que les jeunes n'avaient pas à être payés pour faire les choses comme elles devaient se faire. Un groupe de jeunes chasseurs s'opposa à cette proposition pour une autre raison : même si la tribu parvenait à trouver quelqu'un qui accepte de rémunérer les baleiniers pour ne sortir qu'à bord des *téna*, à la voile et à la pagaie, cette idée n'avait aucun sens. Avec leur moteur, les *jonson* étaient clairement plus efficaces pour attraper les petites proies et, par ailleurs, le monde entier était en train de se moderniser.

Il n'y aurait cependant aucun vote officiel concernant ces questions. C'était sur la seule base du nombre et de la véhémence de ceux qui s'exprimaient pour ou contre une idée qu'un consensus serait trouvé. Grâce à ce mode de gouvernance, la société lamalérienne est plus égalitaire et plus démocratique que ses cousines industrielles – mais cette égalité rend les membres de la tribu extrêmement durs à contrôler, puisqu'aucun ne détient l'autorité. Les Lika Telo, malgré leur prestige, ne disposent d'aucun outil législatif leur permettant d'imposer leurs décisions. La pression sociale est donc le seul moyen de faire appliquer les décrets du Conseil. Mais même ainsi, il est impossible d'éradiquer les délits mineurs – par exemple, si quelqu'un décide de pêcher au filet dérivant pendant Léfa. (En revanche, pour les crimes les plus graves, un meurtre par exemple, la tribu tout entière peut prononcer un jugement basé sur le consensus, qui implique généralement un châtiment de nature chamanique.) Au bout du compte, la tribu n'avait donc aucun moyen d'endiguer l'avènement de la modernité. À supposer que Sipri ou d'autres partisans de la ligne dure parviennent à interdire les *jonson*, tant qu'un groupe de pêcheurs assez conséquent continuerait d'utiliser les moteurs, on ne pourrait rien y faire.

Évidemment, il était compliqué de savoir ce que voulaient les Lamalériens, car tous n'étaient pas unis dans un seul et même désir. Sipri, Frans et Jon avait des interprétations fort différentes de ce que signifiait être un Lamalérien : impossible de les mettre d'accord sur quels changements étaient bons ou mauvais. Jon et Ote considéraient comme un avantage le fait de ne plus avoir à pagayer pendant des heures sous un soleil de plomb, mais Sipri y voyait une menace existentielle. Alors que le débat s'éternisait, certains baleiniers s'en allèrent, lassés, conscients que l'absence de décision était en soi une décision – comme cela avait été le cas tous les ans jusqu'ici. En fin de compte, la discussion déboucha sur une impasse. Il faudrait la reprendre dans un an, lors du prochain Tobo Nama Fata.

Le miaulement torturé d'un matou appelant sa femelle retentit pendant que Marsianus récitait une prière dans une forme archaïque de lamalérien, que même Frans et les autres anciens ne comprenaient que vaguement, pour avoir écouté leurs pères la parler jadis à l'occasion de cérémonies depuis longtemps disparues. Des éclairs de chaleur zébraient les hauteurs embrumées du volcan mais le tonnerre ne venait pas, comme si la nature retenait son souffle. Marsianus demanda aux spectres des Ancêtres, qui s'étaient réunis pour assister à la cérémonie, de revenir dans deux jours à l'occasion de l'Appel aux Baleines, puis il les libéra. Sous le regard de la Croix du Sud, qui s'allumait en scintillant dans un coin de ciel oublié par l'orage sec, les baleiniers récitèrent le Notre Père. Puis Marsianus se lança à l'assaut de la falaise, en direction de la Maison des Esprits du clan Wujon. Il y trouva Sipri, qui l'attendait.

Des nuages couvrirent les étoiles, intensifiant la nuit, mais aucune pluie ne tomba. À sept heures du soir, les gens s'étaient déjà retirés chez eux et bon nombre d'entre eux s'apprêtaient à se coucher. Jepo était assis torse nu sur un banc de bambou, dans la cour en brique de la maison familiale, où Jon et tant d'autres avaient regardé les matchs de la Coupe du monde, l'année précédente. Il jouait à faire coucou à l'une de ses petites sœurs, tandis que sauterelles et grenouilles lançaient leur symphonie dans la jungle, derrière. L'orchestre alla crescendo puis s'interrompit brusquement, sentant une perturbation imminente et, dans ce silence, des bruits de pas claquèrent dans l'allée.

Frans entra d'un pas vif dans la cour, tête baissée, épaules voûtées, comme prêt à donner un coup de boule au premier qui se dresserait en travers de son chemin. Au lieu de son uniforme quotidien composé d'un tee-shirt déchiré et d'un short de football – souvent achetés à des fournisseurs qui négociaient à bas prix des vêtements en provenance des États-Unis, défectueux ou invendables ailleurs, de telle sorte qu'il possédait un tee-shirt proclamant la victoire au Super-Bowl d'une équipe de football américain qui avait en fait perdu en finale –, il portait un tee-shirt javellisé d'un blanc fluorescent et un impeccable sarong à carreaux verts. "Debout !" ordonna-t-il.

Posant sa sœur par terre, Jepo lui demanda ce qui se passait.

"Une mission importante nous attend. Sipri vient d'arriver !"

Jepo reconduisit en toute hâte sa sœur dans la maison, et ressortit vêtu d'un tee-shirt et d'un pantalon de camouflage, son bouc ébouriffé enserré dans un bout de sparadrap. Il sauta sur sa moto vert crocodile et fit rugir le moteur. Le phare poignarda l'obscurité. Frans remonta son sarong au-dessus des genoux et s'assit derrière lui. Alors, Jepo lança son engin à l'assaut de la piste en terre rocailleuse qui montait en lacets à flanc de falaise. Les deux hommes étaient terrifiés à l'idée que le vieux chamane ait pu revenir pour mettre à exécution la Malédiction de la Chèvre noire.

Jepo et Frans trouvèrent Sipri et Marsianus qui les attendaient dans la Maison des Esprits du clan Wujon. Avec ses murs de bambou et son toit de chaume, ce bâtiment était un anachronisme au milieu des maisons en brique couvertes de tôles qui peuplaient le reste du village – les Seigneurs de la Terre savaient que leurs Ancêtres n'auraient pas daigné vivre dans ces logements modernes. Une lampe à huile de cachalot solitaire projetait sur les murs des ombres de feu de camp et illuminait du dessus les chamanes, laissant leurs orbites dans le noir. Depuis que Frans avait vu Sipri pour la dernière fois, un an plus tôt, le vieillard avait encore maigri. Les contours de ses joues ressortaient si nettement que sa peau en papier crépon donnait l'impression d'avoir été scellée sous vide sur son crâne.

Sipri ne répondit rien quand Jepo et Frans se répandirent sur le plaisir inattendu que leur procurait sa venue. Jepo dit combien il appréciait que Sipri ait fait le voyage et promit de lui acheter un poulet pour qu'il le sacrifie lors d'Ige Gerek. Frans lui tendit des cigarettes d'importation, industrielles, considérées comme plus classe que celles que l'on roulait habituellement dans les palmes séchées. Pendant ce temps, Marsianus restait assis en silence dans un coin de la pièce. Sipri souffrait encore de cette maladie qui rendait ses yeux comme "épicés". Des larmes en coulaient sans cesse, et il les frottait avec l'ourlet de son sarong violet jusqu'à ce qu'ils rougissent.

Au bout d'un moment, Sipri laissa échapper un soupir. "Une chance que je sois venu, dit-il. Sinon la cérémonie n'aurait pas eu lieu au bon moment. Quand mon fils m'a dit qu'elle allait se dérouler le deuxième jour de mai, j'ai été surpris. Changer la date, comme ça, ce n'est pas anodin !" En apprenant qu'Ige Gerek avait été décalé, Sipri s'était emporté contre Marsianus, déclarant qu'il était providentiel que les Ancêtres l'aient prévenu qu'il fallait rentrer, car il aurait pu y avoir un désastre. Alors, Sipri avait envoyé l'un de ses neveux chercher Frans et Jepo.

Sipri ordonna ensuite à Frans, Jepo et Marsianus de lui rapporter les messages que les chasseurs avaient confiés aux Seigneurs de la Terre durant le Conseil. Sipri avait décidé que dans quelques heures ce serait lui – non son fils – qui porterait ces messages aux Ancêtres, sur les hauteurs du volcan. Il les mit en garde : les Ancêtres étaient en train de perdre patience à force de voir les Lamalériens refuser d'abandonner les *jonson* et ne pas assez honorer les Wujon.

Pendant l'heure que dura la diatribe de Sipri, Frans craignit que tout cela ne mène à la Malédiction de la Chèvre noire, et Jepo et lui s'efforcèrent de l'amadouer en acquiesçant à ses propos dès que l'occasion se présentait. Quand Sipri se tut enfin, ayant épuisé son auditoire autant que lui-même, le vieil homme n'avait pas mentionné la malédiction, au grand soulagement de Frans. Jepo conclut cette conférence en demandant solennellement à Sipri de diriger la cérémonie d'Ige Gerek le lendemain. Comme ils quittaient la Maison des Esprits, Frans se demanda pourquoi Sipri n'avait pas mis sa menace à exécution. Le vieux, se dit-il, avait dû juger que la tribu honorait suffisamment les Ancêtres pour ne lui imposer qu'une mise en garde, pas un châtiment.

Sipri, Marsianus et les jeunes hommes du clan se hâtèrent de rassembler leurs offrandes, enveloppant dans des feuilles de bananier des œufs à la coquille brune et du *sirih pinang*, sortant de leurs coffrets en rotin les objets précieux hérités des Ancêtres et conservés dans la Maison des Esprits. En temps normal, les Seigneurs de la Terre auraient entrepris leur ascension ce soir-là, dormant en chemin dans le hameau d'une autre tribu, mais il était trop tard pour partir. Les chamanes dormirent quelques heures d'un sommeil agité, tandis que la Croix du Sud parcourait le cadran du ciel telle l'aiguille d'une horloge. Avant l'aube, Sipri réveilla Marsianus et ses petits-fils : il était temps d'aller se présenter aux Ancêtres.

Le soleil levant surprit Sipri dans les vergers. La jungle était encore loin car les Wujon avaient entamé l'ascension du Labalekang plus tard qu'à l'accoutumée. Sipri était troublé par les anacardiers qui l'entouraient. Dans l'obscurité, il pouvait encore prendre leurs rangs serrés pour la forêt vierge de son enfance, mais à la lumière du jour il était impossible d'ignorer que les fermes avaient désormais investi les pentes du volcan sur des kilomètres. Tous les deux cents mètres, Sipri était obligé de se reposer, malgré la Lance du Dragon, cette arme magique maniée jadis par ses aïeux devenus esprits, dont il se servait comme d'une canne. (À Lewoleba, il avait pris l'habitude d'utiliser à cet effet un parapluie cassé, débarrassé de ses baleines et de sa toile.) Marsianus poursuivait sa route d'un pas déterminé, ne jugeant pas nécessaire d'attendre son père, la veine entre ses deux sourcils palpitant comme dans un dessin animé quand il jetait un coup d'œil par-dessus son épaule. Bientôt, il fallut se rendre à l'évidence : à ce rythme-là, ils n'atteindraient le promontoire où la première cérémonie se déroulait en temps normal que tard dans la journée – trop tard. Sipri ordonna une halte devant l'une des pierres sacrées au pied du volcan. Il tenait absolument à suivre à la lettre la Voie des Ancêtres, mais il arrivait parfois que des choix imparfaits se présentent, et c'était le cas ce jour-là : commencer la cérémonie après l'heure prescrite par ses aïeux, ou la faire se tenir au mauvais endroit.

Sipri espérait que les Ancêtres comprendraient : il faisait vraiment de son mieux mais son corps était en train de le trahir et le monde aussi. Comment pouvait-il sauver les Lamalériens s'ils ne suivaient pas ses instructions ? Quand, dans le feu de l'action, il avait menacé de lancer la Malédiction de la Chèvre noire, il pensait ce qu'il disait. Mais, une fois calmé, il avait compris qu'il ne pourrait jamais passer à l'acte. Son but était de sauver les siens, pas de les détruire. Mais à présent que tous avaient vu qu'il bluffait, il n'avait plus aucun moyen de forcer les gens de la tribu à faire ce qui était le mieux pour eux. Malgré tous ses efforts, le changement avançait comme un bulldozer. C'était certainement la dernière fois qu'il dirigeait la cérémonie d'Ige Gerek, il le savait. Son peuple ! Son peuple ! Sipri redoutait ce qu'il allait advenir de lui après sa mort.

En tout cas, jusqu'à son dernier souffle, il s'emploierait à maintenir le mode de vie de la tribu au plus près de la Voie des Ancêtres. Il pensait survivre à l'année qui venait et assister au prochain Conseil sur la Plage. Et en cet instant il n'y avait qu'une chose que Sipri pouvait faire pour arranger la situation, au moins temporairement. Il tambourina la surface oxydée du Gong des Ancêtres avec une baguette à l'extrémité recouverte d'un tissu rouge. Un minuscule tintement se répercuta alentour, invoquant le passé. Sipri espérait qu'une fois devenu un Ancêtre il aurait enfin le pouvoir de forcer la tribu à se comporter comme il fallait.

Ce soir-là, alors que des nuages cotonneux dérivaient dans le ciel au ras de l'horizon, posant un filtre bleuté sur le soleil couchant, près de mille cinq cents Lamalériens se réunirent sur la plage pour le rite annuel du Misa Arwah, la messe des âmes égarées. Cette cérémonie était semblable à celles qui l'avaient précédée : le père Romo déclama dans le même ordre les noms des âmes péries en mer ; les membres du chœur entonnèrent les mêmes hymnes traditionnels à s'en brûler la gorge ; le prêtre, ses acolytes et les membres de la tribu lancèrent sur les courants marins des *téna* miniatures transportant des chandelles, pour que leurs espoirs voguent au loin dans la nuit.

Jon, les bronches prises par une mauvaise grippe, n'assistait pas à la cérémonie. Assis au sommet de la falaise, drapé dans un sarong, il contemplait les milliers de flammes qui scintillaient en bas. Pendant la saison des pluies, il avait fini par se lasser de son apprentissage auprès d'Ote, et il comptait les jours qui le séparaient du retour de Honi. Pourquoi devait-il toujours attendre ? Il rêvait à nouveau de s'en aller à Jakarta, où il espérait réussir de grandes choses, comme tous ces jeunes venus d'ailleurs qu'on voyait dans les séries télé indonésiennes.

Pendant ce temps, Ignatius priait pour que Ben épouse enfin Ita et devienne *lamafa* à son tour. L'année écoulée semblait l'avoir éprouvé autant que les décennies précédentes, et il espérait voir son fils atteindre enfin ces buts avant de rejoindre sa chère Teresea.

Cette année-là, les espoirs de Ben coïncidaient davantage avec ceux de son père. Le projet de son ami de créer une ligne de *bemo* à Bali était tombé à l'eau, et, quoique déçu dans un premier temps, il s'était mis au fil des mois suivants à apprécier davantage la vie à Lamalera. Certes, il y avait des moments, comme lorsque ses deux jeunes enfants faisaient des bêtises ou que les ordres de son père l'exaspéraient, où il songeait encore à s'enfuir à Lewoleba. Mais l'idée de devenir *lamafa* le séduisait de plus en plus. Peut-être avait-il franchi quelque ligne invisible de la maturité.

Libéré de l'effroi que lui inspirait la Malédiction de la Chèvre noire, Frans pria pour une saison de chasse fructueuse et la bonne santé de sa famille et de son clan – et pour qu'après avoir obtenu son diplôme universitaire dans quelques mois sa fille Bena ne choisisse pas d'aller travailler sur une île lointaine mais tienne sa promesse de rentrer au village, même si elle ne reviendrait sans doute pas avant l'année d'après, avec toutes les affaires qu'il lui resterait à régler avant de regagner son île.

Les espoirs d'Ika se résumaient aux rêves diaphanes d'une jeune fille amoureuse : mariage, enfants, une maison à elle. Elle sortait depuis peu, en secret, avec un jeune homme du village. Si une partie d'elle-même espérait encore faire des études et mener une vie plus moderne, la perspective de quitter la tribu avait soudain grandement perdu de son attrait.

Une fois les prières prononcées et les navires porteurs de bougies disparus dans l'obscurité, les Lamalériens quittèrent la plage en rangs dispersés, sans fanfare. Il ne resta bientôt que les plus pieux et les plus malheureux, agenouillés dans le sable parmi les gerbes d'étincelles projetées par le vent. Puis la marée envahit les lieux, noyant les fosses enflammées et repoussant les traînards vers la lumière maladive des halogènes qui éclairaient le village. L'air de la plage était saturé de fumée. Là-haut, le divin chandelier scintillait comme il l'avait toujours fait et comme il le ferait toujours.

Les Lamalériens redescendirent sur la plage au lever du jour, marchant sur des allumettes calcinées, des bougies grotesquement pétrifiées à mi-fonte par les vagues et quelques navires fracassés que les Ancêtres leur avaient renvoyés. Ils se réunissaient à présent pour le Misa Léfa, l'Ouverture de la Mer, ce rituel célébrant l'avenir, tout comme le Misa Arwah célébrait le passé.

Après son sermon, le père Romo, se servant d'un blaireau de barbier en guise de goupillon, aspergea d'eau bénite chacun des *téna* décorés de plantes cueillies dans la forêt. Ensuite il bénit l'océan, mains tendues devant lui, tel un sorcier jetant un sort. Enfin, le clan Lelaona mit à l'eau le *téna Praso Sapang*, sa double poupe cérémonielle enguirlandée de palmes. Le reste de la flotte prendrait le large le lendemain, mais le *Praso Sapang* partait toujours seul à la chasse au premier jour de Léfa, conformément aux souhaits des Ancêtres, et sa réussite préfigurerait celle de l'année à venir. L'équipage pagayait avec les coups amples d'hommes crânant devant leurs familles, scandant les chants traditionnels pour marquer la cadence, même s'ils ne les entonnaient plus vraiment comme autrefois, à l'Ère des Chants. Depuis le rivage, les Lamalériens virent la pirogue rouge, blanc et bleu se réduire peu à peu jusqu'à n'être plus qu'une brindille. Une fois sorti des courants qui contournaient l'île, le *Praso Sapang* dressa son mât double et hissa jusqu'en haut sa voile en palmes tressées, que le capitaine déploya en tirant d'un coup sec sur une corde. Ce diamant incliné se détacha sur l'horizon tel un sémaphore, signalant que les Lamalériens chassaient de nouveau.

Tout le monde attendait de voir ce que les Ancêtres, là-bas, derrière l'horizon de la mer de Savu, allaient leur envoyer. Quand le *Praso Sapang* revint avec une cale vide de fort mauvais augure, les gens de la tribu se mirent à murmurer que, peut-être, les Ancêtres étaient mécontents – jugement que partagea Sipri lorsque la nouvelle lui parvint à Lewoleba.

La prochaine génération de lamafa *s'entraîne au harpon*

9

NEKAT

Mai – juin 2015
Jon

Durant la Saison de la Faim, quand un déluge tombait des cieux et que Jon ne pouvait que très rarement sortir chasser au harpon, il passait des journées entières à regarder la télévision chez l'un de ses voisins. L'intrigue de base de toutes les séries indonésiennes était séduisante : un ou une jeune Indonésien(ne) déménageait de son village rural pour tenter sa chance à Jakarta, où il ou elle rencontrait aussitôt un succès aussi instantané qu'improbable. Ces contes de fées glamour enjolivaient les expériences brutales vécues dans les faits par d'innombrables jeunes exilés dans les grandes villes d'Indonésie : travailler douze heures par jour dans des ateliers où on les exploitait, dormir à même le sol, se lever pour recommencer… Mais Jon n'avait aucune idée de ce que ces immigrés étaient contraints d'endurer et ne pouvait s'empêcher de trouver frustrante son existence de misère, comparée à la vie de rock stars urbaines de ces héros du petit écran.

Même s'il n'avait pas perdu espoir de devenir *lamafa*, ses aînés et les préceptes de la Voie des Ancêtres l'agaçaient de plus en plus. Il avait du mal à ne pas voir le Conseil sur la Plage comme la relique d'un temps révolu, alors que les vieux loups de mer de la tribu ne respectaient même plus leurs propres règles. Il trouvait particulièrement hypocrite le fait qu'année après année ceux-ci édictaient le même décret selon lequel le premier qui repérait une proie disposait de droits exclusifs sur celle-ci, sans pour autant empêcher les conflits d'éclater chaque fois qu'un bateau volait à un autre sa raie manta en fuite. À Wulandoni, un quai désormais achevé s'avançait dans la mer, et il ne restait plus qu'à construire le bureau des douanes pour que le chantier du port soit terminé. Jon et d'autres jeunes hommes espéraient que des emplois payés en cash allaient suivre, une fois que le port ouvrirait à la fin de la saison sèche. Mais ça, c'était dans trop longtemps : Jon voulait l'avenir, tout de suite.

Pour la première fois, il disposait d'une porte de sortie concrète menant à Jakarta, s'il le désirait. Le grand frère de Salés, autre Lamalérien expatrié, occupait là-bas un poste de direction au sein de la filiale indonésienne de la multinationale néerlando-britannique Unilever, et, rentré au village pour assister au Misa Léfa, le vieil homme s'était pris d'affection pour Jon et lui avait proposé de l'engager comme gardien de sa villa, à la capitale. Sur le moment, ne sachant trop si cette proposition était sérieuse, Jon n'avait pas saisi l'occasion. Mais les jours où il était particulièrement frustré par sa vie au village, il affichait le numéro du vieux sur son portable et se demandait ce qui se passerait s'il l'appelait.

Toutefois, Léfa réveillait dans le cœur de tous les marins un désir de chasse. Le premier jour où la flotte fut autorisée à sortir, Jon prit les commandes du *VJO* en confiant le harpon à Ote. Même si, la veille, l'expédition en solitaire du *Praso Sapang* avait été infructueuse, augurant une saison difficile, les baleiniers parvinrent à mettre la chance de leur côté et encerclèrent un banc de diables de mer, la plupart des bateaux en tuant plusieurs. Jon gagna le respect de ses aînés en doublant après Ote, harponnant trois petites raies et une raie manta.

Cet après-midi-là, un murmure parcourut les rangs de la tribu, un seul mot au sujet de Jon : *nekat*. Ce verbe indonésien signifie “prendre tous les risques pour atteindre un but”, mais les anciens s'en servent aussi pour décrire un jeune homme qui court vers le *hâmmâlollo* pour doubler, poussant les autres marins qui ont empoigné des harpons – et sautant même parfois devant le *lamafa*. “Nous autres les anciens savons qui va devenir *lamafa*, déclara Ignatius. Jon n'en est pas encore tout à fait là mais il possède cet esprit énergique – *nekat* – et a fait un grand pas dans cette direction.”

À la fin de cette première journée de chasse de la saison, alors que les rayons du couchant jetaient leurs derniers feux avant de s'éteindre, telle une bougie qui a épuisé tout son suif et noie soudain sa mèche, Ika descendit jusqu'à la plage pour aider Jon à porter les steaks de raie au sommet des collines. Sauf que cette fois l'un des chasseurs qui avaient accompagné Jon, Aloysius Enga "Alo" Kĕrofa, se chargea à sa place de la bassine remplie de viande. Tout au long du chemin, Ika gloussa sans pouvoir s'arrêter.

Au cours des six derniers mois, Yosef Boko avait été assailli de lettres demandant la main de sa petite-fille. Mais aucun de ces prétendants, parmi lesquels figurait Ote, n'avait trouvé grâce aux yeux d'Ika. Comprenant qu'elle n'aurait pas la paix tant qu'elle ne se serait pas trouvé un petit copain, Ika décida de s'en inventer un. La plupart des Lamalériens trouvaient Alo peu séduisant, étant donné que les canons de beauté locaux favorisaient les peaux plus claires que la sienne, d'un noir profond. Surtout, Alo appartenait au clan Kĕrofa, qui se distinguait par sa pauvreté depuis que son premier chef, Tana Kĕrofa, avait été renversé par Korohama et s'était vu interdire de posséder un *téna*.

Mais la basse extraction d'Alo ne gênait pas Ika : d'abord, elle n'avait nullement le projet de l'épouser ; ensuite, elle romançait cette histoire comme une injustice qu'Alo endurait avec une grande noblesse. Ika savait que les Ancêtres avaient imposé aux Kĕrofa cette punition éternelle, mais elle doutait intérieurement de son bien-fondé, de la même manière qu'elle trouvait injuste le fait de se voir refuser grand nombre d'opportunités pour la simple raison qu'elle était une femme. Et si elle ne pourrait jamais changer la manière dont la tribu dans son ensemble traitait les Kĕrofa, elle avait le sentiment que la subtile rébellion consistant à choisir Alo était une modeste façon de réparer un tort.

Et puis quelque chose lui plaisait chez Alo, tout simplement. Ika aimait bien ses muscles, ses tenues punks un peu stylées et le contraste entre ses dents immaculées et ses joues presque noires lorsqu'il souriait. Mais la chose qui la faisait craquer quand ils se voyaient, c'étaient les sottises qu'il disait. Depuis qu'ils étaient tout petits, chaque fois qu'il croisait Ika dans la rue, Alo ne manquait jamais de lâcher une vanne bien sentie, à laquelle elle répliquait aussitôt. Alors ils partaient tous les deux d'un grand rire, à tel point que les gens de la tribu les avaient surnommés "les artisans du rire".

Un après-midi, peu avant le début de la Saison paresseuse, alors qu'elle venait de décliner une énième demande en mariage, Ika croisa Alo sur le sentier désert qui menait au puits et lui expliqua son plan, en lui demandant s'il voulait bien participer.

"Pas ton vrai petit copain ? dit-il en éclatant de rire.

— Non, juste un faux", confirma-t-elle.

Alo accepta.

Comme il était toujours sorti avec d'autres filles même quand il flirtait avec elle, Ika partait du principe qu'Alo la considérait comme une amie, rien de plus. Elle fut donc étonnée quand, au bout de plusieurs mois de ce manège, Alo lui avoua qu'il éprouvait pour elle des sentiments bien réels. (Plus tard, elle ne pourrait s'empêcher de se demander si elle n'avait pas, inconsciemment, tout planifié – ou si Alo ne l'avait pas embobinée, elle.) Le soir de Noël, après la messe du soir à la chapelle, Ika persuada Alo de l'accompagner à la maison familiale, où le jeune homme pressa son front contre la main de Yosef Boko, tout rougissant, en jetant des regards coupables à son vieil ami Jon. Pendant qu'Ika préparait le café, les trois hommes officialisèrent la relation – même si Jon fit clairement savoir à Alo que les noces de sa sœur ne pourraient avoir lieu avant qu'il ait lui-même épousé Honi, car, d'ici là, Ika devait continuer à s'occuper de ses grands-parents.

À partir de ce jour, Alo passa l'essentiel de son temps libre avec Jon et Ika, aidant la famille Hariona à construire une nouvelle maison. Alo et Ika travaillaient toujours l'un à côté de l'autre. Jon surprit un jour sa sœur en train de balayer des copeaux de bois avec un zèle exagéré. "Pourquoi balaies-tu encore ce recoin ? Parce que Alo est par là ? Prends garde à ne pas le balayer au passage !" la taquina-t-il.

Cela faisait des années que Jon et Ika craignaient que cette maison ne leur tombe littéralement sur la tête, mais la réparation de ses piliers mangés par les insectes et de son toit rongé par la rouille était impossiblement onéreuse. Puis, vers la fin de la saison des pluies, le chef de leur quartier avait reçu une aide providentielle des services sociaux indonésiens destinée à la remise en état des logements, et il avait octroyé près de mille dollars à Jon car la maison des Hariona était la plus délabrée des environs. Jon avait commencé par remplacer les tôles rouillées du toit par des plaques d'acier galvanisé flambant neuves. Ensuite, il avait décidé de voir plus grand et d'abattre tout le mur sud de la maison. À la place, il avait bâti un échafaudage de bois vert esquissant les contours d'une extension qui allait quasiment doubler la superficie des lieux. Quand Léfa commença, il avait déjà construit des murs qui lui arrivaient à la taille, avec des briques qu'il façonnait lui-même, et fixé les chambranles des portes, comme un plan dessiné dans l'air.

Jon adorait se promener dans les pièces inachevées et imaginer son avenir. Dans cette suite dont les larges fenêtres ouvraient sur la baie, il s'installerait avec Honi. En attendant qu'elle se marie et emménage chez Alo, Ika dormirait dans cette autre chambre dont les murs montaient jusqu'au plafond, contrairement aux box semi-ouverts où ils vivaient pour le moment. Les grands-parents de Jon se reposeraient sur la galerie qui faisait le tour de la maison. Ses enfants seraient fiers de leur maison, plus fiers que lui-même ne l'avait jamais été.

En temps normal, Jon s'efforçait de vivre au jour le jour, conformément au dicton lamalérien : "Espère, mais pas trop." Mais à présent que sa réputation en tant que *bereung alep* d'Ote allait grandissant, au point qu'il semblait vraiment appelé à devenir *lamafa*, à présent aussi que la maison prenait forme, il se prenait à imaginer à quoi ressemblerait une vie à Lamalera, pour de bon. Il cessa d'utiliser Facebook sur son portable et confia son mot de passe à Honi, laquelle avait peur qu'il ne se soit remis à flirter en ligne avec d'autres femmes, même si Jon s'était contenté pour l'essentiel de regarder des photos de Jakarta. Il ne rêvait plus à ses heures perdues d'accepter le job que le grand frère de Salés lui avait proposé. Et pendant ce temps, Ika et lui avaient mis en commun leurs économies avec celles d'un voisin pour ouvrir un kiosque dans la chambre de Jon, où ils vendaient des bonbons à trois sous, des sachets de sauce soja et de shampooing, des cigarettes à l'unité. Leurs clients grimpaient l'escalier de la falaise, criaient ce dont ils avaient besoin, et Ika ou lui descendaient en courant les servir. Ils mettaient de côté une partie de leurs modestes profits pour payer les frais de scolarité de Mari, mais l'essentiel de cet argent était consacré à l'achat de ciment et de clous pour les travaux de la maison. Cela valait peut-être la peine, songeait désormais Jon, d'investir dans une vie au sein de la tribu, surtout s'il devenait *lamafa*. Non seulement il aurait droit à davantage de viande en tant que harponneur, mais après une vie passée tout en bas de la hiérarchie lamalérienne, lui l'orphelin illégitime, il trouvait que l'estime nouvelle que lui portaient les siens valait plus que toutes les richesses de la capitale.

Mais alors, au milieu du mois de mai, Ote informa Jon qu'une fois le *Kéna Pukã* remis à l'eau il retournerait travailler à bord de ce *téna*, dont le départ à la chasse avait été retardé par la fabrication d'un nouveau *leo* par le clan Bediona. Jon tenta de convaincre Ote de rester à bord du *VJO*, arguant du fait que son statut de *lamafa* du *Kéna Pukã* n'était pas encore confirmé, alors qu'il possédait déjà le *leka* du *VJO*. Mais quelques jours plus tard, aux aurores, Jon, Alo et les autres membres d'équipage du *VJO* virent Ote et le clan Bediona quitter le rivage à bord du *Kéna Pukã*, utilisant un hors-bord accroché à une armature de fortune à l'arrière du *téna* transformé en *jonson* géant.

Ce moteur était le fruit d'une concession faite par Frans plusieurs années auparavant, à l'issue d'une journée particulièrement décourageante où tous les clans disposant d'une aide mécanique avaient tué un cachalot, tandis que les chasseurs restés fidèles à la Voie des Ancêtres n'en avaient pris aucun, et où plusieurs membres de l'équipage avaient refusé de reprendre la mer si l'on ne modernisait pas ce bateau. Comme plusieurs clans, notamment les Bediona, ne possédaient pas de *jonson*, la tribu les avait autorisés à fixer des moteurs sur leurs *téna* pour chasser toutes les proies à l'exception des cachalots, à la condition cependant que dès que les Dons des Ancêtres apparaissaient en transborde ces engins sur d'autres embarcations. À présent, tous les *téna* avaient recours à cette technique lorsqu'ils ne chassaient pas le cachalot, même si les propriétaires de *jonson* préféraient les utiliser, car leurs performances en termes d'hydrodynamisme étaient bien meilleures.

Jon semblait blessé par la trahison d'Ote. Il pensait que leur amitié suffirait à le faire changer d'avis. Mais aux yeux des autres Lamalériens, la décision d'Ote n'avait jamais fait l'ombre d'un doute : le prestige associé au commandement d'un *téna* était bien plus grand que celui dont jouissait le *lamafa* d'un *jonson*. Et puis, dans la foulée du départ de cette star du harponnage, deux autres équipiers lui firent faux bond à leur tour. La sensibilité exacerbée que Jon s'efforçait de contenir depuis que ses deux parents l'avaient abandonné éclata au grand jour, et il promit à Alo que leurs prises du lendemain surpasseraient celles du *Kéna Pukã*. Il envisagea un moment de lancer lui-même les harpons d'Ote, mais il savait qu'en faisant cela il dépasserait les limites. Nul homme ne pouvait s'autoproclamer *lamafa*. Il fallait que d'autres l'invitent à commander le bateau. Alors, ce soir-là, il alla frapper à plusieurs portes pour essayer de recruter un nouveau harponneur. Mais les plus réputés refusèrent tous, invoquant d'autres engagements.

En vérité, Jon n'était pas si déçu, car quand le reste de l'équipage – Alo et un autre jeune homme resté loyal – se présenterait le lendemain matin, l'un d'eux lui demanderait peut-être de manier les harpons. Cette nuit-là, il dormit sur la plage afin d'être en bonne place pour recruter un nouvel équipage au lever du jour. Il allait avoir besoin de trois nouveaux équipiers pour réunir un équipage de six hommes – un *lamafa* et deux *materos* ou, s'il devenait lui-même le *lamafa*, trois *materos*. Sur les plus de trois cents pêcheurs de la tribu, il en trouverait bien trois qui croyaient en lui.

Les premières lueurs du jour dévoilèrent une mer d'huile favorable. La plupart des hommes qui descendaient à la plage étaient déjà engagés à bord d'autres bateaux, mais un tiers environ étaient des indépendants. Jon, Alo et leur compagnon se tenaient debout devant l'abri du *VJO*, affichant à la vue de tous leur nombre insuffisant. Mains jointes dans le dos, Jon faisait semblant de contempler la mer, alors qu'en réalité, derrière ses lunettes miroir, il passait en revue tous les chasseurs libres présents sur la plage. Le soleil apparut au-dessus des falaises, projetant son yin et son yang sur la plage – une moitié illuminée, l'autre dans l'ombre. Les rayons frappaient Jon de plein fouet et son dos nu se perla bientôt de sueur, mais il ne recula pas. Pendant ce temps, Alo et l'autre équipier fidèle restaient tapis dans l'ombre de l'abri à bateaux, plus pour éviter les regards qui se posaient sur eux qu'à cause de la chaleur. Mais les chasseurs indépendants expérimentés passèrent leur chemin. Ceux-là voulaient travailler sur des bateaux qui présentaient de solides antécédents, et sous les ordres d'un *lamafa* déjà aguerri. Bon nombre de baleiniers sentaient que Jon voulait monter sur le *hâmmâlollo*, mais aucun ne le soutenait ouvertement, car si sa réputation de second harponneur allait grandissant, il était le seul à s'estimer prêt à prendre le commandement d'un bateau.

Ote passa devant Jon sans même le saluer, et le *Kéna Pukã* prit la mer avec Ote sur son *hâmmâlollo*, Frans à la barre et un équipage formé pour l'essentiel d'hommes aux cheveux gris, qui, une génération plus tôt, auraient déjà pris leur retraite mais qui continuaient de travailler, faute de remplaçants.

Vers l'ouest, le *Kanibal*, le *jonson* de la famille Blikololong, s'éloignait déjà au moteur. Ben se tenait debout à l'avant de la plateforme de harponnage, mains jointes dans le dos, épaules voûtées, genoux fléchis – la même position, exactement, que celle de son père lorsqu'il grimpait sur le *hâmmâlollo*. C'était la première fois qu'Ignatius offrait à son fils une chance de s'imposer comme premier harponneur. Jon était heureux pour son ami, mais ne put s'empêcher de l'envier.

Au fur et à mesure que le soleil montait dans le ciel, d'autres *jonson* filaient vers l'horizon et la foule des chasseurs indépendants se réduisait, jusqu'à ce qu'il ne reste plus, de tous les équipiers valides, que le frère aîné de Ben, Yosef, gêné par une blessure au pied à moitié guérie qui avait aggravé son caractère déjà grincheux, à tel point que personne ne voulait se le coltiner, ainsi que deux jeunes brutes qui provoquaient toujours des bagarres à bord des bateaux. Jon se départit enfin de sa pose statuesque et passa d'un pas raide devant les trois indépendants assis au pied de la chapelle, si près d'eux qu'il trouva impoli le fait qu'ils ne daignent pas le regarder. Ses lunettes miroir dissimulaient ses yeux, mais ses lèvres retroussées esquissaient un sourire dédaigneux. Des serpentins de sueur coulaient sur son visage et sur son torse nu. N'étant pas aussi fort qu'Ote ni aussi introduit que Ben, Jon savait que la seule manière pour lui de réussir, c'était d'en vouloir plus encore que ses rivaux. Ce qu'il n'arrivait pas à comprendre, c'est que les autres chasseurs interprétaient sa vaillance comme une forme d'arrogance.

Finalement, après avoir de nouveau ignoré Jon à son second passage, Yosef et les deux brutes furent recrutés à bord du dernier *téna* à prendre le large ce jour-là, qu'ils aidèrent à pousser dans les rouleaux de la mer de Savu. Tel un marin abandonné à terre, Jon regarda la flotte voguer vers les nuages d'orage bleu lavande qui s'amoncelaient comme un champignon au-dessus des monts de la péninsule d'Ata Dei. Au lieu de faire demi-tour pour regagner l'abri du *VJO*, où ses deux amis l'attendaient, Jon continua vers l'autre bout de la plage, en direction de sa maison, le cœur vrillé de rage et de tristesse.

Jon se sentit un peu vengé quand le *Kéna Pukã* et Ote rentrèrent bredouilles ce soir-là.

Mais Ote n'était pas le seul harponneur à la peine. La flotte tout entière semblait mise en échec. Pas un seul cachalot n'avait été repéré depuis le Misa Léfa. Certains mettaient en avant la chasse inaugurale décevante du *Praso Sapang*, mais la plupart des baleiniers attribuaient ces difficultés à l'équipe sud-coréenne venue au village pour tourner un documentaire à la fin du mois d'avril, à bord de camions-bennes chargés de trente caisses de transport remplies de caméras IMAX, d'équipements de plongée comprenant un compresseur, de réchauds de camping, de sacs de couchage et de glacières remplies de nourriture coréenne. Ce n'était pas une première : les Lamalériens avaient déjà accueilli plusieurs équipes de tournage par le passé, et les gens du village sont généralement ravis de rencontrer des étrangers. Mais les Sud-Coréens traînaient dans le village à longueur de journée, s'immisçant dans les cérémonies privées et les cuisines des habitants sans y avoir été invités.

Les Lamalériens les avaient surnommés *biawak*, terme qui désigne une espèce de lézard se nourrissant de charognes, et pas seulement parce qu'ils portaient aux pieds des FiveFingers, ces chaussures de sport à cinq doigts qui leur donnaient un air reptilien. Jon était particulièrement irrité par le drone qu'ils utilisaient à toute heure, lui donnant l'impression que ces étrangers voulaient le filmer dans des moments embarrassants. Jon aimait bien que des étrangers le prennent en photo, mais seulement s'il avait le temps de se recoiffer et d'enfiler son maillot du Real Madrid préféré. Ignatius, lui, était tellement agacé qu'il caillassa un caméraman en train de filmer la mise à l'eau du *Demo Sapang*, geste qu'il minimisa ensuite par ces paroles : "Je n'ai même pas fait couler le sang." Frans ne tarda pas à prédire d'un air sombre que les baleines ne viendraient pas tant que l'équipe de tournage n'aurait pas quitté le village.

Lamalera a souvent reçu la visite de petits groupes de touristes et de journalistes depuis les années 1990, suite à la diffusion d'un premier documentaire[1] produit par un anthropologue qui avait vécu au sein de la tribu, suivi de plusieurs autres. En 2015, près de deux cents voyageurs étrangers débarquaient chaque année avec leur sac à dos[2] pour dormir à Lamalera, principalement pendant Léfa, même si bon nombre d'entre eux, réalisant que les lieux offraient un confort des plus rudimentaires et qu'il leur faudrait peut-être attendre des semaines avant de pouvoir assister à une chasse au cachalot, repartaient au bout d'une journée. Dans le même temps, un nombre bien plus élevé d'Indonésiens[3], deux mille peut-être chaque année, visitaient la tribu dans le cadre de voyages culturels financés par le gouvernement pour développer le tourisme national dans cette région excentrée, mais ils se contentaient de flâner quelques heures à travers le marché au troc et les rues du village, et n'y passaient jamais la nuit.

Certains anciens craignaient que les jeunes ne soient corrompus par les mœurs de ces étrangers, comme ces femmes qui portaient des bikinis, mais la brièveté de leurs séjours et la barrière de la langue faisaient que la vie du village n'était pas réellement affectée. Les étrangers ne perturbaient même pas l'économie de la tribu car ils ne dépensaient en moyenne que vingt dollars par jour, dont l'essentiel tombait dans la poche des trois propriétaires de chambres d'hôtes, et les agences de voyage gouvernementales captaient l'essentiel de l'argent des voyageurs de Jakarta – les administrateurs du village ne percevaient qu'un dollar par visiteur. Ayant vu passer de nombreux touristes, les Lamalériens ont tendance à les traiter avec courtoisie, même s'ils ne s'intéressent pas vraiment à eux et continuent de mener leur petite vie sans trop y penser.

Sauf qu'au bout d'un mois de présence des Coréens à Lamalera la tolérance coutumière de la tribu était largement entamée. Jon et d'autres capitaines de *jonson* refusaient même des offres exorbitantes pour emmener l'équipe de tournage au large, à la recherche de ces cachalots qui brillaient toujours par leur absence. Les Lamalériens n'étaient pas sans éprouver une certaine joie devant le malheur des Coréens, et le fait que les Ancêtres refusaient de céder leurs dons. Néanmoins, la tribu était tout de même privée de sa proie essentielle, si bien qu'au début du mois de juin, lorsque les étrangers s'en allèrent, déçus, les chasseurs furent soulagés à l'idée que leur chance allait peut-être enfin tourner.

La déveine d'Ote sur le *hâmmâlollo* du *Kéna Pukã* perdura toutefois après le départ des Coréens, si bien qu'il embarqua de nouveau à bord du *VJO*, persuadé que le problème venait des marins du *Kéna Pukã* et de leurs yeux trop vieux pour repérer les proies. Dans l'intérim, Jon avait passé l'essentiel de son temps à construire l'extension de sa maison et à pêcher des poissons volants au filet maillant, et il ne se tenait plus de joie à l'idée de retourner chasser le gros gibier. Leurs retrouvailles ne durèrent pas longtemps. Frans persuada bientôt Ote de revenir, en lui expliquant que la malchance du harponneur était liée à une simple erreur dans la fabrication du nouveau *leo* par les membres du clan, et qu'il s'était lui-même chargé d'en tresser à nouveau les brins, de telle sorte que la corde ne se terminait plus sur un nombre pair de torsades mais sur un nombre impair, symbole d'ouverture des possibles. Jon en voulait au chamane, mais le vieil homme avait soigné sa jambe, si bien qu'il réserva le gros de sa colère à Ote. Même si par la suite ils chasseraient de nouveau ensemble en tant qu'associés, l'amitié profonde qui les avait unis quand Jon officiait comme *bereung alep* d'Ote était perdue à tout jamais.

Quand Ote abandonna à nouveau le *VJO*, Jon décida qu'il était temps, une bonne fois pour toutes, de *nekat*. Il respecta d'abord le protocole à la lettre, faisant de nouveau sa tournée pour proposer à d'autres *lamafa* de reprendre les harpons d'Ote, même s'il savait bien qu'ils allaient refuser. Une fois débarrassé de ces formalités, Jon tendit discrètement des perches aux membres de l'équipage du *VJO*. "J'ai cherché un *lamafa* à m'en donner mal au crâne, disait-il. À qui demander, maintenant ?" Mais comme ni Alo ni les autres ne saisissaient ses allusions, Jon annonça qu'il arrêtait de supplier les autres *lamafa* et qu'il allait prendre lui-même la place d'Ote. Il força la main à ses amis et à ses proches jusqu'à ce que cinq d'entre eux s'engagent à lui servir de *materos*. Jon enfreignait certes les règles d'usage, mais à Lamalera la pression sociale était la seule instance capable de les faire appliquer : dès lors, celui qui ralliait suffisamment de gens pouvait très bien infléchir ces règles en toute impunité. Mais la veille du jour où ils étaient censés partir à la chasse, l'un des marins recrutés par Jon eut soudain des remords : il se désista en le traitant de *kefela*. Ce n'était certes pas l'idéal mais il était encore possible de manœuvrer un *jonson* avec un équipage de cinq : Jon passa donc une nuit blanche à espérer que tous les autres tiendraient parole. S'il perdait ne serait-ce qu'un seul autre équipier, mettre le *jonson* à l'eau deviendrait impossible.

Le 25 mai, Jon se réveilla avant les coqs, enfila son maillot fétiche du Real Madrid et son jean le plus neuf, et se fit bouillir un café sur le feu de bois. Quand Ika se leva, elle l'obligea à manger quelques poignées de pop-corn broyé, même si son frère était trop nerveux pour avaler quoi que ce soit. Puis Jon descendit l'escalier dans la lumière grise d'avant l'aube, un jerrican d'essence à la main, sautant presque de marche en marche. Le *VJO* avait une odeur de lave-vaisselle sous son abri, car Jon avait passé l'après-midi de la veille à démonter et à savonner toutes les pièces de son moteur, à vérifier et revérifier les lignes des harpons, leurs fers et leurs manches en bambou. À présent, assis sur la plateforme de harponnage, il contemplait le bleu pâle de l'océan qui se détachait sur le fond violet noir du ciel, tel un liquide dense se séparant d'un autre plus léger, en suspension, et attendait de voir si ses équipiers seraient au rendez-vous.

Un homme maigre au torse creusé, ancien de la tribu considéré comme retraité mais qui avait accepté de compléter l'effectif, fut le premier à le rejoindre. Ensuite se présenta l'un des voisins de Jon, plus connu pour sa propension à boire que pour ses talents de marin. Puis Alo se pointa en compagnie d'Ika, mais ces deux-là ne se murmuraient pas des mots doux à l'oreille : ils observaient en silence le ciel rougissant, le plumet de nuages qui glissait au-dessus des montagnes de la péninsule d'Ata Dei. Jon ne quittait pas des yeux la route, guettant le quatrième et dernier *materos*, Bernardus "Boli" Tapoonã, homme musculeux à la voix étrangement aiguë. Boli avait souvent embarqué à bord du *VJO* pour aller pêcher au filet dérivant – il était présent le jour où Jon avait échangé leur thon contre les deux grands requins des Bajo Laut.

Maintenant, les *jonson* et les *téna* du village labouraient déjà les eaux calmes de la baie. Comme à son habitude, Ote ne daigna même pas se tourner vers Jon alors qu'il mettait à l'eau le *Kéna Pukã*.

La voix d'hélium de Boli piailla enfin au fond de l'abri à bateau. "Qui est le *lamafa* ?" interrogea-t-il.

Comme Boli vivait en périphérie du village, Jon n'avait pas pris la peine d'aller le voir pour lui expliquer en personne la situation, mais s'était contenté d'envoyer un texto pour lui demander de servir à bord du *VJO* ce jour-là. Boli pensait donc que c'était Ote qui manierait les harpons.

"Moi", répondit Jon.

Boli s'assit dans le sable comme si un grand poids s'était abattu sur ses épaules, et tripota sa moustache.

"Salés m'a accordé le droit de manier les harpons de son bateau", ajouta Jon. Il reconnut qu'il manquerait sans doute sa cible de temps à autre. Cela arrivait même aux grands *lamafa*, comme Ote. "Mais j'en suis capable", insista-t-il.

Boli resta assis, évitant son regard. Ses pensées ressemblaient sans doute à celles de nombreux Lamalériens : Jon avait à peine vingt ans et il n'était pas rare que les hommes poursuivent leur apprentissage jusqu'à trente ans passés avant d'endosser cette responsabilité. Fils d'un *lamafa* de légende, Boli avait lui-même trente-cinq ans et trimait en qualité de *bereung alep* depuis plus d'une décennie dans l'espoir de se voir confier un jour le *leka* d'un bateau. En toute logique, ce n'était pas Jon mais lui qui aurait dû avoir l'opportunité de lancer les harpons du *VJO*. La seule chose qui permettait à Jon de s'accorder un tel avancement, c'était que Salés lui avait confié le commandement de ce *jonson*. Jon n'ayant pas encore démontré qu'il était capable de ramener du poisson, Boli avait toutes les raisons du monde de se chercher un harponneur ayant fait ses preuves : il avait deux enfants et une femme enceinte à nourrir, après tout.

Anticipant la réaction de Boli, Jon eut recours à la même stratégie que celle utilisée jadis avec sa fiancée, Honi : il évoqua lui-même sa désertion au profit d'un rival. "Si tu veux rejoindre un autre *jonson*, dit-il à Boli, pas de problème. Ce n'est pas moi qui y perdrai. À toi de voir." Mais contrairement à Honi, Boli comprit qu'il bluffait et, sans même un au revoir, l'homme se leva et disparut.

Jon refusa de le regarder s'en aller. Il se sentait terriblement mal. Non seulement il venait de fiche en l'air ses chances de devenir *lamafa*, mais les trois hommes qui l'avaient soutenu risquaient en plus de ne pas pouvoir sortir chasser ce jour-là, car tous les *jonson* sauf un étaient déjà au large.

"Vous aussi, vous pouvez embarquer sur un autre *jonson*, dit-il à ses amis.

— Tu viens, toi ? demanda Alo, dont les yeux se posèrent sur lui, puis sur Ika, et enfin sur le dernier *jonson*, qu'on venait de pousser à l'eau.

— Non, je reste. Y a du boulot à terre."

Alo et les deux autres équipiers récupérèrent leurs bouteilles d'eau, leurs en-cas et leurs bocaux de tabac dans la coque du *VJO* et coururent jusqu'au *jonson* en partance. Ika se retira discrètement, sachant que Jon aurait envie qu'on le laisse seul – si elle l'embêtait, il risquait de se mettre en rage. Jon resta assis sous l'abri à bateaux et regarda la flotte pourchasser des raies à moins de quatre cents mètres à l'extérieur de la baie, si près qu'il pouvait distinguer quels *lamafa* harponnaient des proies. Au bout d'un moment, il tourna le dos à la mer de Savu, défit les serre-joints qui maintenaient en place le moteur hors-bord du *VJO*, le porta jusqu'à un casier bricolé avec des chutes de tôles, et l'y enferma avec un cadenas. (Une poignée de clans possédaient de tels casiers, mais Salés était le seul à verrouiller le sien.) Jon se dit qu'il reviendrait plus tard ranger les cordes et les harpons – le *VJO* resterait en cale sèche jusqu'à la fin de Léfa, en ce qui le concernait. Pour l'instant, il n'en avait pas la force.

Rentré chez lui, Jon troqua sa tenue porte-bonheur contre de vieux habits de travail. Puis il mélangea le sable qu'il avait ramassé sur la plage avec de l'eau et du ciment, et entreprit de façonner des briques dans un moule en bois, prenant bien soin d'en parfaire les contours avec sa truelle, car il savait que tout le monde pourrait voir ces murs dressés au sommet de la falaise. Il tenta d'ignorer la flotte en chasse, mais ne put s'empêcher de lancer des coups d'œil vers le large et de marmonner entre ses dents : s'il avait été là-bas avec eux, il aurait à coup sûr harponné quelque chose.

Salés lui téléphona pour savoir s'il était sorti en mer ce matin-là.

“Il n’y avait pas assez d’équipiers, lui répondit Jon. Alors je fais des briques.” Il marqua une pause, puis suggéra qu’il était peut-être préférable de ranger les harpons et les cordes dans le casier en métal. “J’irai plus pêcher au harpon jusqu’à la fin de la saison”, déclara-t-il, même s’il lui faudrait encore sortir le filet maillant pour fournir en poissons volants les sœurs de Salés.

Quand Ika et les grands-parents de Jon lui demandèrent ce qui l’énervait, Jon fit une grimace qui découvrit ses deux rangées de dents jaunies par le tabac et aboya : “Qui a dit ‘énerver’ ? Je ne suis pas ‘énervé’ ! C’est vous qui le dites !”

À ce moment-là, le coq d’un voisin s’aventura de son pas raide sur les rangées de briques en train de sécher au soleil, marquant de ses ergots le ciment frais. Jon lui lança un pavé avec assez de force pour le tuer, mais le volatile s’écarta d’un bond juste à temps.

Cette nuit-là, Jon ressortit de la mémoire de son portable un numéro auquel il n’avait plus pensé depuis des semaines : celui du frère aîné de Salés, qui avait proposé de l’engager comme gardien de sa villa. Puisque la tribu se riait de ses efforts pour devenir *lamafa*, autant tracer son propre chemin. Tous les anciens étaient vraiment des hypocrites. Ils mettaient la pression sur les jeunes chasseurs pour qu’ils restent, afin que la tradition de la chasse à la baleine perdure, mais ils ne les laissaient jamais rien faire. Pouvait-on être surpris que des jeunes décident d’aller chercher ailleurs une vie plus facile et prospère ? C’étaient les anciens eux-mêmes qui poussaient Lamalera à sa perte, pas lui.

Cette fois, Jon ne se contenta pas de regarder fixement le numéro affiché sur son écran. À l’insu des siens, il appela. À son grand soulagement, le businessman était un homme de parole : il lui paierait même un billet d’avion jusqu’à Jakarta, promit-il. Les deux hommes tombèrent d’accord pour régler les derniers détails de vive voix quand le businessman reviendrait à Lamalera, à l’occasion d’une fête organisée à la fin de la saison de la chasse. Les semaines passèrent, et Jon garda secret son projet de partir s’installer à Jakarta, n’en parlant ni à ses amis ni à sa famille, craignant les “oreilles grandes comme des seaux” selon une expression locale, mais également la possibilité que ses proches le dissuadent de mettre son plan à exécution. Il se retira peu à peu de la vie de la tribu, évitant la plage et les cérémonies, car si son corps se trouvait encore à Lamalera son cœur était, lui, déjà parti.

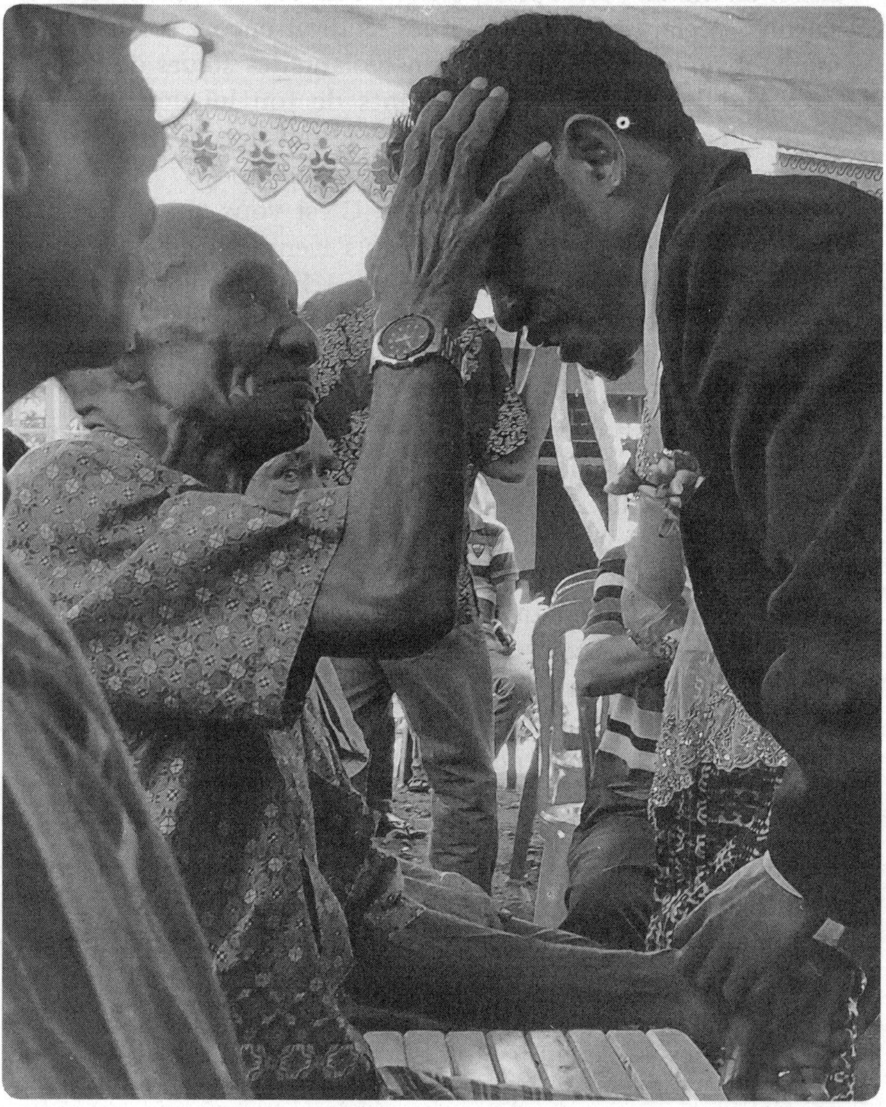

Ignatius bénissant Ben

10

LE MARIAGE

9 mai – 7 juin 2015
Ben – Ignatius

Quand il se réveilla le 9 mai au matin, Ondu, le fils cadet d'Ignatius, avait les yeux qui piquaient comme s'ils étaient éraflés, et des taches de soleil dérivaient tels des amibes à travers son champ de vision. Le syndrome des "yeux brûlants", comme l'appellent les Lamalériens, naît de ces jours entiers passés à fixer le reflet du soleil sur la mer. Cette saison-là, le mal avait déjà mis sur le flanc Ote et de nombreux autres chasseurs – malgré tous leurs efforts, les hommes affectés n'étaient plus capables de voir clair. Le seul véritable remède, c'était le repos. Ondu fut donc contraint d'informer son père qu'il n'allait pas diriger le *Kanibal*, le *jonson* familial, ce jour-là. Yosef, quant à lui, s'était récemment tordu la cheville et, pour ne rien arranger, avait recommencé à se quereller avec Ignatius. Techniquement parlant, Ignatius possédait toujours le *leka* du *jonson* (tout comme celui du *Demo Sapang*), et il lui appartenait donc de choisir qui manierait ses harpons. Par le passé, il avait toujours appelé son cousin Stefanus Sengaji Keraf, *lamafa* indépendant sur le retour qui avait dirigé son *téna* l'année précédente pendant ses tractations infructueuses avec les parents d'Ita. Mais, pour la première fois, ce fut Ben qu'il désigna. En vérité, cela faisait longtemps qu'il cherchait un prétexte pour le faire, depuis qu'il avait remarqué l'empressement croissant de son benjamin à prendre la mer, depuis aussi que Stefanus ratait des coups faciles à cause de son bras fracassé par la queue d'un cachalot et qui s'était ressoudé de travers.

Ben accepta, rayonnant d'une fierté contenue, toute masculine. Tout semblait lui sourire depuis que les parents d'Ita, s'étant finalement résignés, ce mois-là, au fait que les Blikololong ne pourraient jamais réunir la dot exorbitante qu'ils réclamaient, avaient accepté que les deux enfants se marient au cours de cette saison de chasse. Ben, Ignatius et leurs hommes d'équipage franchirent les jardins de corail à la pagaie, à bord du *Kanibal*. Puis, tandis qu'un de ses voisins démarrait le moteur, Ben se hissa sur le *hâmmâlollo*, tourna le dos à l'équipage et à son père – et à Jon, qui l'observait avec envie depuis le rivage, ses efforts pour rassembler un équipage susceptible de soutenir sa tentative de s'imposer comme *lamafa* ayant échoué – et se retrouva face à la mer de Savu. Cet endroit du bateau n'avait rien à voir avec les autres. Les orteils agrippés au rebord de la plateforme de harponnage, Ben n'avait devant lui que le mercure de l'océan, l'horizon parfaitement plan et l'aube sans nuages. Le moteur du *jonson* rugissait derrière lui, le vent giflait ses joues et il avait presque l'impression de voler. Inconsciemment, il copia la posture qu'il avait vu son père adopter des centaines de fois sur cette même plateforme, les mains entrelacées dans le dos et le front penché vers l'avant, sauf que Ben, lui, maintenait ses talons plaqués au sol au lieu de se poser en équilibre sur la base des orteils.

Ignatius se tenait juste derrière, en qualité de *bereung alep*, et soulevait le bord mou de son large chapeau de pêcheur pour mieux l'observer. Il soutenait qu'il était encore capable de harponner, mais au cours de l'année écoulée son cou jadis épais comme un tronc d'arbre s'était mué en une maigre tige, et tous ses muscles avaient fondu : on aurait dit le mannequin de cire de l'homme qu'il avait été. Ben et Ita avaient beau l'entourer de tous leurs soins, tenant sa maison comme Teresea l'avait fait avant eux, le *lamafa* qui avait si longtemps paru invincible semblait vieillir et s'affaiblir à vue d'œil. Sa perte de poids était principalement due au fait qu'une de ses trois dernières dents s'était cassée : il devait désormais mettre son riz et sa viande séchée à tremper avant de les mâcher avec d'infinies précautions, et même comme ça il avait mal. Dès qu'il restait assis quelques minutes, ses mains et ses jambes se mettaient à trembler. Alors il faisait les cent pas jusqu'à ce que l'épuisement le force à se rasseoir, mais son câblage interne détraqué l'obligeait bien vite à reprendre ce piétinement harassé. Il lui arrivait souvent, désormais, de rester à la maison sans se plaindre quand le *Kanibal* partait à la chasse, ramandant les filets le matin et faisant la sieste l'après-midi à l'ombre d'un arbre, dans la cour, à la vue des passants, car il estimait maintenant que son héritage était entre de bonnes mains.

Au mois de novembre précédent, quand son projet d'aller travailler comme chauffeur de *bemo* à Bali était tombé à l'eau, Ben avait trouvé un job à Lewoleba – il transportait des briques dans un pick-up. Même s'il était encore furieux contre ses beaux-parents présumés, la coutume voulait qu'il dorme chez eux, comme il avait dû le faire au moment où leur différend était le plus à vif, juste après la première grossesse d'Ita. Un soir, son futur beau-père, Carolos Amuntoda, qui avait donné son nom au fils de Ben, lui demanda s'il serait intéressé par un job de fonctionnaire. Carolos, qui avait occupé pendant trente-trois ans un poste administratif au sein de l'office des forêts de Lembata, promit à Ben qu'il pouvait lui dégoter une place. Dans les communautés pauvres d'Indonésie, trouver un emploi public, c'est comme gagner au loto, à cause du salaire relativement élevé, de la stabilité et des avantages associés. Mais Ben répondit qu'il devait consulter son père et rentra à Lamalera pour expliquer la situation à Ignatius.

"Si tu prends un travail de bureau, lui dit son père, qui s'occupera de moi ? Ondu et Yosef ont leurs maisons à eux.

— Si mon père le souhaite, je ferai selon ses désirs, répondit Ben. Mes sentiments sont les mêmes que ceux de mon père."

À sa grande surprise, Ben se rendit compte que ses paroles étaient chargées de vérité. Lui qui avait passé sa vie à rêver d'une existence digne d'une publicité pour de la bière, loin de Lamalera, il réalisa qu'il ne descendait plus dans les bars à *tuak* et ne flirtait plus comme avant avec les jolies filles en parcourant les rues de Lewoleba au volant de son pick-up de maçon durant la saison des pluies. Il ne se laissait plus abuser par les fantasmes qui l'avaient jadis subjugué car, en vieillissant, ses anciens copains du collège qui s'étaient engagés sur le chemin de l'hédonisme avaient pour la plupart finis lessivés, miséreux et seuls. Au lieu de sortir en douce de la maison, la nuit, pour passer ses week-ends à faire la fête à Lewoleba, Ben faisait chaque semaine le pénible voyage à travers les montagnes pour aller s'occuper d'Ita, de ses deux enfants et de son père. La vie à Lamalera était peut-être plus pauvre, d'un point de vue matériel, mais c'est là que vivaient les gens qui comptaient le plus pour lui. Plus son désenchantement à l'égard du monde moderne grandissait, plus il voulait s'investir dans les traditions des Ancêtres qui, après tout, avaient permis à son père et aux aînés de sa famille de mener une vie épanouissante, malgré le peu d'argent qu'ils possédaient. Ben voulait devenir *lamafa*. Il se prenait même à penser que Carolos, son jeune fils, deviendrait peut-être harponneur, lui aussi.

Quand le *Kanibal* sortit du vent de Lembata, la brise souffla aussitôt avec une puissance qui lui venait d'avoir accéléré sur la piste libre d'obstacles de la mer de Savu, et les vagues se creusèrent, couronnées de moutons. Ben se penchait vers les rafales, à tel point que celles-ci semblaient le soutenir.

Puis quelqu'un hurla : *"Mōku !"*

Ben vit l'animal glisser juste sous la surface, ses cornes aiguillonnant les vagues écumeuses. Comme il cachait la vue du pilote, l'empêchant de localiser la raie, et que le moteur grondait trop fort pour se faire entendre, Ben traça de sa main gauche les plongeons, les remontées et les vrilles de la proie, comme s'il dessinait un hologramme de son vol à destination du pilote, tandis que sa main droite tenait fermement le harpon. Tel un chef d'orchestre dirigeant ses musiciens, il investissait ses gestes de la main d'une intensité expressive qui en disait autant que ces signaux eux-mêmes – une vague en gardant le poignet bien raide, par exemple, indiquait un virage plus sec que celles qu'il décrivait en relâchant le poignet. Tout à coup, la raie mobula fit demi-tour et passa au ras de la proue, sur tribord. Ben abattit son harpon des deux mains, l'empalant au centre du corps. Ignatius s'occupa des cordes. Un autre équipier crocheta la raie avec une gaffe, au niveau de la bouche. Après l'avoir achevée avec son *duri*, Ben se tourna vers Ignatius. S'il y avait une critique à faire, son père ne se priverait pas de l'aboyer. Mais Ignatius lui sourit, dévoilant ses deux dernières dents. On ne pouvait espérer meilleur compliment de la part d'Ignatius que ce silence. D'un bout à l'autre de la chasse, les yeux du vieil homme n'avaient pas quitté son fils. Plus tard, Ben confierait qu'à cet instant il s'était senti libéré du poids qui pesait sur ses épaules – sentiment si universel que cette expression existe telle quelle en indonésien.

Ce soir-là, tout le monde sur la plage donna du *"lamafa"* à Ben : les vieux avec un respect bourru ; les mères en plaisantant, pour l'inviter à ne pas laisser le succès lui monter à la tête ; les jeunes femmes, avec des trilles charmeurs ; et les jeunes hommes qui n'étaient pas encore *lamafa*, un peu gênés, avec un mélange de jalousie et de joie pour leur ami. Lorsque quelqu'un faisait remarquer à Ignatius que tous ses fils étaient désormais *lamafa* et lui demandait s'il en était fier, le vieil homme souriait sans rien dire. Pendant le dîner, il fit la leçon à Ben pour avoir laissé échapper une autre raie après avoir harponné la première, mais Ben ne s'en formalisa pas : cette fois, il avait fait ses preuves.

Ben dirigea le *Kanibal* pendant toute une semaine, puis, au retour d'une chasse fructueuse au cours de laquelle il avait harponné un poisson-lune, un *mokū* et une raie manta, il rentra à la maison en titubant, les yeux rougis comme s'il était ivre mort et pleurant comme s'il n'arrivait plus à contenir quelque chagrin secret. Ita fit bouillir des feuilles ovales cueillies sur les branches d'un damar, et Ben plaça son visage au-dessus d'un petit seau rempli de ce fatras spongieux, scella l'espace entre ses joues et le plastique à l'aide d'un chiffon, puis inhala pendant plusieurs minutes la vapeur fleurant le compost qui s'en dégageait. Tout son corps était avachi d'épuisement – seul son bras restait tendu pour tenir le seau – et sa peau acajou rougissait. Au bout d'un long moment, il releva son visage et ses yeux se révulsèrent, libérant des larmes verdâtres.

Pendant que Ben observait la période de guérison de trois jours habituelle, Ondu, remis sur pied, le remplaça à l'avant du *Kanibal*. Il occupa ce poste jusqu'à ce que ses yeux soient de nouveau brûlés par le soleil, et alors Ben le remplaça, et ainsi de suite. Le syndrome des yeux brûlants affectait tous les baleiniers, quel que soit leur rôle à bord du bateau, mais les *lamafa* étaient particulièrement vulnérables car c'était leur boulot de scruter l'océan pour repérer les proies. Par conséquent, les yeux des harponneurs, grêlés et grumeleux plutôt que lisses, étaient en permanence injectés de sang, ce qui contribuait aux cataractes qui rendaient aveugles de nombreux vieillards, comme Yosef Boko. Les yeux de Ben le piquaient constamment, et sa vision, malgré le peu de temps passé sur le *hâmmâlollo*, commençait déjà à empirer. Mais il estimait que cela en valait la peine. Après tout, c'était la marque des *lamafa*.

Peu de temps avant que Ben ne devienne premier harponneur, les parents d'Ita avaient téléphoné à leur fille pour se plaindre qu'ils "avaient maigri" à force d'attendre que le montant de sa dot soit fixé une bonne fois pour toutes. Au cours de l'année écoulée, les négociations avaient piétiné. La lettre d'Ignatius adressée à l'évêque pour l'implorer de trancher cette dispute en sa faveur était restée sans réponse. Au bout du compte, le concubinage par défaut des deux jeunes s'était poursuivi. Mais ce jour-là les Amuntoda annoncèrent à leur fille qu'ils s'étaient résignés à accepter la dernière offre d'Ignatius, qui s'élevait à mille dollars. Ils demandèrent à leur fille de passer le téléphone au vieux *lamafa*. Après avoir échangé les banalités d'usage, le père d'Ita dit à Ignatius :

"J'ai réfléchi : il est temps pour nos enfants de se marier. Êtes-vous prêt ?

— Je suis prêt", répondit Ignatius.

Ita était prête, elle aussi. Elle avait beaucoup changé depuis ce jour, sept ans auparavant, où, jeune adolescente enceinte, elle avait pris l'*auto* avec Ben et longé les crânes de dauphins alignés à la verticale le long de la route, à l'entrée de Lamalera, réalisant soudain qu'elle venait de quitter le monde qui était le sien, celui de la classe moyenne indonésienne. Elle ne regarderait plus les séries télé avec sa mère et ne partirait pas étudier à l'université loin de Lembata. En l'espace d'une seule journée, elle était passée d'une existence moderne à celle d'un peuple de chasseurs-cueilleurs. Elle aurait voulu rentrer chez elle, mais elle avait été de fait reniée par ses parents. Après des mois de désespoir, toutefois, elle avait eu une révélation : ce n'était certes pas la vie qu'elle s'attendait à mener, mais il s'agissait là du chemin que Dieu avait tracé pour elle. Elle s'investit alors dans la vie du village comme si elle n'en avait jamais connu aucune autre. Elle s'était habituée à aller chercher du petit bois dans la forêt au lieu d'utiliser un cuiseur à riz électrique, à rapporter de l'eau du puits au lieu de simplement tourner un robinet, et à troquer la viande de cachalot séchée au lieu de faire ses courses au supermarché. Issue de l'ethnie Kedang, elle n'avait pas appris le lamalérien, mais elle maîtrisa bientôt l'art d'adoucir ses “f” en “v” et de forcer les consonnes à passer par son nez. Elle avait également appris la liste apparemment infinie de mots désignant les mille et une subtilités du harponnage. Elle s'était rapprochée de Teresea, avant que la vieille dame ne disparaisse, puis des autres Lamalériennes, et, peu à peu, elle s'était sentie moins seule. Elle avait appris à aimer Ben, ses enfants et Ignatius, et avait fini par se sentir chez elle dans ce village.

Quand son père proposa enfin de formaliser le mariage, elle avait cessé de rêver d'un retour à Lewoleba : sa vie à Lamalera était celle que Dieu lui avait réservée pour qu'elle en tire le meilleur. Elle voyait le mariage comme une manière de couper le dernier fil la raccrochant à son passé pour devenir officiellement membre de la tribu. Devant les autres femmes réunies autour du puits, elle s'exclama : “Je suis impatiente d'enfiler ma robe de mariée !”

Au nom de Ben et d'Ignatius, Ondu se rendit en émissaire auprès des Amuntoda, pour la neuvième fois – en plus des cinq visites qu'Ignatius avait lui-même faites au fil des années. Une heure de bavardage informel suffit à clore ces négociations qui s'éternisaient depuis sept ans. De retour à Lamalera, Ondu annonça que les noces se tiendraient dans à peu près un mois, le 5 juin. Le seul hic, c'était qu'elles auraient lieu à Lewoleba, pas à Lamalera ; dans un dernier coup de poignard infligé aux Blikololong, les Amuntoda avaient fait savoir qu'ils tripleraient le montant de la dot si les futurs beaux-parents d'Ita organisaient le mariage dans leur Maison des Esprits. Les tensions ne disparurent pas tout à fait, mais, chacun se rappelant que les noces avaient déjà été annulées une fois au dernier moment, la gaieté se répandit dans la famille Blikololong. Ben n'avait jamais vraiment été gêné par le fait que leur union n'ait pas été bénie – à vrai dire, il avait même secrètement savouré cette infamie à cause de l'aura qu'elle lui conférait aux yeux des jeunes Lamalériens –, mais à l'approche du mariage, à sa grande surprise, il se rendit compte qu'il avait hâte d'officialiser la chose. Quant à Ignatius, il n'en croyait pas sa chance : non seulement son plus jeune fils était devenu *lamafa*, mais il allait enfin se marier, tout cela en l'espace de quelques semaines.

La bonne fortune d'Ignatius l'incita à se montrer généreux quand, à la fin du mois de mai, il se retrouva dans la situation à peu près inverse de celle que les Amuntoda avaient connue avec Ita. Sa petite dernière, Maria "Ela" Blikololong, née au cours de cette fameuse nuit où on l'avait cru perdu en mer, emporté par le cachalot maléfique, avait récemment eu un enfant hors mariage, alors qu'elle suivait des cours dans une école d'infirmières par-delà les montagnes. Quand le père dépité de l'enfant la demanda en mariage, Ignatius dut fixer le prix de la dot. D'abord, des idées mauvaises lui vinrent : il accepterait l'offre, quel qu'en soit le montant, puis demanderait davantage pour punir l'amant d'Ela d'avoir fait dérailler la vie de sa fille. Mais alors, il se souvint des malheurs endurés par Ben et Ita. Pas question d'imposer une telle épreuve à Ela. Ses forces le quittaient peut-être dans son vieil âge, son esprit s'émoussait et sa vue se brouillait, mais il refusait de laisser sa générosité s'étioler à son tour. Il exigea donc une dot symbolique et fit tout son possible pour que les noces de sa fille se tiennent au plus vite.

Une semaine avant leur mariage, Ben et Ita se rendirent à Lewoleba pour assister aux cours prénuptiaux assurés par l'église catholique, où l'on enseignait aux fiancés les devoirs pratiques et religieux du mariage, et que tous les couples devaient suivre pour que leur union soit bénie par le diocèse. On les affecta dans une classe réservée aux couples qui avaient eu des enfants hors des liens du mariage, partant du principe que ceux-là avaient besoin d'une instruction morale plus poussée. Assis en rang serré derrière des pupitres d'écoliers dans une salle de catéchisme, les deux jeunes fiancés écoutèrent les prêtres réciter leurs topos sous forme de questions-réponses sur les méthodes naturelles de contraception, la préparation du baptême des enfants et la gestion du stress de la séparation si le mari devait partir travailler en dehors de l'île.

Au dernier jour de cette formation, un prêtre confessa Ben et Ita, demandant d'un ton grave s'ils saisissaient bien l'importance de leur décision. Tous deux répondirent solennellement que oui. Plus tard, assis côte à côte sur les marches en ciment du presbytère, à regarder une chèvre brouter la pelouse, ils rirent du sérieux de ce prêtre et de la classe en général. Cela faisait si longtemps qu'ils étaient ensemble ! Évidemment qu'ils savaient ce qu'ils faisaient. Vraiment, tout cela n'avait pas grand intérêt. Puis ils sombrèrent dans un confortable silence, sans se toucher – cela aurait été inconvenant – mais unis par une intimité profonde, leurs sourires se faisant miroir, comme s'ils partageaient un secret ignoré du reste du monde.

Le soir précédant son départ pour Lewoleba afin d'assister au mariage, Ignatius escalada la piste qui menait à la partie haute du village, un carton de bougies sous le bras. Dans la lueur du crépuscule, il saluait les gens d'un simple "Bonne nuit", lui qui en temps normal se serait arrêté pour papoter longuement avec chacun. Devant la Maison des Esprits des Blikololong, il salua d'un hochement le chef de son clan, longea les fleurs de chèvrefeuille géantes claironnant des senteurs qu'il prenait habituellement le temps de savourer, puis s'orienta de mémoire parmi les tombes du cimetière car la lumière du jour s'était éteinte. Il alla s'agenouiller devant un modeste caveau de béton d'où des coulures de cire dégoulinaient telle une cascade gelée. Des fleurs blanches tombées des branches de frangipaniers qui se déployaient au-dessus tapissaient le couvercle. Là-dessous reposaient les os de son grand-père et de sa grand-mère, de son père et de sa mère, de sa sœur et de son frère, et même de deux de ses petits-enfants, ceux que Yosef Tubé avait perdus, chaque génération étant séparée de la précédente par un linge effiloché.

Teresea n'avait pas encore été enterrée avec eux. Depuis un an, elle reposait dans un cercueil en brique au pied du mausolée de béton, sa chair et ses organes s'évaporant peu à peu. Quand ses os seraient nettoyés, on les exhumerait pour les déposer avec ceux des Ancêtres. Ignatius posa des morceaux de briques qui traînaient par terre devant la sépulture de son épouse, pour la protéger du vent, et alluma trois bougies. Il se redressa et embrassa la pierre, là où gisaient les os des orteils de la défunte puis, se déplaçant vers la tête du cercueil, posa les lèvres à l'endroit où s'était trouvé son nombril et, enfin, sur les briques au-dessus de son crâne. Pour finir, il se signa.

Des larmes coulant de ses yeux rougis, il demanda à Teresea pourquoi elle l'avait laissé seul ici. Ben voulait se marier maintenant, lui dit-il. “Nous nous sommes occupés de lui ensemble depuis le début, ajouta-t-il. Mais je serai le seul à assister à son mariage.” Il lui confia qu'il en voulait aux parents d'Ita d'avoir été aussi insensibles. S'ils n'avaient pas gaspillé toutes ces années en discussions sans fin, Teresea aurait pu voir son petit dernier se marier. “J'y pense souvent, avoua Ignatius. Comme j'aimerais que tu sois là…”

La cire bon marché fondait à vue d'œil, bouillonnant et sifflant, et les chandelles ne tardèrent pas à s'étouffer. Ignatius resta jusqu'à ce qu'elles aient fini de se consumer – et encore un peu après, tandis que l'éclat des étoiles s'intensifiait et que les sauterelles poussaient leur lamento. Il rêva malgré lui de revoir Teresea.

Voici ce que racontent les histoires des Ancêtres : quand Ignatius mourra, son âme quittera son corps et marchera le long de la côte est de Lembata jusqu'à une grotte marine située sur la péninsule d'Ata Dei. Là, un bateau l'attendra qui l'emportera jusqu'à l'Île des Ancêtres. Teresea l'accueillera en chantant, ses cheveux noirs étincelants ondulant autour de sa taille tandis qu'elle esquissera les premiers pas de danse engageants de l'*oa*. Les trois enfants d'Ignatius qui n'ont pas eu la chance de grandir se précipiteront pour se serrer contre ses jambes. Un banquet en son honneur sera donné sur une table taillée dans la quille du précédent *Demo Sapang*. Le jour il chassera, entonnant de nouveau avec les Ancêtres les cantiques que ce monde-ci a oubliés.

Mais son corps terrestre résidera toujours à Lamalera. Une fois que le temps aura nettoyé ses os, ceux-ci seront exhumés, frottés avec de l'huile de coco et déposés à côté de ceux de sa femme, au-dessus des os des Ancêtres. Plus tard, ceux de Yosef, Ondu et Ben viendront reposer par-dessus les siens, puis ceux de leurs enfants, puis des enfants de ces derniers, et ainsi de suite jusqu'à la fin des temps.

Le lendemain matin, quand Ignatius descendit de l'*auto* et posa les pieds sur la terre battue de la gare routière de Lewoleba, il ignorait si Ben l'attendrait car il n'avait pas de portable pour lui fixer un rendez-vous. Mais son fils était là, à califourchon sur une moto empruntée. Les traits de Ben se décomposèrent quand il vit que son père pleurait. Mais aucun des deux n'eut besoin d'expliquer à l'autre la cause de ses larmes. Ben alluma une cigarette et ils la fumèrent chacun son tour jusqu'au dernier brin de tabac.

Le lendemain, les frères de Ben et deux douzaines de membres du clan Blikololong débarquèrent à Lewoleba à bord d'un *auto* spécialement affrété pour eux. Tandis que Yosef et Ondu faisaient descendre une chèvre du camion – la contribution de la famille au festin du jour –, la première question que posa Ben concerna ce qu'ils avaient pêché ces derniers jours, trahissant un esprit de compétition qu'il avait rarement montré avant de devenir *lamafa*. La famille Amuntoda accueillit les Lamalériens en leur offrant un déjeuner chez eux. Le père d'Ita prononça un discours élogieux sur cette même famille avec laquelle il s'était disputé pendant des années, fixant d'un œil Ignatius tandis que l'autre s'égarait – comme sa fille, il souffrait du syndrome de l'œil paresseux. À côté de ce Carolos bien en chair, qui semblait composé de sphères, les muscles filiformes et les traits de bois flotté d'Ignatius disaient une existence absolument autre. En vérité, la plupart des Amuntoda, appartenant à cette tribu Kedang qui s'était intégrée à l'Indonésie moderne des décennies plus tôt, avaient un double menton, et tous étaient replets et clairs de peau. Ils portaient des jeans et des chaussures de ville en cuir verni, des talons hauts ou de fausses Nike. Par contraste, la peau noire de soleil et la musculature imposante des Lamalériens témoignaient de la dureté de leur vie de chasseurs-cueilleurs, et même s'ils s'étaient habillés pour l'occasion, ils avaient l'air mal à l'aise dans leurs chemises à col et leurs sarongs en coton sauvage de la jungle.

Après les discours, les deux groupes se mélangèrent dans la cour de terre battue. Des Kedang demandèrent à Ignatius, en indonésien, si la saison de la chasse à la baleine avait commencé. Le vieux répondit que, normalement, la tribu aurait déjà dû avoir tué plusieurs cachalots, mais que cette année-là leurs proies étaient en retard. Puis il demanda à Ondu de montrer sur son portable une vidéo où Ignatius harponnait un cachalot. Les Amuntoda le gratifièrent de *Oh* et de *Ah* polis, même s'ils n'étaient pas vraiment impressionnés. En Indonésie, une grande partie des adultes d'un certain âge ont connu dans leur jeunesse un mode de vie traditionnel avant de s'intégrer à l'économie moderne et industrielle, et tout le monde savait que ces deux mondes ne s'accordaient pas toujours bien.

Le festin achevé, les deux familles, accompagnées par tous les autres couples qui avaient assisté aux cours prénuptiaux, se rendirent en bus à l'église pour participer à la répétition générale de la cérémonie. Une fois que tous eurent bien mémorisé leur place, un prêtre âgé et presque nain fit venir les fiancés, un par un, devant son fauteuil de bureau posé au pied d'un crucifix grandeur nature dont le Christ avait des LED vert clignotants incrustés dans les mains et les pieds à la place des clous, son visage aux traits européens incliné vers le bas comme s'il observait les pécheurs assis à ses pieds. Bientôt, il ne resta plus qu'Ita et Ben et quelques autres couples à ne pas avoir été appelés. Les péchés d'Ita furent expédiés en un tournemain, et elle redescendit précipitamment l'allée sans même un regard à son fiancé.

Enfin, le prêtre miniature convoqua Ben. Beaucoup plus grand que le curé, Ben dut s'agenouiller et écarter les boucles qui tombaient sur son front pour permettre au père d'y tracer une croix avec de l'eau bénite. Alors qu'un soleil en fusion dégoulinait vers l'horizon, Ben énuméra les transgressions dont il s'était rendu coupable en s'essuyant la main sur son polo noir aux couleurs de la boisson Monster Energy, dont les trois griffures vert fluo lui lacéraient le cœur. Les rayons dorés du couchant s'insinuèrent à l'oblique par les trous des parpaings de l'église. Tandis que la nef s'illuminait, Ben confessa toutes les fois où il avait maudit ses amis ou ses proches et celles où il avait frappé des gens, y compris son épouse et ses enfants. Il avoua son projet passé d'abandonner son père pour partir à Bali et son désir occasionnel d'aller boire dans les bars, de flirter avec les filles et de conduire un *bemo*. Il voulait se débarrasser de ces choses une bonne fois pour toutes, afin de tout recommencer à zéro. Cela faisait des années qu'il ne s'était senti si bien. Il était enfin prêt à devenir un mari.

À sept heures trente du matin, le lendemain, devant le perron de la cathédrale de béton, Ben aida Ita à descendre d'un pick-up Mitsubishi fraîchement lustré, emprunté par les Amuntoda. Une boutonnière d'orchidées roses ornait sa veste de costume, et il avait réussi à cacher presque entièrement son tatouage à la maori sous le col de sa chemise blanche. Ita posa une main sur sa coiffure pour la protéger du vent sournois, même si ses boucles enduites de laque frémissaient à peine. Elle portait une robe jaune, des boucles d'oreilles en or et un pendentif en or serti de pierres, que son père venait de lui offrir. Ben lui fit signe d'avancer, puis Ignatius accompagna son fils dans l'église, l'air à la fois heureux et grave.

À l'intérieur, le prêtre mena la congrégation vers l'autel en chantant : "J'ai péché. J'ai péché. J'ai péché." Puis il prononça un sermon tiré de la Première Épître aux Corinthiens : "Lorsque j'étais enfant, je parlais comme un enfant, je pensais comme un enfant, je raisonnais comme un enfant ; lorsque je suis devenu homme, j'ai fait disparaître ce qui était de l'enfant." Dehors, les palmes se cisaillaient entre elles dans les rafales, *snick, snick, snick*.

Ignatius avait rasé les chaumes gris qui recouvraient habituellement son crâne, si bien que les os, pointant sous la peau, étaient plus visibles : on aurait dit qu'une tête de mort vous dévisageait de sous les traits de son visage. Il essuya une larme sur sa joue avec les jointures de sa main. La colère couvait encore en lui, à la pensée que les Amuntoda avaient retardé ce mariage jusqu'à ce que Teresea ne puisse plus être à ses côtés. Dieu comme elle l'avait attendu, lui, dans le temps !

Il s'efforçait d'être présent, dans l'instant, pour Ben et Ita, mais comment faire, assailli qu'il était par ses souvenirs ? Il repensa à la fin de ses cinq années d'exil sur l'île de Florès, quand il avait envoyé cette lettre à des amies de Teresea, qui la lui avaient fait parvenir en douce, lettre où il demandait à sa future épouse de venir l'attendre à Lewuka, cette ville commerçante qui se trouvait dans les montagnes au-dessus de Lamalera. Il n'avait pas reçu de réponse. Ce qui ne l'avait pas empêché de gravir à pied les cols de la jungle, portant ses maigres biens dans un sac pendu à son épaule. Le soir tombait sur Lewuka quand il était entré, rempli de doutes, dans la maison qu'un ami avait libérée pour eux. Et elle était là, sa Teresea, changée par ces cinq années, mais bel et bien *elle*. Ils avaient pleuré en s'approchant l'un de l'autre.

“Qu'est-ce que tu fais là ? avait demandé Ignatius, incrédule.

— Tu es fou ? avait répliqué Teresea. Tu m'as dit de venir. J'avais peur que tu sois fâché si je n'étais pas là.”

Elle lui expliqua qu'elle avait fait semblant de partir faire du troc pour échapper à ses parents.

Alors ils s'étaient embrassés. Pas besoin d'en dire davantage.

Ils n'avaient pas allumé de torche sur le chemin du village, car Ignatius se souvenait encore du moindre virage, de la plus petite ornière. À l'approche de Lamalera, il avait laissé Teresea partir devant pour qu'on ne les voie pas ensemble. Il la regarda s'éloigner dans le noir, sans savoir s'il parviendrait enfin à convaincre ses parents de lui concéder sa main. Mais il était sûr d'une chose : elle l'attendrait toujours, comme lui-même d'ailleurs, quel que soit le temps qu'il faudrait pour qu'ils puissent faire route ensemble. Son seul réconfort, à présent, c'était de savoir que lorsqu'il atteindrait l'Île des Ancêtres Teresea serait là une fois encore, prête à l'accueillir.

Voir Ben passer enfin l'alliance au doigt d'Ita le ramena brusquement dans le présent et le submergea de bonheur. Ignatius croisa les bras sur le pupitre devant lui, posa la tête sur ses avant-bras et se mit à sangloter. Ondu lui tapota le dos. Yosef, incapable de supporter les pleurs de son père, fut obligé de se lever et de quitter l'église.

Après que les alliances eurent été échangées, il n'y eut pas de baiser, pas de mains qui s'enlacent : Ben et Ita sourirent, lèvres closes, pour les photographies devant l'autel, car les Lamalériens estiment que seuls les fous montrent leurs dents en souriant sur les portraits. Puis ils regagnèrent les pupitres, remplis d'une joie solennelle. Il ne leur restait plus qu'une étape, à présent, avant d'être enfin libres de tracer leur propre chemin, indépendamment de leurs proches.

De retour dans la propriété des Amuntoda, Ita et Ben furent conduits sur une estrade et trônèrent sur des chaises en bois finement ciselé, enveloppées de sarongs tout spécialement tissés à la main pour l'occasion. Derrière l'estrade était déployée une banderole où l'on pouvait lire : L'AMOUR EST UN SACRIFICE : BEN ET ITA. Pas un souffle d'air ne traversait les bâches de la tente, et l'épaisse couche de maquillage tartinée sur le visage d'Ita commença à fondre, et ses cheveux à frisotter. Des invités en nage, ceux qui ne faisaient pas partie des familles proches, s'approchèrent les uns après les autres pour féliciter les jeunes mariés et leur remettre des enveloppes blanches gonflées d'argent liquide, coutume indonésienne qui commençait à se répandre à Lamalera et qui était abondamment pratiquée dans ce mariage-ci, car, du côté des Kedang, on considérait cela comme allant de soi.

Quand les mariés eurent fini de recevoir ces invités, ils descendirent de leur estrade pour marquer officiellement leur séparation vis-à-vis de leurs parents. Ils se dirigèrent vers les Amuntoda en tremblant, serrant des mouchoirs dans leur main, les yeux baissés. À l'approche d'Ita, Carolos et son épouse frémirent et se couvrirent les yeux. Ita s'agenouilla dans la poussière avec sa belle parure et laissa échapper une plainte saccadée, jusqu'à ce qu'elle manque d'air, alors elle se tut le temps de remplir ses poumons, après quoi elle gémit de nouveau jusqu'à en avoir le souffle coupé. Ses parents pleuraient en chœur avec elle, tous trois se cachant le visage derrière leur mouchoir. À compter de cet instant, Ita, qui n'était plus une enfant, serait responsable de son propre destin. Elle fit ses adieux à chacun de ses proches, son chagrin demeurant tout aussi intense d'un bout à l'autre du rang, et

Ben la suivit, se penchant cérémonieusement pour presser son front contre les jointures des mains de ses beaux-parents et de leurs proches, son visage n'exprimant aucune émotion tandis que les membres de la tribu Kedang l'enlaçaient en reniflant. Lorsqu'ils atteignirent le bout du rang, le maquillage d'Ita avait coulé partout et sa coiffure était défaite. Des traces de doigts poussiéreuses marquaient comme à la craie le dos du costume noir de Ben.

Ita faisant ses adieux à sa famille

Quand Ben s'approcha de son père et de ses autres proches du clan Blikololong, le visage du jeune homme se tordit en une grimace douloureuse, puis se détendit dans un éclat de rire avant de se plisser en une expression d'angoisse. Il se mit à pleurer, avalant de brusques bouffées d'air entre deux sanglots comme s'il s'étouffait, comme Ita avant lui. Sa jeune épouse s'agenouilla d'abord devant Ignatius. Une fois que celui-ci eut pressé les jointures de sa main contre le front de sa belle-fille, il s'essuya le nez sur son poignet et se tourna vers son fils. Contrairement aux Amuntoda, Ignatius ne se cachait pas le visage derrière un mouchoir, et ne détournait pas le regard : il fixait intensément son enfant qui marchait vers lui. Au lieu de forcer Ben à s'agenouiller, Ignatius leva sa main à la rencontre du front de son fils. Alors Ben posa la tête sur l'épaule de son père et passa le bras autour des épaules du vieillard. Père et fils restèrent agrippés l'un à l'autre, en pleurs. Lentement, Ben se détacha, mais Ignatius posa la paume de sa main sur le crâne de son fils, le figeant net. Ils échangèrent un long regard, qui étincelait d'émotion.

Ignatius ferma les yeux et repoussa délicatement la tête de son plus jeune fils.

Libéré, Ben se retira.

Après que Ben et Ita eurent fait un brin de toilette, le festin des noces commença. Les femmes de chaque tribu avaient préparé leurs spécialités respectives dans des cuisines séparées, et les avaient disposées sur des tables distinctes. Lamalériens et Kedang s'installèrent aux deux extrémités de la cour, les baleiniers mangeant avec les doigts du riz, des légumes bouillis et du poisson frais, tandis que les Amuntoda et leurs proches utilisaient couteaux et fourchettes pour manger des nouilles indonésiennes préconditionnées noyées dans des sauces toutes faites. Un peu à l'écart, les enfants lamalériens, notamment ceux de Ben et Ita, jouaient au *lamafa*, harponnant les détritus avec des bâtons. Les jeunes Kedang, eux, pianotaient sur les portables de leurs parents.

Au cours du repas, Carolos s'approcha d'Ignatius. “Ne vous faites plus de souci au sujet de ma famille”, dit-il. Ignatius comprit qu'il n'obtiendrait pas mieux en guise d'excuses.

Plus tard, Ignatius et ses fils parlèrent de Teresea, de combien elle leur manquait à tous, même Yosef, qui avait dû quitter l'église pour ne pas voir son père pleurer. Il était inhabituel de s'épancher ainsi, et de longs silences s'écoulaient pendant qu'ils vidaient un jerrican du *tuak* particulièrement nauséabond et sucré servi pendant le repas de noces. Seul Yosef refusa la coupe en noix de coco, avec une grimace dépitée mais pleine d'autosatisfaction : il avait récemment annoncé qu'il boirait moins, et impressionna ses proches en tenant parole.

Bientôt, on demanda à Ben de venir jeter un coup d'œil à la sono, d'où ne sortait qu'un mince filet de musique. Il examina la douzaine d'enceintes empilées les unes sur les autres pour former un mur de deux mètres et demi de haut, et épissa un câble rouge et bleu pour les reconnecter. Aussitôt, un fracas de pop indonésienne chargé de parasites fit onduler la bâche qui servait de toit. On rangea chaises et tables. Amuntoda et Blikololong se précipitèrent pour danser sur le carré de terre battue. La plupart des Kedang retournèrent bientôt s'avachir sur des chaises, déboutonnant leurs vestes de costume ou s'éventant avec des assiettes en carton. Les Lamalériens, eux, commençaient tout juste à s'échauffer, frappant le sol de leurs pieds calleux au rythme de la musique, arrachant des racines qui ressortaient alors comme des herbes ratatinées. Des étincelles jaillissaient dans les airs tels des feux d'artifice quand ils jetaient leurs cigarettes. Les femmes crachaient du bétel dans la terre comme s'il s'agissait d'un rituel de fertilité, et cette mélasse rouge sang tachait les orteils des Lamalériens, qu'on aurait cru blessés. La sueur coulait à flots, changeant le sol en boue.

Tout en dansant, Ondu et son épouse n'arrêtaient pas de reculer pour admirer le physique de l'autre, puis se rapprochaient de nouveau pour sentir ses muscles ; leur amour et leur attirance mutuels étaient connus et admirés de tous à Lamalera. Accroupi, roulant des hanches, Yosef grattait des lettres dans la terre et, de son autre main, faisait tournoyer un invisible lasso au-dessus de sa tête. Sa femme lançait des cris d'oiseaux à ses côtés. Pendant ce temps-là, Ben s'occupait de la sono, savourant son bonheur de jouer de nouveau les DJ à Lewoleba, après toutes ces années. Une cohorte de jeune Lamalériens, venus en stop jusqu'à Lewoleba pour s'incruster dans la fête, avait pris d'assaut cette piste survoltée, à grand renfort de hurlements. Puis les trilles d'un xylophone résonnèrent et un gong se mit à scander un tempo frénétique : Ben avait mis un air de *dolo*, version modernisée de l'*oa*, la danse de séduction traditionnelle de Lamalera. Les gens de sa tribu se prirent par la main sur la piste. La tente était trop étroite pour accueillir une ronde aussi grande, si bien que les danseurs se répartirent ingénieusement en petits cercles concentriques, ils criaient et battaient des pieds en tournoyant. Seules quelques grand-mères – et Ignatius – préférèrent s'abstenir.

Le père du marié était assis à l'extérieur du cercle, tête basse, perdu dans ses souvenirs. Un jour, Teresea et lui avaient dansé l'*oa*, et il avait frotté la ligne de vie de sa future épouse du bout du doigt, comme une promesse. Puisque sa femme n'était plus là, il ne voyait pas l'intérêt de danser. Il avait fait l'essentiel de son travail – Ben était *lamafa* et marié. Ignatius avait récemment annoncé la teneur de son testament : ses fils et filles recevraient des parts égales du *Demo Sapang*, le *téna* familial, et Ben aurait droit à la maison. La plupart de ses anciens compagnons de chasse dansaient déjà l'*oa* sur l'Île des Ancêtres, songea-t-il, et son épouse se trouvait là-bas, elle aussi, assise sous le candélabre du grand banyan, attendant patiemment que son époux la rejoigne. Puisqu'elle l'attendait, alors sa prochaine danse serait avec elle.

Mais quand même, alors que la tradition de l'*oa* avait été abandonnée depuis des décennies, une version de cette danse se déroulait miraculeusement devant lui, sous l'impulsion de ses enfants, de ses neveux et nièces, et bientôt de ses petits-enfants. N'était-ce pas merveilleux ? Il sentait peser sur lui cette fin imminente, mais il y avait aussi un commencement dans chaque fin. Un cousin du clan Blikololong se présenta devant lui, les yeux exorbités d'alcool, moustache dégoulinante de sueur et de *tuak*, en agitant un foulard jaune. L'homme l'enroula autour du cou d'Ignatius et s'en servit comme d'un licol pour entraîner le vieil homme en direction du cercle. Ignatius secoua d'abord les mains pour résister. Mais son cousin tira de plus belle. La tribu tout entière criait à Ignatius de se joindre à la danse. L'ancien se laissa alors conduire au centre de la ronde. Il chercha à tâtons le nœud de son sarong pour le détacher et libérer ses jambes. Puis il arracha le foulard jaune des mains de son cousin et l'agita au-dessus de lui, hurlant de rire. L'espace d'un instant, tout Lamalera tourna autour de lui.

La fête battit son plein jusqu'au petit matin, quand les Blikololong, la tête lourde d'alcool, reculèrent devant la lumière pâle de l'aube. Ignatius murmura à sa nièce de lui apporter de l'eau. Yosef ôta à la pointe d'un couteau les saletés logées sous ses ongles à force d'écrire dans la terre en dansant. Les boucles de la coupe mulet de Ben avaient perdu leur ressort. Mais les enceintes de la sono, qui avaient rendu l'âme quelques heures plus tôt, continuaient de croasser un filet de pop indonésienne au son métallique.

Ben grignotait des gâteaux de riz et des bananes quand Carolos lui demanda s'il comptait vraiment s'épuiser à travailler comme pêcheur. "Si tu restes à Lewoleba, ajouta son beau-père, je te trouverai un travail dans un bureau climatisé." Ou bien il pourrait conduire un bus destiné au transport des fonctionnaires. Dans un cas comme dans l'autre, il s'agirait d'un travail moins fatigant, moins dangereux et mieux payé, lui promit Carolos.

Ben le remercia mais déclara qu'il voulait retourner chez lui. Avec Ondu et Yosef, il était de sa responsabilité de nourrir son père. S'il avait besoin de gagner un peu d'argent, dit-il, il conduirait peut-être un camion à Lewoleba pendant quelques mois, mais son épouse et ses enfants resteraient à Lamalera.

Ita portait encore les boucles d'oreilles et le collier en or que son père lui avait offerts quand Ben et elle montèrent dans l'*auto*, peu de temps après. Pendant les semaines qui suivirent, elle ne les enleva pas – même pas pour couper du bois à la hache, débiter les requins makos ou récurer avec une pierre sur une planche de bois les vêtements ensanglantés. Les bijoux perdirent peu à peu leur lustre à force de bosses et d'éraflures, même si Ita les astiquait pour leur redonner un peu d'éclat. Mais au bout d'un moment, comprenant qu'elle allait les ruiner en les portant ainsi en permanence, Ita les rangea dans un coin. Elle ne retourna qu'une seule fois à Lewoleba cette année-là, tant il y avait de choses à faire à la maison, et ses parents ne lui rendirent jamais visite à Lamalera, rebutés par la saleté des lieux et l'absence d'électricité. Quand elle trouva enfin le temps de séjourner trois jours dans sa ville natale, elle remit brièvement ses bijoux de mariage.

Un lamafa *s'apprête à se jeter hors de son bateau pour frapper un cachalot en fuite*

11

AU MILIEU DU TYPHON DE LA VIE

13 juin 2015 – 10 septembre 2015

Jon

Les semaines de Léfa se succédaient et Jon se tenait à l'écart de la chasse, tournant et retournant dans sa tête son projet secret de partir pour Jakarta travailler comme gardien de nuit dans la villa du frère aîné de Salés. De temps à autre, il lui arrivait d'embarquer à bord d'un autre *jonson* que le *VJO*, mais le plus souvent il pêchait au filet maillant sur son sampan et poursuivait la rénovation de sa maison. Il attendait patiemment le mois d'août, où le frère de Salés reviendrait au village à l'occasion d'une grande fête, ce qui leur permettrait de régler les détails du départ de Jon. Il s'agirait là d'une rupture nette avec Lamalera et, peut-être, avec Honi, même s'il demeurait indécis sur ce point, changeant d'avis au gré de leurs disputes et de leurs réconciliations. Tout en détachant les poissons volants de son filet, Jon rêvait de sortir dans les bars avec de jolies filles et de se rendre dans les salles de cinéma quasi mythiques de la capitale, n'ayant jamais totalement cru Honi lorsqu'elle lui racontait que la vie dans les grandes villes n'était pas aussi rose qu'à la télé.

Évidemment, il se sentirait seul au début, surtout après avoir passé toute sa vie dans le giron de la tribu, car il ne connaissait personne dans cette métropole. Mais une partie de lui désirait cette solitude. Il voulait vivre pour lui-même. Il était fatigué de veiller sur les autres – que ce soit ses sœurs et ses grands-parents ou les gens de la tribu. Le kiosque ouvert avec Ika avait fait faillite à force de faire crédit à la clientèle, car les Ancêtres enjoignaient à leurs descendants de ne jamais refuser leur aide à un Lamalérien dans le besoin. Tous les après-midi, lorsqu'il remontait son sampan sur la plage, des hommes qui avaient passé tout la journée à faire la sieste sous les abris à bateaux venaient lui dire que leurs familles mouraient de faim, et Jon les laissait alors piller ses paniers, jusqu'à ce qu'il reste juste assez de poisson pour sa propre famille. Dans ces moments-là, il se demandait si la Voie des Ancêtres était pour lui une aide ou une entrave.

Un mois plus tôt, Jon s'était ruiné le bas du dos à force de hisser son filet. La douleur était si aiguë que même les soins prodigués par Frans n'avaient servi à rien, et un samedi de la mi-juin Jon s'était réveillé en ayant si mal qu'il n'avait pu prendre la mer. Il avait passé toute la journée allongé sur sa paillasse en bambou, à se dire qu'il servait toujours d'esclave à tout le monde mais que lui, personne n'était là pour l'aider. Il téléphona à Honi, mais celle-ci ne décrocha pas. Même s'il savait que son travail de bonne à domicile s'apparentait à une forme d'esclavage, puisqu'elle travaillait du lever au coucher, n'avait que deux dimanches de repos par mois et pas le droit de quitter la villa de trois étages de son employeur sans demander la permission, dans des moments comme celui-ci il avait du mal à ne pas se l'imaginer menant une vie tout droit sortie de ses fantasmes à lui. De son côté, Honi idéalisait la vie rurale de son village natal. Leur ressentiment mutuel envers l'existence prétendument idyllique que menait l'autre avait peu à peu ébranlé une relation dont les fondations n'étaient déjà pas très solides : moins d'une semaine en tête à tête et près de deux ans d'efforts à distance. Honi lui manquait, et il savait qu'il lui manquait aussi, mais comme ce désir s'était peu à peu mué en frustration, Jon ne savait plus très bien si Honi était la source de son malheur, ou bien son remède. Il continua cependant de lui téléphoner, et, comme elle ne répondait toujours pas, il s'angoissait de plus belle.

En fin d'après-midi, en entendant Ika battre le riz dans la cuisine, Jon lui cria de lui apporter un verre d'eau. Pas de réponse. Il appela de nouveau. Le bruit de crécelle des grains de riz non décortiqués s'interrompit, mais Ika resta silencieuse. Ils s'étaient déjà disputés ce matin-là quand Jon lui avait donné l'ordre d'aller chercher de l'eau au puits car leurs jerricans étaient vides. “Le puits est à sec de toute façon, avait-elle répliqué, alors à quoi bon ?” Elle n’avait pas tout à fait tort : la saison sèche avait réduit l’eau habituellement limpide de ce puits à une lie pleine de limons. Et, comme Jon, Ika croulait sous les tâches et trouvait que ses efforts n’étaient pas reconnus à leur juste valeur. Mais elle avait fini par faire ce qu’il demandait.

Jon l’appela une troisième fois, la voix sourde de colère, et Ika descendit enfin de la cuisine, un verre d’eau trouble à la main. Lorsqu’elle se présenta devant sa paillasse, Jon avait une cigarette fichée entre les lèvres. “Apporte-moi aussi un briquet”, dit-il.

Sans prendre la peine de répondre, Ika lui tendit l’eau sale. Elle avait beaucoup changé depuis quelques mois. Ses joues rondes s’étaient creusées, dévoilant des pommettes saillantes, et l’épuisement avait creusé les cernes sous ses yeux. Le rire qui l’avait toujours maintenue à flot avait cédé la place à une forme de morosité. Ces derniers temps, au lieu de baisser la tête devant les mouvements d’humeur de son frère, Ika avait pris l’habitude de répliquer. Si le sort semblait s’acharner sur Jon, la relation d’Ika avec Alo s’était faite plus intime : ils passaient désormais presque toutes leurs journées ensemble, gloussant de leurs blagues secrètes – les seuls moments où elle semblait rire, à présent. Alo s’était fait accepter de toute la famille, aidant volontiers à couper le bois ou à vider le poisson après avoir travaillé dur toute la journée sur des chantiers de construction, au village, ou bien sur les bateaux, en mer. Ses éternelles bêtises étaient souvent la seule chose capable de réchauffer un tant soit peu l’humeur sombre de la maisonnée. Mais le souci des convenances dont ils avaient d’abord fait preuve se fissurait peu à peu : il n’était plus rare désormais qu’Alo reste chez eux jusque tard dans la nuit. “Ika veut se marier vite”, commentaient les anciens avec une moue entendue, insinuant par là qu’Alo et elle couchaient ensemble. En se mariant avec Alo, elle aurait sa propre maison et sa propre famille : Jon et ses grands-parents s’occuperaient d’eux-mêmes et ne dépendraient plus de ses soins.

Jon fit comme s’il n’avait pas vu l’eau. “Apporte-moi un briquet”, insista-t-il.

Ika tendit le verre plus près de son visage.

Jon le lui arracha des mains et le jeta par-dessus la terrasse. Ils l'entendirent se briser sur les rochers en contrebas.

Ika battit en retraite dans la cuisine. Les murs à demi montés séparaient à peine les habitants de la maison des éléments, ne leur offrant aucune intimité, et Jon entendit clairement l'air plaintif que sa sœur fredonnait :

Tenang-tenang mendayung,	Ramez calmement, ramez tranquillement,
Didalam ombak selepas pantai.	Tandis que les vagues déferlent sur le rivage.
Tenang-tenang merenung,	Rêvez calmement, rêvez tranquillement,
Ditengah taufan hidup yang ramai,	Au milieu du typhon de la vie,
Ditengah taufan hidup yang ramai.	Au milieu du typhon de la vie.
Bila terbawa arus didalam doa.	Si vous êtes emportés par les courants : priez.
Laut terenang.	Vous pouvez traverser cet océan à la nage.
Sabda penguat doa.	Laissez-vous prendre par le Verbe.
Resapkanlah didasar hatimu	Laissez-le pénétrer jusqu'aux profondeurs de votre cœur
Sedalam laut medan hidupmu.	Et votre vie sera aussi profonde et vaste que l'océan.

Plutôt que de montrer qu'il avait entendu ce chant, Jon héla une fille qui passait sur la route au pied des terrasses pour lui demander d'acheter une bouteille d'eau, de celles qu'on gardait en stock pour les touristes occasionnels, au kiosque avec lequel Ika et lui avaient jadis été en concurrence. La fille lui apporta la bouteille et Jon lui donna un billet de dix roupies indonésiennes, avant de vider d'un trait cette dépense extravagante, tandis qu'Ika entonnait de nouveau son cantique, *Au milieu du typhon de la vie*...

Ce soir-là, Jon refusa de manger le riz et le maïs qu'Ika avait préparés, signe d'opprobre ultime chez les Lamalériens. Ses parents tentèrent de le convaincre de se joindre à eux pour dîner, mais tous deux étaient devenus aveugles à cause de la cataracte et, maintenant qu'ils dépendaient totalement de lui, Jon ne les écoutait presque jamais. Il alla donc manger chez son ami Narek. Il était sur le point de rentrer se coucher lorsqu'il reçut un appel de Salés. Son patron venait de rentrer de voyage, et ordonna à Jon de descendre à pied le rejoindre chez lui, dans l'un des lotissements excentrés des bas de Lamalera. En chemin, Jon passa devant deux adolescentes blotties sous un tamarinier. L'une d'elles consolait son amie en pleurs. Cet après-midi-là, la malheureuse avait appris son échec à l'examen d'entrée au lycée de Lewoleba, ce qui voulait dire qu'elle passerait le reste de sa vie à Lamalera. Son amie, qui elle avait réussi l'examen, allait partir.

Dans la maison en béton à deux étages de Salés – édifice que le businessman avait voulu relativement modeste eu égard aux moyens dont il disposait, afin de ne pas froisser les membres de la tribu, mais qui avait quand même des allures de villa parmi les logements en brique de plain-pied qui l'entouraient –, le patron de Jon lui demanda de l'aider à organiser une fête pour les vingt-cinq ans de service au sein de l'Église de son frère aîné Peter, prêtre catholique. C'était à cette occasion que l'autre grand frère de Salés, Josef, le futur employeur de Jon, avait prévu de rentrer au village. Jon fut chargé de réunir un groupe de jeunes hommes pour leur faire rouler des milliers de cigarettes en papier de palme, qui seraient ensuite distribuées pendant les célébrations. Puis Salés lui fit jurer de garder le secret au sujet de l'annonce qu'il comptait faire lors de cette cérémonie : en août de cette année-là, il prévoyait d'ouvrir une usine de transformation du poisson à Lewoleba. Cette entreprise achèterait du thon et des espadons aux pêcheurs de Lembata et exporterait ces produits. Salés n'en pouvait plus de joie : c'était la concrétisation d'une quête de dix années.

À l'époque où il occupait le poste de directeur d'une usine d'embouteillage d'eau à Jakarta, dans sa vingtaine, après être sorti diplômé du séminaire sans se voir confier une paroisse, le descendant des Lika Telo avait été témoin des milliers de dollars échangés sur les docks de la capitale pour ces mêmes thons que les membres de sa tribu transformaient en viande séchée chaque année. C'est cette révélation qui l'avait poussé à rentrer au village en 2003, pour s'enrichir lui-même et enrichir son peuple. Il avait fait construire le *VJO* et avait été le premier à tester les filets dérivants, démontrant par le biais des riches butins que Jon et lui rapportaient que ce genre de pêche moderne était économiquement viable. Mais ses ambitions allaient bien au-delà de cet unique *jonson*. Quatre ans plus tard, élu maire du village, il avait réussi à convaincre des représentants du gouvernement et des hommes d'affaires de faire le long voyage de Jakarta jusqu'à Lamalera – un périple de plus de mille six cents kilomètres, qui à l'époque prenait quatre jours d'avion puis de ferry – pour leur montrer ces trésors que la tribu était en train de gaspiller. Tous tombèrent d'accord pour déplorer un tel gâchis, mais les investisseurs ne voyaient pas comment transformer ces prises en espèces sonnantes et trébuchantes : il n'y avait pas de glace disponible à Lamalera, et pas assez d'électricité pour en fabriquer si tant est qu'on parvienne à se procurer le matériel nécessaire, car aucun générateur dans cette région n'était assez puissant pour cela. Le poisson tournerait donc avant d'avoir atteint le port de Lewoleba, qui était lui-même une impasse, faute d'infrastructures pour exporter le thon.

Même après avoir démissionné de la mairie au bout d'un an, Salés continua de rencontrer investisseurs et fonctionnaires lors de ses séjours à Kupang et à Jakarta. Puis, en 2014, Jokowi avait gagné les élections présidentielles en partie grâce à sa promesse d'investir massivement dans les confins orientaux de l'Indonésie, et des hommes d'affaires extérieurs à l'île se mirent aussitôt en quête d'associés locaux pour profiter du boom annoncé dans les domaines de l'exploitation minière et de la pêche. Salés se fit un plaisir de les aider. Au début du mois de mai 2015, il fit de nouveau venir des fonctionnaires de Jakarta sur la plage de Lamalera, à l'heure où les *jonson* débarquaient leurs prises du jour. Il fallut ensuite moins de cinq minutes à cette délégation et au nouveau maire pour accorder leur soutien au projet de Salés. Ce soir-là, ce dernier organisa un grand festin de steaks de cachalot en l'honneur des dignitaires, et leur offrit des bagues taillées dans des dents d'orques.

Quand Salés convoqua Jon chez lui pour lui faire part de ces derniers développements, la construction d'une usine de fabrication de glace et celle d'une usine de transformation du poisson étaient quasiment terminées, et il avait déjà pré-embauché vingt et un employés, dont aucun n'était de Lamalera, Salés souhaitant que ses salariés aient étudié au moins jusqu'au lycée. Salés n'avait pas eu d'autre choix que d'implanter ces installations à proximité de Lewoleba, car il aurait été impossible de transporter tous les matériaux nécessaires par la route à travers les montagnes. Il avait donc fait aménager un camion-benne en fixant dessus une énorme glacière, afin d'acheminer le poisson depuis Lamalera et les autres villages de pêcheurs jusqu'à la capitale de l'île. À l'aller, ce véhicule transporterait une montagne de glace, qu'il échangerait sur place contre une cargaison de poissons, afin que les habitants puissent conserver leurs prises jusqu'au prochain voyage, dans des bunkers en béton construits tout spécialement. Le transporteur garderait évidemment un peu de glace pour le trajet du retour, afin que sa cargaison arrive en bon état. Dans le même temps, à l'autre bout de l'archipel, Salés faisait construire un cargo de mille tonnes qui servirait à transporter le poisson jusqu'à Jakarta. Son objectif était que tout soit prêt dans les mois à venir, pour pouvoir acheter les prises des Lamalériens dès qu'ils se remettraient à pêcher au filet dérivant, une fois achevée la saison de la pêche au cachalot. Il avait enfin les moyens d'exploiter à son avantage les pouvoirs du capitalisme mondialisé, qui le fascinaient depuis si longtemps.

Bien sûr, Salés était conscient que son entreprise de pêche encouragerait la tribu à abandonner la chasse au harpon, et que l'argent liquide qu'il distribuerait allait précipiter la fin de l'économie de troc locale. Mais devant ses plus proches amis, il prophétisait un avenir idyllique : dans dix ans, jurait-il, chaque famille de Lamalera posséderait une voiture. Les baleiniers se consacreraient principalement à la pêche au filet dérivant – l'interdiction de s'y livrer pendant Léfa aurait été levée entre-temps – et la tribu s'enrichirait grâce à l'argent que Salés lui verserait en l'échange de son poisson. Grâce à l'électricité qui serait disponible en permanence, de nombreux touristes pourraient venir séjourner dans un hôtel de classe internationale construit sur la plage, et, avec le temps, les membres de sa tribu finiraient peut-être par préférer les accompagner pour des visites guidées plutôt qu'aller chasser. Certes, un certain nombre de préceptes de la Voie des Ancêtres seraient abandonnés, c'était inévitable, mais Salés avait le sentiment que tant que les siens continueraient d'entonner le *baleo* et de chasser le cachalot à bord de leurs *téna*, l'essence-même du peuple lamalérien perdurerait. Il n'était pas nécessaire que leur existence tout entière dépende des résultats capricieux de cette chasse. Et puis, la modernité ne pouvait plus longtemps être maintenue à distance. Elle finirait par s'imposer, ici comme ailleurs, qu'il ouvre ou non cette entreprise. Ce faisant, Salés empêcherait tout simplement la tribu de rester en marge du progrès ou, pire encore, de se faire exploiter par quelqu'un de moins noblement intentionné que lui. Ses frères lamalériens avaient le choix entre surfer le tsunami du changement, comme lui, ou bien se laisser noyer.

Cependant, tandis qu'il partageait ses plans avec Jon en échange de son silence, Salés savait très bien qu'il valait mieux garder pour lui le reste de ses pensées, du moins jusqu'à ce que l'usine soit opérationnelle. Après tout, ce n'était un secret pour personne qu'il n'avait pas renoncé de son plein gré à son bref mandat de maire : la dernière fois qu'il avait essayé de moderniser la tribu, sept ans auparavant, sa tentative s'était soldée par un désastre. On l'avait destitué et des menaces de mort l'avaient chassé du village. Mais Salés était convaincu que, cette fois, la tribu serait enfin prête à s'ouvrir au monde extérieur.

Alors que juin cédait paresseusement la place à juillet puis à août, la tribu tout entière semblait condamnée à attendre. Jon, qui reprochait toujours à Ika le manque de respect dont elle avait fait preuve à son égard – en réalité, c'était sa vie en général qui était la cause de cette frustration –, soupait tous les soirs chez Narek et attendait patiemment de pouvoir partir à Jakarta. Salés supervisait avec nervosité les interminables travaux de son usine de transformation du poisson. Mourant d'envie d'être enfin libérée de Jon et de ses grands-parents, Ika retenait son souffle en attendant qu'Alo demande au chef de son clan d'entamer la succession de rituels qui mènerait à leur mariage, même s'ils avaient promis à Jon de ne pas s'unir avant le retour de Honi. D'un autre côté, elle craignait qu'une grossesse née de leurs rendez-vous galants ne précipite la chose. Elle voulait que ces noces soient le fruit du désir d'Alo, pas une obligation pour lui. Et même si tout le monde guettait anxieusement l'arrivée des cachalots, car aucun jet d'eau n'avait pour l'instant été repéré de toute la saison de chasse, Ignatius et Ben souffraient tout particulièrement de cette absence, dans la mesure où tous les deux, le père et le frère, espéraient que Ben, fraîchement élevé au rang de *lamafa*, pourrait tuer un cachalot. Quand Frans, au nom de la tribu, demanda aux Wujon de renouveler leur Appel aux Baleines, les Seigneurs de la Terre exigèrent que les pêcheurs renoncent à leurs moteurs hors-bord, injonction qui fut rejetée. Les Lamalériens ne mouraient pas de faim, comme cela aurait sans doute été le cas par le passé, mais bon nombre d'entre eux maigrissaient à vue d'œil, leur régime se réduisant pour l'essentiel à de la viande de poisson volant, dont les arêtes acérées comme des aiguilles se coinçaient en permanence entre leurs dents. Armés de pied-de-biche, les hommes allaient arracher des pouces-pieds sur les rochers découverts à marée basse, et gobaient directement dans la coquille l'ombilic de chair rose.

À la mi-août, la célébration que Salés et Jon attendaient eut enfin lieu, relâchant un temps les tensions naissantes au sein de la tribu. Une banderole en l'honneur du vingt-cinquième anniversaire de l'ordination du père Peter Bataona par l'Église catholique fut accrochée au-dessus des crânes d'orques empilés à l'entrée du village, et des gens aux visages étrangement familiers, portant des sweats à capuche Benetton et des jeans Zara, la franchirent, discutant en bahasa, gênés de constater à quel point ils avaient oublié le lamalérien. Pas moins de neuf cochons furent abattus pour ce festin. Puis il fallut endurer trois heures de discours, seulement interrompues lorsqu'un groupe d'anciens, à l'arrière de la foule, se disputèrent bruyamment au sujet des raisons de l'absence des baleines. On enleva les chaises, et trois rondes de *dolo* se formèrent, les danseurs martelant le sable de leurs pieds avec une énergie si contagieuse que même les nonnes de passage se joignirent à eux, souillant de terre le bas de leurs robes blanches. Un peu à l'écart, Josef, le grand frère de Salés, s'entretenait avec Jon de son prochain départ pour Jakarta.

Au lieu d'annoncer l'ouverture de son usine ou de profiter de la fête, Salés enfila un masque anti-poussière, enfourcha sa moto et fila vers Lewoleba. La raison déclarée de ce départ précipité était que le lendemain, le 17 août – jour de la fête d'indépendance indonésienne, et premier anniversaire de la fermeture du marché au troc de Wulandoni –, son usine de transformation du poisson inachevée accueillerait une cérémonie en présence de trois cents invités et du gouverneur de la province, cérémonie censée inaugurer une nouvelle ère économique à Lembata. Mais en réalité, la construction du bâtiment n'était pas encore terminée et le lancement de l'entreprise n'aurait pas lieu avant plusieurs semaines, situation embarrassante dont il ne voulait pas entendre parler. Mais il y avait une autre raison, sans doute plus importante, à ce départ précipité : même s'il avait gardé sa grande maison en périphérie du village, Salés s'était toujours efforcé de limiter le nombre de nuits qu'il y passait depuis le jour où on l'avait chassé de la mairie, préférant séjourner dans sa villa de Lewoleba chaque fois qu'il revenait sur l'île. Sa brusque disgrâce n'avait en effet rien de la chute ordinaire d'un politicien de province. En réalité, les gens de sa tribu avaient fait appel à la sorcellerie pour tenter de l'assassiner.

Au regard de sa réussite dans la pêche au filet dérivant et de son pedigree de descendant des Lika Telo, Salés avait d'abord semblé le candidat idéal pour guider la tribu dans cette ère nouvelle où un équilibre entre tradition et innovation devait être trouvé. Mais bientôt, des représentants de l'antenne indonésienne du Fonds mondial pour la Nature (WWF)[1] ouvrirent un bureau à Lewoleba et se rendirent dans la tribu dans le cadre d'une campagne organisée par un consortium d'ONG, visant à faire de cette région une vaste réserve marine reconnue par l'État[2]. Échaudés par une expérience conflictuelle avec Greenpeace deux décennies plus tôt, les membres de la tribu craignirent que le WWF ne cherche à son tour à interdire la chasse[3], même si ses représentants juraient qu'ils voulaient seulement aider les Lamalériens à mettre en place des charters de pêche au thon et des entreprises d'écotourisme[4] proposant notamment des sorties en mer pour observer les cachalots. Ayant appris que le WWF et les autres ONG étaient soutenus par le gouvernement indonésien, Salés avait décidé d'encourager les siens à coopérer afin d'enrichir le village.

La situation avait commencé à dégénérer quand, en février 2009, un article de journal avait cité un représentant du gouvernement qui contredisait le WWF en déclarant que la création de cette réserve visait à protéger les cachalots des Lamalériens. Soudain, l'aide au développement soi-disant offerte par le WWF apparut à ces derniers comme une simple tactique pour forcer subrepticement la tribu à remplacer la chasse au cachalot par l'observation des cétacés. Les Lamalériens affrétèrent donc une flotte de *téna* à destination de Lewoleba, poussèrent l'une de ces pirogues sur des rondins dans les rues jusqu'au siège administratif de l'île, et firent part de leur indignation au gouverneur. Des Lamalériens exilés, dont certains, comme le grand frère de Salés, étaient devenus des politiciens ou des hommes d'affaires influents, lancèrent une campagne de soutien à la chasse au cachalot dans les médias nationaux. Avec Salés comme médiateur, les gens du WWF organisèrent une réunion avec les Lamalériens[5], à Kupang, où ils répétèrent que, contrairement à ce que laissait entendre cette citation dans le journal, la création d'une réserve marine ne limiterait pas l'activité de chasse des Lamalériens[6], tant que les populations de cachalots demeureraient stables. Les Lamalériens n'étant toujours pas convaincus, le WWF envoya au village une équipe de relations publiques[7], mais les pick-up qui transportaient ses membres furent interceptés aux abords de Lamalera par un groupe de cinquante baleiniers, qui ouvrirent brusquement les portières des véhicules, hurlèrent aux écologistes de s'en aller et déclarèrent qu'ils mourraient avant de renoncer à chasser le cachalot. L'organisation ferma son bureau de Lewoleva, et quand la zone protégée de la mer de Savu devint officiellement la plus grande réserve du genre en Indonésie, quelques mois plus tard, ses frontières contournaient les parages de Lamalera[8].

Des documents internes du WWF découverts par la suite apporteraient la preuve que les Lamalériens avaient vu juste : l'organisation écologiste n'avait pas joué franc jeu. Même si l'objectif final du WWF était bien d'enrichir les Lamalériens et de les aider à protéger leur environnement naturel, ses représentants envisageaient aussi les sorties d'observation des cétacés et les autres projets de développement suggérés comme un moyen d'éliminer peu à peu la chasse au harpon.

Pour citer un e-mail du directeur de l'antenne du WWF à Lewoleba, adressé à d'autres écologistes : “Ce dont les habitants de Lamalera ont besoin, c'est d'une amélioration de leur économie et de restrictions sur la chasse à la baleine, afin que leur culture puisse continuer d'exister en étant redirigée vers l'écotourisme.” Il concluait ainsi : “C'est ce que le WWF est en train de réaliser dans la région !”[9]

Peu après le départ forcé des représentants du WWF, les Lamalériens qui avaient collaboré avec cette ONG, et notamment Salés, furent alignés devant la Maison des Esprits du clan Blikololong, en présence de la tribu au grand complet. Dans son lamalérien teinté d'accent javanais, Salés présenta ses excuses pour avoir ainsi accueilli les étrangers, expliquant qu'il ignorait alors leurs véritables intentions. Mais les gens de la tribu n'étaient pas satisfaits.

Les Lika Telo dépêchèrent un coursier vers un lointain volcan de l'île, afin d'acheter un mouton au peuple de bergers qui faisait paître ses troupeaux là-bas. Un chamane de Lamalera sacrifia alors l'animal dans une version plus funeste encore de la Malédiction de la Chèvre noire – invoquant les Ancêtres pour qu'ils fassent pleuvoir malchance et maladies mortelles sur les collaborateurs –, car dans la sorcellerie lamalérienne le mouton est un ingrédient magique plus puissant encore que la chèvre. Pour échapper à la colère des siens, Salés démissionna de son poste de maire et s'enfuit à Lewoleba, où il succomba bientôt à une dépression nerveuse, entre autres problèmes de santé, que les Lamalériens attribuèrent à leur magie noire. Les hommes et les femmes moins aisés qui avaient rendu de menus services administratifs aux gens du WWF n'avaient pas les moyens de quitter le village, et furent ostracisés pendant des années, les membres de la tribu refusant de leur parler et de les inviter lors des cérémonies. Avec le temps, ces traîtres furent finalement autorisés à réintégrer la communauté. Mais on ne leur pardonna jamais tout à fait : lorsqu'un des hommes maudits mourut, six ans plus tard, de ce qui était très certainement une crise cardiaque, certains murmurèrent que la Malédiction du Mouton avait produit son effet.

Même après s'être remis de sa dépression, Salés ne s'était plus jamais vraiment senti chez lui à Lamalera. Il regrettait encore ce conflit entre les baleiniers et les écologistes car, selon lui, la protection qu'offrait une telle réserve marine aurait permis de limiter les activités illégales en cours dans la région, entre dynamitage des récifs et palangriers clandestins, tandis que l'aide au développement aurait amélioré le quotidien des habitants. Tout le monde en aurait profité[10], il en était convaincu, si les deux camps avaient pu trouver un moyen de travailler ensemble. Mais il avait fini par se dire que ces deux visions du monde étaient tout simplement trop différentes pour être réconciliées, et qu'elles continueraient de s'opposer jusqu'à ce que la chasse prenne fin ou que les étrangers renoncent.

Ce conflit entre les Lamalériens et l'organisation écologiste n'avait rien d'exceptionnel : la création de la plupart des six mille parcs nationaux de la planète a en effet été obtenue au détriment des moyens de subsistance traditionnels des tribus indigènes ou en les forçant à quitter les territoires concernés – la plupart du temps, dans le but de générer sur leur terres des revenus liés à l'écotourisme, qui finissent généralement dans les poches des fonctionnaires et des entrepreneurs locaux, et ne profitent donc aucunement aux tribus déplacées. Pour citer le rapporteur spécial des Nations unies sur les droits des peuples autochtones : "Ce sont les personnes les plus vulnérables sur cette planète qui paient actuellement le prix de la préservation de l'environnement[11]."

Au cœur de cette confrontation se trouvent deux manières antagonistes d'envisager la gestion des ressources naturelles. Pour les Lamalériens, l'idée même de protection de l'environnement n'a aucun sens[12] : en effet, puisque les baleines sont des dons des Ancêtres, la seule manière de les faire disparaître serait d'abuser de la bonne volonté des esprits, et refuser de chasser un animal ainsi offert serait une insulte à leurs aïeux. En outre, les Lamalériens estiment que leur pratique de la chasse n'a eu aucun impact négatif sur leur écosystème depuis des siècles – ce sont avant tout la pollution, la surpêche et le changement climatique causés par les sociétés auxquelles appartiennent les écologistes qui l'ont endommagé. Pourquoi, alors, les écologistes les ciblent-ils, eux, plutôt que de s'en prendre aux vrais fautifs ? D'ailleurs, les Lamalériens ont des raisons de craindre qu'un abandon de la chasse au cachalot ne signe leur arrêt de mort. L'histoire a montré à maintes reprises que le fait de priver les peuples autochtones de leurs moyens de subsistance traditionnels les conduit souvent à leur perte : leur identité disparaît en l'espace d'une génération. Après tout, que seraient des chasseurs de baleines qui ne chasseraient plus ?

Les écologistes, de leur côté, soulignent que les Lamalériens, comme d'autres peuples autochtones, puisent dans leurs ressources à un rythme accéléré depuis qu'ils utilisent de nouveaux outils tels que les filets dérivants et les moteurs hors-bord (ou encore les tronçonneuses et les fusils, dans le cas des tribus vivant dans et de la jungle), et qu'ils causent par conséquent de réels dégâts écologiques. Maintenant que ces chasseurs-cueilleurs disposent de moyens plus modernes d'assurer leur subsistance, avancent certains écologistes, ils devraient y avoir recours au lieu d'aggraver leur impact sur des écosystèmes fragiles. Bien sûr, le postulat qui se trouve derrière tous ces arguments est que, pour une grande partie des militants écologistes, il est immoral de tuer les baleines, ces êtres au cerveau presque humain, même si cela est essentiel à la survie d'une culture immémoriale.

C'est un conflit qui peut sembler insoluble, ou laisser penser que la seule résolution possible serait la disparition de ces cultures traditionnelles, anéanties par la mondialisation. Mais des études menées par la Banque mondiale et d'autres institutions[13] ont montré que lorsque les peuples autochtones gèrent leurs territoires en partenariat avec les gouvernements ils les protègent plus efficacement, et à moindre coût, que des étrangers ne sont capables de le faire. De tels partenariats permettent de renforcer des écosystèmes menacés et des cultures traditionnelles en péril. Mais cela implique une adhésion des deux parties. Et depuis leurs mésaventures avec le WWF, les Lamalériens évoquent toujours l'écologie à l'occidentale avec un mélange de colère, de peur et de dégoût.

Peu après que Salés se fut éclipsé de la fête donnée en l'honneur de son frère, Jon quitta d'un pas titubant la ronde du *dolo*, époussetant sa chemise de ville ornée d'un crâne brodé dans le dos. Tandis qu'il se frayait un chemin à travers la foule, il fut arrêté par un vieillard à la carrure chétive de qui a souffert de la faim dans son enfance, mais dont le ventre était désormais celui d'un homme riche. C'était Josef, le frère aîné de Salés.

"Pourquoi n'es-tu pas encore à Jakarta ?" lui demanda Josef sur le ton de la plaisanterie. Il confirma à Jon que son travail consisterait uniquement à garder la villa. Il n'aurait pas à accomplir de tâches féminines, comme le ménage – une bonne s'en chargeait déjà.

Mais Jon avoua qu'en réalité il n'était pas tout à fait prêt à partir pour la capitale. Il demanda s'il serait possible de commencer à travailler au début de la saison des moussons, expliquant qu'il avait besoin de ce délai supplémentaire afin de régler quelques affaires pour sa famille. Josef lui répondit que cela ne posait pas de problème.

Même s'il était fâché contre Ika – et contre ses grands-parents, pour avoir pris le parti de sa sœur –, Jon avait décidé de faire des provisions de poisson séché pour aider les siens à tenir jusqu'à ce qu'il puisse leur envoyer une partie de son salaire, depuis Jakarta. Il voulait également terminer les travaux d'extension de la maison en guise de cadeau d'adieu. Il avait bien avancé, ce qui était l'unique conséquence positive de cette saison de chasse au cachalot infructueuse. La pêche au filet maillant n'ayant pas non plus porté ses fruits jusqu'ici, Jon passait le plus souvent ses journées à la maison, fabriquant des briques de ciment une semaine, puis les montant celle d'après, de telle sorte que les murs semblaient s'élever comme dans l'une de ces animations image par image. Dans le même temps, Jon assemblait petit à petit, comme un puzzle, les pièces de la toiture.

S'étant mis à dos tous ses amis à cause de son humeur sombre, Jon travaillait seul désormais. Mais son grand-père essayait encore de l'aider. Reprochant toujours à l'aïeul d'avoir soutenu Ika suite à leur dispute, Jon lui avait d'abord à peine adressé la parole, et encore, pour lui faire comprendre qu'avec la cataracte qui voilait ses deux yeux il était plus une gêne qu'une véritable aide. Mais Yosef Boko semblait immunisé contre la grogne de son petit-fils. Il passait des heures à trier les clous par longueur, au toucher, ou à porter péniblement des briques là où Jon en avait besoin, une par une, traînant des pieds pour éviter de trébucher, la peau pendant de ses bras squelettiques tel un sweat-shirt trop ample pour lui. Au bout d'un moment, Jon finit par renoncer à chasser son grand-père, car il savait que le septuagénaire, en agissant de la sorte, ne faisait qu'obéir au précepte fondamental édicté par les Ancêtres : à Lamalera, tout homme devait nourrir et abriter les siens.

Quand Yosef Boko avait fait la cour à Grand-mère Fransiska, près d'un demi-siècle plus tôt, le prêtre du village exigeait que les couples possèdent une maison avant de pouvoir les marier. Mais comme le moindre centimètre carré de terre plane avait déjà été construit, Yosef Boko avait dû se trouver un nouvel espace. Il passait donc tous ses dimanches à empiler de larges pierres au pied de la paroi en terre friable de la falaise pour former un mur de soutènement de vingt mètres de long, qu'il remblaya ensuite avec de la terre. En l'espace d'une année, il avait bâti une ziggourat formée de trois autres terrasses semblables à la première, ajoutant ainsi, pour sa future femme et lui-même, quarante-six mètres carrés de surface à Lamalera. Avec Grand-mère Fransiska, ils avaient tressé dessus une maison de bambou, alternant lamelles claires et sombres pour former sur ses murs des motifs en forme de cachalot. Sous le toit de chaume de cette maison, ils avaient eu un fils et deux filles, dont l'aînée était la mère de Jon. À la fin des années 1980, la maison avait été rénovée avec des briques et du béton, et c'était dans cet édifice-ci que Jon avait vu le jour.

Jon n'était encore qu'un adolescent quand il avait poussé Yosef Boko à prendre sa retraite, de crainte que les gens du village ne disent qu'il était incapable de pourvoir seul aux besoins de sa famille. Mais à présent, après ses propos blessants au sujet des yeux du grand-père, Jon tenait sa langue, car il voyait bien que l'aïeul s'efforçait d'atténuer sa honte d'être devenu dépendant. Le chasseur taciturne d'autrefois, qui avait dirigé son équipage comme sa famille avec l'autorité sèche d'un sergent, était devenu volubile dans son grand âge. Le vieux bavassait comme pour lui-même pendant qu'ils travaillaient, même s'il savait très bien que Jon l'écoutait. Au grand étonnement de ce dernier, son grand-père s'excusait à présent du comportement qu'il avait pu avoir plus jeune, de sa brutalité d'alors. Il reconnaissait qu'il avait eu tort d'empêcher le mariage entre Lusia et le père de Jon. Il regrettait d'avoir critiqué son fils, l'oncle de Jon, pour son piètre sens marin, jusqu'à ce que le jeune homme s'enfuie à Kupang, où il était mort sans avoir jamais revu son père. Il y avait tant choses que les Ancêtres lui avaient paru exiger à l'époque, et qu'il considérait désormais comme des erreurs. La manière dont Ika et Jon s'occupaient de lui l'emplissait de gratitude. Il y voyait l'expression d'une grâce quasi divine, comme si Dieu avait donné à ses petits-enfants la force de dépasser les erreurs de leurs aïeux en prenant mieux soin des autres qu'on ne l'avait fait avec eux. Il regrettait de ne pouvoir faire plus que porter à Jon ces fragments de mur faits maison, un à la fois. Mais il se réconfortait en pensant qu'il avait tout de même construit le terrain sur lequel se dresserait la nouvelle maison. À tout jamais, Yosef leur servirait de fondation.

Jon écoutait les longs discours de son grand-père sans jamais y répondre, car il ne savait comment réagir face aux émotions vives provoquées par le retour du vieil homme sur sa vie, à l'heure du bilan. Il avait appris, des périodes où il était parti travailler à Lewoleba, que, même si les siens le mettaient parfois dans une colère folle, ceux-ci lui manquaient terriblement dès qu'il posait un pied hors du village. À l'époque, ses grands-parents ordonnaient à Ika de lui téléphoner et lui demandaient alors, en pleurs, la date de son retour, alors que la plupart du temps ils étaient à peine capables d'avoir une conversation normale ensemble, sans s'énerver. Jon se sentait pris au piège de ce paradoxe : s'il restait à Lamalera, il se disputerait avec Ika et ses grands-parents, mais s'il partait à Jakarta, tous allaient lui manquer. Et puis surtout, il le savait, avec la santé déclinante de ses grands-parents, un tel départ équivaudrait à leur faire ses adieux pour toujours. Grand-mère Fransiska s'en sortait en effet encore moins bien que son époux, emmitouflée toute la journée sous trois couches de sarongs malgré la chaleur équatoriale, terrassée par des accès de paludisme qui la laissaient tremblante, et même en proie, parfois, à des hallucinations.

Mais le plan de Jon – remplir leur garde-manger avant son départ – était un échec. Aucun Don des Ancêtres n'avait encore été aperçu. Chasse au cachalot et pêche au filet maillant avaient été si désastreuses tout au long de Léfa que les pêcheurs avaient ressorti leurs filets dérivants plus tôt que prévu, Jon et bon nombre d'autres Lamalériens rompant le moratoire en août, plus d'un mois avant l'échéance officielle de la fin du mois de septembre. Comme pour les punir, les Ancêtres ne leur avaient pas accordé les butins habituels, et Jon s'était tué à la tâche comme jamais : posant ses filets dérivants la nuit, il débitait ses maigres prises le matin, allait livrer leur part aux sœurs de Salés avant de faire une brève sieste, le corps enduit de sang et d'écailles, puis il façonnait de nouvelles briques pour la maison tout au long de l'après-midi, avant de voguer vers le soleil couchant à la barre du *VJO*, pour tout recommencer. Le bas de son dos lui faisait souffrir le martyre.

Il s'efforçait de ne pas trop penser à l'avenir. Se concentrer étroitement sur l'instant présent : c'était un mécanisme qu'il avait appris à maîtriser au fil des années pour faire face à l'adversité. S'il s'inquiétait trop du nombre de poissons qu'il avait besoin de prendre au filet chaque nuit, ou du nombre de jours qu'il restait avant son départ pour Jakarta, cela le minait. *Il ne sert à rien de penser, pour l'instant*, se répétait-il encore et encore, comme un mantra. *Il faut juste travailler*. Lui qui avait toujours roulé des mécaniques, il semblait étrangement éteint, comme s'il avait renoncé pour de bon à prouver à tout le monde qu'il était un vrai Lamalérien, pas un *kefela*. Pour la première fois, il reconnaissait que sa volonté de s'imposer comme *lamafa* plus tôt cette année-là, au mépris des convenances, avait été inappropriée. Mais sa rage intérieure était encore plus explosive : il en était venu aux poings avec deux jeunes hommes, et avait de longues disputes au téléphone avec Honi. Dans son dos, les anciens secouaient la tête et soufflaient que son début de saison prometteur avait fait long feu. Mais malgré sa souffrance intime, Jon déclarait à qui voulait l'entendre que le fait de ne plus chasser au harpon ne lui faisait ni chaud ni froid.

Pourtant, en dépit de ses menaces incessantes de mettre littéralement les harpons du *VJO* au placard, Jon n'en avait rien fait. Même quand un voleur lui avait dérobé l'une de ses têtes de harpon, en laissant l'attache en bambou bien en évidence sur le pont, comme pour le narguer, Jon n'avait pas rangé ces armes pour le reste de la saison. Au contraire, il avait laissé les fers de harpon calés sur leurs rouleaux de cordes à l'avant du *jonson*, telles les aiguilles d'une boussole pointées vers l'océan, prêts à être lancés. Et quand la pêche au filet dérivant avait repris et qu'il avait remis le *VJO* à l'eau, Jon avait retrouvé l'habitude de mettre sa main en visière sur son front et de guetter l'horizon tandis qu'il barrait le *jonson*, espérant que sa chance allait enfin tourner.

Un matin de bonne heure, vers la fin du mois d'août, les Lamalériens crièrent enfin *Baleo ! Baleo !* pour la première fois en cinq mois. Après avoir été remorquée au large par les *jonson* dodelinants, chargés de filets dérivants, la flotte des *téna* avait pris d'assaut un troupeau de femelles et de jeunes cachalots le long des falaises, tandis que les femmes du village observaient la scène d'en haut. Attaqué, un cachalot catapulta ses nombreuses tonnes hors de l'eau, avant de retomber lourdement, créant un mini-tsunami qui repoussa ses assaillants. Quelques-uns des *lamafa* les plus anciens et expérimentés de la tribu ayant récemment pris leur retraite, plusieurs *téna* étaient commandés par des harponneurs novices qui dirigeaient leurs équipages avec une certaine imprudence, au point que les embarcations ne cessaient de se percuter. Résultat, la flotte ne parvint à ramener à terre qu'un seul *kotekĕlema*, juvénile de surcroît. Les autres s'étaient échappés en plongeant sous le cordon de bateaux établi par les Lamalériens. Mais après tous ces mois de disette, les baleiniers étaient heureux que les Ancêtres leur aient accordé cette petite bénédiction.

Jon avait embarqué à bord du *Demo Sapang* pour cette chasse, mais le *téna* des Blikololong ne faisait pas partie des quatre qui avaient tué l'animal, si bien qu'il partageait la déception d'Ignatius et de Ben : tous rentraient bredouilles. (Le *Boli Sapang*, le *téna* des Hariona, n'avait pas pris la mer cette année-là en raison d'un différend entre Krispin, le chef du clan, et le propriétaire du *jonson* chargé de le remorquer.) Frans et son *Kéna Pukã* n'avaient guère été plus chanceux. Tandis que l'on découpait le cachalot, les quatre hommes n'eurent d'autre choix que d'attendre pour voir s'ils auraient droit à des *bĕfãnã*, ces portions offertes par les baleiniers victorieux aux membres des autres clans.

Cette année-là plus que les autres, sans doute à cause de l'infortune des harponneurs, beaucoup de villageois s'étaient plaints d'une répartition injuste de la viande – et de changements insidieux dans le système des *umã* et des *bĕfãnã*. Une grande partie des anciens tenaient les *jonson* pour responsables de cette situation. Même s'ils sont organisés en corporations, tout comme les *téna*, les *jonson* ne sont généralement pas la propriété d'un clan tout entier. Leurs *umã* appartiennent à des individus, généralement cinq ou six hommes assez aisés pour acheter ensemble un moteur hors-bord valant plusieurs milliers de dollars. Par conséquent, à la différence des *téna*, les bénéfices des *jonson* profitent souvent à un petit groupe de gens riches, pas à l'ensemble de la tribu. Depuis que, dans le courant des années 2000, les expéditions en *jonson* avaient peu à peu remplacé la chasse traditionnelle, les familles qui dépendaient des seules *umã* de leurs *téna* avaient beaucoup souffert. Même lorsqu'on tuait des cachalots, moins de viande circulait, car le *jonson* qui avait remorqué le *téna* victorieux réclamait deux *umã*, une pour le service et une autre pour l'essence.

Au bout du compte, les Lamalériens les plus pauvres étaient les plus touchés par cette répartition moins large des fruits de la chasse au harpon. Ce jour-là, plusieurs des familles qui avaient eu droit à une *umã* furent approchées par de vieilles dames portant des plateaux d'épis de maïs ou de boules de pâte frites. C'était le *pafã lama*, coutume qui permettait aux femmes de troquer ces offrandes symboliques contre une portion de viande – un échange inéquitable qui équivalait, de fait, à un acte de charité. À l'époque des Ancêtres, seules quelques femmes avaient recours au *pafã lama*, mais ces dernières années, cette pratique s'était généralisée car de nombreuses familles qui avaient toujours profité du système des *umã* ne pouvaient plus compter dessus. Et maintenant que les garde-manger étaient quasiment vides, et que tout le monde avait un cruel besoin de viande de cachalot, personne ne savait s'il aurait la chance de recevoir un *bĕfãnã*.

Jon fit toutefois partie des heureux élus : un cousin éloigné lui remit un plateau de steaks et d'organes de cachalot, qu'il partagea avec Ika et leurs grands-parents. Bien qu'aucune des deux parties n'ait présenté ses excuses, Jon mangeait de nouveau avec eux, seulement, insistait-il, parce qu'il n'était pas pratique de demander à d'autres de cuisiner pour lui. Mais en vérité, les siens lui manquaient. Il découpa le steak de ses grands-parents en minuscules morceaux faciles à mâcher, mais mangea le sien à pleines dents, tout entier, rongeant les veines qui sillonnaient cette viande grillée, au goût fort, comme du bœuf qu'on aurait laissé reposer dans la saumure pendant des années, ne s'arrêtant de mâchouiller que pour déclarer que les Ancêtres allaient certainement lui offrir d'autres proies, maintenant.

Le lendemain matin, aux aurores, Ika descendit faire la queue avec les autres femmes de la tribu, tandis que les Seigneurs de la Terre sciaient la tête du cachalot, qu'on avait laissée intacte la veille, alors que le corps avait été dépecé jusqu'à l'épine dorsale. Un liquide jaune à l'odeur d'amande s'écoulait des trous ménagés dans le lard du cétacé, et Ika en remplit son seau. Cette huile de spermaceti était ce qui avait poussé les baleiniers européens et américains du XIXe siècle à se lancer dans des voyages de plusieurs années autour du globe, car lorsqu'on la brûlait elle produisait une lumière régulière sans dégager de fumée, ce qui en avait fait la meilleure technique d'éclairage avant l'invention de l'électricité – les Lamalériens continuent d'en faire cet usage, même s'ils s'en servent surtout pour cuisiner et se soigner. Une fois le crâne vidé, la graisse et la chair découpées, les Wujon allèrent déposer le crâne dénudé avec les vestiges d'autres cétacés, tout au bout de la plage, pour implorer les Ancêtres d'envoyer de nouveaux Dons.

Mais après la capture d'un autre petit cachalot, les deux fois suivantes où la flotte prit la mer à la poursuite de lointains jets d'eau, les cachalots disparurent avant que les Lamalériens aient eu l'opportunité de lancer leurs harpons. Les chasseurs scrutèrent l'horizon avec leurs jumelles jusqu'à la fin de la saison sèche, mais leur chance était passée. Cette année-là, la tribu avait attrapé six cachalots.

Là où les précédents mois étaient apparus à Jon comme une boucle sans fin, la spirale du temps sembla soudain s'aplanir en une ligne droite, des événements sans précédents ayant lieu presque tous les mois. Le Ministère de la pêche dressa l'inventaire de toutes les embarcations et des baleiniers de la tribu, et les *téna* se retrouvèrent bientôt sur la même liste que les palangriers dans une base de données nationale. Le quai du port de Wulandoni était enfin achevé, mais, à cause du conflit non résolu entre Nualela et Luki, le terminal passagers n'avait pas encore été construit, et sa date d'ouverture dut être repoussée à l'année suivante. Pendant ce temps-là, pour profiter du bitume récemment posé sur la piste traversant la montagne, "l'Avare de Lamalera", un vieux qui appartenait à la famille de Frans, importa un van Mitsubishi quinze places doté de l'air conditionné pour concurrencer l'*auto*, et paya un chamane afin de baptiser son "*téna* de la route" en décapitant un coq, avant d'asperger de son sang le véhicule blanc.

Comme les vents d'est arides de Léfa cédaient la place au vent d'ouest humide de la saison des moussons, Jon aurait enfin pu partir pour Jakarta : il avait entreposé suffisamment de poissons volants pour permettre à sa famille de survivre jusqu'à ce qu'il puisse lui envoyer une partie de son salaire. Pourtant, lorsque le grand frère de Salés lui téléphona, Jon lui demanda encore un peu de temps pour terminer les travaux de la maison familiale. Même si le mur est n'atteignait pas encore tout à fait le toit, le reste de l'édifice était retapé. Mais Jon ne travaillait plus avec la même intensité fébrile ; les fils qu'il avait tendus pour guider le montage des murs servaient depuis longtemps à faire sécher le linge. Par moments, il donnait l'impression de ne pas vouloir achever ces travaux et de tourner en rond dans le seul but de retarder l'heure du choix.

Certains développements récents l'incitaient à rester au village. Il avait fait part à sa famille de son projet d'aller s'installer à Jakarta, mais, quand il l'avait finalement avoué à Honi, celle-ci avait piqué une crise, pleurant au téléphone et menaçant de rompre leurs fiançailles. Jon avait d'abord cru qu'elle avait peur qu'il rencontre une autre fille là-bas et cela l'avait déçu, car les choses s'étaient bien passées ces derniers temps, et il pensait qu'elle ne douterait plus de sa fidélité. Mais alors qu'il l'assurait à nouveau de son amour éternel, Honi le prit par surprise en lui expliquant que le fait de le savoir à Lembata et de penser qu'elle allait le retrouver là-bas apaisait son mal du pays. D'un côté, Jon trouva cela un peu idiot, car qu'il se trouve à Lamalera ou à Jakarta, cela ne changeait rien au fait qu'ils étaient séparés ;

d'un autre côté, il était ému à l'idée de représenter aux yeux de Honi ce qui la rattachait à sa terre. Cette dispute se révéla au bout du compte bénéfique, en ce sens qu'elle poussa Honi à évoquer pour la première fois la possibilité de rompre son contrat et de rentrer un an plus tôt à Lamalera – encore une autre bonne raison, pour Jon, de rester.

À peu près au même moment, la mère d'Alo s'était présentée devant lui un matin pour l'informer qu'Ika était tombée enceinte. (Redoutant sa colère, le couple n'avait pas osé lui annoncer directement la nouvelle.) Jon était déçu qu'Ika ait fait la même erreur que leur mère, et furieux qu'Alo l'ait emmenée sur ce chemin. Mais ils étaient ses deux meilleurs amis, Jon savait qu'ils s'aimaient, et le bébé viendrait au monde avec ou sans son approbation. Il leur demanda de retarder leur mariage jusqu'à ce que Honi et lui aient scellé leur union, et, une fois qu'ils eurent accepté cette condition, il n'y eut plus jamais le moindre reproche au sujet de cette grossesse. À vrai dire, la naissance à venir avait même rapproché tout le monde. Jon se réjouissait à l'idée d'avoir une nièce, et Alo et lui se rapprochèrent encore en se répartissant les tâches, allant par exemple chercher l'eau au puits car Ika n'avait plus la force de le faire.

Et puis, alors que leurs grands-parents vieillissaient à vue d'œil, Jon comprit que la famille allait encore plus avoir besoin de son soutien, maintenant que sa sœur était alitée. Et même s'il n'était pas devenu *lamafa* cette année-là, il pourrait toujours tenter sa chance l'année suivante. Mais si Jon hésitait, c'était avant tout parce que les Lamalériens étaient les siens. Ici, grâce à l'altruisme des gens de la tribu, il y avait toujours quelqu'un pour l'aider, qu'il s'agisse de lui offrir un bon repas ou de l'accompagner à la pêche. Les habitants de Jakarta, disait-on, étaient sans pitié. Il n'était même pas sûr que les Ancêtres pourraient veiller sur lui dans la grande ville. Et s'il n'était plus guidé par les préceptes de leur Voie, comment saurait-il comment vivre ?

Néanmoins, les avantages matériels du monde extérieur étaient indéniables. Jon allait bientôt devoir choisir, une fois pour toutes, quelle vie il désirait avoir.

Sans avoir lu aucun article sur le sujet, Jon savait sans doute intuitivement ce que certains chercheurs ont démontré : les peuples autochtones ont l'impression de mener une existence plus épanouissante, par bien des aspects, que celle des citoyens des pays industrialisés[14]. Les sociétés traditionnelles étant plus égalitaires et moins enclines à l'exclusion, et tout le monde y participant à la vie du groupe, leurs membres ont moins tendance à se sentir seuls ou déprimés, à souffrir de stress post-traumatique ou d'autres maladies mentales directement liées à la vie sociale. Par ailleurs, les chasseurs-cueilleurs travaillent beaucoup moins que la semaine de quarante heures aujourd'hui en vigueur un peu partout dans les pays occidentaux. Leur durée de travail hebdomadaire dépend du mode de vie de chacun, de la saison et de nombreux autres facteurs – la routine d'un Inuit est fort différente de celle d'un *bushman* du désert de Kalahari –, mais, de manière générale, les chasseurs-cueilleurs travaillent environ vingt heures par semaine[15], même s'il existe évidemment des exceptions, comme les tâches harassantes et continuelles d'Ika. Le reste de leur temps est consacré à l'art, à la détente, à la vie sociale et surtout aux pratiques religieuses, un équilibre qui contribue au fait que, comme les anthropologues ont pu l'observer, les chasseurs-cueilleurs ont des vies spirituelles beaucoup plus riches que celles des citoyens modernes.

Ceci étant dit, les sociétés industrielles ne sont pas sans offrir certains avantages, qui ont poussé d'innombrables individus issus des peuples autochtones à les rejoindre. Même les citoyens pauvres des pays occidentaux ont accès à des commodités – climatisation, supermarchés, etc. – qui demeurent inimaginables dans les sociétés traditionnelles. Les moteurs, les tronçonneuses, les armes à feu et le téléphone permettent à une personne d'accomplir seule ce qui aurait jadis demandé une main-d'œuvre fournie. Les États modernes sont beaucoup plus sûrs que les sociétés traditionnelles, car en l'absence de forces de l'ordre chaque individu doit se faire justice lui-même, ce qui aboutit à des conflits comme celui qui a opposé Luki et Nualela autour du port de Wulandoni. Les femmes et les minorités, notamment les gens qui se définissent comme homosexuels, jouissent généralement de beaucoup plus de liberté dans les sociétés modernes. Surtout, et c'est peut-être le plus important, si les chasseurs-cueilleurs se distinguent dans leur jeunesse par une meilleure santé et une forme physique supérieure, la mortalité infantile est bien plus élevée chez eux que dans les pays industrialisés, et, dans leur vieil âge, leur déclin est beaucoup plus rapide que celui des Occidentaux, qui vivent en moyenne dix années de plus. Et tout le monde a compris, dans un camp comme dans l'autre, lequel de ces deux modes d'existence rallie le plus de partisans, et lequel l'emportera à l'avenir.

Jon était en train de soupeser les mérites respectifs de ces deux vies antagonistes quand les premières pluies se mirent à tomber. Il lui arrivait de rester de longues minutes à contempler le numéro du frère de Salés sur l'écran de son portable.

Peu de temps après, un matin avant le lever du soleil, un camion-benne jaune avec un caisson réfrigéré soudé à son plateau rallia Lamalera en empruntant la piste cabossée qui serpentait sur les flancs du volcan. Aux premières lueurs du jour, deux employés de Salés qui portaient des dreadlocks passèrent devant les diables de mer empilés sur la plage sans un regard. Mais à peine eurent-ils repéré une paire de petits thons qu'ils tendirent des feuilles de papier plastifiées où figuraient les tarifs de la semaine. Les pêcheurs grommelèrent qu'ils auraient dû payer davantage, mais acceptèrent de céder leur thon contre deux billets bleus de cinquante mille roupies indonésiennes – l'équivalent de dix dollars.

Cette nuit-là, après avoir récupéré du poisson auprès d'autres tribus de la côte, le camion jaune traversa le modeste village de brique où se trouvait l'entrepôt frigorifique de Salés, long d'une centaine de mètres, qui avait une allure futuriste avec ses immenses ventilateurs et les gros conduits de ventilation courant sur sa façade. En dépit de l'heure tardive, des nuages d'étincelles jaillissaient des scies circulaires qui découpaient devant l'usine des armatures métalliques destinées à renforcer les murs de béton d'un second bâtiment semblable au premier. Lorsque le camion s'approcha en marche arrière du dock de déchargement, plusieurs dizaines d'ouvriers, qui avaient enfilé un tablier par-dessus leur jean, se ruèrent hors des baraquements où se trouvaient leurs dortoirs pour venir s'en occuper.

Tandis que les ouvriers masqués faisaient basculer trois énormes espadons dans un toboggan métallique au cœur de l'usine, un contremaître venu de Jakarta, vêtu d'une belle chemise en batik violet et chaussé de sandales en cuir de luxe, s'adressa à Salés d'une voix horrifiée : "Les Lamalériens font juste sécher ces *swordfish* ?" Salés acquiesça. Tous deux employaient le terme anglais, car ils désignaient tous ces poissons d'exportation par leur appellation internationale. Ils savaient qu'à l'unité ces pièces valaient plusieurs milliers de dollars, et se mirent à calculer combien de centaines de dollars chacune allait leur rapporter. Salés prévoyait de louer bientôt un avion pour transporter en urgence les plus beaux spécimens de Lembata jusqu'à l'aéroport international de Jakarta, afin qu'ils puissent se retrouver dans une assiette à Tokyo ou New York en moins de vingt-quatre heures. Une fois son usine totalement opérationnelle, il prévoyait de traiter plus de cent vingt tonnes de poisson par mois.

Maintenant, grâce aux efforts de Salés, l'ultime pan de la chaîne reliant Lamalera au marché mondial venait d'être soudé. Après toutes ces années où Jon avait cherché un moyen de s'échapper de sa tribu pour découvrir le vaste monde, ce dernier venait à lui à toute vitesse.

TROISIÈME PARTIE

2016

Des Lamalériens portent les membres du clan Bediona jusqu'à la mer pour célébrer le nouveau Kéna Pukã

❶❷

LE NOUVEAU KÉNA PUKÃ

avril 2016
Frans – Bena

Un dimanche du mois d'avril, Frans était assis sur la galerie à l'avant de sa maison, à ramender des filets dérivants tout en tendant l'oreille pour guetter l'arrivée de l'*auto* à travers le ronronnement lancinant des hordes de sauterelles, toujours nombreuses en cette fin de saison des pluies. Son épouse Maria caressait les contours de leur cour en terre battue avec son balai de paille, simple excuse pour traîner aux abords de la route. De temps à autre, elle se penchait pour ramasser un brin d'herbe car, pour les Lamalériens, la terre nue, plutôt qu'une pelouse opulente, est un signe de respectabilité, une preuve que la civilisation s'est taillé un espace au milieu de la jungle hostile, plus fertile que jamais en ces temps de mousson. Frans grommela à Maria de ne pas travailler trop dur : en février, elle était tombée d'une moto sur la route du marché et s'était gravement ouvert le crâne. Cette blessure outrepassant les pouvoirs de guérisseur de Frans, ils avaient passé près d'une semaine à l'hôpital de Lewoleba. Même si elle avait récupéré presque toutes ses facultés, il s'inquiétait sans cesse pour elle. Devinant que les maux de sa cinquantaine n'allaient pas tarder à se convertir en infirmités chroniques, Frans, celui-là même qui s'était jadis contenté, pour soigner son bras brisé par un cachalot, d'une giclée d'eau bénite et d'un retour immédiat au travail, était en passe de devenir hypocondriaque.

Le grondement d'une corne de brume résonna au pied des falaises. La fille de Frans, récemment diplômée de l'université, était arrivée. Maria et Frans ne l'avaient pas vue depuis sa dernière visite, plus d'un an auparavant. Frans espérait que son retour et l'arrivée prochaine de Léfa seraient synonymes de nouveau départ, car une tragédie avait cloué à terre les Mikulangu Bediona, la branche du clan à laquelle appartenait Frans, à la fin de la précédente saison de chasse au cachalot, quand leur *téna* avait été détruit. C'était une perte si grande que seule la joie provoquée par le retour de sa fille préférée pouvait la soulager. Maria descendit en courant l'allée qui menait à la route, en riant de bonheur. Mais Frans resta assis sur les marches en brique du perron, d'où il ne pouvait pas voir l'*auto* qui venait de s'arrêter et il écouta, sourcils froncés, les bruyantes retrouvailles. Alors, son désir de voir sa fille l'emporta sur son stoïcisme. Il se leva et se pencha pour apercevoir la foule qui s'était rassemblée. Son petit ange, Bena, était bien là, entourée de Maria et de sept membres de la famille de Frans, qui se battaient pour porter les cartons de la voyageuse, noués avec de la ficelle. Un sourire illumina le visage du père. Frans se rassit en toute hâte et reprit son masque sévère avant qu'ils ne le voient.

Bena monta les marches en courant et pressa son front contre la main droite de Frans. Celui-ci hocha la tête, ses lèvres renfrognées esquissant presque un sourire. Bena avait quitté la maison plus de dix ans auparavant. Ses parents, qui n'avaient pas les moyens de l'envoyer au lycée de Lewoleba, lui avaient demandé si elle voulait arrêter sa scolarité à la fin de la primaire, car le village ne comptait encore aucune école secondaire, ou bien accepter l'offre d'un oncle qui proposait de l'accueillir chez lui dans la ville de Sintang, sur une île lointaine, et de financer ses études. Elle avait quitté ses parents en larmes, leur promettant de revenir, car du haut de ses douze ans elle savait déjà qu'étant la petite dernière de la famille, c'était à elle qu'il incomberait de veiller sur eux dans leurs vieux jours. Son exil s'était prolongé cinq années de plus que prévu, car l'oncle lui avait obtenu une bourse universitaire pour faire une formation de professeur. Ce jour-là, en dépit de tous ses diplômes, elle tenait sa promesse d'enfant.

"Sois la bienvenue à la maison, mon enfant ! déclara Frans dans un lamalérien très formel. Bienvenue à la maison !"

Pendant que le reste du groupe prenait place sur des bancs, Bena, malgré ses vingt ans passés, s'assit sur les genoux de son père – comportement qui n'a rien d'inhabituel à Lamalera, où même une fois adultes les jeunes se comportent comme des enfants avec leurs parents. Tout le monde mitrailla Bena de questions sur la vie à Sintang et la jeune femme évoqua gaiement les cybercafés, les réseaux sociaux et les pizzas, mais Frans scrutait sans rien dire le visage de sa fille, les yeux étincelants. Maria, elle, gardait sa main posée sur la cuisse de Bena. Hormis quelques séjours d'une semaine tous les deux ou trois ans, cela faisait plus d'une décennie qu'ils n'avaient pas vu leur enfant.

Frans avait toujours eu le sentiment que sa fille ne serait jamais une étrangère pour lui. Pourtant, il était clair qu'elle avait changé. La vie en intérieur avait arrondi ses formes et blanchi sa peau, qu'une poudre éclaircissante rendait encore plus fantomatique. Elle portait un jean moulant, un chemisier zébré, des petites boucles d'oreilles Mickey et du vernis à ongles rose. Elle avait le look “ville”, comme les Lamalériens le diraient par la suite.

À l'heure où le soir empoussiérait l'après-midi, Frans chassa les autres invités et rappela à Bena que, puisqu'elle venait de rentrer, il fallait qu'elle allume les bougies. Ils montèrent jusqu'au cimetière de l'église, dans les hauts de Lamalera, où, près de trois ans après la mort de Teresea, Ignatius se rendait presque tous les soirs pour alimenter une flamme à la mémoire de sa défunte épouse. Bena s'agenouilla devant les tombes de ses ancêtres et alluma trois chandelles. En indonésien, le terme utilisé pour décrire ce qu'elle faisait là signifie “accoupler” : le feu avec les os, les vivants avec les morts, le présent avec le passé. Sur le chemin du retour, Frans s'écarta de la route pour l'emmener à la plage. Dans la pénombre de l'abri à bateaux, en l'absence de lumières, Bena distingua les contours du tout nouveau membre du clan – un *téna*. L'odeur chimique de la peinture fraîche et le parfum réconfortant de la sciure de bois épaississaient l'air. Frans avait passé toute la saison des pluies à reconstruire la pirogue. Bena posa la main sur sa proue, timidement, comme s'il s'agissait d'un grand animal craintif, et ils prièrent.

Après un dîner de poissons volants grillés, de soupe aux feuilles de moringa et de riz rouge, Bena s'éclipsa dans son ancienne chambre et ferma la porte. Elle défit ses bagages : plusieurs paires de talons hauts, dont un modèle rose orné d'une espèce de dentelle ; des kits de maquillage et un sac à main Hello Kitty ; une chaîne stéréo portative avec trois grosses enceintes et un ordinateur portable. Elle ne tarda pas à papoter dans le combiné de son téléphone, les intonations chantantes du lamalérien cédant la place aux dégringolades saccadées de l'indonésien, teintées d'accent de Sintang. Une fois son appel terminé, sa chaîne se mit à cracher la chanson "Last Friday Night" de Katy Perry, envoyant les geckos se cacher dans les recoins des murs de brique. Sans en comprendre les paroles, Bena entonna en playback les arabesques de cet hymne incontournable des fêtes américaines, de sa belle voix formée par des années de chant au sein de la chorale catholique de Sintang : *"It's all a blacked-out blur, but I'm pretty sure it ruled... last Friday night !"* ("C'est comme un grand trou noir, mais je suis sûr que ça a déchiré... vendredi soir !").

Tout le monde, dans le voisinage parfaitement silencieux, l'entendait. Autrefois, Frans aurait frôlé l'apoplexie, mais ce soir-là, il resta allongé à côté de Maria, et tous deux écoutèrent leur fille chanter. Même s'il estimait que suivre la Voie des Ancêtres suffisait en principe à rendre heureux tout Lamalérien, il craignait en son for intérieur qu'après ses expériences en dehors de l'île Bena ne se satisfasse plus de la vie au sein de la tribu. Il savait que, même si elle ne se plaindrait jamais d'être rentrée au village pour s'occuper de ses parents, Bena sacrifiait là un brillant avenir à Sintang. Son niveau d'études bien plus élevé que nécessaire lui garantissait un poste d'institutrice à l'école primaire, de telle sorte qu'elle ne manquerait pas d'argent. Mais trouverait-elle à Lamalera toutes ces autres choses dont elle avait besoin ?

Quand Frans ou toute autre personne lui posait la question, Bena se montrait catégorique : elle était heureuse d'être rentrée chez elle. Famille et traditions importaient plus que tout. Mais au fil des semaines, l'observant de près, Frans voyait bien que la vie au village lui semblait plus dure que dans son souvenir. Elle s'attaquait aux boutons éclos sur son front, qu'elle efforçait de dissimuler avec du maquillage. Habituée à la climatisation, elle transpirait en permanence. Les marches vers les hauts du volcan, autrefois si faciles, l'épuisaient désormais. Même si elle aimait jouer avec les bébés de ses amies d'enfance, ces femmes étaient à présent submergées par la maternité et n'avaient pas beaucoup de temps à lui consacrer. Même les rares filles qui n'avaient pas encore d'enfants, comme Ika – laquelle était déjà enceinte, cependant –, avaient tant de tâches à accomplir qu'il leur était impossible de traîner dehors avec elle. Et puis, il y avait, à l'évidence, un manque criant de célibataires éduqués. Bena se contenterait-elle d'un pêcheur, fût-il *lamafa* ? se demandait Frans. Presque tous les soirs, après avoir dîné avec ses parents, elle se retirait dans sa chambre, où elle épuisait son crédit téléphonique à force de textos, d'appels et d'échanges Facebook, et une ou deux fois par semaine, elle suppliait ses proches et ses amis exilés loin de l'île de recharger son compte pour elle.

Plus de vingt ans auparavant, alors qu'il dérivait sur l'océan après que le cachalot diabolique avait à moitié détruit le *Kéna Pukã*, désorienté sur cette mer sans repères, Frans avait levé les yeux vers le ciel, où les nuages s'étaient écartés pour dévoiler le Pointeur, la Croix du Sud, qui guidait les Lamalériens vers leur île. Pointant l'étrave de son *téna* dans cette direction, Frans avait prié Dieu et les Ancêtres de le laisser vivre assez longtemps pour voir grandir Bena. À présent, il était convaincu que les divinités l'avaient épargné afin qu'il puisse préparer l'avenir de Bena et de ceux de sa génération. Pendant l'essentiel de sa vie adulte, Frans avait joué un rôle prépondérant dans l'adaptation progressive de la tribu au monde moderne, participant aux négociations qui avaient conduit à légaliser l'usage des *jonson* pour remorquer les *téna* et amadouant sans cesse le courroux des Wujon. Il était bien décidé à faire en sorte que les jeunes comme Bena aient leur place dans la tribu. Mais que savait-il de ce qui pouvait rendre heureuse une fille de la ville ? La Voie des Ancêtres était-elle d'ailleurs capable d'offrir à une femme moderne une vie enrichissante ? Et tandis qu'il s'efforçait tant bien que mal de frayer un nouveau chemin vers le futur, le contre-courant du passé le freinait dans ses efforts, lui qui avait reconstruit le *Kéna Pukã* en respectant à la lettre les spécifications dictées par les Ancêtres. Et maintenant qu'il se retrouvait confronté au plus grand défi de sa vie, concernant cette synthèse entre l'ancien et le nouveau, il ne pouvait s'empêcher de penser que sa vieille croyance en la coexistence possible des deux était peut-être erronée.

Le dernier voyage du précédent *Kéna Pukã* avait eu lieu lors de l'ultime sortie de chasse au cachalot de l'année 2015, où un vent bulldozer et les vagues qui en résultaient avaient empêché la flotte de poursuivre un troupeau de femelles et de petits. Le temps que les *téna* regagnent la côte, la marée avait baissé et la houle s'était creusée, si bien que la coulée de lave pétrifiée qui dessinait un passage entre un affleurement de blocs rocheux et le promontoire dominant l'est de la plage, généralement recouverte d'eau, se retrouvait à découvert entre deux vagues. Les *téna* n'ayant aucun autre moyen d'accéder aux abris à bateaux, situés de ce côté-ci de la plage, et comme il était trop dangereux de rester au large, la flotte s'était mise en file indienne, chaque pirogue attendant une vague plus grosse que les autres, susceptible d'être surfée jusqu'au sable de la côte. Frans, qui avait raté le *baleo*, regarda les *téna* négocier les déferlantes aussi loin que possible, le long de la coulée de lave, avant que leurs hommes d'équipages ne sautent à l'eau pour pousser leur bateau en lieu sûr.

Le *Kéna Pukã* avait été le dernier à se lancer. Impossible de savoir si Frans aurait été capable de guider ses hommes jusqu'au rivage s'il avait commandé le *téna* ce jour-là, mais, depuis la côte, il vit aussitôt que l'équipage avait mal calculé son coup. La vague choisie se brisa bien avant la plage et catapulta avec tant de force le *Kéna Pukã* contre le fond rocheux que le gémissement du bois se fit entendre à travers toute la baie. L'équipage bondit par-dessus bord et tenta de pousser la pirogue vers la terre, mais les pieds des hommes dérapaient sur les algues glissantes. Il ne leur restait plus que quelques secondes avant que la vague suivante, canalisée par l'étroit passage, ne déboule sur eux. Impuissant, Frans vit la mer s'engouffrer dans ce chenal naturel, et les marins se disperser pour tenter d'échapper à son déferlement. Ote était le seul à être resté à bord. Accroupi sur le *hâmmâlollo*, il tentait de pousser la coque avec le manche d'un harpon, mais, quand la vague se brisa sur lui, il tomba à genoux et s'agrippa à la plateforme. Poussé par le mur d'eau, le *téna* racla le fond volcanique puis, dans un grand craquement de bois, alla s'encastrer entre trois roches. Mais la mer n'en avait pas encore terminé avec lui. Le ressac renvoya le *Kéna Pukã* dans l'étroit passage, alors qu'une vague encore plus grande était en train de se cabrer. Le *téna* fut de nouveau propulsé contre les rochers, puis rejeté vers la zone dangereuse. À la troisième vague, l'eau ne coulait plus autour de la pirogue mais la traversait de part en part.

Profitant d'une accalmie entre deux séries, tous les hommes présents sur la plage se précipitèrent pour traîner l'épave en lieu sûr – tous, sauf Frans, qui était resté pétrifié. En examinant le *téna* éventré, échoué sur la plage, il eut l'impression que son cœur aussi avait été détruit. La quille était brisée et une partie du bordage avait cédé, laissant un trou plus large que l'écart entre ses bras tendus. Ignatius confirma que ces blessures étaient fatales. Pour Frans et les membres de son clan, c'était comme perdre un proche qu'ils étaient censés protéger. Des semaines durant, Anso, le compagnon de pêche au filet dérivant de Jon et l'un des *materos* du *Kéna Pukã*, pleura la nuit sans pouvoir trouver le sommeil.

Plutôt que de "passer à autre chose", comme disent les Occidentaux, Frans s'efforça de recréer ce qui avait été perdu jusqu'au moindre détail. Il sauva toutes les planches qu'il put, les enveloppa dans des bâches et les posa sur les glissières qui, en temps normal, accueillaient le *téna*. Il entassa les pièces qu'il ne pouvait récupérer sur les entrailles de bois en décomposition des *Kéna Pukã* passés, gisant au fond de l'abri comme les strates d'os des Ancêtres dans leurs caveaux, car chaque *téna* était reconstruit une fois par génération en moyenne. En décembre, Frans et ceux de son clan contournèrent à la voile la péninsule d'Ata Dei et passèrent trois jours à abattre treize arbres dans la forêt vierge de cette côte isolée. Frans choisit du palissandre de Birmanie, un bois imputrescible, pour la partie basse de la coque, et débita des troncs de kapokiers, au bois plus tendre, pour la partie supérieure. Il passa en revue des dizaines de troènes de Chine avant d'en trouver un dont la courbure correspondait parfaitement à la forme de cette pièce essentielle qu'était la quille. Puis, alors que les pluies de janvier et de février dégoulinaient du toit de chaume de l'abri à bateaux, Frans supervisa la construction du nouveau *Kéna Pukã*, reproduisant point par point les plans du *Kebako Pukã*, le *téna* originel de la tribu, qui continuait de servir de modèle à tous les autres.

C'était peut-être l'œuvre la plus importante que Frans accomplirait jamais en tant que chef de clan et charpentier de marine. La date de la dernière reconstruction du *Kéna Pukã* était griffonnée au charbon sur les poutres de l'abri à bateau : *1989*. Ce *téna* avait été l'unique survivant de l'odyssée du cachalot maléfique, en 1994, et, à son retour à terre, Frans avait appris d'un charpentier chevronné comment réparer sa coque endommagée, ce qui l'avait préparé à la tâche qui s'offrait à lui maintenant, vingt-deux ans plus tard. Cela faisait près de sept ans qu'aucun des clans du village n'avait construit de nouveau *téna*, et les enfants qui n'avaient encore jamais assisté à ce lent processus l'observaient, fascinés, tandis que les aînés passaient donner un coup de main, heureux de renouer avec ces pratiques anciennes.

Frans et les hommes de son clan commencèrent par tailler les trente-deux planches de la coque, non pas avec des tronçonneuses ni des outils modernes mais à l'aide de simples herminettes, à la force du bras, comme les Ancêtres l'avaient toujours fait, jusqu'à ce que toutes les pièces du bateau soient prêtes à être assemblées. Semaine après semaine, ils avaient alors clipsé l'ensemble du bordage dans la quille, les extrémités des planches ayant au préalable été taillées en forme de crochets, de telle sorte qu'elles s'encastraient parfaitement les unes dans les autres, conférant à la coque une grande solidité. D'un bout à l'autre de ces opérations, Frans s'assura avec beaucoup de sévérité que ses hommes respectaient la Voie des Ancêtres à chaque étape de leur travail. Dès qu'il constatait la plus infime imperfection dans le profilage d'une planche, il ordonnait qu'on la refasse. Au cours de la construction, pas un seul clou ni une seule vis ne furent utilisés, car les Ancêtres n'en avaient jamais eu à leur disposition, tous les matériaux devant venir de la forêt. La seule concession à l'outillage moderne tolérée par Frans était les perceuses électriques, car elles faisaient des trous plus nets et étaient beaucoup plus rapides que les maillets et les coquillages coniques employés au temps des Ancêtres.

Enfin, pour bien serrer toutes les pièces les unes contre les autres, les charpentiers passèrent des cordes en rotin autour de la pirogue puis les enroulèrent sur des bâtons, faisant ainsi pression pendant des jours sur les jointures et les chevilles plantées dans la coque, jusqu'à ce que l'ensemble s'imbrique parfaitement. Cette technique de ligatures autour de tasseaux intégrés fut inventée en Asie et en Europe durant l'Âge du Bronze, mais à l'époque où les puissances européennes se lancèrent dans leurs voyages d'expansion coloniale, elle avait déjà été pratiquement abandonnée. Aujourd'hui, les Lamalériens sont le dernier peuple connu à l'utiliser de manière systématique[1]. Soucieux que cette tradition se perpétue, Frans prenait un soin particulier à en enseigner les secrets à Anso, cet homme de trente-cinq ans dont certains disaient qu'il deviendrait un jour le nouveau chef et charpentier de marine du clan, si bien qu'il lui appartiendrait de reconstruire ce *téna* dans plusieurs décennies, quand Frans ne serait plus de ce monde.

Non seulement, Frans dirigeait les gestes de ses hommes sur le chantier de construction, mais il veillait également à ce qu'ils participent aux cérémonies honorant leurs Ancêtres, et s'attachait à résoudre les querelles au sein de son clan, car aux yeux des Lamalériens la moindre dissension est de nature à perturber la gestation d'un *téna*. Bien plus qu'une simple activité physique, la construction du nouveau *Kéna Pukã* était un processus spirituel, aussi divin et sacré que la naissance d'un enfant. Quand l'ancien *Kéna Pukã* s'était retrouvé à l'état d'épave, Frans avait porté certaines de ses planches éclatées jusqu'à la Maison des Esprits de son clan, où il s'était livré à une cérémonie chamanique visant à permettre à l'âme de la pirogue de se reposer le temps qu'une nouvelle coque puisse l'accueillir. Au fur et à mesure de son développement, le bateau acquérait des caractéristiques humaines. Des trous percés de part et d'autre de sa proue symbolisaient ses oreilles. Un sillon creusé au centre du beaupré représentait sa bouche. Des yeux étaient peints sur son éperon avant. Dans l'utérus de l'abri à bateaux, une vie nouvelle prenait corps.

Alors que les typhons cédaient la place à de simples crachins, signalant la venue prochaine de Léfa, Frans porta les planches du *Kéna Pukã* naufragé de la Maison des Esprits jusqu'à son successeur, transférant l'esprit ancestral de celui-ci dans son nouveau corps. Frans avait pris soin d'y incorporer plusieurs pièces intactes du précédent bateau, de telle sorte que l'esprit se sentirait chez lui. Mais le bébé *téna* n'était pas encore tout à fait prêt à naître. Juste avant le lancement de la saison de chasse au cachalot, le clan donnerait une grande fête où tout le village serait invité, et à l'issue de laquelle la pirogue glisserait le long d'un canal de naissance constitué de rondins jusque dans la mer de Savu. En dépit de cette renaissance imminente, Frans ne qualifierait jamais ce *téna* de “nouveau”. Pour lui, il était une réincarnation de son prédécesseur. Et surtout, l'incarnation de l'alliance de Frans avec le passé. Si le vieil homme était contraint de se plier aux transformations de la modernité dans d'autres domaines, ce *téna* était la preuve que même en ces temps incertains certaines choses ne changeraient jamais.

Récemment, les jeunes hommes du clan Bediona avaient en effet harcelé Frans pour qu'il fasse construire un *jonson* afin de pouvoir pêcher au filet dérivant. Frans avait tenu bon si longtemps que les Mikulangu Bediona étaient l'un des derniers clans à ne pas posséder de bateau à moteur. Reconnaissant la suprématie acquise par les filets dérivants, Frans finit par céder, et le clan façonna ce *jonson* à peu près en même temps que le *téna* de remplacement, utilisant ces vis et ces tronçonneuses que Frans avait interdites sur le chantier de la pirogue sacrée. Une fois leur *jonson* achevé, les Bediona se retrouvèrent confrontés à un nouveau défi : trouver un endroit où l'entreposer. À l'autre extrémité de la plage, les baleiniers se moquaient en riant de l'“embouteillage de *jonson*”, car la tribu possédait désormais trente-cinq bateaux à moteur, et il n'y avait pratiquement plus aucun espace libre où entreposer les nouveaux, ce qui provoquait des disputes territoriales comme celles qui avaient opposé Hariona et Nudek. Pour agrandir leur abri à bateaux afin de pouvoir y ranger le *jonson*, les Bediona se brisèrent les reins pendant toute une semaine, déplaçant les piliers et les pierres des murs de soutènement. Malgré tous ces changements, la structure demeurait trop étroite pour que le *téna* et le *jonson* puissent y tenir côte à côte. Puisque le bateau à moteur sortirait plus souvent que la pirogue traditionnelle, Frans fut obligé de prendre une décision douloureuse mais pragmatique, dont la portée symbolique ne lui échappa évidemment pas : le *Kéna Pukã* se retrouva coincé tout au fond de l'abri, tandis que le *jonson* trônait près de l'entrée.

À quelques jours du début de Léfa, Frans fut réveillé en pleine nuit par un chuintement d'eau dans la canalisation qui passait sous sa maison : les tribus des montagnes avaient ouvert sans prévenir les vannes des citernes installées dans les collines au-dessus de Lamalera, offrant un rare filet d'eau aux robinets publics du village, qui étaient presque toujours à sec, obligeant les habitants à dépendre de puits éloignés, beaucoup plus contraignants. Même si dans quelques heures à peine Frans dirigerait la cérémonie marquant l'achèvement du nouveau *Kéna Pukã*, il était de son devoir de pourvoir aux besoins des siens, et il sortit de sa maison une douzaine de jerricans en plastique. La pression était si faible que l'eau s'écoulait au goutte-à-goutte dans ses bidons, si lentement qu'ils ne seraient pas remplis avant le lever du soleil. Bientôt, Maria vint s'asseoir sur une pierre à côté de lui, un sarong drapé autour de ses épaules. C'était sa manière muette de lui proposer de remplir à sa place les jerricans, afin qu'il puisse se reposer en vue des festivités.

"Va te coucher, lui dit-il.

— J'irai, dans un moment."

Cinq minutes plus tard, il répéta : "Va te coucher.

— Dans un moment", répondit-elle.

Il était presque cinq heures du matin quand le dernier des douze jerricans fut enfin plein. Frans et Maria n'échangeaient pas une parole et ne se touchaient pas tandis que la pleine lune resplendissante déclinait dans le ciel, mais il émanait d'eux le contentement durement gagné d'un couple où chacun apporte à l'autre ce dont il a besoin, et qui ne cherche plus qu'une chose : partager encore le plus de temps possible.

La corvée d'eau terminée, Frans enfila son plus beau sarong et arpenta la galerie de sa maison dans la pénombre d'avant l'aube. Tendant sans cesse l'oreille pour guetter les voix des hommes de son clan assemblés sur la plage, il n'entendait que le chant des coqs. La nuit virait au gris quand il ordonna à Bena, qui venait de se réveiller, d'aller lui chercher un seau d'eau de mer. Elle fit une grimace pour lui montrer qu'elle avait compris – son père ne voulait pas se montrer trop impatient devant ses hommes – puis descendit tranquillement jusqu'à la plage, pour le représenter. Quelques minutes plus tard, un hurlement retentit dans l'allée, suivit du martèlement de pieds nus qui couraient. Bena fit irruption dans la cour, dégoulinante, avec à ses trousses un jeune homme hilare brandissant un seau d'eau au-dessus sa tête. En voyant le regard noir de Frans, le jeune homme se figea. Un peu d'eau déborda du seau et se renversa sur lui. Le visage du jeune homme adopta une expression à mi-chemin entre le sourire narquois et la grimace horrifiée, plus il prit ses jambes à son cou.

Autrefois, les cérémonies de mise à l'eau d'un nouveau *téna* auraient débuté par une gigantesque bagarre entre jeunes hommes des parties haute et basse de Lamalera, pour insuffler de la hardiesse au bateau, mais l'Église avait interdit un tel déchaînement de violence. Désormais, les combats à mains nues avaient cédé la place à des batailles d'eau : tous les membres du clan qui baptisait son *téna* étaient des cibles, en particulier les jeunes femmes, que les hommes aspergeaient en signe d'affection. Bena essora ses cheveux frisés et confirma d'une moue que les hommes de Frans l'attendaient bien sur la plage. Mais une fois hors de la vue de son père elle n'arrêta plus de sourire.

Après s'être changée, Bena accompagna son père jusqu'à la plage, où les hommes du clan Mikulangu Bediona entouraient le *Kéna Pukã* tels des gardes du corps. Le nom du *téna* resplendissait à l'avant du bateau, en lettres fraîchement peintes, semblables à des zébrures de tigre. Frans baptisa la pirogue avec de l'eau bénite, puis les hommes poussèrent le *téna* sur des rondins, à travers la plage. Les Wujon se présentèrent. Marsianus s'étant absenté pendant un mois pour aller pêcher, c'était son fils qui apportait un cochon de lait enveloppé dans des plantes grimpantes. C'était le *fafi kotekĕlema*, le “cochon baleine” qui symbolisait un cachalot tué, en hommage au *téna*. Une fois que Frans eut accepté ce sacrifice, les Seigneurs de la Terre poignardèrent l'animal en plein cœur, puis raclèrent sa carcasse avec des palmes enflammées pour brûler tous les poils. Alors, une douzaine de charpentiers de marine, dont

Ignatius, débitèrent le cadavre carbonisé en un certain nombre d'*umã*, comme s'il s'agissait d'un Don des Ancêtres, après quoi ils tendirent la viande à Bena et aux autres femmes du clan Bediona, qui la mirent à griller. Sur l'épave du précédent *téna*, Frans était parvenu à récupérer le *néfi* fissuré – la planche la plus longue et la plus importante de la coque –, qu'on avait disposé sur des rondins en guise de table pour le banquet. Le festin achevé, Frans s'adressa solennellement aux charpentiers des autres clans : "Je me suis efforcé de suivre le modèle des Ancêtres. S'il y a des erreurs, corrigez-moi."

Jogo, le chef des Nudek, fut le premier à tapoter la coque du *téna* du bout de son herminette, car même s'il n'était pas lui-même charpentier il était l'un des derniers descendants de l'*ata mola* originel – le premier charpentier de marine lamalérien. Puis les autres prirent d'assaut la pirogue, certains grimpant dessus, d'autres se glissant dessous. Ignatius donna un coup de poing dans la coque et enfonça ses ongles aussi longs et durs que des griffes dans les jointures du bordé pour en tester la finition. Certains de ses collègues allèrent jusqu'à raboter légèrement une planche avec leur herminette, moins pour réparer un défaut de profilage que pour faire valoir leurs droits de regard sur cette pirogue.

Frans se tenait à l'écart de la mêlée, bras croisés et visage fermé. Son inspection terminée, Ignatius le gratifia d'un sourire. Quand tous les autres charpentiers eurent à leur tour attesté que Frans avait fidèlement reproduit le passé, ils le félicitèrent les uns après les autres d'un hochement de tête empli de gravité. Mais tout le monde savait que le véritable verdict serait prononcé par les cachalots, car, les Lamalériens en sont convaincus, ces envoyés des Ancêtres briseraient tout *téna* s'éloignant un tant soit peu des canons du *Kebako Pukã*.

Maintenant que le passé avait été honoré, il était temps de célébrer l'avenir. Les femmes et les hommes du clan Bediona tendirent des bassines remplies de *fata biti*, cette sorte de pop-corn broyé, à tous les enfants du village. Pendant ce temps, les jeunes hommes remplissaient leurs seaux dans les rouleaux pour asperger les filles Bediona, qui fuyaient en gloussant. Bena tendit une embuscade à son oncle éloigné, l'un des hommes les plus grivois de la tribu, père de dix enfants, feignant de vouloir le séduire, ce qui provoqua une telle hilarité parmi la foule que certains s'écroulèrent littéralement de rire. Frans fit semblant de ne pas voir qu'une bande de jeunes hommes s'approchaient de lui en douce, et n'opposa qu'un simulacre de résistance lorsqu'ils l'empoignèrent par les bras et les jambes. Les jeunes le portèrent jusqu'au promontoire au bout de la plage et le jetèrent moins dans la mer de Savu qu'ils ne s'y laissèrent tomber avec lui, crachant de l'eau et riant aux éclats dans les vagues. Puis cette même bande joyeusement avinée traqua et immergea les autres membres masculins du clan Mikulangu Bediona.

Tandis que la tribu continuait de festoyer, Frans alla s'asseoir à l'écart pour fumer une cigarette, ruisselant d'eau de mer, en proie à une saine fatigue. Le *Kéna Pukã* emmènerait en mer une nouvelle génération de chasseurs Mikulangu Bediona. Il pouvait être fier que le *téna* qu'il avait construit ne coure pas le risque de ressembler bientôt à celui qui, quelques abris plus loin, était couvert de crottes de poule et rongé par la mousse. En se retournant sur ses presque soixante années de vie, Frans pouvait reconstituer la manière dont les transformations qui avaient fini par laisser ce *téna* à l'abandon s'étaient peu à peu imposées. Prises individuellement, elles avaient d'abord pu sembler insignifiantes, mais, au bout du compte, elles avaient tout chamboulé. Frans s'étonnait que des changements qui lui avaient jadis paru catastrophiques lui semblent désormais inéluctables et, à défaut d'être forcément bons, du moins acceptables. Car contrairement à ce qu'affirmaient les Wujon et les représentants les plus conservateurs des autres clans, Lamalera avait toujours connu le changement. Comment qualifier autrement le moment où les Ancêtres avaient appris à forger des têtes de harpon en fer, pour remplacer celles qu'ils taillaient jusque-là dans le bois du sappan ? Même le culte du dieu Lera Wulan, que le père Bode avait teinté de christianisme, ne s'était pas révélé immuable.

Des siècles durant, le raisonnement des Lamalériens – "C'est convenable car nous avons toujours fait ainsi" – avait constitué une stratégie de survie. Dans les environnements aussi exigeants que celui de Lembata, les sociétés tendent forcément à être conservatrices, car les gens ont de bonnes raisons de ne pas modifier ce qui a fonctionné jusqu'ici, dans la mesure où la moindre erreur peut entraîner la perte de ressources alimentaires cruciales, menant à de graves privations voire à la famine pure et simple. Enfant, Frans avait connu la famine. La frontière entre la vie et la mort étant ténue, il était logique que chaque *téna* reproduise jusqu'au moindre détail le modèle du *Kebako Pukã*.

Mais les avantages d'un tel conservatisme s'estompent dès lors que l'environnement statique de ces sociétés connaît une transformation en accéléré : dans ce cas, c'est la faculté d'adaptation, pas la rigidité, qui devient la clé de la survie. Frans s'était résigné au fait qu'il lui était impossible de ressusciter le passé ou de figer le présent, quels que soient ses efforts. Le seul choix qui restait portait, par conséquent, sur l'ampleur de l'évolution. Car si le changement était inévitable, Frans tenait tout de même à valider les aspects bénéfiques du monde extérieur, tout en rejetant ses influences néfastes. C'était faisable : les négociations qui avaient abouti à la ratification de l'usage des *jonson* en 2001 avaient montré la voie d'une telle approche. Des institutions comme le Conseil sur la Plage permettraient aux baleiniers de la tribu de collaborer à cette synthèse entre le passé et l'avenir.

Frans avait fini par comprendre que la Voie des Ancêtres ne continuerait d'exister que tant que les Lamalériens s'y investiraient, tout en l'adaptant aux réalités du monde contemporain. C'était pour cette raison que Frans avait enseigné à Anso et aux autres jeunes du clan Bediona tout ce dont ils auraient besoin pour reconstruire le *Kéna Pukã* lorsque lui-même ne serait plus là, tout en validant la construction d'un *jonson*. Bientôt, cependant, les décisions concernant la modernisation de la tribu ne relèveraient plus de lui. Il appartiendrait à Bena, Anso et à tous ceux de leur génération de faire en sorte que la Voie des Ancêtres survive du mieux possible.

Pour toutes ces raisons, l'achèvement du nouveau *Kéna Pukã* avait apaisé en lui une certaine fébrilité. Frans s'était déchargé de l'une de ses principales responsabilités, en tant que passeur de la Voie des Ancêtres. Il ne cessa pas totalement de sortir en mer mais, à compter de ce jour, resta de plus en plus souvent à terre, au prétexte qu'il devait régler certaines affaires du clan. Invariablement, il s'occupait en fait de son petit-neveu, berçait le nourrisson en chantant des prières pour que le vent se lève ou qu'un indomptable requin-baleine capitule enfin. C'était désormais le seul moment où l'on entendait ces chants anciens dans le village. Certes, une fois grand, l'enfant oublierait qu'il les avait entendus. Mais la musique des Ancêtres résonnerait pour toujours quelque part dans son subconscient.

Le soir des festivités en l'honneur du *Kéna Pukã*, tard, alors que mars flamboyait telle une braise vers l'est, Frans et Bena regagnèrent l'abri à bateaux. Une ampoule nue était pendue aux poutres du toit, au-dessus du *Kéna Pukã*, raccordée à un fil électrique qui serpentait jusqu'à la maison la plus proche, car les Lamalériens pensaient que le nouveau *téna*, tel un jeune enfant, risquait d'avoir peur dans le noir. Au cours de sa première chasse, les baleiniers guetteraient d'abord des proies modestes, des petits diables de mer par exemple – l'estomac encore immature de la pirogue étant incapable d'ingérer des aliments plus volumineux –, avant de peu à peu progresser jusqu'aux cachalots. Frans chassa les chiens qui reniflaient le sable en quête de restes du festin, et il s'assit avec sa fille sur la plage obscure tandis que la marée glissait doucement vers eux. La lumière artificielle du téléphone de Bena les éclairait tous deux, et Frans l'observait sans rien dire pendant qu'elle bombardait de textos ses amis disséminés aux quatre coins de l'archipel indonésien, immergée dans un monde qui lui était totalement étranger.

Comme une grande partie des anciens de Lamalera, Frans se demandait souvent si la modernité et ses outils n'avaient pas transformé l'essence même des jeunes. En tout cas, il en ressentait déjà les effets sur lui-même. Dans sa jeunesse, il avait concentré toute son attention sur les membres de sa tribu et la Voie des Ancêtres. Il éprouvait alors un sentiment d'unité avec le monde spirituel et naturel, et n'avait presque jamais l'impression d'être pressé par le temps. Maintenant, au contraire, il s'inquiétait sans cesse à propos de l'avenir et sentait s'estomper le lien qui l'unissait à la fois aux Ancêtres et à la nature. La simplicité d'une vie qui se résumait à nourrir sa famille avait cédé la place à une avalanche de soucis liés aux impôts à payer, aux bateaux à moteur, et ainsi de suite. C'était trop pour lui. Et puis, il voyait bien que les jeunes étaient de plus en plus influencés par les portables, les téléviseurs et un tas d'autres gadgets. Il se demandait même si leurs cerveaux ne fonctionnaient pas différemment du sien[2].

Bena, elle aussi, s'était beaucoup interrogée dernièrement sur le gouffre qui s'était créé entre son expérience et celle de son père, car en rentrant dans son village natal elle avait eu du mal à savoir qui, de Lamalera ou elle, avait changé. Les supermarchés de Sintang lui manquaient, l'électricité 24 h/24, l'eau courante, la télé et Internet, sans oublier les amies qu'elle s'était faites pendant ses études. La chaleur et la poussière du village l'agressaient physiquement, et elle se languissait terriblement de sa vie d'avant.

Mais au fil des semaines elle avait fini par se réadapter. Elle s'était réhabituée au travail physique, et son corps s'était de nouveau endurci face aux contraintes de la vie au village. Les Lamalériens parvenaient maintenant à déchiffrer son argot de la ville, et ses tee-shirts ornés de personnages de dessins animés n'attiraient plus les regards. Lorsqu'elle troquait ses produits au marché, elle se rappelait désormais comment compter en *munga*, et n'avait plus recours aux mathématiques occidentales. Et malgré son poste d'enseignante à l'école primaire, elle avait travaillé d'arrache-pied aux préparatifs de la fête en l'honneur du *Kéna Pukã*, supervisant les femmes de sa famille tandis qu'elles cuisinaient des plats délicieux pour plusieurs centaines d'invités. Elle se rendait compte à présent qu'il était possible de mener une vie à la fois moderne et traditionnelle. Avec le temps, elle finirait même par oublier qu'elle avait pu considérer un jour ces choses comme inconciliables. Comme la plupart des gens, Bena était persuadée que la manière dont elle vivait, quelle qu'elle soit, était naturelle. Elle avait fusionné d'instinct le passé et l'avenir dans son présent.

Ces derniers temps, elle semait son exubérance partout où elle allait. Avec l'insouciance de la fille préférée, elle pinçait les joues de sa mère quand Maria faisait la cuisine, et s'asseyait sur les genoux de son père alors qu'il essayait de ramender ses filets.

Avec le même plaisir qu'elle avait eu à choisir la chèvre qui serait remise au vainqueur d'un concours de force traditionnel organisé lors du baptême du *Kéna Pukã*, elle sélectionnait avec soin plusieurs teintes de vernis à ongles sur Internet, qu'une de ses cousines lui enverrait par courrier. Elle se sentait chez elle.

Tandis que la marée se rapprochait et que Bena continuait de pianoter sur son portable, Frans l'enveloppait d'un regard presque émerveillé, comme si contempler sa fille était la seule chose dont il avait besoin dans la vie. Puis Bena leva les yeux vers les étoiles. Celles-ci n'avaient rien à voir avec les paillettes bon marché de Sintang : ici, on avait l'impression qu'un coffre entier de diamants s'était renversé dans le ciel. Elle posa la tête sur l'épaule de son père et lui demanda de raconter les histoires des Ancêtres sur les constellations, comme il l'avait si souvent fait lorsqu'elle était petite. "C'est quoi, celle-là ? demandait-elle. Et celle-ci ?"

Le bras tordu de Frans parcourut tout le ciel, avant de désigner la Croix du Sud. "Ça, c'est le Pointeur." Cette même constellation qu'il avait fixée si intensément alors qu'il dérivait sans but sur l'océan, plus de vingt ans auparavant, après la désastreuse poursuite du cachalot diabolique – dans un premier temps, dans l'espoir qu'elle le guiderait vers sa famille, son nouveau-né Bena ; puis, lorsqu'il avait fini par se résigner à la mort, juste pour savoir où les siens se trouvaient, aussi éloignés fussent-ils. "Ces étoiles-là, expliqua-t-il à sa fille, nous montrent d'où nous sommes."

Pendant que Frans racontait les histoires des Ancêtres, les membres de son clan dormaient sur des paillasses de bambou disposées à même le sable, ou étaient assis en cercle autour d'un jerrican de *tuak*. Quand la lune se leva, son éclat illumina tel le faisceau doré d'un projecteur la mer de Savu, surprenant Bena endormie, la tête sur le ventre de son père.

Vers minuit, le clan fut tiré du sommeil par le sifflement de la marée qui gagnait du terrain. Les femmes allumèrent des torches faites de bambous enveloppés de chiffons qu'on avait fait tremper dans de l'huile de baleine, et formèrent une allée enflammée jusqu'aux vagues. Les hommes tirèrent et poussèrent le *Kéna Pukã* sur les rondins en s'encourageant de la voix : *Jo-hé ! Jo-hé !* La pente était si forte que le *hâmmâ-*

lollo bascula en avant en faisant décoller sa poupe, et Frans, agrippé à celle-ci, s'envola dans les airs. Puis le *téna* glissa tranquillement dans la mer de Savu, comme s'il rentrait chez lui au terme de sa renaissance.

Aux yeux des Lamalériens, il ne s'agissait pas là de son premier voyage mais bien plutôt de la poursuite d'une odyssée qui l'avait conduit de Lepan Batan jusqu'à Lamalera, puis Kupang, puis de nouveau Lamalera. C'était un voyage qui se poursuivrait maintenant dans le futur. Frans hissa la bannière de ses Ancêtres, taillée dans de la toile de jute. Alors, à grands coups de pagaies, ses hommes et lui propulsèrent le *Kéna Pukã* dans l'obscurité.

Jon (à gauche) harponne son premier cachalot

13

CONTRE LE LÉVIATHAN

21 avril 2016 – 2 mai 2016
Jon – Ben – Ignatius

Finalement, Jon n'avait pas quitté Lamalera, pas même pour aller travailler sur des chantiers à Lewoleba. Il s'était dépêché d'achever sa maison, vissant les dernières plaques de tôle du toit juste avant que le ciel ne se déchire, puis avait pêché au filet dérivant pendant les mois tempétueux. En dépit de l'attrait qu'exerçait sur lui Jakarta, il n'avait pu se résoudre à abandonner ses grands-parents et Ika, car à l'heure de partir tous les aspects positifs de la vie dans la tribu – la communauté, les traditions et même les membres de son clan pourtant si exaspérants, parfois – lui avaient soudain paru trop précieux pour y renoncer. En outre, son projet de devenir *lamafa* cette année-là semblait désormais à portée de main. Pour inciter Jon à rester, Salés avait fait construire un nouveau *VJO*, ce que Jon le poussait à faire depuis des années, étant donné que le précédent était déjà vieux de presque dix ans et que ses planches gauchies portaient les stigmates de ses clous rouillés. Mais la motivation de Salés était double. Outre la volonté d'apaiser Jon, ce qui lui épargnerait d'avoir à recruter un remplaçant pour s'occuper de ses affaires au village, Salés voulait également mettre à l'épreuve une théorie : bientôt, pensait-il, les Lamalériens chasseraient au harpon et pêcheraient au filet en même temps, évolution à laquelle les caractéristiques de son nouveau *jonson* se prêteraient à merveille.

Chaque détail du nouveau bateau, le *Petit VJO*, avait été expressément voulu par Salés. Avec ses six mètres de long et son mètre vingt de large, le *jonson* était un tiers plus court et plus étroit que son prédécesseur. Grâce au meilleur hydrodynamisme de ses lignes, non seulement il serait plus apte à courser les dauphins, devenus une proie privilégiée des Lamalériens depuis que les populations de raies avaient commencé à s'étioler, mais il consommerait moins d'essence. Salés avait adapté pour la circonstance sa vieille plaisanterie au sujet de Jon, qualifiant ce *jonson* amélioré de “petit mais fort, comme son capitaine”. Mais ce qui enthousiasmait surtout Jon, c'était qu'avec ses dimensions compactes le *Petit VJO* n'aurait besoin que d'un équipage de trois hommes. Jusqu'alors, il avait suffi qu'un seul homme manque pour saborder ses tentatives de s'imposer comme harponneur. Ce nouveau *jonson*, lui, s'accommoderait d'un équipage plus réduit.

Deux semaines avant Léfa, Jon, Alo et l'un de leurs amis, Cornelius Tapoonã, mirent à l'eau le *Petit VJO* à l'heure où le soleil se détachait de l'horizon. Alo démarra le moteur et Jon s'accroupit sur le *hâmmâlollo* pour scruter la mer, mains en visière au-dessus des yeux. Il avait enfin l'occasion de devenir *lamafa*. Depuis qu'il avait pris la décision de rester, il s'était calmé sur la boisson et ses autres mauvaises habitudes, et avait recommencé à travailler dur. Les anciens avaient remarqué ce changement, et Frans était même allé jusqu'à laisser entendre que Jon se verrait bientôt offrir sa chance comme *bereung alep* d'un *téna*. Certains anciens s'adressaient désormais à lui en utilisant le pronom réservé aux hommes mariés, marque de respect dont Jon voulait se montrer digne, même s'il la méritait, car il se considérait comme quasiment marié, lui qui, à l'issue de cette saison de chasse, prévoyait de traverser l'archipel pour ramener Honi à la maison. Durant la saison des pluies, il semblait avoir gagné en gravité, même s'il n'avait pas pris de poids, comme si la légèreté intérieure de la jeunesse s'était solidifiée en endossant le fardeau de l'âge adulte.

L'étrave du *Petit VJO* lacérait la surface polie de la mer, soulevant ce qui ressemblait à de petites gerbes d'eau. Mais au lieu de retomber en décrivant une trajectoire courbe, celles-ci – en fait, de petits poissons volants – s'éloignaient à l'horizontale. La mer d'un bleu poudreux se confondait avec le ciel, donnant l'illusion que les lointains volcans flottaient dans les airs ou étaient plongés dans l'océan. À trois kilomètres au large, les hommes recouvrirent la surface d'une dentelle de filets maillants, sans cesser d'étudier la mer alentour en quête de proies plus conséquentes.

Jusqu'à ce que Salés commande la construction de ce *Petit VJO*, il existait une division stricte entre les sampans manœuvrés par un homme seul, qui servaient à prendre des poissons volants à l'aide de filets maillants, et les *jonson*, destinés à la pêche au harpon. Le carburant des moteurs hors-bord était trop onéreux pour la pêche au filet maillant, dont les rendements étaient limités ; et, même si la pêche au filet dérivant n'avait pas été interdite durant Léfa, celle-ci se pratiquait la nuit, quand la chasse au harpon était impossible. Mais avec le *Petit VJO*, Jon pouvait parfaitement fixer son filet à une bouée, aller chasser au harpon et, même s'il ne tuait aucune proie, revenir remonter le filet et rentrer au village avec une cargaison de poissons volants. Et toute prise de qualité "sushi", qu'elle ait été capturée au filet ou au harpon, serait vendue à Salés puis prendrait la direction de sa nouvelle usine.

Jon fixait l'océan avec une intensité démente, comme s'il avait le pouvoir d'intimer l'ordre à une raie de sauter dans les airs ou à un dauphin de découper la crête des vagues. Des méduses translucides dérivaient en palpitant le long de la coque, dévoilant les quatre cercles concentriques de leurs organes, aussi vertes et fuyantes que des algues. Tout à coup, la tête d'une tortue de mer sortit observer le *Petit VJO*, tel un périscope. Jon empoigna son harpon et Alo démarra le moteur d'un coup de cordon, mais la tortue plongea pour ne plus réapparaître.

La mer d'huile du matin s'était plissée en une succession de rouleaux quand Jon finit par repérer une douzaine de dauphins à long bec qui fonçaient sur leurs filets. En l'espace de quelques secondes, Jon prit son arme, Alo ralluma le moteur et Cornelius désarrima les filets, qui se mirent à flotter librement, et seule la bouée qui les empêchait de couler permettait de les repérer au milieu des moutons. Les trois marins repoussèrent les dauphins hors de leur territoire de pêche puis les prirent en chasse, montant et descendant les collines d'eau salée.

Un *lamafa* chevronné donne l'impression que se tenir debout sur le *hâmmâlollo* ne lui coûte aucun effort, s'ajustant avec une fluidité parfaite aux soubresauts du *jonson* dans la houle. Jon ne possédait pas cette grâce, mais il avait des circonstances atténuantes. Salés n'avait en effet pas anticipé ce détail : n'ayant pas la masse des *jonson* plus imposants, le *Petit VJO* était moins stable dans les mers hachées, ce qui rendait plus difficile l'équilibre sur son *hâmmâlollo*. À un moment, le bateau vint heurter de plein fouet une déferlante plus haute que les autres, et Jon bascula en avant, manquant de tomber de la plateforme.

Les dauphins obliquèrent vers le nord, à la poursuite d'un banc de maquereaux, et quand le *Petit VJO* changea de cap pour se retrouver dans l'axe des vagues montant du sud, la situation changea du tout au tout : au lieu d'agresser le *jonson*, les vagues le propulsaient maintenant vers ses proies. Jon se redressa, déterminé. De minuscules muscles se contractaient le long de ses mollets et ses veines se gonflaient au niveau des chevilles, mais ses pieds ne bougeaient pas. Les maquereaux, pris au piège sous le plafond de l'océan tandis que les dauphins tournoyaient sous eux, se catapultèrent dans les airs. Distraits par leurs proies, les dauphins ne remarquèrent pas qu'ils étaient eux-mêmes traqués. Jon se trouvait à présent assez près pour discerner le bouton noir de leurs yeux et leur évent fripé. Un dauphin fit un bond en tire-bouchon hors de l'eau, projetant une spirale d'embruns. Jon écarta les pieds, se ramassa sur lui-même et cala sa main droite sous le bout du harpon, copiant la posture d'Ote. La houle, le vent, les vagues le poussaient dans le dos, comme si la nature lui donnait sa bénédiction. Alo et Cornelius lui hurlèrent de lancer son harpon. Mais il était encore trop loin de quelques centimètres.

Soudain, les dauphins changèrent de direction, épousant la manœuvre de fuite tentée par les maquereaux. Le *Petit VJO* fit demi-tour avec eux – et se retrouva de nouveau face au vent et à la houle. Quand le *jonson* vint percuter la première vague, Jon dut poser le bout de son harpon contre le *hâmmâlollo* pour ne pas basculer par-dessus bord. Au milieu des embruns qui venaient en sens contraire, les ailerons dorsaux gris des dauphins distancèrent les pêcheurs et disparurent.

Jon continua de les chercher longtemps après que ses amis eurent essayé de l'en décourager. Mais il finit tout de même par les ramener au filet. Des poissons volants y étaient pris, immobiles et étincelants telles des libellules prisonnières d'une toile d'araignée. Cornelius remonta le filet et Jon en ôta ces poissons au corps de reptile en les faisant passer un par un à travers les mailles, arrachant au passage leur unique élément de beauté – leurs ailes ciselées, iridescentes. De temps à autre, Jon marquait une pause, délogeait un œil avec ses dents et le mâchait comme un chewing-gum tout en scrutant la mer déserte. Quelques heures plus tard, en remontant une deuxième fois leurs filets, ils eurent droit à un nouveau butin de poissons volants. Mais ils n'avaient pas aperçu la moindre proie de grande taille depuis les dauphins. En six heures de travail, ils avaient néanmoins récolté à peu près trois cents poissons volants, plus qu'il n'en fallait pour justifier leur peine.

L'après-midi s'obscurcissait déjà quand Alo remonta la côte de Lembata à la barre du *Petit VJO*, porté par le courant qui les poussait vers le village, à l'orée des déferlantes qui rongeaient peu à peu les falaises de lave pétrifiée. Même dans cette zone dangereuse, où peu d'animaux marins s'aventuraient, Jon continua de faire le guet sur son *hâmmâlollo*. Ce n'est que lorsque l'église de Lamalera apparut au-dessus de la forêt vierge qu'il dévissa enfin la tête de son harpon du manche de bambou.

Mais alors qu'il lovait la corde, il repéra quelque chose et se mit à hurler : "Là-bas ! Là-bas !" Il empoigna le manche qu'il venait de ranger et y enfonça précipitamment la tête de harpon, en poussant dessus avec le bas de sa paume. Alo accéléra. Jon pointa son harpon sur un aileron dorsal étincelant au milieu des rouleaux écumants – puis l'abaissa.

Seul un rondin noueux et rongé de pourriture se balançait là, sur les vagues.

"Tu harponnes le bois maintenant, Jon ?" demanda Alo en éclatant de rire.

Jon eut un petit sourire forcé.

"T'as besoin de ces lunettes ?" plaisanta à son tour Cornelius, en lui tendant ses Ray-Ban bon marché.

Mais Jon s'était déjà remis à guetter l'océan.

Un samedi après-midi, Ika se réveilla de sa sieste, une main coincée sous son ventre de femme enceinte, qui avait tant grossi qu'il déformait le *o* de son tee-shirt *Hello Kitty* et imprimait dans le tissu la forme de son nombril rebondi. Elle était enceinte d'au moins sept mois, même si, faute d'un véritable suivi médical, elle ignorait l'âge exact du fœtus. Au fur et à mesure que le ventre d'Ika enflait, le reste de son corps s'était atrophié, ses joues autrefois rondes se creusant peu à peu et ses bras maigrissant jusqu'à ce que la pointe de ses coudes soit aussi acérée que des lances. Des cernes profonds étaient gravés sous ses yeux et ses mouvements se faisaient léthargiques. Mais quel que soit son degré d'épuisement, il fallait quand même préparer le repas.

À contrecœur, Ika traîna son ventre à travers la nouvelle maison, s'appuyant contre le mur de sa main libre et piétinant le sol de terre battue en soulevant des nuages de poussière. Même s'il restait encore un peu de travail avant l'achèvement de la structure, notamment la pose de planchers en béton, Jon avait terminé les murs et le toit de tôle flambant neuf. Mais il n'avait pas apporté d'améliorations à la cabane en bambou qui faisait office de cuisine. Il s'était contenté de la soulever avec l'aide de plusieurs hommes et de la déplacer de six mètres vers l'est, afin de faire de la place pour agrandir la maison.

Une fois à l'intérieur, Ika chassa dans les coins des poules errantes, qui gloussèrent d'indignation. Elle se baissa en soutenant d'un bras son gros ventre, et érigea un tipi de brindilles et de détritus. Avec un briquet, elle enflamma un bout de plastique vert, puis laissa le plastique fondu couler comme du napalm sur les brindilles. En contemplant les flammes couleur jade, elle pensa à son amie Lindsay, l'Américaine.

Trois ans plus tôt, Ika était en train de porter ses produits au marché de Wulandoni quand une jeune femme blanche et corpulente lui avait demandé si elle pouvait l'accompagner. Étudiante en Alaska, Lindsay avait pris un semestre sabbatique pour partir en voyage. Pendant la longue marche jusqu'au marché, elles échangèrent des histoires et Ika fut ravie de constater combien leurs vies se ressemblaient : là où Ika coupait du bois tous les matins, Lindsay tronçonnait les broussailles autour de sa maison ; Ika faisait sécher des poissons volants, et Lindsay fumait du saumon. Tout le reste de la semaine, Lindsay se présenta chaque matin chez elle et lui offrit une petite boîte de lait concentré, denrée dont Ika raffolait mais qu'elle avait rarement les moyens de s'offrir, puis l'Américaine l'aida à accomplir ses tâches – aller ramasser du bois ou découper les raies – sans cesser de prendre des photos qu'elle posterait ensuite sur Facebook. Mais plus elles passaient de temps ensemble, plus Ika entendait Lindsay lui raconter son projet d'obtenir un diplôme universitaire avant de voyager de par le monde, et plus elle voyait combien leurs vies étaient en réalité différentes.

Des semaines après le départ de Lindsay, une enveloppe froissée adressée à Ika arriva chez le maire du village – Lamalera ne possédait pas de bureau de poste. À l'intérieur, il y avait une carte de Noël et une photo : Ika et Lindsay en train de rire, l'Américaine la dominant de toute sa masse et l'aidant à porter son bois pour le feu. Ika l'avait rangée entre les pages de sa bible, mais son encre bon marché finirait par se ternir, comme ses souvenirs, jusqu'à ce que les deux silhouettes deviennent floues et qu'on n'en discerne plus que les contours.

Regard perdu dans son feu de sorcière, Ika médita sur la manière dont sa fortune et celle de Lindsay avaient divergé – la manière dont sa fortune et celles de tous les autres avaient divergé, à vrai dire. Si Mari était née avant elle, sa petite sœur aurait financé ses études à elle au lycée. Quant à sa vieille amie Bena, elle était désormais institutrice et les célibataires les plus en vue de la tribu lui couraient après. Ika se dit que cette grossesse était la volonté de Dieu. Même si elle l'avait d'abord envisagée comme un chemin vers une famille et une maison à elle, et vers sa liberté, elle regrettait à présent d'avoir commis la même erreur que sa mère en ayant un enfant en dehors des liens du mariage, et craignait de transmettre à son bébé ce penchant pour la débauche. Elle n'avait même pas le soulagement d'un futur mariage en bonne et due forme, car son deuxième oncle, Jogo, chef du clan Lama Nudek, que son statut de plus proche parent du côté de sa mère désignait comme celui qui devait fixer le montant de sa dot, demandait un montant exorbitant, en partant du principe que ce n'était pas parce que Alo et Ika étaient amoureux que Jogo et ses aînés ne devaient pas tirer profit de leurs noces. Comment sa vie avait-elle pu en arriver là ?

Depuis que l'état d'Ika était devenu visible, elle restait autant que possible dans la maison. Quand elle devait aller chercher le poisson de Jon à la plage, elle ne s'arrêtait plus pour échanger les derniers ragots avec les femmes mais rentrait au plus vite. Elle évitait l'église, craignant ce que le père Romo risquait de lui dire, alors qu'elle mourait d'envie de recevoir la communion et de retourner à la chorale. Elle ne chantait même plus toute seule, et les hymnes qui avaient si souvent résonné dans les ruelles des environs manquaient à ses voisins. Elle ne riait plus très souvent non plus, et quand elle le faisait, elle donnait l'impression de se moquer d'elle-même ou bien du monde. Elle avait une carie infectée, qui rendait douloureux même le plus infime sourire. Quand sa grossesse la tourmentait, entre crampes et vertiges, Jon et Alo accomplissaient à sa place une partie de ses tâches, comme aller chercher l'eau au puits, mais la liste de celles-ci semblait infinie, d'autant que, faiblissant de jour en jour, ses grands-parents exigeaient de plus en plus de soins. Quand elle n'en pouvait plus, Ika s'efforçait de ne pas oublier qu'un jour aussi elle serait vieille, et que sa petite fille prendrait aussi bien soin d'elle qu'Ika prenait soin de ses grands-parents. Mais il lui arrivait souvent de se mettre à pleurer, et alors ses aïeux faisaient de même.

Ika avait peur de l'avenir. Après être tombée enceinte, elle s'était rendue au bureau des services sociaux à Lewoleba. Là-bas, elle avait appris que sa mère n'avait jamais fait enregistrer sa naissance. Techniquement, Ika n'existait donc pas, ce qui voulait dire que, même si elle avait entamé le processus complexe, déroutant et onéreux qui permettait d'obtenir la citoyenneté indonésienne, elle ne pourrait sans doute pas accoucher à l'hôpital public de Lewoleba. Son unique option serait très certainement Lamalera et son infirmière à temps partiel, qui avait peu de médicaments à offrir. Ika n'était pas sûre du sexe de son bébé : un médecin lui avait dit que c'était une fille, mais l'infirmière, après lui avoir palpé le ventre, avait prédit un garçon car le fœtus avait choisi le côté droit de l'utérus. Ika se disait que, d'une certaine manière, son sexe importait peu, car le destin de ce bébé était déjà fixé. Sous l'Ère des Chants, quand un bébé naissait et qu'il s'agissait d'un garçon, les hommes du clan pointaient leurs doigts vers la mer et chantaient : "Cet endroit est le tien." S'il s'agissait d'une fille, ses tantes désignaient la terre et disaient : "Cet endroit est le tien." Même si ce rituel avait quasiment disparu, Ika ferait en sorte, avec Alo, de ne l'assigner ni à la terre, ni à la mer. Si Lamalera continuait de changer, son enfant aurait peut-être la possibilité de choisir lui-même son avenir.

Durant la saison des pluies, les affaires de Salés avaient partiellement fructifié, mais même aux moments où les prises atteignaient un pic, il n'avait pas réuni suffisamment de thons ou de marlins pour que leur exportation vers le Japon soit profitable. Il avait donc dû les vendre à des restaurants chics de Jakarta. Ses ventes les plus lucratives étaient en fait venues des sardines prises à la senne coulissante par les pêcheurs de Lewoleba – rien qu'en avril Salés prétendait en avoir conditionné deux cent cinquante tonnes, dont une partie avait été expédiée aux États-Unis. Depuis l'ouverture de son usine à la fin de l'été précédent, le nombre de ses employés avait doublé, atteignant désormais soixante-dix hommes, et plus d'une centaine de pêcheurs le fournissaient régulièrement. Il projetait d'acheter bientôt son propre palangrier de trente tonnes. Alors, peut-être prendrait-il assez de thon pour développer son affaire à l'international.

Au cours des six derniers mois, Salés s'était senti de plus en plus conforté dans sa prédiction selon laquelle la modernisation de Lamalera était inéluctable. Le port de Wulandoni était quasiment achevé. Le gouverneur de la province devait bientôt annoncer un plan visant à accroître la fréquentation touristique à Lamalera[1], déclarant que cette destination avait le potentiel pour devenir l'une des plus courues du pays, campagne qui pousserait les fonctionnaires à reprendre leurs efforts afin de convaincre les Lamalériens de proposer des sorties d'observation des cachalots au lieu de les chasser. Salés tenait de source sûre qu'à partir du mois d'août le gouvernement fournirait Lamalera en électricité 24 h/24. Début 2017, des ordinateurs connectés à Internet suivraient, installés dans les locaux de l'école primaire.

Parfois, pour échapper aux pressions de son métier d'entrepreneur, Salés rejoignait Jon à bord du *Petit VJO* car il restait avant tout un pêcheur. Les embruns salés lui caressaient les joues comme lorsqu'il naviguait avec son père, enfant, et quand il sentait le vent tourner, il se rappelait encore qu'il fallait réorienter la grande voile de palmes tressées. Quand on lui demandait d'entonner les vieux chants, il se figeait un instant, puis se mettait à chanter d'une voix tremblotante. Malgré tout son goût pour les choses de ce monde, lui aussi regrettait la disparition de la Voie des Ancêtres. Mais il ne pensait pas que son effacement progressif marquerait la fin de Lamalera. Non, tant que l'on continuerait de chasser les baleines, la tribu ne mourrait pas – elle ne ferait que se transformer.

Salés n'avait pas d'héritier mâle. Mais pendant toutes ces années où il avait fait en sorte que cet orphelin de Jon apprenne à pêcher au filet dérivant et à piloter un moteur hors-bord, il n'avait fait que préparer ce garçon à trouver sa place dans le Lamalera qu'il était en train de créer.

Deux jours avant Léfa, alors que le soleil approchait du zénith, Jon réparait comme chaque jour la trame de ses filets, coinçant la ligne du haut entre ses dents et tendant le filet avec ses orteils afin de transformer à nouveau les déchirures irrégulières en diamants parfaits. Il calait son portable dans le col de sa chemise pour pouvoir parler avec Honi tout en travaillant. Depuis que le patron de sa fiancée avait accepté de mettre un terme à son contrat à la fin de l'année, leurs disputes s'étaient calmées et ils passaient maintenant des heures à planifier la traversée d'une semaine en ferry que Jon allait entreprendre pour aller la chercher à l'autre bout de l'archipel et la ramener au pays. Lorsqu'ils avaient épuisé tous les sujets de conversation, ils laissaient leurs téléphones connectés et Jon l'écoutait simplement balayer ou faire la cuisine, comme si elle se trouvait dans la pièce d'à côté.

Tout à coup, un *baleo* tonitruant résonna dans les airs. Jon prit congé de Honi et se libéra vite de ses filets. Il traversa les hauts de Lamalera au sprint jusqu'à la maison de Narek et lui emprunta ses jumelles. Là-bas, sur la mer de Savu, il repéra un geyser. L'épouse de Narek lui demanda combien il y avait de cachalots.

"Juste un, répondit Jon. Mais il est gros." Effectivement, c'était le plus grand mâle qu'il avait jamais vu, traînant derrière lui un sillage de cuirassé.

Jon rentra chez lui en courant, enfila un tee-shirt, bourra de tabac un flacon de médicaments cabossé et remplit un jerrican d'eau. Quand il débarqua au galop sur la plage, Ben l'appela pour qu'il vienne aider à mettre le *Kanibal* à l'eau. (Le *Boli Sapang*, le *téna* des Hariona, était toujours en cale sèche à cause de la querelle qui avait éclaté à l'intérieur du clan l'année précédente.) Jon aida Ben à pousser le *jonson* dans les vagues, mais il déclina l'offre de son ami d'embarquer à son bord. Au lieu de quoi il rejoignit Ignatius pour faire glisser le *Demo Sapang* sur sa rampe de rondins, et s'octroya le grand *befaje* situé à gauche de la proue, la même position que le jour où sa jambe s'était retrouvée broyée, deux ans auparavant. Ignatius avait confié les harpons à son cousin Stefanus Sengaji Keraf, *lamafa* vieillissant dont tout le monde savait qu'il avait manqué plusieurs fois la cible pendant les dernières saisons de chasse. Si Stefanus ratait de nouveau, prévoyait Jon, il aurait peut-être sa chance. En face de lui était assis Gabriel Oleona, membre du clan Blikololong, qui, en qualité de *bereung alep* officiel, manœuvrait le *befaje* droit.

Le *Kanibal* remorqua le *Demo Sapang* en direction de l'est. Les Blikololong avaient été parmi les premiers à répondre à l'appel du *baleo*, et un seul *téna* fendait les eaux de la mer de Savu devant eux. Les autres étaient dans leur sillage. Alors que tous les autres baleiniers du bord, y compris Stefanus, étaient assis, Jon resta debout. Lorsqu'ils approchèrent du cachalot, tout le monde s'émerveilla à mi-voix de la hauteur de son jet. La taille de l'animal était intimidante : plus de vingt et un mètres du museau à la queue, deux fois la longueur d'un *téna*. La flotte chassa le cétacé vers la baie de Labala et parvint à le coincer dans les eaux peu profondes situées à quelques centaines de mètres des falaises. L'un après l'autre, les *téna* se détachèrent de leurs remorqueurs. Alors, la dramaturgie immémoriale reprit ses droits : rien que les Lamalériens, leurs *téna*, le *kotekëlema* et les Ancêtres. Jon cala ses pieds contre la coque et poussa de tout son corps sur la grande pagaie, suivant le rythme scandé par Ignatius. Mais le cachalot changea de cap, s'éloignant du *Demo Sapang* pour se retrouver pris au piège par un second groupe de *téna* qui les avait rattrapés entretemps.

À présent, neuf bateaux en tout s'étaient joints à la traque. Quand le *Horo Téna* fut assez près, son *lamafa* enfonça son harpon dans le corps du cachalot avec tant de force que le manche se brisa et qu'une écharde catapultée vint lui ouvrir le menton. Le cétacé réagit en martelant la surface de la mer avec sa queue, manquant de peu le *téna* mais soulevant des vagues qui inondèrent sa coque. Le deuxième *téna* à frapper fut le *Téti Heri*, et le coup de queue défensif du monstre aurait tué net son *bereung alep* si celui-ci n'avait sauté juste à temps du *hâmmâlollo*. Le colosse continua de bastonner les deux embarcations, tandis que les chasseurs se recroquevillaient sous les barrots. Puis tout à coup l'animal voulut s'enfuir mais se retrouva encerclé par la meute. Trop essoufflé pour sonder, il n'arrêtait pas de pointer sa tête hors de l'eau, le reste de son corps restant immergé.

Le crâne, protégé par son casque de spermaceti, était impénétrable, si bien que la cohorte des *téna* se disputa les positions qui permettraient de le frapper au corps. Le *Kelulus*, dont Ote maniait les harpons, aborda l'animal par la droite, tandis que le *Demo Sapang* approchait sur sa gauche. Jon tira de toutes ses forces sur sa rame, mais le *Kelulus* devança le *Demo Sapang* d'environ six mètres. Quand Ote planta sa lance dans le cachalot, l'équipage du *Demo Sapang* hurla à Stefanus : *"Adok ! Adok !"* – "Plonge et harponne-le avant qu'il soit trop tard !" Stefanus se ramassa sur lui-même, mais au moment où il s'apprêtait à bondir une vague vint heurter la proue du *téna* et celui-ci roula violemment. Stefanus perdit ses appuis. Ses pieds tournoyèrent dans les airs et il tendit les bras pour planter la tête du harpon dans sa cible. Mais la pointe retomba dans l'eau, à quelques centimètres de son but. Quand Stefanus refit surface, le manche du harpon flottait tout près de lui dans l'écume, sa pointe toujours en place.

Stefanus glisse et manque le cachalot

Alors, Jon abandonna sa pagaie et devança Gabriel, le *bereung alep*, sur le *hâmmâlollo*. Il tira prestement sur la corde du harpon, passant le mou à Gabriel, qui hésita un instant avant de l'aider, stupéfait par l'audace de Jon. Une telle longueur de corde était tombée à l'eau que Jon avait beau la faire défiler entre ses mains, le harpon flottait toujours là-bas, immobile.

Quand Stefanus regagna le *téna* à la nage, les pagayeurs lui hurlèrent : "Il y a tant de bateaux ! Comment allons-nous faire pour avoir une autre chance ?

— Bien sûr que nous aurons une autre chance !" leur jura Ignatius.

Pendant ce temps, à bord du *Kelulus*, Ote pesait de tout son poids sur le manche de son harpon, pieds bien calés sur le *hâmmâlollo*, pour tenter d'enfoncer davantage le fer dans la chair, quand le cachalot réussit enfin à rassembler assez de souffle pour sonder. Les chasseurs en furent réduits à scruter les profondeurs de la mer de Savu. Jon continua frénétiquement à passer le mou de la corde à Gabriel. Il était presque au bout quand le mâle jaillit hors de l'eau tout près du *Kelulus*, faisant tournoyer le *téna* et manquant au passage d'éjecter Ote de sa plateforme.

Enfin, Jon sentit le poids du harpon au bout de la corde. Dans un dernier effort, il hissa la lance hors de l'eau et empoigna le fer. Le cachalot se trouvait à moins de deux mètres, se débattant avec ses dernières forces, la tête pointée vers un autre *téna*. Son dos, lacéré de cicatrices blanches, s'offrait à Jon. Celui-ci concentra son regard sur le petit carré de peau ridée vulnérable situé juste derrière l'aileron dorsal, à quelques centimètres de l'endroit où s'était logé le harpon du *Horo Téna*, d'où s'écoulaient des flots de sang bouillonnants. Jon hésita. Le grand défi, lorsqu'on harponnait un cachalot, n'était pas de le toucher mais de frapper au bon endroit et suffisamment fort pour transpercer ses trente centimètres de peau. Les autres n'allaient-ils pas penser qu'il attendait trop ?

Ignatius vint interrompre ses pensées. *"Segêt !"* hurla-t-il — "Redresse-toi et plante-le !"

Au lieu de quoi Jon sauta dans les airs, mettant tout le poids de son corps dans la frappe. La pointe du harpon traversa le blanc du cachalot. Mais alors Jon perdit prise et ses mains glissèrent le long du bambou détrempé. Quand il vint s'écraser dans l'eau, il sentit qu'une petite partie seulement de sa force avait été transmise à l'arme. Il se hissa à bord du *Demo Sapang* et Gabriel lui demanda en criant sur le harpon s'était enfoncé.

"Non, il n'est pas entré ! répondit Jon. J'avais les mains glissantes." (Plus tard, Ignatius lui expliquerait qu'il était trop près du cachalot pour lui sauter dessus, car toute son énergie était dirigée vers le bas, alors que dans l'idéal un *lamafa* doit frapper à la perpendiculaire, afin que son mouvement vers l'avant puisse faire pénétrer la pointe du harpon dans la chair. Dans une telle situation, Jon aurait dû *segêt*, c'est-à-dire harponner debout.)

Gabriel avait préparé un nouveau harpon, mais Stefanus reprit possession du *hâmmâlollo* avant que son second ait eu le temps de frapper. Le *bereung alep* céda la lance à son *lamafa* et se saisit à nouveau de la corde. Tandis que le reste de l'équipage s'efforçait de remettre Stefanus en position de frappe dans la mêlée des bateaux, Jon assembla le *nodah puka*, ce harpon plus petit qu'on utilisait normalement pour chasser les diables de mer, car tous les grands harpons avaient déjà été utilisés. Cette fois, quand le *Demo Sapang* s'approcha de la bête, celle-ci cessa soudain de nager et le *téna* faillit s'échouer sur elle. Stefanus resserra son emprise sur le manche de son harpon. Jon alla se mettre en position au pied du *hâmmâlollo*, où il s'accroupit, son arme dressée devant lui.

L'immensité de la baleine le faisait paraître encore plus malingre, lui qui pesait à peine cinquante kilos. N'était-ce pas une folie de croire qu'il pouvait vaincre une créature mille fois plus lourde ? Une seule pensée l'habitait : faire en sorte que le harpon se plante, pour lui et pour sa tribu.

Stefanus bondit une nouvelle fois du *hâmmâlollo*, à l'horizontale. Une demi-seconde plus tard, Jon l'imita, ses jambes repliées derrière lui, les plantes immaculées de ses pieds luisant un instant sous les yeux de ses compagnons. La tête de son harpon percuta violemment la bête. Quand il vit le sang jaillir, la joie l'envahit : le fer avait transpercé le blanc et s'était planté dans la chair. Il n'était pas encore *lamafa*, mais il venait de franchir le pas le plus crucial pour en devenir un aux yeux de toute la tribu.

Jon nagea nerveusement vers le bateau, pressé de s'éloigner de la gueule béante du cachalot et de ses coups de queue. Une fois remonté à bord, il se rendit compte que sa participation à cette bataille était terminée. D'autres *téna* s'en prenaient maintenant au cachalot. Le *Demo Sapang* n'était plus qu'un poids mort derrière lui. Jon pouvait se reposer. Il n'avait plus rien à prouver.

Le monstre résista tout au long de l'après-midi. Il parvint à renverser le *Kebako Pukã*, le "*téna* des *téna*", en passant dessous avant de le catapulter d'un coup d'épaule. Finalement, les neuf *téna* qui l'avaient attaqué se retrouvèrent tractés derrière lui, mais le Léviathan les remorquait sans effort apparent ; avec ses soixante-dix tonnes, il dépassait probablement le poids additionné de toutes les pirogues. Mais, peu à peu, le travail d'équipe des Lamalériens eut raison de ses forces. Les *téna* agissaient comme des ancres, créant une résistance, et le cachalot était désormais trop fatigué pour sonder. Plus d'une centaine d'hommes fondirent sur lui de concert, le harponnant à distance ou nageant jusqu'à lui pour le poignarder avec leurs *duri*, attaquant son côté faible dès qu'il se tournait pour attaquer un *téna*. La mer vira au pourpre. Bientôt, les Lamalériens grimpèrent sur le dos du cachalot, plantant leurs longs couteaux dans ses chairs, le bras enfoncé jusqu'au coude. Dans un effort désespéré, l'animal s'agita pour éjecter les hommes montés sur lui et tenta de mordre ses bourreaux, mais ceux-ci s'éloignèrent en nageant dans les flots sanglants, et il était trop faible maintenant pour les rattraper. Peu après, il s'immobilisa à tout jamais.

Quelles que soient les pressions modernes qui fragmentent la tribu, pendant la chasse les Lamalériens sont plus unis que jamais. La seule manière pour eux de vaincre un cétacé, c'est de l'attaquer ensemble, comme le faisaient leurs Ancêtres : *Talé tou, kemui tou, onã tou, mata tou.* Une famille, un cœur, une action, un but. Partout ailleurs, dans le monde industrialisé, alors que la mondialisation poursuit son inéluctable progression et que les identités des peuples autochtones disparaissent au profit d'identités nationales ou internationales, les liens intenses qui unissaient jadis les êtres humains, donnaient un sens à leur existence et les aidaient à survivre se sont affaiblis, laissant les citoyens de plus en plus isolés – c'est-à-dire à la fois seuls et déracinés –, entraînant une augmentation des maladies mentales, comme en attestent un grand nombre d'études médicales[2].

Du temps des Ancêtres, les êtres humains n'avaient pas d'autre choix que de s'appuyer les uns sur les autres. Pour récolter le riz, bâtir une cathédrale, terrasser un cachalot, l'unique solution était d'unir leurs forces. Pendant toutes ces décennies où ils ont résisté au monde extérieur et défendu la Voie des Ancêtres, les Lamalériens essayaient avant tout de protéger leur humanité partagée. Pour le moment, alors qu'ils remorquaient vers le rivage le Léviathan vaincu, ils y étaient parvenus.

Une fois que le *Demo Sapang* fut rangé sous son abri, Ignatius et Ben s'adossèrent aux piliers de bois et se laissèrent tomber dans le sable.

“Fatigué”, soupira Ignatius avec un sourire las, comme un enfant qui aurait joué jusqu'à l'épuisement.

Ben avait rarement entendu son père reconnaître sa fatigue. Les autres membres d'équipage se passaient des cigarettes en se plaignant du raté initial de Stefanus, car le *lamafa* vieillissant était déjà rentré chez lui, honteux.

Ignatius s'éclaircit la voix et tous se turent. Son intention de départ, dit-il, avait été de confier le *hâmmâlollo* à Ben, qui possédait toujours le *leka* du *Demo Sapang*. Mais quand Stefanus s'était présenté, Ignatius s'était dit qu'il n'aurait pas été convenable qu'un jeune homme prenne sa place. Il assura cependant à ses hommes que la prochaine fois Ben se chargerait des harpons.

Ben réprima un sourire. Il ne désirait rien tant que son père le voie tuer son premier cachalot. Il était convaincu que cela arriverait bientôt. Au cours de l'année écoulée, à bord du *Kanibal,* il était devenu l'un des jeunes harponneurs les plus réputés. Il n'évoluait plus dans l'ombre de son père et de ses frères aînés. Il avait même développé son propre style de harponnage, inspiré des mouvements de judo auxquels son père et ses frères avaient recours pour compenser leur petite taille, mais en y ajoutant des calculs de physicien, estimant en temps réel les vecteurs vitesse relatifs de la proie et de son harpon, jusqu'à ce que la meilleure fenêtre de tir se présente. Jon et d'autres aspirants *lamafa* étudiaient déjà tous ses trucs.

Loin de s'offusquer du fait qu'Ignatius lui ait préféré jusqu'ici d'autres *lamafa*, comme il aurait pu le faire par le passé, Ben comprenait maintenant que les tergiversations de son père étaient un signe d'amour. Au fur et à mesure que Ben progressait en tant que harponneur, les conseils d'Ignatius avaient évolué, passant des encouragements du début à des mises en garde fondées sur l'expérience. Il expliquait par exemple à son fils qu'il ne fallait jamais sauter sur le dos d'une raie manta car ses ailes gigantesques pouvaient l'envelopper, et l'animal risquait alors de l'entraîner dans les profondeurs de l'océan où il se noierait. Et il ne fallait jamais harponner le front impénétrable d'un *kotekĕlema* car le choc pouvait vous briser le bras. C'était comme si le danger auquel Ignatius avait exposé son fils en l'exhortant à devenir *lamafa* était soudain devenu trop réel. De son côté, Ben comprenait que son père essayait simplement de le protéger encore un peu.

Ce soir-là, alors que l'horizon, vers l'ouest, brillait d'un éclat safran et que les parents criaient à leurs enfants, qui se laissaient glisser sur le dos du cachalot mort, de rentrer à la maison, les anciens de la tribu se rendirent en procession au Conseil sur la Plage. Là où deux ans plus tôt la foule avait rempli toute la plage, seule une trentaine de vieillards se réunit devant Sipri et Marsianus. Frans et d'autres hommes à la barbe blanche n'arrêtaient pas de jeter des regards derrière eux, guettant les retardataires. À voix basse, ils attribuaient cette faible participation à l'épuisement des troupes après la chasse du jour. Frans et les membres de son clan n'y avaient pas pris part car ils étaient allés apporter des cadeaux aux tribus de Wulandoni à bord du *Kéna Pukã*, geste symbolique censé rappeler l'échange originel avec Dati le guerrier, qui avait conduit à la création du marché, et indiquer que ce nouveau *téna* serait au service de toute la région. Plus tard cette année-là, le *Kéna Pukã* harponnerait son premier cachalot sans subir la moindre fissure, preuve que les Ancêtres le jugeaient parfaitement construit.

Au bout d'un moment, Sipri se dirigea d'un pas traînant vers l'extrémité du cercle, se débarrassa de ses tongs, s'assit en tailleur et enroula un fin sarong autour de son cou tel un foulard, comme s'il avait froid. Marsianus était devenu pour de bon le chef du clan, et c'est lui qui dirigerait l'Appel aux Baleines du lendemain, mais par égard pour son père il laissait le soin au vieil homme de présider ce conseil. Une expression chagrinée assombrissait le visage de Sipri, car son épouse depuis longtemps malade "ne sentait plus les morsures des fourmis", selon une expression utilisée par les Lamalériens pour évoquer sa mort récente. Sipri demanda aux siens de se décharger de leurs soucis, afin qu'il puisse les rapporter aux Ancêtres. Les plaintes habituelles contre des baleiniers volant la proie des autres jaillirent de l'assemblée, mais aussi des inquiétudes au sujet de la disparition progressive des raies et des requins. Une proposition d'étendre la saison de pêche au filet dérivant pendant Léfa fut de nouveau rejetée. En revanche, le Conseil décida que les téléphones portables pourraient désormais être utilisés au large – mais seulement pour communiquer aux autres bateaux ou à des gens à terre la position des proies, en aucun cas pour passer de la musique ou regarder des vidéos.

Sipri agita alors sa main pour faire taire l'assemblée. Les anciens tendirent l'oreille pour distinguer sa voix rauque dans le bruissement des vagues. Pourquoi, leur demanda-t-il d'un ton plaintif, n'en étaient-ils pas revenus à la navigation à la voile et à la pagaie, comme il l'avait ordonné ? Aucune menace dans sa voix, rien que l'épuisement et la résignation.

Jepo, le représentant des Bataona au sein des Lika Telo, demanda aux gens présents si quelqu'un voulait répondre au Seigneur de la Terre. Voyant que personne ne relevait son front penché, Jepo présenta ses excuses à Sipri, déclarant que les Lamalériens feraient de leur mieux pour chasser plus souvent avec les *téna* cette année-là, mais tout le monde savait qu'il s'agissait d'une promesse en l'air.

L'éternelle dispute des *téna* contre les *jonson* recommença, alors que la soirée achevait d'étrangler le jour. Une ampoule nue s'alluma en grésillant dans la chapelle, dévoilant la statue de saint Pierre qui posait son regard sévère sur l'assemblée, tenant à la main un véritable harpon, des organes desséchés de cachalots et de dauphins éparpillés autour de ses pieds en béton. Bientôt, une rosée d'étoiles scintilla dans le ciel, et l'individualité des hommes se perdit dans l'obscurité. Ces voix auraient pu s'élever de n'importe qui, n'importe où, comme si les Ancêtres s'étaient eux-mêmes joints au Conseil. Le débat sans fin se poursuivit. Les baleiniers s'éloignèrent l'un après l'autre dans le noir, jusqu'à ce qu'il ne reste plus qu'un petit groupe pour tenter de trancher ces vieilles questions. En bas de la plage, les vagues faiblissantes aspiraient puis repoussaient la queue du cachalot, donnant l'impression qu'il vivait encore. Les enfants étaient tous rentrés chez eux.

Au bout de quarante minutes de débat, la voix chargée de Sipri résonna soudain avec une force étonnante. "Lamalera est connu dans le monde entier grâce à notre culture, dit-il. Nous ne devons pas la perdre. La chasse ne doit jamais cesser. Mais les *jonson* ne sont que des outils." La tribu pouvait les utiliser sans pour autant perdre sa culture, admettait-il enfin, si les Lamalériens faisaient bien attention. Il avait fini par se résigner au fait qu'on ne pouvait rejeter en bloc le monde moderne, mais qu'il était possible de contrôler l'impact qu'il avait sur leurs vies. Et sur ces mots, Sipri, Seigneur de la Terre et Gardien des Ancêtres, qui fustigeait les *jonson* depuis plus de deux décennies, mit formellement un terme à son opposition. Au fond de son cœur, il avait toujours le sentiment que les Lamalériens auraient mieux vécu sans ces moteurs hors-bord, seulement il gardait en tête le principe crucial des Ancêtres : *Talé tou, kemui tou, onã tou, mata tou*. L'harmonie de la tribu importait davantage que de mener une bataille qu'il avait déjà perdue. Si la manière dont les Ancêtres avaient toujours chassé devait disparaître un jour, au moins leur unité subsisterait. De toute façon, il ne pouvait plus rien y faire. Maintenant que le pouvoir du clan Wujon était officiellement passé entre les mains de Marsianus, Sipri savait qu'il n'avait plus du Seigneur de la Terre que le nom.

Le lendemain, Sipri attendit devant la Pierre Baleine, s'efforçant d'essuyer les larmes qui coulaient malgré lui, pendant que son fils conduisait les membres de son clan à travers la forêt, pour aller invoquer les Ancêtres. Son corps n'était plus capable de réaliser cette ascension. À l'insu de son père, Marsianus commença la cérémonie d'Ige Gerek dès la première pierre Nuba Nara, là où son père avait lui-même était forcé de la lancer l'année précédente, quand un départ trop tardif du village ne lui avait pas laissé le temps d'atteindre le point de départ traditionnel de ce rituel, quelques kilomètres plus haut. Marsianus n'avait pas cette excuse, mais il ne voulait pas entreprendre cette ascension exténuante et se disait que la cérémonie de l'année précédente avait tout de même porté ses fruits. Évidemment, s'il l'avait su, Sipri aurait objecté que c'était de cette manière que la Voie des Ancêtres s'était progressivement perdue, s'amoindrissant en même temps que la fidélité de ceux qui étaient censés la défendre, peu à peu débarrassée d'éléments jugés non essentiels au nom du pragmatisme, jusqu'à ce qu'il n'en reste presque plus rien.

Le mode de vie des sociétés industrielles contemporaines n'a pas colonisé le monde parce qu'il répondait mieux aux besoins émotionnels et spirituels des êtres humains. Non, il a conquis la planète car les sociétés modernes étaient plus fortes que les traditionnelles, et que ceux qui détenaient le pouvoir, dans leur avidité, recherchaient sans cesse de nouveaux peuples, de nouveaux territoires et de nouvelles ressources afin de s'enrichir. Une fois bien installée, l'industrialisation offrait suffisamment d'améliorations en termes de richesse matérielle, d'éducation et de soins médicaux pour empêcher tout retour en arrière. Les avantages des pays modernes se révèlent toujours aussi irrésistibles aujourd'hui aux yeux des peuples autochtones, et parviennent souvent à les attirer hors de leurs modes de vie traditionnels. Après tout, qui préférerait frotter ses vêtements sur une planche que les déposer au fond d'une machine à laver ? Nul citoyen, disons, des États-Unis ou du Japon, ne voudrait revenir aux taux de mortalité infantile élevés, à l'espérance de vie plus courte, à l'insécurité alimentaire et aux perpétuelles menaces violentes que les chasseurs-cueilleurs ont toujours dû endurer au cours de leur histoire. Et les individus désavantagés des sociétés traditionnelles, qu'il s'agisse des femmes ou des groupes de parias tels que le clan Kĕrofa, préféreraient sans surprise renverser l'ordre social qui les abaisse.

Reste que même dans les scénarios les plus optimistes tout progrès n'est pas forcément positif. Moderniser, c'est également abandonner quelque chose au passage. La moitié de tout changement, au moins, est toujours une perte. L'engouement des sociétés contemporaines pour une reconnexion avec notre passé – des régimes paléo au spiritualisme New Age en passant par les retraites dans la nature, sans oublier les mille manières que nous avons d'idéaliser les peuples autochtones – donne à penser que les citoyens de ces nations ont l'intuition que quelque chose leur manque. Les pires aspects de la modernité ressemblent beaucoup à une addiction, dont la Voie des Ancêtres est peut-être un des antidotes.

Le débat autour des bénéfices du mode de vie des chasseurs-cueilleurs, par opposition à ceux d'une existence moderne, est souvent envisagé comme devant déterminer lequel des deux est absolument meilleur. Mais cette approche n'est pas la bonne : ces deux modes vies ont en effet leurs avantages et leurs inconvénients. Nous devrions plutôt nous demander ce que chaque type de société peut apprendre de l'autre. Car, quelle que soit leur culture, les gens ont toujours tendance à affirmer que leur existence est la plus naturelle de toutes, aucun mode de vie n'est inévitable, qu'il soit moderne ou traditionnel. Nous pouvons donc choisir ce qu'il y a de mieux dans l'un, tout en rejetant ce qu'il y a de mauvais dans l'autre. C'est exactement ce que font les Lamalériens au Conseil sur la Plage. Leur grand héroïsme tient au fait qu'ils s'efforcent, contre toute probabilité, de maîtriser un processus qui a pris en otage l'ensemble de l'humanité.

Notre capacité à déterminer la manière dont les nouvelles technologies et la mondialisation nous façonnent se révèle essentielle pour le bonheur des hommes et même leur survie. Jusqu'à présent, la modernisation n'a pas été un processus mûrement réfléchi, mais plutôt une succession de bonds impulsifs à chaque nouvelle avancée technologique – un processus qui nous *est arrivé* plus que nous ne l'avons dirigé. Serait-il possible pour les sociétés modernes de mettre en place leur propre Conseil sur la Plage ?

Quoi qu'il en soit, préserver les cultures traditionnelles et, par conséquent, les peuples les plus vulnérables de notre planète s'impose comme un impératif moral. Pas besoin d'être un expert pour comprendre que la mondialisation a été un processus totalement inéquitable, dont les plus grands bénéfices ont échu aux élites capables de les accaparer, tandis qu'une grande partie des 370 millions de personnes appartenant à des peuples autochtones sont moins bien loties qu'avant[3] – privées de leurs moyens de subsistance traditionnels et de leurs réseaux de soutien, troqués contre la pauvreté mortelle des bidonvilles ou des plantations. Nations et grandes entreprises, qui font le plus souvent du mal aux sociétés traditionnelles en croyant savoir ce qui est le mieux pour elles, doivent au contraire leur donner les moyens de choisir leur propre voie[4].

Permettre à chaque personne de décider de son propre chemin nous aidera peut-être à nous sauver nous-mêmes à l'avenir. Après tout, chaque culture traditionnelle incarne des siècles et des siècles d'expérimentation empirique pour déterminer le meilleur moyen de survivre dans un environnement donné, et recèle souvent des savoirs dont la science occidentale n'a même pas idée. De la même manière que la diversité écologique est essentielle à la bonne santé d'un écosystème, la diversité culturelle se révélera sans doute cruciale pour la survie de l'humanité, si une faiblesse fatale de la culture unique imposée par la mondialisation venait à se faire jour. Et quand une culture traditionnelle comme celle des Lamalériens disparaît, cela représente une diminution notable du nombre de manières d'être humain : une contraction des possibles inhérents à notre espèce, et donc à chacun d'entre nous. Protéger les sociétés traditionnelles revient à garantir le droit de chaque personne à mener l'existence qu'elle juge la plus enrichissante d'un point de vue spirituel – c'est là l'un des droits fondamentaux de l'homme.

Les bouleversements dont Jon, Ben, Frans et les autre Lamalériens sont en train de faire l'expérience sont un processus que les ancêtres de tous les citoyens des sociétés contemporaines ont traversé – moins rapidement – et qui nous a conduits à ce moment sans précédent de l'histoire humaine où nous sommes sur le point d'éliminer pour de bon les cultures de chasseurs-cueilleurs dont nous descendons tous. Nos corps, nos esprits et nos cœurs sont encore formatés par des dizaines de milliers d'années d'évolution et notre passé de chasseurs-cueilleurs, quelles que soient les exigences déstabilisantes de notre présent. Ne devrions-nous pas au moins essayer de façonner nos existences contemporaines de manière à respecter notre nature originelle ? Nul ne sait vraiment ce qui adviendra, mais, si nous oublions nos ancêtres, nous perdrons une part essentielle de notre avenir.

Le lendemain, les Lamalériens découpèrent le Don des Ancêtres. Les coups de poings des vagues projetaient l'huile qui s'en écoulait dans les yeux des hommes, les irritant jusqu'à ce qu'ils leur donnent l'impression d'être en feu. Quand l'heure fut venue de répartir la viande, devoir généralement réservé à l'homme responsable de la capture du cétacé, l'équipage du *Demo Sapang* désigna Jon. Ce dernier s'avança au centre du cercle d'hommes et, avec une gravité sincère, prit un gigantesque steak à deux mains et l'apporta, courbé en deux à cause de son poids, à Ignatius. Puis il distribua le reste des briques sanglantes, s'assurant que chaque homme reçoive une part égale, tout en empilant son propre cairn de chair.

Ika étant trop affaiblie par sa grossesse pour aider Jon à transporter ce trésor, il hissa à lui seul toute cette viande jusqu'au sommet de la falaise et la posa sur la table de bois noircie d'huile, derrière la maison. Malgré sa quasi-cécité, Yosef Boko essaya de l'aider, débitant péniblement, à tâtons, des rubans de viande, mais c'était Jon qui faisait tout le travail. Armé d'une machette, il découpait les steaks en bandes, qu'il étendait sur le râtelier de bambou. Ses lamentations de l'année précédente avaient disparu. Maintenant qu'il avait harponné ce cachalot, il se sentait assez fort pour nourrir seul sa famille, même si les siens devaient devenir extrêmement dépendants. Pendant ce temps, les *umã*, divisées en *bēfãnã*, se répandaient dans l'ensemble de la tribu. Le cachalot, au bout du compte, nourrirait presque tout le monde.

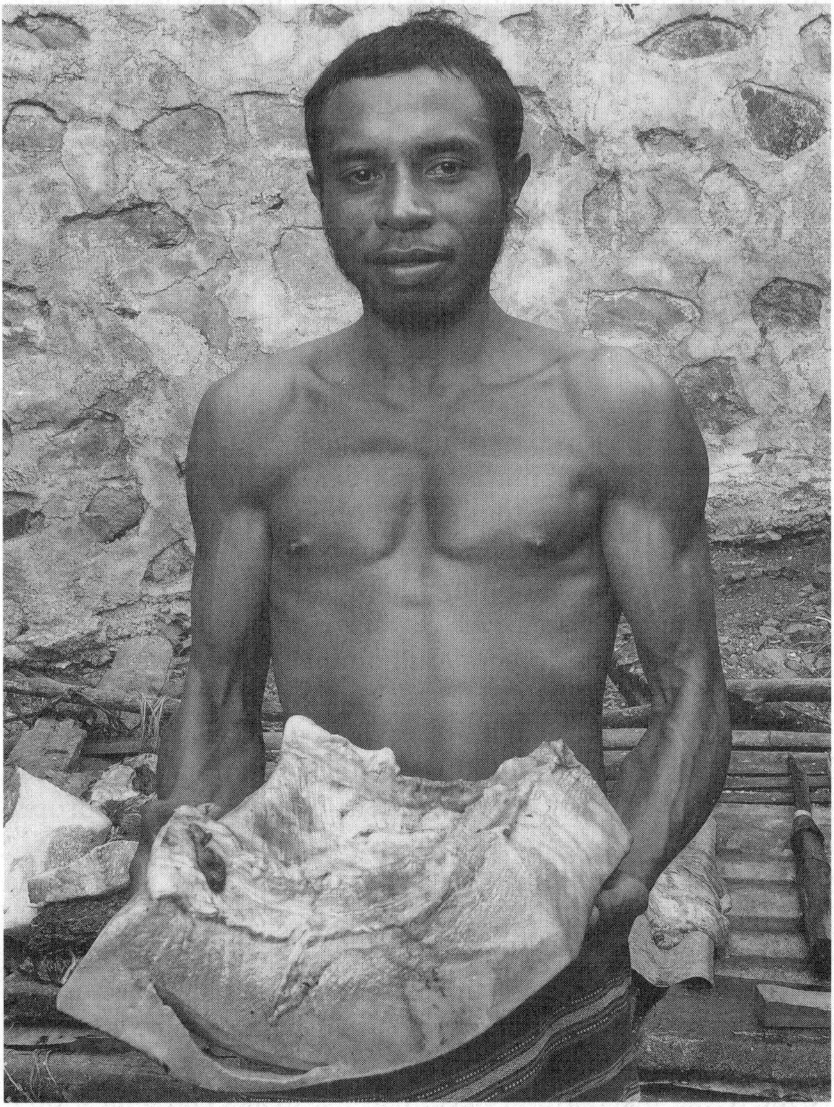

Jon avec un morceau du cachalot qu'il a harponné

Ce soir-là aurait lieu le Misa Arwah, la messe annuelle en hommage aux âmes égarées. Après s'être douché avec un seau, Jon descendit seul à la plage, car Ika refusait d'exposer son ventre embarrassant et leurs grands-parents n'étaient plus capables de remonter les marches. Comme tous les ans, le chœur chanta : "Ramez calmement, ramez tranquillement,/

Tandis que les vagues déferlent sur le rivage./Rêvez calmement, rêvez tranquillement,/Au milieu du typhon de la vie,/Au milieu du typhon de la vie." Jon alluma ses bougies dans un coin isolé de la plage, et pria pour devenir *lamafa*, épouser Honi, vivre dans sa maison au sommet des falaises et avoir de nombreux enfants qui perpétueraient la Voie des Ancêtres.

Bena demanda aux esprits de veiller à son intégration au sein de la tribu. Frans voulait que ses aïeux bénissent son nouveau *téna*. Ben fit le vœu de tuer un cachalot, et Ignatius pria pour que son fils puisse le faire en restant sain et sauf. Leurs supplications se mêlèrent à celles des autres Lamalériens pour former un grand chœur unique – que seuls les Ancêtres entendaient –, celui-là même qui chantait depuis que la tribu existait et qui continuerait à le faire jusqu'à son dernier souffle, car le cœur humain n'arrête jamais de désirer. La mer était calme ce soir-là, et l'armada miniature qu'on avait mise à l'eau pour célébrer les âmes égarées défila au pied des falaises, à l'ouest du village, telle une procession d'émissaires dépêchés à la rencontre du monde extérieur. Quelques bougies sombrèrent, mais la plupart des vœux des Lamalériens s'échappèrent de l'île, cette année-là – seuls les hommes et les femmes qui les avaient allumées savaient quels désirs intimes dansaient dans chacune de ces flammèches.

Chasser, pour l'essentiel, c'est attendre. Fixer d'un regard intense mais vide l'arc de cercle de l'horizon, en priant pour qu'une proie vous soit donnée. Mais quand des jets sont repérés, quand le soleil fait miroiter le tranchant récemment aiguisé d'un fer de harpon, quand les Ancêtres reviennent chasser aux côtés d'un baleinier, quand chaque moment résonne de la gravité de la vie et de la mort, cela justifie tout le reste. Pour les Lamalériens, la chasse n'est jamais démodée.

Le 1er mai au matin, devant le squelette du grand cachalot, les Lamalériens célébrèrent le Misa Léfa. Comme c'était dimanche, ils attendirent le petit matin suivant pour mettre à l'eau le *Praso Sapang*. En pagayant vers le large, son équipage ne chanta pas. Jadis, toute la tribu s'était époumonée ensemble. Jadis, chaque aspect de la vie des Lamalérien s'accompagnait d'un chant. Mais l'Ère des Chants était bel et bien révolue.

Pourtant, quand l'équipage du *Praso Sapang* déploya au loin la voile en palmes tressées, chacun put voir que les Ancêtres repartaient chasser. Tout en vaquant à leurs tâches quotidiennes, les Lamalériens restés à terre gardaient un œil sur la mer, car la réussite du *téna* préfigurerait celle de l'année à venir.

En fin de matinée, Ote surveillait le *Praso Sapang* avec ses jumelles quand il repéra des globicéphales. Selon la Voie des Ancêtres, seul le *Praso Sapang* aurait dû chasser lors de ce premier jour, mais Ote donna l'alerte. Huit *jonson* se précipitèrent vers le large, moteurs à plein régime. Outré par cette violation, Frans interdit aux hommes du clan Bediona de sortir leur *jonson*. La flotte dépassa le *Praso Sapang* et rattrapa le banc. En général, les coups d'Ote étaient systématiquement fatals, mais, ce jour-là, lui et un autre *lamafa* échouèrent à planter leurs harpons. Puis les globicéphales plongèrent sous la surface et disparurent. Les Lamalériens l'ignoraient encore, mais cette année-là serait particulièrement stérile, avec seulement six cachalots tués et trop peu d'autres proies, notamment de raies manta.

Normalement, quand Léfa débutait, le vent tournait à l'est. Or ce jour-là, après que les globicéphales se furent envolés, un vent d'ouest souffla dans le visage des Lamalériens sur tout le chemin du retour et déchira en longues banderoles les nuages massés contre le sommet du volcan. Mais les baleiniers ne détachèrent pas un instant leurs regards de l'horizon. Ce qui viendrait arriverait de là-bas. Ils ne pouvaient rien faire d'autre qu'attendre, prêts à affronter ce que l'avenir leur réservait.

ÉPILOGUE

Mai 2016 – Mai 2018

Au cours des deux années qui suivirent, les plus graves menaces qui pesaient sur la Voie des Ancêtres parurent s'être désamorcées. Même si le port de Wulandoni avait été inauguré au milieu de l'année 2017, aucun ferry n'y était encore prévu. Les bureaucrates nouvellement nommés ne décelaient pas dans cette région pauvre un réel potentiel économique, et ne voulaient pas négocier avec les tribus Nualela et Luki, toujours à couteaux tirés. Ces politiciens dénonçaient ce vaste projet comme un moyen pour l'opposition de créer des emplois fictifs. De son côté, Salés ne parvenait pas à se procurer suffisamment de thons auprès des pêcheurs de Lamalera et des autres tribus côtières pour rendre économiquement viable leur exportation. Il changea donc son fusil d'épaule et entreprit d'acheter des poissons-appâts à la tonne aux chalutiers industriels de Lewoleba pour les broyer et en faire de la nourriture pour animaux, dont il se vantait d'exporter une partie vers les États-Unis. Et même si de jeunes Lamalériens continuaient de s'exiler, un noyau dur s'investissait sérieusement dans la vie du village.

Quand le contrat de Honi arriva à son terme, vers la fin de l'année 2016, Jon traversa l'archipel pour l'accompagner dans son voyage retour, et l'expérience qu'il fit des mégalopoles polluées de l'Ouest indonésien lors de ce voyage lui ôta tout reste d'envie d'aller s'y installer. Honi emménagea chez lui et l'aida à s'occuper de ses grands-parents, dont l'état déclinait désormais à vue d'œil. Pendant la saison de chasse au cachalot de 2017, Jon gagna le *léka* d'un *jonson*, et fut même choisi pour diriger plusieurs *téna*. S'il échoua à tuer son premier cachalot lors de ces chasses, il était évident que plus personne ne le traiterait jamais de *kefela*. À la fin de l'année 2017, Honi et lui eurent un fils, Yosef Boko Jr, qui portait le nom de son grand-père. Ironie de l'histoire, sa naissance repoussa leur mariage officiel à une date indéterminée, car ils allaient devoir remplir de nouvelles paperasses auprès de l'Église catholique pour reconnaître l'existence de cet enfant né en dehors des liens du mariage, et ils avaient décidé qu'ils avaient d'autres obligations beaucoup plus urgentes. Quand la saison de chasse suivante s'ouvrit, Jon testa parfois l'équilibre de son nourrisson aux jambes encore un peu bancales sur la plateforme de harponnage de son *jonson*. Il lui sembla que Yosef Boko Jr était destiné à devenir *lamafa*.

Alo et Ika connaissaient un mariage heureux, et leur petite fille riait avec le même irrésistible abandon que sa mère. Car si Ika avait connu un passage dépressif lors de sa grossesse, elle avait finalement retrouvé l'essentiel de son entrain passé. Elle aimait être mère et, après le retour de Honi à Lamalera, elle s'était installée chez les parents d'Alo, situation qu'elle trouvait beaucoup moins stressante que de devoir s'occuper de ses grands-parents et de Jon. Comme la plupart de ses contemporaines, Ika n'avait jamais appris le tissage, car les jeunes Lamalériens portaient essentiellement des vêtements importés, fabriqués en usine, au lieu des sarongs traditionnels tissés avec du coton sauvage. Mais dernièrement, elle avait demandé à la mère d'Alo de lui apprendre, car si elle s'était résignée à l'idée que le lycée était hors de sa portée, elle réalisait à présent que les siens détenaient des savoirs fascinants qu'elle ne maîtrisait pas encore. Quant à Alo, après avoir officié comme second harponneur au service de Jon, il était sur le point de s'imposer comme un *lamafa* respecté, et était souvent appelé sur le *hâmmâlollo* de plusieurs *jonson*.

Rattrapé par le poids des ans, Frans cessa de sortir chasser tous les jours, même s'il répondait encore parfois à l'appel du *baleo*. Il passait désormais le plus clair de son temps à transmettre son art de charpentier de marine et son savoir de chamane aux jeunes membres de son clan, et tout particulièrement à l'ami de Jon, Anso. Même si sa fille Bena n'avait pas encore trouvé de prétendant à son goût, elle s'était réintégrée avec joie dans la tribu. Mais elle connaissait toujours par cœur les paroles en anglais de la chanson de Katy Perry, “Last Friday Night”.

Même si, lors de l'Ige Gerek de l'année 2016, Sipri avait semblé au bout du rouleau, sa santé s'était améliorée de manière spectaculaire au fil des mois suivants ; peut-être parce qu'il n'avait plus à subir le stress de devoir veiller sur son épouse handicapée par une attaque, qui était morte peu avant la cérémonie. Sipri ne tarda pas à reprendre le contrôle du clan Wujon des mains de son fils Marsianus, ce qui ne fut d'ailleurs pas sans créer des tensions entre eux, et il prit l'habitude de faire régulièrement le voyage depuis Lewoleba pour diriger toutes sortes de rituels ésotériques, maintenant qu'il n'était plus retenu au chevet de sa chère femme.

Dans ce contexte, quand la tribu libéra sa flotte miniature chargée de bougies lors du Misa Arwah de 2018, tout le monde pensait que les Ancêtres étaient heureux. Le lendemain apporta d'autres bons augures, car lors de la chasse inaugurale, en solo, du *Praso Sapang*, Yosef Tubé harponna un grand diable de mer. Pendant la semaine qui suivit, l'ensemble de la flotte connut une réussite extraordinaire, tuant des dizaines de raies et une baleine.

Mais toutes les histoires n'ont pas la fin qu'on souhaiterait. À l'issue de la deuxième semaine de Léfa, de bon matin, Ben prit les commandes du *Kanibal*, le *jonson* des Blikololong. Quand les chasseurs virent passer une tache sombre sur la surface de la mer, ils crurent d'abord que c'était l'ombre d'un nuage en ce jour pourtant ensoleillé, tant l'envergure de la raie manta était démesurée. Lorsque Ben souleva l'un des harpons de son père, pas un homme d'équipage ne se dit que cette bête colossale outrepassait peut-être ses capacités. Depuis qu'il était devenu *lamafa*, trois ans plus tôt, Ben avait pris des proies de toutes sortes, excepté un cachalot, et bon nombre des membres de la tribu le considéraient comme le meilleur harponneur de sa génération.

Même si Ben appréciait le fait d'avoir acquis une telle stature, il était encore plus gratifiant pour lui de maîtriser enfin la Voie du *Lamafa* se rapportant à la manière, pour un homme, d'atteindre une certaine harmonie avec les membres de sa tribu. L'amour qui l'unissait à Ita était un vrai bonheur. Ignatius, qui avait officiellement pris sa retraite de chasseur, vivait heureux dans sa maison. Tous les matins, le vieil homme choisissait lequel de ses bateaux Ben allait commander, généralement le *Kanibal*, même si, lorsque des cachalots se montraient, Ignatius désignait parfois Ben plutôt que ses grands frères pour diriger le *Demo Sapang*. Après avoir aidé l'équipage à mettre le bateau à la mer, Ignatius faisait une sieste sur le sable jusqu'à ce que son fils rentre avec les prises du jour. En fin d'après-midi, Ben entraînait son jeune fils Carolos à harponner des bouts de bois flottant dans les rouleaux, puis Carolos et ses copains continuaient de pratiquer en faisant semblant d'être lui.

Quand Ben sauta pour harponner la raie manta, donc, il était à son apogée. Le soleil brillait autour de lui tandis qu'il descendait, précédé de sa lance. Le coup toucha sa cible. La corde se tendit d'un coup sec quand la raie se rebella. Ben nagea furieusement pour regagner le *Kanibal*. Mais alors qu'il n'était plus qu'à quelques coups de bras, il poussa un hurlement. Puis il fut entraîné sous l'eau, ne laissant derrière lui qu'une écume qui s'évapora aussitôt et des vaguelettes fugaces.

L'équipage du *Kanibal* se lança dans une partie de tir à la corde avec la raie, comprenant que le pied de Ben avait certainement été pris au piège par une boucle dans la ligne du harpon, ou que l'animal l'avait happé entre ses ailes. Mais la corde se détendit, et ils ne remontèrent que son extrémité brisée. L'eau était exceptionnellement claire ce jour-là, les rayons du soleil illuminant sa partie supérieure, déserte, mais ils eurent beau attendre, rien ne remonta des ténèbres insondables qui se déployaient en dessous.

Ils rentrèrent précipitamment, comme si Ben retenait simplement son souffle et que chaque seconde comptait. Dans une sorte de *baleo* tragique, la flotte tout entière se lança fiévreusement à l'eau en apprenant la nouvelle. Pendant une semaine entière, *téna* et *jonson* écumèrent la mer de Savu, car si le corps du *lamafa* n'était pas inhumé avec les honneurs qui lui étaient dus, son esprit mécontent chercherait peut-être vengeance. Mais la mer l'avait englouti et refusait de rendre son cadavre. Le sort funeste auquel Jon Hariona avait échappé de justesse quelques années auparavant venait d'échoir à Ben Blikololong.

Les anciens se réunirent pendant la nuit sous le banyan, pour débattre des raisons pour lesquelles les Ancêtres leur avaient volé Ben. Bien des réponses furent proférées, mais celle que le conseil retourna encore et encore était qu'on les punissait pour ne pas avoir défendu comme ils auraient dû la Voie des Ancêtres. En effet, si certaines des menaces qui pesaient contre elle avaient été neutralisées, comme le port de Wulandoni et les projets commerciaux de Salés, de nouveaux périls faisaient craindre une crise. Il y avait d'abord les habituels écarts des Lamalériens eux-mêmes, car depuis que les smartphones étaient moins chers et que le signal émis par l'antenne-relais s'était amélioré, bon nombre de Lamalériens s'étaient retrouvés empêtrés dans la Toile et les réseaux sociaux. Et le troc se faisait rare au marché de Lamalera, car les tribus des montagnes se convertissaient de plus en plus à l'argent liquide.

Plus dangereux encore, une coalition d'organisations écologiques occidentales, dont les ONG Nature Conservancy et Dolphin Project, incitait le gouvernement indonésien à réguler drastiquement la chasse au cachalot. Jusqu'alors, plusieurs interprétations des lois indonésiennes en ce domaine[1] avaient laissé entendre que la chasse au cachalot pratiquée par les Lamalériens était légale, car les peuples autochtones ont un droit inaliénable de poursuivre les pratiques traditionnelles assurant leur subsistance. La Convention internationale pour la règlementation de la chasse à la baleine, que l'Indonésie n'a pas signée, autorise ces peuples à pratiquer une chasse de subsistance durable. Mais les écologistes affirmaient que les lois interdisant la chasse à la baleine l'emportaient sur celles qui défendaient les droits des peuples autochtones, et que cette question de leur hiérarchie n'avait jamais été tranchée par aucun tribunal.

Et même si la légalité de la chasse au cachalot demeurait discutable, il était certain en revanche que le braconnage dont les Lamalériens se rendaient coupables en tuant des raies manta ne l'était pas[2], car en 2014 le gouvernement indonésien avait interdit cette chasse-là. Peu de Lamalériens connaissaient cependant cette loi, du moins jusqu'à fin 2016, lorsqu'une ONG écologiste organisa, en partenariat avec les forces de police indonésiennes, une opération d'infiltration qui se solda par l'arrestation d'un ancien de la tribu, coupable d'avoir vendu des ouïes de raie manta, au grand dam de la tribu. Le but de cette arrestation[3], expliqua par la suite un représentant de l'ONG, était de décourager la capture non seulement de ces animaux mais aussi des cachalots.

Mais l'année suivante, Nature Conservancy proclama publiquement[4] que les Lamalériens avaient renoncé à leur culture le jour où ils avaient opté pour les *jonson* au détriment de leurs *téna*, et qu'il fallait donc les encourager à abandonner la chasse. En 2018, avec le soutien du gouvernement indonésien, les ONG écologistes rédigèrent un projet de loi visant à limiter le nombre de prises autorisées pour la tribu à une poignée de cachalots chaque année – voire aucun –, avec l'intention d'instaurer cette règle dès 2019. Alors que par le passé les Lamalériens s'étaient souvent unis pour résister à de telles mesures, cette fois la majeure partie de la tribu n'eut même pas vent de cette menace car les anciens au courant de ce projet de loi ne parvinrent pas à s'accorder sur les informations qu'il fallait communiquer aux gens du village, ni sur le degré d'implication souhaitable de leur part.

Le corps de Ben ne fut jamais retrouvé. La chasse resta en suspens pendant plusieurs semaines, car Jon et une bonne partie des jeunes *lamafa* étaient effrayés à l'idée que les Ancêtres puissent en vouloir à la tribu. Ils craignaient pour leurs propres vies. On aurait dit que tous les Lamalériens ou presque s'étaient laissé pousser les cheveux et les ongles pendant les quarante jours que durait la période de deuil, car Ben avait des liens familiaux avec un grand nombre de personnes, comme par exemple la femme de Frans, Maria, qui était la sœur d'Ignatius, et il s'était lié d'amitié avec une bonne partie des autres, notamment Jon. Finalement, Ignatius, Ita et les deux enfants de Ben enterrèrent une coquille de nautile à la place de son cadavre. Un objet minuscule et fragile pour symboliser une présence si monumentale. Là où s'était tenu un fils, un mari, un père et un vrai *lamafa*, il ne restait plus que l'absence. Là où il y avait eu un avenir plein d'une possible joie, les proches de Ben se retrouvaient plongés dans un chagrin qui durerait tout leur vie et serait aussi grand que leurs cœurs.

La perte d'une culture est aussi définitive que celle d'une vie, sauf qu'au lieu qu'une seule étoile s'éteigne, c'est toute une constellation qui s'obscurcit. C'est la disparition de toutes les âmes qui la constituaient. C'est la fin d'un passé et d'un avenir.

Pourtant, pour la famille Blikololong et les autres Lamalériens frappés par ce deuil, la Voie des Ancêtres signifiait que Ben n'allait pas disparaître. Quand la longue liste des baleiniers disparus en mer sera lue à haute voix chaque année, lors du Misa Léfa, son nom résonnera en premier, pendant un temps. En tant qu'Ancêtre, il continuera de bénir ou de maudire leurs vies. Il demeurera un membre essentiel de la tribu.

Mais les Ancêtres ne possèdent cette puissance-là qu'aussi longtemps que leurs descendants les honorent. Chaque jour, les Lamalériens choisissent encore de suivre leur Voie, et ce choix-là se fait plus difficile de jour en jour. Leur histoire n'est pas encore terminée.

À PROPOS DE CE PROJET

La première fois que je me suis rendu à Lamalera, en 2011, j'ai été stupéfait de découvrir que la Voie des Ancêtres dirigeait encore la vie de la tribu. Je venais de travailler pendant près d'une année sur une île voisine, où j'avais pu voir d'autres cultures traditionnelles succomber rapidement aux pressions de la mondialisation. En naviguant au large à côté des *téna*, en observant le partage rituel des prises et en assistant aux cérémonies ancestrales, j'ai compris que j'étais le témoin d'une chose très importante, et pourtant menacée. Après mon départ, les amis rencontrés sur place m'ont manqué. Je m'inquiétais de leur avenir.

Le récit dominant concernant la mondialisation est qu'elle rend d'innombrables personnes plus riches, améliore leur santé et leur éducation. C'est vrai, et à bien des égards il s'agit d'une bénédiction. Mais cette version des choses occulte les expériences vécues par les millions de personnes appartenant à des peuples autochtones, pour qui cette rencontre avec le monde industrialisé s'est révélée traumatisante, voire fatale. À quoi ressemble la modernisation, de leur point de vue ? Et si au lieu d'ignorer leurs histoires au prétexte que ces individus seraient des "primitifs" et qu'un tel bouleversement de leurs existences constituerait un "progrès", nous prenions leurs expériences autant au sérieux que les nôtres ? Il me semble que les Lamalériens ont pas mal de choses à apprendre aux citoyens des sociétés soi-disant développées sur ce que nous étions jadis, sur comment nous sommes devenus ce que nous sommes aujourd'hui, et sur qui nous pourrions devenir dans le futur.

En 2014, je suis retourné à Lamalera, cette fois pour y rester plusieurs mois. Bon nombre de choses avaient déjà changé. Mais les Lamalériens ne m'avaient pas oublié et m'ont chaleureusement accueilli.

En tout, j'ai passé presque une année parmi eux pendant que j'écrivais ce livre, à la faveur de six séjours s'étalant de 2014 à 2017, avec une dernière visite en 2018. Tout ce temps, j'ai essayé de m'immerger autant que possible dans la tribu. J'ai participé à des dizaines de chasses, malgré ma propension à "appâter les poissons", expression moqueuse utilisée par les Lamalériens en référence à mon mal de mer. J'ai été le premier étranger à assister à la cérémonie d'Ige Gerek. J'ai cuisiné et mangé de la cervelle de raie manta. J'ai tressé des cordes. J'ai fait de la pêche sous-marine. J'ai dormi dans les maisons des Lamalériens. J'ai fait du troc au marché. Jour après jour, j'ai recueilli les histoires des Lamalériens vivants et celles des Ancêtres.

Il y a chez les gens qui écrivent sur leur immersion dans d'autres cultures une tendance à souligner lourdement combien ils étaient aimés, et à passer sous silence le désordre de la vie quotidienne afin de donner l'impression qu'ils en sont de parfaits observateurs. Même si j'ai eu la chance, juste après que les jeunes de la tribu eurent jeté Frans dans la mer, à l'occasion des festivités en l'honneur du nouveau *Kéna Pukā*, d'être à mon tour "baptisé" comme un membre du clan, il m'est souvent arrivé de me sentir seul et ignorant à Lamalera. Au bout du compte, j'ai vécu une expérience éminemment humaine au sein de la tribu, avec les amitiés, les chamailleries, les réconciliations, les hauts et les bas sociaux dont chacun fait l'expérience en vivant dans un groupe, quel qu'il soit. Je me suis efforcé de faire partie des Lamalériens – plutôt que de les observer d'en haut ou de loin.

Même s'il était impossible d'échapper complètement à mon aveuglement et à mes préjugés d'étranger, j'ai tenté de les minimiser au prix d'un travail de reporter sérieux et scrupuleux. Pour écrire ce récit, j'ai interviewé plus de cent Lamalériens, dont certains des dizaines de fois. Mes notes de repérage dépassent les six cent mille mots. J'ai pris plus de vingt mille photographies. Mes enregistrements audio et vidéo durent plusieurs dizaines d'heures. Je suis l'un des rares étrangers à avoir acquis une réelle maîtrise de la langue lamalérienne, même si je communiquais aussi en bahasa, la langue nationale indonésienne, que je parle couramment. À l'occasion d'une visite à Lamalera en 2017, j'ai vérifié les faits exposés dans ce livre en en soumettant le contenu aux individus décrits au fil de ces pages. Quand cela s'imposait, j'ai intégré leurs suggestions et autres corrections. Je souligne tout cela afin de montrer combien j'ai travaillé dur pour gagner le privilège d'écrire sur des vies très différentes de la mienne.

Pour valider les faits présentés dans cet ouvrage, j'ai eu la chance de pouvoir m'appuyer sur un vaste éventail d'archives. Pour confirmer les dates, j'ai épluché les registres des baptêmes et des enterrements tenus par l'église. Les administrateurs locaux, des maires du village aux directeurs de l'école, ont eu la gentillesse de me donner accès à leurs archives. J'ai également pu consulter deux registres concernant la chasse au cachalot : l'un, public, tenu par un Lamalérien nommé Fransiskus Keraf ; et un autre, privé et plus complet, tenu par un bienfaiteur préférant garder l'anonymat. Pour mieux comprendre les interactions entre les gens de la tribu et les premiers missionnaires, la FAO et le WWF, j'ai consulté les rapports de ces organisations. De nombreux fonctionnaires indonésiens et autres membres des ONG m'ont généreusement permis de les interroger sur leurs expériences avec les Lamalériens. Des piles entières d'articles de journaux et plusieurs films documentaires ont également nourri le présent récit. Et le trésor des recherches universitaires s'est révélé d'une richesse inestimable, notamment les travaux de Robert H. Barnes, David Nolin, Michael Alvard, Kotaro Kojima, Tomoko Egami et Anita Lundberg. Enfin, j'ai eu la chance de pouvoir lire ce que des Lamalériens écrivaient à propos d'eux-mêmes, en particulier la thèse de doctorat de Gregorious Keraf, *Morfologi Dialek Lamalera* [Morphologie du dialecte lamalérien], la monographie en cours d'écriture de Jacobus Blikololong et les travaux de Bona Beding.

Un tel reportage à Lamalera présentait plusieurs défis assez uniques. Le caractère inéquitable de ma richesse disproportionnée d'Américain n'était jamais absent de mes pensées. Toutefois, les Lamalériens ont été assez courtois ou indifférents pour ne le souligner que très rarement. La réalité concrète de ma vie au plus près de la tribu a rendu nécessaire une relation économique plus entremêlée que la normale entre un journaliste et ses sujets. Comme on peut l'imaginer de la part d'un homme séjournant dans une tribu dont la culture accorde une grande importance aux dons réciproques, j'ai échangé pas mal d'objets avec les Lamalériens, notamment des cigarettes, des couteaux, des masques de plongée, des hameçons et d'autres menus articles, ainsi que de modestes sommes d'argent. En échange, on m'a donné du riz, de la viande de cachalot séchée et d'autres produits de première nécessité ainsi que plusieurs autres, moins essentiels, tels que des coquilles de nautiles, des tissages et des *téna* miniatures comme ceux que les gens utilisent lors des cérémonies du Misa Arwah. J'ai donné aux Lamalériens chez qui j'occupais une chambre la même somme d'argent que celle payée par les touristes dans les chambres d'hôtes. J'ai fait de mon mieux pour limiter mes dépenses afin qu'elles restent cohérentes avec mes besoins quotidiens, pour ne pas bouleverser exagérément la vie de qui que ce soit. La seule exception, répétée, c'est quand j'ai donné de l'argent à des familles pour qu'elles transportent un être aimé de l'autre côté des montagnes afin d'y recevoir les soins médicaux dont il avait un besoin urgent. Les destinataires de ces dons n'étaient pas les individus centraux de ce récit. Dans ces cas précis, j'ai choisi d'agir en être humain plutôt qu'en journaliste.

Les Lamalériens qui ont participé à ce projet l'ont fait en sachant qu'ils ne seraient pas rémunérés et qu'ils n'aimeraient peut-être pas ce que j'écrirais sur eux. Ce qui rend d'autant plus généreuses les innombrables heures qu'ils m'ont consacrées. Ils ont supporté mes questions incessantes en partant du principe que le fait de partager leurs histoires permettrait de laisser une trace de leur culture et de donner à voir à ce monde de plus en plus inhospitalier la richesse de leur mode de vie, et de lui montrer pourquoi il fallait leur permettre de continuer à vivre comme ils l'entendent. Dans ces pages, je me suis efforcé de rester autant que possible à l'arrière-plan, dans l'espoir que les lecteurs se souviendront de cet ouvrage en pensant à Jon, Ika, Frans, Ignatius, Ben, aux autres Lamalériens, et aux millions d'autres personnes appartenant à des peuples autochtones qui sont confrontées à des bouleversements semblables. J'espère que les gens écouteront leurs histoires. Ce fut un grand honneur pour moi de les raconter.

Après avoir partagé tant de moments avec des gens d'une autre culture, n'importe qui se surprendrait à adopter leurs manières, leurs pensées et leurs sentiments – une expérience aussi troublante qu'importante, car elle souligne de nouveau le fait qu'aucun mode de vie n'est inéluctable et qu'aucune culture n'a le monopole de la meilleure manière de vivre. J'espère qu'en refermant ce livre les lecteurs seront un peu moins Américains ou Français, ou accrochés à l'identité de la tribu à laquelle ils appartiennent, et un peu plus humains, ouverts à la myriade de possibles qui sont contenus en nous et à la nécessité de tous les examiner. En tout cas, je garde encore en moi le résidu de cette étrange distanciation. Depuis mon retour aux États-Unis, les paroles des Lamalériens résonnent dans mon esprit, rappel constant du fait que les seules autres personnes capables de les comprendre vivent à un demi-monde de là, et qu'il existe beaucoup plus de manières différentes d'être humain que je n'en rencontre dans ma vie quotidienne.

Chaque fois que je repars de Lamalera, les Lamalériens me disent de revenir bientôt "à la maison". Ce mot, *balik*, désignant l'endroit où l'on est chez soi, est un verbe spécial qui condense en un seul mot un sentiment qui nécessite toute une phrase en français pour être explicité – "rentrer à la maison" – tant la tribu s'en sert souvent et tant cette idée résonne chez eux. Je réponds toujours *Goé bera balik* – "Je rentrerai à la maison aussi vite que possible".

REMERCIEMENTS

Longue est la liste de mes dettes, comme on peut s'y attendre pour un livre montrant qu'il faut une communauté tout entière pour vaincre un Léviathan, qu'il soit réel ou métaphorique.

Je tiens d'abord à exprimer toute ma gratitude aux Lamalériens dont ce récit dresse le portrait, eux qui m'ont permis de partager leurs vies avec une générosité sans limites. Nombre d'autres Lamalériens qui ne sont pas décrits dans ces pages m'ont également aidé. Il serait impossible de tous les nommer – j'ai l'impression que les mille cinq cents membres de la tribu qui vivent au village m'ont aidé d'une manière ou d'une autre. Cependant, je tiens à remercier tout particulièrement les maires du village Jeffery Bataona, Thomas Sabon Kĕrofa et Yakobus Dasion pour leur soutien. Quant à Aloysius Gnesser Tapoonã, je ne pouvais rêver meilleur instructeur pour m'enseigner la Voie du *Lamafa*, car peu d'hommes l'ont incarnée aussi parfaitement que lui, et sa mémoire précise a été d'un apport inestimable à l'heure de retracer l'histoire de Lamalera.

J'ai eu la chance que l'incomparable Ben George m'aide à concevoir, éditer et lancer ce projet. Mon éditeur, mon ami, ce fut un honneur de travailler avec toi. Ce livre a grandement profité de l'esprit que tu lui as prodigué, et ma vie a pareillement été enrichie par le temps que nous avons passé ensemble.

Cynthia Saad m'a également apporté une aide éditoriale décisive, et s'est chargée de la production de ce livre.

La formidable équipe de Little, Brown and Company – Reagan Arthur, Craig Young, Maggie Southard, Sarah Haugen, Betsy Uhrig, Dianna Stirpe et tous les autres – est allée bien au-delà de son devoir.

Jim Rutman est le Steve Nash des agents. J'ai également apprécié l'intervention de Brian Egan.

David Nolin mérite toute ma gratitude pour les heures passées à discuter de Lamalera, pour ses commentaires avisés sur une des premières versions du texte et pour avoir partagé certaines de ses informations avec moi. Je le remercie en outre d'avoir cru en ce projet même quand j'étais en proie au doute.

Je suis reconnaissant à Robert H. Barnes de m'avoir accordé une interview et permis d'accéder à ses archives photographiques. Son livre *Sea Hunters of Indonesia* est une pierre de touche qui a inspiré tous les travaux consacrés à Lamalera, y compris le mien. Le petit nombre de fois où je me suis écarté de lui sur des points de détail concernant la culture lamalérienne prouve surtout à quel point l'immense majorité de ses écrits ethnographiques demeurent pertinents des décennies après leur publication.

Jacobus Belida Blikololong a eu la gentillesse de partager avec moi ses souvenirs et son mémoire en cours d'écriture.

Je remercie encore le Programme Fulbright de m'avoir envoyé en Indonésie – et, par ricochet, à Lamalera –, et de m'avoir permis de profiter des conseils et de l'amitié d'Astrid Lim, à l'époque et depuis.

Oscar Hijuelos, Reynolds Price, Darin Strauss et Joseph Ashby Porter sont les premiers à m'avoir encouragé à devenir écrivain. J'espère que ce travail est à la hauteur de leur enseignement.

Ben Vatterot, Liana Engie, Brian Kraft, Rick Ferrera, Gordon LaForge et Elena Fanjul-Debnam ont eu la gentillesse de m'accueillir chez eux, moi qui n'avais que de la viande de cachalot séchée pour les récompenser.

Ce travail a bénéficié des relectures perspicaces de Julie Miesionczek, de Boyce Upholt et de mon épouse. Liana Engie a fourni très tôt un travail d'édition particulièrement utile.

Je dois plus à mes parents que je ne saurais le résumer par écrit, mais en ce qui concerne ce livre, je leur suis particulièrement reconnaissant de m'avoir appris à toujours *essayer* sans relâche, aussi chimérique que puisse être la quête, et de leur amour inconditionnel, qui a souvent adouci mes chutes lorsque je trébuchais.

Et enfin, mais avant tout, toute ma gratitude va à ma première lectrice, ma femme, pour avoir partagé toutes mes aventures proches et lointaines, en traversant les bons et les mauvais moments, au cours de ce voyage mais aussi de cet autre, plus vaste, qu'on appelle la vie. Partout où tu te trouves, c'est chez moi, toujours.

GLOSSAIRE

Orthographier par écrit les mots lamalériens est une tâche difficile, dans la mesure où il n'existe aucun dictionnaire de référence de cette langue. Pour la transcription des termes lamalériens, je me suis appuyé sur les ouvrages suivants : Gregorious Keraf, *Morfologi Dialek Lamalera* (University of Indonesia Dissertation, Jakarta, 1978) ; Peter D. Bataona, *Kamus Istilah Lamalera – Inggris* (Ikrar Mandiriabadi, Jakarta, 2008) ; et Robert H. Barnes, *Sea Hunters of Indonesia* (Oxford University Press, Oxford, 1996). Mais l'orthographe varie parfois d'une source à l'autre : par exemple, ces trois ouvrages écrivent tantôt *"téna"*, tantôt *"tena"* ou *"ténã"*. Et les Lamalériens eux-mêmes sont peu rigoureux dans leur orthographe : Jon écrit ainsi indifféremment son nom "Yohanez" ou "Yohanes".

Par conséquent, j'ai le plus souvent adopté les formes proposées par Barnes, les considérant comme le meilleur exemple de la manière dont un anglophone de naissance, et anthropologue de profession, se représentait ces mots, et me suis appuyé ensuite, à certains moments, sur les travaux de Keraf et Bataona. Mais il y a de nombreuses exceptions à cette règle. Les Lamalériens n'écrivent pas leurs noms avec des accents, si bien que j'ai adopté l'orthographe qu'ils utilisent plutôt que les noms accentués proposés par Barnes pour désigner les clans et les individus. Barnes a travaillé à Lamalera près de trois décennies avant moi, et l'orthographe et les tournures de phrases qu'il utilise m'ont parfois semblé démodées : à plusieurs endroits, je me suis donc permis de les moderniser. Quant aux mots qui n'avaient encore jamais été documentés, je me suis efforcé de les transcrire en m'appuyant sur le système d'accentuation proposé par Barnes – mais il me faut reconnaître que je ne suis pas un linguiste professionnel.

Ata mola : charpentier de marine.

Auto : terme désignant les autocars qui transportent les Lamalériens entre leur village et la capitale, Lewoleba. Il s'agit souvent de camions-bennes reconvertis.

Baleo : l'appel qui convoque les Lamalériens sur la plage pour aller chasser le cachalot.

Bĕfãnã : don de viande de cachalot prélevé sur la portion revenant de droit à un individu ou *umã*, incarnation de l'injonction adressée aux Lamalériens par les Ancêtres, les invitant à partager leur bonne fortune.

Bĕlelã : raie manta océanique (*Mantis birostris*).

Bereung alep : second harponneur d'un *téna* ou d'un *jonson*, expression signifiant littéralement "l'ami du *lamafa*".

Boli Sapang : le *téna* du clan Hariona, à bord duquel Jon embarque habituellement.

Bōu : diable à nageoires courtes (*Mobula kuhlii*).

Demo Sapang : le *téna* de la branche du clan Blikololong à laquelle appartient Ignatius.

Dolo : danse traditionnelle lamalérienne, toujours pratiquée lors des cérémonies et des grandes fêtes.

Dpa : unité de mesure lamalérienne, qui va du centre de la poitrine d'une personne à l'extrémité de son bras tendu, en usage avant l'introduction du système métrique, et à laquelle les Lamalériens ont encore parfois recours.

Duri : grand couteau lamalérien, fabriqué par les forgerons de la tribu, dont la lame mesure environ soixante centimètres.

Hâmmâlollo : plateforme du harponneur fabriquée en bambou, qui s'avance au-dessus de la proue des *téna*.

Ige Gerek : l'Appel aux Baleines, cérémonie animiste dirigée par les Seigneurs de la Terre chaque année à la fin du mois d'avril pour faire venir les cachalots.

Jonson : petite embarcation moderne des Lamalériens, propulsée par un moteur hors-bord.

Kãfĕ kotekĕlema : le grand harpon, utilisé pour tuer les cachalots.

Kebako Pukã : *téna* originel à bord duquel les Lamalériens ont fui leurs terres ancestrales ravagées par un tsunami. Tous les *téna* actuels sont fabriqués en reproduisant ses caractéristiques.

Kefela : terme lamalérien désignant les habitants des montagnes, parfois utilisé comme une insulte au sein de la tribu.

Kélik : portion de viande donnée au *lamafa*, qu'il ne peut manger lui-même et doit offrir à quelqu'un, sous peine d'être maudit.

Kéna Pukã : *téna* du clan Mikulangu Bediona, auquel appartient Frans.

Kotekĕlema : le cachalot, également désigné par l'expression "Don des Ancêtres" ou son nom scientifique, *Physeter macrocephalus*.

Labalekang : nom du volcan dominant Lamalera. Parfois désigné par le nom plus formel d'Ile Labalekang.

Lamafa : premier harponneur d'un *téna* ou d'un *jonson*.

Léfa : la Saison de la Mer ouverte, de mai à septembre, une fois la mousson terminée, où les cachalots se rassemblent au large de Lamalera et où le temps clément est propice à la chasse. L'essentiel des prises annuelles de cachalots par les Lamalériens a lieu à cette époque, même s'il leur arrive de chasser le reste de l'année quand l'occasion se présente.

Leka : le droit du *lamafa* à diriger un bateau, symbolisé par le fait qu'il entrepose ses harpons à bord. Ce droit se conserve à vie.

Lika Telo : les "Trois Grands" clans, descendants directs des fils de Korohama. Ils forment l'aristocratie de la société lamalérienne, et leurs chefs remplissent d'importantes fonctions civiles et traditionnelles.

Materos : terme générique désignant les membres d'équipage d'une embarcation de chasse à la baleine, des pagayeurs aux matelots chargés d'écoper.

Misa Arwah : messe catholique qui suit la cérémonie d'Ige Gerek.

Mōku : diable de mer géant (*Mobula diabolus*).

Munga : unité de six, fondement du système de comptage lamalérien et de l'économie de troc locale.

Nuba Nara : pierres sacrées abritant le pouvoir des Seigneurs de la Terre.

Oa : danse lamalérienne désormais disparue, à laquelle se livraient jadis, pour se séduire, les couples d'amoureux tous les samedis soir sur la place du village.

Seigneurs de la Terre : terme désignant les chefs du clan Wujon, premiers habitants de Lamalera, qui ont encore la réputation de posséder des pouvoirs chamaniques, et notamment celui de faire venir les cachalots.

Sirih pinang : mélange de noix de bétel, de piments et de corail séché et broyé consommé par les femmes de Lamalera, qui, lorsqu'on le mâche, provoque un léger étourdissement semblable à celui du tabac. En offrir à des invités est une marque d'hospitalité traditionnelle dans tout l'Est indonésien et, dans ces circonstances, les hommes aussi peuvent en prendre.

Talé tou, kemui tou, onã tou, mata tou : dicton hérité des Ancêtres qui signifie : "Une famille, un cœur, une action, un but". Il rappelle aux Lamalériens que l'unité de la tribu passe avant tout le reste.

Téna : grande pirogue traditionnelle de chasse au cachalot des Lamalériens.

Tobo Nama Fata : le "Conseil sur la Plage" qui se tient chaque année avant Ige Gerek et au cours duquel les Lamalériens fixent les règles de la chasse pour l'année à venir.

Tuak : alcool de palme.

Umã : portion individuelle de viande de cachalot récompensant le travail des hommes à bord du *téna* ou leur appartenance au clan. Élément fondamental du concept lamalérien de propriété.

VJO : nom du *jonson* que Jon commandait et entretenait pour le compte de Salés.

NOTES

Prologue

1. ***Baleo ! Baleo !...*** “La chasse est lancée !” en lamalérien. Les Lamalériens parlent un dialecte du lamaholot, langue confinée aux quelques îles entourant Lembata, dialecte que je désigne dans ce livre sous le terme “lamalérien”. Le lamaholot compte quelque deux cent mille locuteurs pratiquant un nombre incertain de dialectes – probablement plusieurs dizaines (Gary F. Smith et Charles D. Fennig (dir.), *Ethnologue : Languages of the Word*, édition en ligne, http://www.ethnologue.com/language/slp). Bon nombre d’entre eux sont incompréhensibles pour les locuteurs des autres dialectes. Pour citer Hanna Fricke, de l’université de Leiden, seule linguiste effectuant des recherches sur le lamaholot parlé à Lembata : “Le lamaholot est un continuum dialectal, au sein duquel plusieurs dialectes diffèrent presque autant que des langues distinctes, de telle sorte qu’il arrive que les Lamalériens ne comprennent pas une personne qui a pourtant grandi à quelques villages à peine de chez eux” (entretien avec l’auteur, 9 mai 2016). En tout cas, cela correspond à ma propre expérience de cette langue, raison pour laquelle j’ai choisi dans le présent ouvrage d’honorer le dialecte des Lamalériens en parlant de “lamalérien” et non pas de “lamaholot”.
2. **... les mille cinq cents âmes du village...** Lamalera comptait mille cinq cent trois habitants en juillet 2017, selon les recensements officiels de Lamalera A et de Lamalera B. Ce chiffre n’inclut pas la population du hameau de montagne voisin de Lamamanu, qui dépend de Lamalera d’un point de vue administratif mais se caractérise par une culture et des moyens de subsistance différents. Sur cette population, trois cent trois hommes étaient enregistrés comme pêcheurs.
3. **Le Léviathan était à peu près aussi long que le *téna*...** Lorsqu’il s’est agi de rapporter la taille des cachalots, je me suis appuyé sur les archives publiques tenues par Fransiskus Keraf, instituteur de Lamalera, qui mesurait toutes les prises avec un mètre-ruban. J’ai également eu accès à d’autres archives, privées celles-ci, tenues par un habitant du village qui préfère rester anonyme. Puisqu’il est

impossible de déposer un cachalot sur une balance, les baleiniers se fient depuis toujours à cette formule que j'ai reprise à mon compte : trente centimètres de longueur équivalent à une tonne.

1. L'odyssée des Lamalériens

1. **L'odyssée des Lamalériens...** Ce chapitre est fondé sur des entretiens réalisés avec les membres de l'expédition. Il s'appuie en outre sur un article publié par l'anthropologue Anita Lundberg, qui travaillait à Lamalera à l'époque ("Being Lost at Sea : Ontology, Epistemology, and a Whale Hunt", *Ethnography 2*, n° 4, 2001, pp. 533-556).
2. **... qu'un seul des cachalots qui se réunissaient en bancs au large de cette île...** Voir la discussion, dans les notes relatives au chapitre 4, portant sur la quantité de viande que chaque cachalot pêché peut fournir à la tribu.
3. **... des rares sociétés de chasseurs-cueilleurs encore existantes...** L'expression "chasseurs-cueilleurs" désigne les hommes dont l'existence dépend principalement des ressources sauvages. Les Lamalériens tirent de fait l'essentiel de leur nourriture de la nature, même s'ils pratiquent une forme d'agriculture très limitée et ont commencé récemment à acheter une part minime, mais sans cesse croissante, de leurs vivres à l'extérieur de la tribu. Contrairement à une croyance très répandue, la plupart des chasseurs-cueilleurs d'aujourd'hui ont accès aux outils modernes et une grande partie d'entre eux se livrent depuis des siècles à une activité agricole plus ou moins intensive afin de compléter le fruit de leur chasse et de leurs cueillettes (Richard B. Lee et Richard Daly (dir.), *The Cambridge Encyclopedia of Hunters and Gatherers*, Cambridge University Press, New York, 2004). Plusieurs anthropologues, notamment David Nolin et Michael Alvard, étudient actuellement les Lamalériens, considérés comme un modèle du fonctionnement des sociétés de chasseurs-cueilleurs.
4. **Les trois cents chasseurs de la tribu...** L'usage du mot "tribu" pour décrire les peuples autochtones est chargé de connotations historiques négatives, dans la mesure où il fut employé de manière péjorative au temps de la colonisation, le plus souvent pour justifier les mauvais traitements infligés aux colonisés en les présentant comme des hommes primitifs. Toutefois, j'utilise ici ce terme dans son acception anthropologique, qui désigne un groupe ethnique qui partage un nom et un territoire spécifiques, se définit lui-même par

opposition aux groupes voisins, se divise en plusieurs sous-groupes (des clans, dans le cas des Lamalériens) et se livre collectivement aux activités essentielles telles que la chasse, le commerce, l'agriculture et les cérémonies traditionnelles. Cette définition correspond parfaitement aux Lamalériens. En outre, ces derniers se désignent eux-mêmes comme *lefo*, en lamalérien, ou *suku*, en bahasa indonesia, deux termes qui peuvent se traduire par "tribu".

5. **... ce qui fait des Lamalériens le dernier peuple dont la subsistance dépend véritablement de la chasse à la baleine...** Une poignée de peuples autochtones chassent encore un petit nombre de baleines au Canada, au Groenland, aux États-Unis et ailleurs, en s'appuyant sur un mélange de techniques traditionnelles et modernes. Cependant, dans la plupart des cas, cette chasse revêt une importance davantage culturelle qu'alimentaire, dans la mesure où les peuples concernés tirent l'essentiel de leurs calories d'autres ressources. La pêche à la baleine industrielle est limitée pour l'essentiel aux flottes russe et japonaise, qui ont recours à des harpons à tête explosive pour massacrer un grand nombre de cétacés dans les eaux de l'Arctique et de l'Antarctique grâce à des dérogations accordées sous prétexte de "recherches scientifiques" dans le cadre de la Convention internationale pour la règlementation de la chasse à la baleine, bien qu'en réalité la viande pêchée soit presque intégralement consommée. Aucun peuple autochtone ne dépend donc autant de cette pêche que les Lamalériens, pour qui les cachalots représentent la principale source de nourriture et le cœur même de leur identité culturelle.
6. **... ce qui signifie que la tribu n'a qu'un impact limité sur la population mondiale de cette espèce...** Le nombre total de cachalots à l'échelle de la planète est quasiment impossible à déterminer avec exactitude car les mouvements de ces animaux sont difficiles à suivre. Mais les spécialistes estiment généralement leur population mondiale à trois cent soixante mille spécimens (Hal Whitehead, "Estimates of the Current Global Population Size and Historical Trajectory for Sperm Whales", *Marine Ecology Progress Series* 242, 2002, pp. 295-304). D'autres estimations avancent le chiffre d'un million d'individus. L'Union internationale pour la conservation de la nature, dont la liste rouge constitue l'inventaire scientifique mondial le plus complet de l'état de conservation global des espèces végétales et animales, qualifie le cachalot d'espèce "vulnérable". Mais l'Endangered Species Act, loi fédérale des États-Unis votée en 1973 pour protéger les espèces dont les populations sont menacées de disparition, définit le cachalot comme une "espèce en danger" nécessitant la mise en place d'une protection juridique.

7. **En 2009, un rapport de l'ONU soulignait qu'une grande partie des 370 millions d'individus appartenant à des peuples autochtones...** Selon une estimation du Département des affaires économiques et sociales de l'ONU, publiée en 2009 dans un rapport de l'Instance permanente sur les questions autochtones intitulé *The State of the World's Indigenous Peoples* (p. 8).
8. **... chacun, qu'il appartienne à une société industrialisée ou traditionnelle...** Quand j'utilise l'expression "société traditionnelle" dans le présent ouvrage, je fais référence aux sociétés passées ou présentes dont la population va d'une douzaine à plusieurs milliers d'individus qui vivent de la chasse et de la cueillette, de l'agriculture ou de l'élevage, et qui n'ont subi que de manière marginale l'influence des sociétés industrialisées. Il n'existe sans doute plus aucun groupe sur terre qui n'ait pas été affecté dans une certaine mesure par le monde moderne – le survol de certaines tribus reculées d'Amazonie suggère ainsi qu'elles ont importé le bananier, espèce non endémique –, si bien qu'il vaudrait peut-être mieux parler de sociétés "en transition" que de sociétés "traditionnelles". Par opposition, les sociétés modernes ou occidentales sont celles qui sont dirigées par un gouvernement national et fonctionnent grâce une économie industrielle.
9. **Il y avait autant de chants que de types de proies...** Je me suis librement inspiré des traductions de Barnes pour les chants figurant dans ce récit, les modifiant parfois légèrement pour souligner certains éléments qui ne me semblaient pas suffisamment mis en avant dans ces traductions.
10. **... il s'agissait des *leo* du *téna*...** Chaque *téna* emporte deux types de *leo* : la principale, aussière épaisse destinée aux cachalots et aux raies manta, et une autre, plus fine, pour les proies plus modestes.
11. **... dont les âmes étaient entremêlées à celles des Maisons des Esprits des différents clans du village...** C'est pour cette raison qu'au Temps des Ancêtres on rapportait chaque soir les *leo* à la maison. D'où le terme *baleo* – contraction de *ba*, "apporter", et *leo*, "Corde-Esprit" –, qui signifie littéralement "porter le *leo*" depuis la Maison des Esprits pour aller chasser le cachalot. De nos jours, en revanche, les cordes restent à bord des *téna*.
12. **... empoignant des requins-tigres par la queue pour les traîner jusqu'au rivage, avant de les achever à coups de gourdin...** Robert H. Barnes, *Sea Hunters of Indonesia,* Oxford University Press, Oxford, 1996, p. 170.
13. ***Talé tou, kemui tou, onã tou, mata tou* – Une famille, un cœur, une action, un but...** Littéralement, ce dicton signifie : "Une corde, un nœud, une unité, une action." Barnes présente pour sa part la

version archaïque de cette expression. Mais d'après les souvenirs des Lamalériens rencontrés par l'auteur du présent ouvrage, leurs grands-parents n'utilisaient que rarement cette version ancienne et la formulation actuelle était déjà la plus populaire à l'époque.

2. Jouer dans le cimetière des cachalots

1. **... empoignait un énorme pénis tranché...** Partout dans le monde, les garçons sont un peu les mêmes. En 1999, alors que l'anthropologue David Nolin s'efforçait de déterminer les quantités de viande consommées à Lamalera, un groupe de jeunes garçons traîna un pénis jusqu'à la balance, pendant que le reste de la tribu était en train de découper un cachalot de grande taille, en criant : "Pèse ça ! Pèse ça !" Nolin se rappelle avoir noté un poids d'environ vingt kilogrammes.
2. **Même lorsque la crise financière en Asie du Sud-Est ravagea les économies de la région...** Dans son essai *A Nation in Waiting : Indonesia's Search for Stability* (Westview Press, Boulder, CO, 2000), Adam Schwartz offre une description détaillée des effets de cette crise sur l'Indonésie.
3. **Quand Jon entra à l'école élémentaire...** Selon le registre de l'école élémentaire de Lamalera A (Hauts de Lamalera).
4. **... bas de Lamalera... partie haute du village...** Les parties haute et basse de Lamalera sont en fait, selon le découpage officiel du gouvernement indonésien, deux villages différents disposant d'administrations distinctes, malgré leur continuité géographique. On les désigne parfois aussi respectivement sous les noms de Lamalera A et Lamalera B. Il ne s'agit pas là d'un simple ordonnancement alphabétique mais d'abréviations de leurs noms indonésiens : Lamalera *atas* ("haut") et Lamalera *bawah* ("bas").
5. **... des anthropologues ont en effet calculé qu'à l'époque...** Michael S. Alvard and David A. Nolin : "Rousseau's Whale Hunt ? Coordination Among Big-Game Hunters", *Current Anthropology 43*, n° 4, août-octobre 2002, pp. 533-559. Complété par des données personnellement fournies par David Nolin, le 17 janvier 2018.
6. **Mais à dix-sept ans – même s'il racontait à tout le monde qu'il en avait deux ans de plus – Jon...** Il s'est rendu compte de son erreur le jour où je lui ai demandé de compter ses anniversaires.
7. **... des plus de treize mille îles qui composent l'Indonésie...** Les estimations du nombre d'îles formant l'archipel indonésien varient

grandement, oscillant entre treize mille pour les plus modestes à plus de dix-sept mille. À l'heure où j'écrivais ces lignes, un recensement officiel était en cours pour déterminer ce nombre avec exactitude.

3. L'anguille dévoreuse d'enfants et la Malédiction de la Chèvre noire

1. **... mais leur arrivée dut avoir lieu peu après janvier 1522...** C'est Jacobus Belida Blikololong, natif de Lamalera et professeur à l'université de Gunadarma, qui suggère cette date dans son excellent article intitulé "Masyarakat Lamalera" (en cours de parution à l'heure où j'écrivais ces lignes). Les preuves qu'il avance, bien qu'indirectes, semblent solides. Pour résumer, quand Magellan et ses hommes passèrent devant Lepan Batan lors de leur tour du monde, en janvier 1522, ils décrivirent cette île comme habitée, ce qui laisserait entendre que le tsunami n'avait pas encore forcé les Lamalériens ou d'autres tribus de la région à s'en aller. En revanche, des documents d'archives montrent qu'en 1525, quand le roi de Larantuka convoqua ses vassaux pour venir l'aider à attaquer un royaume voisin, il engagea un groupe d'hommes "audacieux et assoiffés de sang" qui venaient de s'installer à Lembata après avoir fui un tsunami, quelque part à l'est – il s'agissait probablement des Lamalériens, dans la mesure où ces derniers allaient établir une alliance avec le roi de Larantuka au cours des siècles à venir.
2. **... une vieille mégère sans enfant...** Il existe plusieurs versions concernant le nom de cette femme. La plupart des Lamalériens l'appellent Somi Bola Deran, mais certains affirment qu'elle n'avait pas de nom. Toutefois, toutes mes sources tombent d'accord sur le fait que l'épouse de Korohama s'appelait elle aussi Somi Bola Deran (information que l'on retrouve sous la plume de Barnes). Il est donc possible que les deux femmes aient porté le même nom ou que leurs noms respectifs aient été mélangés.
3. **... ils ne laissèrent qu'une seule chose derrière eux : la vieille mégère...** D'après les Lamalériens, la vieille dame finit par s'échapper de Lepan Batan et tenta de rejoindre les siens, les poursuivant jusqu'à ce que sa chair se pétrifie au cours de son voyage, sur la péninsule d'Ata Dei. Aujourd'hui encore, on peut voir ce rocher à forme humaine, piégé pour l'éternité entre l'avenir et le passé

de sa tribu. Il a donné à cet endroit son nom, en lamaholot : la “péninsule de la personne debout”.

4. **En chemin, ils endurèrent des coups de vent...** On trouvera une description plus détaillée de la fuite des Lamalériens de Lepan Batan jusqu'à Lembata dans les ouvrages *Sea Hunters of Indonesia* de Robert H. Barnes et *Masyarakat Nelayan Lamalera dan Tradisi Penangkapan Ikan Paus* d'Ambrosius Oleonâ (Lembaga Galekat Lefo Tanah, Bogor, 2001).
5. **... l'idylle entre les deux tribus vola en éclats...** Mon interprétation de ce mythe des origines des Lamalériens correspond à celle de Barnes, sauf en ce qui concerne le transfert de pouvoir entre Tana Kĕrofa et Korohama. D'après Barnes, le conflit opposant les Lamalériens à la tribu sur les terres de laquelle ils s'étaient installés éclata le jour où l'une des femmes du clan de Tana Kĕrofa, pilonnant son maïs, abattit par inadvertance son pilon à côté du mortier et écrasa un poussin appartenant aux autochtones. Plusieurs Lamalériens m'ont confié dans de grands éclats de rire qu'il s'agissait là d'un parfait exemple de la tendance qu'avaient leurs aïeux à pratiquer le *teka teke*, c'est-à-dire à inventer des histoires pour dissimuler leurs fautes. Ils m'ont ainsi expliqué que l'image du pilon s'abattant à côté du mortier symbolisait une infraction d'ordre sexuel : l'un des fils de Tana Kĕrofa avait eu des relations avec la fille de l'autre chef. Dans cette version, la rançon-dot exigée par les autochtones et la violente réaction de l'autre tribu font davantage sens que chez Barnes, où la réaction des autochtones semble bien disproportionnée face à la mort d'un malheureux poussin.
6. **... les Wujon et les Tapoonã vivaient plus haut, sur les crêtes du volcan...** À l'époque, la répartition de la population sur l'île de Lembata était fort différente. De nos jours, il y a relativement peu d'habitants dans les montagnes, la majeure partie de la population vivant le long des côtes. Mais quand les navigateurs européens pénétrèrent pour la première fois dans les confins orientaux de l'archipel indonésien, ils se demandèrent pourquoi les autochtones préféraient vivre sur des crêtes inaccessibles plutôt qu'au bord de ces baies paradisiaques – jusqu'à ce qu'ils comprennent que les villages des hauteurs étaient certes plus difficiles d'accès mais faciles à défendre. Des chasseurs d'esclaves faisaient régulièrement des razzias dans ces parages ; le royaume des Iranun, aux Philippines, envoyait des flottes entières de navires de guerre en Indonésie, pour des raids qui duraient parfois plusieurs années. Les tribus voisines s'attaquaient sans cesse, en quête d'un butin matériel et humain – enfants destinés à l'esclavage, femmes à marier. La

tradition largement répandue des chasseurs de têtes exigeait que les familles vengent le meurtre des leurs en s'emparant du crâne des assassins, ce qui engendrait d'interminables guerres cycliques. L'arrivée des Hollandais et des Portugais ne fit rien pour apaiser la situation, puisqu'ils affrontèrent directement certaines tribus, en engagèrent d'autres pour combattre à leur place et se livrèrent à la traite des esclaves jusqu'au XIXe siècle.
Par conséquent, les habitants de Lamalera vivaient alors pour la plupart dans ce qui correspond aujourd'hui à la partie haute du village et au hameau reculé de Futung Lolo. Ces sanctuaires étaient accessibles par un escalier taillé dans les falaises, nommé Géripé, très certainement celui que Korohama dut escalader. Cet escalier vertigineux faisait partie intégrante des défenses de la ville, et les missionnaires qui vinrent plus tard rendre visite aux habitants le décrivaient comme terrifiant. Par la suite, cependant, une fois que les Hollandais eurent pacifié la région, l'escalier de Géripé perdit de son utilité. En 1917, les Hollandais dynamitèrent ses marches et construisirent à la place une voie d'accès plus confortable, pour faciliter l'accès au village de leurs administrateurs. Au début des années 2000, une équipe de briseurs de pierre javanais passa un mois entier à saper les rochers du sentier des Hollandais à coups de masses et de burins, de telle sorte que lorsque le bulldozer arriva il lui fallut moins d'une semaine pour percer une rampe à travers la falaise, reliant entre elles les deux parties du village. En 2017, on pouvait encore emprunter quelques vestiges de l'escalier de Géripé et d'autres sentiers anciens serpentant dans la roche, mais un projet prévoyait de les convertir en chemins bétonnés dès 2018.

7. **... *dpa*...** Barnes, lui, utilise le terme *kesebõ* pour évoquer cette unité de mesure (*Sea Hunters of Indonesia*, p. 105), mais aujourd'hui, tout le monde utilise le mot *dpa*.
8. **L'expression "grand frère"...** Cette distinction est essentielle, au point que le lamalérien et l'indonésien utilisent des pronoms différents selon qu'on s'adresse à un proche plus âgé ou plus jeune que soi.
9. **... un gigantesque mâle dominant de vingt et un mètres de long...** Les spécialistes émettent souvent des doutes sur le fait que la taille des cachalots contemporains puisse dépasser les dix-huit mètres. L'expérience des Lamalériens semble néanmoins démontrer que certains cachalots dépassent les estimations actuelles des chercheurs. Le cachalot qui a tué Gregorious, mesuré par l'instituteur du village et archiviste officiel de la pêche à la baleine, en déplaçant le long du gigantesque corps une corde de dix mètres, faisait plus de vingt et un mètres. Les hommes furent obligés de

monter sur des échelles pour pouvoir le dépecer. En avril 2016, j'ai moi-même vu les Lamalériens mesurer un cachalot mâle de vingt-deux mètres – il s'agissait pour eux d'un animal de grande taille, mais pas exceptionnel. En février 2016, ils en avaient tué un autre d'une taille comparable. En 2007, les Lamalériens avaient pris un cachalot mâle d'une longueur de vingt-cinq mètres. Par ailleurs, j'ai vu le crâne du plus grand cétacé qu'ils aient jamais pris, probablement plus long encore que tous ceux-là, que les Lamalériens gardaient comme trophée pour certaines cérémonies. Quand ils ont tué cet animal dans les années 1970, les chasseurs du village ne l'ont pas mesuré, mais les anciens de Lamalera se souviennent de lui comme étant plus grand que le spécimen de vingt-cinq mètres capturé en 2007. Je peux témoigner que son crâne était beaucoup plus imposant que celui du mâle de vingt-deux mètres pris en avril 2016. Il existe en outre des preuves que, par le passé, des cachalots ont pu atteindre de telles dimensions – le musée de la pêche à la baleine de Nantucket, aux États-Unis, expose par exemple un os de mâchoire de près de cinq mètres et demi de long, ce qui correspondrait à un individu de plus de vingt-quatre mètres.

10. **Maladies et accidents sapèrent alors les membres du clan honni, jusqu'à son extinction...** Barnes rapporte une version de ces événements légèrement différente de celle fournie par mes sources (*Sea Hunters of Indonesia*, p. 71).
11. **... le système d'orientation des Lamalériens est organisé autour des Maisons des Esprits du clan Blikololong...** Voir Barnes, *Sea Hunters of Indonesia*, pp. 74, 165.
12. **Lera Wulan était un dieu aux deux visages qui avait divisé les hommes en deux factions...** "Demon" est ici un nom propre sans aucun lien avec le mot français "démon".
13. **... entre Demon et Paji, chaque camp cherchant à faire couler le sang sur sa Nuba Nara...** On trouvera une description de l'antagonisme entre Demon et Paji dans l'article de Robert H. Barnes, "Construction Sacrifice, Kidnapping, and Head-Hunting Rumors on Flores and Elsewhere in Indonesia" (*Oceania 64*, n° 2, décembre 1993, pp. 146-158).
14. **Dans ses lettres, il raconte avoir appris un jour que les guerriers Lamalériens avaient tué douze hommes Paji...** Ma description du séjour de Bode à Lamalera s'inspire du *Sea Hunters of Indonesia* de Barnes et de ses articles, ainsi que de détails additionnels fournis par les Wujon. Les descriptions de la pratique des chasseurs de têtes et du dieu Lera Wulan sont tirées de l'article de Barnes,

"Construction Sacrifice, Kidnapping, and Head-Hunting Rumors on Flores and Elsewhere in Indonesia".

15. **Pour Sipri, le meilleur moment de l'année...** Certaines descriptions antérieures d'Ige Gerek, notamment celles de Barnes et de plusieurs Lamalériens de souche, étaient incomplètes voire erronées dans leur évocation du rituel secret se déroulant sur les hauteurs du volcan Labalekang. La présentation que j'en donne ici se fonde sur une expérience personnelle, puisque j'ai eu l'honneur d'être le premier étranger à accompagner les Wujon à cette cérémonie. Je me suis en outre basé sur de longs entretiens avec eux et sur une note de Sipri lui-même expliquant par le détail les différentes étapes de ce rituel. Les descriptions antérieures de la seconde partie de la cérémonie, à partir de Fato Kotekĕlema, sont généralement plus exactes, dans la mesure où ces étapes-là se déroulent à proximité du village. Les lecteurs soucieux d'en savoir davantage sur le contexte historique de ce rituel en trouveront une description chez Barnes (*Sea Hunters of Indonesia*, p. 26).
16. **... lors du Tobo Nama Fata, le Conseil sur la Plage...** Ce nom signifie littéralement "s'asseoir dans le champ de maïs", métaphore soulignant le fait que la plage et la mer sont des lieux aussi productifs pour les Lamalériens que les fermes des montagnes le sont pour les peuples d'agriculteurs vivant sur les hauteurs.
17. **... une incantation magique suppliant les esprits de poursuivre la marche...** "Nous apportons la nourriture aux veuves et aux orphelins, sur la plage, qui ont faim et soif. Allons-y ! Allons-y ! Allons-y !" Incantation suivie d'une imitation des trois animaux de la ferme, comme Sipri le fait devant la Pierre Baleine.
18. **... la Maison des Esprits suivante, Pau Lera...** Barnes propose pour sa part l'orthographe suivante : *Pau Lere*, "mangue basse". Toutefois, les Wujon m'ont confirmé le fait que, dans ce cas précis, *pau* signifie "manger" – bien que ce terme puisse effectivement avoir le sens de "mangue" en lamalérien. *Lera* signifie "soleil", comme dans Lera Wulan (ou Lama*lera*), Lera Wulan incarnant les Ancêtres. Par conséquent, l'expression "nourrir les Ancêtres" semble une traduction plus logique de cette étape du rituel que "mangue basse".

    Il est intéressant de noter la présence de plusieurs éléments qui, dans le déroulement d'Ige Gerek, suggèrent que ce rituel existait peut-être sous la forme d'une cérémonie des récoltes, avant que les Lamalériens ne convertissent les Wujon, ces agriculteurs, à la chasse au cachalot. Parmi ces indices figurent les trois cris d'animaux de la ferme entonnés par les Wujon, et le fait que les légendes populaires des Lamalériens décrivent indistinctement Pau Lera comme un buffle d'Asie *et* comme un cachalot – dans une continuité digne de la Sainte-Trinité. En outre, Ige Gerek se déroule pratiquement au même moment que les rituels des récoltes des tribus voisines : il n'aurait donc pas été très difficile de transformer une cérémonie de ce genre en une célébration liée à la pêche, à partir du moment où les Wujon, jadis fermiers des hauteurs, se joignirent aux Lamalériens pour former un seul et même peuple côtier. De telle sorte qu'au lieu de considérer les pratiques religieuses des Lamalériens comme un simple syncrétisme entre l'ancien culte de Lera Wulan et le christianisme, les chercheurs devraient envisager la possibilité qu'un rite agricole plus ancien ait pu exister, formant le soubassement de cette cérémonie.

19. **... il existait de par le monde environ cent mille langues...** Cette argumentation ayant trait au déclin du nombre de langues à l'échelle mondiale s'inspire de l'ouvrage de Daniel Nettle et Suzanne Romaine, *Vanishing Voices : The Extinction of the World's Languages* (Oxford University Press, Oxford, 2002) et de l'essai de John McWhorter, *The Power of Babel : A Natural History of Language* (Harper Perennial, New York, 2003), en particulier du chapitre 7 intitulé "Most of the World's Languages Went Extinct". Ce chiffre de "cent mille langues" est tiré du livre de Robert M. W. Dixon, *The Rise and Fall of Languages* (Cambridge University Press, Cambridge, 2006, pp. 68-73) et de l'essai de McWhorter, *The Power of Babel* (p. 259).

20. **... représentant autant de cultures...** Dénombrer les cultures est une tâche ardue – si complexe, à vrai dire, que les tentatives des anthropologues professionnels débouchent inéluctablement sur une certaine confusion ou des débats sans fin lorsqu'il s'agit de délimiter des frontières précises dans le vaste éventail des différences entre les peuples. Par exemple, à quel moment la culture de Hollywood devient-elle la culture du sud de la Californie, la culture californienne en général, voire la culture américaine dans son ensemble ? Les relations entre les cultures ressemblent davantage aux cercles qui se chevauchent d'un diagramme de Venn qu'à des sphères d'influence clairement séparées.

    Mais si toute tentative de déterminer avec exactitude où finit une culture et où commence une autre se révèle être un vrai casse-tête, il ne fait aucun doute qu'il existe de par le monde une myriade de groupes culturels distincts : des peuples qui possèdent leurs propres traditions, leurs propres croyances, des identités affirmées – et, souvent, des langues distinctes. Du fait que les langues s'imposent comme autant de frontières nettes délimitant l'identité de tel ou tel groupe, elles peuvent servir d'indicateurs pour distinguer les cultures entre elles, d'autant que le nombre de langues existant dans le monde – et leur déclin – a fait l'objet de nombreuses études.

21. **... des idiomes aussi hétérogènes que l'anglais et le mandarin dans des vallées distantes d'à peine quinze kilomètres...** Lembata appartient à ce vaste trésor linguistique. Bien que l'île ne possède que deux langues répertoriées, le kedang et le lamaholot, chacune possède de nombreux dialectes aux différences si prononcées qu'ils s'apparentent en fait à des langues distinctes – c'est notamment le cas du lamalérien (voir note 1 du Prologue).
22. **Au fur et à mesure que l'agriculture se développait ici et là sur tous les continents...** Pour cette rapide esquisse de l'histoire du monde, je me suis appuyé sur les ouvrages suivants : John Darwin, *After Tamerlane : The Rise and Fall of Global Empires, 1400-2000* (Bloomsbury Press, New York, 2009) ; Jürgen Osterhammel et Niels P. Petersson, *Globalization : A Short History* (Princeton University Press, Princeton, 2009) ; Jared Diamond, *Guns, Germs, and Steel : The Fates of Human Societies* (W. W. Norton, New York, 2005) ; et Ian Morris, *Why the West Rules – for Now : The Patterns of History, and What They Reveal About the Future* (Farrar, Straus and Giroux, New York, 2010).
23. **À mesure que les sociétés de chasseurs-cueilleurs rejoignaient les grandes civilisations ou étaient annihilées par celles-ci, le nombre de langues et de cultures ne cessait de décroître...** Pour cette synthèse de l'évolution des sociétés de chasseurs-cueilleurs à travers l'Histoire, je me suis inspiré de *The Cambridge Encyclopedia of Hunters and Gatherers*, sous la direction de Richard B. Lee et Richard Daly ; *Guns, Germs, and Steel* de Jared Diamond ; et *The Lifeways of Hunter-Gatherers : The Foraging Spectrum* de Robert L. Kelly (Cambridge University Press, New York, 2013).
24. **... les chasseurs-cueilleurs occupaient encore un tiers de la planète...** *The Cambridge Encyclopedia of Hunters and Gatherers*, p. 389.
25. **... la présence des Européens se fit épisodique dans l'archipel des îles Solor...** Pour retracer l'histoire de la colonisation portugaise en Indonésie, j'ai puisé dans l'essai de Giles Milton, *Nathaniel's Nutmeg* (Penguin, New York, 2000), et dans *Sea Hunters of Indonesia and Excursions into Eastern Indonesia : Essays on History and Social Life* de Barnes (Yale Southeast Asia Studies, New Haven, 2013), en particulier le chapitre intitulé “Avarice and Inequity at the Solor Fort”.
26. **Les Occidentaux finirent par éviter ces îles, craignant les pratiques cannibales de leurs habitants...** On trouvera une description de la peur qu'inspirait à l'époque aux Européens l'archipel des Solor dans l'article de Barnes intitulé “Construction Sacrifice,

Kidnapping, and Head-Hunting Rumors on Flores and Elsewhere in Indonesia". Le chirurgien de bord d'un navire anglais écrivait alors, au sujet de Lembata et des îles voisines, qu'elles étaient "peuplées de sauvages inhumains, qui ressemblent aux indigènes du Timor par leur apparence physique, et rien d'autre. Quant à leur tempérament, pour ce qu'on en sait, ils sont cruels et assoiffés de sang. Ils parlent une langue qui n'appartient qu'à eux et se déplacent dans le plus simple appareil. [...] Les navires n'osent pas s'aventurer à commercer avec eux". Dans son article "Lamakera, Solor : Ethnohistory of a Muslim Whaling Village of Eastern Indonesia" (*Anthropos 90*, n° 4-6, 1995, pp. 497-509), Barnes évoque l'usage de flèches en os de chèvre chez les habitants des îles Solor.

27. **... un fonctionnaire hollandais notait que l'intérieur de Lembata n'avait pas encore été exploré par les Européens...** Je me suis inspiré du *Sea Hunters of Indonesia* de Barnes pour retracer l'arrivée des missionnaires chrétiens à Lamalera et évoquer les descriptions de Lembata données par les bureaucrates hollandais. J'ai également puisé dans l'article du même auteur intitulé "A Catholic Mission and the Purification of Culture : Experiences in an Indonesian Community" (*Journal of the Anthropological Society of Oxford 23*, n° 2, 1992, pp. 169-180).
28. **Cinq siècles auparavant, des groupes de chasseurs-cueilleurs occupaient l'intégralité du territoire australien...** *The Cambridge Encyclopedia of Hunters and Gatherers*, Introduction, p. 2.
29. **... il ne restait plus que sept mille cent langues environ...** Gary F. Smith et Charles D. Fennig (éd.), *Ethnologue : Languages of the World*.
30. **... la population mondiale communiquera essentiellement en anglais, en mandarin et en espagnol...** Michael Krauss, "The World's Languages in Crisis", *Language 68*, n° 1, 1992, pp. 4-10.
31. **... deux langues et les cultures qui les accompagnent [...] meurent en moyenne chaque mois...** David Crystal, dans *The Cambridge Encyclopedia of Language* (Cambridge University Press, Cambridge, 1987, p. 287).

4. Purification des Mots malfaisants

1. **... les membres du clan Hariona débarquèrent à Lamalera plusieurs générations après Korohama...** Les raisons exactes pour lesquelles

les Hariona ont quitté Lamakera, leur village d'origine, demeurent floues même pour les membres du clan. Krispin m'a ainsi raconté qu'ils avaient dû fuir car leurs voisins leur refusaient l'écorce d'hibiscus nécessaire au tissage des cordes – tout en laissant entendre que ce prétexte invoqué par ses ancêtres symbolisait peut-être un conflit plus grave, de la même manière que les Lamalériens ont caché sous une histoire de poussin tué par un coup de pilon un scandale sexuel qui avait impliqué l'un des leurs à Labala. En fin de compte, les ancêtres du clan Hariona auront réussi à dissimuler la raison exacte de leur exil à Lamalera – à moins que les membres du clan n'aient décidé de garder la véritable histoire pour eux.

2. **... les Hariona avaient agrandi vers la droite leur abri...** Les Lamalériens se repèrent par rapport à la mer, de telle sorte que dans leur système d'orientation l'ouest correspond à la droite.
3. **... la nation musulmane la plus peuplée de la planète...** L'Indonésie est le plus grand pays musulman de la planète. Environ 88 % de ses 250 millions d'habitants sont musulmans, et 10 % sont des chrétiens (*Badan Pusat Statistik*, Recensement indonésien de 2010, http://sp2010.bps.go.id.).
4. **... le noyau surpeuplé du pays...** Java est l'un des endroits les plus peuplés de la planète, avec quelque 150 millions d'habitants entassés sur une île guère plus vaste que la Louisiane. En comparaison, le Nusa Tenggara Timor, la province des Lamalériens, ne compte que 5 millions d'habitants, dont 16 % à peine vivent dans des villes (*Badan Pusat Statistik*, Recensement indonésien de 2010).
5. **... les Lamalériens ont recours à un vocabulaire totalement différent...** Dans son ouvrage *Sea Hunters of Indonesia*, Robert H. Barnes aborde ce sujet de manière incroyablement approfondie dans la section "Prohibitions" du chapitre 15 (p. 295).
6. **Il s'agissait là du rite fondateur de la société lamalérienne : la répartition des *umã*...** La répartition des *umã* est un sujet complexe que je n'ai pu qu'effleurer dans le présent ouvrage. Ceux que cette question intéresse trouveront davantage de détails dans les travaux de Michael S. Alvard : "Carcass Ownership and Meat Distribution by Big-Game Cooperative Hunters" (*Research in Economic Anthropology* 21, 2002, p. 99-132) ; "Rousseau's Whale Hunt ? Coordination Among Big-Game Hunters" (écrit avec David A. Nolin) ; et "The Adaptive Nature of Culture" (*Evolutionary Anthropology* 12, n° 3, 2003, pp. 136-149). Voir aussi la description qu'en donne Barnes dans le chapitre 10 de *Sea Hunters of Indonesia*. La thèse de doctorat de Gregorious Keraf, intitulée *Morfologi Dialek Lamalera* (Université d'Indonésie, Jakarta, 1978), ainsi que l'ouvrage

d'Ambrosius Oleonâ, *Masyarakat Nelayan Lamalera dan Tradisi Penagkapan Ikan Paus*, méritent également d'être consultés pour comprendre la manière dont ces natifs de Lamalera interprètent la répartition des parts, bien que ces deux auteurs y décrivent des pratiques dont ils ont été témoins dans leur enfance, après avoir vécu plusieurs décennies dans de grandes villes d'Indonésie. Comme le fait remarquer Barnes, tous ceux qui ont écrit sur le découpage des proies à Lamalera sont parvenus à des conclusions similaires en ce qui concerne la répartition générale des parts, bien que leurs descriptions diffèrent sur des points de détail.

7. **... qu'on appelait le plus souvent *bĕfãnã*...** Comme les *umã*, la notion de *bĕfãnã* est un sujet extraordinairement compliqué, que je n'ai pu qu'aborder en passant au sein de ce texte. Les travaux les plus approfondis consacrés à la question sont ceux de l'anthropologue David Nolin, qui a passé des mois à enquêter sur la manière dont la viande était distribuée au sein de la communauté, et a pu ainsi mesurer à quel point cette pratique incarnait l'altruisme de cette société. Voir notamment les articles suivants : "Food-Sharing Networks in Lamalera, Indonesia : Status, Sharing, and Signaling" (*Evolution and Human Behavior* 33, n° 4, 2012, pp. 334-345) ; "Kin Preference and Partner Choice : Patrilineal Descent and Biological Kinship in Lamaleran Cooperative Relationships" (*Human Nature* 22, n° 1-2, 2011, pp. 156-176) ; et "Food-Sharing Networks in Lamalera, Indonesia : Reciprocity, Kinship, and Distance" (*Human Nature* 21, n° 3, 2010, pp. 243-268).
   Lorsqu'on parle de *bĕfãnã*, il est important d'établir une distinction entre les *bĕfãnã bela* et les *bĕfãnã kéni* d'un côté, que Barnes décrit comme étant les portions du cachalot réservées à un petit cercle de proches au sein du clan, et de l'autre les *bĕfãnã*, qui sont des portions de viande offertes et largement partagées à l'extérieur du clan. Dans ma description du *bĕfãnã*, je me suis appuyé sur la définition qu'en donne Nolin dans son article "Food-Sharing Networks in Lamalera", à savoir tout morceau de viande destiné à être partagé avec la communauté dans son ensemble.
8. **... 90 % sans doute de la tribu avaient reçu de la viande de cachalot...** David Nolin, communication avec l'auteur, 9 juin 2017.
9. **... des chercheurs ont demandé aux Lamalériens de participer à une expérience baptisée "Jeu de l'ultimatum"...** Les anthropologues ont constaté que les joueurs des pays industrialisés gardaient généralement pour eux 55 à 60 % de l'argent. Par contraste, 63 % des joueurs lamalériens ont partagé équitablement la cagnotte, tandis

que les autres participants ont donné aux autres autant d'argent que les citoyens des pays industrialisés en gardent habituellement pour eux, offrant 58 % de la cagnotte. Michael S. Alvard, "The Ultimatum Game, Fairness, and Cooperation Among Big Game Hunters", chapitre 14 de *Foundations of Human Sociality*, ouvrage édité par J. Henrich, R. Boyd, S. Bowles, C. Camerer, E. Fehr et H. Gintis (Oxford University Press, Oxford, 2004, pp. 413-435). Voir aussi Joseph Henrich *et al.*, "'Economic Man' in Cross-Cultural Perspective : Behavioral Experiments in 15 Small-Scale Societies" (*Behavioral and Brain Sciences* 28, 2005, pp. 795-855).

10. **Les chercheurs ont calculé qu'un cachalot fournit en moyenne six mille huit cents kilogrammes de viande...** Chiffre indiqué à l'origine dans l'article de Tomoko Egami et Kotaro Kojima, "Traditional Whaling Culture and Social Change in Lamalera, Indonesia : An Analysis of the Catch Record of Whaling 1994-2010" (*Anthropological Studies of Whaling*, édité par N. Kishigami, H. Hamaguchi et J. M. Savelle, Musée national d'ethnologie, Osaka, 2013, p. 169). David Nolin a fait ses propres calculs, à ma demande, avec un résultat similaire (communication personnelle avec l'auteur, 17 janvier 2018). On trouvera la quantité moyenne de viande prélevée sur un cachalot dans le tableau n° 2 de l'article de Michael S. Alvard et David A. Nolin, "Rousseau's Whale Hunt ? Coordination Among Big-Game Hunters".

5. C'est comme ça, mon fils, qu'on tue les cachalots

1. **C'est comme ça, mon fils, qu'on tue les cachalots...** Une séquence de la série documentaire *Human Planet* de la BBC consacrée à Lamalera (saison 1, épisode 2, "Oceans : into the Blue", BBC, 2011) prétend retracer le jour où Ben a harponné son premier cachalot. Mais cette scène est forgée de toutes pièces, mêlant des images de Ben à celles d'une autre chasse, de manière à faire croire que c'est lui qui harponne le cachalot en question, alors qu'il n'en est rien. Ben m'a expliqué que l'équipe de tournage du documentaire lui avait demandé de jouer certaines scènes mais qu'il n'avait absolument aucune idée de la manière dont ces images avaient ensuite été montées. Quand j'ai contacté la BBC, les représentants de la chaîne m'ont envoyé la déclaration suivante : "Après examen, la BBC ne

considère pas que le portrait d'un chasseur de baleines de Lamalera nommé Benjamin [sic] Blikololong, censément filmé en train de harponner un cachalot, soit fidèle à la réalité." Suite à cet échange, les dirigeants de la BBC ont retiré de la distribution l'ensemble des épisodes de la série *Human Planet* pour mener à bien un examen approfondi de leur contenu, événement dont la presse britannique s'est largement fait l'écho, dans la mesure où de semblables affabulations avaient déjà été mises en évidence dans d'autres séquences de la série (Press Association, "BBC Shelves Human Planet over Whale Hunting Breach", *The Guardian*, 26 avril 2018).

2. **... l'*oa* se caractérisait par une structure simple et répétitive...** Cette remarque s'applique également à la variante moderne de cette danse, le *dolo*.
3. **... Ben ralentit le *Kanibal* pour que le canot avance tout juste un peu plus vite que le cachalot invisible...** Pendant des siècles, partout dans le monde, de Nantucket à Lamalera, les chasseurs de baleines ont eu recours à cette technique et à des méthodes empiriques pour estimer les déplacements des cétacés lorsqu'ils sondaient.
4. **L'espérance de vie moyenne des hommes indonésiens est de soixante-sept ans...** Banque mondiale, "Life Expectancy at Birth, Male (Years)", https://data.worldbank.org/indicator /SP. DYN. LE00.MA. IN.
5. **... l'intellect des cachalots...** L'ouvrage de référence sur le cachalot est celui de Hal Whitehead, *Sperm Whales : Social Evolution in the Ocean* (University of Chicago Press, Chicago, 2003). On trouvera des explications plus concises et moins académiques dans les articles suivants : "The Lost Culture of Whales" de Shane Gero (*New York Times*, pages "Opinion", 8 octobre 2016 ; "A Conversation with Whales" de James Nestor (*New York Times*, pages "Opinion", 16 avril 2016) ; et "Whales Might Be as Much Like People as Apes Are" de Brandon Keim (*WIRED*, rubrique "Science", 25 juin 2009).

6. Le rire

1. **... les femmes du sud de Lembata se retrouvaient toutes les semaines à l'ombre de cette palmeraie pour y troquer leurs marchandises...** Pour raconter les origines du marché de Wulandoni, je me suis inspiré du récit inédit de Jacobus Belida Blikololong intitulé *Sejarah Pasar Barter Wulandoni*. Non content de puiser dans l'histoire

orale de sa tribu d'origine, Blikololong s'est également rendu à Pantar en 2013 pour interroger les habitants sur ces événements tels qu'ils se les rappelaient. Leur version des faits corroborait celle des Lamalériens. En outre, les gens de Pantar sont de bien meilleurs généalogistes que les Lamalériens, et certains anciens du village étaient encore capables de réciter avec précision les six générations qui s'étaient succédé depuis cet événement fondateur. Blikololong estime ainsi que l'événement en question a eu lieu autour de 1830, ce qui semble cohérent avec d'autres versions de l'histoire évoquant le début du XIXe siècle. Durant son séjour à Pantar, Jacobus est même parvenu à localiser le squelette du guerrier lamalérien en tombant sur une sépulture formée de pierres empilées dans le plus pur style lamalérien à l'orée de la forêt où, selon les récits ancestraux, Dato avait débarqué. Jacobus a alors rapporté ces restes à la Maison des Esprits du clan Blikololong, lors d'une grande cérémonie. Cet épisode est souvent évoqué par les membres de la tribu comme la preuve que les histoires des Ancêtres sont bel et bien réelles. Robert H. Barnes rapporte également une version abrégée de cette histoire dans *Sea Hunters of Indonesia*.

2. **... défièrent les Lamalériens de désigner leur champion en vue d'un duel...** La question de savoir si ce duel visait à décider de la propriété de ce cachalot demeure incertaine. L'enjeu était peut-être plus généralement d'affirmer la domination d'une tribu sur l'autre. À l'époque, il existait une tradition très répandue dans l'archipel des Solor : dès que deux tribus se croisaient, un duel à la machette devait avoir lieu pour honorer Lera Wulan.
   Cette tradition du duel a également joué un rôle crucial dans l'essor de l'islam aux quatre coins des îles Solor. Jacobus Belida Blikololong m'a en effet rapporté des histoires semblant montrer que l'islam se serait répandu grâce à des champions musulmans qui auraient forcé les tribus vaincues à se convertir.
3. **Les animistes ont été contraints d'adopter l'étiquette...** Les tribus d'Indonésie ont une longue histoire de conflits avec le gouvernement central, depuis l'expulsion des habitants de l'île de Mentawai dans les années 1970 (Cain Nunns, "Life on the Mentawai Islands : Displaced, Robbed, and Washed Away", *The Guardian*, 16 novembre 2010) jusqu'aux conversions forcées à l'islam de peuples comme celui des Orang Rimba, qui ont lieu encore aujourd'hui (Rebecca Henschke, "Indonesia's Orang Rimba : Forced to Renounce Their Faith", *BBC News*, 17 novembre 2017).
4. **Les Luki vivaient à Pantai Harapan...** De nos jours, ce village porte deux noms : Pantai Harapan, en indonésien, et Luki, en lamaholot.

5. **L'hostilité entre Nualela et Luki ne datait pas d'hier...** On trouvera une histoire détaillée de la relation ancienne et complexe entre ces deux tribus dans l'article de Barnes intitulé "Construction Sacrifice, Kidnapping, and Head-Hunting Rumors on Flores and Elsewhere in Indonesia" et son ouvrage *Sea Hunters of Indonesia* (pp. 8, 378 et 384).
6. **Mais cette poignée de policiers n'était pas de taille à contenir la foule de Lamalériens...** Ironie de l'histoire : l'unique commissariat de police du sud de Lembata se trouve à Wulandoni, mais ses trois agents brillèrent par leur absence durant ces affrontements. Certains murmurèrent ensuite que ces policiers musulmans étaient de mèche.

7. La Voie du *Lamafa*

1. **Les Lamalériens jugèrent en revanche certaines techniques modernes proposées...** Robert H. Barnes offre une description d'ensemble de ces événements dans le rapport qu'il a rédigé pour le compte du Groupe de travail international sur les affaires autochtones (IWGIA), intitulé *Whaling off Lembata : The Effects of a Development Project on an Indonesian Community* (Copenhague, 1984).
2. **... d'immenses filets dérivants dont les mailles de treize centimètres...** Le calibre des filets dérivants correspond à l'espacement de leurs fils : les maillages larges sont capables de retenir de plus gros poissons mais laissent passer les plus petits d'entre eux.
3. **... une plus grande capacité à retenir leur souffle lorsqu'ils chassent sous l'eau...** Erika Schagatay, Angelica Lodin-Sundström et Erik Abrahamsson, "Underwater Working Times in Two Groups of Traditional Apnea Divers in Asia : The Ama and the Bajau" (*Journal of the South Pacific Underwater Medicine Society* 41, n° 1, 2011, pp. 27-30) ; Megan Lane, "What Freediving Does to the Body" (BBC, *Science and Environment*, 12 janvier 2011) ; et Carl Zimmer, "Bodies Remolded for a Life at Sea" (*New York Times*, 19 avril 2018).
4. **... la pêche commerciale la plus lucrative au monde...** Les valeurs indiquées proviennent d'un rapport publié en 2016 par l'ONG Pew Charitable Trust, intitulé "Netting Billions : A Global Valuation of Tuna" (http://www.pewtrusts.org/en/research-and-analysis/reports/2016/05/netting-billions-a-global-valuation-of-tuna).

5. **Mais au fur et à mesure que les ressources marines les plus proches s'appauvrissaient...** On trouvera une présentation générale de la santé menacée des écosystèmes marins et des pêcheries à l'échelle de la planète dans l'ouvrage de Callum Roberts, *The Ocean of Life* (Viking, New York, 2012). Voir aussi *Four Fish : The Future of the Last Wild Food* de Paul Greenberg (Penguin, New York, 2010).
6. **... les stocks de thons les plus considérables qui restent encore sur Terre...** Rappport datant de 2016 du PEW Charitable Trust, intitulé "Netting Billions : A Global Valuation of Tuna".
7. **... après avoir déjà détruit au passage les atolls intercalés entre leur île d'origine et Lembata...** En 2011, j'ai vécu neuf mois sur l'île indonésienne de Sumbawa, séjour durant lequel je me suis lié d'amitié avec bon nombre de ces pêcheurs, qui m'ont raconté leurs expéditions dans les parages de Florès et des îles Solor. J'ai même passé une semaine en mer avec une équipe de chasseurs sous-marins, qui utilisaient des équipements de plongée bricolés avec des pompes de gonflage pour pneus afin de razzier les fonds coralliens. Même si les hommes que j'ai accompagnés n'avaient pas recours à la dynamite, j'ai pu observer au cours de ce voyage plusieurs de leurs collègues qui faisaient usage de cette technique.
8. **... de près de 87 %, selon certaines estimations...** Les Lamalériens ne tiennent pas un registre aussi précis des raies pêchées qu'ils le font pour les cachalots, de telle sorte qu'il est impossible de donner un chiffre exact. Néanmoins, les scores annuels des Lamakériens, autre tribu de chasseurs au harpon partageant une pêcherie commune avec les Lamalériens, ont été documentés : en 2001, les Lamakériens ont capturé mille cinq cents raies de tous types. En 2014, ils en ont tué deux cents, soit une baisse de 87 %. Ailleurs en Indonésie, les stocks de raies manta ont baissé par endroits de 94 %, et à l'échelle mondiale leur population est en chute libre car leurs branchies sont très recherchées dans la médecine chinoise et elles constituent une prise accessoire malheureusement fréquente des palangriers spécialisés dans la pêche au thon. Sarah A. Lewis *et al.*, "Assessing Indonesian Manta and Devil Ray Populations Through Historical Landings and Fishing Community Interviews", *PeerJ Preprints* 6 (2015) : e1334v1. Voir aussi Claire Maldarelli, "In Indonesia, Authorities Stop Sale of Endangered Manta Rays" (*New York Times*, 30 septembre 2014).
9. **... la viande de haute qualité destinée aux sushis valait parfois plusieurs milliers de dollars la livre...** Associated Press, "A Bluefin Tuna Sells for Record $1.76M in Tokyo" (*USA

Today, 4 janvier 2013, https://www.usatoday.com/story/news/world/2013/01/04/bluefin-tuna-tokyo-sushi/1810557).

10. **La langue des Lamalériens comporte un mot spécifique pour chaque situation...** Voir le glossaire pour plus de précisions sur l'orthographe des termes indonésiens.
11. **Ces termes techniques permettaient à Jon...** Partout dans le monde, les peuples autochtones ont développé des langues tout aussi uniques adaptées à leurs environnements et modes de vie particuliers. Les éleveurs de rennes Sami possèdent ainsi plus de mille mots pour décrire les différents types de rennes, dont un pour qualifier un mâle ne possédant qu'un seul testicule. David Robson, "There Really Are 50 Eskimo Words for 'Snow'" (*Washington Post*, 14 janvier 2013). À quelques kilomètres à peine de Lembata, une tribu des montagnes utilise des verbes distincts pour chaque type de fruit récolté : les habitants ne disent pas "Je ramasse une pomme", mais "Je pomme" (entretien de l'auteur avec Hanna Fricke, 9 mai 2016).

8. Nouvel an

1. **Pour les Lamalériens, le temps s'apparente à une spirale...** La nature fluide du temps à Lamalera est le principal sujet des études d'Anita Lundberg consacrées à la tribu, notamment dans ses articles "Time Travels in Whaling Boats" (*Journal of Social Archaeology* 3, n° 3, 2003, pp. 312-333) et "Being Lost at Sea : Ontology, Epistemology, and a Whale Hunt" (*Ethnography* 2, n° 4, 2001, pp. 533-556).

9. *Nekat*

1. **... suite à la diffusion d'un premier documentaire...** Parmi les plus notables, citons un documentaire réalisé à la fin des années 1980 avec l'aide de Robert Barnes ; une courte séquence de la série *Human Planet* de la BBC, en 2011, consacrée à la tribu, qui fut de nouveau mise à l'honneur dans un documentaire d'une heure de la BBC, *Hunters of the South Sea*, en 2015.

2. **... près de deux cents voyageurs étrangers débarquaient chaque année avec leur sac à dos...** Mon estimation – environ deux cents touristes indépendants par an – s'appuie sur les registres des chambres chez l'habitant, les données que m'a fournies le ministère du Tourisme, un carnet où j'ai moi-même noté chaque touriste rencontré sur place, et les entretiens avec des fonctionnaires du ministère du Tourisme, notamment avec le directeur de l'office du tourisme de Lembata, Antonius Lianurat (9 mai 2016). Il est cependant difficile de déterminer avec exactitude le nombre de touristes indépendants qui se rendent chaque année à Lamalera, car les registres tenus par le gouvernement indonésien et les propriétaires de chambres d'hôtes sont incomplets – l'un d'eux a même brûlé une partie de ses archives à la suite d'une dispute avec le ministère du Tourisme – et le gouvernement, de son propre aveu, n'a pas les moyens de suivre à la trace toutes les personnes qui s'aventurent dans cette région du monde.
3. **... un nombre bien plus élevé d'Indonésiens...** Il est difficile de déterminer combien d'Indonésiens visitent Lamalera dans le cadre de tels voyages organisés car le gouvernement ne comptabilise officiellement que les touristes nationaux qui se rendent à Lembata – et pas dans le reste de l'île. Pour 2014, les archives du ministère du Tourisme font ainsi état de 3 928 touristes indonésiens à Lembata, dont la moitié sont sans doute venus assister à une fête des moissons très populaire, organisée par une autre tribu ; l'autre moitié ont peut-être visité Lamalera ou d'autre sites.

11. Au milieu du typhon de la vie

1. **... l'antenne indonésienne du Fonds mondial pour la Nature (WWF)...** Rapport de Julien Fudge pour l'antenne indonésienne du WWF, *The Solor and Alor Islands – Survey Results : 26 July to 11 August 2007*, septembre 2007.
2. **... visant à faire de cette région une vaste réserve marine reconnue par l'État...** En septembre 2001 et mai 2002, le Fonds mondial pour la Nature (WWF) et l'organisation écologiste The Nature Conservancy (TNC) ont financé des expéditions sur la mer de Savu visant à dresser pour la première fois l'inventaire de la biodiversité dans cette région, notamment celui des populations de cétacés. Grâce à des expéditions annuelles, lors des trois années

suivantes, le WWF et le TNC ont réuni les données scientifiques nécessaires pour justifier la création d'une telle réserve marine, et obtenu le soutien de nombreuses autres ONG, notamment Photovoices International, institution qui aide les peuples autochtones à raconter eux-mêmes leurs histoires en leur fournissant des appareils de prise de vue et une formation en photographie. Ces efforts communs ont débouché sur plusieurs rapports, dont *The Solor and Alor Islands – Expedition Results and Data Collected During 2 Reconnaissance Trips : 9-12 September, 2001 and 7-19 May, 2002*, sous la direction de Lida Pet-Soede, dans le cadre du programme Wallacea organisé par l'antenne indonésienne du WWF et The Nature Conservancy ; ainsi que *Alo Rapid Ecological Assessment – Cetacean Component : Visual and Acoustic Cetecean Surveys and Evaluation of Traditional Whaling Practices, Fisheries Interactions, and Nature-Based Tourism Potential, October 2001 and May 2002 Survey Periods*, de Benjamin Kahn, pour le compte de ces mêmes organisations. Voir également les rapports de Benjamin Kahn, *Indonesia Oceanic Cetacean Program Activity Report*, publié par The Nature Conservancy en mai 2004 ; *Indonesia Oceanic Cetacean Program Activity Report : April-June 2005* (Apex Environmental, Cairns, 2005) ; et *Solor-Alor Visual and Acoustic Cetacean Surveys*, pour le Southeast Asia Center for Marine Protected Areas de l'organisation The Nature Conservancy (Apex Environmental, Cairns, 2003).

3. **... les membres de la tribu craignirent que le WWF ne cherche à son tour à interdire la chasse...** Je m'appuie ici sur de longs entretiens avec plusieurs Lamalériens. Voir également l'article d'Eugenis Moa, "Tanpa Kotekelema, Lamalera Akan Mati" (*Pos Kupang*, 26 mai 2007).
4. **... qu'ils voulaient seulement aider les Lamalériens à mettre en place des charters de pêche au thon et des entreprises d'écotourisme...** Entretien avec Zakarias Atapada, représentant du WWF à Lamalera à l'époque, 29 août 2017 ; correspondance avec plusieurs représentants du WWF, janvier 2018.
5. **... les gens du WWF organisèrent une réunion avec les Lamalériens...** Le conflit entre le WWF et les habitants de Lamalera a été abondamment couvert par les médias indonésiens : Lorensius Molan, "Konservasi Laut Sawu Dan Kegusaran Nelyan Lamalera" (*Antara Sumber*, 26 mars 2009) ; "Masyarakat Lamalera Tolak Konservasi Paus" (*Kompas*, 23 mars 2009) ; "Laut Sawu Sebagai Kawasan Konservasi" (*Pos Kupang*, 3 mai 2009) ; Pewarta, "Tiap Tahun, Nelayan Lamalera Tangkap 20 Ikan Paus" (*Antara*, 23 mars

2009) ; "Nelayan Lamalera Tidak Dilarang Tangkap Paos" (*Antara*, 29 juin 2009). (Il est fréquent que des articles de journaux indonésiens ne soient pas signés du nom de leur auteur, et certains Indonésiens ne possèdent qu'un seul nom, ce qui explique le format inhabituel de certaines références.)
Un rapport publié par le Working Group Conservation for People, organisation de défense des droits des peuples autochtones, s'est montré extrêmement critique vis-à-vis des ONG internationales et du gouvernement indonésien, les accusant de faire preuve de discrimination et même de violer le droit des hommes à disposer d'eux-mêmes : voir Ruddy Gustave et Ahfi Wahyu Hidayat, *Politik Konservasi Laut Sawu : Antara Menyelamatkan Ekologi Laut dan Harapan Orang Kalah* (Working Group Conservation for People, Denpasar, 2009). J'ai eu l'occasion de m'entretenir à plusieurs reprises avec Ruddy Gustave ainsi qu'avec Benjamin Kahn.

6. **... la création d'une réserve marine ne limiterait pas l'activité de chasse des Lamalériens...** Le WWF a en outre publié un communiqué à ce sujet : *WWF Position Statement, 63rd International Whaling Commission (IWC) Meeting, Jersey, 11-14 July, 2011.*
7. **... le WWF envoya au village une équipe de relations publiques...** "Nelayan Lamalera Hadang Tim WWF" (*Aktualita NTT*, 2 avril 2009).
8. **... ses frontières contournaient les parages de Lamalera...** "Lembata Tak Masuk Konservasi Laut Sawu" (*Spirit NTT*, 22 août 2009). Voir aussi Kunto Wibisono, "Lamalera Tidak Masuk Kawasan Konservasi TNLS" (*Antara*, 24 mai 2009).
9. **"C'est ce que le WWF est en train de réaliser dans la région !"** Pendant des années, les représentants du WWF ont minimisé l'importance de ce conflit en le présentant comme un regrettable malentendu et ont affirmé qu'il avait été causé par une petite ONG britannique qui cherchait à imposer un plan où l'observation des cachalots remplacerait la chasse, plan que les Lamalériens auraient attribué par erreur au WWF. Néanmoins, des rapports commandés plusieurs années auparavant par le WWF avaient déjà envisagé cette possibilité. Pour citer la conclusion d'un rapport de 2002 : "Un basculement de la chasse au cachalot traditionnelle vers une activité d'observation des cétacés gérée par la communauté devrait être sérieusement étudié" (*The Solor and Alor Islands – Expedition Results and Data Collected During 2 Reconnaissance Trips : 9-12 September, 2001, and 7-19 May, 2002*, sous la direction de Lida Pet-Soede, pp. 18-20). Quand j'ai contacté l'antenne indonésienne du WWF en lui soumettant ses

propres rapports et communications internes, une porte-parole de l'organisation a reconnu que l'ONG n'avait pas joué franc jeu avec les Lamalériens et que, sous prétexte de les aider à mettre en place des entreprises d'écotourisme et de pêche au thon, elle voulait en fait pousser la tribu à moins chasser au harpon (correspondance avec Dewi Satriani, directrice de la communication, WWF Indonesia, 23 janvier 2018).

10. **... Tout le monde en aurait profité...** David Nolin, un anthropologue qui vivait au sein de la tribu à l'époque et a assisté à ce conflit, était du même avis. Voici ce qu'il m'a écrit : "Si [les gens du WWF] avaient abordé [les Lamalériens] avec un message du genre 'Les eaux lamalériennes pour les pêcheurs lamalériens', ils auraient eu beaucoup plus de succès. Au lieu de quoi, leur technique de 'socialisation' a consisté à se pointer et à annoncer aux gens ce qui était déjà plus ou moins considéré comme une affaire conclue, plutôt que d'écouter et d'intégrer à ce projet les préoccupations des habitants."
11. **"Ce sont les personnes les plus vulnérables sur cette planète qui paient actuellement le prix de la préservation de l'environnement"...** John Vidal, "The Tribes Paying the Brutal Price for Conservation" (*The Guardian*, 28 août 2016).
12. **Pour les Lamalériens, l'idée même de protection de l'environnement n'a aucun sens...** On trouvera un exemple de cette conviction dans un entretien avec Bona Beding, dans l'article d'Anastasia Ika, "In Lamalera, an Ancient Whale Hunting Tradition Continues" (*Wall Street Journal*, 5 novembre 2014).
    Alors que j'aidais l'un des producteurs de la série documentaire de la BBC *Hunters of the South Seas* en 2014, j'ai servi d'interprète lors d'une conversation au cours de laquelle cet Anglais tentait de forcer un baleinier à reconnaître l'intérêt de la préservation de l'environnement en évoquant toute une série de situations où il semblait de plus en plus répréhensible de tuer un cachalot : d'abord, s'il s'agissait d'une femelle portant un petit ; puis, si la tribu avait déjà pris plusieurs dizaines de cétacés cette année-là ; enfin, si le cachalot en question était le dernier sur cette planète. Le *lamafa* répondait sans hésitation que, dans tous ces cas, il harponnerait les cachalots car ils étaient les Dons des Ancêtres et ne disparaîtraient jamais – sauf si les Ancêtres étaient fâchés. Cette conversation m'a ouvert les yeux sur le fossé insurmontable qui existe entre la plupart des écologistes et les anciens de Lamalera. Certains jeunes de la tribu portent en revanche un regard plus scientifique sur la préservation des écosystèmes et sont conscients des dangers liés à la surpêche.

13. **... des études menées par la Banque mondiale et d'autres institutions...** Claudia Sobrevila, *The Role of Indigenous Peoples in Biodiversity Conservation : The Natural but Often Forgotten Partners* (Banque mondiale, Washington, 2008). Voir également Jason Clay, Janis Alcorn et John Butler, *An Analytical Study for the World Bank's Forestry Policy Implementation Review and Strategy Development Framework* (Banque mondiale, Washington, 2000).
14. **... les peuples autochtones ont l'impression de mener une existence plus épanouissante que celle des citoyens des pays industrialisés...** Pendant des siècles, la vision que les sociétés occidentales ont eue de la vie des communautés de chasseurs-cueilleurs pouvait se résumer à cette description qu'en donnait le philosophe Thomas Hobbes : "pauvre, désagréable, brutale et brève". Mais au milieu des années 1960 une multitude d'observations réalisées sur le terrain par des anthropologues ont commencé à montrer que le mode de vie de ces peuples était meilleur qu'on n'aurait pu le croire – à vrai dire, il était si bon que certains anthropologues allaient jusqu'à voir dans ces communautés "la société d'abondance originelle", en expliquant que l'existence des hommes y était plus riche d'un point de vue spirituel et qu'ils ne consacraient que quatre à cinq heures chaque jour au travail. Marshall Sahlins, "Notes on the Original Affluent Society", in *Man the Hunter*, sous la direction de R. Lee et I. DeVore (Aldine Publishing, Chicago 1968) ; et Marshall Sahlins, *Stone Age Economics* (Aldine Publishing, Chicago, 1972).
Depuis, les chercheurs ont un peu nuancé cet enthousiasme, en soulignant que les chasseurs-cueilleurs travaillaient sans doute plus dur que ces premiers rapports ne le laissaient entendre – mais tout de même beaucoup moins que les citoyens des pays développés. David Kaplan, "The Darker Side of the 'Original Affluent Society'" (*Journal of Anthropological Research 56*, n° 3, 2000, pp. 301-324). Reste que l'affirmation selon laquelle la vie des êtres humains est à bien des points de vue plus difficile depuis qu'ils ont abandonné leur mode de vie de chasseurs-cueilleurs est désormais communément admise au sein de la communauté des chercheurs. John Lanchester, "How Civilization Started : Was It Even a Good Idea ?" (*New Yorker*, 18 Septembre 2017).
S'appuyant sur des décennies de recherches menées dans différentes disciplines, Jared Diamond dresse dans son ouvrage *The World Until Yesterday : What Can We Learn from Traditional Societies ?* (Viking, New York, 2012) un tableau d'ensemble des différences entre sociétés traditionnelles et sociétés développées. Il

édicte également une série de leçons que les sociétés développées devraient retenir de leurs cousines traditionnelles (par exemple, les liens sociaux plus étroits qui caractérisent en général ces dernières), tout en rappelant aux citoyens des pays industrialisés que leur mode de vie moderne comporte bien des avantages matériels. Dans son essai *Tribe : On Homecoming and Belonging* (Twelve, New York, 2016), Sebastian Junger examine les avantages qu'offre la vie tribale à ses membres en termes de santé mentale, notamment dans le cas des vétérans qui reviennent de la guerre.

15. **... les chasseurs-cueilleurs travaillent environ vingt heures par semaine...** Cette estimation est en dessous de la réalité chez les Lamalériens pendant la saison de la chasse, mais exacte le reste de l'année, lorsqu'un homme pêche à peu près trois jours par semaine puis consacre les autres à de menus travaux, comme le ramandage des filets.

12. Le nouveau *Kéna Pukã*

1. **Aujourd'hui, les Lamalériens sont le dernier peuple connu à l'utiliser de manière systématique...** J'ai eu la chance de pouvoir m'entretenir avec l'anthropologue Daniel Dwyer à Lamalera, le 1er mai 2015. Il m'a montré en personne les grands principes de la construction des *téna* et m'a expliqué qu'il s'agissait là des dernières pirogues fabriquées régulièrement selon cette technique si particulière des tasseaux intégrés. *The Lashed-Lug Boats of the Eastern Archipelagos* de G. Adrian Horridge (National Maritime Museum, Greenwich, 1982) demeure l'ouvrage de référence sur ce type de bateau. Voir aussi Adrian Horridge, *The Prahu : Traditional Sailing Boats of Indonesia* (Oxford University Press, 1986). Dans son livre *Sea Hunters of Indonesia* (p. 204), Robert Barnes aborde également ce sujet avec une grande pertinence.
2. **Il se demandait même si leurs cerveaux ne fonctionnaient pas différemment du sien...** Il est évidemment impossible d'aborder un problème d'une telle ampleur dans un espace aussi restreint. Néanmoins, des chercheurs ont découvert qu'une exposition prolongée aux écrans d'ordinateurs, de téléviseurs et de téléphones portables affecte bel et bien le cerveau des plus jeunes (Jon Hamilton, "Heavy Screen Time Rewires Young Brains, for Better and Worse", NPR.com, 19 novembre 2016), que les citoyens des pays

développés les plus riches ont davantage de risques de souffrir du syndrome de stress post-traumatique et de dépression (Sarah Boseley, “PTSD More Likely to Afflict People in Affluent Societies, Scientists Say”, *The Guardian*, 27 juillet 2016), et que les chasseurs-cueilleurs sont mieux adaptés aux divers aspects de l’environnement naturel. C’est vrai d’un point de vue physiologique, parce qu’ils ont sans doute acquis au cours de leur évolution dans la forêt une ouïe et d’autres sens plus sensibles, mais aussi d’un point de vue culturel, avec l’avantage que leur offrent notamment leurs langues ultra-spécialisées (Joanna Klein, “They Hunt. They Gather. They’re Very Good at Talking About Smells”, *New York Times*, 19 janvier 2018). Enfin, des éléments de plus en plus nombreux semblent établir qu’il existe des différences fondamentales entre les hommes et les femmes qui continuent de vivre comme le faisaient les ancêtres de l’humanité actuelle et ceux et celles qui doivent supporter les contraintes d’une société industrielle.

13. Contre le Léviathan

1. **Le gouverneur de la province devait bientôt annoncer un plan visant à accroître la fréquentation touristique à Lamalera...** “East Nusa Tenggara to Promote Traditional Whaling”, *Tempo*, 5 mai 2016. En réalité, le nombre de touristes visitant Lamalera allait légèrement décliner.
2. **... comme en attestent un grand nombre d’études médicales...** Voir la note du chapitre 11 comparant les avantages et les désavantages respectifs de la vie moderne et de celle des chasseurs-cueilleurs.
3. **... une grande partie des 370 millions de personnes appartenant à des peuples autochtones sont moins bien loties qu’avant...** Département des affaires économiques et sociales de l’ONU, *The State of the World’s Indigenous Peoples*.
4. **... doivent au contraire leur donner les moyens de choisir leur propre voie...** Concrètement, cela signifie que les gouvernements devraient reconnaître les peuples autochtones comme une catégorie de citoyens à part et leur offrir un soutien accru. Les grandes entreprises devraient cesser d’exploiter ces groupes autochtones et leurs environnements. Les ONG, notamment écologistes, devraient trouver un équilibre entre leurs objectifs et le respect du droit

des autochtones à perpétuer leurs traditions. Et les individus du monde entier peuvent participer en faisant pression sur les gouvernements ou organisations fautifs, et en apportant leur soutien aux ONG de défense des droits des peuples autochtones.

Épilogue

1. **... plusieurs interprétations des lois indonésiennes en ce domaine...** On trouvera une bonne synthèse de cette complexité juridique dans le mémoire de master de Putu Liza Kusuma Mustika intitulé “Marine Mammals in the Savu Sea (Indonesia) : Indigenous Knowledge, Threat Analysis, and Management Options” (School of Tropical Environment Studies and Geography, James Cook University, août 2006). Mustika met en évidence le fait que la chasse au cachalot pratiquée par les Lamalériens est “une chasse de subsistance selon la définition qu’en donne la Commission baleinière internationale (IWC)” (p. 183) et qu’en vertu des lois indonésiennes “la chasse traditionnelle est autorisée” à partir du moment où “elle est menée de manière durable” (p. 175), même si l’auteur reste flou sur la légalité de la chasse au dauphin pratiquée par les Lamalériens. Voir aussi l’ouvrage de Ruddy Gustave et Ahfi Wahyu Hidayat, *Politik Konservasi Laut Sawu : Antara Menyelamatkan Ekologi Laut dan Harapan Orang Kalah ; and Polite Dyspriani, Traditional Fishing Rights : Analysis of State Practice* (Bureau des affaires juridiques de la Division des affaires maritimes et du droit de la mer de l’ONU, New York, 2011).
2. **... le braconnage dont les Lamalériens se rendaient coupables en tuant des raies manta ne l’était pas...** Claire Maldarelli, “In Indonesia, Authorities Stop Sale of Endangered Manta Ray Parts”, *New York Times*, 30 septembre 2014.
3. **Le but de cette arrestation...** “Orang Lamalera Diminta Berhenti Tangkap Paus dan Pari”, *Bali News Network*, 24 novembre 2016.
4. **... Nature Conservancy proclama publiquement...** Jon Emont, “A Whaling Way of Life Under Threat”, *New York Times*, 3 août 2017 ; entretiens et correspondance avec Glaudy Perdanahardja et Yusuf Fajariyanto, membre de l’ONG Nature Conservancy, automne 2017 et été 2018.

TABLE